世界经典悬疑故事集

（美）希区柯克等 著
乔伊等 编译

中国華僑出版社
北京

图书在版编目(CIP)数据

世界经典悬疑故事集 / （美）希区柯克等著 ; 乔伊等编译.—北京:中国华侨出版社，2014.6（2019.6重印）

ISBN 978-7-5113-4742-8

Ⅰ.①世… Ⅱ.①希… ②乔… Ⅲ.①推理小说—小说集—世界 Ⅳ.① I14

中国版本图书馆CIP数据核字（2014）第129423号

世界经典悬疑故事集

作　　者：（美）希区柯克等
编　　译：乔　伊等
责任编辑：王亚丹
封面设计：施凌云
版式设计：李　倩
文字编辑：黎　娜
美术编辑：李梦婷　张　诚
经　　销：新华书店
开　　本：720mm×1020mm　1/16　印张：28　字数：651千字
印　　刷：北京德富泰印务有限公司
版　　次：2014年9月第1版　2019年6月第4次印刷
书　　号：ISBN 978-7-5113-4742-8
定　　价：68.00元

中国华侨出版社　北京市朝阳区静安里26号通成达大厦3层　邮编：100028
法律顾问：陈鹰律师事务所
发 行 部：（010）58815874　　传　　真：（010）58815857
网　　址：www.oveaschin.com　　E-mail：oveaschin@sina.com

前言

夜幕降临之后，有人在安详宁静中享受着酣畅的睡眠，有人在闪烁的霓虹灯下彻夜狂欢，有人忍住满身的疲惫在办公室加班，也有人在黑夜的掩护下开始将自己的阴谋付诸实施……

在黑暗的笼罩下，人们都躲藏在屋里，所以很少有人见到黑夜里街上的一切。这里有人匆匆赶路，有人神色慌张，有人气定神闲，有人满身鲜血。他们是谁？做过什么？睡梦中的人无从知晓，彻夜狂欢的人无法知道，加班工作的人无心留意。等到阳光重新把这个世界推到人们面前时，晚上发生的事情已灰飞烟灭。一个个神秘莫测的可怕传闻，一个个惊心动魄的灵异故事，一个个死亡线上的魂魄，一个个震撼心灵的悬疑，一个个难以破解的谜团，它们以惊心动魄的力量，挑战着人类的心理承受极限；它们以神秘莫测的魔力，俘获着人们的好奇心。事件目的是什么？为什么会出现眼前的现象？谁是凶手？到底是谁以常人无法想象的力量神不知鬼不觉地操控着我们的世界？

在整个维多利亚时代（1837～1901），所有的英国家庭都对听惊悚、悬疑故事情有独钟，对其爱好程度超过任何一件事情。每当夜幕降临，人们总是围坐在炉火旁阅读或聆听阴森恐怖的悬疑、惊悚故事。招魂术在那时也随之流行起来，许多英国人都开始尝试着与亡灵有所接触。维多利亚时代的作者们则以更令人激动的笔触改写了哥特式的恐怖、惊悚作品，他们将故事中那久远的年代和遥远的地点转换成英国读者触手可及的时间和地点，让读者有一种身临其境的感觉。

1918年，弗吉尼亚·伍尔芙为《泰晤士文学》（副刊）撰写了一篇文章，对惊悚、悬疑故事为什么能够如此让人难以抗拒做了探索。最后，她断言道：“当我们意识到我们并没有身处书中所描写的某种危险境地时是令人愉快的……”因此，让我们回过头来，仔细欣赏这些离奇的故事，虽然你的心里可能认为世上本不存在什么鬼怪之说——或者认为它的确存在。

自1841年爱伦·坡开创悬疑小说的写作范式以来，20世纪以后，阿瑟·柯南道尔、希区柯克等一批世界级悬疑大师们，以其天才的情节构思、诡谲的氛围营造、缜密的逻辑推理，凭借深厚的人文底蕴，写下了无数家喻户晓的名篇佳作，塑造了众多深入人心的人物形象。这些经历了时间考验的经典作品使悬疑小说不再是一种仅供读者消遣的通俗读物，而是作为一种另类经典昂首阔步于文学殿堂，不仅丰富了世界文学宝库，感染了成千上万的人们，还给人们以精神上的享受和智慧上的启迪。

“夜晚”“谋杀”“死亡”“诡事”“失踪”等成了悬疑小说里规避不了的关键词。小说作家们喜欢把自己的主人公放置在夜里，放置在重重疑云的谜案中，然后塑造一个擅长推理、胆大心细的人，或是侦探，或是警察，或是其他的从业者，让他们带领着读者走出团团迷雾，揭露各怀鬼胎的阴谋设计者。

本书荟萃了世界各国著名悬疑大师的经典作品，它们的作者包括英国侦探小说女皇阿加莎·克里斯蒂，师承莫泊桑、福楼拜的法国悬疑小说家莫里斯·勒布朗，英国的惊悚小说名家 G.K. 切斯特顿，日本的推理小说巨匠江户川乱步、横沟正史、松本清张、小栗虫太郎等。当机关算尽的犯罪者遇上聪明绝顶的追查人，当理智和情感纠缠不清，当侦查与反侦查不相上下，这些离奇的事件令人毛骨悚然，绞尽脑汁百思不得其解，但却又让人忍不住一再探究。故事中所展现的娴熟的技巧、冷峻的风格以及精彩绝伦的构思令人叹为观止、拍案叫绝；故事中勾勒的画面、谋杀奇案、失踪之谜、幽灵诡事让读者毛骨悚然，却也在害怕中享受探秘之旅。

书中惊悚、恐怖气氛的渲染和营造让人顿生身临其境之感，忍不住战栗、惊叫；令人称绝的文字流淌着震撼人心的魅力和热血沸腾的魔力，撩拨着我们的每一根神经，其诡异的吸引力让人难以抗拒。

目录

环环相扣的血色缉凶

杀机重重的利欲陷阱

扑朔迷离的人间蒸发

匪夷所思的离奇诡事

令人战栗的死亡谜案

地铁杀人事件

【匈】奥希兹女男爵

（一）

今天我的午餐吃得格外早一些，因为我答应了迪克两点整在皇宫剧院外头见面，一起去看莫德·爱伦的午场表演，对此我非常期盼。

我来到诺福克街的那家面包店，这是我一向用餐的地方，找了个合适的位置坐下。因为距离午餐时间尚早，所以店里客人并不多，我旁边桌子坐了一位穿着薄外衣的男人，对面则是那个喜欢把弄细绳的丑怪老头儿，人称角落里的老人。他和我一样，是这家店的老主顾了，在我看来，我和他谈不上是好朋友，但至少算是认识，因为工作上的原因，我们会有些接触。考虑到这层原因，刚刚落座的时候我试图和他打个招呼，但他始终一语不发。

“真是个怪老头，多么粗鲁，连个早安也不道一声。”我心里想着。

“如果你愿意的话，”他好像听到我的心声一般，忽然抬起头说，“可否描述一下刚才坐在你旁边的那个男人？”

原来，刚刚坐在我旁边的男人已经用完餐，正快步向门外走去。我不情愿地把头转向远处的门，又观察了那男人一下，心想：“他并没有什么特别。”真不明白这老头儿为什么要问这个问题，这在我看来毫无必要。

因此，我并没有想要回答他，只是耸耸肩，示意女服务生拿账单来。

但角落里的老人似乎并不在意我的冷漠，继续发问：“你究竟可不可以告诉我，他长得什么样儿？高或矮？胖或瘦？皮肤黑或白？”

“我可以告诉你。但是我不觉得我们的这番对话有什么意义。”我很不耐烦地说。

老头没有马上说话，他好像有些紧张似的在宽大的口袋里找些什么。

“一定是在找他那条经常把弄在手里的细绳。”我心里暗暗想，“真是个怪人！”

果然，没多久，他就拿到了那“思维辅助器”，注意力也重新回到与我的谈话中来。

“那就假设一下好了，”他还真是没完没了了，“刚刚你旁边的人被证明是个关键人物，现在让你严肃地描述他一下，你要怎么说？”

“好吧。”我想如果我不说出点什么，他一定会纠缠个没完，“那个人中等个头——”

“怎样算是中等个头呢？具体是怎样的身高？最好是具体数字。”他打断了我。

“具体到几尺几寸吗？我的眼睛又不是尺子，怎么能说出呢？”我有些生气了，“总之是不算矮也不算高的个头，皮肤不黑也不白。”

“不黑不白到底是什么颜色？绿色也是不黑不白的。”他好像在故意嘲笑我一般。

“就是平常男人的肤色。他的鼻子……”

“这是个重要的部分，他的鼻子什么样儿？”

“鼻子也没有什么特别，比较直吧。而他的眼睛——”

“如果照你前面的描述，那他的眼睛也应该很平常。”他又在挖苦我了。

“没错，就是这样。”我有些赌气地说道。

“哈哈，小姐，”他笑了笑，“你刚才向我描述了一个肤色不深不浅，个头不高不矮，鼻子、眼睛都没什么特别之处的男人。那么，如果让你明天从一群男人中把他认出来，你能做到吗？”

“这可不一定。他又没有什么特别的、能够让我一下子记住的地方。”

“你也知道！”老头儿忽然激动起来，身子向前倾，像是刚刚从椅子里弹出来一样。

“幸亏你也承认自己的描述并不能使人认出这个男人。小姐，据我所知，你是个记者，因为你是这样向别人介绍自己的。在我看来，记者正是需要注意细节并会精准描述的职业。我不知道你平时都观察哪些人或是怎样观察人的，不过恐怕只有那些特征明显，所有人都会特别地看一眼的人才会有幸让你印象深刻吧？”

“特别的血统、漂亮的眼睛、高贵的眉毛，这些本来更吸引人一些。不是这样特别的人，我为什么要浪费我的精力、视力去留意呢？”

“你是说，像刚才那个男人一类的普通人，比如一个不高不矮，不胖不瘦，胡子不深不浅，戴一顶最常见的大礼帽，动作、说话都没什么特色的中产阶级英国人，一个可以代表他同种同胞百分之九十的普通人，是不需要你去注意，更不需要你做准确精细的描述吗？”

“我看不出有什么必要需要我那样去做。”我嘴里嘟哝着，心里想着要赶快结束这荒唐的午餐，精彩的表演还等着我呢，于是我加快了进食的速度。

“如果他是一个涉及某件罪案的罪犯呢？或者是一个被诬陷有罪的清白人呢？想想看，你的指证可是会送他上绞架的。”

“这——”我有些含糊。

“小姐，我说的情况是非常有可能发生的。真正的罪犯更多的时候是这样一个普通人，如果他太引人注目了反而不容易得手。你看，如果像你这样一位记者都缺少这方面的观察，那么，那么多谜案至今没有破获，很多罪犯依然逍遥法外就不是没有原因的了。就比如最近闹得沸沸扬扬的地铁谜案，我想你肯定也十分清楚这件事。”

听到这里，我的职业病犯了，迫切地想知道下文。

（二）

老头儿所说的地铁谜案，确实是最近以来最令人费解的案件之一。此案发生在老旧的大都会铁路的一节头等车厢里，案发时间大约是 3 月 18 日下午四点钟。因为如今地铁和各种新交通工具既方便又快捷，所以老路线的客人很少，更别说老路线的头等车厢了。那一节车厢在驶入爱得格街这一站的时候就很空，只有死者一人。发现死者的是该车的列车员，因为爱得格街是终点站，所以他照例在月台和每一节车厢都做了巡视，没想到巡视的结果让他大吃一惊，惊悚万分。

据他回忆，当时死者—— 一位女士坐在较远的角落里，头朝向窗的那边侧着，他起初以为这位女士可能是睡着了，所以想走过去叫醒她。但是当他走近并轻轻碰了碰她的手臂后才发现,她的头十分僵硬,双颊呈土灰色,眼睛睁开却没有丝毫神采,俨然一副死了的模样。列车员惊慌失措，赶快锁上车厢门，并吩咐搬运工去找站长和警察来。随后不久，督察和两位警官随同穿着便衣的探长，以及一位医官到现场展开了调查。

死者很年轻，模样本来也该很俊俏，只不过此时她的五官严重地扭曲着，眼神里透露出突如其来的惊吓，那尚不知原因的死亡好像给她带来了难以磨灭的印记，这一切都反映在她的脸上。她的穿着高雅，衣帽都很入时，右手套似乎脱了一半，拇指和手腕都露在外面。右手还握着一个小提包，但是里面并没有什么可以马上证实死者身份的东西，只有几个散放的银币，一些嗅盐，还有一个小空瓶。

死者以及车厢里都没有一丝挣扎和抵抗的痕迹，因此一时间，一位漂亮高贵的女士在头等车厢里神秘自杀身亡的流言甚嚣尘上。一直到死者被送去太平间，都没有人能够为这件事提供任何线索。许多抱着看热闹心理的人打着有亲戚朋友失踪的名义去辨认尸体，但一直没有人知道她是谁。直到案发当晚的八点半左右，一个年轻人来到警局，死者的身份才有了着落。

来人的穿着讲究，还乘着一部有篷的小马车。按照他的陈述，他是一名航运代理商，叫贺索定，半个小时前刚刚看报纸上关于此案的报道，又了解到关于死者的描述，有一种莫名的预感让他心急如焚，备受折磨，因为他的妻子这天晚上还没有回家，于是赶忙赶到了这里，是死是活，他都想要个明确的答案。不幸的是，经过辨认，死者正是他的妻子——贺索定太太。

随着法医的验证结果、侦讯庭上各种证人的供词纷纷出炉，一时间报纸上关于此案的报道铺天盖地，警方也投入了很大精力竭力调查，但案情进展依然十分缓慢，罪犯至今仍然没有找到。

我对此案也曾入迷地关注过一段时间，但时间一长，一个长时间没有任何破案迹象的案子也渐渐让我失去了对它的兴趣和揣测。

现在这个角落里的老人突然提起，莫非他有什么线索？我开始对我们的对话感兴趣了。

“小姐，我看你沉思了这么久，应该是在回忆这件案子吧。”角落里的老人笑了笑，“那么不知道你对后来的复杂情况有多少了解呢？还记得那可怜的丈夫参加庭审的情形吗？”

“报纸上说，对于妻子的去世，那位丈夫非常痛心，因为他在侦讯庭上无精打采，连胡子都没刮，一副痛苦不堪的样子。不过这也难怪，毕竟结婚已经六年了，而且据说贺索定夫妇感情非常好，婚姻生活一直很美满。那么年轻就失去了妻子，难怪——”我对那位丈夫充满无限的同情。

“小姐，看来你是一个认真阅读报纸的人呀。你说的倒也没错，不过，我知道的可能还要具体一些，因为那天的庭审我也在场。此案后面的情况我一直关注着，所以，让我再详细地和你说说吧。也许会有不一样的发现。

“贺索定先生本人自然是那天侦讯庭上的第一个证人。正像你说的，那天他虽然衣着考究，但却难掩悲伤，大家都很同情他。他说妻子最近患了感冒，虽然很轻微，但还是请亚瑟·琼斯医生为她治疗了，除此之外，他认为妻子的身体没有什么大问题，更别说会有可能突然致命的疾病了。法医更关心的则是妻子心理上的状况，多次试图婉转地让丈夫谈一谈这个问题，但贺索定先生一直回避着。直到法医拿出贺索定太太手提包里的小瓶来提醒他。

“这位丈夫终于承认妻子最近有些不太正常，没有从前那样活泼开朗了，晚上常呆呆地独自坐着，仿佛在思考什么。但是她却没有和作为丈夫的贺索定先生透露过任何心事。显然，如果有什么事正在困扰着她，也是她不想让丈夫知道的。贺索定先生并不能肯定妻子有自杀的倾向，因为他觉得妻子虽然有时会心事重重，但是有时又会恢复正常，并且案发的那天早上他去上班的时候，妻子还很愉快地答应了他晚上一起去看戏的提议，并且说自己下午要去买点东西，顺便拜访一些朋友。这当然不像一位要自杀的人，所以这一切都让这位丈夫感到突然和可怕。

“贺索定先生并不能确定妻子是从哪里上地铁的，因为这有很多的可能性，据他所知，妻子可能想在贝克街出来，走到庞得街去买东西，也有可能乘车去爱得格街，那里的圣保罗教堂广场上有一家店铺她很喜欢。

“然后就是一些让这位丈夫极受煎熬的询问。法医问到有关夫妻间会产生困扰的问题。他想知道贺索定太太心情沮丧的原因。比如财务困难或是朋友间的交往。法医问丈夫是否不同意一些朋友与贺索定太太交往，而这些都可能使妻子心情焦虑甚至精神错乱，最后希望通过结束自己的生命来摆脱精神的煎熬。

“贺索定先生听到这些询问后脸色发白，神情恍惚，最后用轻得几乎听不到的声音回答了一系列问题。据他说，妻子没有奢侈的爱好，她有自己独立的财务而且状况很好，没有遇到任何困难。在朋友交往方面，他们也没有任何不愉快。‘我没有……没有反对过她与……与任何人交往。’贺索定先生当时是这样说的，但他那结结巴巴的语气，还有似乎受到良心谴责的模样，在场的人都能看出些什么。”

“我知道，是那位艾林顿先生，”听到这里，我忍不住插嘴道，“不是闹得沸沸扬扬的了吗，他和贺索定太太似乎有一些不正常的交往，还曾引起过贺索定先生的嫉妒和猜测。我一度认为他就是真凶，不过，因为没有确凿的证据，加之他那位巧舌如簧的律师的辩护，用天衣无缝的论述成功地帮他洗脱嫌疑，现在他完全是个自由人。不过，到现在，我都还在怀疑他。”

“是的，小姐。那位不知怎么就被扯进来的疑犯确实是叫艾林顿。关于他，也有不少值得研究的地方，不过现在，还是让我们继续刚才说的，稍后再研究这个连你都怀疑的人吧。我马上要说的，正是案件至关重要的地方。

“接下来是两位医生，贺索定太太的一般治疗医生亚瑟·琼斯以及负责尸检的地方医官安得鲁·松顿先生的证词。两位的证词曾经引起了不小的骚动。先是琼斯医生证实死者并没有可以造成突然死亡的疾病，就连那轻微的感冒也已经治愈了。松顿先生进一步证实了这一点，并十分肯定地表示死亡原因是由氢氰酸引起的心脏衰竭。药物是怎么进入死者体内的还不能知晓。不过可以肯定的是先前在死者提包里发现的小瓶子里有一些氢氰酸的残留物。但是松顿先生并不能证实死者是服用自身携带的药物自杀身亡的。在他看来，即使是自杀，也是通过注射的方式，因为在死者的胃里并没有该种物质的残留。”

角落里的老人说的这些正是贺索定太太死因的谜团所在。关于这些谜团至今也没有人能给出一个准确的答复。

（三）

我一边听角落的老人讲述，一边在想艾林顿先生的事情。而当我这样陷入沉思的时候，角落里的老人再次看穿我的心思，说道："我看你好像对这件事很感兴趣，那么，能不能和我说说，你都知道些什么呢？"

"据我了解，当然，正如您刚刚所说，我的了解都是从报纸上得来的。"我对老头儿的敌意已经完全打消了，我惊讶于他对这件案子的关注，同时也更想继续了解他到底知道些什么，说道，"艾林顿先生是个有钱的单身汉，和那些经常出入格洛维诺和其他花花公子俱乐部的男士没什么区别。他住在爱博特华厦里，在伦敦上流社会中很受欢迎，经常参加各种社团活动，也常常出入剧院、跑马场、运动场和保守党总部。他交友很广，朋友中不乏名人政客，他和贺索定太太认识并不奇怪。年轻又漂亮的贺索定太太一向喜欢受人倾慕，更何况她也是一位混迹于上流社会的宠儿。所以他们的交往非常密切，一两次略嫌开放的打情骂俏甚至曾经激怒过她丈夫。

"您知道，上流社会的这些花边新闻在仆人间传得是十分快速的。上庭证实这些的也正是贺索定太太家的一个仆人。这种关系本来并不伤大雅，但是如今一方成为谋杀案的死者，那就另当别论了。很多人，当然，也包括我在内，都怀疑是贺索定太太与这位艾林顿先生有什么外人所不知的纠葛。据披露，后者好像要定居国外，并且要结婚了。他被捕时在法国马赛，而且正打算到科伦坡去。种种情况，难免让人联想，这位先生完全有杀人的动机。更何况，还有几名对他十分不利的证人。"

"小姐，我不得不说，你有惊人的记忆力，这些情节说得完全没错。那么，我们现在再看看你的观察力吧。"老人一边说一边把几张照片放到我面前。

那是几张男人的照片，有的属于同一个人，有的则十分相似，总的来说，没有什么特别的地方，只是让人觉得有些眼熟。

"小姐，这几张照片中有几张正是你侃侃而谈的艾林顿先生，我想你先前也应该在报纸上看过他的大幅照片了。以你对此案的了解程度，要挑出这位男主角的照片应该并不难吧？"

"嗯……这个……"眼前的几张照片非常相似，都是再普通不过的男士，在我的记忆里，那位艾林顿先生也并没有什么让人能一眼就记住的面部特征，所以，我有些拿不定主意。

"还是让我来帮你吧。"老人说着从照片中拿出两张，"你瞧，这就是咱们的艾林顿先生，长得多么讨人喜欢呀。可惜的就是并没有什么——用你的话说，没有什么特征。可怕的是，他差点因为这个原因就被送上绞架呢。"

"先是贺索定太太家的女仆爱玛·芳诺证实艾林顿先生早上来到爱迪生街十九号，也就是贺索定太太的家。而贺索定太太是下午三点半出门要到圣彼得教堂广场去。同时，她也叙说了那些仆人们间流传的谣言，那些关于艾林顿先生和贺索定太太打情骂俏的事情。这就让这位先生浮出水面，被置于了众人怀疑的境地。

"然后是安得鲁·侃博的证词。作为梭摩顿街上安氏证券公司的老板，这位体格健硕、满头黑发的男士，身上竟然散发与他实际身份不相符的市侩之气，当然，这并不影响他亲吻《圣经》并在法庭上说实话。

“据他回忆，3月18日下午，他搭地铁出门，坐的正是贺索定太太所在的那节上等车厢。一上车，他就注意到了贺索定太太，你看，谁让她是一个那么年轻漂亮的女士呢。男士们总是想和这样的女士说说话。她告诉侃博先生自己要到爱得格街去，正在担心自己是否坐对了车呢。侃博先生赶忙打消了她的疑虑，随后两人各自回到自己的位置，再也没有说话了。因为他实在着急着要看晚报上的证券交易行情，这对一位商人来说，自然是最重要不过的。

“后来一位穿着粗呢西装和硬礼帽的先生在勾沃街上了车，坐在那位女士的对面。侃博先生记得贺索定太太刚刚看到那位先生时有些惊讶，但后来俩人兴高采烈地谈了许久。可惜的是，他们谈论的内容侃博先生一点儿也没听到，他的心思全在大买卖上。唯一记得的就是，在费灵东街站，自己要下车了，那位先生也紧随其后。他还在下车前与女士握了握手，并且愉快地说：‘再会，今晚别迟到了！’女士的回答则没有听到。下车后，那位先生很快就消失在人群里不见了，侃博先生也没有多留意什么。

“接下来需要侃博先生对那位至关重要的、在贺索定太太死前与之谈话的人做描述。你能想到他是怎么说的吗？”老人问我。

“您知道，我并没有像您一样出席庭审，所以自然知道得没有那么具体。您刚刚讲述的内容，有许多都是我第一次听说呢。”我实话实说道。

“其实你对他描述的类型应该十分熟悉。因为他的描述就与你刚刚描述坐在旁边的那位先生异曲同工，甚至把你俩的描述调换一下也不会有什么不妥。据他说，那位先生中等身材，胡须颜色不太深也不太浅，帽子两边露出的一点头发也看不太清是什么颜色，似乎是很自然的颜色，他穿的是粗呢西装，并且一直戴着硬礼帽。你瞧，这描述并不比你的描述逊色吧？但是这样的男人，在伦敦大街上可有很多呢，你说是不是？”

我终于有些弄清老人先前让我去描述人的用意了。“可是那个人可是同贺索定太太交谈了一路呢，侃博先生和他们在同一节车厢，又是和那人在一站下的车，总会记得更多吧？比如，一些——”我问老人。

“一些特别的地方。小姐，我知道你正要这么说。但确实，没有任何特别的地方。侃博先生一直在忙着看报纸，并没有去特意地观察。加之那个人一直戴着帽子，所以，侃博先生只能如实地说，确实在车上有那么一位和贺索定太太交谈过的男人，但是，再深入一些，他可就不晓得了。他甚至不能肯定自己再见到他是否能够认出来。”老人有些遗憾地说。

“这样看，正如您说的，侃博先生只是描述出了一个再普通不过的男人，这并不能构成对艾林顿先生的指控呀。”我有些不解地问道。

“确实如此。安得鲁·侃博先生的证词并没有什么破案的实际价值，但是另一位证人詹姆斯·维拿先生的证词却使案子有了很大的转机，一切矛头都指向了艾林顿先生。”

“哦，对了，那位詹姆斯·维拿先生。我记起来了。”接着我向角落里的老人透露了一些关于维拿先生的一些信息。

维拿先生是一家卖彩色印刷机电的公司——罗得尼企业的经理，也是安得鲁·侃博先生的朋友。他作证说当时他正在费灵东街等火车，看到自己的朋友侃博先生从一个头等火车车厢里下来，于是两个人在月台交谈了一会儿，直到火车快开了，他才匆忙踏进车厢——正是侃博先生下车的那节车厢。他记得是有一位女士坐在他对面的位置，不过是在很角落的地方。他没有看见她的脸，因为她低着头似乎是睡着了。同侃博先生一样，维拿先生也是一位称职的生意人，自然不会浪费这坐车的好时间掌握生意上的资讯。所以他一坐下，就拿起报纸认真地看起来。后来，他在报纸上看到了些感兴趣的内容，关于物品行情还是其他什么，总之是他觉得要立刻记下来的生意经。但是他随身只带了一支铅笔，并没有纸张。所以就捡起地上一张还很干净的名片，在背面把自己需要的内容记了下来。然后，这张在案发地点捡到的名片就被放到了维拿先生的口袋里。

“维拿先生捡到了艾林顿先生遗失在现场的名片。”我把自己想到的大声喊了出来。

（四）

正当我为自己突然的顿悟而沾沾自喜时，角落里的老人一开口，就给我泼了盆冷水。

“小姐，你的说法恐怕有些不严谨的地方。准确地说是，维拿先生捡到了一张名为法兰克·艾林顿的人的名片，但是没有人能确定那就是艾林顿先生本人掉在现场的。”老人纠正我道。

“你该能想象出维拿先生的证词一说出口，现场的人们是多么义愤填膺吧，人人都认定了凶手就是艾林顿先生。”老人继续说，“尽管法庭上有很多人都是艾林顿先生的朋友，但是相信他可以被无罪释放的可没有几个。艾林顿先生自己也慌了手脚。我敢说这个突然在旅途路上被抓来的年轻人还没意识到是怎么一回事呢。他脸色惨白，不停地舔着嘴唇，好像随时都可能因缺水而晕过去一般。”

“艾林顿先生可是处在一个十分不利的位置，种种证据都对他很不利。首先，他没有任何不在场的证据，案子已经是三个星期前的事情了，他还可以回忆起当时自己在哪里，某个俱乐部或是运动场。但是肯为他站出来作证的人都找不到。谁也不敢在法庭上发誓说案发当时自己和艾林顿先生在一起。这一点，艾林顿先生自己也清楚得很。

“并且，他是在去科伦坡的路上被逮捕的，虽然他自己解释说那只是一次旅行，随性且漫无目的旅行，可是大家却不那么想。很多人都觉得他是在打算畏罪潜逃。这只能说他的运气并不好。

“还有一点，警方在他的房间里找到了包括氢氰酸在内的各种有毒物质，证明他是一个爱好并钻研毒理学的人，这就更加对他不利了。”

“您说得没错，”我插话道，“但是，他的律师亚瑟·英格伍爵士可是相当厉害，不然这位疑犯可没法逃脱。”

“小姐，听你的口气，似乎对这一切很是愤愤不平呀。”老人笑了笑，“亚瑟·英格伍爵士确实是有绝佳辩护技巧的大律师，他在庭上巧妙的申辩可是把所有指证艾林顿先生的证词全都推翻了。不过，我却认为他做得十分高明并且正确。”

“难道您不相信证人们的证词吗？”我不解地问。

“当然不是。我十分相信证人们都是正直爱国的人，绝不会在庭上撒谎。但是我也相信，单凭这些证据就逮捕艾林顿先生，确实很草率，并不明智。正像亚瑟·英格伍爵士在庭上证明的那样，安得鲁·侃博先生并不能肯定那个穿粗呢西装的男人就是艾林顿先生，那个生意人甚至有时连自己公司的职员也认不出。”

“他可以肯定的就是当他在车上时，贺索定太太还是好好的，活生生的，并且没有任何像是准备赴死的迹象。并且他确定那位穿粗呢西装的男人与贺索定太太并没有任何争执，他自始至终没有听到过女士尖叫或挣扎，两人还握过手，那个男人用愉快的声音说：‘再会，今晚别迟到了！’所以他判断，那个穿粗呢西装的男人可能是在贺索定太太自愿的情况下给她注射了致命药物。

“至于詹姆斯·维拿先生，他同样不能确定名片是艾林顿先生在车上遗落的。他只能确定这张名片确实来自那节车厢，并且他一直在这节车厢里，从费灵东街到爱得格两站之间，没有其他人上车。而那位女士，则自始至终没有移动过。

“法兰克·艾林顿先生更是完全否认自己在那节车厢上，他发誓自己只在那天早上在贺索定太太家见过她一面，之后就再也没有见过面了。所以，一切又回到了原点，我们既不能肯定那穿粗呢西装的人一定是凶手，也不能证明凶手一定是艾林顿先生。

“能够在庭上理清这些的，也只有聪明的亚瑟·英格伍爵士了，他可是救了自己的当事人一命，艾林顿先生最后被无罪释放了，据说他现在住在国外，而且他的婚礼正在紧锣密鼓的筹备当中。”

“看来你同律师一样，并不相信艾林顿先生是凶手？”我问道。

“小姐，就我们刚刚分析过的证据来看，确实不能草率地那样说。况且据我所知，在艾林顿先生的朋友圈中，那些真正了解他的人，都不相信他是凶手呢。虽然警方一直十分肯定，并且花了几个月的时间寻找能够证明艾林顿先生有罪的证据，但他们什么也没找到，不是吗？他们不过是在毫无头绪的情况下，想要紧紧抓住艾林顿先生这唯一的犯罪嫌疑人罢了。”

“照您看来，关于艾林顿先生的一切犯罪疑点都是巧合咯？”我询问道。

“小姐，谁会相信天底下有这样的巧合？”老人反问道。

“那么——”我很疑惑。

“只能说此案真正的凶手实在聪明绝顶，并且计划周详，他早就预料到事情发展的一切可能性，他知道什么是要费尽心思掩饰的，同时他还是个出色的演员。他的计划应该筹谋已久，在长期的观察中，他确切地了解到艾林顿先生的动作、体态以及个性，并且加以模仿。还让一切证据都指向那个可怜的年轻人，以分散警方和大众的注意力。只能说，他的计划完全成功了，你瞧，他让警察们飞蛾扑火一般把心思和精力投入到艾林顿先生，进而忘记了本案一个关键的证据。”

“什么证据？”我急切地想要知道。

“那就是侃博先生无意中听到，并且能够肯定是车上那位男子说的话——”

“再会，今晚别迟到了！”我脱口而出，打了个寒战，“难道是——”

（五）

角落里的老人显然已经知道我将要说出谁的名字了，他看到我的表情耸耸肩说：“你应该记起这位悲伤的丈夫自己也说过，案发当晚本来是和妻子约定一起去看演出的日子。这是他唯一大意留下的证据。

“在警方把力气全花在艾林顿先生身上时，我就花了点功夫去调查这对夫妻的财务。要知道，钱可是引发犯罪的主要原因之一。我发现，妻子玛丽·碧翠丝·贺索定是肯辛顿有钱建筑商的千金，而丈夫爱德华·萧伦·贺索定在结婚前不过是个航运代理公司里的小职员。贺索定太太的遗产有一万五千英镑，一切受益者都是贺索定先生。这也就证明了，之前那些痛不欲生的表现不过是这位聪明又混账的丈夫为尽快得到遗产而做的表演罢了。”

“那么，为什么他会选择艾林顿先生做替罪羊呢？现场又怎么会有艾林顿的名片呢？”

“我先来回答你后一个问题好了。你我都知道，艾林顿是这家的朋友，所以别说是拿到他的一张干净的名片，然后随意扔在现场了，就是从他家拿到毒物都不是什么难事。真是个聪明的大坏蛋呀！”角落里的老人激动地说，“而之所以选择艾林顿先生，我想那是因为他同贺索定先生本人的身高体格十分相似，头发的样色也是一样的。贺索定先生是故意挑了这样一个容易模仿的人，然后，可能用了好几个月的时间慢慢改变自己。从穿着到胡须修剪的式样，一点一点缓慢地改变，以至于那些天天和他相处的人不能察觉到什么。不过，你瞧——”老人说着又把刚才给我看的照片摊出来。

“小姐，你刚刚不能分辨的照片正是艾林顿先生和贺索定先生的，你看，不认识的人乍看之下可分不太清。并且不知你留意到没有，这张是案子沸沸扬扬那个时期这位丈夫的照片，这张则是他最近的，他把妻子去世时留起的胡须又剃掉了。这就是他狡猾的地方，他可能认为风头已经过去了。”

“难道他在庭上没有刮胡子不是伤心所致而是为了掩人耳目，逢场作戏？”我问。“讲到这儿，你还不能确定这一点吗？”老人严肃地说，“这位先生确实聪明，敢冒风险，并且熟知人性。他预料到即使车上的乘客被请到庭上作证指认，那也是案子发生后几天的事情了，何况证人是一位在车上一直专心看报的生意人，这就更让他放心了，谁能指认出他这样一位没有任何特点的人呢？”

“那致命的毒药到底是什么时候，用什么方法进到贺索定太太体内的呢？”

“这个方法就更加简单了，只需要一枚戒指，可能是他蜜月时就买好的戒指，要知道，这项可怕的犯罪可不是一天两天能完成的，我想贺索定先生应该计划了很久，好几年也说不定呢。用戒指的方法是南欧每一个坏蛋都熟悉的。它里面有个小针孔，只要在那里装上氢氰酸，然后再和他那可怜的太太握握手，就一切完成了。针孔很小，所以扎在手上应该没有什么感觉，她完全有可能丝毫没有察觉到。即使有那么一点点刺痛，也不足以使她在同自己丈夫挥别时尖叫出声，车上的其他乘客自然也不知道发生了什么。”

“他的计划需要冒很大风险呀，中间说不定哪里就出错——”我还是不敢相信案子会是这样的。

“那一万五千英镑可值得他冒这个险，”老人边说边整理自己的衣服，像是要离开了，“况且他计划已久，对一切都很有把握，并熟知人性。我们现在拿他也没有办法，不是吗？谁能证明车上的就是他呢？这就是他可以至今逍遥法外的原因。好了，案子讲到这也没什么好说的了，我先告辞了。”老人说着走出面包店。

我呆坐在那里，不知该相信什么。我只知道，与佛毕学先生的演出之约是要失约了。

大卫的婚礼

【匈】奥西兹女男爵

（一）

当我正在家里准备度过难得的无人打扰的悠闲时光的时候，门铃不知道被哪个讨厌鬼按响了。

“先生，要不我说您已经睡下了？”管家莫里关心地说道。

我抖了抖肩振作了精神，说道：“不用，让他上来吧。”

其实，我已经约莫知道来者是谁了，在法庭上，他那一脸不甘心的神气，就隐约暗示着他一定会来拜访。不过，也许他的到来能够帮我解除结案这两天来一直心神不宁的状态。我一边这样想着一边整了整衣冠，站起身来准备招待这位预料中的客人。

“詹姆斯·凡维克爵士。”我迈步上前，微微欠身表示礼节。

他也礼节性地回了礼，当我们各自坐下来的时候，他开口道：“先生，我想您很清楚我这次来这里的目的。”

“当然，不过您也应该清楚，这个案子已经定案了。”我无奈地耸耸肩。

“您难道就没察觉出其中的蹊跷吗？”他表示怀疑地质问着我。

“这个嘛……”我不知道该怎么答话，这个案件确实有很多没有解开的疑点，这也是这几天来我心神不宁的主要原因，可是问题究竟出在哪儿，我也说不清道不明。

“照常理说，克劳馥小姐被宝石商人当堂指控，而且整件案子中也只有她拥有确凿的作案时间和作案动机，何况她的未婚夫葛莱姆先生在堂上的表现众所目睹，他那支支吾吾的样子不得不让人们怀疑克劳馥小姐就是谋财害命的凶手！”我若有所思地说。

“但是，您能想象一个年轻女子在半个小时之内完成整个作案过程吗？在所有人都入睡之后，独自一人跑进丹诺生夫人的卧房将其杀害，然后打开沉重的保险箱，再带着重量不轻的珠宝跑到火车站，即便是一个男人，一个经验丰富、腿脚健朗的盗贼恐怕也只能将将完成，更何况是一个体格弱小的小女子。”詹姆斯爵士申辩道。

“话虽如此，但是……”我也开始动摇了。

“法官先生，我想推翻这个案子，我觉得凶手一定另有其人，虽然我现在还不能找出足够的证据来论证我推断的正确性，但是我还是想冒昧地请求您给我一个机会，找出真正的凶手，这是我作为律师的本分，我想身为法官，在您的心里也一定不允许无辜者代犯罪者受过的情况发生，更何况真正的犯人还有可能再次犯罪，造成更多的伤害。”

看着詹姆斯爵士那样诚恳的眼神，我叹了口气道：“好吧，我就再给您一些时间进一步调查，然后再审一次，但是做出这样的决定并不是因为您的恳求，而是这几天我仿佛也觉得这个定了的案子依然是一团迷雾。”

“无论怎么，很感谢您的支持，先生。”詹姆斯爵士说道，“那今天我就先告辞了。”

詹姆斯爵士走后，我随手拿起低圆桌上的《苏格兰大报》，这已经是半个月前的旧报纸了，莫里知道我有随时翻阅旧报纸的习惯，所以没有扔掉。报纸上刊登的婚讯，好像昨天才发生过一样：银行大亨葛莱姆先生的次子大卫·葛莱姆与爱迪丝·克劳馥，王子庭园已故的肯尼斯·克劳馥医生唯一在世的千金，已缔结良缘，他们的婚礼将于短期内举行。启事旁边的小相框里还附着大卫和克劳馥的合照。

最初看到这张照片时，感觉就不对劲，现在无论怎么看依然觉得这是一对不和谐的恋人。公主一样的克劳馥，生得一副娇俏可人的脸蛋，而男主人从各个角度看都是一副萎靡古怪、暗藏杀机的感觉。看着看着我不禁陷入了沉思，我甚至在心里问自己：难道这种感觉是因为我对爱迪丝·克劳馥同情？还是出于大多数人都有的那种对于这个长相古怪的男人抱得美人归的妒忌？

这个时候，我试着将整个案件在脑中回顾了一下：

安得鲁·葛莱姆先生是爱丁堡葛莱姆银行的老板，是爱丁堡家喻户晓的富翁，是爱丁堡这个城市最显要的名流中数一数二的人物。葛莱姆先生有两个儿子，大儿子叫作艾芬斯东·葛莱姆，一位典型的苏格兰青年；二儿子叫作大卫·葛莱姆，虽然正值青春的好年华，只是让人遗憾的是上帝赐予了年轻，却没有赐予他与年轻般配的俊俏长相。每当人们一提到他，浮现在人们眼前的都是一个身体畸形、脸部扭曲的形象。他的五官好像无不在争抢他脸上最中央的位置，使得本来就不大的瘦长脸显得异常拥挤。而且，他那双大而突出的眼睛，只要看上几眼，就会感到一种针扎般的不自在。尽管如此，沉默而常被家人无视的他又让外人忍不住想去同情他，更何况他那悲伤的脸，虽然丑但却总写着“无辜”二字。

关于这位二公子的传闻很多，有传言说他从小失去母亲的疼爱，并遭到父亲的拳脚相加和恶语相向；也有人说，他根本就不是银行大亨的亲生儿子；更有甚者，还说这位二儿子的精神经常失常，有时会呆滞地不动，偶尔还会独自地喃喃自语。

总而言之，种种的内外因素堆积起来，使得这个心理和外表的双重疾病可怜人，几乎没有一个真正知心的朋友，大家虽然不都是憎恶他，但都不约而同地疏远他。

即便如此，大卫还是平平安安地活到了二十四岁，而且还疯狂地喜欢上了王子庭园已故老板克劳馥医生的千金，爱迪丝·克劳馥小姐，可是谁都知道，童话不会在现实生活中出现，真正美丽的公主没有可能嫁给一个丑兮兮的青蛙。更何况，大卫刚追求的心上人是克劳馥小姐，这位小姐确如人们所料处处回避着大卫，甚至连正眼都没瞧过他。

但是，大卫有个非常疼爱他的姑妈，即葛莱姆先生的姐姐，丹诺生夫人。这位夫人本是当地第一大酒商乔治·丹诺生爵士的妻子，后来丈夫过世，成了寡妇的她继承了丈夫所有的家业。虽然她有让人垂涎欲滴的财富，但她异于常人的偏执，却让人无法忍受，更无法理解。前些日子她宣布要改信天主教，之后就毫不留恋地退出了华丽的角机场，到得文郡内隐居去了。这让一直信奉基督教的其他家庭成员，震惊不已。

正当人们你一言我一语地讨论着，这位行事特立独行的遗孀要把巨额资产留给谁时，丹诺生夫人却出人意料但也或许在部分人的意料之中地宣告，她要把她的资产留给她那位比她更古怪的侄儿，就是那位二公子，并且，她还对外宣称，她一定会帮助她的侄儿获得克劳馥小姐的芳心。

就在这个决定做出后不久，葛莱姆先生举行了一场家庭聚会，席间丹诺生夫人正式公开宣布，要把自己总值高达十万英镑的产业、金钱和股票以赠予的方式转给他的二侄儿大卫，更是当众许诺，如果谁有幸做了大卫的妻子，她将允许新娘在结婚当天佩戴她那价值五万英镑的上等宝石。而且聚会第二天，丹诺生夫人就通知了律师济斯·麦克芬雷草拟赠予契约的通知，丹诺生夫人保证会在侄子的婚礼上在众多来宾的见证下签字。

然而这并不能消除爱丁堡的上流人士对丹诺生夫人决定的纷纷议论。有的说克劳馥小姐是绝对不会答应这门亲事的，谁会为了金钱而甘愿把自己的幸福和下半辈子交给一个丑八怪呢？还有的人说这可不一定，因为克劳馥小姐虽然贵为克劳馥医生的掌上明珠，但是老父亲的爱并不和他留给女儿的金钱对等，几乎是没有留下半分钱，而且这位小姐失去母亲，跟着做家庭教师的姨妈生活，家里算不上富裕。

在此事发生一个月后，报纸上就登出了克劳馥和大卫喜结良缘的消息。此消息一传开，人们纷纷认定这是一场金钱交易的婚姻，在这个有着悠久历史的城市，这样的做法无疑是对苏格兰古老传统的挑战。

一方面众人毁誉参半，另一方面大卫·葛莱姆先生本人却十分高兴，而且整个人就像变了一个样，神经正常了些不说，以前的乖僻沉默也看不见了，对人总是笑脸相迎，温文尔雅又彬彬有礼，对他的未婚妻更是万千柔情，蜜语不断。而克劳馥小姐也没有再显露什么异常的别扭，她忙着订购嫁妆，和朋友谈论婚宴上要戴的宝石。毕竟婚礼的日子已经定了下来，就在 11 月 7 日，日子马上就要到了。而且在那天，丹诺生夫人将会在律师先生早已准备好的赠予契约上签下名字。在这之前的这段日子，丹诺生夫人将暂住在她弟弟的家中。

10 月 23 日，丹诺生夫人宣布要举行一个宴会，好像要为婚宴当天做彩排一样，非要大卫的未婚妻在舞会上戴上那些价值连城的宝石不可，虽然大家心知肚明，那些宝石很快就会为新娘所有了。

晚会当天，克劳馥小姐按照丹诺生夫人的要求，带着宝石参加了宴会，她被衬托得光彩照人，在宴会上特别地引人注目。但是就在宴会的第二天，丹诺生夫人就死在了自己的房里。而那些珍贵的宝石也被偷走了。这自然成了各大报纸争相报道的头版头条。

当人们读到这则新闻的时候与其说是惊慌不如说是难以接受，特别是参加了那次宴会的上层人士们，他们知道当天最后一个客人离开那里时已经是下午四点钟了，那个时候丹诺生夫人还好好地跟他们道别来着。

更让大家吃惊的是没多久报纸上就登出了杀害丹诺生夫人的元凶，就是爱迪丝·克劳馥小姐！这可是一位有教养的小姐啊，她怎么会干出如此凶残的事？警方的结论是她先谋杀再抢劫，这位小姐亲手杀死了丹诺生夫人，并且抢走了所有的宝石。而且审判进行的速度之快，令人诧异。

在开庭之初，她在申辩庭内辩称自己无罪，并聘请了詹姆斯·凡维克爵士为自己辩护，而詹姆斯·凡维克爵士也毫不犹豫地答应了，至于原因，用他自己的话说就是“克劳馥小姐坚定的眼神让我相信她是无罪的”。

可审判并没有如他想象的那般进展顺利，由于爱丁堡上层人士的议论和阻挠，加之宝石店的珠宝商坎贝尔先生也出庭作了证，说克劳馥小姐曾将宝石拿到过店中，想把宝石卖掉，于是这个案件并没有怎样审问就一锤定音了。

想到这里，我的头开始痛了，到底是哪里不对劲呢？刚才到来的詹姆斯·凡维克爵士说得对，丹诺生夫人的贴身仆人说他最后见到夫人是送夫人回房间休息的时候，当时大概是晚上八点半的光景。而仆人发现尸体的时候是第二天早上十点。大卫说他最后一次见到他的姑妈是晚上八点钟左右。克劳馥小姐在晚上八点半钟也出现在了姑妈的家里，这个姑妈的街坊都可以作证，她们瞧见这位小姐的时候，还劝她别忙坏了身体，该多休息才是，因为这位小姐自小就体弱多病。试想这位瘦弱的小姐要在半个小时以内，在没有人发觉的情况下杀死丹诺生夫人并且盗走宝石，并且跑到车程有三十分钟外的姑妈家，几乎是难以办到的事情。

这个时候，我站起身来，披上了黑皮大衣，我想我得去跟法院里那帮家伙商议一下，这个案子一定另有隐情。

（二）

丹诺生夫人是被她经常佩戴在脖子上的那条大红色丝巾给勒死的，发现她的尸体时她脖子上还套着那条丝巾。脖子上有一条积聚了乌血的勒痕，那一圈勒痕的肉深深地陷了下去，凶手肯定是在夫人断气后还在使劲勒，才会留下这样深的痕迹，这样的作案手法真可以用凶残来形容。一个年轻女子为了偷窃珠宝何至如此冷酷无情？

案件一发生，人们就把镜头对准了克劳馥小姐，他们一致认为克劳馥小姐可以为了十万英镑嫁给一个自己厌恶的丑八怪，那么她同样有可能为了将价值五万英镑的珠宝占为己有而杀害即将赐予自己财富的老妇人，而且这样做可以不用以结婚为代价，更不用以后面对一个身心皆扭曲的怪人。虽然我并不认同这些只看表面的论断，但是在舆论高压下，警方也只得将这个案件迅速定案。我决定在再次开庭前，再去探访一下那几个证人。

第一个便是丹诺生夫人的女仆川姆丽特，她现在还留在丹诺生夫人的住所，准备办完丹诺生夫人的丧事后再回老家去。

“你能详细地说说宴会当天晚上克劳馥小姐戴着的宝石，长什么样子吗？”我问道。

女仆点了点头说：“是的，先生，克劳馥小姐身上的宝石是夫人亲手为她戴上的，包括脖子上的两条宝石项链、一对祖母绿耳环、两枚白金钻戒，还有各种宝石镶嵌而成的胸针和一对手镯。夫人给小姐带上的时候还一个劲地赞叹，‘宴会上小姐一定耀眼得像美丽的星星一样。’

后来，我想应该是四点钟的时候，最后一位客人走的时候我看了一下表是下午四点。一会以后，我和小姐都去了夫人的房间，小姐把戴在身上的珠宝一件件地摘下来。这个时候，夫人叫我出去收拾屋子，我就先告退了。”

“等等，你仔细回忆一下你告退的时候小姐和夫人都在干什么？”

“那个时候夫人因为很疲倦，一到自己的房间就躺下了，因为夫人躺着的时候不喜欢光亮，我进去的时候就灭掉了卧室内的大灯，只是点亮了夫人床头的蜡烛，当时克劳馥小姐正坐在梳妆台前，把从身上取下的宝石放回了柜子里。”女仆想了想接着说，“我离开的时候好像还听见夫人说‘亲爱的，你弄好了吗’，然后小姐说‘弄好了’。”

“是吗……”我点了点头，脑袋里突然有什么飞快地闪过。

“不过，那位小姐一向挺善良，而且很胆小的样子，有一次见我们在厨房杀鸡，她连看都不敢看一眼呢，真想不到那样一个人怎么会对夫人下毒手呢。”女仆感叹道。

“当天夫人有什么不舒服的地方吗？”

“那天早上，宴会还没开始的时候，夫人就说她有点不舒服，我想可能是紧张的缘故吧，虽然宴会的时候夫人很开心，可是结束宴会后，丹诺生夫人的神情微微有些低落，但我当时没太在意，因为我想可能是因为她太疲倦的缘故。”

我盯着女仆，示意她接着说。

“后来，我退出去以后，我到了大卫·葛莱姆先生的房间，我告诉他夫人可能有点不舒服，问先生是否可以去看看他，先生让我过一会儿去看看夫人睡着没有，他说他半个小时以后过去探望。我跟先生说了话后回来看了看墙上的挂钟，那时正到了傍晚七点整，外面天都黑了。我就接着忙活了一会儿，大概过了十几分钟吧，我去夫人的房间外听了听动静，感觉里面挺安静的，我想夫人应该是很快入睡了，而且夫人休息的时候习惯把门从里面反锁，有人叫门才开，我不想打扰夫人，所以我也没多想就离开了。

“可是……可是……”女仆人开始结巴起来，表情也变得很悲伤，“第二天早上我去夫人房间送茶的时候发现……发现夫人就躺在床上，面部的表情已经扭曲了，脸已经变了色，我吓得把茶杯都摔了。”

“你第二天早上大概是什么时候进去的？”

“大概是八点多，我每天早上都那个时候去给夫人送茶。”

“咦？那是怎么回事？你不是说夫人习惯把门从里面反锁吗？你第二天早上是怎么进去的？”

“我也觉得奇怪了，第二天早上，房门并没有上锁，我轻轻一推就进去了，当时我以为夫人可能是在大卫少爷离开后忘了锁门，心里也没多想。”

“意思就是那天早上的房门没有从里面上锁？”

“我想应该是的。”

从丹诺生夫人的房间出来以后，我再次给为丹诺生夫人做尸检的医生打了电话，向他确认了夫人死亡的时间，他告诉我是晚上七点到九点的时间段。这个时候我想我该去拜访拜访那位大卫先生了，因为这两个小时期间我们所能知道的除了克劳馥小姐以外或许就是他见过夫人了。

自从这次事件以后他都没怎么在公众场合露过面，无疑，人们都认为他是这次事件中，除了丹诺生夫人以外，最大的受害者，他不但失去了最爱他的姑妈，他最爱的克劳馥小姐，而且他还失去了他姑妈对他的赠款契约，因为这份契约还没来得及签署丹诺生夫人就离世了，所以她的遗产按她原来的遗嘱分给了她的几个直系亲属，作为侄子的大卫先生分文也没有得到。

见到他的时候，他形容憔悴，头发蓬乱，还有点疯疯癫癫的，对我的问候回答得前言不搭后语，真是一副深受打击的模样。当我说明我的来意以后，他坐在一旁沉默不语。

“先生，你能叙述一下你和丹诺生夫人最后一次见面的经过吗？”我直截了当地问他。

他大概想了二十秒钟后才开口：“那天，川姆丽特告诉我丹诺生夫人有些不舒服，想要我过去和她聊聊天解解闷。后来我就真的去了，和姑妈聊了一些趣事，她听着听着很快就高兴了起来，而且她还谈到我的婚事，还有准备送给我的财产。她嘱托我说她的宝石会传给我太太的，以后一定要让我将来的太太再传给太太的女儿，或儿媳。她还抱怨说麦克芬雷先生在准备赠予契约这件事上弄得太麻烦了，说什么，把十万英镑不能够从她的手里直接交给我，那么多手续要办，想想都觉得累。”说到这里大卫先生低下了头，“我和夫人大概聊了半个小时，然后夫人想睡了，我就灭了她房间的蜡烛然后离开了。”

“先生您大概是什么时候离开夫人房间的？”

“应该是八点吧，我也不太确定，差不多是那个时候。”他小声地回答。

“意思是你最后一次见到丹诺生夫人是晚上八点钟左右，是吧？”

“嗯……”他犹豫了一下点了点头。

大卫先生的台词和他上次被审问时没有太大的差异，如果大卫先生说的都属实的话，我想不出来那位瘦弱的小姐是怎样在半个小时以内做到这一切的。

“我还想问一下先生，你和克劳馥小姐的婚约现在已经解除了？”

大卫先生抬头看了我一眼，我看到他那张扭曲的脸上饱含了悲痛的神色，他的眼神好像凝固了几秒，然后开始抽泣起来。我有点手足无措，我并没有想到他会哭，这个时候我觉得我不应该多留，于是便起身告辞。

我刚走到门口，大卫先生嘶哑的声音从身后传来：“克劳馥小姐没有罪，克劳馥小姐不会杀人的，不会的，她不会的，不会的……”

这个时候管家跑了进来去拉大卫先生，让他平静一下。我站立了一分钟，就带上帽子离开了。我想我头脑里的迷雾又散了一层。

接下来我到了克劳馥小姐的姑妈家，她的姑妈是一个五十岁上下的中年妇女，她自己没有子女，收养了她哥哥的遗孤克劳馥小姐。她们住在夏洛特广场一旁的大楼里，大楼旁边有一条巷子，巷子两旁都是二层楼高的砖房。房间装修得也很简朴，没有什么特别的地方，看来柯劳姆老先生真是什么也没有留给她们，正如人们传闻的那样，这位姑妈自己也承认是靠给别人当家庭教师获得微薄的工资来养活两个人，偶尔也会做点其他的杂活。

“不会，我那姑娘绝对不会杀人的，不会的。”这位姑妈一见到我就一遍又一遍地重复着这句话。

“我也相信她没有杀人，夫人。”我笑着对她说。

“真的吗？”她抬起头，停止了喃喃自语。

“是的夫人，但是我现在需要你告诉我实情。”

“我告诉你，我全都告诉你，我那姑娘可是我哥哥拜托给我的，我怎么向他交代啊，她可是连踩死一虫子都害怕的啊。”克劳馥小姐的姑妈哭述着。

“你侄女是怎么决定要嫁给那位大卫先生的？你知道，外界都在议论这个。”

“都怪我，先生。虽然那家人很有钱，又是贵族，但是你知道那家的老先生并不喜欢他的儿子，但是他的姑妈喜欢他，还说要把自己的遗产留给他，还要把宝石留给他的妻子。我的侄女本来对那个丑小子没有什么好感的，可是那个丑小子一直缠着她不放。这都怪我。”

这个妇人说到这里，哭了起来：“因为我的身体一直不好，治病几乎把家里的积蓄都用完了，我的侄女非常善解人意，她平时也做点兼职补贴家用，后来我的病也加重了，家里没有钱看病，她有一天就告诉我说她考虑好了，说她准备嫁给那位先生，说这样就有钱给我治病，当时我本来想劝阻她的，可是我知道我这病恹恹的样子说什么都没用。”

听这位夫人这么一说，我意识到从我进这间房间开始，她的咳嗽都没有停止过，她手里还一直紧紧攥着一条手绢，不停地拿它揩拭自己的嘴角。

“真是位好姑娘呢。”我感慨道，“那天晚上克劳馥小姐是什么时候到你这里的？有气喘吁吁的感觉吗？”

“应该是八点半左右到我家的，因为那个时候我正在看‘寻宝’节目，那栏节目刚刚开始，它是每天晚上八点半开始的。她好像没有什么不对劲的地方。她像往常一样给我拿了一件厚衣服搭在腿上，还嘱咐我说：‘这病不能拖了，得早点去医院做手术。’”

“后来她就一直陪着你吗？”

“是的，后来她陪着我看电视到十点多钟，我们才睡下。”她想了想又说，“对了，隔壁的杜丽斯太太可以作证，她快九点的时候还敲我的门，想向我借点儿胡椒粉呢，我的侄女去开的门，她们还闲聊了一会儿。”

“你确定小姐没有什么异常吗？”我再次问道。

“没有。”柯女士想了想摇了摇头。

“她有提到宴会上的什么事吗？”

“唔，好像说过一些‘大家都夸我漂亮’‘说我和宝石本来就很搭配’之类的话，而且她还说那条项链价值上万英镑呢，我当时还为这样大的数目吓了一跳。”

“这样啊。那打扰了，夫人，你好好休息，我先告辞了。”

告别了柯女士之后，我又向刚才她提到过的隔壁邻居证实了这件事，她们确认确实有那么回事，只是说当天晚上她们询问了宴会的情况，克劳馥小姐并没有什么特别开心的表情，她们也觉得没什么奇怪的，谁嫁给那样一位残疾的丑八怪会开心啊？她们还说，外人都议论克劳馥小姐是贪图那位先生的钱才嫁给他的，可是谁知道这位小姐是为了给她姑姑治病呢？只有我们这些街坊知道罢了，柯太太知道克劳馥小姐的决定后心情不好，病情还又加重了呢。

（三）

从那里出来后，我想我心里已经明白了一大半，现在还需要去证实最后一招棋。

我到了林治街的珠宝店那里，这家珠宝店并不打眼，应该说是非常的不起眼，一般路过的人都会把它遗忘掉。这里的老板是坎贝尔先生，他就是那天在审问的时候作证的先生，这位先生今年已经快六十岁了。他见到我，知道了我的来意后，就给我让了座。

我问他当天是否当真有那样一个姑娘到他店里。

“先生，我在堂前说的可全是实话啊，那天早上十点左右吧，我们店才开门不久，我们一般是每天早上九点半开门，我就看见一个姑娘二十岁左右的样子长得非常美丽，对了就是那天在审问堂上的那位年轻姑娘，她匆匆忙忙地进来，说要让我看一件宝贝。我就看见她从随身携带的包里拿出了一条宝石项链，好家伙，这个可价值几万镑呀，这种东西我只用看一眼就知道，我当时就打量了她一下，就问她‘为什么拿来卖呢？’她说这是她爸爸留给她的，她现在不需要了想把它卖掉。我想了想还是不能买，第一是这么高价值的东西我们店里一时拿不出这么多钱，第二是谁知道这位穷酸的姑娘从哪里弄来的这条项链？没想到，几天后，就有人传我去候审。”坎贝尔先生感叹道。

“那当天来的那位克劳馥小姐表情怎么样？”

“我认为不是很自然，开始的时候还有点慌乱，把宝石项链都拿错了，掏出了她的化妆品盒。”

“你对这个案子怎么看，先生？”我打趣地问道。

“唔，不是已经定案了吗？这些事我们也不好说。”他叹了口气。

我想，最后一块拼图我已经把它给放上去了，现在，不，是立刻！我立刻就应该去找到法院那帮老家伙告诉他们事件的经过，在这之前，我应该先去找詹姆斯爵士说清楚。

“詹姆斯爵士，我想我们都错了。”我笑道。

“都错了？什么意思？”他一头雾水。

“错在我们都没有跳出思维惯性的圈子，总是把盗窃和杀人的凶手合二为一。”我笑了笑，意味深长地说。

詹姆斯爵士摸了摸头：“那你的意思是……”

我悠闲地坐在詹姆斯爵士的对面，点上了烟斗，说：“想想看，一个天性怪异的人，身心都不正常的人，你知道这些人的感情是怎样的吗？他们可是比日常生活里正常的平凡人要强烈一千倍！然后你再想想这样一个人如果为了让自己心爱的人免于受到偷窃罪的惩罚，他在犯罪之前会犹豫吗？注意，我绝不是说大卫·葛莱姆有杀害夫人的意图。川姆丽特告诉他夫人有点不舒服，他到她房里去，发现她已经知道自己的东西被偷了，她自然就会怀疑爱迪丝·克劳馥，可能把她的感觉说给大卫听，还威胁要立刻处置她。我敢说他并不想杀死她，可能他只是威胁要杀她，但是夫人还是一再要求，他就动了杀心。

“还记得夫人脖子上的那条勒痕吧，那么深，不是一般人能够干出的，一定是在某种癫狂程度下才有的结果。还有，你别忘了，没有人看到有坏人偷偷进来或离开屋子，凶手没有留下任何作案迹象。如果是个带着武器的窃贼，很可能会留下一些线索，至少有人会听到一些声响。

“除此之外，那天晚上是谁把她的房门锁上又打开呢？而且克劳馥小姐被证实已经在八点半到了姑姑家，大卫先生又说他八点钟最后看到了丹诺生太太，如果是小姐杀人的话，她怎么在半个小时内办到的？只能说是她先盗走了珠宝，大卫先生随后杀死了夫人。”

我顿了顿又说：“我告诉你，是房子里的某个人，某个没有留下任何线索、别人不会怀疑到他、没有任何预谋，也没有任何动机去杀人的人。想想看吧，除了这位受宠的先生还有谁呢？”

詹姆斯爵士在一旁听得愣住了。

“我还要告诉你，克劳馥小姐要盗走珠宝的原因是因为她姑妈的病加重了需要马上住院开刀，而她出于自尊心当时还不能开口向男方家要钱，于是想着那些宝石迟早是她的，干脆先盗去拿出去卖了给姑妈治病。可惜啊……”

听完我的叙述，我和詹姆斯爵士都沉默了。一会儿，管家上来对我说有电话找，我告诉他我知道了，并接通了我房间里的分机。

电话是警局打来的，刑警说今天下午接到葛姆斯家里的报警说，大卫先生开枪自尽了，自尽之前留下了一封信，信里澄清了一切，还以贵族的名义要求警局放了克劳馥小姐。听完刑警对那份信的内容描述，和我的推理完全吻合。我无力说了声“知道了”，就挂上了电话，完全没有了以前解决掉一个案子的兴奋。

“看来这个案子不需要重审了，詹姆斯爵士。”我摊开双手，对他无奈地耸耸肩。

詹姆斯爵士也无奈地叹了口气：“谁说不是呢？这个时代爱情还会让人疯狂，真是不可思议。”

“谁说不是呢？”

烈酒杀人案

【英】道洛西·赛耶斯

法庭上，陪审团代表正在宣读他们的判决结果：雷蒙德·惠布利涉嫌谋杀父亲伯纳德·惠布利一案，罪名成立：雷蒙德·惠布利为了分得家产，使用致命氰化物毒死父亲。但此刻，宣判并不能解答席下蒙塔古·埃格内心的困惑，他想起了自己很久以前看过的一本书，脑海里涌出很多想法，而且隐约觉得这桩案件最后的谜底，不是谋杀而是和自己的红酒公司脱不了干系的误杀。

于是，他从法庭迅速退出来以后，来到了小镇的邮局，并要求工作人员帮忙发出了一份电报。之后，他便徒步来到当地的一个旅馆，要了一杯浓茶，他需要时间梳理一下这些相互关联的证据，并开始慢慢回忆与案子相关的点滴：

那天一大早，他就从晨报上读到了那篇将对伯纳德·惠布利进行验尸调查的消息，然而于埃格而言，这并不是一个好消息，毕竟伯纳德·惠布利是个顶级不错的好顾客。

他是一个相当富有的老先生，也是一个对酒情有独钟的大怪人。他的书房以及密室里储存着大量的上等酒，此外，他还时常会买一些普卢梅特及罗斯公司为他精挑细选的上等葡萄酒和一些绝妙的烈性酒，但是，他却从不允许除他本人以外的其他人去处理酒类的物品——从不。

报道上说，惠布利先生是死于氢氰酸中毒，而临死之前，曾经喝过一杯由埃格公司供应的甜薄荷餐后酒。显然，发生这种事情，对公司的生意恐怕是百害而无一利。

快速扫了一下手表，埃格先生发现自己所处的小镇距离惠布利先生近期居住的地方只有十五英里的距离——并不是很远，想了一会儿，他还是决定要亲自跑一趟参加验尸调查，不管怎么说，身为公司的一员，他有义务提供证词，说明普卢梅特及罗斯公司所供应给惠布利先生的甜薄荷酒并不存在任何问题——本质上是不会有任何毒害作用的。

既然有所决定，他以自己最快的速度解决了早餐后便匆匆驱车赶赴调查所在地，验尸调查是在一个狭小却拥挤不堪的教室里进行的，为了确保自己能在那间教室里拥有一个行动方便的座位，他将自己的名片递到了验尸官那里。

第一个证人是惠布利先生家的管家明奇思太太—— 一个已经在惠布利先生家服务了二十多年的身材肥胖的人，跟惠布利先生一样，她也已经上了年纪，不同的是，这是一个看上去谦卑得近乎夸张的老人。

在她看来，虽然惠布利先生对经济方面的事物看管得可能比较紧，而且对家里的操持管理也保持着十分敏锐的洞察力，但这些并不妨碍他成为一个相当出色的雇主。当然，就她个人而言，她并不在意惠布利先生的这些性格——据她所说，她自己本身也是一个谨慎小心的人，尤其是对自己利益方面的事情，另外，自打惠布利先生的太太过世之后，他的房子一直是由她为其打理的。

“虽然他已经快八十岁了，但是除了他那不得不时时被留意的心脏，总体而言，他还是一个十分活跃的身体健康的人，”明奇思太太想了想，“星期一的晚上，他的健康状况和平时一样没有任何异常。”

瞥了一眼房间的另一侧，明奇思太太的视线落在了坐在埃格先生身边不远处的证人席上，那是一个单薄瘦弱、面呈病态的中年人，“星期一下午的时候，雷蒙德·惠布利先生曾经打电话来说他会过来用晚餐。”

“他是惠布利先生的儿子吗？”

“对的，惠布利先生就只有这么一个孩子。”埃格随即看向这个中年人，他正在意味深长地喘着粗气，他的另一侧还坐着两个人，均身着黑色时髦衣衫，此时，证人的陈述还在继续。

“除了一个孩子，惠布利先生还有一个侄子锡德里克·惠布利先生，他和他太太一直在家里，此外，老先生就再没有其他什么亲戚了。”显然，说的就是坐在雷蒙德先生另一侧的两位了。

“大约六点半，雷蒙德先生驾车到达，进屋后就立刻去了书房——老先生一直在书房里待着，直到晚餐时间的铃声响起来的时候，雷蒙德先生才神情郁闷地独自从房间里走出来，在大堂里从我身边经过的时候，也没跟我打招呼，因为惠布利先生没有跟着出来，我便到房间里去叫他吃晚餐，当时，他正坐在写字台前，好像在审阅一份法律方面的文书，我没太看清楚。

“虽然惠布利先生的身体很健康，各部分机能也算得上非常敏锐，然而他的年龄摆在那里，时不时地，他的听力会有些问题，于是，我开口问他：‘很抱歉打扰您了，先生，可是，您听见提醒晚餐时间的铃声了吗？’当时，他只抬起头看了我一眼，‘好吧，我知道了，明奇思太太。’随即又继续干起了他手头上一直在干的事情，我心里还在暗自嘀咕：‘看来，雷蒙德先生又惹得惠布利先生不高兴了。’半个小时——”

“很抱歉打断你，但请稍等片刻，您能不能重复一下当时脑海里关于雷蒙德先生的想法？”

“是这样的，因为惠布利先生不喜欢自己儿子所做的那些事情，所以他经常会对雷蒙德先生所做的事情持否定意见，为此，父子俩经常会发生一些口角。

“一直到七点半的时候，老先生上楼去穿衣服，从我身边经过的时候，特地交代我给他的律师怀特黑德先生打电话，叫他第二天上午过来，不过具体需要做什么，他并没有做任何说明，那时候他的脚步看上去有些沉重，整个人看起来也很疲惫的样子，不过总体上还是安然无恙的，为了以防万一，担心他会需要什么帮助，在完成先生的吩咐，给怀特黑德打完电话之后，我还一直坐在大堂里。后来，惠布利先生又一次下楼来的时候大约是八点差十分，我跟他说怀特黑德先生已经接到了通知，并回复说会在次日上午十点之前来见他。”

“你说这些话的时候，还有别人在场吗？”

“是的，雷蒙德先生与锡德里克先生和他的太太一直在家，因为晚餐还没有开始，当时他们都在大堂里喝着鸡尾酒，肯定都听见了我所说的一切。”

“他们在用晚餐的时候，你在场吗？”

“不，一直以来，我都是在自己的房间里用餐的。大约九点差一刻的时候，晚餐结束，锡德里克先生和他的太太便去了休息室，之后，负责杂物的客厅女佣把咖啡送到了休息室，接着又分别将咖啡送到了惠布利先生和雷蒙德先生那里，因为没什么事，我一直一个人待在自己的房间里。九点的时候，锡德里克先生和他的太太走进来和我聊起天来，快到九点半的时候，我们突然听到书房的门‘砰’的一声被猛烈撞开，连忙出去看，几分钟后，雷蒙德先生走了出来，当时，他的表情看上去怪怪的，身上穿着外套，头上还戴着一顶帽子。

“因为担心出了什么事情，于是锡德里克先生便想叫住雷蒙德先生，问他出了什么事：‘喂，雷！怎么了？’可是雷蒙德先生却没有理睬他，只是跟我说了一句：‘明奇思太太，我可没一点儿心思在这里过夜了，我要马上回城里去。’我也不知道发生了什么事情，只能回答道：‘那好吧，雷蒙德先生，我想，惠布利先生应该知道你的这个决定吧？’听完我的话，他笑了笑，只是那感觉实在有点儿滑稽：‘哦，是的，他什么都知道。’之后，再没有别的话，便走了出去，锡德里克先生跟在他的后面，我看他一直在对雷蒙德说话，大概是一些类似于‘别生气’的安慰。锡德里克太太在一旁跟我说，她一直很担心雷蒙德先生可能会跟老先生吵起来。

“大约又过了十分钟，两位年轻的先生走下楼去，想起雷蒙德先生总是丢三落四，担心他又把什么东西落下也说不定——果然，我发现了他落在大堂衣帽架上的围巾，连忙抓起他的围巾出门追赶他们，就在他们准备从前面大门走出去的时候，我追上了他们，把围巾还给了雷蒙德，很快，他便开着车离开了，站在门口看了一会儿，我便和锡德里克先生回到了家里。

“在经过书房门前的时候，锡德里克先生说：‘我觉得很奇怪，我叔叔是不是——’说到这里，他便打住了，顿了一下，接着说，‘算了，还是让他一个人单独待着吧，有什么事儿我们明天再说。’我们回到我房间的时候，锡德里克太太还一直在那里等着我们。

“‘出什么事情了吗，锡德里克？’见我们进来，她连忙问道，‘亨利叔叔知道了一些关于埃拉的情况，之前我就告诉过雷让他小心一点。’‘哦，怎么会这样！’她惊呼一声，之后，我们都很有默契地避开了这个话题，谈起了另外的。

“大约十一点半的时候，锡德里克先生和他的太太觉得有点儿累，便离开我的房间上楼睡觉去了，他们离开之后，我收拾了一下自己的房间，便像往常一样，走出了我的房间，开始对房子里的各房间进行巡视。熄灭大堂的灯之后，我发现惠布利先生的书房依然亮着灯光，一般情况下，先生是不可能这么晚不休息的，我觉得有点儿不同寻常，便想走过去看看先生是不是因为太累了，趴在书上睡着了。

“因为不能确定先生是不是还在工作，走到门前的时候，我敲了敲房门，等了一会儿，却没有听见任何响动，于是，便径直走了进去，没想到，却发现先生仰面倒在椅子上，已经死了。房间桌子上有两只空着的咖啡杯和两只空着的烈性酒酒杯，另外，还有半瓶长颈瓶装的甜薄荷酒，我连忙叫来了锡德里克先生，先生赶来之后，叫我不要触碰房间里的任何东西，说是要让房间保持原来的样子，紧接着，他又打电话找了贝克医生。”

第二位证人便是那位负责杂物的客厅女佣。之前她一直坐在桌子前面等着，据她回忆，那天整个晚餐过程并没有什么异常情况，除了那天惠布利先生以及他的儿子看上去都是心事重重的样子之外，她说，晚餐过程中，两人一直保持着沉默，直到晚餐快结束的时候，两人才有了一些交流。

“雷蒙德先生说：‘看吧，父亲，我们绝不能就这样把事情扔着不管。’惠布利先生却回答他：‘什么时候你改变了主意，最好记得马上告诉我。’‘我无法改变自己的想法，可是如果您只听——’惠布利先生吩咐了一句把咖啡送到书房里去，并没有对儿子的话做任何回应。

“我端着咖啡和烈性酒酒杯走进书房的时候，雷德蒙先生就坐在桌子边上，而惠布利先生则是背对着儿子，站在酒柜旁边——显然，当时，他正在取酒，在我摆放酒杯和咖啡的时候，听到惠布利先生询问雷德蒙先生喝什么，‘甜薄荷酒。’雷德蒙回答说，惠布利先生显然不是很赞成儿子的选择：‘你应该——要知道，那是女人们喝的一种东西。’听完这句，我便走出了书房，之后也就再没见过惠布利和雷蒙德先生。”

听着听着，坐在一旁的埃格忍不住笑了起来，似乎，他能够听见老惠布利先生会这么说。不过转瞬，他那张富态的脸便显出比之前更加严肃的表情来——就在此时，验尸官传唤了锡德里克·惠布利先生。

锡德里克先生进一步证实了管家之前所说的一切，一开始，他便申明了自己的年龄——三十六岁，目前他的身份是弗里曼·托普莱迪出版公司的初级合伙人。他了解惠布利先生与他儿子争吵的部分原因，据他所说，实际上，之前惠布利先生叫他和他的妻子去他家里是因为想与他们商量一下雷蒙德想与某位小姐订婚的相关麻烦事。

“在谈到要修改他的遗嘱时，惠布利先生显得非常激动，当时，我觉得如果惠布利先生在如此激动的心情下做出决定，难免以后会后悔，所以便劝他平静下来再考虑这件重大的事情，那天晚上，我曾经陪着雷蒙德去过楼上，他告诉我老先生威胁说要取消他的继承权。我劝他不要紧张，跟他说老人一定会平静下来重新考虑的。

“雷蒙德离开之后，我跟明奇思太太回到屋内，原以为让老人独自待着，第二天再去看他会好点儿，于是一直到与妻子离开明奇思太太的房间，也没去打扰老人，而是径直上了楼，不过上楼没多久，也就一刻钟的样子吧，我便听到了明奇思太太的召唤，下楼来便发现叔叔已经死了。

“我俯身在叔叔的尸体上仔细检查了一番，在他的嘴唇边闻到了淡淡的杏仁味，我想象着其中的一只杯子上也会有杏仁味，便又去闻了闻杯子，因为担心破坏证据，所以根本没去触碰杯子，为了防止明奇思太太不小心破坏现场，我还跟她强调了要让那房里的一切保持原样不变。

“在我看来，我叔叔很可能是自杀身亡。”锡德里克先生说出了他的猜测。

紧接着坐下的是死者的儿子，也就是雷蒙德·惠布利先生，他看上去非常单薄弱小，从脸色看来，他并不是十分健康，三十到四十岁的样子，这样一个男子，在他身上，丝毫不见男子汉的阳刚气息，伴随着他坐下的动作，不大的法庭里响起了一阵沙沙声。

“我的职业是一名摄影艺术家，目前在邦德大街有个工作室，而且，我对于那些声名显赫的男士们和女士们在‘表现主义艺术家的研究’方面有独到见解，《西部尽头》已经对我的研究表现出了显著的关注，可是，我家老头却总有一些老式得过时的偏见，甚至于他不赞同我的所有活动。”

“这点我可以理解，”验尸官说，“要知道，在摄影行业，氢氰酸是很常见的，摄影师经常会用到它。”

听了这话，雷蒙德·惠布利露出了些许微笑，显然，他听懂了这句带有一定寓意的话题。

“氰化钾，”他说，“天哪，这倒是，而且使用的频率还是相当高的。”

“那你了解对于摄影，这种东西到底有什么作用吗？”验尸官问道。

“嗯，这个我确实了解，不过，我本人却不常用，但是……但是……如果这就是你叫我来想要了解的情况的话，我承认自己的确有一点。”

“谢谢，那现在你能不能告诉我，据明奇思太太和锡德里克先生说，你跟你父亲之间所存在的不同观点到底是什么呢？”

“好的，这其实没什么，也就是因为他发现了我准备跟一个同这个阶层有些许关联的小姐结婚这件事儿，我不知道到底是谁向他透露了这件事情，也许是我的堂兄锡德里克，也许是那爱开玩笑的老锡德里克，虽然我更希望是后者干的，不过我知道更有可能是我堂兄说的，这些都不是很重要，重要的是我父亲为了这件事大发雷霆，还派人找到了我。你是知道的，我父亲满脑子都是一些顽固不化的偏见，他强烈反对我的决定，那天晚餐以前，我们就为了这件事发生了口角，不过，我始终觉得我能够说服他。于是，在晚餐之后，我又去找了他，可是他真的非常生气，这件事情完全没有转圜的余地，我那时候只觉得忍无可忍，所以，跟明奇思太太打完招呼，我很快便驾车回到了城里。”

“他有没有说过关于要找怀特黑德先生的事情？”

“对，他提到过，他跟我说了一些事情，比如说如果我硬要和埃拉结婚的话，他便会在遗嘱中取消我的继承权——他一向是个十分苛刻的家长。”

“那他有没有说过，如果他另外拟定新遗嘱会对谁有利呢？”

“这倒没有，不过，作为我家唯一的亲戚，我认为锡德里克必然会参与进来。”

“你能不能尽可能细致地将那天晚餐之后发生的情况描述出来呢？”

“那天晚上，我们用完晚餐，我便跟着父亲来到书房，我径直走到壁炉旁边的桌子边坐了下来，而我父亲则走到他那摆放着各种烈性酒的酒柜前，‘你想喝点什么？’他问我，我说我想来点儿甜薄荷酒，果然，他又用他那惯常而又令人开心的语调嘲笑了我一番，不过，之后，他还是取出了甜薄荷酒——装在一只长颈瓶里，拿给我，‘你自便吧。’这时，女佣端着一些酒杯进来了，我喝了一点咖啡还有一些甜薄荷酒，可是，我父亲却什么都没有喝——至少我在那边的时候，他什么都没喝。当时的他显得十分激动，在房间里来回走着，不时地，还用各种条件威胁我。

“我看他一直不喝咖啡，便提醒他：‘您的咖啡就要凉了，父亲。’可是他非但没有听进去，反而冲我嚷着让我滚开，继而又对我未婚妻做了一番令人十分厌恶的评论，我担心再待下去会控制不住脾气，冲他说一些不孝的话，于是我扔下一句‘您好好待着吧’，便重重地摔门而去，离开的时候，他面对着我，站在桌子后方。

“离开之前，我去告诉明奇思太太说我要立刻回城，锡德里克跟着我出来，准备插嘴说什么，我直接跟他说：‘这一切令人烦心事情的出现，我知道我最应该感谢的人是谁，如果你想得到老头的钱，我绝不拦你。’这就是我所说的关于此事的一切了。”

“如果按照你所说的，在你待在房间里的时候，你父亲什么东西都没喝过，那这两只酒杯还有这两只咖啡杯都被用过这个事实你又该做何解释呢？”

“我能肯定在我离开之前，我父亲没有喝过任何东西，至于这酒杯和咖啡杯，我猜应该是我离开之后才被使用的。”

“那么，在你离开书房的时候，你父亲还活着吗？”

“活着！我很肯定。”

律师怀特黑德先生将死者遗嘱里的条款一一做了说明，惠布利先生在遗嘱里说得很清楚——锡德里克·惠布利先生每年将会有两千美元的进账，而剩余财产则全部留给了自己的儿子雷蒙德。

“死者生前是否曾经有过想要修改遗嘱的意图呢？”

“是的，在他死的前一天，他曾经跟我说：‘我对我儿子的行为实在是太失望了，我真的非常不喜欢他的未婚妻，不管怎么说，我绝不会让那个女人的孩子们参与分我的财产，到现在，我实在找不到任何理由把继承权给雷蒙德，我要取消他的继承权，每年给他一千美金就算了，家产的剩余部分就交给锡德里克先生吧。’所以，那天夜里，明奇思太太打电话给我说他找我的时候，我就已经意识到他是真的打算实施一份新遗嘱了。”

“但是，他还没来得及这样做就死了，这样说来，那份原先的有利于雷蒙德先生的遗嘱现在仍然拥有法律效应，对吧？”

“是的。”

接着，该县警察署的视察员布朗呈递出了指纹证据，证据显示，其中一只咖啡杯和一只玻璃酒杯上都有雷蒙德先生的指纹，而另外的一只咖啡杯还有那只带有毒药的玻璃酒杯上便只有惠布利老先生的指纹了，除了这父子俩的，四个杯子上再找不到其他人的指纹，当然，那位女佣除外。至于那只装有甜薄荷酒的长颈瓶上都有着两个惠布利先生的指纹。

目前为止，还没用排除死者自杀的可能性，于是，警方又对房间里的一切进行了一次细致的排查工作，尝试着找到任何可能装有毒药的小瓶子，结果，除了壁炉后面的那个被烧毁一半的铅箔盖子的碎片，他们没找到其他任何可疑的东西。铅箔盖子的边沿处还依旧留着“……AU……包装”的字样，不过，从这个残缺盖子的尺寸来看，显示是一只容量为半升瓶子的瓶盖。这样看来，准备半升的氢氰物进行有预谋的自杀行动是没有任何可能性的。再者而言，警方也没找到任何可以证明这只瓶盖碎片属于那个新开启瓶子的证据。

这个时候，医生正在接受传唤，准备出示死亡医学证明。

医生说：“很显然，死者是死于氢氰物中毒，虽然我只在死者胃里发现了含量极少的氰化物，但是众所周知，氰化物是所有毒药中致命速度最快的毒药之一，人一旦吞服，仅需要几分钟，便会迅速丧失意识而死亡，对于死者这种年龄和体力虚弱的人，即使只有微量的氰化物，也足以在很短的时间里使之死亡。”

“医生，你还记得你第一次看见死者是什么时候吗？”

“我是十二点差五分的时候到达死亡现场的，当时，惠布利先生至少已经死亡了两个小时。”

“他可不可能，嗯，比如说，是在你到达前半小时之内才死的呢？”

“绝对不可能！我可以很断定地说死者的死亡时间大约在九点半，而且可以肯定地告诉你死亡时间绝对不会超过十点半。”

接下来轮到化验报告出示，经过检验，那只装有甜薄荷酒的长颈瓶里的东西和那两只咖啡杯里的残渣都没有任何有害物质，两只玻璃酒杯里都剩下了几滴甜薄荷酒，而那只留有老惠布利先生指纹的玻璃杯里有明显的液态氰酸的痕迹。

回想到这里，埃格先生看了下表，大约已过了一个多小时，而这时他刚刚发出的电报也得到了回复：“1893 年 6 月 14 日。1931 年，弗里曼·托普莱迪出版公司。”电文上还有普卢梅特及罗斯公司高级合作方的签名。

拿到电报之后，埃格先生便把自己关在了房东的个人房间里，那张原本看上去让人心情愉悦的圆脸也因为一系列的困惑以及悲伤而变得阴云密布，他想了想，还是拨通了通往城里的长途电话——不菲的话费没有成为他的阻碍。此时，困扰着他的迷雾仿佛变淡了很多，脑中的念头虽然依旧模糊，但已不像之前那样令人困惑了。接着，他钻进了汽车准备去找验尸官。

验尸官是一个面色红润、长得健壮的人，看起来处事方式也极其干脆利索，埃格登门之际，正碰上他跟布朗视察员还有警察局长在一块儿。

看到埃格，验尸官热情地迎上来：“哦，埃格先生，很高兴见到你，目前看来，这桩案件根本不能归罪于贵公司所供应商品的纯度，我敢肯定你现在一定感到很欣慰。”

“先生，您好，这也正是我冒昧来拜访您的原因所在。”埃格说，“生意是一码事，但从另一个角度看，事实就是事实，之前我已经通过电话与普卢梅特先生进行过交谈，他授权我将情况在您面前交代清楚。如果现在我不这么做的话，”埃格先生坦率地补充道，“总会有别人这么做，到那时，事情只会闹得更加不可开交。我的准则均是来源于一本名叫《推销员手册》的图书，那是一本通篇都是明明白白的常识的畅销书——说到常识，我想说的是对我们的朋友造成伤害一直是商品的禁忌。”

“您是指雷蒙德·惠布利先生吗？”验尸官说，“如果您是在问我的话，我不得不说，那个年轻人是个十足的变态狂。”

“您说得太对了！先生。”视察员表示赞同地附和道，“我也见过不少愚蠢的下流之人，不过还没见过像他这么过分的，跟自己的父亲发生了争执，欺骗了他，居然还用那种办法逃跑，实在是让人不怀疑都难，他怎么不直接拿出电子信号牌告诉别人是他干的呢？不过，就我看啊，他那种人还没这个胆。这个家伙，给我等着，我会传唤他的。”

“表面看起来，事情好像就是这样，”埃格说，“可是，谈及这件事，还有一个关键人物，就是那位老惠布利先生，这么说吧，我了解我的每一位顾客——这是我的工作，如果一位先生喜欢的是轻盈干爽的酒，我们绝不会给他提供 1847 年生产的欧勒罗苏酒，要知道，我们这么做是没有任何好处的。”

“现在，我想问在座各位的是，后来到底是什么原因促使惠布利先生去喝那杯甜薄荷酒的？要知道，对他而言，甜薄荷酒始终有一种难以接受的味道，他的那瓶酒本就是为了女士而准备的——相信大家也听说了他是怎么评价雷蒙德喝那种酒的。”

“这确实是问题的关键所在，我们曾经也一直在想这个问题，”警察局局长说，“但不管怎么样，他肯定把毒药放在了什么东西里面。”

“好，那我们现在再来谈谈那个铅箔瓶盖吧，在验尸过程中，因为我还没找到事实依据，所以我没有让自己介入其中，但是，现在我找到了，而且现在事实就摆在眼前。先生们，你们想想，如果那天拿走书房里一只瓶子的盖子，那么就一定会找到一个与之相匹配的瓶子，可是那个瓶子究竟在哪里呢？”

“大家都知道，惠布利先生还有我的顾客们都已经和普卢梅特及罗斯公司打了五十多年交道了，虽然这家公司是很早以前就成立的，但是那种盖子却是由两名法国发货人组建的普雷拉蒂尔及西尔公司生产的。现在，我能够很肯定地告诉你在房间发现的那个盖子就是来自他们运送的一瓶果仁白兰地酒——诸位看看瓶盖上最后两个字母便会知道——而且，经过确认，我们确实曾经给惠布利先生送过一瓶普雷拉蒂尔的果仁白兰地酒和其他一些烈性酒样品，时间为 1893 年 6 月 14 日。”

“真的是果仁白兰地酒吗？”验尸官兴致勃勃地提问。

并没有正面回答验尸官的问题，而是转而对医生说：“我认为对您来说，某种情况出现了，医生。”

“确实，这意味着某种情况。”验尸官说，“首先说明，如果我说得不正确，还请大家指正——果仁白兰地酒是一种带有杏仁油味和着桃石味道的烈性酒，所以，它里面含有微量的氢氰酸。”

“对，这就是问题所在。”埃格说，“当然，一般情况下，仅一杯酒，即便是两杯中的氢氰酸的含量都是不足以对任何人产生伤害的，但是，如果您将这样的一瓶酒放置的时间过久，里面的油便会漂浮到酒的面上—— 一瓶年代久远的白兰地酒倒出来的第一杯就有可能致人死亡。”

“我了解这些事，是因为几年前我曾经读过由弗里曼·托普莱迪出版公司出版的《食物与毒药》这本书。”埃格补充说道。

“那也就是锡德里克所在的公司。”视察员说。

“没错。”

“埃格先生，你究竟在暗示什么？”警察局局长询问道。

“准确来说，这个案件并不是谋杀，”埃格说，“在我看来，情况可能会向另一个方面发展。”

“我估计，在雷蒙德先生离开书房之后，在经历了一连串郁闷的事情之后，老先生变得烦躁不安，于是，在他喝完那杯凉咖啡之后还想再喝一点烈性酒，站在酒柜前的他碰巧就看见了这瓶果仁白兰地酒—— 一瓶已经四十年没有开启过的酒，他取出酒瓶，撬开瓶盖并随手将铅箔片仍进了壁炉里，接着，他又用启瓶器拔出了瓶塞，然后，他倒出了第一杯酒，完全没意识到危险，就坐在椅子上喝光了杯中的酒……”

“如果真是这样的话，那实在是太凑巧了，”警察局局长说，“可是，这样的话，你怎么解释那杯子里的甜薄荷酒呢？而且，那只瓶子和瓶塞又去了哪儿呢？”

“也许，正是有人注意到了这一点——只是，这个人并不是雷蒙德先生而已，因为这个人的确有足够的优势让一切事情保持原状。”埃格说道，“大家试想下，大约在十一点半的时候，明奇思太太还在清理着自己的房间，而屋子里的其他人则已经上床睡觉，可是，偏偏这个时候，有人进入了惠布利先生的书房，还发现了他已经仰面倒在椅子里死了，看到惠布利先生旁边的那瓶果仁白兰地，此人已然猜出发生了什么事，大家说，如果这个人把启瓶器放回酒柜，把雷蒙德酒杯里的甜薄荷酒滴了几滴到死者的酒杯，接着，带走了那瓶果仁白兰地，以便找机会将其扔掉，这之后会发生什么事情呢？”

“可是，为什么这个人没有在酒杯上留下任何指纹呢？”

“这很简单，”埃格说，“他只需要用手指的根部夹住酒杯就可以保证不会留下自己完整的指纹，即便之后你们发现了杯底的痕迹，也只会将其判定为一些模糊不清的印记。”

“他这么做有什么动机呢？”警察局局长还是不愿相信。

“关于这点，我想不需要我再多说什么了，试想，如果雷蒙德先生因为谋杀自己的父亲而被处以绞刑的话，那么他父亲的财产便会被交到他们最近的亲戚手中，也就是那位出版书商，告知我们大家这一切有关白兰地酒知识的先生。”

“不幸的是，这次事件源于我们公司供应的可疑商品，”埃格先生说，“不过，既然事故发生了，我们遭受指责那也是无法避免的事情，但是，我们更应该采取措施避免同类事件的发生，我们会承担全部责任。另外，我想，不管怎么说，在我们今后的货单里，最好还是要放入警告说明之类的东西。

“先生们，最后，我在这里还要提一点建议，请原谅我的鲁莽，允许我写下一段文字以作为普卢梅特及罗斯公司的新世纪座右铭献给诸位——我相信，不管在哪一家图书馆，它都绝对值得摆放在书架之上。相信我，不管是从印刷方面考虑，还是就装订而言，跟同类比较，它都会是相当精美的产品。”

黑刺莓果

【英】阿加莎·克里斯蒂

在国王大街，有一家以英国料理和舒适环境著称的餐馆，名叫迦特沃餐馆，它以原汁原味的菜肴吸引着远近众多老主顾，尤其是一些著名的艺术家常常来这里就餐。波宁都是这里的常客，他总喜欢向与他一起共餐的朋友卖弄自己的艺术见解，虽然他一点艺术气质都没有。

这天，他与朋友波罗在这家餐馆用餐。波罗第一次来这家餐馆，所以波宁都趁机把他对这家餐馆所了解的一切一股脑儿灌输给波罗，比如哪个著名的艺术家在哪张位置上坐过，顾客意见本上有哪些著名人士留过言、签过名。女侍者莫里上前为他们点餐，她非常热情和周到，对每一个老顾客的饮食习惯都了如指掌，而且总会根据他们的爱好推荐一些不错的好菜肴。为了炫耀自己的内行，波宁都对波罗所点的每道菜都品头论足，最后，波罗干脆把点菜的主导权全部交给了波宁都。

当莫里拿着菜单离开时，波宁都还在喋喋不休地评论道，女人如何不精通饮食、看到什么就点什么，而男人又如何讲究饮食。

波宁都环顾了一下餐馆，示意波罗注意角落里一个长相奇特、留着大胡子的老家伙。他告诉波罗，这个老家伙是这家餐馆的老主顾，每个礼拜二和礼拜四的晚上都会来这里就餐，他这个习惯已经保持了十年，几乎成了这家餐馆的一个标志。但至于他的名字、住所、职业，从来没人知道。

在女侍者莫里把火鸡端上来的时候，波宁都顺口搭讪道："老家伙今天又来了？"

"是的，先生。"对于这个老家伙，莫里最熟悉不过，"他礼拜二和礼拜四总会来。但奇怪的是，他礼拜一竟然也来了！我差点以为我记错日期了，但第二天他也来了，第二天正是礼拜二。不知道这次他为什么破例了。"

"好奇怪呢。"波罗疑惑道，"到底是什么原因呢？"

"如果让我猜测，他应该是遇到了什么烦心事。"莫里说道。

"为什么这么说呢？"

"他来我们餐厅用餐十多年了，虽然他从来不多说一句话，但我们都很熟悉他的饮食习惯，他礼拜一晚上一反常态地点了浓汤、牛排、腰子布丁和黑刺莓果，要知道，他以前从来没有吃过这些东西的！”

莫里离开后，波宁都对波罗说道：“真令人费解。波罗，让我听听你这位侦探家对这件事的推理。”

“我倒想先听听你的。”波罗说道。

“我可不是华生啊。嗯，依我看，那个老家伙去了趟医院，医生建议他改变一下饮食习惯。”

“哦？浓汤、牛排、腰子布丁、黑刺莓果？有医生会建议病人这么吃的吗？”

“嗯，还有一种可能。”波宁都接着说，“他那天有心事，心烦意乱，压根就没注意自己点了什么。”说完，自己都觉得这个推理有点牵强。

波罗一直没说话，他似乎有一种不祥的预感。

三个星期后，波罗在拥挤的地铁车厢里遇见了波宁都。他告诉波罗一个不好的消息，说那个老家伙有一星期没去迦特沃餐馆，莫里猜测他可能遭遇不测了。

“真的？真的？”波罗连忙问道。

“是的，这个世界真的无奇不有，我们对那个老家伙还一无所知呢。哦，我到站了，该下了，再见。”波宁都匆忙下了车。

波罗皱紧了眉头。回到家，他马上让仆人找出一份名单，这是这个地区的死亡记录。他挨个名字查看，最后，他的手指在一个名字旁停住了。

“亨利·格斯库恩，六十四岁。”

当天晚些时候，波罗的身影出现在国王大街的一家诊所，诊所的主人是迈克恩杜大夫，他是亨利·格斯库恩的验尸官。知道波罗的侦探身份后，他毫无隐瞒地将他所了解的情况全部告诉波罗。

“亨利·格斯库恩，他是一个古怪的老头。”迈克恩杜大夫说道，“我没给他看过病，但听说过他的一些情况。他一个人住在那幢破旧的公寓里，一栋即将被推倒重建的老房子。送奶工发现他好几天没出来取牛奶，就告诉了他邻居，邻居便马上报警了。当警察破门进入后，发现他已经死了，躺在楼梯脚下，应该是摔死的。死的时候他穿着破旧的睡衣，上面的腰带又长又破，可能就是这根腰带把他绊倒的。”

“原来这样，是意外死亡呢。”波罗说，“他还有其他亲人吗？”

“他有个侄子住在温布尔登，叫佐治·劳力莫，是个医生，以前每个月都会过来探望他一次。”

“当你们发现亨利·格斯库恩的尸体时，他死亡多久了？”

“嗯，”迈克恩杜大夫回忆道，“我是在六日早晨验尸的，发现他死亡时间大约在四十八小时到七十二小时之间。他口袋里有一封信，是三日下午从温布尔登发出的，大约是在当天晚上九点二十分左右送到他手中，也就是说，他是在拿到信后才死的。我发现他在死前两小时吃了顿晚饭，刚好有人在三日晚上七点半左右看到他在国王大街的迦特沃餐馆用过餐，他每个礼拜四都去那里吃饭，那里的侍者都认识他。所以根据他胃里食物消化程度和他收信的时间，他应该是在三日晚九点二十分至十点之间死亡。”

“时间算得天衣无缝。除了侄子，他没有别的亲属了吗？”

“有的，不过整件事听起来有点戏剧性呢。他有一个双胞胎兄弟，叫作安东尼·格斯库恩，他们以前的关系很亲密，但是他这位兄弟后来娶了一位有钱的女人后便放弃了艺术，他就和这位兄弟闹翻，从此不再往来了……最奇怪的是，他的兄弟竟然也在三日去世了，兄弟二人在同一天死亡！这种事情太罕见了。”

“这种巧合确实非常让人惊讶……他兄弟的妻子还活着？”

“不，几年前她就去世了。”

“安东尼·格斯库恩住在哪儿？”

“根据他侄子佐治·劳力莫医生告诉我的情况，他应该是一人独居在金斯顿山的别墅。”

波罗点点头，似乎在思考其中的逻辑关系。

迈克恩杜大夫用锐利的目光看了看波罗：“波罗先生，我告诉了您我所知道的一切，但是还不知道您此行的目的。”

波罗严肃地说：“这不是一件偶然的意外死亡事件，据我推测，应该是一宗蓄意谋杀案件。”

迈克恩杜大夫大吃一惊：“谋杀？难道你掌握了什么证据吗？”

“没有，”波罗说，“目前只是我的猜测。”

“或许其中有些细节……”迈克恩杜大夫认真思考起来，“但是，如果你怀疑他侄子是嫌疑人的话，那么你猜错了。据警方调查，劳力莫医生三日晚上八点半到十点之间在温布尔登玩牌，他完全没有作案的时间。”

“哦？”波罗有点失望，“但其中一定会有破绽的。为什么亨利在死前打乱了饮食习惯呢。”波罗站了起来，最后一句话几乎是自言自语。

迈克恩杜大夫也站了起来，他斩钉截铁地说：“说实话，我没觉得亨利·格斯库恩的死亡有破绽，他一定是自己从楼梯上滚下来摔死的。”

波罗叹了口气：“看来作案者是个高手，事情计划得非常严密……对了，我顺便问一句，亨利·格斯库恩的牙是假牙吗？”

“不，他的牙保护得很好，在这个年龄段是很少见的。”

“他的牙齿，没有变色？干干净净？”

“是的。你指的是牙齿会因为抽烟发黄是吧？我当时特别留意了他的牙齿，他的牙齿状况良好，看来他没有抽烟的习惯。”

“确切地说我不是怀疑他抽烟……不过想多了解一些细节……谢谢你，迈克恩杜大夫，谢谢你的帮助！”他和迈克恩杜大夫握了握手，便离开了诊所。

波罗一个人出现在迦特沃餐馆，上来给他点餐的是另一个女侍者，她告诉他莫里休假去了。这会儿时间只有七点，客人还不太多，波罗便和这位女侍者聊起了亨利·格斯库恩。看来餐厅里的人对亨利的印象非常深刻，对他的死亡都非常意外。从这位女侍者的口中，波罗打听到亨利三日当晚吃了咖喱肉汤、布丁、黑刺莓果、苹果馅饼、奶酪等食物。吃着侍者给自己端上来的鱼片，波罗眼睛里发出了光芒，他似乎发现了一些线索。

费了一些周折，波罗从法医那里看到了那封亨利死前收到的来信，信的字迹很潦草，波罗仔细读了一番，内容是这样的：

亨利叔叔：

很遗憾，我没有处理好安东尼叔叔的那件事。他病得很严重，似乎不记得您是谁了，对您要拜访他的愿望似乎不感兴趣。我想他快要离开我们了。

很抱歉没帮上您的忙，但我保证我已尽力了。

爱您的侄子：佐治·劳力莫

11 月 3 日

收起信件，波罗注意到邮戳时间——11 月 3 日下午四点半。

他自言自语道："所有事情都安排得天衣无缝，不是吗？"

接下来，波罗去拜访艾米丽·希尔——已故的安东尼·格斯库恩的女佣兼厨师。她可不是一个好对付的女人，她对波罗的来访表现得很冷淡，并不打算好好配合。不过，波罗最终以自己和善的态度和能言善辩的口才折服了希尔太太。

希尔太太照顾安东尼·格斯库恩十四年了，以最大的忍耐力尽心尽力地服侍着这个性情古怪又嗜财如命的老头。她本以为在他去世后，自己能从他那得到些什么遗物做纪念，但是按照安东尼多年前的遗嘱，在他死后，他的遗产全部留给妻子，如果妻子先他而死，他的财产就全部留给他的兄弟亨利。这对她太不公平了，她喋喋不休地向波罗倾诉自己的不满。

波罗及时中断了希尔太太的倾诉："但是亨利和安东尼吵过一架后，他们再也没有互相来往了，不是吗？据我所知，是安东尼先生拒绝与亨利和好的吧？"

"是的，有这么回事，"希尔太太点点头说，"'亨利？'他嘟囔着，'谁是亨利？那个爱吵架的家伙，找我干什么，好多年没见了，不想见。'他就说了这些。"

接着希尔太太又准备开始抱怨已故安东尼的律师对她的冷淡态度。波罗好不容易礼貌地打断她的话，才得以离开。

晚餐后，波罗来到了温布尔登，拜访了佐治·劳力莫医生。

医生礼貌地迎接了出来，他收拾得干净利索，是个大方得体的人。

"医生，我不是病人。"波罗开门见山解释道，并向劳力莫医生出示了自己的工作证。劳力莫医生睫毛动了动，似乎若有所思。

"我的客人几乎都是女人。"波罗向劳力莫医生那边靠了靠，故作神秘地说道。

"哦，这不足为怪。"劳力莫医生眨了眨眼睛，笑着回答。

波罗点点头："与警察相比，女人更愿意相信私人侦探，她们不希望将自己的私事曝光于众。前几天，就有一位上了年纪的女士向我咨询遗产继承的问题，她和丈夫几年前闹翻了，丈夫最近突然死亡，她为此伤心难过。她的丈夫就是你的叔叔——死去的格斯库恩先生。"

"我的叔叔？不可能，你胡说八道！他的妻子死了好多年了。"佐治·劳力莫有点恼怒，有被愚弄的感觉。

"我说的不是你的安东尼·格斯库恩叔叔，而是亨利·格斯库恩叔叔。"

"亨利叔叔？更加不可能，他从来没结过婚！"

"哦，不，他结过婚的，你不知道罢了。"波罗不动声色地扯着慌，"那位女士带着她和你叔叔的结婚证书，这一点我看得非常清楚。”

“我不信！你撒谎！”佐治·劳力莫忍不住吼起来，他的脸和脖子涨得通红。

“这个结局太出乎意料了，不是吗？”波罗平静地说道，“你杀了人，最终却什么也得不到。”

“杀人？什么杀人？”佐治·劳力莫虽然假装镇定，但声音仍然在颤抖，他的眼睛透露出一阵恐慌。

“另外，我顺便提醒你一句，”波罗说，“我发现你又吃黑刺莓果了，这可不是很好的习惯。它虽然富含维生素，但有时也是让人致命的。它会把你送上断头台的，劳力莫医生。”

在国王大街的迦特沃餐馆，波罗又和波宁都坐在了一起，他像辩论家一样，向波宁都分析他的推理。

“伙计，假如他周一晚上过来用餐，正如你所说的一样，心烦意乱或处于极度悲哀中，他肯定不会尝试去做他从来未做过的事情，他只会机械地遵循以前的习惯。只有一个心情极佳或出于兴奋状态的人才会去点他从来没吃过的食物——浓汤、板油布丁、黑刺莓果。他打破了只有礼拜二、礼拜四去用餐的习惯，而且从此消失不见。亨利·格斯库恩的这种做法让我感到极度不安，我猜测他肯定遭遇了一些不好的事情。

“他的侄子在他死亡的当天写了一封信，使自己拥有了充足的不在现场的可靠证据。一个老人，从楼梯上摔下致死——是意外事故还是有人蓄意谋杀？人们更愿意相信前者。

“他只有一个侄子，他死后，侄子无疑是唯一的继承人，但他是穷得出了名的，没有什么遗留给侄子。但是他有一个富有的兄弟，这个兄弟娶了一个有钱的女人，这个女人死后给他兄弟留下了大笔的遗产，如果他比兄弟晚死的话，就能继承兄弟这笔数额可观的遗产。富有的妻子—安东尼·亨利—侄子佐治·劳力莫，这是一个再完美不过的财产继承链条，不是吗？”

“理论上似乎毫无破绽。”波宁都说道，“佐治·劳力莫是如何杀掉亨利的呢？”

“安东尼·格斯库恩病得很严重，很快就死掉，但他的死对佐治·劳力莫没有任何好处，亨利·格斯库恩不知还能活多久，为了尽快继承丰厚的遗产，亨利必须死，而且越早越好。佐治·劳力莫想杀掉叔叔亨利，必须制造不在场的证据。他知道亨利叔叔有每周去一家餐馆用两次晚餐的习惯，为了谨慎起见，佐治尝试了一下。他礼拜一乔装成叔叔出现在餐馆，效果很好，大家都以为他是老亨利。接着，他等待着安东尼叔叔的死去。时机一到，他在11月2日下午给他叔叔写了一封信，落款日是3日，并寄了出去。3日下午，他偷偷来到亨利的住处，将亨利叔叔推下楼梯，接着又在亨利叔叔的房间里找出前一天寄到那封信塞到叔叔的睡衣口袋里。七点半，他又乔装成亨利的样子出现在国王大街迦特沃餐馆。这样，人们都以为亨利·格斯库恩先生在七点半时还活着。用餐完毕，佐治在洗手间换回自己的装束，飞车赶回温布尔登，和朋友玩了一晚上的桥牌——这就是他制造的绝妙的不在现场的证据。”

“但是，”波宁都疑惑地看着波罗，“信上的邮戳如何解释呢？上面的日期不是11月3日吗？”

“其实问题就出在这里，邮戳很模糊不清，为什么？有人在上面动了手脚，把11月2

日改成了 11 月 3 日，改得很巧妙，如果不仔细观察，是不会发现的。”

“佐治·劳力莫很聪明，但是有些细节他毕竟疏忽了。他把自己打扮成亨利的模样，骗过了很多人的眼睛，但他忘了在饮食上也要和亨利保持一致。他按自己的饮食喜好点了自己喜欢吃的菜，尤其是黑刺莓果，最容易把人的牙齿染黑……但亨利尸体上的牙齿却很干净，丝毫没有吃过黑刺莓果的痕迹，法医解剖尸体时，也没发现他胃里有黑刺莓果。我今天拜访了佐治，这个笨蛋，他还留着乔装打扮的所用的胡须和其他化妆品呢。他毕竟不是一个优秀的演员，留下了很多破绽，我今天见到他时，他还在吃黑刺莓果。贪吃的家伙，最终会栽倒在贪吃的毛病上。”

这时，一个女侍者给他们端上了两份黑刺莓果。

“把它端走！”波宁都赶紧摆摆手，“给我换一份西米布丁。”

紫罗兰命案

【美】爱德华·霍克

德夫·格列格是位不太出名的演员，但同其他梦想着出名的演员一样，总在好莱坞周边晃荡，运气好的时候能同时接到几部电影的小角色。格列格从不在意在角色的台词多少，总力求兢兢业业地演好每一部戏，并且期冀着能得到知名大导演的垂青，在好莱坞这个充满奇迹的地方一夜走红。

虽然格列格的运气一直不佳，但他却有一位交情很好的制片人朋友，琼斯·奎因。这个制片人是一位年轻貌美的电影从业者，在纽约一家颇具规模的演员公司工作，因为热爱制片人的工作，自愿为一家银行制作了很多电视广告片，而且反响不错，她的名气也就这样打造出来了。后来很多来纽约拍片的人也都喜欢找琼斯制作。所以琼斯认识不少电影界的大人物，也总能给格列格提供一些演出信息。

现在格列格参演的两部片子拍摄推迟了，他所演的角色更不知何时才能开工。所以格列格习惯性地去了琼斯的公司，看看那里是不是有新的剧组需要物色演员。

“嘿，德夫，你来得正是时候。”琼斯微笑着向进来的德夫打招呼，德夫知道，琼斯一定又接到了可以让他去演的角色。于是他同样微笑着点头，毫不拘束地坐在琼斯桌子对面的椅子上，看着她干净整洁得不像个制片人的桌面，说：“看来有活儿干了，琼斯。”

琼斯递给格列格一个红色的活页夹，说：“赫伯·莱纳尔多在拍的一个新片，他聘请我去当执行副导演，负责分配角色。目前片子正在纽约拍摄，下周就要去弗吉尼亚西部，会在那儿待两三周，如果你不介意出差的话，有个角色我认为你可以胜任。”

“什么角色？”

“中情局安全室的看门人。”琼斯眉飞色舞地介绍着，“用来审讯叛徒和间谍的安全室，你会有大约六页的台词。工作不太多，但这个剧组的待遇很不错。”

格列格摸了摸下巴，似乎在思索自己扮演看门人时的样子：“我想对于看门人这个角色，我有些年轻了吧。”

“赫伯的要求是要找一个四十岁左右的男子，我看你的面相正合适呀。如果你看过剧本的话，你会发现，这个人物是为中央情报局工作的，需要相当地敏捷和机智。”

“这一次我不会被杀害了吧？”格列格笑问。

琼斯也笑起来，也想起了有一次她安排格列格在一部电视剧中扮演一位意外的受害者，格列格临死的样子在屏幕上出现了 20 秒。

“不会，这一次会让你活着的，德夫。”琼斯保证道，之后她向格列格介绍了工资待遇。格列格觉得还算满意，就答应下来：“离开纽约也没什么的，至少在三周内不会有人想找到我了。”

赫伯·莱纳尔多是个德高望重受人尊敬的导演，为了制作这部电影，公司在弗吉尼亚西部租下了一家农场作为拍摄基地。这片农场占地面积很广，景色优美，环境清静，格列格看到一望无际的草场之后，也不得不承认这确实是个拍电影的好地方。赫伯对德夫也很满意，在德夫来到剧组的第一天就向他详细介绍了电影拍摄的进度和情况，并且坚信他一定能演好这个角色。

德夫要扮演的角色是中情局安全室的看门人，在中情局内的代号为紫罗兰。这部电影的男女主角分别是罗伯·里奇菲尔德和丽莎·德拉克。两个人都是隐藏在中央情报局和联合国内的苏维埃间谍。德夫要拍的第一场戏是在门口迎接来安全室藏身的罗伯和丽莎，因为他们并没有提前通知就突然出现，德夫要表现得非常惊讶。

电影拍摄的第一天非常顺利，格列格的表现令导演十分满意，整个剧组都几乎没有重拍。格列格虽然时常听到罗伯和丽莎的名字，但从来没有跟他们一起拍过戏。这次能够近距离地接触这两个好莱坞红极一时的明星，也觉得十分有趣。

丽莎是个漂亮且敬业的女演员，不论是对电影还是对其他人都极具亲和力；罗伯头发乌黑，深眉高鼻，是很多女孩热爱的偶像。不过他有点高傲，对德夫的态度也不是很好，不拍戏的时候很少和德夫搭腔，还时常抱怨导演的工作。不过连赫伯导演都不能否认，他的确是个专业的演员，演技相当纯熟。

顺利拍摄的日子平静地过了两天，到了第三天，拍摄中就开始不断地出现麻烦了，虽然只是一些鸡毛蒜皮的事情，却大大影响了拍摄的进度。首先是一个名叫沙姆·波普拉的音响师不断地抱怨剧组的外部音响效果不好，音质不平衡。音响师的问题基本解决后，灯光又出了问题。

赫伯导演斥责波普拉没有早些检查音响耽误了时间，只能暂时放弃拍摄外景，改拍室内的镜头。这样本来没有工作的丽莎就要急急忙忙地化好妆赶来拍摄，由于着急赶时间，在离开临时化妆间时，丽莎跌倒在地，扭伤了脚踝。负责给她化妆的格里勒·凯丽是位可爱的小姐，在听到声音后急忙赶了出来，正好看到倒在地上的丽莎，就把她扶回了房间。

“看来今天只能这样了。”波普拉无奈地对导演说。

女主角无法走动，赫伯导演虽然十分生气，也只能勉强同意了，宣布大家今天先休息，明天早上再补上今天落下的进度。罗伯表现得依然傲慢，还十分缺乏同情心地告诉导演下次不要再聘请这样笨手笨脚的演员。

格列格对于罗伯的高傲十分不满，所以十分为丽莎小姐不平。剧组休息后，格列格就到了丽莎小姐的活动房中看望她。他们正在房中说话的时候，化妆师凯丽小姐来了，她从附近的山谷中采了一些紫罗兰和百合花。

“谢谢你，格里格。”丽莎感激地说，“要不是你，我真不知道该怎么办了。”

“没有什么，希望这些花能让你觉得好点。”凯丽把采来的花插在一对花瓶中，放在了活动房中唯一的矮脚咖啡桌上，“格列格先生，谢谢你来看望丽莎小姐，我还有事情要做，就先回去了。”

“她真是个可爱的姑娘，”凯丽离开后，丽莎对格列格说，“真无法想象她还要帮那个让人难以忍受的罗伯化妆。”

格列格点了点头表示赞同：“他真的是个难相处的人。你的脚怎么样了？”

“已经好多了，凯丽帮我找到了一些冰块，敷上之后就不太疼了。”丽莎微笑着说，“赫伯导演让你来看看我明天还能不能拍戏是吗？”

“不不，当然不是，”格列格有些不好意思地笑道，“是我自己想来看看你的。”

“你真是个好人。但我以前并没有在好莱坞见过你，你是从什么时候开始当演员的？”

“我想以后会有机会抽时间给你讲述我的从艺生涯的，现在时间已经很晚了，你需要休息了，我走之后记得要把门锁好。”格列格和丽莎告别后就离开了她的活动房，还在心中盘算着是不是可以找时间请她去喝杯咖啡。

然而他再也没有跟她说话的机会了，第二天早上凯丽去叫丽莎起床的时候发现，女主角死在了自己的活动房里，手中攥着一朵凯丽昨晚采来的紫罗兰。地方侦探接到报案后急忙赶到了拍摄地，当时，剧组乱成一团，赫伯导演忙着给好莱坞的电影制片厂打电话通知这次不幸，罗伯则正在要求助手为他买回纽约的机票。

“在案件没有进行初步的调查之前，任何人不得离开这里。”瘦高个子的地方侦探宣布。他的名字叫彼格斯，曾经是芝加哥警察局的警官，退役后就回到家乡成了这个平静的地方的侦探，没想到又遇到了这一不幸的案件，“被杀害的是个好莱坞的当红女演员，这会是一件影响很广的案件，我一定要尽快把案子查个水落石出。”

剧组的人并不想和这个固执的前芝加哥警探争辩，导演莱纳多尔则明确表示，剧组之中没有人想杀害丽莎，一定是外来的小偷干的。

彼格斯查看了凶杀现场，丽莎死于头部遭到重击，凶器正是她房中的一个沉重的烟灰缸。而她在受到第一下重击时并没有立刻失去意识，还挣扎着爬过了桌上的第一个花瓶，抓住了第二个花瓶中的一朵紫罗兰。所以探长断定，这朵紫罗兰一定是丽莎留下的死亡讯息。

听到彼格斯对凶案现场的初步判断，莱纳尔多导演沉默了一会儿，说：“你在剧本中的代号是紫罗兰，不是吗，德夫？”

“是的，”格列格平静地承认，“但是我没有杀她。”

“那就需要我们更加深入地调查了。”探长表示。

果然不出探长所料，丽莎·德拉克被杀的案件在报纸上引起了极大轰动。一时间似乎整个美国的所有报纸铺天盖地地报道的都是她的消息。

“著名女演员丽莎·德拉克，原名丽莎弗吉来，意大利移民的后裔，生于布鲁克林。于她最近的一部电影的拍摄过程中被杀，年仅27岁。”格列格正在阅读今天的早报，被敲门声打断了。彼格斯走了进来，充满怀疑地瞥着他说：“先生，你是否在德拉克小姐被害的当天晚上去看过她？”

“是的，因为她的脚踝摔伤了，我是去探望她的。”

“天黑之后你又去过吗？”

“什么？当然没有！”格列格意识到探长正在怀疑他，有些生气地说。

“可是她用尽最后一点力气抓住了一朵紫罗兰，那不正是你在戏中的代号吗？我们有理由怀疑你就是杀害她的凶手，恐怕你是因为向德拉克小姐表白遭到拒绝，才一时愤怒杀了她。”

“天啊，简直不知道你在说什么！”

“为了进一步的调查，我必须拘捕你。”彼格斯说着拿出了手铐，“你有权保持沉默，也有权聘请律师。”

几个小时之后，琼斯·奎因就出现在了拘留所，显然是听到消息后急忙从纽约坐飞机赶来的。虽然情况很糟糕，她依然保持着与平时无二的整洁和镇定。隔着囚室的铁窗她见到了格列格：“怎么会被卷进这样的案子，德夫？”

格列格有些哭笑不得：“这我没法回答，琼斯，我只能告诉你，我是清白的。”

“好吧，我想你并没有在这里聘请律师，如果有必要，我会从纽约给你请一位的。不过首先，我要跟这个彼格斯探长谈一谈，然后再去案发现场看看。”

“你又要扮演侦探了吗，琼斯？”格列格调侃道。

“我要把你救出来，亲爱的。”琼斯边起身边说，“不论花多大代价。然后再给你找一份新的工作。”

没过几个小时，琼斯就又回到了拘留室，身旁跟着彼格斯探长。显然探长对她的各种能力都十分钦佩，当然也包括她的漂亮脸蛋和魔鬼身材。

“我不明白，这件案子本来与你无关，你为什么要这么积极地协助调查？”探长问道。

“我也是这部电影的导演，而且是我介绍德夫来这里出演这个角色的，如果他被定为是杀人犯，会对我的声誉造成很大影响。不过最重要的是，我认为他不会杀人。”

“可是这件案子并不会因为你相信就凭空消失的，小姐。那么，你是认为这是一起盗窃杀人了？”

“不可能，”琼斯斩钉截铁地说，“门锁没有被破坏的迹象，丽莎是个单身的女孩，不可能大意到半夜时分给陌生人开门。所以凶手一定是她认识的人。”

“这正是我们现在的思路，需要调查的人大概有七十个。”

“重要的是她留下的死亡讯息，探长。”琼斯淡淡地看了彼格斯一眼，“在即将失去意识的情况下，丽莎不可能想到德夫在剧中扮演的角色的代号，那朵花一定有别的含义。”

格列格突然想起了什么，打了个响指说：“这些花是凯丽送来的，她一定想说是凯丽杀了她。”

“不，”琼斯又否定了，“既然那两瓶花都是凯丽送来的，那她只要拿离她近的那瓶就可以了，没必要特意爬过第一瓶去拿第二瓶。她想要表达的，一定是和紫罗兰有关的事情。”

“那会是什么呢？”探长不解地问。

“我亲爱的探长，找出真相是你的工作，不过我想我能为你指出方向。”琼斯说到这儿故意停顿了一下，直到探长和格列格都开始催促，才继续说了下去，“丽莎是意大利移民的后裔，也就是说，她的父母都是意大利人。她虽然出生在布鲁克林，但她的母语是意大利语。她抓住那朵花并不是要告诉我们那朵花的名字，也许是要告诉我们那朵花的颜色。”

“颜色？紫色吗？我不明白。”彼格斯探长难得诚恳地说。

“我已经看过了剧组人员的姓名，只有一个人符合，就是沙姆·波普拉，那个音响师。波普拉在意大利语中正是紫色的意思。他到那里去，不是因为垂涎丽莎小姐的美貌就是想要盗窃她的珠宝。探长，相信你只要稍微调查一下他就会说出真相了。现在，我要把德夫·格列格带回纽约了。”

血书

【日】黑岩泪香

一个蜡烛已经燃尽的烛台，一个有封蜡痕迹的酒瓶软木塞，一具泰然自若的尸体，而最引人注目的是那一组无法辨认的鲜血字母。既然安详地死去，又为何留下奇怪的血书？案情看似简单却又纷繁复杂。

（一）

我这个人好奇心很重，如果看到什么很奇怪的事就想去探个究竟，如果遇到很不可思议的人，我也会迫不及待地想去了解他背后究竟有什么故事。

记得我在巴黎念书的时候，在我住处的隔壁住着的就是这样一个人，激发起我强烈的好奇心。

这个人名叫目科，看上去还蛮年轻的，身材中等、有着清秀俊朗的外貌。他行为举止温文尔雅，十分有君子的气质。引起我注意的是大家对他的称呼，总是在“目科”二字之后加上“大人”这个称谓，偶尔还会有人在他经过时脱帽行礼表示敬意，这让我觉得很不可思议。

除此之外，这个人的打扮也极其与众不同，或者说，变化万千。有时他穿着十分时髦，注重搭配，一枚“法兰西骑士勋章”着实吸引人眼球；有时他却会打扮得像个流浪汉一样，随随便便地就出门了。话说这样一个打扮得莫名其妙、行为神秘怪异的男子，竟然有一个女人愿意一直老老实实地黏在他身边、百般包容，真是好奇怪。

那女人似乎对目科百依百顺，有时候半夜目科回来还能听到那女人应门的声音。目科也经常会有彻夜未归或是突然失踪的情况，但也没发现那个女人对他有任何的埋怨。然而两人又决不像夫妻。

虽然很好奇，却也一时想不出什么方法去接近他，所以我打算先向门房打听打听。出乎意料的是，我才刚吐出“目科”二字，还没来得及道清目的，门房的眉头马上就皱了起来，像赶苍蝇一样摆了摆手，将我轰了出去。

碰了一鼻子灰的我，不但没有放弃，反而更加想探个究竟了。我想，那个门房肯定知道了些什么，要知道，平时的他可是最爱说长道短的。

那之后，我开始想尽各种办法接近目科。有时候是借口自己家缺了什么东西于是就跑过去借，希望能从他的反应还有他家的样子看出些什么；有时候早上出门、晚上回家会遇到他，这时候我会主动向他搭讪，然后尽量多聊几句，试图找到进一步了解他的线索。

然而，这一切几乎都是徒劳。除了知道一个根本看不出到底和他有什么关系的女人的存在，其他有关他的事，我依然理不出什么头绪。或者说，我一无所知。

突然，某天夜里，我睡得正香，突然一阵急促的敲门声把我吵醒了。我嘟囔着，怎么会有人在这种时候来打扰我做美梦，开门之后我大吃一惊，站在门口的人竟然是目科！最令我惊讶的是，他的脸上全是血迹，衬衫、裤子被撕得破烂，害我险些大叫了出来。

“请不要多心，是这样的，我知道你是医学院的学生，所以只是想请你帮我擦个药，可以吗？”目科用手势示意我冷静下来。

我将他请进了屋。检查伤口后，发现他的左脸颊到耳际间的伤口很深，于是我帮他做了缝合手术。对我道过谢之后，他又很郑重地说，希望我不要把这件事张扬出去。我点了点头后，他马上就离开了。

当晚我彻夜未眠，脑海里全部都是他满脸血迹的样子。我绞尽脑汁也想不出他究竟是何方神圣，今晚又为什么会以这样的形象出现在这里。不过至少有一点我是确定的，他肯定不是什么省油的灯。

自打这之后，目科和那个女人时常会邀请我一起吃饭或者玩撞球，对我很热情。然而有一天，当我们在一家常去的咖啡店里玩撞球的时候，突然出现了一个脏兮兮的男人，他在目科耳边低语了几句之后，只见目科脸色“刷”一下就变了，他马上就动身。

那个男人走后，目科很抱歉地说只能下次再玩了，他有事务必须离开了。正当他起身准备离开的一刹那，我说出了一句把我自己也吓了一跳的话。

“是很急的事吗？正好我很闲，可以一起去吗？”

（二）

话还没说完，我就有点后悔了，正当我不知道该如何收场的时候，目科爽快地答应了，这让我大感意外。

于是，我跟着目科离开了咖啡店，坐上了一辆马车，奔往目的地。在马车上，我小心翼翼地看向目科，只见他一副心事重重的样子，侧过脸凝视着夜空，似乎是在思考重要的问题。想着想着，他又将手伸进口袋里，取出一个空的烟盒，忘我地闻了起来。

我又知道了他的一个癖好——不吸烟却爱闻香烟味。他随身带着空的烟盒，只要情绪不好的时候就拿出来闻闻，仿佛能得到解决事情的线索一样。

马车在离目的地不远处停了下来，因为前方似乎发生了什么，大概有两三百人在那里围观，堵得水泄不通。我跟着目科跳下马车，艰难地穿过人群，向目的地靠近。

当我们准备拉门进去的时候，一个警察突然拦在门前，看来真的出了什么事故。然而目科报上姓名后，警察马上让出了去路。我根本来不及想这是怎么回事，只是拼命地跟在目科后面。

我们上了三楼，又穿过了客厅、餐厅和起居室，到达一个不大的寝室。里面站着几个人，其中有一个佩戴蓝白红三色勋章，似乎是审判官，还有一个应该是书记，都是奉命来查案的。当我的视线转移到床铺上的时候，整个人完全震惊了！上面躺着一具老人的尸体，鲜血浸湿了整个床铺，已经凝固变色。

虽然我是医学院的学生，然而看到这样的场景还是第一次，当时的我已经吓得动弹不得了。然而我记得，目科却格外的沉稳，丝毫没有被吓到，反而从容地与两位警官打了招呼。

凶手似乎已经确定了，逮捕令也已经发了出去。据说犯人杀人抢劫后逃离现场，老人蘸着自己的血写下了犯人的名字之后断了气。没错，床铺旁距尸体头部不远处的地板上有“MONIS（藻西太郎）”这几个用鲜血写成的字母。

原来这个藻西太郎是死者的侄子，根据门房的证词，昨晚只有藻西太郎一个人在死者的公寓逗留，没有其他的嫌疑人。至于动机，也很明显，老人一死去，手头的财产将全部归藻西太郎所有。不过，这个藻西太郎并不是什么难缠的人物，从他犯案之后就匆匆跑点、根本没想试图掩饰什么就能看出来。

在警官叙述事件的过程中，我看到目科不时拿出空烟盒来闻几下。原来，他不是什么劫匪也不是强盗，是个侦探啊，我这么想。

这样说来，一切都有了合理的解释。既然从事侦探这个行业，那么生活当然不会规律到哪里去，说不定什么时候就需要没日没夜地工作；当然，穿着打扮也需要做一些改变才能顺利地侦查；可能偶尔也会有危险出现，这就是上次目科一脸血迹出现在我家门口的原因了。

目科的真面目一揭开，我对他也就失去了兴趣。相比之下，眼下的案子倒是十分吸引我。恐惧退去后，我早已细细观察了整个房间：老人的床铺并不凌乱，衣服都很整齐地叠放在一旁；床铺旁的小桌上有一个装有糖水的玻璃杯和一份前一天的晚报以及一个火柴盒；屋内还有一个架子，上面有一个烛台，蜡烛已经燃尽；屋子的角落里还有一个酒瓶的软木塞，其中的一端还有蓝色封蜡的痕迹。

据警官说，软木塞的底部有奇怪的裂痕，那是由那把用来刺伤老人喉部的凶器所形成的。因为凶手需要将刀藏在身上，但是又必须考虑到对刀锋的保护以及携带的方便性，所以就找到了软木塞来包这把刀。软木塞很柔软，不必担心它伤到刀刃，于是，凶手把刀尖插入软木塞之后藏到口袋里带到了凶案现场。只是行凶之后，凶手忘了把它带走。

当时，法官在对书记下达指令，目科和几个警官正在窃窃私语些什么，而我，好像鬼迷心窍一样，在审视完一圈屋子里的摆设之后，竟然就那样一步一步靠近了床铺，泰然自若地开始观察那具尸体：死者年龄大概在七十岁左右，个子矮小，身体虽然单薄，但看上去还算健康；头发自然已斑白，但还是很有光泽，鬓角已经有日子没理过了。

因为听说过死去的人毛发也会迅速长出，所以我并不感到奇怪。反而是老人的面容让我深感困惑——不但没有痛苦和挣扎，反而十分安详，嘴角甚至还有一丝笑意！

我快速转动脑筋：既然离世时没有痛苦，那么老人应该是在毫无预警和戒备的情况下遭到毒手的，也就是说，死前在地板上用鲜血写下英文字母是不太可能的。一方面，死者要忍着剧痛，一方面，又怀着满腔的冤屈与愤恨，面容应该好看不到哪儿去。

接下来我开始检查死者的伤口，我发现咽喉处有一个较深的伤口，那么也就是说，老人连哀号叫嚷也来不及就被害死了。这也证明了血书并非出自死者手笔的推理。于是我把目光转向老人的双手，发现老人左手食指上留有血迹，然而右手是干干净净的。

“啊！”我不由得惊叫了起来。这一叫，让一屋子人的目光全都集中在我身上，进而围了过来。面对警官、法官等人抛来的诘问，我并不能冷静地回答。这时，目科蹲下身来，拿起死者的两个手臂仔细端详，没多久就站起来对着其他人说：“没错，那几个字母并非死者所写。”

大家先是沉浸在证据发现的兴奋之中，而后又陷入沉思。如果说血书并非出自老人之手，那么又是谁写下的呢？是凶手，还是另有其人？如果是凶手的话，怎么可能会在临走前还留下自己的名字？

（三）

简短的讨论之后，警官下结论说，藻西太郎应该是无辜的，凶手另有其人。写下这个名字，应该是为了打乱警方办案思路，给自己创造更多时间。至于究竟谁才是真凶，到现在还是没有什么头绪。

这时候一位巡官跑进了小屋，他带来了一个让所有人大吃一惊的消息。

“嫌疑人已经逮捕归案了！”巡官气喘吁吁地说。

“啊？这么快！”

“是啊，而且他一点反抗的意思都没有，马上就招了。”

“怎么会？”“你说什么？”“怎么可能？”

这个消息让所有人都无法理解。到目前为止，并没有任何证据把凶手的指针指向藻西太郎，他根本就不可能是犯人，可他怎么会就这样承认了呢？这实在让人摸不着头脑。

在警官的要求下，巡官把办案的过程详细地讲了出来。

今天傍晚，包括这名巡官在内的三人在接到逮捕令之后一同前往藻西太郎的店里，当时他正在和自己的妻子吃晚饭，看起来镇定自若，根本不像刚杀了人。然而在巡官接连抛出“杀了伯父”“铁证如山”“抗拒从严”这几个词之后，藻西太郎像变了一个人一样，立马瘫坐在了地上。逮捕他归案之后，检察官告诉他不要作无谓的抗拒，藻西好像受到了不小的惊吓，真的没有做什么抗拒，直接一五一十地全部招了。

“藻西就这样毫无抗拒地招了？没有什么特别的表现吗？”目科手中拿着他的空烟盒，这样问道。

“这个嘛，藻西的确是很老实地招了，也没有耍什么心机。不过他的妻子倒是很难搞啊。”

“藻西太太？她有什么奇怪的地方吗？”

“我们要带走藻西太郎的时候，他本人很干脆地站了起来。那个时候，原本坐在一边沉默不语的藻西太太突然就像疯了一样冲了上来，拦住了我们的去路，又把大门一关。检察官也不是没见过这种场面，他沉着地跟她讲道理，让她不要阻碍我们办事。不过，藻西太太根本没把我们放在眼里，话也一句都没听进去，反倒说警方犯了大错，她老公绝对不可能做这样的事。

“我们好意相劝，反而还被骂了一通，警察真是不好当啊……”巡官似乎又陷入了自己的情绪当中。

“藻西那个时候是什么反应？”目科又问。

“没什么反应，仔细地说，应该是相当冷酷。藻西太太闹到最后变成了默默垂泪，然后又紧紧抱着她的老公不肯离开，说什么要陪他一起入狱。不过藻西那家伙竟然一把就把妻子推开了。说起来，藻西太太的样子还真令人难过。”巡官讲到这里，眼中似乎透出一丝柔光，不过，马上又变得严肃了起来。“哦，对了，黑狗！”

“黑狗？”目科马上问道。

“是啊，除了藻西太太，藻西养的大黑狗也真够棘手的。我们带走藻西的时候，它一直狂吠不止，仿佛在替主人申冤。离开的时候，它还一直追在我们的马车后面，一直跑一直跑，最后被远远地抛在了后面。那狗也太忠心护主了。”

“藻西目前状况如何？”警官似乎更关心犯人本身。

“被我们带走之后，他情绪一直比较低落，也不说话，也没什么激烈的行为，直到被送进牢房还是一语不发。看他心事重重的样子，持续下去说不定会自杀，因此现在安排了人守在那里，观察他的一举一动。”

法官这时候发话了：“大家都清楚了吧，事实已经很明显了，藻西太郎就是本案的犯人，并且已经承认了自己的罪行。”

“啊？藻西杀了自己的伯父，又故意把自己的名字留在房间？”我因为太吃惊，竟然情不自禁就说出了这句话。

“这不是显而易见的吗？嫌疑人自己都已经认了罪，我们有什么办法？因为目前还没有将案情的疑点完全理清，所以对于某些事实我们无法给出合理而完整的解释，不过相信在进一步的整理之后，一切都会清清楚楚的。”

法官说罢，马上就开始安排接下来的工作，把我晾在了一旁。

“事情没这么简单。”目科若有所思地说，停顿了一下之后，他突然一转身，大步流星地走出了房间。

“喂，等等我……”我马上跟了出去。

（四）

原来目科是要去附近的店家找人打听有关死者的讯息。我也赞成他这个做法。毕竟这件事还有太多的疑点：老人留下的血书，藻西低落的情绪，藻西太太以及那只大黑狗的过激反应……不一探究竟是没法得到一个满意的答案的。

我们走进附近一家店里，一位老妇人坐在里面。目科开门见山地说需要询问一些事情。老妇人倒是很从容，不慌不忙地说，想知道什么就尽管问吧。似乎猜到我们是来打听和案情有关的事。

据老妇人说，死者名叫梅五郎，在这里已经住了大概八年左右了。之前，他一直在做理发师，还曾经开过理发厅，手艺非常不错，上流社会名媛都会点他做专属发型师。所以，他还蛮有钱的。

原来老妇人之前一直受雇照顾老人的生活起居，所以对梅五郎十分了解。“平时我会在中午送午餐过去，进餐后老人家就开始梳洗整装。说起来，他还算挺时髦的，每天都打扮得很仔细，穿得像个新郎官似的就出去了。下午就在外面散散步，然后吃晚餐，再和昔日旧友唱唱歌、喝喝咖啡之类。晚上十一点左右就回来了。他还是挺勤快的，自己也会扫扫地、擦擦地板，也算是在我忙的时候帮了我一把吧。”

“关于老人家有没有什么特别的地方呢？”目科问道。

老妇人想了想说：“他啊，一大把年纪了，还是不正经。有时候我会半开玩笑地说他这么老了也不害羞，他也会自嘲似的笑起来。可能是年轻的时候因为经商常常出入欢场的关系吧，这也是没办法的事啊。不过他为人什么的真的不错，虽然也会有孤僻的一面，但常常还会逗大家开心。在生活上也比较节俭，虽然之前工作攒下不少钱，但是也没怎么见他铺张浪费过。具体有多少钱我也不太清楚，不过他的侄子好像经常来借钱，而且还不是小数目。”

她提到藻西太郎了！我和目科很默契地交换了一下眼神。他马上趁热打铁问道：“侄子和老人家相处得怎样呢？”

“哎呀，没有什么人能比他们的感情还要好了。老人家平时没什么固定的客人，可是每周六他一定会和自己的侄子共进晚餐呢。据我所知，他们两个人好像从来都没有争吵过。虽然有时候因为仓子的事会有点不和，但也没见两人因此有过什么不愉快。”老妇人这么回答道。

“仓子？”

“哦，仓子就是老人家侄子的媳妇。”

“您刚才说，因为仓子的事两人会有意见不统一的时候，是吗？这是怎么回事呢？”目科继续问道。

“仓子这孩子长得漂亮，又爱打扮，可是藻西太郎的收入实在不算多，又比较宠爱妻子。老人家对于这点不太满意，他教育藻西说不要被这个女人牵着鼻子走，将来指不定会发生什么事。”老妇人想了想，又接着说下去，“应该是去年，仓子还叫藻西去向梅五郎要钱，说是要买什么股票，这让梅五郎气坏了，当然一分钱都没有拿出来，还说除非自己死了，否则别想从这里把钱拿走。”

“那么，您是怎样发现老人被杀的呢？”目科问道。原来尸体就是这位老妇人最先发现的。看来目科是有目的性的，大概是什么时候打听到尸体的发现者的情况了吧。怪不得呢，我自顾自地点了点头。

提到这个话题，老妇人的神情明显忧郁了起来。毕竟是认识了那么多年的人，突然一下发生了这样的事，换作任何一个人也不会一下子接受得了。“刚才我说了，每天中午我会去送餐，顺便将大门钥匙交给他，可是那天，我一打开门……”说着，老妇人再也忍不住，哭了起来。

不用说，一开门，她就看到老人已经变成了一具尸体躺在那里，床铺上满是血迹。目科一边很无奈地安慰着老妇人，一边继续问：“那您对凶手有什么想法？”

老妇人一口咬定藻西就是凶手。也就是说为了老人的财产，他犯下了这个滔天大罪。

“您这么说有什么更加明确的理由吗？”

“昨天晚上他来过了，藻西太郎。”老妇人似乎已经冷静了下来，接着说，“一直到深夜，大概十二点左右的样子他才从老人家的住处离开，这期间也没有其他人进出。平常那小子都会在离开之前和我打个招呼，可是当天晚上什么都没说就走了。我当时还觉得奇怪，结果第二天早上就发现……”

在老妇人再次哭出来之前，目科马上又提出了一个问题：“您说他并没有过来打招呼，那您能确定他就是藻西太郎本人吗？有没有可能因为并没有近距离接触而导致认错人呢？”

“我是没有和他打过照面，当时他急急忙忙地穿过走廊……可就算我没看清楚他究竟是不是藻西太郎，但我敢肯定他牵着的那只狗就是藻西的狗！我认得那只狗，而且当晚我看到它来了还想拿东西出来喂它，那时候藻西站在台阶上面还吹口哨叫它往上爬。”

“那么，请您描述一下那只狗的样子。”目科仿佛考验一样说出了这个问题。

“它是一只黑狗，不过前额的部分有一点白毛。它叫布特拉，对主人忠心耿耿，只要是陌生人，就别想接近它。不过我常常会拿东西喂它，所以还算亲近。”

问到这里似乎也差不多了，对老妇人致谢之后，我们离开了那家店。“看来，一切都把矛头指向了藻西太郎啊。”目科拿着他的空烟盒，叹了一口气后，这样说道。

与此同时，法医的检查结果也出来了。一般来说，如果有两名法医检查一具尸体，十之八九都会产生意见分歧。然而这一次两名法医的判断相当一致——尸体是被突然袭击之后猝死的。

也就是说，血书的确不是老人写下的。显然，它也不可能是藻西太郎自己留下的。哪个白痴凶手会把自己的名字留到犯罪现场呢？那么它到底是出自谁的手笔呢？我百思不得其解。

（五）

目科对于验尸结果和事实之间的不符十分介意，他决定和藻西太郎会面，越快越好。于是我跟着目科又马上奔到了警部。之后又再绕了一阵子的路之后，终于在一个不大的囚室前停了下来。

我心里忐忑不已，心想目科真的有把握得到许可吗？看他倒是一副信心满满、不达目的誓不罢休的样子。他随即示意我留在这里，自己一个人上前与狱警交涉。不一会儿，他就向我招手。看样子，他成功了。

我们在一个狱警的带领下，来到一个铁门前，这就是牢房的入口。进入之后，是十分险峻的阶梯，过后是一个长廊，两侧排列着一间间的囚室，门口站着劳役，一脸严肃的表情。这时候，一件囚室的门被打开了，值班的狱警看到目科，睁大双眼说：“哎呀，这不是目科大人嘛！您亲自来询问嫌犯了啊？”

“是啊，没想到碰到了你。话说回来，藻西先生的状况如何？有没有什么特殊的举动？”目科还是没放过询问的机会。

“特殊的举动？我值班的时候，看到他一直都在哭，也许是十分悔恨自己犯了错吧。其他过激的举动倒是没有。”

目科点了点头，带着我走进了牢房。

牢房中的那个人——藻西太郎，似乎刚刚停止哭泣，坐在床上仰视着陌生的来客。我站在目科的身后，端详了一下这名罪犯：他的眼神十分沉稳，年龄在三十五岁左右；虽然是坐着，还是能看出身材十分健硕、高大，应该是女人比较喜欢的那种类型；不过再仔细看了一下他的脸部，就发现他的皮肤实在是差强人意，额头又过分地突起，鼻子也过于细长，长相十分普通。

“藻西老兄，怎么了嘛，郁郁不乐的，振作些嘛！有什么冤屈你尽管对我说出来，我可以在审判官和警官面前为你洗刷罪名。男子汉，大丈夫，拿出点男子气概来，别老这么一语不发的，于事无补嘛！”目科发话了，还是他那种很随意的口气。

“我没什么可说的。说什么都没用。我是杀人凶手。”

这番话让我很惊讶，换成是我的话，如果有什么隐情说不定全部都会向目科倾吐出来。然而藻西却如此决绝。

“你，藻西太郎，杀了人吗？真的吗？确定？”目科泰然自若地抛出这样的问题。

此话一出，藻西突然间像被点燃了一样，情绪开始爆发了。他双眼狠命地瞪着目科，嘴张得不能再大，喊道：

“还要我说多少遍？！是我杀的！就是我，就是我！大人你又是为什么来问我？难道是为了安慰我，叫我不要低迷下去吗？人是我杀的，我知道我会受到惩罚，你可以走了。”

看得出目科对这样的反应相当失望。不过他还是没有放弃，继续追问了下去。

“你说人是你杀的，就算你说的是真的，上面也不可能这样就轻易地判罪下来。只要证据不足，就不会轻而易举地给人定罪名，这是办案的基本原则。也就是说，虽然你已经招了供，不过，除了这个证据之外，还要找到足够作证犯人是你的证据才能定罪。”

目科顿了顿之后，继续说道：

“换句话说，一旦发现了你自白的内容有什么疑点或者与事实不相符的地方，警方还会进一步进行核查，到时候说不定会减轻你的刑期，甚至会还你清白。”

藻西把脸扭向一边，好像在表示自己并不愿意面对目科所说的这件事，也不愿意接待目科。不过，我总感觉，他心中的难言苦楚似乎被触动了。

“藻西先生，”目科手中紧紧攥着空烟盒，眼神坚毅地问道，“杀了你的伯父，究竟是为什么？因为恨他吗？”

藻西低下头，声音低沉地说：“只是为了钱……我杀了他，只是贪图财产罢了。杀了他，他的财产就归我所有了。就是这么简单。”

“你杀了他，罪行就会败露，这点你想过吗？”藻西抬起头来，眼神里似乎有一丝不确定。没等藻西回答，目科又问了一个出人意料的问题：“杀人的手枪你是怎么弄到的？”

藻西看上去相当镇定，马上回答道：“枪，我本身就有一把。”

看来，看来藻西太郎的确不是凶手。老人是被短刀伤害致死的，枪只是目科为藻西设下的一个陷阱而已。怎么可能有凶手连自己手里拿的是短刀还是手枪都分不清楚呢？没想到藻西想也不想就跳到了陷阱里。

为了确定自己的判断没错，目科接着又问了一个问题：“那么，杀完人之后，手枪你是怎么处理的？”

“我把它扔到了窗外。”毫无新意的回答。

关于枪的问题，目科暂时问到了这里。沉默了一阵子之后，目科又开了口：“还有一件事我想问你。当晚你是一个人去的吧，大家都说你没带狗出去，然后犯下了命案。”

藻西似乎对“狗”很敏感，听到这句话，他的双眼发出恐怖的光芒，双拳紧握，脸部肌肉也开始抽搐。然后整个人瘫在了床上，似乎再也说不出来一个字了。

看来也不能问出什么结果了，目科这时候站起身来，准备离开囚室，我也跟了出来。

（六）

等我和目科回到住处的时候，已经很晚了。目科邀我一起去他家吃夜宵，我很乐意。

刚刚按下门铃，那个女人就来应门了。一看到目科回来了，她难掩开心之情，不，应该说是毫无顾忌地表露了自己的开心——马上就将双臂缠绕在了目科的身上，问道：“亲爱的，终于回来了，害我好担心啊。”

目科解释说刚才公事缠身所以才会这么晚回来，还带了他一起去，说着，目科把脑袋偏向我。那女人才反应过来旁边还有一个人，马上热情地将我们请了进去。

事实上，这个女人真的就是目科的妻子，应该已经完全习惯了自己先生从事这一行造成的作息不规律的生活状态，无怨无悔地照顾着他。这不，请我们坐下之后，她马上就穿上围裙去准备饭菜了。

很快，也就过了七八分钟吧，目科太太马上就端上了两人份的餐食，看上去很好吃。我们两人饿了一晚上，所以马上狼吞虎咽地吃了个精光。

目科太太收拾了餐盘之后，回到我们这里，好奇地问目科说：“你居然让邻居知道你的工作，很难得啊。”目科不以为意，看着空气说：“这有什么所谓啊，干侦探这一行很可耻吗？”目科太太马上笑着说：“人家没有这个意思啦，谁说当侦探不好啊。”

目科转过头来，对我解释道：“哎，现在很多人对侦探就是瞧不上眼。他们也不想想，巴黎如果一天没有我们的存在，能过得安稳吗？我自认为干侦探这行一点也不可耻。”说完，又自嘲似的笑着摇了摇头，仿佛在诉说着多年的无奈。

我有点尴尬，但还是勉强笑了笑，说：“不要想那么多啦，我觉得当侦探真的蛮酷的。就像今天，我们不是做了很多事吗？”

“啊，说到今天的事……”目科又把注意力转移到了今天的案件上，把发生的事故和侦讯的过程一一对他妻子讲了出来。看来他还是相当信任和依赖自己的老婆的。

目科讲完之后，顿了顿，又看向他的妻子，问道：“这件事，你怎么看？”一副很期待的样子。

目科老婆此时好像换了一副脸孔一样，格外沉着、严肃地说：“我认为你犯了一个严重的错误。”“错误？”目科好像有点失望，不过更多的是惊讶和好奇。

“是啊，离开命案现场之后，你竟然又去了监牢见嫌疑人，你不觉得这有什么不妥吗？”目科老婆坚定地问道。

“可是命案的关键人物在那里啊，不去问他的话我该找谁了解案情……”没等目科说完，妻子马上插话进来：“亲爱的，你去了监牢还是得不到什么结果，犯罪嫌疑人给出的答案是不会突然改变的。那个时候，你与其不辞辛苦地跑到监牢，还不如去藻西太郎的店里去盘问他的妻子。”

“……”

目科太太接着说：“如果你在那之后立即到藻西家里去，说不定藻西太太会因为事出突然，脑袋还一团糟，还没理清头绪，也就没想好如何应对他人的问题。再者，没准对方也不清楚自己的老公那边是什么状况、是否已经招了供、具体说了些什么。在这样的情况下，会很轻易就能从对方的神情中看出蛛丝马迹。

“也许你们不相信，但作为一个女人，我有我的直觉，我认为这件案子和藻西太太十之八九脱不开关系。她一定有什么问题。”目科太太眉头微蹙，这样说道。

看来，她比较主张凶手就是藻西这种结论。我没忍住，反驳道：“可是，藻西是不是凶手这件事还是值得商榷的！他……”对方又没有给我反驳的机会，打断了我：“藻西的老婆是个美女，又是个喜欢打扮、享受挥霍的女人。就算藻西想要安分地过日子，他老婆也做不到。说不定她还有其他男人，那都是可能的。

“再者说，藻西家境又不怎么样，就靠他的收入，完全没办法满足自己的老婆。也许就如藻西自己所说，他的伯父财产丰厚，可又一毛不拔，想到杀了伯父就有可以把所有钱财占为己有，让老婆想怎么挥霍就怎么挥霍，自己也不用再那么辛苦……有些一瞬间的想法是很恐怖的，虽然只是一闪念，却怎么也无法把它从脑子里完全驱逐干净了。

“再加上藻西的老婆也不是什么省油的灯，之前不是劝自己的丈夫去向老人伸了几次手嘛。看到没有任何成果，说不定这次就劝他去杀人了。如果说藻西没胆量把自己的那一闪念付诸实践的话，他的老婆肯定是一个很大的推力。”

看来目科太太对于藻西是凶手这件事相当深信不疑。我想了想，又问：“那您如何解释藻西在行凶之后又故意把自己的名字留在房间里呢？世界上哪会有这样的凶手？”

“谁说凶手就不能把自己的名字故意留下来呢？”藻西太太冲我笑了笑，仿佛在说，你这个年轻人还太嫩，什么经验也没有，头脑也不够灵光。可是我还是很期待她接下来的说明。

“写下自己的名字的凶手事实上很聪明。”藻西太太这么说道。

“聪明？”我很惊讶。“是啊，如果藻西不把自己的名字留在地上，那么看到这个情景、再打探一下事实，不难推出藻西就是凶手这个结论——这是没有异议的。然而，写下名字之后，他便可以避开这个嫌疑，这是一种反向操作。”目科太太顿了顿，接着说，“有了这个血书，很多人就会推断藻西肯定不是凶手，比如说你们，或是那些办案人员。总之，这是一种替自己脱罪的做法。”

接着，目科老婆又接二连三地亮出了自己的观点。她认为，既然老人的左手沾有血迹，说明老人是个左撇子。因为在行凶之后，还想到布下血书这一场景的犯人一定不会傻到分不清左右手的程度。除了和老人很亲密的人，一般人应该不会了解到他是一个左撇子。这一点上，藻西的嫌疑非常之大。

“所以喽，如果以常理判断的话，没错，没人会在杀了人之后还留下自己的姓名。但如果你们都那样想的话，是不是有可能中了凶手的计谋呢？”目科老婆给出了这样的结语。

“照您这么说的话，那藻西招了口供这件事难道也是一个计谋？可是他下的赌注也太大了吧。”虽然已经渐渐开始怀疑自己先前的观点，但我还是有不小的疑虑。

“没错，我认为这都是他要的手段。还有，承认凶器是枪那件事，大概也是他顺水推舟给出的答案。这样一来，你们不就更加确信他是无辜的了嘛。总之，藻西的太太和藻西本人不好对付，从他们养的那只狗就能看出来。那个老妇人仅仅凭借狗就认出凶手是藻西，可见这个人把自己掩护得很好，没人能轻易地靠近他。”

那之后，我们没有再接着聊下去。时间已经很晚了，我和目科都很疲惫。我和目科商量好第二天早上碰头继续调查案件，于是道了晚安之后我就回到了住处，脑袋里还是塞满了有关藻西的事。

（七）

第二天一大早，目科来敲我的房门，我已经全部准备好了，马上就出了门。出发之后，目科很认真地对我说：“今天，你需要答应我一件事。”

我扭过头看着目科，一脸不解。

“是这样的，在我和对方对话的时候，请你不要表达任何意见，否则对方有可能从你的话中听出什么来。”目科解释道。

我点了点头。又看向目科，这家伙今天打扮得真够耀眼的，看起来就像个公子哥一样。我很好奇他这身打扮有什么目的，就问道：“你有什么新的方向吗？今天是怎么计划的？”

“今天去查访藻西太太。”目科面无表情地说。

难道说，目科对自己老婆的话照单全收了？他也相信藻西就是凶手了？他想从藻西太太的神情和一举一动之中来确定自己的猜测？这家伙，昨天还嘲笑自己的妻子侦探小说看得太多，今天就变卦了吗？

好像察觉了我的心事，目科又张口道：“你是不是在想，堂堂一个侦探，竟然听了老婆几句话就没有自己的意志了？”我一惊。目科接着说：“其实我常常会听取老婆的意见，然后再和我自己的想法做一个中和，毕竟很多时候一个人的想法总是有局限性的，而且女人也会有和男人完全不同的视角。这也帮了我很多。”

说得倒也不无道理。于是，我加紧了步伐，跟在他的身后。想着一会儿见到藻西太太会是什么样的场景。

经过一番辗转，我们终于到达了藻西太郎的店铺所在的街道。那是一条十分华美的街道，道路两旁开满了时尚的精品店，贩卖各种各样的化妆品、饰品。在街上行走着的，也多是名流贵妇，看上去光鲜亮丽的。

看到这幅光景，我不禁想，怪不得藻西太太那么喜欢花钱。天天都看着这些精美的商品，怎么能不艳羡呢？况且自己又很有姿色，大概她会想，自己的样子又不差，凭什么其他女人就能打扮得美艳动人地在那里开心地购物，自己却只能土里土气地坐在家里望眼欲穿？

说不定就是因为这样，她动了歹念，心想一旦唆使自己的丈夫成功，把那个老头子杀了，将钱全部夺过来，那么想买什么首饰名品、想穿什么漂亮的衣服、想逛什么样的精品店她都可以说了算了。在这个物欲横流的小世界里，说不定藻西夫妇真的就被金钱蒙蔽了双眼呢？

不过话说回来，藻西为什么会把自己的店开在这么华丽的街上？支持的费用暂且不提，让自己的老婆天天接触这样的一群人，他放心吗？难道不怕藻西太太的心收不回来了吗？正想着，我发现目科走进了一家精品店里，于是我赶忙跟了过去。

这是一家洋伞店，女店东看到目科打扮得光鲜亮丽，又在最贵的货品那里挑来挑去，估计是个大客户，于是百般巴结。就这样，又套到了不少有关藻西夫妇生活状况的话。看来，目科对打扮相当在行啊。而我也终于理解了目科每次装扮大相径庭的深意。

我们就这样又转了藻西店铺附近的几家店，还将话题循序渐进地引到了那起命案上。得到的回答大相径庭，大家一致认为藻西太郎为人十分忠厚老实，杀人这种事应该是干不出来的。谈到夫妇两人的关系，也说不上好与坏，只是说藻西对太太十分顺从，每天被呼来喝去的也没什么怨言。倒是很少看到两人走在一起。

目科又重点打听了一下藻西太太，也就是仓子平时是什么样的。邻居对仓子的说法不尽相同，也有说她气质好，品行端庄的；也有说她人长得美，可打扮得过于寒酸、不敢恭维的；还有人评价说仓子的人品不错、对老公也算忠诚，只是脾气有些暴躁罢了。

目科看问得差不多了，便直奔藻西店铺走去。不过我们没有直接进去，他说要先观察一下动静再说。似乎要等仓子出来。

大概过了二十分钟，仓子还是没有如目科的愿。我们只好先走了进去。

一名年轻的女店员迎了上来，含笑道："欢迎光临。"目科开门见山地对对方说："我们是来拜访藻西太太的，因为有一些特别的事情。"对方让我们稍等，说马上叫老板出来。

目科竟然没听这店员的话，擅自地就跟了进去。我也一鼓作气跟了上去，心里回想着目科在路上让我答应他的那件事，一边紧闭双唇，告诉自己要老老实实地待在一边。

这个屋子有点暗，角落里放着一张睡床，中央有一张老旧的桌子，旁边的一张椅子，仔细一看，还有一个腿已经折了，是被修过的。其他就没什么家具了，看上去还真是寒酸。再看女主人，靠在那个桌子旁边，一脸忧郁的神情，手拿着白色的纸片，似乎是法院的传票。

这就是仓子吧，我想，还真是漂亮。不仅容貌清秀，举止也很优雅，这昏暗的屋子仿佛因为有她的存在而被点亮了一般。不过，我马上摇了摇头，谁知到她这副样子是不是装出来的呢？我要提高警惕。

眼前这个女人注意到陌生人的闯入，似乎很惊讶，马上站了起来，小心地问道："请问，二位有何指教？"目科回答说："您好，我是受命于警署的侦探，是来这里侦查案件的。"

听到目科的介绍，仓子好像被激怒了，眼泪马上就要流出来，哽咽着叫嚷道："来这里是想把我带到警署吗？来啊！赶快逮捕我！我巴不得去坐牢呢！我要陪着我老公，如果让他死，我也要陪他一起死！"

这个女人，怎么看也不像会唆使自己丈夫去杀人的啊……我还是坚持最初的想法，藻西应该是无辜的，这个女人也是无辜的。正这么想着，那只狗——藻西养的那只黑色的布拉特——突然从床铺下面跑出来朝我们吠了起来。大概是察觉到女主人遇到了麻烦。

"布拉特，回去！我没事，他们不是坏人，不可以咬人！"仓子这样朝布拉特喝道。布拉特真是听话，又乖乖地回到了床铺底下。大概还会继续观察我们的一举一动，估计随时都会冲出来维护自己的主人。

仓子的情绪有所稳定，她举起来手里的纸条，对目科说："法院送来这张传票，说要我下午去那里一趟，原来不仅怀疑我的丈夫，现在连我也怀疑起来。法院不是最公正公平的吗，怎么可以这样诬陷别人！"

"法院绝不会专门为难你们，他们发来传票只是为了了解详细的内情罢了。如果你们真的是无罪的，那么说清相关事实，证实你们的清白，一切不就都可以解决了吗？"目科相当的语重心长，接着又说，"就如你所说，我们不是坏人，来这里只是来找能证实藻西先生无罪的证据和线索，希望您能配合回答我的问题。"

仓子听到这番话之后良久，点了点头。

"那么，我就开门见山了。在昨晚九点到十二点之间，也就是梅五郎遭杀害的这段时间内，藻西先生人在哪里、做了些什么？"

听到这个问题，仓子眼眶一红，接着眼泪也流了下来。目科继续问："藻西先生身在何处，您一定是知道的吧？请您照实告诉我。"

"真的是很不走运……"仓子泣不成声，"他出门了……"

"去了哪里？"

仓子整理了一下情绪，说道："他去了蒙多洛格，去找一个工匠。是因为店里的事，需要他亲自去那个工匠那里催货。我亲眼看他搭上了去蒙多洛格的马车，一直目送他离开。"

"如果我们找到那个工匠问个明白，一旦确定了您丈夫的不在场证明，那么就可以断定行凶的另有其人了。"目科说出了我也想说的话，又接着说，"不过，您所说的不走运是指……"

"那天晚上，藻西扑了空……"仓子颤抖着说，"他又回来了。"

我注意到目科又将空烟盒掏出来开始闻了："除了工匠之外，没有其他店员在吗？"

"他没有聘请其他店员……"

目科见状，便问藻西是几点归家的。仓子回答说是在夜里十二点以后。"既然工匠不在，那么他为什么不直接回来呢？怎么会这么晚才回家？"

"当时我也是这么问的。他说他回来的时候顺便到一家咖啡馆坐了一坐，像平常那样。"仓子好像情绪很低落。"那他的样子如何？有没有什么奇怪的地方？"目科问。

仓子稍稍想了一下，说："看起来是有点不开心。不过，他当天晚上心情本来也不太好。其他的也没什么不一样的，至少我没有发现。"

"那么，仓子小姐，藻西先生不在的那段时间，您在做些什么？"

（八）

我也不知道自己为什么会突然说出了这句话。当我说完，才发现自己已经打破了对目科的保证。不过，我也管不了那么多了。我一直在目科的斜后方默默地注意着仓子的神情和一举一动。虽然这女子表现得又委屈又苦恼，不时还会掉几滴眼泪，我还是察觉到了偶尔从她的眼角闪过的一丝喜悦之情。在这样的情况下，我再也忍不住了，向仓子抛出了那个问题。

停顿了片刻，仓子回答说："我一直待在家附近。"

“有证人吗？”我问。

“我丈夫离开之后，我就约了旁边鞋店和手套店的店东太太一起吃去附近吃冰激凌，大概十一点回了家。”仓子见我似乎还要再问下去，马上又接着说，“如果你们不相信我说的话，就去问她们好了！为什么我一定要被你们怀疑呢？怀疑太郎杀人！还怀疑我！简直是不可理喻！”

仓子开始大叫了起来，发泄完对警署那边和对我们的不满，又开始抱怨生意的不景气。说什么那么努力地做生意，却还是不能兴隆起来，她已经受够了。

“正是因为这样，才会有人推断说，现在这个状况就是导致藻西太郎犯下这种过错的原因。他为了让你过上更好的日子，所以才会想得到那些钱，才会……”目科接着仓子的话说。

“胡说！藻西怎么会杀人呢？藻西怎么可能杀害自己的伯父？简直是一派胡言，这是对我丈夫的侮辱！”仓子情绪激动地反驳道。

“可是……”目科扬了扬音调和眉毛，故弄玄虚地说，“一个无辜的人应该会强调自己的清白吧，藻西太郎可是招供了呢。”

仓子听到这番话仿佛被打了一记耳光，眼泪在眼眶里打转，过了半天才说：“我不知道……到底是怎么回事，到底是为什么会被贴上犯罪的标签……太郎是被冤枉的啊，他不可能杀人……不可能……”仓子整个人好像泄了气的皮球一般，到最后只是喃喃自语而已。

到现在为止，我还是无法判断这个女人究竟是不是在演戏。藻西的招供与她有关吗？真正的凶手是否与仓子有关？会不会她本人知道谁才是真正的凶手？还是说她真的是无辜的？一连串的问题在我脑海中出现。

“真的不好意思，让您这么难过，这并不是我们的本意。为了理清案情，能不能请您再答应我们一个请求呢？”目科小心地问道。

仓子一语不发。

“能不能请您允许我们到贵府简单地搜查一下？”目科的请求把我吓了一跳。仓子反而很镇静，不知道是麻木了还是故意装出一副沉着的样子。她答应了目科的要求，随后掏出了另一个房间的钥匙。

之后目科将房屋前前后后搜查了一遍，一边把钥匙交给仓子，一边说：“没什么可疑的地方。”不知道是不是错觉，我察觉到仓子在听到这句话之后仿佛有一种松了口气的感觉。

目科皱了皱眉，好像下了重大决定似的，对仓子说：“仓子小姐，最后请您答应我一个请求，我想去一下地下室仓库。”对方并没有拒绝，好像在掩饰内心的不安，又好像很有自信不会被抓到什么把柄。

仓库里到处都塞满了酒。有啤酒，还有一些高级的红酒、白酒。目科仔细地在当中查看着。我当时也明白，他一定是在找有着同命案现场那个软木塞一样的塞子的酒瓶，不过好像一无所获。

回到一楼之后，那只狗——布拉特——突然冲了过来。“布拉特，不可以！过来！”仓子冲这里叫道。这狗怎么会这么凶啊？看来真是谁都不能靠近这对夫妇啊，我想。

啊！那时候我突然灵光一闪，大声问道：“老板娘！这狗当天晚上在哪里？是跟着藻西先生走了吗？”

仓子被我这么一问，整个人瞬间僵住了，随后又犹犹豫豫地回答说：“没错，是跟在我丈夫的身边。”我接着追问道：“那么，它是被您丈夫抱着上了马车，还是在马车后面追着跑呢？”

眼看这仓子的最终防线要被我打破了，目科这时候突然打断了我，说：“好了好了，仓子小姐，我想您现在一定疲乏至极了，今天来打扰真的不好意思。您下午还要去法院，我们已经完成了任务，这就走了。”说罢，拽着我就往外走。

出了大门之后，我怒不可遏地对目科说：“喂！好不容易才问到这个份上，你疯了吗？怎么突然打断我？马上就能搞清楚到底怎么回事了！你难不成想袒护那个女人？！”

面对我疯狂的举动，目科倒是镇定自若，他缓缓地说：“你忘了我要你做的承诺了吗？知道吗，如果你再这样逼问下去，这条狗很可能就会由一条重要的线索变为一具尸体了。”

原来是这样……我只顾着揭穿仓子的真面目，完全没有想到如果被这个女人识破的话，恐怕趁我们走了之后，她就会马上把那只狗干掉，再毁尸灭迹。不愧是目科……

见我低头不说话，一副垂头丧气的样子，目科拍了拍我的肩膀说：“好啦，饿了吧，我们去吃饭吧。”

（九）

终于填饱了肚子，我们两个人又恢复了体力和精力，决定继续把这个案子办下去。

现在，我们已经确定仓子这个女人绝对有问题，不仅表现过激，有些神情也很让人产生疑问，尤其是提及那只叫布拉特的狗的时候，这个女人显然有所隐瞒。就如同目科太太所说，这个女人和案件十之八九脱不开干系。如果说她就是案件的主谋的话，凶手是谁她一定是清清楚楚的。

凶手行凶之时是将布拉托带在身边的，如果他不是藻西的话，那么他一定是和藻西或是藻西太太十分亲密的旧识。目科太太推论说仓子很可能在外面有别的男人，没错，那个男人大概就是真正的犯人。这段时间，藻西被抓走了，说不定那个“背后的男人”会出现，与仓子商量相关的事宜。

“我说，目科兄，不然我们就潜伏在藻西店铺附近偷偷观察，怎么样？”我问道。“不行不行，这样太冒险了，又没什么把握。”目科斩钉截铁地说。

“那你觉得应该怎么办？总不能什么都不做吧？”我追问道。

“当然要做些什么了。现在我们的关键点就在那只狗身上——谁靠近它却不会被攻击那谁就是我们下一个目标了。我们现在就去藻西家，利用仓子去法院的这段时间观察动静。我记得她说法院要求她三点到达，那么两点半左右她就会离开，现在已经两点了，现在就出发吧。”目科说。

我们到了藻西家之后，在一个不会引起注意的隐蔽之地躲了起来。果然，仓子出现在了门口。这女人真是不简单，穿了一身黑，十分庄重，又显得可怜楚楚。等她走远了，直到完全消失之后，目科一把拉住我就离开了那个角落，直奔藻西店铺。

“您好，请问老板娘在家吗？”进了店铺之后，目科一板一眼地问道。对方回答说老板娘刚刚出去了。

“哎呀，真是伤脑筋呢。她怎么这么不把我当回事啊。”目科故作生气的样子，装出一副被藻西太太爽约的表情来。

“这位先生，真是不好意思，老板娘真的不在。她有事情出去了。”对方回答道。

“真是的，怎么会这样……”目科咂咂嘴，皱着眉头，徘徊了一阵之后，说道，“都怪我这个人记性真是不好啊。你们家老板娘啊，跟我说过好几次那个地址了，可是我总是忘，真是烦人。对了，不晓得您知不知道，那个叫什么来着……叫……”

对方用狐疑的阳光打量着目科，问：“谁？”

“哎呀，你看，我这记性真是不行，这么重要的名字都能给忘了！他叫什么来着？真是越着急越想不起来！啊，对，就是布拉特那只狗从来不会攻击的那个先生，除了藻西夫妇，只有他可把布拉特驯服得很乖！”目科装作一副得到重大线索的样子。

“啊！您说的应该是生田先生没错。生田先生与老板娘是旧交，和布拉特也很熟的。”对方马上给出了答案。

“对对对……啧啧！哎呀，就是生田先生！你看我，把生田先生的名字都给忘了，真叫人头疼啊。对了，我要问的就是他的地址啊。生田先生的地址您知道吗？”目科继续演下去。

没想到这女佣没作过多考虑，马上就说出了生田的地址。目科想必很高兴吧，自己的演技得到了充分的肯定。于是在道谢之后，我们马上就赶往法院申请拘捕票，因为可以确定凶手就是生田。一分一秒都不能延迟，不能让凶手逃走！

折腾了一番之后，我们终于拿到了一张拘提生田的拘票。真不愧是目科大人啊，我在心里说着。

那之后，我们速速赶往生田的住处。目科问一层的店家说：“请问生田先生住在这里吗？他在家吗？”对方回答说：“请您由楼梯上四层。”于是我们登了上去。

登了几层台阶之后，目科又走了下去，回到那家店铺问刚才的那个店主说：“不好意思，请问您知道生田先生平时都喝什么酒吗？”店主有点不耐烦地说：“这个你去问他常光顾的酒店去问问不就行啦。”

“是哪家店呢？”听到目科的话，那个店主抬起手指了指旁边的一家店，然后就不理不睬地继续做自己的事了。

我跟在目科后面，只见他来到那家店铺，对酒保说：“不好意思，麻烦拿一瓶有蓝色酒瓶栓的好酒来。”听到这句话，我就明白了目科的目的。

拿到酒之后，我们再一次登上了阶梯，来到生田家门前。敲了几下门之后，很庆幸，听到了“请进”的声音。于是我们开门走了进去——屋里靠窗有一张桌子，一个三十出头的男子正在一心一意地做着黄金戒指的加工，看上去温文尔雅。难道这个男人就是杀人凶手吗？

这时候，对方抬起头来，很客气地问：“请问，二位有什么事情吗？”

目科突然走上前去，一边有力地出示拘捕票，一边大声说：“我们来逮捕你！”

对方虽然有些惊讶，但并没有显出丝毫的慌乱。

“您在开玩笑吗？为什么……”

没等生田说完，目科回击道：

“不要装蒜了！有人指认你杀害了梅五郎！而且，你行凶用的短刀和现场留下的酒瓶塞上的痕迹相吻合，物证就在我手里，你要不要看啊？”

“这……不是我！真的不是我！”生田在听到这番话之后犹如一摊烂泥，瘫坐在了椅子上。

“不管是不是你，都跟我们走吧。等去了再向法官申诉，现在你说什么都没用。你的主谋者藻西仓子都已经承认了罪行了。”目科大声说。

“啊！你说什么？那个女人……她怎么会……这件事和她没关的！”目科提到仓子后，生田好像被电流击中一样，马上说出了这样的话。

“所以，”目科坚定地说，“你是说，藻西仓子并不知情，所有都是你一个人单独策划的喽？”又转头对我说，“喂，你去翻他的抽屉，看看里面有没有仓子的照片或者书信之类。”

我闻言，马上就去搜查他的书柜抽屉，也顾不得此时的生田已经怒不可遏了。就如目科所料，我很轻松地就找到了仓子的照片还有几封情书。一切不攻自破。

就这样，我们带着生田来到了警政总署。生田即刻被带入牢中进行审讯。之后的审讯结果是这样的：生田和藻西原本都是从事饰品加工的行业，和藻西的伯父也很早就认识了。这次行凶是出于对藻西的憎恨，于是模仿着藻西的装束、牵着藻西的狗来到了老人家里。行凶之后，为了将凶手之名嫁祸给藻西，又特意用老人的手沾了血写下了藻西的名字。他幻想着接下来藻西就会入狱，而老人的财产就会转入仓子名下，然后他就可以和仓子双宿双飞，一生享受幸福了。

看来这位生田的脑筋相当简单，想得到的结果也是如此的简单。至于藻西，当然也就无罪释放了。据说，他的确是因为疼惜自己的老婆而去顶罪的。大概当初在监牢里审讯他的时候，当目科提到那条狗，这位藻西也想到了凶手有可能就是生田吧，他应该明白，伯父的死和自己的女人脱不开关系。

事后，他也终于继承了伯父的财产，开了一家三流酒店。仓子依旧是那副样子，而藻西也依旧放纵着自己的妻子，有时候也会喝点闷酒，偶尔也会打伤仓子。两个人就这样继续沉沦下去。

这一次跟随目科四处查案，感受颇多。据目科说，这可是他办的案子里解决得相当轻松的一起。即使是这样，还是会有很多我们无法掌控的变量，以及各种各样的问题，还有迎面而来的不同的人和情况……要当好侦探看来真的不容易，早出晚归、生活没有规律不说，还十分考验大脑和应变能力，这一行还真是不好做呢……

居心叵测的情杀阴谋

提灵村谜案

【英】欧内斯特·布拉玛

（一）

“一个奇怪的案子，”盲侦探卡拉多斯走出四方形的院子时对其助手帕金森说，“越来越有意思了，但在内心里我宁愿从来没有接触过这样一桩案子。”

帕金森揣摩着主人的表情，斗胆地说道：“先生，那位年轻的小姐似乎很讨人喜欢。”

“帕金森，案子的关键就是这位年轻的小姐。”卡拉多斯的表情瞬间变得严厉起来，思绪回到了第一天与玛德琳·惠特马许见面的情景：

那天早晨，一位年约二十的小姐带着满脸的焦急和些许的羞怯推开了卡拉多斯办公室的门。当她注意到屋子里除了卡拉多斯之外还有别人在时，那焦急而又审慎的目光立刻流露出微微的失望。

“您是乔治小姐？”

“是我，卡拉多斯先生，我是特意从橡树郡来见您的，这件事情对我来说太重要了，我希望能够和您单独谈谈。”她的声音急促而紧张，显然是鼓起足够的勇气才能够说出这番开门见山的话来。

屋子里那位被歧视的绅士十分知趣地离开，并掩上了门。

卡拉多斯微笑着问：“我有什么可以帮得到你？”

“在很早以前我就听说过您，所以当这件事情发生时，我本能地想到了您。我知道，请一个像您这样厉害的侦探需要花大笔的钱，但是我却没什么钱。直到走进您的办公室，我仍然觉得我的请求很荒谬，不过，我还是抱着一丝希望，希望您的善良和慷慨能够帮助我。”

卡拉多斯皱了皱眉，说道：“这与案子应该没有什么关系，我需要的是你能够告诉我到底发生了什么。”

凝固了几秒，空气中又响起了卡拉多斯的声音：“我能够看得出来，你正处于服丧期。”

“看得出来？您，您不是盲人吗？”年轻的小姐高声大叫。

卡拉多斯答道：“‘看’只不过是一个最平常的表达，请不要惊讶。我是通过别的可靠的观察得出你服丧这个结论的。”

“对不起，您的神通广大，我早就应该有思想准备的，却没有想到还是会感到惊讶。请您原谅我的鲁莽与无知。”

卡拉多斯耸耸肩，表示并无大碍。

随后，年轻的小姐从手提包里抽出了一份报纸，说：“这份报纸上面有我想要讲述的事情，我想读它会比我讲要清楚得多。”

卡拉多斯摆摆手，示意她可以读报纸。

“‘提灵村发生离奇惨剧——著名的农场主预谋杀人和自杀’。出事的这天下午，来自高谷仓的弗兰克·惠特马许先生到巴罗尼找他的叔叔威廉·惠特马许先生。威廉不在家，弗兰克·惠特马许等了一阵便离开了，并声称晚些时候会再回来。大约在八点四十五分的时候，弗兰克·惠特马许又出现了，而他的叔叔威廉也正好在屋里，这之间两人到底发生了什么，无人知晓，只知道弗兰克·惠特马许是来跟他叔叔谈判拥有汉斯坦湖权利的事宜，这是双方之间一个悬而未决的纠纷。

半个小时过后，突然传来两声枪响，威廉家的管家劳伦斯夫人和一位仆人赶到了现场，她们进门后便看到了躺在地上的弗兰克·惠特马许先生和倒在桌子旁边的威廉·惠特马许先生。威廉·惠特马许先生已经死去，在他的脚边是一支已经过时的大口径左轮手轮，而他的头上则是令人发麻的伤口。庆幸的是，弗兰克·惠特马许先生竟然逃过了一劫，那颗本应射入其心脏的子弹深深嵌入身上携带的那只老式银表里。审讯确定在下星期一举行，威廉·惠特马许先生的葬礼将会在翌日举行。”

（二）

乔治小姐放下手中的报纸，轻声地说道：“这就是整个事情的经过。”

“只是报纸报道的所谓经过。”卡拉多斯接着乔治小姐的话说道。

“所有的报纸，所有的人都认为这是有预谋的谋杀和自杀，可是，卡拉多斯先生，他们怎么知道我父亲想要自杀，想要杀弗兰克？”

“乔治小姐？”

“没错，我叫玛德琳·惠特马许，威廉·惠特马许先生的女儿。我不想让人知道我来见您，所以我换了一个名字。没有什么奇怪的，我是个住在乡下的女人，本应该安分守已，像我这样冒昧地来找您，而且还要反对大家的看法，肯定会招来辱骂。”玛德琳的身体已经微微地颤抖起来，看来这个悲剧的发生已经伤害到了她，甚至让她变得有点愤世嫉俗。

“报纸上报道，你的父亲想要杀弗兰克·惠特马许先生，在动手之后，又选择了自杀。可是你却在暗示我，事情根本不是这个样子，请问你有什么证据吗？”

惠特马许小姐神情显得更为悲伤，她低声地说：“这才是令我害怕的地方，我拿不出证据，所以我害怕您会拒绝帮助我。但是，我深信，我的父亲不会这样做的。所有的人都指责我的父亲是杀人犯，可他怎么可能是杀人犯呢，他根本就不可能拿到那把枪的……”

“那把枪？你这是什么意思？”

惠特马许小姐被突然的插话弄得茫然，一脸迷惑地看着卡拉多斯。

“你说你父亲不可能拿到那把枪？”

“哦，是的。”惠特马许小姐心不在焉地回答，“那是一把老式的左轮手枪，父亲几乎没有用过它，十几年来，我只见他使过一次，那是因为有一只狗闯入了果园，羊群受到惊吓，失去了控制。从那之后，那把枪就一直躺在抽屉里。”

“为什么你会说你父亲在那一天不可能拿到枪？”

“那天下午，弗兰克在家等了父亲一会儿，见他没有回来，就离开了。随后，我进去打扫房间，就发现那把左轮枪不在抽屉里了。”

“你特意去察看抽屉？”

“不是的，那个抽屉从来不上锁，为了便于打扫，我总会将它拉开一点。”

“会不会是你父亲出去的时候将枪带走了？”

惠特马许小姐摇摇头，说：“弗兰克来的时候我正好在清洁父亲的桌子，当时我看见枪还在抽屉里。而父亲吃过午饭后就出去了，一直到晚上八点才回来。”

“惠特马许小姐，你说过你并没有证据。”卡拉多斯的表情变得十分严肃，“你现在说的都是一些极为重要的线索，你父亲出去之后，手枪还在，可是当他回来的时候手枪却不见了。你真的能够肯定？”

“是的，我肯定，虽然事情发生后我整个人都混乱了，但是关于那把枪，我总觉得哪里不对劲儿。先前，我一直有做笔记的习惯，会记录一些日常的琐事。今天早晨，我在笔记当中发现曾经提到过这支枪。所以，我敢肯定，甚至是绝对的肯定。”

（三）

卡拉多斯显然已经感兴趣了，他开始往深里询问玛德琳·惠特马许。在两人的交谈中，他了解到，威廉·惠特马许所在的巴罗尼和弗兰克·惠特马许所在的高谷仓本是一家的地产，威廉·惠特马许的父亲老威廉将巴罗尼的房屋及四百亩良田分给了小威廉，而将高谷仓及三百亩劣田分给了弗兰克的父亲，也就是老威廉的另一个儿子。

小威廉是一个严厉而又传统的人，他的骨子里尽是小农的本能，没有什么野心，他守护着那片父亲遗留给他的房屋和土地，过着悠然的生活。而弗兰克家却不见得很好，日子是一天比一天穷困，小弗兰克便开始劝说他的威廉叔叔同意他在高谷仓打矿井。关于矿井，当时的人们都认为在种植玉米和各种牧草的土地下面肯定蕴藏着一条或深或浅的矿坑，可是老威廉在死时曾经立下遗嘱，他的任何一个儿子想要自行采矿或者是利用土地寻找矿石都需要得到另一方的同意和合作。然而，不管小弗兰克是恳求，还是威胁，或者是赌咒发誓，威廉从来都是拒绝。

玛德琳说：“外面很多的人都指责我的父亲，说他不近兄弟之情。可是我了解他，我知道他只是不想打破这份宁静，不想让那些抢夺利益的人卷入，不想让呛鼻的烟雾和灰尘破坏原有的纯洁。而且，采矿是冒险的，一旦不能够带来利润，我们的生活反而会没有以前好。”

“那么现在你父亲去世，这个禁令是不是就失效了？”

“不，没有失效，开矿权仍取决于小弗兰克和我哥哥威利。”

“你还有兄弟？”

“是的，我的哥哥威利在加拿大经营一家工程公司。我的弟弟鲍勃住在墨西哥，他们和父亲的关系不是很好，因此离开了家。半年前，弗兰克叔叔去世了，小弗兰克便回到了高谷仓，之前他也像我的兄弟们一样离家外出。”

“看来，他和他父亲的关系也不是很好……”

玛德琳伤心地一笑，“惠特马许的两代人或许从来就不会相处得太好。包括我的父亲和弗兰克，他们经常起冲突。”

“年轻的弗兰克先生想开矿？”

“是的。他在外的那些年使得他拥有了采矿的经验。”

“你和他之间的关系怎么样？”

“一般，平时不怎么来往，只是偶尔碰面。”

卡拉多斯紧接着问：“那你有没有去过高谷仓？”

“没有。”

“你应该没有不能去高谷仓的理由吧？”

玛德琳抬起头，问：“您为什么要问我这个？”

卡拉多斯并没有回答他，玛德琳立刻感觉到一丝不妥，迅速补充道：“卡拉多斯先生，我并不是拒绝回答您，只是有点神经性敏感，自从事情发生后，我经常会被一些细微的小事刺激到。”

卡拉多斯说了几句安慰的话后，接着又问：“当时你在哪儿？”

“我在自己的卧室里。劳伦斯夫人过来告诉我，他们之间发生了争吵，只是谁也没有想到会出现后来那样的结果。接着，我听到很大声音的枪响，然后，又是一声，只是没有先前那么响亮。我们往他们所在的房里冲，劳伦斯夫人和玛丽跑在前头，见到的便是报纸上所报道的情景。”

“你说两声枪响，一声很大，而另一声是不那么响？”

“当时我便注意到了。后来我问劳伦斯夫人，她也确认是有这么一回事。”

自杀、谋杀、拿不到的手枪、不同音量的枪响……事件越来越引起卡拉多斯的注意。

（四）

第二天晚上九点，卡拉多斯在帕金森的陪伴下来到了威廉·惠特马许在巴罗尼的家。按照事先的安排，卡拉多斯以惠特马许家族的远房亲戚这个身份去拜访。位于此处的这所房子，在卡拉多斯看来，可以用“非常阴暗”来形容。而帕金森则说：“非常潮湿。”

玛德琳·惠特马许亲自领着他们进了屋。关上门后，她告诉卡拉多斯，布鲁斯特警官正好也在，他想要在星期一审讯时，将左轮手枪放在现场展示。玛德琳问卡拉多斯是否想要在展示之前看一看手枪。

卡拉多斯在表达了想要看的需求之后，玛德琳便领着他们去了她父亲的房间。

桌子旁边的布鲁斯特警官正在笔记本上记着什么，那把老式的左轮手枪就摆在他面前。

玛德琳走上前去，说道：“布鲁斯特先生，这位绅士听了父亲的悲剧后，想要看一看这把左轮手枪。”

布鲁斯特同卡拉多斯礼貌性地打了招呼之后，玛德琳将枪放到了盲侦探的手里。布鲁斯特告诉卡拉多斯，枪虽然过时了，却保存得十分完好。

卡拉多斯摆弄着枪，感慨道："这把枪一定是早期的法国货，很有可能还是一把勒福歇手枪。"

过了一会儿，卡拉多斯看向布鲁斯特的方向，说："枪的弹药筒你已经取走了吗？"

"这是一种销子发火的火器。"布鲁斯特边说边从口袋里掏出一只装有弹药筒的火柴盒递给卡拉多斯。

卡拉多斯用手指拨弄着它，问："你将枪膛里的子弹都标了顺序吗？"

"不需要，一共开了两枪，剩下的四颗子弹都还好好地躺在里面。"

"那可不一定，我知道一件谋杀案，案发现场的桌子上摆着一副牌，而那个被指控的人最终是否有罪，是取决于其中两张牌的位置。"

布鲁斯特意味深长地看向惠特马许小姐和帕金森，他知道眼前的这位绅士并不只是远房亲戚那么简单，他微笑着说："这位先生，我想你一定已经了解过这个案子了，有关这件案子的所有事情我都如实地做了笔记。"

"除了那些，就没有另外的东西可以看一看了吗？"

"先生，你是说还有被我忽略的地方？"

卡拉多斯说："我想问的是，你们是否有看到弹塞？"

"这怎么可能看到，从左轮枪的弹药筒射出的子弹，弹塞是不可能留下的。它又不是霰弹枪。"布鲁斯特带着讥讽的口吻答道。

"要是霰弹枪的话，那弹塞一定会留下。"

布鲁斯特点点头，算是对卡拉多斯所说的话表示赞同。过来一会儿，他起身道别，玛德琳送布鲁斯特出门，房间里只剩下卡拉多斯和帕金森两人。

卡拉多斯让帕金森再仔细地寻找弹塞的踪迹，而他只是静静地注视着眼前那块他看不见的墙壁。

没多久，帕金森在沙发后面找到了一个小纸球。两人将沙发移开后，卡拉多斯整个人趴在了地上，凭着感觉，他轻轻地，准确地将纸球拾起，并小心翼翼地用指甲将其打开。

"先生，这看起来像是卷烟纸，但我不敢肯定以前见过这种卷烟纸。"帕金森的声音在耳边响起，"它没有任何明显的水印，不过它的一边却是半英寸长的有光泽的纸，另一边像是被切过了，有点不平。碎片发黑了，从中烧出了不少小洞，但又好像是用别针刺出来的，有几处还被烧成了棕色。"

"还有别的发现吗？"

帕金森又仔细地看了看，说："没有了。"

"天花板是用什么材质做的？"

对于卡拉多斯这突如其来的话题，帕金森并没有多问，他抬头看了看，回答道："是橡木板，而且还有一条重重的十字梁。"

"那么，房间里有没有被灰泥抹过或者用石灰水刷过的物体？"

"没有。"

纸球再次被卡拉多斯拿到鼻子前，他深深地吸气，仔细闻着。

卡拉多斯的嘴角往上扬了扬，说："帕金森，这真是有趣！"

而帕金森则在一旁摆出一副默许的姿态来，即便卡拉多斯看不见。

这时，惠特马许小姐返回了房间。卡拉多斯告诉她他们发现了一个纸球。

看到纸球的惠特马许小姐迅速叫嚷道："这是弹塞！"

"没错，这证明两枪中有一枪是放空的，而且还不仅仅如此。"

惠特马许小姐睁大了双眼迫切地看着卡拉多斯。

"我们在沙发的后面还发现了沾有被烧焦的火药的纸片。"

惠特马许小姐顿了顿，轻声咕哝道："我想这不是我想要的消息。"

"迟早都是要知道的，早知道或许比晚知道要好。你那位堂兄平时抽烟吗？"

"这个……您知道，我跟他并不熟。"

"那你父亲呢？"

"他不抽烟，一直以来他都厌恶抽烟。"

"好了，惠特马许小姐，今天就到此为止吧，明天什么时候我可以再过来见你？"

"您随时都可以，我的好奇心已经被您激起，这个时候除了您之外，我不想再见其他人。不过，卡拉多斯先生，希望您记得后天，也就是星期一下午要举行审讯，在这之前您真的能还我父亲的清白吗？"

"惠特马许小姐，你不觉得任何的判决其实都只不过是走个场而已吗？"

"不是的，这对于我来说，不是走过场。一旦我父亲的谋杀罪成立，以后在别人面前我就永远抬不起头来。"

争辩不是卡拉多斯的本意，所以他伸出了手，轻轻地道了声"晚安"。

惠特马许小姐见状，也伸出了一只手，说："晚安！您的仁慈我真是无以回报……"

（五）

从四方形的院子里走出来后，两人一直往前走，走到一扇双开的弹簧门面前时，卡拉斯特停下了脚步。再往前，是一条田间小路，它正好切断了公路和狭窄小径交织成的拐角。

卡拉斯特的脚尖往左边转了转，指着四方形院后院的建筑物说道："帕金森，你能够找到进去里面的路吗？我想有必要调查一下那里。"

帕金森察看了一会儿，便发现了一道门，门只是用木插销插着。远处一片黑暗，但是空气中却飘荡着香甜的干草味，还有马蹄偶尔撞击石块的声音，可见，他们来到了一个马厩。

卡拉多斯伸出手触摸着这充满石灰水味道的墙壁，关于高谷仓的衰落，在第一天见玛德琳的时候，就已有所耳闻，却不曾想过这片土地已经是如此的贫困。他故意走这条路，就是想看一看那位年轻的惠特马许先生贫乏田地的收成。帕金森描述，这片田地长满了杂草和野芥子，那些围墙和树篱也已经是破败不堪，旁边的建筑物早就已经是人去楼空，只剩下一些残骸裸露在外。

两人继续往前走，帕金森将木插销取下，开门进去后，看到一个浑身脏兮兮的老妇人站在那儿。卡拉多斯问她弗兰克·惠特马许先生在家吗。

老妇人冲屋里喊道："有人找。"

“妈妈，是谁？”屋里有人回应着。

老妇人的眼睛直勾勾地看着卡拉多斯，嘴上大声说道：“你出来看看就知道了！”

随后，从屋里走出来一个高个子的男人。

卡拉多斯解释道：“打扰了，您并不认识我，但是我听说过您的故事。”

显然，共同的话语拉近了两人的距离，惠特马许先生邀请两人进屋。这个房间虽然粗陋，却给人一种舒适的感觉。

年轻的惠特马许挠了挠头，面带羞涩地说：“没有想到今天会有人来拜访，招待不周的地方请谅解。”

“恕我打扰才对，之前一直在犹豫是不是要过来，我担心这个时候你应该有很多亲友在身边，不方便见客。”

这句话刚落，旁边的老妇人就大笑起来。

“妈妈！”惠特马许轻喝一声，又补充道，“不好意思，我妈妈经常那样，请不要在意。我们惠特马许家人缘并不好，就算遇到这种事情，也不会有什么人在身边的。”

老妇人在旁边开始咕哝了：“我的孩子，只要你采到了煤，就会变好的。”

惠特马许似乎并不满意她的话，站起身说道：“妈妈，我们带他们出去转转吧。”

卡拉多斯起身介绍了一下自己和旁边的帕金森，又顺手递过一支烟，问道：“您抽烟吗？”

“谢谢，偶尔可以试一下。”

“不用担心，这种烟味道很轻的。”

“哦，我不是那个意思，我常常抽烟，不过是抽烟斗。平时不爱抽纸烟，是因为觉得纸烟会刮到我的嘴唇。就算抽，也是抽我用那不会刮人的纸自制的香烟。”

“说得没错，烟纸有的时候确实很碍事。”

“那我来试一下你的烟吧。”惠特马许先生接过了卡拉多斯递过来的烟。随后，两人才正式进入那个悲剧的话题。

“这件事情引起了很大的轰动，甚至成为伦敦街头人们评头论足的主要话题。”卡拉多斯说道。

“是吗？都说了些什么？”

“说了很多，但是他们最感兴趣的可能是你和你叔叔争吵的原因，以及你对这个原因的解释。”

“你看！你看！我早就跟你说过的！”老妇人又开始叫嚷道。

“妈妈，请你不要再讲话。”惠特马许先生打断了她的话，说，“卡拉多斯先生，其实是个很简单的问题，就是有几只被射杀的鸭子落在了我们两个的地界上。”

“可是，报纸上的报道不是这样的，而你的解释只会将舆论推向更高潮，甚至不足以用来解释这样一个轰动的案子。”

“你看，他们不可能相信的！”老妇人的情绪已经失控了，她大声嚷道。

惠特马许没有说话，只是用愤怒的眼神看着她。过了一会儿，才再次看向卡拉多斯，“我去他家不是为了去吵架，那天我一进门，他就在抽烟斗，我在他房间里待了一会儿，也开始抽起烟来，过了一会儿就走到壁炉前面忙起来。”

“在他的房间里？你可真是个热心的年轻人。”

“你们并不了解威廉叔叔，他虽然是个满腔热情的人，但是脾气也很容易受影响，一点小事都可能使他生气，使他争吵。”

“孩子，或许我们可以听听这位先生的意见。”老妇人的情绪很明显已经有所平缓，她低声说道。

“妈妈，难道会是我厌倦了，去杀他吗？威廉叔叔那样子的人，发起脾气来你又不是不知道，更何况他还那样的傲慢，他不可能忍受任何凌驾于他头上的指责和惩罚。所以，当他知道自己即将面对的是审讯和判刑时，自杀难道不是最好的选择吗？”显然，年轻的弗兰克情绪开始波动起来。

卡拉多斯说：“这个理由听起来还不错。”

“先生，如果这样的话，是不是不会带来别的麻烦？”老妇人抬起头来，带着一脸的焦虑询问道，甚至连弗兰克都屏住了气息在等待他的回答。

“当然。”卡拉多斯摆了自己的脸色，说，“没有什么别的麻烦，除非有人故意找纠纷，比如一些收了钱的律师，他们会指出在这个表象的背后还有更多的真相。”

“真该死，这些律师！”老妇人的眼神明显变得恐慌起来。

“律师有权叫你说出任何事。”

“不可能，他们不可能令我说出任何事，再说了，谁会雇一个律师？威廉叔叔的儿子们？他们都在国外。”惠特马许嘴角现出了一丝狡诈。

“可是他还有女儿，她可能会这么做的。”

“玛德琳吗？她才不会这么做，我想所有人当中最不愿意做这个事情的人就是她了。”老妇人回应着，眼睛却盯着他的儿子，那是一种欣赏、钦佩的表情，不过挂在这张脸上多少显得有些滑稽。

她嗤嗤地笑着，喃喃自语道：“这样的话，可怕的事情一定不会发生。”帕金森被她的神情迷惑了，不知道这到底意味着什么。

又待了几分钟，卡拉多斯要离开了，不过离开之前他想要看一看那只救命的表。

惠特马许先生允诺了，拿出了那只表给他。

卡拉多斯边检查表边说：“救了命的家伙意义非凡啊！这完全可以作为传家宝传下去。”

“对其他人来说，它不过是一个计时器而已。”

“表的指针呢？”

“不见了，当时，玻璃碎了，指针钩住了我的口袋，随后就被扯掉了。”

“开枪的时间是九点十分？”

惠特马许先生想了想，说：“差不多是那个时间。”

“真是有趣！”卡拉多斯微笑着说，“你的表平时要是走得很准的话，那就不是‘差不多’了。不过，我还是很高兴，看到了这只救了你一命的表。”

（六）

离开高谷仓之后，卡拉多斯并没有回旅店，而是又回到了巴罗尼。家里有访客，但是玛德琳还是将他带到了饭厅。

她凑上前去，问："进展得还顺利吗？"

卡拉多斯说："很好，不过我来是要告诉你一件事。我不会帮你辩护，今天晚上我就会回去。"

玛德琳的脸色大变："我……我想……"

卡拉多斯并没有让她继续说下去："惠特马许小姐，我想你应该很清楚，你的堂兄那一天根本就没有偷走左轮手枪；他没有在那个空的弹药筒上装子弹；也没有开枪打自己；更没有开枪打你的父亲然后放空弹药筒。就好像报纸上报道的一样，他确实是被袭击了。现在看来，事情真是变得太奇妙了。

"我看过那只表，上面的时间停在了九点十分，正好和开枪的时间差不多。他怎么可能提前就知道这个给予他机会的确切时间？"

"那天晚上，我看到那个表的时候，指针就已经不在了。"她低沉地回应着。

"你难道忘了？虽然指针不见了，可表轴还在。这种老式的表，它只会让指针指向一个方向，而那个方向正好是九点十分。"

"事情发生之后也可以对它动手脚啊？"

"惠特马许小姐，难道你还想让我继续吗？"

"我想我有权利知道。"她坚持说。

"好，既然你这样坚持，我也只好说了。这个案件的关键，是你开枪后留下的那个空弹药筒的子弹塞。为了达到目的，你是在外屋开的枪，这样早前的子弹塞才不会遗失。这一切都不过是你的花招而已。"

玛德琳被他这样一说，整个人都松软了。她说："看来，还是我自以为是了，竟然想着和你去斗智。那么，卡拉多斯先生，你想要怎么处置我？"

卡拉多斯并没有说话，她显得非常不耐烦，用质问的口吻问他为什么不说话。

"很多年以前在伦敦，有一个巨大的建筑物被建了起来，大家称它为'皇家正义宫'，后来大家又称它为法庭。"卡拉多斯平静地说，"很多时候，在那里我都会陷入矛盾中。你或许不明白我所处的困境，我的感情与理智撕扯着我。但是站在那里的时候，我只能让我的理智开口说话。"

"我明白您的感觉，并且始终都明白。"玛德琳说，"我放心大胆地在您的面前做了很多以前我自己都感觉到羞耻的事情。但是我不害怕面对您，我也不了解这是为什么。"

"是不是由于我是一个盲人的缘故。"

"请相信我，不是这样的。您给我的感觉，就像一位慈爱的父亲，也像一位交心的朋友。我是多么喜欢这种感觉。我记得从我妈妈去世起，这种感觉就消失了，我周围的人都与我隔开了一堵墙，甚至包括我的父亲。没有人能像您一样，可以坐下来和我推心置腹地交谈。这样的交谈哪怕只有一次，对于我来说也是莫大的安慰。"玛德琳的脸上露出了灿烂的微笑。

卡拉多斯也微微一笑，平静地说："这也是我的荣幸。不过受到你这么高的封赏，我实在是很惶恐。”

“不，这是我内心真实的感受。”玛德琳转而很悲伤地说，“您知道我已经订婚了吗？”

“我记得你没有对我提起过这件事。”

“您这么心细如尘，想必已经听别人说起过这件事了。去年的夏天，我终生难忘，我遇到了他，一个温文尔雅的牧师。我和他有一次美丽的邂逅。可是，我们现在已经是毫无关系的两个人了，留给我的只有回忆了。”

“能告诉我为什么吗？”卡拉多斯关切地问。

“自然不是我要解除婚约的，我那么爱他。是这个社会，在人们眼里，我是一个杀人凶手的女儿，这么一个女人怎么能成为牧师的妻子呢？即使他本人愿意，形势也会逼迫他妥协。简单地说，我和他不相配。卡拉多斯先生，我很痛苦。”玛德琳说完就哭了出来。

“惠特马许小姐，请止住悲伤。据我所知，你倾心的那位先生，他已经放弃了牧师的身份。”

玛德琳擦干眼泪，说道：“那又能如何呢？他拥有高贵的血统，他显赫的家庭也是不允许他和我在一起的。而且比起牧师的身份，这一点简直是像山一样不可动摇。如果他选择了我，他就要面临与家庭的决裂。我不希望看到他的痛苦，所以我宁愿选择放弃。只要过一段时间，他或许就能忘了我。”

“但事实并非如此，你为了摆脱杀人凶手女儿的身份，甚至要去冤枉一个无辜的人。这种行为上帝会原谅吗？”

“现在的我，也在深深谴责着当时的那个玛德琳。她只顾自己的私心，而做出一件又一件错误的事情。卡拉多斯先生，您相信吗？我曾经在心里一度希望那个人受到惩罚。但是我不希望看到他被送上绞刑架，那实在是太残忍了。”

惠特马许小姐望着卡拉多斯，轻轻地问：“您是怎么知道他是一个无辜的人？”

“惠特马许小姐，我是在你的授意下，才开始对这件骇人听闻的命案进行了调查。”

“是的，我早该想到，您会查出真相。”玛德琳此时显得很平静，“您可以把我送到那个正义的宫殿，接受审判。”

玛德琳走到了窗边，望着外面单调的景色，悠远地说：“三年前，我从寄宿学校回到了家，想象着当初的小男孩已经变成了英俊高大的男人，我的心第一次品尝到爱的甘甜。就在这种情况下，我们第一次见面了，其实那不是第一次，小的时候我们就已经认识，但是情窦初开的我们还是感受到了一见钟情的甜美喜悦。那些美丽的爱情故事，我都把它们想象成我和他之间的故事。我们写着充满爱意的书信，然后再满怀期待地交换给对方。”

“这个人就是弗兰克·惠特马许吧。”卡拉多斯说。

“是的。爱情如此短暂，很快我就感觉我和他其实并不合适，我和他的很多观念都不尽相同。甚至到后来，我发现自己当初爱上他，不过是想逃避现实，把自己困在罗曼蒂克的幻想中，而不是真的爱他。您理解我的意思吗？”

“我想，我不需要了解。每个人有每个人的感受。”

“我开始逃避他。”玛德琳捋了一下自己的长发，继续说，“当他去国外的时候，我非常的开心，因为可以堂而皇之地一段时间不见他，那个时候，我更加确定了自己并不爱他。可是，几个月前他回来了。他约我见面，都被我拒绝了。但还是有一次，我不可避免地在街上遇到了他，他自然不肯放过这个机会。我告诉他我订婚了，不可能和他在一起了。可是他却说没关系，依然表示要娶我，还对我叙说他的想念，我只是想逃避。他却对我说我永远也逃不了，我那一刻不明白他自信的来源。可是当他拿出我曾经写给他的信的时候，我心里的恐慌就一天没有减少过。他读了上面的那些话，我听得脸都红了，可是他居然还问我这句话是什么意思，那句话又是什么意思。我真的很想把那些信都撕掉，那里面的每一字都诉说着虚无但又浓烈的情意。我不停地骂他，甚至诅咒他。他却都置之不理，告诉我如果不达成他的心愿，也就是不嫁给他，这些信一定会出现在大家的面前，至少出现在我父亲的面前。”

“惠特马许小姐，我想你可以不必受这种威胁。他勒索的行为足以能让他背上劳役拘禁的罪名。”

“事情没有这么简单。由于我一再地拖延时间，他终于等不下去了。他决定通知我的父亲。星期三的时候，他带着那一包信件，出现在了我父亲的房间里，他给他读这些信，希望能够让我父亲同意这桩婚事。可是，我的父亲，他是一个脾气暴躁的人，他也是一个相当傲慢的人。在冲动魔鬼的挑唆下，我的父亲开枪了。后来又因为对于这事的愧疚，他朝自己也开了一枪。”

“或许，对于弗兰克先生的爱意，你可以选择更好的方法来处理。”

“不，其实他并不爱我。他只是想要我父亲的矿产，我只是弗兰克达成心愿的一个帮手。而这个帮手却丝毫不配合。卡拉多斯先生，现在你可以把我送去法院了。”

“我想，一个人在将要接受审判的时候，他是逃不了的。”卡拉多斯说，“但是，属于你的时机还不到。惠特马许小姐，你应该有新的生活，忘记这些让你不愉快的事情。”

“谢谢您的建议，我会尽我所能，把快乐和爱情找回来。”

“同时，也不要忘记正义与公平。”卡拉多斯强调说。

“是的，不忘记正义与公平。”玛德琳小姐又开心地笑了。

后来，卡拉多斯的抽屉里就一直存放着一封信，那是惠特马许小姐从利物浦给他寄过来的。卡拉多斯经常会拿出它来读一读，就好像玛德琳亲口为他念这封信一样。

亲爱的卡拉多斯先生：

在我们彼此告别之后的某一天，有个男人敲响了我家的门。我看不清他的脸，但是我能感觉到他就是您的随从帕金斯，不知道我猜得对不对。他将一个包裹递给了我，一句话都没有说就走了。我拆开了那个包裹，是一些信。是您帮助我真正与过去告别。

茫茫人海中，我是一个再普通不过的人，却能得到您的全力帮助，我的欣喜一定超过您的想象。感谢您，不因过去我的荒唐而否定我，但是我会一直对自己过去的罪忏悔，以致以后不犯下相同的罪。

写下这封信，我也付出了很大的勇气。

或许痛苦没有那么快从生活中剥离，但是我想它的颜色会慢慢地减淡，一切苦难终究过去。现在的我身在利物浦，不久之后我会坐船到加拿大。我会找到新的工作，正如您说的，开始新的生活，我无时无刻不在期待着。或许只是做一个平凡又低下的家庭女教师，就已经是一个不小的跨越了。我会永远怀念您，平静而安详的笑容，也希望您，记得我这个朋友。

我不会忘记正义与公平。

玛德琳·惠特马许

湖底女人

【美】雷蒙德·钱德勒

（一）

菲利普·马洛去一家公司找德罗斯·金斯利先生，在电话转接房里，马洛递给身材高挑的弗洛姆赛特小姐一张名片。

金斯利先生是一个个子很高、长得很结实的男人，他在办公室里面接待了马洛，对他说：“我的太太已经失踪一个月了，我需要你去帮我寻找她。”马洛应承道：“好的，我会找到的。”

金斯利先生接着说：“我们在山上有一间木屋，靠近狮角，旁边有个私人湖泊，叫作小鹿湖——她就是在这个木屋跑掉的。看管着那一片的是比尔·切斯和他的太太，他们免费住在另一栋木屋里面，因为身体上的残疾，比尔已经从军队里退伍了。五月中旬的时候，我太太去了木屋，六月十二日，她本应该回来参加一个聚会，却没有出现。从此，我就再也没有看过她了。”他一边说着，一边取出一张电报递给马洛，电报的发出地是艾尔帕索，显示的日期是六月十四日早上九点十九分，内容是：

到墨西哥离婚。将与克里斯结婚。希望您好运，再见。

克里斯特尔

接着，金斯利又取出一张照片，一个年轻漂亮、身形纤细苗条的金发女子和一个有黑亮头发、笑起来牙齿洁白的英俊小伙在照片上，举止亲密地在一起。他说道：“照片上的这个女人就是我的太太克里斯特尔，男的就是电报上所提到的克里斯。我和太太早就结束了，彼此有自己的生活。但是，克里斯特尔有不少钱，经常在外面鬼混，有许多情夫，克里斯就是其中之一。”

马洛问道：“然后呢？”

“接下来的事情就比较麻烦了。”金斯利补充说，“大约两周后，一家位于圣贝纳蒂诺的旅馆联系到我，说克里斯特尔的车停在他们车库里，人却不知所踪。前些天，我碰到了克里斯，但是，他却说克里斯特尔根本没有带他走，他也不知道她在哪儿。这事情可真是麻烦啊！我的工作不错，经受不起丑闻。务必请您帮我找到她。”

马洛把物证收好，回答说："我需要先同克里斯谈谈，然后前往小鹿湖看看情况。您能把克里斯的地址给我吗？然后，再写一张字条给看守山上木屋的人。"金斯利同意了，把克里斯的地址告诉了马洛，又写好字条，要求木屋的看守比尔·切斯协助他。

马洛把车停在了克里斯家附近的空地上，然后摁响了他家的门铃。过来开门的是克里斯，但是，他却说自己很久没有见到克里斯特尔了，也没有任何联络，更不可能跟她去艾尔帕索。说完这些后，克里斯又关上了门。马洛只能站在车旁，看着对面的房子，门柱上的铜牌写着户主的名字：阿尔伯特·阿尔莫医生。正当他打量着对面这所房子的时候，走过来一个提着医药箱的男人，瘦瘦的、戴着墨镜，这个男人用锐利的眼神扫视着马洛，然后走进了对面的房子。

马洛一边审视着那栋房子，一边在心里盘算是否应该向医生打探一些克里斯的情况。他从窗户看到医生在打电话，挂上电话后，每隔半分钟就探出脑袋往窗外看看，不知道在等待些什么。

很快，这样的疑惑就结束了——一辆警车开过来，车上坐着一个长相粗犷、土黄色头发的大个子警察。他走到马洛面前，盯着他，问道："我是德加莫警官。这儿不欢迎偷看的人。"马洛心想，这位警官应该是医生请来的，他很顺从地配合警官的检查，拿出自己的驾照和其他证件。警官一边检查这些证件，一边问道："是她的父母雇你的？"马洛摇头，否认了。德加莫警官用一种提醒的语气说道："那就走吧，离这儿远一点儿，以免惹出什么不必要的麻烦。"

听罢，马洛驱车离开了。下午，他去了小鹿湖，在湖的尽头，有一个水泥筑成的水坝，距其不远的地方有一间松木屋。湖的对面有一间大的红木屋，两间小木屋在更远点儿的地方。他走到最近的那所木屋，听到有砍东西的声音从屋后传来。马洛看着那个个头不高、右脚有点跛的男人，问道："是比尔·切斯先生吗？"男人应允到："是我。"

马洛把金斯利写给他的字条拿给切斯看。切斯扫视了一下内容，说："你想看金斯利的木屋吗？就是那间红木的房子……我很愿意领你去。"接着，他俩走进了切斯的小木屋，马洛取出自己带来的酒，给切斯倒了满满一杯。切斯一边喝着酒，一边变得忧郁了："一个月之前，六月十二日的时候，我老婆离开我，走了。"听到这个时间，马洛有些留心，这正好也是克里斯特尔应该进城参加聚会的日子。

切斯继续说道："她是个很可爱的女人，叫作穆里尔。一年零三个月之前，我们在一家酒吧相遇了，一见钟情之下，我们结了婚。可是，没多久之后，我就耐不住家庭生活了。我是个浑蛋！"他把杯子里的酒饮尽，指着湖那边的红木房子，自责地说，"在那个地方，一个有着和穆里尔一样金发、一样身材的风骚小妓女趁着某天早上我还在烧垃圾的时候，从木屋的后门进来，勾引了我。"切斯喝光了两杯酒，情绪低落地说，"这件事情被穆里尔知道了，她和我大吵一架。我觉得没脸见人，就跑出去喝酒，一直到凌晨四点才回来。但是穆里尔已经离开了，只留了一张便条给我。"他打开皮夹，抽出一张纸，递给马洛。便条是用铅笔写的，上面的内容是：

对不起，比尔，我宁愿死，也不愿意再和你在一起了。

穆里尔

马洛又指向湖对岸，问道：“那边怎么样？”切斯看了一眼，回答：“她也是在当天晚上下山的，从此，我再也没有见过她。之后的一个月里，穆里尔也没有再联系我。”他起身掏出钥匙，对马洛说：“走，我们去看看金斯利的木屋吧。”

（二）

沿着一条狭窄的水坝，切斯和马洛走到了金斯利的木屋，虽然许久没有人居住了，但是里面依然干净整洁，俨然一副井然有序的样子。他们在木屋里面逗留一阵后就准备离开了，切斯锁上门，和马洛一起走到了湖的尽头。马洛俯视着湖水，觉得水底好像有什么东西，就像一块平台似的。突然，切斯大喊了一声：“看那里！”顺着他颤抖的手指，马洛的视线转向了水底平台的边缘。那里有一个绿色的木架，一个东西从它旁边慢慢地晃动出来，在暗处看来，就好像一只人的手臂一样。切斯从湖边搬起一块大石头，砸向了木块的边缘。木头破裂的声音清晰地从水底传上来，湖水翻腾片刻后又恢复了平静。忽然，一块腐烂的木板从水底伸出，有什么东西从水底缓缓浮上了水面—— 一件黑色的紧身背心，一条宽松的裤子，一件被湖水浸泡过度的黑色毛衣。裤管之间，因为湖水的浸泡而显得鼓鼓胀胀的，金色的头发向四面散开。东西翻转过来后，浮现在马洛面前的，是一张肿胀的、灰白的脸，没有眼睛、嘴巴，像个面团似的，看不出本来的相貌。

“穆里尔！”切斯发出了撕心裂肺的嚎哭声。

马洛让切斯守在那里，自己前去报警。接到马洛的报案后，年迈的吉姆·巴顿警长立刻带上一名法医，和马洛一起赶来了小鹿湖。湖边的空气阴森森的，有些恐怖，带着腐烂的令人作呕的味道。在马洛离开的工夫，比尔·切斯自己把尸体从湖水里捞了上来，他光着上身坐在湖边，穆里尔的尸体直挺挺地躺在他的身旁。

巴顿警长向法医询问死者的死亡原因和时间，法医无能为力地回答道：“尸体已经浸泡很久了，不可能看得出来什么。别犯傻了。”巴顿盯着切斯，面带怀疑，他说：“似乎是淹死的。也有可能是被人杀害后泡进水里，造成淹死的假象。”

“你这个愚蠢的家伙。”切斯轻蔑地说，“倘若你真的这么认为的话，干脆直接铐上我好了。一定是穆里尔自己干的，她水性非常好，先潜到那块木板下方，然后把水吸进去。”但是，这番话并不足以使巴顿警长信服，他带走了切斯。

晚上，马洛在一家餐厅就餐，一个女记者找上他，说：“我听说了穆里尔·切斯的事情。我可以告诉你一切有关她的情况，作为交换，我希望你告诉我整个事情的经过。”马洛把白天发生的事情描述了一番后，女记者说：“约莫六周前，一个叫作德·索托的警察来过这里，他来自洛杉矶，是个大老粗，态度很不友好。他带着一张照片，照片里的女人名叫米尔德里德·哈维兰德，看起来与穆里尔非常相像，除了红色的头发和她的发型。”

同女记者告别之后，马洛又回到了比尔·切斯的木屋，出乎意料的是，巴顿警长也还在这里。警长拿出一小团揉皱的卫生纸，说：“你是来搜查这间木屋的吧？我已经好好搜寻过了。”他打开这团纸放在手掌上，伸到马洛面前，“看看这个东西吧。”纸团里是一条细细的、被扯断了的金链子。马洛拿起链子，尝试着从断裂的地方拼接起来，裂口却无法吻合。

“我从一个装细砂糖的罐子里面找到了它，”巴顿警长说，“你觉得这说明了什么？”马洛回答道：“从藏匿的地点来看，大概是穆里尔想要保存起来，不让切斯发现吧。”他看出了巴顿警长脸上的疑惑，继续解释道：“细砂糖是用来做蛋糕糖霜的，女人把东西藏在这里的话，男人绝对不会注意到的。能够发现这条链子，你真是聪明啊。”警长不好意思地笑了：“其实是我不小心打翻了糖罐子，然后无意中发现的。”他重新把卫生纸揉成一团，放进口袋收好，说：“关上灯，把门锁好。我们离开吧。”

巴顿走后，马洛又偷偷溜了回来，他从窗户爬进了木屋，打开灯，仔细搜查了厨房里每一个瓶瓶罐罐。在一个装细白砂糖的罐子里，他找到了另外一团卫生纸，打开后，里面是一个小小的金心，一行细小的字刻在背后：

给米尔德里德，全心全意爱着你的阿尔。

马洛很快就联想到了女记者对他说过的话，他想：“穆里尔·切斯就是记者提到过的米尔德里德·哈维兰德。”

（三）

马洛把最新发现的金心包好，驱车离开了木屋，去巴顿的办公室拜访他。他把卫生纸团放在巴顿警长面前，摊开，说：“你没有仔细搜查那罐糖，这个便是我找到的。我敢说，切斯从来没有见过这条链子，也没有听说过米尔德里德这个名字，我觉得，他的妻子不是他所杀。”巴顿疑惑地看着马洛：“为什么？”马洛说：“穆里尔是被自己过去的某个男人杀死的。那个男人失去了她的消息，又找到了这里，却发现穆里尔早已嫁给了别人。在盛怒之下，那家伙杀死了她，并沉尸湖底。”巴顿警长笑了笑，对这个推测表示赞同。

晚上十一点左右，马洛开车去了发现金斯利太太的汽车的那家旅馆，向那里的服务员打探一些情况。一个服务员说：“那是个金发的女人，身形苗条，非常美丽。着装以黑白色系为主，白色要多一些，戴着一顶有黑白两色飘带的巴拿马草帽。陪在她身边的是一个英俊的男子，很高。他们在这里用过晚饭后，就叫了出租车去车站，想要搭夜车去往艾尔帕索。”马洛一边听着一边在心里自忖道：“这个男人应该是克里斯……那么，他对我说的那些就是谎言。”

马洛凌晨三点左右才回到家里休息，再醒来的时候，已经是早上九点了。他匆匆吃完早餐后，又开车前往克里斯的住所。在住所前面，他按了按门铃，却没有人回应，再轻轻一推，发现门开了。他走进屋里，又向屋后的拱门走去。

拱门边的楼梯上站着一个身材苗条的女人，脸上的妆非常浓，以至于辨不出年龄。她戴着手套，垂在身体一侧的右手上握着一把小手枪。

她和马洛对视了一会儿，然后突然举起手枪，有些神经质地笑了：“我只是来要我的房租，希望这家伙不要再拖欠了。”马洛不畏惧地直视着枪口，问道：“你是这儿的房东吗？”女人回答说：“当然，我是法尔布鲁克太太。你又是谁呢？”马洛慢慢靠近她，说：“我也是为了克里斯拖欠的钱而来，他拖欠了车子的分期付款。”马洛一边说着，一边寻找夺下女人手枪的契机。

好像意识到什么一样，女人显得有些焦虑：“那我的房租就不太好要到了。你瞧，我在楼梯上发现了这把枪。”她把枪递给马洛。马洛接过枪，打开，发现弹膛空空的，枪口还残留着火药的味道，于是，用一种开玩笑似的口吻说：“你没有因为拖欠房租的原因开枪杀死他吧？”女人似乎生气了，厉声说道：“这种想法简直太可怕了，你怎么会这么想！我这辈子都没有开过枪，这样的话对于我来说是一种侮辱……我不想和你待在这间屋子里了……”说完，她忽然把门拉开，跑到了大街上。屋子里一下子安静下来，气氛有些怪异，马洛决定在房子里仔细搜查一番。

马洛走进一间有浓郁香气的卧室。卧室的床上并排放着一堆枕头，床尾是一套女式睡衣，几乎透明，垃圾桶上搭着一条毛巾，上面有个明显的唇膏印。他用手帕垫着，拉开了衣柜门，里面除了男人的衣服，还有一套女式的黑白套装，以白色调为主——另外，他还发现了一顶巴拿马帽，缀着黑白两色的饰带。检查完柜子后，马洛又垫着手帕去拉浴室的门。浴室是密封的，门窗都关着，空气里充斥着一种刺鼻的味道，一把刮胡刀和一个打开的剃须刀放在洗脸盆边上，浴室的帘子整个都拉上了。马洛走上前，把帘子拉开。他看见了缩在水龙头下面角落里的克里斯，赤裸着身体，胸膛上离心脏很近的地方有两个枪孔。水龙头里的水慢慢滴在他的胸膛上，枪孔上的血好像已经被冲掉了。地板上留着两个弹壳，墙上有两个弹孔，还有一个在窗户上面。

按照马洛的推理，当时克里斯应该刚刚刮完胡子，准备调适水温然后淋浴，一个女人进来了，趁克里斯转身的工夫扣动扳机射杀了他。她的枪法并不好，有三发未中，克里斯吓得躲到浴缸里，却无处可逃。随后，女人又补了两枪，把他杀死了，然后关上水龙头，把浴帘拉上，又关上浴室的门。在逃出屋子的时候，把手枪扔在了楼梯上。这就是案件发生的全部经过，应该没有别的可能性。马洛一边思索，一边走出屋子，钻进了自己的汽车。

在一家俱乐部的小隔间里，马洛约金斯利见了一面，并告诉了他有关克里斯的事情，和他推测的结果。马洛说道：“凶手大概是克里斯特尔。那里有女人过夜的痕迹，克里斯特尔的某套黑白两色衣服和一顶巴拿马帽子也留在了房子里，正如旅馆的服务员所描述的那样。”金斯利先生非常紧张，说：“如果你能够证明我的太太不是凶手的话，我会给你五百美元的酬金。”马洛拒绝了，说：“我没想过要挣这笔钱。我应该去通知警方。要是我再回到那里，会假装自己是第一次去的，我只是来提醒一下，如果有警方来询问的话，千万别自寻死路。”金斯利先生点点头，说：“我明白了，我会谨慎处理的。”

和金斯利分手之后，马洛又约见了弗洛姆赛特小姐，他说：“金斯利先生说，你认识阿尔莫先生一家。”弗洛姆赛特小姐回答：“是的，我见过阿尔莫太太几次。但是，大约一年半前，阿尔莫太太死了，是自杀。”“你对此有什么疑问吗？”马洛问道。弗洛姆赛特小姐挑挑眉，说：“为何会这么问？”马洛说道：“昨天，我在外面看了看阿尔莫医生的房子，他就叫警察过来了。为什么要如此做呢？警察还询问我是不是她的父母雇我的——我想，有可能指的是阿尔莫太太的父母吧。这一点非常让我疑惑。”

弗洛姆赛特小姐陷入了沉思，说：“我见过阿尔莫太太两次，最后一次是在克里斯家里。不久后的某个深夜，阿尔莫太太就死了，克里斯发现了她在车库里的尸体。当时，阿尔莫医生并不在家。报纸上没有什么关键报道，只是说她突然去世了。后来，布朗威尔先生告诉了我一些秘密消息，那天晚上，他也在克里斯家。他说，阿尔莫太太死的那晚在一家赌场玩轮盘赌，因为输得两手空空，她开始大吵大闹，赌城的老板只好打电话给她的先生，让他过来。阿尔莫医生赶到后，给她注射了一针麻醉药，她终于安静下来了。随后，赌城老板把她送回了家，在护士的照顾下，她上床休息。可是，她醒来后，就走到车库，用一氧化碳自杀了。这些细节都被隐瞒了下来，克里斯根据他所知道的一些情况敲诈了医生。后来，阿尔莫太太的父母雇用了一个叫作塔利的私人侦探，拜托他调查这件事情。布朗威尔说，塔利应该掌握了一些情况，但是，后来因为酒后驾驶被逮捕了，这些资料也没有用上。”

得知这些后，马洛又回到了克里斯家，并用电话向湾城警局报了警。

（四）

负责此案的是韦伯局长，他是个中年男子，瘦瘦的。跟随他一起过来的是德加莫警官，就是他不允许马洛待在阿尔莫医生家门口。韦伯局长检查了克里斯的尸体，并对马洛进行了例行询问，马洛把自己拜访这里的原因、发现尸体的前后经过仔细汇报给了韦伯局长。接着，韦伯局长就命人拉走尸体，下楼了，楼上只剩下德加莫警官和马洛两个人，他们漠然地对视着。

马洛说：“我猜想你应该知道一些有关阿尔莫医生的事情。根据我的情报，有人说谋杀阿尔莫太太的就是医生本人。”听闻这些，德加莫的眼神突然凶狠起来，他冲着马洛吼道：“我警告你不要再插手我们的事情，否则我会对你不客气的！”马洛说：“我会记住的。”

傍晚，马洛回到自己的办公室，在信箱里发现了一封来自弗洛姆赛特小姐的信件，信件上写的是阿尔莫太太的父母的住址。于是，马洛立刻启程，循着这个地址去拜访阿尔莫太太的父母。两位老人提起女儿的死就非常伤心、悲恸，他们咬定女儿并非自杀，是阿尔莫医生杀死的。由于阿尔莫太太非常任性、脾气有些暴躁，再加上阿尔莫医生和一个名叫米尔德里德·哈维兰德的护士偷情，因此，阿尔莫医生下手杀了她。从两位老人家里驱车离开的时候，马洛从后视镜里看到一辆警车不断靠近。他加快了车速想要甩开那辆车，但是那辆警车很快把他拦截了下来。车上下来两位警官，检查完马洛的驾照之后，对他说：“超速驾驶，一定是酒后驾车。”他们把马洛狠狠揍了一顿，给他扣上“超速、拒捕、酒后驾驶”的罪名，把他关押了起来。但是，晚上十点钟左右，韦伯局长想要和马洛谈谈，德加莫警官就从监狱里带走了他。

马洛把自己被捕的前后经过告诉了韦伯局长，他说：“我觉得这件事情与阿尔莫医生的案子相关。曾经，一个叫作塔利的私人侦探也被拜托调查此案，最后却因为酒后驾驶被捕。”韦伯局长打断了马洛的话：“阿尔莫的案子不是我负责的，我们还是不要闲扯了，聊聊正题吧。”马洛严肃地回答：“我就是在认真地谈这个问题。那两位警察没有任何跟踪我的理由，除非是因为我拜访了阿尔莫太太的父母。据我所知，阿尔莫的案子，德加莫警官也是知情的，但是他却不愿意提及。应该是德加莫警官派那两位警察去跟踪我的吧。”

韦伯局长问德加莫：“德加莫，是你派他们去的吗？”德加莫警官承认了此事，于是，被韦伯局长请出了办公室。

局长询问马洛：“你觉得今天克里斯的枪杀案与一年半前阿尔莫太太的死亡有关吗？”

马洛回答："在克里斯被杀之前就已经有联系了。克里斯与阿尔莫之间，存在着一种说不清楚的危险关系。如果阿尔莫案没有什么值得挖掘的疑点，为什么要刁难还在追查此案的人？首先，是那位私人侦探，后来，我去看了阿尔莫医生的房子，他就向警察寻求帮助，我又试图和克里斯进行谈话，结果他被人杀害了，接下来，就是今晚发生的事情了。"

韦伯局长说："我会处理好这一切的。"马洛摇摇头，说："不止这些。昨天，一具女尸在小鹿湖被发现了，死者的名字叫穆里尔·切斯。你所说的一切，也包括了这个吗？"韦伯局长有些疑惑，问道："这个案子也牵涉进来了吗？"马洛继续说道："你可能不认识穆里尔·切斯，但是，你应该会知道米尔德里德·哈维兰德，她曾经在阿尔莫医生的诊所当过护士，在阿尔莫太太死的那天晚上，她照顾太太上床。太太死后，她也离开了这个地方。后来，她在一家酒吧遇到了一个男人，叫作比尔·切斯，他们结婚了，住在小鹿湖。小鹿湖的女主人与克里斯有亲密关系，而阿尔莫太太的尸体又是克里斯发现的，你不觉得这也太巧合了吗？"

韦伯局长点点头："那个叫作塔利的私人侦探，发现了一只从阿尔莫太太脚上偷来的鞋子，奇怪的是，这只鞋没有穿过的痕迹。"马洛迅速地心领神会了："我明白。从房子的地形来看，从屋子到车库的路是一条非常粗糙的水泥路。阿尔莫太太没有走过那条路，而是有人抱着她去了那里，并给她穿上了那双没有穿过痕迹的鞋。塔利侦探注意到了这个疑点，并拿走了这只鞋，作为证明阿尔莫太太是被谋杀的证据。"

韦伯局长赞同了马洛的分析。马洛问道："有没有对阿尔莫太太的血液进行一氧化碳测试呢？"局长说："有，虽然有些马虎，但是，血液中是有一氧化碳的。"马洛又接着问："测试是谁负责的？"韦伯局长回答："德加莫。但是，你是根据什么推测淹死在湖中的那个女人就是阿尔莫的护士呢？"

马洛解释道："首先，我从一个女记者那里得知，有一个粗鲁的警察在几周前曾上山寻找哈维兰德，那位警察从外形、行为上看都非常像德加莫，他所展示的照片里的女人也与穆里尔·切斯非常神似。另外，我在切斯家的糖罐里找到了一条被藏起来的金链，根据金链背后刻着的信息，可以知道这条链子是阿尔送给米尔德里德的。"马洛靠近局长，说，"刚刚，我注意到，你称呼德加莫的时候，叫他阿尔。"局长点头，说："是的。那个女人对付男人非常有手段，能够让男人言听计从。德加莫就是这样被她迷得神魂颠倒。"

临近午夜的时候，马洛回到了自己的住所，还没进屋，就听到电话响了起来。他接起电话，听到了金斯利先生的声音："我有她的消息了。大概在五六分钟内，我会赶到你那里，准备行动吧。"不一会儿，金斯利先生到了，说他接到了太太的电话，但是，接电话的并非他本人，而是阿德里安娜小姐，因为他的太太不愿意同他讲话。他说他的太太可能遇到了什么麻烦，要求他托人送五百美元去一个酒吧，交给她。另外，她还要求去的人带上一条围巾，围巾是金斯利的，深绿色的图案缀在蛋黄色的底色上面，非常显眼。而她自己则把头发染成了深褐色。

按照事先指定好的情况，马洛来到了那间酒吧。过了一会儿，一个深褐色头发、脸色苍白的女人走到他面前，对他说："请把钱交给我。"但是，马洛坚持想要和她聊聊，然后才能够把钱给她。女人只好把马洛带回了自己的临时住处。

马洛问道：“你曾经在艾尔帕索发了份电报给你丈夫，除此之外，你还做了什么？”从神色来看，她并不想回答这个问题，但是，为了能够拿到钱，还是说道：“我们的确相约去了艾尔帕索，我想和他结婚，就发了这份电报。但是，后来我打消了这个念头，他非常生气，就发脾气回家了，他离开后，我继续独自去了一些地方。”马洛听完这些，又问：“于是你在小鹿湖停留了一个月，对吗？后来你的离开，是否与穆里尔·切斯有所关联？她的尸体最近被发现了，在湖里。”女人好像吃了一惊，反驳说：“她并不喜欢和人交往，我差不多不认识她……”马洛又说道：“她的本名叫作米尔德里德·哈维兰德，曾经在阿尔莫诊所当过护士，你好像并不知道这些。”女人的脸上浮现出惊讶的表情：“这些可真是巧合啊。”马洛看出了什么似的，接着说道：“从某种程度上说，的确很巧合。但是，这些都与阿尔莫医生以及克里斯有所关联。太太，你很擅长扮演，你扮演的布鲁克太太这个角色让我都疑惑了。”

她把手插进自己的大衣口袋，笑了起来，一会儿之后，又恢复了平静：“所以，你认为我是杀死克里斯的凶手？”马洛回答：“没错，我知道是你，你在前一天晚上杀死了他，趁着他刮脸的时候。”她很轻快地承认了：“是的。”接着，从大衣口袋里面掏出一把枪，指向马洛：“举起手来，不要动。”马洛顺从了，低头看着枪口，说：“你好像忘记打开保险了。”在她分神去看保险的时候，马洛用左手打中了她的右手腕。枪也随之弹了出去，跌落在地上，马洛迅速地抓住她的手腕扭到身后，制服了她。突然，好像有窗帘扯动的声音从背后传来，一个高大的身影出现在马洛身后，并击中了他。他晕晕沉沉地陷入了黑暗。

（五）

醒来后，马洛发现自己平躺在地毯上。那个女人只穿了一双长袜，躺在单人床上。她吐着舌头，头发凌乱，脖子上看得见明显的伤痕，肚子上也有深深的、鲜血淋漓的抓痕，应该是被掐死的。有沉重的脚步声从走廊里传来，接着，房门就被敲响了。

警察们认为马洛就是杀人凶手，动机是奸杀。德加莫开车带走了马洛。在路上，马洛把事情发生的经过告诉德加莫，最后说道：“那个袭击了我的男人非常高大，应该就是凶手。有可能是金斯利，因为他太太给他造成了很多麻烦，而且他寻找到了让我成为替罪羊的契机。”接着，马洛把那条黄绿色的围巾拿给德加莫看，说这是金斯利的。德加莫马上和马洛一起去寻找金斯利，却没有在他的住处和办公室找到他。

突然，马洛灵光一闪，打电话给狮角的巴顿警长，说：“你能去小鹿湖看看吗？帮我确认一下金斯利有没有去那里。然后给我回个电话，我马上上山。”二十五分钟后，巴顿警长回了电话，说金斯利的车就停在红色小木屋的外面，小木屋亮着灯，好像有人。

吃过早饭后，马洛和德加莫就开车上山了。德加莫一边驾驶，一边说：“淹死在湖里的是我的女人，倘若让我见到比尔·切斯那家伙的话，我一定……”马洛说：“你造成的麻烦还不够多吗？居然让她逃避了杀害阿尔莫太太的惩罚。”德加莫用一种咬牙切齿的语气说道：“你是发疯了吗？”马洛不为所动：“我没有。你也应该知道，阿尔莫太太是被抬去车库的，并不是自己走去的，这就是塔利之所以要偷走那只鞋子的原因。阿尔莫是个医生，懂得掌握剂量和分寸，他在自己太太手臂上打了一针，接着把她抱到车库，趁她还活着的时候让她吸入了一氧化碳，造成她窒息死亡的假象。但是，事实上，你知道杀害阿莫尔太太的真正凶手是那女人。哈维兰德与阿尔莫早有奸情，她清楚怎么制作吗啡。在照顾阿尔莫太太上床后，屋子里就只剩下了她俩，于是，她将过量的吗啡注入了阿尔莫太太的体内。阿尔莫回来后，发现太太已经死亡了，但是，没有人会相信毒死他太太的不是他，所以他只能想办法掩饰。你清楚这件事情，你爱那个女人，所以你替她遮掩了下来。她控制了你。”

听到这些，德加莫出了一身汗，不知所措地笑了。

他们到了山上之后，巴顿警长已经等在木屋外面了，说：“他现在还在里面，应该在睡觉。”德加莫说：“我们现在进去抓他。”巴顿警长又问：“你带了枪吗？”德加莫掏出枪，示意了一下，马洛摇了摇头。

木屋并没有上锁，里面满是酒味，金斯利靠在房间的一把椅子上，身边全是烟蒂。德加莫粗鲁地说道：“金斯利先生，你的太太死了。”他拿出那条黄绿相间的围巾，说：“你杀死了她，并粗心地把证据遗留在了现场。”金斯利回答：“我不明白你的意思，这条围巾是马洛戴着的。”德加莫转向马洛，有些恼火地问道：“我不太明白，你是在和我开玩笑吗？”马洛不紧不慢地回答道：“我只是说这条围巾是金斯利先生的，好像你只知道这些情况。还有，我大概告诉你了，之所以戴着这条围巾，是为了让与我碰面的女人更容易辨认。我也告诉过你，我只见过金斯利老婆的照片。没有人比你更加清楚这些事情了，德加莫。”德加莫辩解道：“我怎么可能知道。一直到昨晚，我才第一次见到金斯利的老婆。”

马洛接着说：“昨晚你见到的根本不是她。金斯利的老婆已经死了，在一个多月前，被淹死在了小鹿湖里。死在公寓里面的女人是哈维兰德，也就是穆里尔·切斯。”

场面陷入了尴尬的沉默，巴顿警长突然问道：“可是，为什么比尔·切斯会认不出自己的老婆呢？”

马洛解释说：“他的老婆和他产生了激烈的争吵，留下一张字条说她可能会自杀，然后就离开了，一个月之内都没有任何消息。接着，一具尸体出现了，穿着穆里尔的衣服从水底冒出来，差不多的身高、发色以及被水泡得变形、无法辨认的脸……有什么能够怀疑呢？如果尸体一年都没有浮上来，或者永远不会浮上来，穆里尔就会从此消失，也不会有人花工夫去寻找。但是，金斯利太太却不一样，她有钱有关系，还有一个有社会地位的焦急的丈夫，一旦有人循着路线寻找的话，会证实她的确下山了，去了艾尔帕索。比尔·切斯就会背上谋杀妻子的罪名，也有可能认罪，于是湖里的尸体就这样被认定为穆里尔了，但金斯利太太依旧失踪，变成一个无法解开的谜团。整个案子的关键就是克里斯，在被认为是金斯利太太离开这里的那个晚上，他在那个旅馆，看见一个女人穿着她的衣服。当然，他知道那是穆里尔，剩下的，就全部都是穆里尔的布置了。很明显，穆里尔装扮成金斯利太太，说明金斯利太太是她所杀，早在阿尔莫诊所当护士的时候，她就曾谋杀过阿尔莫太太。她天生有一种驾驭男人、让他们服服帖帖、神魂颠倒的能力——她嫁给了一个警察，后来，这个警察愚蠢到替她掩饰了罪名，另外，她对克里斯所做的一切也可以证明这一点。”

“对于山上的生活，她已经产生了深深的厌倦，她想要逃走，却没有钱。后来，德加莫找了过来，她非常害怕，想要尽快逃走，于是，她想到了富有的金斯利太太——金斯利太太非常有钱，而且珠宝也可以变卖成现金，这就是她杀害金斯利太太的动机了。很快，她有了下手的机会。金斯利太太勾引了比尔·切斯，穆里尔与切斯大吵一架后，切斯跑去喝酒。于是，穆里尔马上收拾好自己的衣服，放到车里，开到小鹿湖，然后走回来，杀死了金斯利太太，利用曾经作为护士的知识，她处理好尸体、给尸体穿上自己的衣服，然后带到湖底。比尔·切斯曾经也说过，穆里尔的水性很好。接着，她穿上了金斯利太太的衣服，带上她想要的东西，开着金斯利太太的汽车下山了，并在旅馆里遇到了克里斯。不巧的是，克里斯认出了她，她害怕事情暴露，于是勾引了克里斯，把他骗到了艾尔帕索，发了一封电报，然后同克里斯一起回到湾城。当然，这也是迫不得已的，克里斯想要回家，但是她却不能让克里斯走得太远。后来，我找到了克里斯，她担心事情从克里斯那里败露，就直接杀掉了他。”

巴顿又问：“那么，究竟是谁杀了穆里尔呢，难道是金斯利？”马洛看着金斯利，说：“你说是弗洛姆赛特小姐和她通的电话，难道她没有感觉到什么异样吗？”金斯利回答说：“她只是说她似乎变了许多，声音有些低沉。直到昨晚我来到这个木屋之前，我都没有怀疑这一点。但是，克里斯特尔离开后，这里应该非常脏乱，不可能这么干净整洁。”

“你还没有说杀害穆里尔的凶手。”巴顿问道。马洛看向德加莫，说：“是一个对穆里尔又爱又恨的人。这个人现在就在这里。”德加莫笑了，握着一把枪，表情阴森可怖，他说：“也许你能够找到一些证据，但是，还不足以抓捕我。”

“证据会慢慢浮现的。”马洛说道，“在我没有注意的时候，有人能够在窗帘后面站半个多小时，这样安静的技巧只有做过监视的警察才能够办到。他脱光了那女人，为了泄愤，用手狠抓她的身体，于是，血、皮肤屑这些证据都留在了凶手的指甲里面。德加莫，你敢给巴顿看看你的手指甲吗？”

德加莫说：“我需要逃离这里，你们应该不会有反对意见吧？”巴顿大喊一声：“做不到！”在大家还没有看清他的动作的时候，枪声响了起来，德加莫手臂中枪了。他不解地看着巴顿，走向门口，威胁说：“我要逃离这里，除非你杀了我。”巴顿只好放过了他。

不久后，马洛在附近的一个峡谷里发现一辆跌落的轿车，从车里抬出了一具男人的尸体，正是德加莫。

三点钟

【美】康奈尔·伍尔里奇

一天下午，史塔布回家，看到自家的烟灰缸里有一只烟蒂，是刚刚抽完的，烟头还是烫的。这些天他回家时，妻子福蓝常常慌里慌张，似乎不知道自己在做什么或者在说什么。这些蛛丝马迹告诉了他，妻子身边有一个男人。史塔布从来不将自己的憎恨和怨气形之于色，却在自己内心深处培育着这些憎恨与怨气。就这样，福蓝为自己签署了死亡执行令。这事不能怪他，史塔布想。

坦诚地讲，这神秘的来访者只是史塔布给自己找的一个借口。这几年，他心里一直有个东西在催他杀死那个背叛他的人。就在六个星期前，当他发现有个陌生男人来看福蓝后，那股凶猛的杀气终于彻底地释放了出来。

自那以后，每天下午回家，他都要带回点儿小东西——比如修表用的小段细铜丝。每次一小包，这些东西恐怕只有爆破专家认得出来。他将这些小东西塞进原先放在地下室的一只肥料盒里。另外，他还往家里拿了两节电池。

福蓝从来没有问过他那些小包包里是些什么东西，因为他每次都将它们藏在口袋里，她根本就没看见过。更不幸的是，她根本不知道死神已向她逼近，而且越来越近。

最后一个小包是两天前带回家的，现在史塔布唯一需要做的只是最后的电路调试，然后……

今天是动手的日子，他心里不禁幸灾乐祸起来。整个上午百事不管，一心侍弄着闹钟。他将闹钟拆开，洗净，上油，拨准，然后装好，这样它就绝对不会坏他的事了。

十二点半，他用普通的褐色纸将闹钟包起来，夹在腋下，离开店铺溜回了家。他对她太了解了，这个时候她是不在家里的。而他每天都是这个时候离店去吃午饭。就像他每天回家过夜一样，乘公车、拐上了短短的水泥人行道，然后打开家门，径直走下地下室，动作是那么自然。

当冬天他不在家时，福蓝偶尔到地下室来调一下燃油炉，但一过 4 月 15 号，福蓝就不下来了。现在早过了 4 月 15 号了。地下室的窗户露在地面上，日光可以从水平的窗缝里渗进来，窗玻璃外面围了铁丝做的保护网。

史塔布走到那只肥料盒面前，蹲下来抚爱地摸着。现在它不再是一只简单的肥料盒了，而是一架极其残酷的机器，现在它已接好电线，装好了电池。他拿出闹钟，上好发条。在这宁静阴暗的地下室里，这滴答滴答的声音听起来阴森可怕。这种充满家庭气息的声音，现在却意味着死亡。他将闹铃定在下午三点。今天的三点将会与众不同。当时针指向3，分针指向12的时候，它不仅仅是一只简单的闹铃，接在上面的电线会接通电池，发出一朵转瞬即逝的看上去微弱的小火花。火花出现后，一直到商业中心他的钟表店所在的地方，橱窗会产生震动。走在街上的人们会停住脚步，相互询问："发生了什么事？"

拿出自己的怀表，现在是一点十五分。于是他将闹钟的时间调整到一点十五，然后将闹钟后盖撬下来。后盖上有他事先钻好的小洞，他小心地将接通电池的电线穿过小洞，更加仔细地将它们与这极其残酷的机器的核心部分连接起来。动作那么熟练，始终没有颤动一下。闹钟搁在了地板上，依然滴答滴答地走着，旁边是一只看上去非常普通的肥料盒。这时，从他进入地下室已经十分钟了。他还要等上一小时四十分钟。做好了这一切，史塔布微笑着不慌不忙地走上楼去，当然，他是这房子的主人。

地下室与底层门厅之间只有一层薄薄的地板，透过这层地板，史塔布很容易听到上面的声响。他在地下室里时没听见上面有什么声响。所以，当他从地下室出来，走进一层门厅，听见二楼有轻微的脚步声时，非常吃惊。直觉使他转身，向餐厅那边走去，他看见一个男人半蹲着，蹑手蹑脚地朝他走近。史塔布不由得惊愕，但是还没反应过来，这个男人已经窜了上来，一只手用力地抓住他的喉咙。

史塔布的喉咙被抓紧，只听他喘着气叫道："你干什么？"

"比欧，这里有人！"男人警觉又小声地叫道。然后狠狠打了史塔布脑袋边一拳，上面楼梯那人也跃了下来。"拿绳子来把他绑住！"抓着史塔布的男人命令道。

"不，看在上帝的份儿上，别绑我。"史塔布脑袋晕乎着不忘央求，说着脑袋向那只依然卡住他喉咙的手臂倒下，隐约地感觉到绳子在他身上一圈一圈绕着……

"不——"史塔布喘着气。两个男人把他的嘴拉开，将一块抹布塞了过去，史塔布那喘着气的声音也被严严实实地堵住了。

"把他搁哪儿？"

"就这里吧。"两个男人商量着。

"不。我们还是把他放到地下室吧。"

两个男人一个抬头一个抬脚，将他抬起来。踢开地下室的门，把他顺楼梯往地下室里抬去。他拼命扭动身体，前后晃动着脑袋，但是无济于事。他们将他放到地板上，其中一个人说："把他绑到角落里那根管子上去。"

史塔布嘴里发出"嗯嗯"的声音。史塔布开始跟发疯一样来回地转向闹钟，然后转向他们，又转向闹钟，又转向他们。"瞧他那样子！"其中一个人说着，与他的同伴把史塔布拖着坐起来，又用地下室里一根卷起来的绳子把他的双腿捆住。这两人不以为意地走出地下室，后面那个在楼梯半道上停住，得意扬扬地看了史塔布一眼，嘲笑地说着："放松点，我做过水手，休想从我打的绳结里逃脱。"史塔布绝望了，最后一次看着那只闹钟。这次那人注意到了，可惜会错了意。他说道："干吗关心现在几点呢，你只能待在这里，去不了别处了！"接着，这人出了门。

一会儿，靠近后门的地方，先走的男人说道：“都好了吗？从这儿走吧。”门闸声，接着是关门声。这两个男人离去了，他与外界的唯一联系也就失去了。三点钟之前若是没人找到他，那么他会出什么事别人恐怕就不会知道了。

这时正好一点三十五分。从他发现他们，到他被绑在地下室，再到他们离去，这一切都发生在十五分钟内。一切都恢复安静了，比他那微弱的被抹布湮没的喘息声更响亮的是闹钟富有节奏的滴答声。

“还有八十五分钟。”史塔布暗自想，“当这是你活在世上的最后八十五分钟，你会感觉时间流逝得多么的快啊！在我修过的成百上千只钟表中，没有一只能走得像这只这么快，而这一切是我的杰作。现在是我自作自受。”

闹钟依然滴答滴答地响着，他在等待死亡的过程中绝望地将这声音破译成：“我要死了，我就要死了。”

有一扇门突然被打开了，这时正好一点五十六分。史塔布万分惊喜，这是上帝的声音！是多么可爱的声音！他兴奋地叫着“福蓝！福蓝”，他在狂吼，但这狂吼的声音经过塞在嘴里的抹布后都变成了喃喃的低语，隔着地下室的门，上面根本听不见。根据史塔布的经验，福蓝的脚步告诉他，她进了厨房，停了一下，又回来了。他将被绳子绑着的双脚从地板上抬起来，用尽力气摔下去，但得到的只是一个像是敲在垫子上的声音。

一会儿，她的脚步声在梯子上消失了。也许一段时间听不到她的声音了，但至少她和他一起都在这屋子里。史塔布突然衷心感激福蓝近在他的身边，他是如此爱她、需要她。他真的纳闷和质问自己为什么会想到杀掉她。

现在九分钟又过去了。不，是十分钟。时间过得越来越快，史塔布内心的恐惧因为福蓝的归来暂时平息，但是现在又一次紧紧地缠住他了。他郁闷地想：“她为什么要在二楼呢？也许她会一直待在那二楼了！也许她会躺下休息一会儿，也许她会洗个头，也许她会改一件旧衣服……”

“那个男人，那个他原本打算一起除掉的男人，或许会救他。”他又开始宽慰自己，“每到下午，当史塔布不在家时，他一定会来吧？哦，上帝！今天也一定要让他来。让他们今天幽会吧。”猛然间，他发现自己以一种异乎寻常的丈夫身份在祈祷自己情敌的到来。

时间很快到了两点十一分，离三点只剩四十九分钟了。这点时间连看完半部电影都不够，连理完头发都不够。现在是要活下去，这些时间更不够了吧？想到这里，史塔布又开始呼唤福蓝的名字，一次又一次，接连不断地，然而依然是那么微弱。

一层过道里的电话突然响了，他从来没有觉得这个声音如此美妙。“我的上帝！”他几乎喜极而泣，那是那男人的电话吧！想到这里，恐惧又一次涌上他的心头。难道他只是要告诉她，他不来了吗？或者，更糟的是要她出去？他听见她迅速跑下楼接电话。

“喂？是我，达夫。我刚回来，真是糟糕透了。我放在楼上的十七块钱和鲍尔给我的手表都不见了。”听到这里，史塔布高兴得几乎要滚起来了。看来福蓝知道他们被偷了！现在她应该要报警了！警察肯定会到地下室搜查，这样他就会被发现并得救了！

“我应该报案，可为了你我不能这么做。好了，达夫，那就过来吧。我要打电话给他。”接着，福蓝报出他店里的号码“托里威力安4512”，等着接线员接通电话，自然对方无人接听。

接线员一定告诉她，这个号码无人接听。“继续摇。”他听到她对接线员说。“这是我丈夫的店，这个时候他会在店里的。”当接线员第二次告诉福蓝电话无人接听时，她无奈地挂上电话，接着又上楼了，可能是去找丢失的钱和手表。他失望地哭泣，又不断地挣扎着。

两点二十一分，门铃响了，是那个男人来了，挂掉电话不到十分钟他就到了。史塔布感觉自己有了新的希望，更加努力地挣扎着求救。前门开了，“嗨，达夫。”他清楚地听到了接吻的声音，是那种响亮的、不害臊的亲吻，这是一种亲近但不是暧昧的亲吻声。

这男人用自身特有的深沉而洪亮的声音问道：“东西找到了吗？”

“没有。”她答道。“没人动它，十七块钱不可能自己跑掉啊！”

“他们会以为是我干的。”那人似乎带着伤心的口吻说。

“别这么说。”她责备道，“来杯咖啡吧。”

为那十七块钱，他们就这样消耗自己的生命，这两个傻瓜！

他想着各种办法让他们听到自己的声音，清嗓子、咳嗽，但那块堵在嘴里的可恨的抹布把这些都压回去了，实际能听到的只是模糊的呜呜声。已经两点三十四分了，现在时间所剩无几了。外面的两人继续交谈着，像是这残酷的事情永远不会发生一样。

福蓝道：“你觉得应该把我们的事告诉鲍尔吗？”

“他是个怎样的人？”男人谨慎地反问。

“他可不是心胸狭窄的人。”福蓝得意地答道，又开始宽慰那男人，“鲍尔那边你不用担心，我太了解他了。我觉得我们不能总这样下去，每天晚上见到他我都很紧张、心虚，自己就像一个背叛丈夫的不洁之人。让我感到不安的是他从来没有问起这件事。”

听到这里，史塔布暗自嘀咕：“她这话是什么意思呢？”

“你从来没跟他说过我吗？”

“没有，我只跟他说你遇到过一两件麻烦的事。我真是个傻瓜，只想让他觉得我跟你没有联系了，不知道你的情况了！”

这好像是她提过她哥哥的情况！史塔布想起福蓝说起过他哥哥的情况。

“妹妹，哥哥知道你挺难的。本来你过得挺好，我不应该干扰你，人们不会为逃犯哥哥自豪的。”

“达夫，”福蓝说，“你应该知道，我是发自内心为你做这一切。你做了错事，可是这也无法挽回了。”

“我是应该回去继续服刑，可是七年太长了。”

“可现在你能过正常的生活吗？”

“离三点只有十九分钟了，他们就光顾着谈他们自己的事情吗？”史塔布郁闷地想。

“我想去城里找鲍尔，看他怎么说吧。”两张椅子被推动了。离爆炸只有几分钟了，他们要把我一个人留在这儿？现在史塔布能做的只有拼着命撞那根绑他的管子。“有声音！”听到福蓝这么说，一股无法形容的喜悦涌上史塔布心头，他们一定听到了，他兴奋地想。“声音？什么声音？你听错了吧！我没有听见。”那男人迟钝地说。听他这么一说，福蓝没多注意，走到门口壁橱边拿了外衣，他们就这样一前一后出了门。

史塔布失去了一次被救的机会，又被单独留下来了，等待自己制造的残酷事实。他知道现在做什么都没有用了，即使他想做什么，现在也无能为力。闹钟的弦带动着指针不停地转动，提醒着史塔布三点就要到了。他想到了一个不是办法的办法，他闭上眼睛，想象指针行走得无比缓慢。这样，总比总盯着好吧！

可是，人往往害怕什么就会最关心什么。所以隔一会儿，他就会忍不住看看闹钟。每看一次，自然会多一分痛苦。之后，他尽量少去看那闹钟，心中呼唤着上帝能够来救他。就这样，他一次又一次地重复着这些。突然，门铃响了。“有人吗？是煤气公司的。”听到这里，史塔布的心情顿时就由谷底上升到谷峰。目光落到地下室墙壁的煤气表上。可是这个时候，家里只有绑在地下室的史塔布，煤气工是根本进不了门的。煤气工不耐烦地按着门铃泄愤，叮咚，叮咚，叮咚，嘴里不满地说：“家里总没人！”然后，无奈地离开了。

史塔布的心情，又一次跌入谷底。闹钟的声音不断地提醒着他。他忽然觉得自己遭受这折磨是上天对他的惩罚，一种自作自受的惩罚，他用这样的手段对待自己的妻子。他甚至开始幻想，如果他能忏悔，醒悟，自己将会得救，这绳子会自己解开。于是，他默默地一次次忏悔，心中苦苦哀求着：“我的主，请你宽恕我吧！”

滴答，滴答，现在离三点只有九分钟了。多么美好的数字啊，然而它能变成八、七、六。噢，现在已经只剩八分钟了。八，又是一个多么美好的数字。现在的史塔布似乎除了想想这些，也没有别的乐趣了。

“小心些，鲍比。”外面传来一个女人的声音。史塔布抬头透过地下室露在地面的玻璃可以看到一个模糊的球的影子，一个孩子跑来捡球。自从那两个入室抢劫的人走后，这是史塔布第一次看到人影。他真是个天使，史塔布又一次高兴起来，只要这孩子稍稍往这边看一眼就可以看到了。于是，他拼命摇着自己的脑袋，希望这样能让这孩子注意到自己。孩子的好奇心强，他举起自己肉嘟嘟的小手，在玻璃上擦了擦，擦出一块干净的地方，把小脑袋凑过来往里面看。他一定看到我了，一定看到了，史塔布内心沸腾起来。

“鲍比，干什么呢？”那女人不高兴地说。

“妈，你看！”小男孩用最天真无邪的声音对他妈妈说道，同时把头也转过去了。孩子还是有点小，再大点应该就会知道报警了。

“鲍比，快到妈妈这里来！”

现在，最重要的是吸引这孩子的注意，让他不要去他妈妈那边，这样他妈妈一定会过来的，这样他就有救了，史塔布想着。现在也只有这个办法了。

史塔布转动自己的眼睛，闭上，又不停地眨眼睛。看到这些，孩子不禁淘气地笑了。这时，一只大人的手抓住了小男孩的手腕，想把小男孩拉走。

“妈，里面有一个奇怪的人，还被绑着呢。”

“有什么好看的，妈妈可不能这样朝人家的屋子里张望，很不礼貌的。”大人总比孩子理智。就这样，他们消失了，这一次的失望，让史塔布的心情波动得没那么大了。现在，指针已经指向两点五十七分了。他也没有那么强烈的感觉了，幻想也好，失望也好。这时候，即使有人来救他也来不及了。

指针就要指向三点了，史塔布已经控制不住内心的激动，说不清是害怕还是绝望。他从声带发出动物一般的号叫。只是在嘴巴里的那团东西没有让这声音发出来。现在已经到了三点了，时针和分针垂直地挂在表盘上，接下来的生命只能以秒来计算了。史塔布恐怕不知道现在的自己活像死了一般，浑身都在发抖，不是因为害怕，而是大笑，时间已经是三点一分了。

史塔布嘴里那块抹布已经被取出来了，湿漉漉的，还带着血。随着抹布出来的，还有狂笑不止。

“别，先不要把绳子解开！”医生严肃地对警察说道。“不想一会儿忙不过来的话，就等着紧身衣。”

“能不能别让他这么笑啊？”福蓝用手堵着自己的耳朵，流着泪恳求道，“我实在快受不了了，为什么他会笑个不停呢？”

“他疯了，太太。”医生回答道。

这时是七点五分了。“这盒子是装什么的呀？”警察问福蓝，又踢了踢盒子。“一个空盒子，”福蓝回答说，“之前放过一些肥料，后来我将肥料用在花上了。”

温柔的抚摸

【美】曼·拉宾

起居室的电话铃响到第三次，拉里才醒过来，又响了两次，他才起身出了卧室，穿过走廊到了漆黑的起居室，把话筒搁到耳旁。

“纽约长途，找洛杉矶拉里·布雷斯顿先生。”接线小姐说道。

“说吧，我听着呢。”拉里回答。过了一会儿，他听到了惊慌的喘气声：“宝贝，是我，珍妮丝。实在对不起，把你吵醒了，我打电话是有话跟你说，我就要疯了。”

听到这里，拉里睡意全无，他坐在电话机旁的沙发上，房间里的摆设渐渐呈现出来。

“别急，慢慢告诉我发生什么事了。”他们已经三天没通电话了。

“拉里，我真的很害怕。他半小时前找到了我，喝得醉醺醺的，还动手打了我。”她抽泣着说。

“他怎么知道你住的地方？”拉里关切地问道。

珍妮丝尽量忍住哭泣声，回答说：“他说他往我的办公室打电话了，是我同事给了他我的新住址。他跟我发誓，说他不跟我离婚，说的时候又哭又叫，然后动手揍我。宝贝，我们要怎么办？我的心很乱，我好害怕……”说着电话那边又抽泣起来，声音越来越大。

“别急。”拉里安慰道。

“真希望你现在就在我身边，我需要你，你什么时候回来？”她几乎是求他早点回来。

他可以想象出她现在的状况，一定是很伤心、很绝望，金发散乱着。拉里接着说：“片子一拍完，我很快就回去了，也就一个月吧。”

“一个月太久了，要不我去找你吧，我需要你，只要和你在一起就行。”

“你知道这是不可行的。”他的语气变得严肃，“我现在不能有丑闻，好不容易有这个机会，我必须珍惜这个机会。”

“我知道，宝贝。我不该这样，你是个非常棒的演员，我以后不说那些话了。”

冷静之后，他问：“他现在在哪儿？”

“埃尔？他就在这里，醉倒在地板上睡着了，不知道他醒来之后又会做什么事。”拉里听着电话，感到自己咽喉不舒服，随手拿起放在电话机旁的香烟，差点把一个空啤酒罐打翻。他点燃烟，那女人又哭起来，说着：“对不起，我就是忍不住了，我本来都要睡着了，你走后我每天很早就上床，看看电视就睡觉了。”

“他是怎么过来的？开车吗？”他打断她，回到刚才的话题上。

“嗯，是辆灰色福特，在房子前面，我现在站的地方就能看到。”

他尽量平静地问：“有人看见他进来吗？”

“现在都四点了，这条街大多是工厂，谁会看到啊？”

拉里没再问话，两人沉默了一会儿。她等着他说话，可是他一直沉默着。

“拉里？”

“我在。”

“我该怎么办？他会打我的。他要不跟我离婚可怎么办呢？”

“这是个麻烦，你爱我吗，珍？”

“怎么这么问？你是知道的，为了你让我做什么都可以。”

“那你听着，他会成为我们的麻烦，我得考虑自己的名声，我的一辈子都赌在这上面了。”他把身体向前倾，仿佛她就在他身边似的，这样可以靠近她。“我早就厌倦了我们只能偷偷地在一起，他总是让我们不得安宁。珍！我们得把握机会，等他醒来就麻烦了。”

“不，拉里，我不喜欢你说这样的话，我不明白。”

“你明白的，珍，我和他你只能要一个，今晚就见分晓。”

“不。”她哀求着，有些语无伦次，“你要我怎么办？我该怎么办？”

他知道她肯定不愿意，但他更清楚，她会那么做的。他进一步引导她：“你说过他酒后常常会昏睡过去很长一段时间，现在他没有知觉地躺着吧？有没有人看到他进来？这事很简单，没人会知道的。”

“可这不行。”显然她非常害怕和紧张。

他很仔细地远程遥控这件即将发生的事。“看到床上放的那个我在大西洋城演出时给你买的枕头吗？”

“不，拉里，我不能，不能的。”她本能地说出这句话。

“去拿枕头，珍。听话。”他就像没听到她说话一样不管她的哀求，继续说，“你不是说他个子小吗？只要蒙住他的脸，用点力往下压，持续大概五分钟就可以了。”

“不，拉里，我求求你。”她几乎大哭起来，内心的痛苦和挣扎折磨着她。

他很有耐心，继续说道：“珍，你从前不总是咒他死吗？现在就是你最好的机会。他在你心里已经死了，现在只是让他死得更干净些。”

“拉里，可他是一个人啊，是我的丈夫。”她依然央求着。

他开始不耐烦了：“他是个该死的东西。”他不再说话了，用沉默传达他的愤怒和不耐烦。沉默了一会儿，他语气沉重地说：“我无话可说了。”

“拉里！”她的声音也提高了八度，“拉里，别挂电话，我求你。没有了你，我会死的。”

“那就照我说的行动。”

“好，好，可是我很害怕，我需要你在身边，抱着我。”

显然，他得逞了，说话的语气和缓了很多，安慰道：“很快的，不要害怕，去拿枕头，珍，让我们从现在过安宁的日子吧！”

“我害怕得直发抖，他把我的脸打肿了，要是你能在我身边就好了。我拿到了，宝贝，我爱你。你要说你爱我。”她像是想从他的“我爱你”中获取勇气一般要求着。

“我爱你，”他说道，“想象着我就在你身边，我们在一起，动手吧！”

“拉里，我还是很害怕。”

“别害怕，想想他是怎么对你的，就此了结吧。我会考虑接下来怎么办。”

“你不能离开我！我真的很害怕！”

“我不会离开你的，宝贝。为了我，为了我们，我爱你。”

“我这就去，”女人似乎没那么害怕了，“等我。”

他听到她放下话筒，然后是一阵沉寂。

他把手放在面前想看看自己是不是在发抖，但屋内太黑，他什么也看不见。他又点燃一支烟，把话筒紧贴在耳旁，能微微听到那边有音乐的声音。她一定是听着音乐睡觉的，她时常这样。他想起她床头桌上那个白色的小收音机，收音机里的音乐多么清新啊，这与正在发生的事情是那么不协调。他身上也出了汗，也不知道纽约那边的天气怎么样。他抽烟，等待着那边的回应。一会儿，他似乎听到那边有一阵哐当声，似乎还有哽咽的声音，电话就像他的肢体一样与那边保持接触。

不知道过了多久，渐渐听不到那边的音乐声了。他身上流了很多汗，心怦怦地跳。五分钟过去了，十分钟过去了，没有任何回音。终于她说话了，从声音里能听出她很虚弱和茫然。

“拉里，他死了。我杀了他，照你说的那样，他就像睡着了，看上去还是那么小，那么安静。”

“珍，你肯定？”

“我做了，拉里，就像在电视剧里常见的那样，我把手放到他鼻孔前，没有气息了。跟我说话，拉里，跟我说点什么。我害怕。”

“没什么可害怕的，珍，接下来到床上拿毯子，把他裹好。”

她问他：“你多快能回来？”

“到时候就知道了。”拉里回答道。

“你真的不会离开我吗？”

“不会的，珍。”

“听你这样说我就放心了！”

“宝贝，现在先拿条毯子把他裹好。”

“然后呢？”

“仔细检查，确定周围没有人会发现后，把他的车靠近房子，然后把他拖进后备厢，动作要迅速。”

“我自己做不了这些。”她打断他。

“你必须得这么做，他不是个子小吗？没多重，你行的。”

“宝贝，我太害怕了。”

“你行的，珍。”

“我爱你，拉里。”

“接着干吧，珍。”

“这么做会有什么结局呢？”

“会很好的。”

“你一个月能回来吗？”

“能。”

“会和我结婚吗？”

“会，我回去我们就结婚。”

“你会一辈子爱我，永远都不离开我？”

“我会永远爱你，不会离开你了。”

她继续说道：“你就要成名了，以后每天你一回家，我给你做好吃的。我把房间收拾得干干净净，我们吃烛光晚餐，我们要接好久好久的吻……”

“珍！”拉里打断她。

“跟我说几句吧！求你了，我只想听你说这些。我杀了他，杀了我可怜的酒鬼丈夫，他只有四十三岁。”

“我会尽快回去的，珍。”

“我只想听你说这句话，我会没事的。”

“会处理尸体吗？”男人现在最关心这个问题。

“我会的。”

“那好，赶紧先把他弄进车里，然后把车开到东河大道我们常常停车的码头，就是靠近第十六街那个。一定要记得用毯子把他裹好！”

“嗯，我知道那个地方，就是你第一次吻我的地方。”

“就是那儿，把车开到那里，确定周围没人再把尸体扔下去，然后把车开到离家远点儿的地方扔掉，记得戴上手套，走路回去。”

一阵沉默后，男人又说：“珍，听到我说的了吗？动作要快。”

“嗯，知道了。”女人说话的声音很低。

“这才是我的宝贝。”拉里松了口气。

“我这可是为了你，拉里。如果不是因为你，我不会这么做的。”

“我知道，珍。”男人安慰道。

“你我是分不开的。”

“我也这么想，宝贝，赶紧行动吧！天就快亮了。”

“一会儿，你会给我打电话吗？”

“一小时后给你打电话。一个小时你应该能把事情做完。”

“真希望你能在我身边。”

“我也希望这样，可现实不允许这样。”

“我没有一刻不在想你。”

“我也是。”

“你会因为这件事情讨厌我吗？”

“怎么会呢？我那么爱你。”

“再说一遍吧。”

“我爱你，珍。”

“听你这么说，我什么都不怕了。”停了一会儿，她又说，“一小时后，记得给我打电话。”

“我说过会的，最好快点，天就要亮了。”

“我去处理尸体了，可是我还是害怕。”

“宝贝要坚强，坚强点儿。”

“我挂了，宝贝，千万不要离开我。”

“我不会离开你的。”

她把电话挂了，他也轻轻地挂上电话，屋子里依然漆黑一片，在加州的这段时间，他最喜欢的就是这样的夜。他把烟盒里的最后一支烟点上了，把烟盒捏瘪了扔到垃圾桶里。过了一会儿，他重新拿起电话，拨通了一个号码。

电话拨通后他清了清嗓子，想把话说得让人不会怀疑。电话接通了。

“警官你好，我叫拉里·布雷斯顿，是个演员，住在日落区边上的布约克街。大概十分钟前我接到一个从纽约打来的长途电话，是我一个朋友的妻子打来的。在电话里，她有点神志不清，说话语无伦次，我不知道她说的是不是真的。她说她再也忍受不了她丈夫总打她，所以杀了自己的丈夫，想把尸体弄到车上，然后从第十六街的码头把尸体扔进东河里。从电话里我感觉她有点儿疯了，我不知道这是不是真的，但觉得应该让你们知道这件事情……”

他接着又把车的情形和他遥控珍妮丝的路线告诉纽约警署，他甚至告诉警官非常抱歉没有办法提供车牌号。警官也对这位给他们传送情报的“守法”公民的合作表示感谢，答应一有消息会给他打电话。

他又坐了一会儿，仔细回想了整个过程有没有疑点，这样当他需要作证时，可以准备好自己的回答。他把整个经过哪怕是每个细节都不放过，然后吸完烟，把烟头丢进烟灰缸里，觉得一切都稳妥了，便走回卧室上了床，盖上被子。他尽情地享受着暖和的被窝，安静地躺着，看着天花板，没有一点要睡的意思了。

他身旁的栗发女郎动了一下，换了个姿势。“是谁呀？这么晚了，你去了这么久。”她问道。

“一个朋友，有点事情要办。”他的眼睛已经适应了屋里的光线，他看到她栗色长发洒在枕头上，闻到她身上昂贵的法国香水味。他抚摸着她的栗色头发，捋起一绺绕在自己的手指上。

“办好了吗？”

“应该办好了。”他答道。

“我想你。”栗发美女娇嗔。

“还有呢？”说着他又伸手温柔地抚摸她的背。她叫德莉娜，和他一样是演员。好莱坞的专栏作家们正把他俩称作金童玉女。

“你的抚摸很舒服啊！”她接着说。

“真的吗？”他微笑着，继续摸着她的背，直到她小鸟似的扑进他的怀里。

雪地上的女尸

【英】阿加莎·克里斯蒂

（一）

一个富有且年轻的亚洲某个国家的未来君主，几个星期前来到伦敦。

最近，他宣布订婚了，未婚妻是同一家族的某个表妹。他的未婚妻尽管在剑桥大学上过学，但是非常虔诚地维护着古老的东方传统。婚期已定，年轻的王子便带着一些需要重新镶嵌的王室珠宝来到英国，为婚礼做最后的准备。在这堆珠宝中，有一颗举世闻名的红宝石。

但由于王子一贯粗心大意，在聚会上，他竟将那颗红宝石随便给一位陌生的小姐看了，居然还答应让她试戴一个晚上。结果，那位姑娘以上洗手间为借口离开了餐桌，之后便消失得无影无踪了。当然，和她一同消失的还有那颗价值连城的红宝石。

为了避免引发不必要的骚乱，再加上王子的婚期将近，这件事绝不能让公众知道。更何况，那不是一颗普通的宝石，它不仅价值连城，还具有重大的历史意义。

由于不方便惊动警察，又迫在眉睫，一切只好在暗地里进行。杰斯蒙德先生认定波洛先生是调查和侦破此案的最佳人选，于是苦口婆心地劝说波洛助他一臂之力，受理此案。

至于杰斯蒙德先生的身份，大概是某位外交大臣，或是掌管国务的某位官员。波洛先生并没有细究，在他的职业生涯中，碰到过太多这样的人。

杰斯蒙德先生希望波洛先生可以到英格兰的某个乡下去度过这个圣诞节，因为那里有破获此案的关键线索。起初，波洛先生并不是很感兴趣，寒冷的冬天待在乡下，是非常不好受的。可是当波洛听说那儿有暖气，还有古老而传统的圣诞节目，他开始有些心动了。不管怎么说，波洛最终还是同意了。

按照杰斯蒙德的安排，波洛先生来到了金斯莱西—— 一个庄园。

（二）

金斯莱西宽敞的起居室里温暖而又舒适。赫尔克里·波洛坐在窗前与莱西太太闲聊着。

“波洛先生，我希望你能在这里度过一个快乐的圣诞节，这里会有一个家庭式的圣诞晚会，我们举办这样的圣诞晚会已经好多年了。我的孙女萨拉，孙子科林，我可爱的外甥女戴安娜，他们的朋友布里奇特，还有老朋友戴维·韦尔温都会来参加。虽然这只是个普通的家庭聚会，但是像这样传统的圣诞晚会，现在已经很少见了。”

莱西太太一边和波洛聊着，一边做着手中的针线活，她的体态和说话的语调无不优雅迷人。莱西太太笑着说：“这个晚会上的一切都按照古老的传统：圣诞树、长筒袜、牡蛎汤，还有两道火鸡，一道是清炖的，另一道是烤的，还有特别准备的圣诞布丁，里面装了戒指、单身汉的纽扣及很多其他的东西，还有各式各样的旧式糕点……”莱西太太如数家珍地说着，她显然对自己准备的圣诞晚会十分得意。

“您勾起了我的食欲，夫人。”波洛笑了笑又说，“很荣幸受到您和您丈夫的邀请，来参加你们家特别的圣诞家庭聚会。”

“如果有什么招待不周，请别介意。霍勒斯的脾气有点怪，他平时就这样，请您不要放在心上。”莱西太太说。波洛并不知道，霍勒斯曾对今年的圣诞夜家里要多一个外人而发了许多牢骚。

莱西太太想了一会儿，接着说：“其实我们听埃德温娜说，也许您能帮助我们解决一件棘手的事情，您也曾经帮她们家解决过类似的问题。这其实是件家务事，是关于我的孙女萨拉的。”

波洛理解地看了看她。莱西太太已年近七旬，一头花白头发，但是神采奕奕，显然还十分硬朗。

“能够为您效劳，是我莫大的荣幸。”波洛理解地点点头说，“我明白，女孩子做了这样的糊涂事确实很叫人担心。”

莱西太太点点头：“是这样的，看样子我的确应该和你好好说说这事。正好，你是个局外人，这样和你说起来反倒更容易些。不管怎么说，埃德温娜似乎认为您也许知道些什么……怎么说呢……就是有关这位年轻的德斯蒙德·李·沃特利的事儿。”

波洛沉默片刻，心里非常佩服杰斯蒙德先生的周密安排，以及利用莫尔科姆女士之名的巧妙设计。

“我听说过这个年轻人，他似乎名声不佳？”波洛小心地展开了话题，“告诉我，究竟什么事使您这样烦恼？”

莱西太太说：“我的儿子战死在沙场上，我的儿媳妇在生萨拉时难产死了。萨拉是我们从小带大的，或许我们太溺爱她了……她就像怎么也长不大似的，成天和一些不务正业的人混在一起。她喜欢参加聚会又总是不按时回来，经常深更半夜才到家。她自己在外面租了房子，穿一些古怪得令人受不了的衣裳！还有，她常常头也不梳就出门了，有时还长时间不洗头，卫生情况非常不好，对这样的事我倒不是太担心。我担心的是她成天和那个德斯蒙德·李·沃特利混在一起，听说他善于和富有的女孩子打交道，而她们都被他给迷住了。也就在前一阵子，他和霍普家的姑娘订了婚，但她的家人好像通过法律手段把她监护起来了。霍勒斯也想这么做，但我总觉得这样做不太妥当。”

“我认为您是对的，夫人。您的做法很明智，比您的丈夫要理智，但我还是有点不明白，夫人，”波洛说，“您为什么要邀请德斯蒙德·李·沃特利来这里过圣诞呢？”

“这是我的主意。”莱西大大说，“霍勒斯极力反对萨拉和他约会，我是这么想的，邀请他过来参加我们的聚会，让萨拉在家庭氛围里观察他，或许她能发现其实德斯蒙德并没有想象中的那样富有魅力。尽管这样做有点冒险，但我还是想试一试。”

“我似乎错了，他在这儿还没住多久，连我都不得不承认自己有点喜欢上他了。”莱西太太布满皱纹的脸上露出了笑容，“波洛先生，我想我能体会萨拉为什么会爱上他了，尽管这样，凭我几十年的经验，我还是能判断他绝非好人。但他也并非一无是处，就拿他对他姐姐的态度来说吧，他曾向我们提及，问是否可以将他姐姐接过来一起过圣诞节，他姐姐刚做完手术，一个人过圣诞挺寂寞的。你说，波洛先生，这么看他这人其实心眼并不坏，只不过他并不适合我们萨拉罢了。”

“从这件事看，他倒是很体贴人的，但总觉得与他的性格不符。”波洛若有所思地说。

“正如你所说，他对他姐姐还真是很体贴，亲自给她端茶倒水，当然，不是每天都这样，所以我认为他还是有好的一面的。或许你也听说过他过去的那些风流事，他总是追着富有的女孩子不放。你知道，萨拉很快就会继承一大笔钱，不只是我们的，还有她母亲留下的，我想，德斯蒙德大概是看上了萨拉的钱。不管怎么样，”莱西太太狠了狠心说，“我绝对不会同意萨拉嫁给他。”

“据我所知和您的讲述，”波洛说，“他们的结合并不会幸福。”

“那您会想办法帮助我们吗？”莱西太太殷切地望向波洛。

“我想我会的，请您放心。”波洛说，“无论如何我会尽力帮助您，以感谢您的盛情款待。”

“瞧，孩子们回来了，我带您去见见他们，波洛先生。”莱西太太说着起身往迎面而来的孩子们走去。

波洛被莱西太太格外正式地介绍给了大家。首先是还在上学的孙子科林和科林的朋友迈克尔，他们都是十五岁左右的、很有礼貌的好孩子，一个金发碧眼，一个皮肤黝黑。然后是一个和他们年龄相仿的活泼快活的黑发女孩子，她叫布里奇特。还有就是她的孙女萨拉和德斯蒙德李·沃特利和戴维·韦尔温等。

波洛仔细地看了看萨拉，她一头蓬乱的红发，但很有魅力，举止有些莽撞，显然正处在叛逆的年龄，不过看得出来她非常爱她的祖母。德斯蒙德李·沃特利穿着一件运动衫，配着紧身的牛仔裤，梳着女孩子似的长发。在他旁边的名叫戴维·韦尔温的年轻人，斯斯文文的，嘴角上总带着一抹微笑。

丰盛的茶点被端了进来，年轻人欢呼雀跃地拥了上去。正当他们吃得津津有味时，莱西上校走了进来，他身材魁梧，一脸的皱纹，写满了岁月的沧桑，很容易让人联想起当地农场里的工人。他厌恶地看了一眼德斯蒙德·李·沃特利，然后在离他很远的地方坐了下来。

他从妻子手中接过一杯茶，自己拿了两块烤甜饼吃了起来。“下雪了。”他说，“我们要过个白色圣诞节了。”孩子们显然对此十分兴奋。

吃完茶点，大家便各自离开了。

过了一些时间，两个男孩和布里奇特从湖边玩够了后走来，他们正在谈滑冰的事，似乎对此颇为在行。雪已经铺满了大地，看样子过不了多久会有更大的雪降临。三个孩子一想到圣诞节时地面会堆满厚厚的积雪就兴奋不已。“我们要堆雪人。”他们激动地说，已经连续好几年圣诞节时没下过雪了。“我们要照波洛先生的样子堆个雪人，再安上两个大胡子。”谈到波洛先生，迈克尔若有所思地说，“我总觉得波洛先生不像是一个大侦探。”

“怎么说呢？”

“这还不简单，”布里奇特得意地说，“你只有看到他拿着放大镜在寻找蛛丝马迹的时候，才会觉得他像，难道不是吗？”

这时科林突然有了主意：“要不我们给他设计一个谋杀案让他调查，看看他到底怎么样？”

对于这个提议，大伙儿纷纷表示赞同。三个人兴奋地讨论着，全然忘记了纷纷扬扬的大雪。

（三）

晚上，大家都忙碌起来，有的装点圣诞树，有的往画框上挂冬青，有的在大厅里的各个角落挂上五颜六色的装饰物。

“天哪，都什么时代了还搞这一套，未免太原始了吧。”德斯蒙德不屑地向萨拉嘀咕着。

“我们一直是这样做的。”萨拉反驳道，似乎有点不快。

在晚上 11：45 时，莱西太太大声问道：“谁愿意和我到教堂去做午夜弥撒？”接着大厅里传来一阵阵出门的脚步声，大多数孩子都打算去，尽管外头还下着大雪，这对孩子们来说恰恰是最有趣的。科林·迈克尔、布里奇特、戴维和戴安娜冒着纷飞的大雪朝不远处的教堂走去。他们的笑声渐渐消失在远处的黑夜里。

只有德斯蒙德和萨拉没去，虽然萨拉很想去，但她知道自己说服不了德斯蒙德。

波洛走进自己的卧室，当他走到床前时，发现枕头上放着一封信，他疑惑地拆开信，只见上面用大写字母歪歪扭扭地写着：

“不要吃布丁，切记！”署名是“好心人”。

波洛皱着眉头盯着纸条，却看不出任何端倪。这到底是怎么一回事呢？

（四）

圣诞盛宴开始了。暖洋洋的屋里充满了欢声笑语。牡蛎汤被一扫而光，两盘硕大的火鸡被端上来转瞬间就只剩下骨架。现在到了午餐的高潮，圣诞布丁被端了进来。很快，莱西太太麻利地分着，盘子一一传下去，每一块布丁都还吐着火苗。大家禁不住欢呼起来。

“波洛先生，许个愿吧。”布里奇特叫道，“快点，在火苗熄灭之前许个愿。”

这时，没人注意到波洛机警地察看布丁时流露出的奇怪表情。

“不要吃布丁”，这究竟是什么意思呢？他的布丁与其他人好像没有任何不同。波洛无可奈何地叹了口气。

莱西上校说：“每年圣诞就这么一次，罗斯太太是个了不起的女人，了不起的厨师。”

“她的确是的，”科林嘴里塞得满满地说，“她能做出最美味的布丁。”

波洛小心翼翼地向那块布丁插了一刀，轻轻地咬了一小口，这个味道实在是太好了！突然叮当一声，有什么东西掉到了他的盘子里，他试探着用叉子叉了一下，坐在他左边的布里奇特也凑了过来。

“波洛先生，我知道您的布丁里有什么宝贝掉下来了。”布里奇特说，“哇！这是单身汉的纽扣！哈哈，波洛先生得到的是单身汉的纽扣，恭喜您就要成为单身汉了！”

“谢谢，这正如我所料。”波洛打趣地说，“我做单身汉已经好多年了，看样子这种情况还将持续下去。”

这时莱西上校却突然惊叫了一声，只见他的脸涨得通红，半只手已经伸进了嘴里。

“见鬼！”他咆哮道，“怎么让厨师把玻璃放进布丁里了？”“玻璃？怎么会有玻璃？”莱西太太惊愕地说。莱西上校从嘴里取出那使他发怒的东西。“差点儿把我的牙咯掉了，天哪！”他突然叫道，“这像是胸针上掉下的红宝石。”他拿起来仔细打量了半天。

波洛迅速地从莱西上校的手里接过宝石，全神贯注地端详起来。正如上校所说，这是一颗硕大的红宝石，莫不是……波洛左右转动着宝石，这颗宝石闪耀着夺目的光芒，在柔和的灯光下显得异常耀眼璀璨。“要是真的该多好呀！”迈克尔叫道。“也许那就是真的。”布里奇特说。“哦，别傻了，要是真的值好几万英镑呢，波洛先生，您说是吧？”科林说。“确实是这样。”波洛说。

“但我还不明白的是，”莱西太太不解地说，“它怎么会在布丁里呢？”

就在这时，科林大声叫道：“哎呀，我得到的是头猪，真是的。”餐桌上立刻爆发出一阵哄堂大笑，大家的注意力都离开了红宝石，转移到科林那儿去了。

戴安娜得到一枚戒指，布里奇特得到一个顶针，德斯蒙德·李·沃特利得到十先令的银币，戴维得到的也是个戒指。

“这真是太巧了，不是吗？”戴维看了看对面的戴安娜。

大家又都笑了起来。没人注意到波洛先生似乎在想着什么事情，他趁人不注意迅速把红宝石装进了衣兜。

吃完布丁，大家又吃了碎肉馅饼和圣诞甜点心，都对这顿美味的大餐赞赏不已。

盛宴过后，大家各自回房休息。因为接下来还有圣诞树亮灯仪式，需要好好保留体力。然而波洛却没休息，他径直向那老式的厨房走去。

“我特意来向您表示感谢，我们的大厨，这顿饭我们吃得好极了。”波洛向罗斯太太赞赏道。

“很高兴您有那么好的胃口，先生。”她彬彬有礼地答道。

波洛夸张地打了个飞吻：“罗斯太大，您真是个天才！我从来没吃过那么美味的东西。”他眉飞色舞地接着说道，“最妙的要数那圣诞布丁了，那是您亲自在家做的吧？”“是的，先生，我是用自己的配方做的，这个方子流传了好多年了。从商店买来的布丁怎能比得上自家做的圣诞布丁呢？”罗斯太太继续自豪地说，“店里卖的布丁一般是在圣诞节前几天做出来的，这太晚了，要知道布丁是放的时间越长就越好吃。今年我们的布丁是在圣诞节前三天做的，就是你到这儿来的前一天，按照我们的老习惯，家里的每个人都要搅拌一下布丁，还要许个愿，据说这很灵验。这么多年来，我们一直都是这么做的。”

波洛说：“真是太有意思了！这么说所有的人都进到厨房里来了？”

“是的，所有人都来了。那位从伦敦来的先生和他的姐姐也来了。他们都希望自己能够获得好运气。”

“您做了多少布丁？就这一个吗？”波洛问。

“不，先生，我一共做了四个，两个大的和两个小的。今天吃的是其中一个大的，另一个大的计划在新年那天吃，小的是留给莱西上校和莱西太太的，他们都非常喜欢吃布丁。”

“噢，是这样。”波洛说。

“事实上，先生，”罗斯太太不经意地说道，“本来今天让你们吃的不是这块布丁。”

“不是这块布丁？”波洛皱了皱眉头，“这到底是怎么回事？”

“是这样的，先生，我们原来有两个模子，一个圣诞用，一个新年用。不幸的是，早上安妮取模子的时候，不小心把圣诞的那个模子给摔坏了，所以我只得用新年的那个了。”

“哦，原来是这样。我想，李·沃特利先生和他的姐姐也是头一次来这儿吧？”

“是的，先生。”罗斯太太略微迟疑了一下说。

波洛接着说道：“总之，我要感谢你准备的丰盛的圣诞午宴，您的厨艺真是妙极了，能吃到您的圣诞大餐，是我莫大的荣幸。”他把一张五英镑的钞票塞进罗斯太太的手里，罗斯太太欣然地接受了波洛的赞扬与馈赠。“我也祝您圣诞快乐。”罗斯太太高兴地说。

（五）

圣诞夜最重要的节目就是圣诞树亮灯仪式，还有就是吃蛋糕。举行完亮灯仪式，吃完晚餐，男女主人和波洛都早早地各自回房睡觉了。

波洛上了床，但是没有睡着，他还在想刚才的那个英格兰布丁。

波洛正思索着，卧室的门被轻轻推开了，来者是德斯蒙德，他的手中正端着一杯咖啡。波洛道谢之后，趁着德斯蒙德不注意，偷偷调换了杯子，接着又端起来，当着德斯蒙德的面全部喝了下去。看来，德斯蒙德是想乘着波罗酣睡之时，来寻找那颗红宝石。假装熟睡时，波洛看着德斯蒙德到处搜索、翻腾着，但是一无所获，这完全在波洛的意料之中，波洛可是此中高手。最后，德斯蒙德气急败坏，两手空空地离开了房间。

第二天早晨，波洛被一阵轻柔但却急促的敲门声吵醒了。

“请进。”波洛大声说。门开了，只见科林满脸通红，气喘吁吁地站在门槛上，他身后站着迈克尔。

“波洛先生，波洛先生……”他们似乎十分着急。

“出了什么事？”波洛一下从床上坐了起来。“我想……波洛先生，您能帮帮我们吗？外头发生了一件可怕的事。是……是布里奇特，她躺在雪地里，一动也不动，您最好快点去看看，我们担心……她是不是死了。”

“什么？”波洛披上外套就往外赶。

一路上他们继续交谈着。

“布里奇特小姐死了？”

“我想她是被人杀死的，那儿还有一大摊血呢。”

“你没有惊动其他人吧？”波洛问。

“没有，除了你，我没和任何人说。我想这样更好些。”

“你做得很好，我知道了，请在前面带路。”

科林见波洛上钩，心里很是得意。这时天已经完全亮了，雪也停了，但是地面上覆盖了厚厚的雪，那是积了一夜的雪。

“就在那儿！”科林指着不远处气喘吁吁地说。

只见几米开外，布里奇特静静地躺在雪地上。她身穿红色的睡衣，一条白色的披巾还搭在她的肩上，上面沾满了血，黑发凌乱地披散在她的脸上，在血泊旁还插着一把巨大的弯刀。

波洛脱口喊道：“很有戏剧性呀！”迈克尔强憋着笑，科林也说：“我也感觉有问题，为了保护现场，我们也没过去看。”波洛轻松地说：“你们首先得看她是否活着，你们很谨慎，大概是侦探小说看多了吧，但是你们忘了一点，就是在叫警察之前，应该先叫医生，受害人的生命应当被摆在第一位。”“我们是想先找到你再作打算。”迈克尔急忙解释道。

“你们先待在这儿别动，我过去看看，绕着旁边走，就不会破坏现场了。”波洛说。

“两排男人的脚印和一排女孩子的脚印一直通向布里奇特躺着的地方，那可能是谋杀者的脚印。”科林小心地说道。

“确实，”波洛说，“从脚印可以看出，谋杀者穿着奇怪的鞋，有只长长的瘦脚，很有意思，这些脚印很重要。”

这时，德斯蒙德·李·沃特利和萨拉也走了出来。“你们在这干什么，我从卧室的窗户看你们在这儿，噢，天哪，那是什么？”

“是这样的，”波洛说，“谋杀。”

萨拉惊叫了一声，然后惊讶地盯着这两个男孩子。

“你是说有人杀了那个姑娘，”德斯蒙德说，“真是难以置信，谁会杀了她呢？”

科林和迈克尔小声议论着说：“布里奇特表演得实在是太精彩了，一动都没动！”

波洛站起身说：“看来我们得叫警察了，这真是件可怕的事情。”

迈克尔和科林担心事情会闹大，觉得是该收场的时候了。“这只是我们上演的一出戏。”科林解释道，“就是想让您感到像在家一样。”“你们在说什么？”波洛说，“我不明白，难道今天是愚人节吗？”“我知道我们不应该这么做，但是请你不要介意，我们确实没有恶意，布里奇特，起来吧，别再演了！”科林说。

然而雪地上躺着的那个人却毫无反应。

波洛说：“她怎么没有反应，你们确定这真的只是个玩笑？”他若有所思地看着科林和迈克。“当然是。”科林不安地说，“但是为什么她还不起来呢？布里奇特！布里奇特！你怎么了？”

波洛示意德斯蒙德过去看看，德斯蒙德走了过去。

“摸摸她的脉。”波洛说。“没有脉搏……”德斯蒙德惊讶地看着波洛，“她死了！”波洛点点头：“是的，她死了。有人把闹剧变成了悲剧。”

“有人……是谁？”

“请看看地上的脚印，那串来了又离去的脚印和你的脚印一模一样，李·沃特利先生。”

德斯蒙德·李·沃特利飞快地转过身，对着波洛喊道：“你在指控我吗？你说我是凶手？你有什么证据？”

“为什么？这个我也很想知道。”波洛弯下身去，小心地掰开布里奇特紧握的拳头。

德斯蒙德倒吸了一口凉气。他无法相信，她的手心里竟然躺着那颗红宝石！“这就是布丁里面的那个！”德斯蒙德叫道。波洛说：“你确定吗？”德斯蒙德回答说：“当然。”

德斯蒙德飞快地弯下腰从布里奇特手里拿起那块宝石。

“你不能那么做，现场的任何东西都不能动。”波洛责备地说道。

“这尸体我没动，但这个东西是证据，万一丢了怎么办？我得马上打电话叫警察。”他说着飞快地跑开了。

萨拉跑到波洛身边说：“我不明白，你刚才说的脚印是什么意思？”她轻声地问道。“你自己想想吧，小姐。”波洛说。“您是说，是德斯蒙德？这绝对不可能。”萨拉争辩道。

就在这时，响起了一阵汽车的马达声，一辆车从大伙眼前飞奔而过，萨拉一眼就认出了车上的人，她说：“是德斯蒙德，他没打电话，一定是叫警察去了。”

这时，戴安娜·米德尔顿也跑了出来：“到底怎么了，我听德斯蒙德说布里奇特被杀了，但是电话坏了，他去叫警察了。”

波洛做了个手势，示意大家进屋里谈。现场先这样保留着，在警察来之前，他们什么也不能做。

波洛觉得是时候告诉他们真相了。他把王子怎么丢失宝石，自己为什么到这儿，前前后后都说了一遍。

“故事里面的那位拿走宝石的小姐就是德斯蒙德·李·沃特利的假姐姐，德斯蒙德·李·沃特利是这位小姐的朋友，他曾经做过多起不法交易，在国外有过倒卖珠宝的前科。我是特地跟随他们到这儿来的。当这位小姐知道我也到了这儿，就紧张起来，打算隐藏这一切。那时候正好在厨房里搅拌布丁，那位小姐于是就把宝石藏到了新年用的布丁模子里。不幸的是，由于圣诞用的模子不小心坏了，罗斯太太换用了新年的那个，结果你们都知道了，就在那个布丁里发现了宝石。那位小姐怕我认出她来，所以谎称旧病复发，一直待在卧室里，避而不见。”

“上帝啊！”科林几乎不敢相信自己的耳朵，“你是说圣诞节那天，祖父从布丁里吃出的东西是真的宝石？”

“是的。”波洛说，“所以你们可以想象当时德斯蒙德的心情了。我看了宝石之后就顺势将它装到了兜里，当时至少有一个人察觉到了这一切。那个人到我房里搜索，却什么也没找到。那个人就是德斯蒙德。”

“宝石怎么会在布里奇特手里？我还是不明白。”迈克尔不解地摇了摇头。

波洛笑着看看他，把他们带到书房，指着窗外说：“看看那儿。”

大家凑到窗前，都把头探向窗外。顿时，人群里发出一阵惊呼——雪地上的尸体不见了！

“这不会是在做梦吧？”科林恍恍惚惚地说，“难道说有人搬走了尸体？波洛先生，我们完全不明白了！”

“是的，孩子们，我也和你们开了个小玩笑。我早就知道你们的小计谋了，于是我就安排了一个计中计。昨晚我找到布里奇特小姐，告诉她我已经知道你们的计划，我让她在其中为我也演一出戏。她非常聪明地完成了，她用李·沃特利先生的鞋做出了那些脚印。”

“所以，现在你们明白了吧。李·沃特利先生并没有去叫警察，而是带着那个宝石逃之夭夭了。”波洛说。

“这一切都不是真的，”萨拉说，“一定不是真的。”她几乎要哭出来了。

“那么就问他的‘姐姐’吧。”波洛说着向她身后略微点点头，萨拉猛地转过头去。

只见一个金发女人站在门外，气急败坏。她冷笑了几声说道：“哼，他其实根本不是我弟弟，他把我扔在这儿，自己拿着宝石跑了！我简直想杀了他，这可恶的家伙！”

看到大家还是满脸的疑惑，波洛接着说：“你们是想知道宝石的去向吧？”

“是呀，宝石呢？”迈克尔说，“不会真让德斯蒙德带走了吧？”

波洛把手伸到左边的衣兜里，一枚硕大的宝石，闪着熠熠的红光，出现在众人眼前。

波洛解释道：“布里奇特当时攥在手里的是一个仿制的人造宝石，那是我从伦敦带来的。这个结局是不是很令人振奋呀？”

“除了我之外。”萨拉轻声嘟哝着，她显然还沉浸在巨大的悲伤中。

“不，萨拉小姐，你也是有收获的，至少你认清了真相。我想你会得到幸福的。”

萨拉慢慢低下了头。

留给波洛的还有一个谜团，那就是那张字条，那究竟是谁写的呢？他正想得出神，忽然听到一阵奇怪的喘息声，一个穿着花外衣的女人正瞪大眼睛盯着他手里的那张纸条。

“哦，先生，”她像个幽灵似的说道，“对不起，先生。”

“你是什么人？”波洛和蔼地问道。

“我是安妮·贝茨，先生。请您原谅。我来这儿是帮罗斯太太忙的，我本不想做我不该做的事情，但我完全是出于好心，先生。我这么做都是为了您。”

“是你写的吗，安妮？”

“是的，我没有任何恶意，真的，先生，我并没有什么恶意。”

“我相信你并没有恶意，安妮。”他笑着看看她，“告诉我这是怎么回事，你为什么写了这张字条？”

“是这样的，有一天我给那位小姐的洗澡间更换浴巾的时候，在门外偶然听到了他们的谈话。她对她弟弟说：‘那个侦探波洛先生也来到这了，我们得想办法除掉他。’接着我又听到男的问：‘你把它放到哪里了？’‘布丁里。’女的说。我猜他们想在布丁里下毒害您，我不知道怎么办才好，就给您写个字条，希望能够帮到您。”安妮小心地说。

波洛严肃地上下打量了她一阵儿，然后说道：“不管怎么说，还是要谢谢你，安妮，你很善良，也很机灵。我回到伦敦后一定会给你寄一份礼物的。”

就这样，赫尔克里·波洛顺利地完成了任务，并在这儿度过了一个愉快的传统圣诞。

假日惊梦

【美】大卫·威廉姆斯

西比尔·弗丽奇是一位品行端正的女士，她的父母去世后，她独自继承了故乡温布尔顿的一幢大房子和一笔丰厚的政府债券。她就职于伦敦西南区一个小型出版公司的产品部。她喜欢自己的工作，现在她已经是本部门的产品副经理了，尽管这个部门只有三个人。

西比尔的生活中没有几个真正亲密的朋友。这一方面是因为她的羞涩，另一方面则是因为她过于慎重了。也正是因为这样，一年前她在伦敦音乐厅等待一场交响音乐会开演时认识的迪丽斯，就成了她生命中至关重要的一部分。

迪丽斯是一个十分有魅力的女人，她比比尔小两岁，是伦敦商区的法律秘书。迪丽斯在男人眼里是十分有魅力的，但是她刚刚经历了一场糟糕的婚姻，现在她对于男女关系感到索然无味。西比尔则是因为过于谨慎，才会已经四十岁还没有结婚，现在她已经不再对浪漫婚姻抱有任何真心的渴求。年龄的增长使得她心中原有的期待被不着边际的幻想逐一替代。有时她会把自己的痴心妄想告诉迪丽斯，就像之前她憧憬过的一位四十四岁的，独身主义牧师。

迪丽斯决心解放西比尔，她将西比尔称为“希望之星”，热情地为西比尔和男人的交往推波助澜，当然并不是以结婚为目的的交往，她只是希望西比尔能够重获自由。

正是因为如此，迪丽斯策划一次到法国纳埃斯的度假，这次度假是迪丽斯和西比尔共同策划的，西比尔一直满心期待。但是遗憾的是，在出发前迪丽斯寡居在西威尔士的母亲忽然染上重病，迪丽斯必须要去照顾她的母亲，因为旅行社只肯退还迪丽斯一人的费用，所以为了不浪费已付的金钱，迪丽斯说服了西比尔独自踏上了旅程，并一再叮嘱她，一定要把握机会，制造一个浪漫的邂逅，留下一个美好的回忆。但是事实证明，没有迪丽斯同行的假日之旅令人失望透顶。

所以现在西比尔独自一人在纳埃斯度假，她住在一家叫作乐园的宾馆，这家宾馆是旅游手册上特别推荐的，它坐落在一条安静的街道上，是一栋不算大且有些年头的旧建筑物，外墙爬满了紫色的叶子花。这里没有餐厅，也不大能看到真实意义上的海景，而且因为前一季宾馆的资助费缩水，现在为了节约开支，工作人员也相应地减少了，准确地说，西比尔只看到了一名叫作茅里斯的工作人员，是既是门房又是接待员、接线生、酒吧招待，还是客房服务生，据说，这种情况一直要维持到这个月底的复活节。但是这里舒适安静，价格实惠，位置极佳，海滩和独具纳埃斯风情的景点均近在咫尺。最重要的是，像西比尔这样的旅游季首批单身住客可以免费选择双人设施。西比尔要了一张双人床，她心里暗暗地期待，这样的选择能够在这次度假中起到作用。

今天是西比尔在这里的最后一天，她并没有遇到任何有趣的事情。早晨她去了海边，现在沿着从沙滩到马路的台阶拾级而上。这时一个带着法国口音的男子叫住了西比尔，原来她的太阳镜掉了出来。这是一个四十岁左右的男子，他穿着白色T恤，蓝色短裤，脚上踩着拖鞋，他有着矫健的身材，晒黑的皮肤，干净利落的黑色头发，和一双极有生气的眼睛，以及坚毅的嘴角。这个男人一眼就认出她是英国人。

突然面对这么一位陌生的男子让西比尔感到很紧张，她用生涩的法语对他表示了感谢，她涨红了脸，脚也开始不自然地在地下轮换移动着。这一种羞涩在她的成长中根深蒂固，无论是从前的小女孩还是如今的一个不善交际、性格内向的女人。

那名男子在接受了西比尔的道谢之后就离开了。

西比尔虽然松了一口气，但是同时也感到很失望，这时她从太阳镜中看到了自己现在的形象：暗淡无光泽的头发蓬得乱七八糟；脸上还有防晒霜没抹开而留下的几个污点；勉强盖到大腿根的亚麻宽松外罩裙泛着锈色，让她看起来活脱脱像个营养不良的罗马奴隶或是流亡者。西比尔苦笑着，难怪刚刚的那名英俊的法国男子没有花时间来认识她。

现在，西比尔只想快一点回到宾馆，这条长度远远在膝盖之上的裙子让她觉得别扭，这是迪丽斯帮她选的，但是她觉得它并不适合自己。只是，西比尔很纳闷，明明被牢牢塞在外侧口袋里的眼镜怎么会掉了出来呢。

当她回到宾馆之后，茅里斯热情地和她打着招呼，他是一个很好的人，他身材细长，将头发剪得短短的，带着金色耳环，长相也很有魅力，他一直对西比尔十分关心。当他知道西比尔喜欢查戈尔博物馆但是她的博物馆套票昨天到期之后，就把一张卡和她的房门钥匙一起交给了西比尔，并告诉她，这是早上退房的客人给他的，两人的一周博物馆套票，明天到期。现在他将它们免费送给西比尔，这让西比尔十分地感动。

西比尔在宾馆换了衣服之后，就沿着马路遮阴的那一侧缓缓地踱步来到位于纳埃斯西密斯山的查戈尔博物馆。非常巧合的是在这里她遇到了刚刚帮助过他的那名男子，西比尔突然觉得这也许是一场浪漫邂逅的开场。于是她鼓足了勇气，横下心决定要从这次惨淡无味的度假中捕捉一次甜蜜的经历。她主动承担了为这名男子讲解艺术品的任务，她知道了这名男子叫作安顿·里满德，当然安顿也知道了她的名字。

原本安顿打算买票，但是因为西比尔有双人套票，所以最终是安顿接受了西比尔的邀请。

就此，西比尔开始了生命中最令人兴奋的浪漫经历。在整个博物馆的游览中，安顿俨然一名聪明好学的小学生，这无疑让西比尔的自信心前所未有地膨胀。之后，他们乘公车去了旧城区的洛塞蒂广场。他们先在咖啡馆里喝了些餐前饮料，其间两人关系更进一步。接着他们又来到一家叫埃斯卡里那达的饭店用餐。所有的餐点和红酒都是由安顿亲自挑选。西比尔知道了安顿住在里昂斯，是个跑长途的卡车司机，他的业务网络遍及包括英国在内的整个欧洲。这次来这里度假是因为患了胃溃疡，在医生的建议下来休养几天。目前他借宿在纳埃斯已经成家的朋友家中。最重要的是他现在离了婚但是并没有孩子。西比尔感到很高兴，那瓶红酒也醇香无比，所以她一次次地喝干了杯中的酒，也任由安顿一次次地把酒杯斟满。这一次让西比尔一反常态地喝了许多。

晚饭后，他们在无人的街道上顶着月光散步，他们手牵着手，西比尔感到十分幸福，这时安顿突然搂住了她，然后给了她一个浓厚的法式亲吻。西比尔觉得也许自己的恋爱运来了。

等到他们回到宾馆时，西比尔邀请安顿到自己的房间去喝点东西，她告诉安顿她的房间可以看见一点海，那里有一小瓶苏格兰酒，还有一张双人大床。安顿诡异地笑着，接受了她的邀请。

宾馆的大厅中，西比尔没有看到茅里斯，休闲室的小酒吧里也不见他的身影。宾馆的一楼似乎空无一人。这反而使西比尔感到安心，她从前台的桌子后面摸索出自己房间的钥匙。然后在安顿的搀扶下跌跌撞撞回到了房间。接下来的时间本应是西比尔最幸福的时刻，但是这种幸福只维持的短短的十五分钟，之后西比尔就跌进凄惨冰冷的现实世界里。

西比尔不知道为什么会发生这样的事情，正当两人在床上热烈地缠绵时，安顿忽然感觉身体猛地一阵痛苦的痉挛，他呻吟着从她身上翻下来，紧紧攥住自己的胸艰难地喘气，他的脸也因为这突如其来的疼痛而扭曲变形。他蜷缩身体，躬着背，接下来整个人都动弹不得。最后，他发出一声可怕的喘息后就瘫软下去，全然没了知觉。这时教堂的钟声正好响起。

面对着倒下的安顿，西比尔感到非常恐惧，她不知道该怎么办。这时房门外响起一阵急促的敲门声。她顾不上自己几乎一丝不挂抓起睡裙跳下床奔过去开了门。

来的人是一直关心她的茅里斯，因为他发现西比尔的房间钥匙不见了，有些担心，所以过来看看。西比尔连忙把他带进房间，告诉了他发生的事情，给他看了躺在地上的安顿。她拜托茅里斯帮她叫医生来，这时茅里斯用十分专业的方式检查了安顿脉搏和气息，然后告诉西比尔，已经不需要叫医生了，因为这个人已经死了。因为自己去年还是医科学生，因为没有通过考试才在这里做服务员的，但是判断一个人是否死亡的能力还是有的。茅里斯推断，安顿得的可能是心脏病而不是他自己说的胃溃疡，他是因为剧烈的运动而死亡。

期间，虽然西比尔还是希望能够找医生来，但是茅里斯却告诉她那是十分危险的，因为如果被警方知道一个陌生的男人死在了西比尔的床上，那么他们会调查她，会强迫她滞留在法国，甚至会让她坐牢，茅里斯的描述让西比尔感到恐惧，所以她选择接受茅里斯的建议，让他的表兄把安顿带到机场附近的海滩。等到明天一早，人们将会在那儿发现他。一个在回家路上突发心脏病的可怜家伙，这样他的死亡就和西比尔没有任何关系了，但是因为他的表兄要冒很大的风险，所以恐怕西比尔要花一些钱了，西比尔觉得花一些钱是十分合理的，所以十分痛快地就答应了。

之后茅里斯又问了西比尔一些问题，最后他表示，因为几乎没有什么人看到过西比尔和安顿在一起，他们又是今天刚刚认识的，所以西比尔应该没有什么危险，不用担心。

就这样，西比尔几乎一夜未眠，对于一个陌生男人死在她的床上这件事，她觉得非常羞愧，羞愧到她觉得自己再也没有脸面回温布尔顿了。这一夜西比尔就在这样的情绪中度过。清晨六点三十分，茅里斯带着早餐来到了西比尔的房间，并告诉她一切都办妥了，没人会知道安顿曾经来过这里。只是费用要比他原本预想的要多，因为他的表兄找了个帮手来一起做这件事，那个帮手要了更多的钱，也就是说，现在需要西比尔支付两万五千法郎。

这个数目虽然让西比尔感到有点吃惊，但是一想到这笔钱能够换来自己的自由也就觉得没有什么了，于是她在茅里斯的带领下来到了一家可以大额转账的银行。西比尔给她在温布尔顿的银行经理打了电话，很快三万法郎很快就到了西比尔手中。

她将其中的两万五千法郎委托茅里斯交给他的表兄和他表兄的帮手，剩下的五千法郎，她交给了一直帮助她的茅里斯。最初茅里斯显得极不情愿，但是在西比尔的坚持下，他最终还是千恩万谢地接受了。

茅里斯本来想陪着西比尔到她离开，但是又怕让别人瞧见他们在一起不太合适，所以两人在一间咖啡馆道了别。

之后，西比尔像往常一样在海滩吃午餐，然而就在回宾馆的途中，她不由自主地走进了一所教堂。就是昨晚安顿死时响起钟声的教堂。在这里，西比尔静静地跪在地上，坦白自己的羞愧和忏悔。她暗暗发誓从此严守自己固有的道德操行。她感谢上帝派茅里斯来充当自己的救星，感谢上帝还为自己带来了自己的一生挚爱——安顿，尽管他现在已经去世了，但是她会永远记得这个男人。

做完这些之后，西比尔回到了宾馆，她没有听到任何关于发现安顿死亡的新闻，这让她觉得安心，西比尔整理好行李之后，正当她去洗澡换衣时，旅游公司原定两点一刻来接她的机场班车竟已经早早地到了楼下。西比尔不得不草草了事赶忙上了车。可就在出发后一分多钟她忽然想起自己的腕表还丢在了浴室。那是她母亲的遗物，不仅价值不菲，更是无可替代的情感寄托。于是西比尔就这样又赶回了宾馆。

当她赶回房间时，一位服务小姐正在更换床单。西比尔向她询问手表的事，女孩表示没看到过手表。她建议西比尔去接待台问问。因为茅里斯下午休息，所以服务小姐告诉西比尔他可能在地下室他自己的房里，也就是楼梯下面的左边第三间。

西比尔匆忙地赶到了茅里斯的房间，她喊了两声，没有人应答，于是她推开房门走了进去，这个房间贴满了一对对身着比基尼、摆着亲昵的姿势、有着古铜色皮肤的男子。同时西比尔在床上发现一个绝不可能出现在这里的人。当西比尔推开房门时，他们正在卿卿我我，现在正处在抓着被单的尴尬境地。这两个人中的一个是这间屋子的主人茅里斯，另一个则是昨天晚上被认定死亡了安顿。

虽然茅里斯试图想要解释，但是事实排在眼前，整个阴谋瞬间水落石出——他们两人都是这间宾馆的伙计，所以安顿才能非常巧合地遇见西比尔，他们两个共同设计了一出爱情戏，来诈骗西比尔的钱。

西比尔感到心痛，她白白地浪费了自己的感情，于是她要求茅里斯和安顿将她的三万法郎还给他，他们一开始并不愿意，但是西比尔告诉他们，她和安顿吃饭时的服务员和她的银行经理都能够为她作证，如果他们不把钱还给她的话，她就要求报警。

于是在万般无奈下，茅里斯和安顿把一个纸袋交给了西比尔，那里装着西比尔的三万法郎和她的手表，这让西比尔感到十分的欣喜。

之后西比尔狠狠地抽了安顿一个耳光，然后坐着出租车离开了宾馆。她迫切地希望早些回到家，将她的遭遇告诉迪丽斯，她相信迪丽斯一定会笑得直不起腰。同时，她暗暗地下定决心，从今以后，她要像从前一样生活，再也不期待什么奇遇了。

机关算尽的致命巧合

绿发通缉犯

【英】道洛西·赛耶斯

（一）

天刚微微亮，街道上隐约只能望见清洁工的身影，一辆华丽的小汽车停在巴德先生的理发店前，这家原来名不见经传的小小理发店现已脱胎换骨，成了备受瞩目的神圣店铺。只见，一位穿着华贵、珠光宝气的贵妇从车中出来，满面春风地走进了巴德先生的理发店。

“想必您就是巴德先生吧！”贵妇问道。

“正是，不知夫人怎么称呼？”巴德先生欠着身子说。

“这真的是太奇妙了！亲爱的巴德先生，我是温切斯特公爵夫人。您一定得把我的头发染成传说中的绿色呀，就是现在！马上！我梦寐以求地成为首位由您亲手染成这样头发的人。因为等一会儿会有个缠人的女人会来到您的店里，那就是梅尔卡斯特，那只烦人的哈巴狗。”温切斯特夫人话中带着对那个女人无尽的藐视。

巴德先生听后，微微一笑，再次鞠躬，把夫人往店里让了让。

“这边坐，夫人，”巴德先生说着把白色的围布系在了温切斯特公爵夫人雪白的脖子上，“十分愿意为您效劳。”

绿色，如果是叶子的话，这个颜色肯定会很好看，将头发染成树叶一样的颜色，是不是有点奇怪？但是不奇怪，也就无所谓流行了。也正是因为巴德先生创造了这种流行趋势，他本人才鬼使神差地成了整个伦敦最受敬仰的人物。

说起巴德先生不由令人心酸。巴德先生的母亲很早就去世了，他独自一人抚养照顾弟弟理查德。刚开始的时候，巴德先生在老家开了一家理发店，生意也算红火。而且理查德当时还是个银行职员，两个人的收入加起来，日子过得虽然不富裕，但也不至于拮据。不幸的是，理查德自从恋爱后，变得对金钱汲汲以求，开始走上了不归路，除了赛马、行骗以外，他甚至挪用了银行的公款，还希求靠做假账遮掩罪行。然而银行总经理是个头脑聪明、做事严谨的人，很快就发现了理查德的恶行，气愤之余还打算把他送上法庭，依法办理。巴德先生为了保护自己的弟弟，只得拿出自己所有的积蓄，弥补银行的损失，以及偿还理查德在赛马、赌博中的债务。然而，雪上加霜的是把理查德带入歧途的女人却半途落跑，还把所有的罪责推给了理查德，最后，枉费巴德先生一番苦心，还是没有挽回理查德锒铛入狱的结局。

之后，巴德先生一边经营理发店，一边等理查德出狱。为了给理查德更好的生活，巴德先生在弟弟出狱后拿着自己最后的积蓄让弟弟去国外做生意。弟弟走后，一贫如洗的巴德先生，没有办法接受邻里的指点，便搬到伦敦，开了这家小理发店。

巴德先生的手艺还不错，所以刚开始生意也还过得去。可是在新兴潮流的冲击下，巴德先生的理发店越发显得落伍，加上没有更多的本钱购买新设备，店里生意大不如前。

虽然理发店的光景一日不如一日，但是巴德先生始终相信自己是拥有艺术细胞的。特别是对自己的理发手艺有着近似自傲的信心。就拿修剪短发来说吧，巴德先生是绝对看不上那些粗糙的理发师的，在他看来，他们那些花哨的手法，除了能博取顾客一时的笑点、增加他们饭后评头论足的谈资外，简直就是对发艺的一种诋毁。

理发之于巴德先生，是一项事业，也是一种艺术，理好发需要的不仅是技术，更重要的是感情和热情，没有投入情感的理发那根本算不上理发，充其量就只能说是学徒不成功的作业罢了。

当然巴德先生最拿手的还是他的染发技术。他能够很清楚地辨别客人适合的颜色，并会绞尽脑汁，费尽唇舌地说服顾客不要盲目跟随潮流，要染出适合自己的颜色。只是，巴德先生的这些技术、理念，一直很难得到大众的支持和认可。

艺术不能被认可，事业又不能如自己所愿，巴德先生的生活完全陷入了捉襟见肘的境况。在这样拮据的日子里，估计大多数人都会将大部分精力放在面包和牛奶上，也只有像巴德先生这样上了年纪的人，才会有闲情看报纸，而且还对一份追捕罪犯的悬赏通告抱着不切实际的憧憬。

但是，在给温切斯特公爵夫人染发的时候，巴德先生清醒地意识到，拮据的生活培养了他对金钱信息的敏感，哪怕那些写在报纸上的金钱大多数情况下只是一个可望而不可即的诱饵，要不然自己怎么能获得五百英镑的赏金和兴隆的生意呢？

想到这一点，他看到镜子中的自己窃笑了一下。这时温切斯特公爵夫人东一句西一句地询问巴德先生关于那件改变他境遇的事迹，于是他的记忆也跟着他的叙述回到了不久前故事开始的地方。

（二）

那天巴德先生和往常一样看着报纸，只是上面的一则新闻吸引了巴德先生。新闻讲的是一个发生在曼彻斯特阿卡西亚·克里森特五十九号的凶杀案，号称埃玛·斯特里克兰凶杀案。刊登此则消息的报社为了尽快得到最新独家报道，发了一篇通缉犯罪嫌疑人的通报，并给出了五百英镑的悬赏奖金，以此来进一步推动侦查的进展。事实上，现在只要是关于钱，不论是五百英镑，哪怕只是五十英镑，或者是五英镑，巴德先生都会怦然心动。

巴德先生立刻仔细地阅读了描写通缉犯特征的文字：

通缉犯威廉·斯特里克兰，男，四十三岁，身高一米八，肤色偏黑；银灰色头发，浅灰色眼睛，鹰钩鼻，络腮胡须，牙齿左上方有一颗镶金牙，右手有一道新伤。该罪犯在本月5号逃逸，可能已经改头换面，逃离出境了。

大多数读到此则消息的人，都会认为既然罪犯已经逃到境外，再费脑力去关注无疑是傻瓜才做的事，但是巴德先生还是尽力地记住了他的容貌特征，虽然他也深知威廉·斯特里克兰来他这家生意冷清的小店剪发的概率小之又小。不过，也不一定。巴德先生有点安慰自己。

他看着镜子前面的理发刀，幻想着如果通缉犯真的来自己店里了，它很可能就成为最直接的凶器。又望了望镜子里的自己，他又想如果还在老家的话，自己现在应该也是发福的中年人了，搞不好还在老家搞艺术搞得热火朝天呢。只是回头想起远在他乡的弟弟，巴德先生便没了笑意。之后，他警告自己：那个孔武有力的大汉，人家可是一米八呀，绝对是个可以将自己的亲姨母用拳头活活捶打致死的狠角色，没准杀完人之后，他还会用菜刀将尸体大卸八块，恶心地把部分尸体藏在洗手池下方，以防别人发现。

想到通缉犯可能是这么凶残的人，巴德先生放下报纸，拍拍自己的脸，起身准备往门口的方向走去，打算去散散步，清醒清醒头脑，也好缓和一下刚才低落的情绪。

他还没走到门口，一个客人就从门外冒冒失失地冲进来，正好撞到巴德先生身上。

“对不起……对不起……先生，您没事吧！”巴德先生接连弯了好几次腰道歉。看得出来，巴德先生很在意这九便士的生意。他边说话边看着客人的脸色，渴望客人赶紧坐下。

“不想活了是吧？挡大爷我的道。”他那洪亮的声音不失凶横，甚至可以说是杀气。这位客人没来得及理会巴德先生，直接摘了帽子，拍拍身上的灰尘。

巴德先生听着这蛮横又响亮声音，望着客人的头发不由得想起了报纸上的那个悬赏案件。巴德先生想想世界这么大，怎么可能刚好发生在他这家小理发店呢，立刻用笑容掩盖了刚刚的表情，拿出职业的习惯来招待客人。他也预测到这不是个好伺候的客人。

“你这小店能不能染发？”客人坐在椅子上问道。

“能，能，当然能，先生。”巴德先生看到这么一笔难得的生意顾不得多想，脸上也显现出喜悦的神情。

“嘿！没想到这么一家小店也会染发。”听得出来客人有点惊喜。

巴德先生把围裙系在客人脖子上，也意味着这桩生意已经差不多落成了。

“最近我妻子说我这头发的颜色太耀眼，不适合。这不，我今天得空，想换一种颜色。我想染成她一向比较喜欢的棕色，你觉得呢？”

“是呀，可能太太觉得红色的突兀些，虽然棕色的没有红色的亮，但更适合先生啊。”巴德先生接着说，“即便棕色的没有红色的引人注目，但是也会是一种流行趋势。看来您太太真的很有眼光。”作为一个有那么多年经验的巴德先生，懂得顾客的心理。再则他也看得出来客人只是想找个人推卸责任。说白了就是他自己想染。他太太要是真的想他染棕色的头发，是不会说什么“红色太耀眼、不适合”之类的话，而是直接说出来。

判断客人的秘密是理发师的一项职业习惯。他们能在看似漫无边际交谈中，能看出客人是不是在说谎，甚至猜透客人的一些秘密，而客人，还以为自己伪装得很成功。这也是巴德先生的一项技术。

“嗯，就这样吧！”客人说，“赶紧染吧。对了，既然来了，我这些胡子也一起整理一下吧。

我妻子说我下巴上的这些胡子太多太密，她也不喜欢。你看看能怎么修理会比较好看呢？”

“嗯……先生。现在的女性都不大喜欢男人下巴有胡子。等会儿我再帮您把它们刮掉。”巴德先生说，“那是不是连嘴唇上的胡子也一起刮掉呢？这样看起来会精神很多的。”

“不不不……这个，要不还是留着吧，我还是比较习惯上嘴唇留有胡子。”他看了看巴德先生。

“嗯……这样也挺好的，显得比较个性，先生。”巴德先生应和着。

客人和巴德先生继续寒暄几句，得意地大笑。他那颗镶金的牙齿吸引了巴德的注意。巴德先生开始有了点疑虑。报纸上的通缉犯左上方不也有颗金牙吗？

巴德先生继续整理着客人的头发，“先生，您这头发之前是不是染过呢？”巴德先生问。

“啊？”客人有点惊讶，抬头瞧了镜子里的巴德先生一眼。

“哦！先生，您别误会。”巴德先生解释说，“因为有些药水之间会发生反应，是不能混合用的。而且为了让您的头发呈现出更好的效果，所以……”

客人这才放心地说：“嗯……不瞒你说，是我们家族性遗传。很早我就开始长白头发了。你是知道的，我的妻子又是比较时髦潮流的女人，当然不喜欢自己的男人一头白发。所以我就顺她的意，染成红色的了。

巴德先生点点头，却接着给客人的头发做了全面的检查。一般自然生成的头发应该是黑色的，不管是从质量或者纹理来说是不可能是红色的。巴德先生心里已经判定客人的头发本是银灰色。再加上客人一直用妻子来掩饰，更能证明这一点，他心虚了，他的话语早已经出卖了他自己。”

客人的脸上涂满了肥皂泡沫，巴德先生把客人那一把让人看了生厌的胡子刮掉，整理好后，再开始给客人进一步染发。巴德先生依旧喋喋不休地和客人聊天。聊着聊着，聊到了曼彻斯特的案件——这个令人不安的话题。

“警方好像放弃调查那个案子了，大概是没有捕获犯人的可能了。”客人说。

巴德先生顺口说：“这样的话，可能悬赏金额会提高吧。”

“啊……还有悬赏金啊？”客人自己嘀咕了几句。

巴德先生没听清，一晃神梳子不小心滑落到客人的围裙上，客人想伸出右手，又立刻缩了回去。巴德先生分明清楚地看得到了他那有伤口的右手。

巴德先生拾起梳子，轻轻地问：“先生，你的右手怎么受伤的呢？”

客人听了，回头头瞪了巴德先生一眼，那样尖锐的眼神，让身后的巴德先生十分忐忑，不小心扯疼了客人。

“对不起……对不起，先生。”巴德先生立刻转移了话题，“警察总是把事情拖得那么晚，肯定来不及了，那个人肯定早就跑了。”

客人似乎听到了爱听的内容，开心地大笑。那颗引人注目的金牙，让巴德先生心里莫名地难受。

巴德先生重新帮客人梳理头发。他清清楚楚地看出这头银灰色的头发。难道这个人恰巧镶金牙，恰好右手受伤，又害怕让人发现，这太巧合了，而且年龄、体格都是那么的符合。巴德先生转身，视线集中到那份报纸上。他心里隐隐约约确定——他就是通缉犯。

这是多么的可怕呀！那个大恶魔此刻就在自己的身边。该如何是好呢？巴德先生开始有些烦乱。

天色渐渐暗了，“能不能快一点呢？”客人不耐烦地问。

“先生，您再等等，您的头发还没做好呢。”巴德先生边回答，边想着。但是至少现在，自己还是安全的。巴德先生往门外方向走了几步。

“你要做什么？”客人转头一看。

“没有，没有，我只是想看一下时间。”巴德先生停住了脚步。他想要是他再走一步，身后的那个人可能会扑上来，把自己活活打死。或者掏出他随身携带的武器，用更恶毒的手段折磨死自己。

客人顺势看了墙上的钟表：“我会额外付给你小费的。”

“不用了，真的不用了，先生。”巴德先生礼貌地说，“况且您的头发还没做好呢。”来不及了，一切都太晚了。该怎么做呢？抓住他吗？肯定会被他活活打死，或是被剁成肉泥。

如果是用剃刀呢？在客人还没有怀疑自己之前，趁机用剃刀架在客人的脖子上，然后威风凛凛地说：“把双手举起来。”紧接着把他押到警察局去。一下子，画面里那个被架着刀的人成了自己。

或许，他会从裤兜里掏出枪来，一枪打死自己呢？巴德先生摇摇头。再则，要是杀了他，会不会成了谋杀罪呢？最后自己也成了通缉犯？一辈子蹲在牢房里。自己现在无亲无故，没有人拯救也没有人探视自己。巴德先生不禁越想越吓人。

或许巡警会注意到这里的门还开着，然后进来关心一下。兴许还会恭喜自己说：“恭喜你，抓住了那位悬赏五百英镑的通缉犯！”可是，要是没有巡警过来呢？是的，今天，巡警是不会过来了，至少在客人离开前是不会过来了。

巴德先生清楚地意识到不能让通缉犯在眼皮底下逃走。

要是能在客人身上留点什么记号，或者追踪器，等他走后，立刻到警察局去报案，把详细的情况跟他们描述一下，说通缉犯的头发已经是棕色的了，上嘴唇的胡子还在，下巴的大胡子剃掉了，右手还看得出伤。往哪个方向逮捕，应该还是来得及的，可是哪来的追踪器呢？

巴德先生走到后台，准备再拿点药水，为客人做好修理。一不小心碰到一瓶药水，那是一瓶自己最新研制的化学染料。巴德先生脸上露出了笑容，似乎知道自己该怎么做了。

巴德先生从容自信地从后台走了出来，对自己接下来的每一步计划都胸有成竹。他很娴熟、很自然地把工具刀收好，然后开始为客人做最后一遍染发工作。

街道上人都渐渐散去，客人的头发染好了，染得很成功。他穿上自己的大衣，往广场的方向走去。巴德先生确认他坐上了 11 路公车后，突然觉得自己的计划简直就是完美的艺术。想着想着他居然大笑了起来。

巴德先生不急不忙地带上帽子，穿上外套，像往常一样，出门之前检查一下是不是东西都收好了，然后熄了灯，带上门，向警察局的方向走去。

到了警察局，巴德先生告诉警官，自己遇到了跟曼彻斯特案件中的通缉犯很相似的人。警官本来不相信，可是当听到巴德先生对通缉犯清楚而详尽地讲出了通缉犯头发颜色的变迁：原本的银灰色，曾经染过的红色，现在已经被染成棕色等，特别是巴德先生语气里的坚定，警官觉得有必要向上级汇报。

第二个接待巴德先生的警官，看上去应该是有一定权利的人。这个警官非常认真地听巴德先生诉说了关于通缉犯的一切细节。不管是在牙齿、胡子、头发，甚至是右手的伤。随后，这位警官拨了通电话，说："帕金斯，我想这位先生对安德鲁警官会有很大的帮助。"警官很有礼貌地站起来，跟巴德先生握了握手，并和蔼地说："这位先生会带您到另一个地方。"巴德先生鞠了鞠躬，跟着警察走了。

安德鲁警官，看上去是个上了年纪的老头儿。他早就已经迫不及待地想见到巴德先生了。他更加认真地听完了巴德先生的描述，并对他进行了一些询问，在双方仔细确认后。安德鲁警官拍案而起："没错，就是他了，就是威廉·斯特里克兰了。"

巴德先生突然拉着安德鲁警官说："先生，我所遇见的就是他了，我现在违背职业道德指认他，如果错了，我就……"巴德先生坐在椅子上，眼神里有点彷徨和担忧。

（三）

"呜呜——"

游轮发出悠长的鸣笛声，整艘轮船上人群熙熙攘攘，几个工作人员正在窃窃私语着。

"这么有趣的事情居然让这老头儿碰上了……"

"可是，你说他都这年纪了，还至于玩这种把戏吗？"

"这老头儿，真逗……"工作人员叽叽喳喳地说着。

老头儿坐在船尾假装喝着饮料，自然地做了手势，叫来服务生。老头将嘴巴靠在服务生的耳边，悄悄地说了几句话。服务生听完之后，点点头，立刻跑到班轮事务长那儿，向事物长汇报老头儿的情况。听完服务生的汇报，正在清点账单的事务长立刻将账单放回柜子里锁好，匆匆忙忙走到老头儿身边，接收老头儿的指示后，回到办公室，拿出旅客名册再次向老头儿走去。

事务长和老头儿达成协商后，老头儿拉起呼叫服务生的响铃，传来服务生领班。

信号开始在整艘船上像细菌一样传播着。信息从一艘船传向另一艘船，快速高效地传播着。船长传给事务长，事务长传给服务生领班，这样一级一级地传播开来。就像一场大型的瘟疫在整片海洋场蔓延开来，并扩散到别的海域，甚至是别的国家。谁也不知道它会在什么时候什么地方停止。

吉姆对着乔治说："克里普斯，你说的是玩笑话吧。就凭他们，就凭那老头儿，就能够抓住曼彻斯特的通缉犯？别闹了！"

游轮在早上八点的时候到达码头。一个穿便衣的男子爬到船舱里。幸好无线电接线员还没摘下耳机。男子开始传播信号，有一名可疑男子在豪华舱的三十六号舱室。

工作人员对着无线电说着："快，快，老头儿已经让人去叫警察了。不久之后，领事的人肯定会过来的。"

无线电接线员按掉阀门前，不屑地哼了一句。

英国警方很快也接收到了信息。

“船上有个人很有可能就是警方要逮捕的通缉犯。虽然他是用沃尔森这个名字来订票的。但上船之后，这个人一直把自己在锁在房里面不肯出来，而且非要找一个理发师过来，现在我们已经联系到警方了。”

老头儿下达命令，聚集在三十六号舱，把所有围观的人，或闲逛的人都清理走，已经有些旅客知道一些异常的现象了。老头儿坚定地命令所有的服务人员以及乘客，不要站在舱门，等到事情结束后再重新搬回来。现在开始，将所有人员以及行李悄悄从这个舱口移到其他舱室。这个舱室来来回回的搬运声，听得出来是刻意压低的。

就在这个时候，听到一阵脚步从房顶传来。“有人！这次可能还带了点东西！”老头儿点了点头。几个比利时警官悄悄潜入船舱里。老头儿立刻意识到是官方的文件。看完之后，示意知道该怎么做。

“大家都准备好了吗？”

“嗯。”

老头儿敲了敲客人的门。

“谁？”洪亮的声音对着门外吼着。

“先生，您要求找的那位理发师来了。您开门吧！”

“让他单独进来。我想单独和他聊。”声音缓和了许多，好像带了点希望。

“好的，先生。”

门锁刚一转，老头儿立刻冲上去。冲门缝里撞进去，老头儿的鞋子被粘在地板上。后面的警员随后冲上去。房里传来的是叫声和枪声。一翻搏斗后，那名旅客被警察带了出来。

那男子用手捂着头发和脸，用那尖锐的声音撕扯着。人群中隐隐约约可以看到男子的头发、眉毛、胡子全都变成了绿色，各个面面相觑，发出惊叹。

通缉犯捉到后，巴德先生的名号传遍了大街小巷，而且悬赏金也像报上登的那样一分不少地送到了巴德先生手里，可是在得知凶手捉拿归案后，巴德先生并没有太多的高兴。因为他觉得把顾客的头发染成那么丑陋的绿色，不仅违背自己的职业道德和理发理念，而且随着自己知名度提高一定会信誉扫地，到时他的生意就更不好做了。

“谢谢您，巴德先生。”温彻斯特公爵夫人站起身来，一边对着镜子摆弄绿色的头发，一边欢喜地说。

“十分荣幸为您效劳，”巴德先生说，“欢迎下次光临！”

送走这位贵妇，巴德先生觉得自己当初的担心完全是多余而且愚蠢的。

酒后驾车

【日】笹泽左保

（一）

在发工资的当天夜里喝得酩酊大醉，然后在回家必经的天桥上坠落，被末班轻轨轧死了——类似这样的事件经常充斥着报纸版面，已经引不起不相关的人的关注了。

但是，当这种事情发生在自己身上时，才知道什么叫悲伤和痛苦。菊岛由佳伫立在天桥上，久保田次郎昨夜就是从这座天桥上掉下去，然后被末班轻轨轧死的。久保田是个嗜酒之徒，而这座天桥是久保田回家时的必经之路。事后，警方发现他身上的工资袋没有被人动过。排除了因谋财害命而被杀的可能性后，警方最终判断他为意外死亡。

久保田是菊岛由佳的男朋友，他们打算明年结婚。他们都在前冈保子装饰美术研究所里工作，由佳是营业部职员，久保田是企划部职员。这家小企业规模不大，总共只有二十多名职员，他们的主要业务是推销创意，为店铺的摆设等提供设计方案，每年换季的时候，他们的客户订单就纷至沓来。因此，这段时间，员工的收入颇为可观。

研究所的生意之所以那么好，和所长前冈保子的个人魅力不无关系。前冈保子只有27岁，她长得清秀白皙，拥有一种特别的气质。她人缘很好，大家对她的评价极高。她外表看似柔弱，但内心却好强，体内隐藏着经营事业的雄心斗志。

她是杂志封面的常客，眼下还定期参加电视台的节目。按计划，她今年4月底就会结婚，男朋友是和森建设公司总裁的公子森幸四郎。她准备借着新婚旅行的机会，到欧美学习装饰美术。

由佳很受前冈保子青睐。由佳和久保田之所以能走到一起，就是前冈保子从中积极撮合的。

今天上班时，由佳把久保田意外死亡的消息告诉了同事们。大家都感到非常意外，也极力安慰由佳。由佳忍着悲伤，上了一整天的班。下班后，大部分同事要去久保田家为其守灵。由佳始终没有做好心理准备，她没有勇气面对久保田的遗体。所以，与大家分别后，她来到了久保田发生意外的这座天桥。

如果久保田早些回家，就不会出事了，由佳哀伤地想着。她逆着平时久保田回家的方向往前看去，昨晚他肯定是从那边走来的。如果沿着和缓的坡道走下去，是一片繁华的街区。由佳忽然想到，他昨晚是在哪里饮酒的？她记得他经常喜欢去一家叫“多文”的杂烩小吃铺。也就是说，“多文”也许是久保田生前最后待过的地方，他应该在那里和什么人交谈过。

刚走进“多文”，弯腰驼背的老板就发现了由佳。想必他也看了新闻报道，于是不无惋惜地向由佳表示哀悼。

“他昨天夜里来过这里吧？”由佳神情恍惚地坐在吧台边上。

“是呀！”老板点了点头，“可是，他没在我这里喝酒啊。”

“是吗，那么他来干什么？”

“他说发工资了，是来还钱的，他之前在我这里欠了一万五千日元的账。”

“他来的时候就已经醉了？”

“是啊，他当时看起来很开心。”

“他是一个人来的吗？”

“不……”老板欲言又止，“有个同伴吧。”

“那个同伴是谁？”由佳不由得扬起目光。

“这……”

“没关系的，你告诉我实话……”

“是个围着红色围巾的年轻女人，皮肤很白，没进店，就站在门口等久保田……”

“他们两人大概几点到这里的？”

“嗯……应该超过十二点半了吧。”

“过了十二点半……”由佳思忖着，时间已经很晚了。从这里到那座天桥，走得再慢也不会超过半个小时，久保田坠落天桥的时间是凌晨一点以后，那么说久保田离开这家小吃店后就直接往家里走了，中途什么地方也没去。和他在一起的女人到底是谁，久保田坠桥时她在干什么？

“那个女人也喝醉了吗？”

“不是特别清楚……不过，她一直站在门口窥视着店内，应该不会太醉。哦，我还听到她喊‘久保啊’……”

“久保？”由佳内心思绪翻涌，大家对久保田有三种不同的称呼：和他关系亲密的，喊他“次郎”；研究所的同事们一般都喊他“久保田”；只有一部分同事喊他“久保”，当作爱称。

研究所里同事的脸一一从由佳脑海里掠过，最后她倒吸了一口凉气，是西敏江！她和久保田做同样的工作，他们工作很默契，西敏江总爱叫他“久保”。

但是西敏江住在千住，和久保田回家的方向完全相反。昨天夜里她为什么没回家，却和久保田一起出现在这家小吃店里呢？

由佳心里疑惑重重，她怀疑久保田是被西敏江杀害的，即使不是，他们之前在一起干什么，这些都是疑点。

第二天上班，由佳想找西敏江谈谈话，但她没来上班，第三天，她仍旧没来。由佳按捺不住了，想下班后去她的住处拜访一下她。

下班前，前冈保子看到由佳神色不佳，以为她还沉浸在久保田意外去世的悲伤中，于是便关切地去询问她。由佳有点犹豫，但还是把她之前的担心和猜测说了出来。前冈保子于是提议一同前往，她开车送由佳过去。由佳既感激又困惑，如果保子也一起去，她就不用害怕了，但相反地，保子在场，由佳就很难向西敏江打听出什么来了。

因为正值交通高峰时段，保子的车足足行驶了四十分钟才抵达西敏江的住宅“千乐庄”。

她们向门卫室的管理员询问西敏江的门牌号码。但是，管理员还没来得及回答，背后便有人插进话来：“你们是西敏江的什么人？神奈川县的警署来人联络过，说发现了西敏江的尸体。”

她们回头一看，原来是一个穿着制服的年轻警官。

（二）

西敏江死了？这完全出乎由佳的意料。这一下，由佳几乎可以断定久保田是被西敏江从天桥上推下去的了。她杀人的目的达到，然后自己随后自杀。

“西敏江小姐是自杀的吗？”由佳声音颤抖，向警官问道。

“这……具体情况还没有通报，应该是溺水死亡的，大概是从江之岛的什么地方跳入或跌入大海的。”

“是什么时候死的呢？”由佳面色苍白。

“这个要等解剖结果出来以后才能知道，不过听说已经有两天了，所以应该是大前天的事了。”

大前天？那么她是和久保田同一天死亡的！由佳咬着嘴唇。

“西敏小姐多久没回来了？”前冈保子问管理员。

“大前天后我就没见过她了。”管理员回答道。

“她为什么会到江之岛那种地方去？”由佳疑惑地问保子。

“不知道啊！可能她在那边有认识的人？”保子猜测道。

“太离谱了，从时间上来说，她那天是下班就赶到那边了。”

“就好像是赶过去送死似的。”

“就算是自杀也不用跑到那边呀。”

“那么说是游泳时意外死亡了？”

“我听说西敏小姐不会游泳，平时她见水就害怕。”

“那么……”保子脸上露出了惊恐的神情，没把后面的话说下去。其实由佳也想到了，如果不是自杀，也不是意外死亡，那么就有可能是谋杀。

“请你们尽快找到她的亲属，并通知他们这件事。”警官给管理员留下这么一句话，便离开了。

管理员取出钥匙，带着由佳与保子进入了西敏江的房间。她的房间小巧而精致，被收拾得干干净净，跟西敏江循规蹈矩的个性很相似。

由佳忽然在小桌子上看到一本类似笔记本的东西，她拿起来一看，原来是西敏江的简易日记本。她翻到最后一天，日记写到“3 月 30 日”便结束了。那天，是久保田死亡的前一天。由佳飞快地扫视着西敏江这天的日记：

洗衣费，三百七十日元。和所长、久保一起去镰仓拜访伊贺上先生。商谈进行得很顺利，很明显伊贺上先生喜欢所长。不过据说森很讨厌伊贺上先生，所以这次商谈是瞒着他的。请客吃饭，回来已是大半夜。所长有些醉意，不过幸好遇上了倒霉事。明天发工资，可以大购物了，很开心。

思绪零散，文字断断续续，里面似乎隐藏着什么奥秘。由佳趁着管理员和保子没注意到她，把这本日记本塞进了自己上衣里。

从西敏江家出来后，由佳借口累，向保子请了一天假。保子体谅地应允了，这几天发生的事情实在太多了，作为所长的她也很头疼。

第二天，由佳先去了一趟警署了解西敏江的死亡情况，警方说西敏江死亡的时间为 4 月 1 日天还没亮的时候，因为她身上没有外伤，警方判断她为自杀。由佳推测，距离久保田死亡大概四个小时左右。离开警署，由佳来到江之岛。西敏江是自杀的？在杀害久保田后再自杀？他们两人的关系有如此特殊吗？但由佳始终感觉他们之间的那种关系只属于同事之间的融洽，远远没有发展到男女关系，否则，她肯定会有所察觉的。

她茫然地眺望着远处，呆呆地伫立着，真希望大海能把一切真相都告诉她。

那天晚上，由佳吃完晚饭，瞒着父母和哥哥，把弟弟清志喊到二楼的房间里。她和清志的关系非常好，这种事情，她想听听他的意见。

她把西敏江的日记放到清志面前，想让他帮忙找找其中的线索。

“‘明天发工资，可以大购物了，很开心’，光看这一段，怎么也不像第二天要去杀人呀。”

“是呀，也感觉不到准备自杀的迹象。”由佳应和道。

“不过……这句话似乎有点问题。”由佳用手指着日记中的一句话——“不过幸好遇上了倒霉事”。

“这到底是什么倒霉事，和久保田、西敏江的死有关吗？”清志疑惑道。

“‘所长有了些醉意，不过幸好遇上了倒霉事’，这两句话之间存在什么必然的因果关系吗？”由佳喃喃自语。看语句的顺序，他们是吃完饭后回来的，那时已经大半夜，所长有点醉了，那时他们三个人都还在一起，那么这件倒霉事应该就是在回来的路上遇到的……

“清志！”由佳惊呼道，她似乎猜想到了什么，“清志，你替我查一下神奈川县的报社电话，我有事要问。”

（三）

墙上的时针正指向十一点，这时办公室的门被推开了，由佳急匆匆地走了进来。

“对不起，对不起，我迟到了。”由佳向保子连连道歉，惶恐地站在保子面前。昨天傍晚，保子任命由佳担任所长秘书，今天是由佳新上任的第一天，没想到竟然迟到了。

“你怎么了？”保子微笑着问，丝毫没有责怪的意思。刚遭遇恋人去世，由佳这几天的反常行为，她都是可以理解的。

“今天早晨，契利死了……”

“契利？”

“嗯，是我家的牧羊犬，非常可爱……”

“哦，你说的是狗？……”保子松了一口气，“怎么死的，突然死亡吗？”

“没有，它年龄已经很大了，用老态龙钟来形容也不为过。”

“它到年龄了，你应该要看得开。”

“嗯，是的，可是最近，我总觉得我在乎的人都一个个离我而去。”由佳无力地坐下。

“我理解你的心情，这也许就是命运吧。”保子叹了口气，把目光移向窗外。

这时，桌子上的电话响了，由佳接起电话。

“喂，你好，这是所长室。哦……伊贺上先生吗？……晚上八点？……嗯，请稍等。”由佳用手捂着电话听筒，向保子请示：“所长，是伊贺上先生的代理打来的，请你今天晚上八点再到镰仓一趟。”

“哦。”保子查看了一下今天的行程安排，“其实也没要紧的业务和他当面洽谈……但他是我们的重要客户，也不能怠慢他，嗯……那就答应前往吧。”

“我也要一起去吗？”

“当然，一起过去。”

晚上八点零五分，保子驾驶着汽车驶进了伊贺上宅邸内。由佳叩响了门铃，一个女佣迎了出来。

“我们是从前冈保子研究所来的。”由佳这么对女佣说道。

“请稍等。”女佣回到里面请示。

很快，她便返回来。“所长也来了吗？”女佣叮嘱似的问道。

“是的。”

“那么，这边请。”女佣把两人引进客厅。

这是一间豪华的客厅，引得由佳赞叹连连。从古朴、雅致的家具、饰物看来，伊贺上先生是一个颇具生活情趣的人。保子像在自己家里一样，舒舒服服地把自己埋在安乐椅里。

房门打开了，伊贺上走了进来。彼此互相介绍，寒暄了一番，伊贺上表示对久保田和西敏江死亡的关心。

“可是，你今天请我们过来有何贵干呢？”保子坐回椅子上，转移话题。

“哦？”伊贺上一脸疑惑，很不能理解的样子，“不是你们有事情来找我的吗？”

结果双方一核对，伊贺上竟然真的没有给她们打过邀请电话，到底是谁在捣鬼呢？把她们叫到镰仓来到底出于何种目的？他们讨论到最后，得出的结论是，这可能是一个圈套，那个电话诱使他们一步步落入陷阱中。气氛有点沉重，有点诡异，为了打破沉默，伊贺上用明快的口吻邀请她们留下来吃饭。伊贺上还讨好似的对保子说，他又购买了一些她上次爱喝的法国科涅克高级白兰地酒。

吃完晚饭，已经很晚了。保子看了看时间，并不是很顾忌，酒精总能让她亢奋。

由佳似乎也很快乐，吹着窗外舒适的夜风，她建议保子开车兜一圈再回去。最后，她们决定走去追浜方向的翻山公路。

蜿蜒的山路上，就只有她们的车在开动，整个世界仿佛只有她们两个人。

由佳又提起了今天那个匿名电话，她们谈论了一会儿，保子似乎越来越不耐烦，不愿意再提起这些烦心事。

前面是一个略带弧形的下坡，车子开得很快，全然没有发现前方有什么异常。这时，由佳用一种惊恐的表情看着前方，随后惊叫起来。保子也看到了什么，本能地急刹车。但还是迟了，高速行驶的车子碾过一个黑色的影子，又向前冲了大约十米左右才刹住。

“轧着了！”保子脸色苍白，大声喘气。

“是喝醉的人吗？”由佳转身回头看，一个黑影躺在地上，周围散落着袋子、木屐之类的东西。“怎么办呢？”由佳几乎要哭了出来。

“送医院……”这是她们马上想到的，但是以刚才的车速来看，这样的撞击足以把人撞死了。

“不行……我喝过酒的。”保子面无血色，但是语气里似乎拿定了主意。

“可是，这样逃跑，被抓后罪会更重的。”由佳似乎看出了保子的决定。

“没关系，没人看见！”保子眼睛里透出一丝寒意，然后她猛踩油门，汽车朝前方全速奔驰而去。

这就是圈套？由佳不禁想到。

（四）

汽车快要驶入横滨市了。幸亏，路上没有遇到其他车辆。

“要不我们找个地方住下？”保子建议道。

“住下？不回家了吗？”由佳望着保子那张仍旧僵硬的脸。

“回家，我感到害怕。”保子的声音和她的嘴唇一样，干巴巴的。

“其实，我们现在返回现场也不迟，把那个人送到医院，我们再去警察署吧。”

“不行！”保子用力摇头，“我不想坐牢。”

“你说坐牢……还没那么严重吧。”

保子是一个好强、要面子的人，她不允许自己完美的人生轨迹沾上污点。她现在风光无限，时常在媒体上露脸，何况，她和森幸四郎的婚事迫在眼前，欧美旅行在等着她。她怎么允许一个交通意外耽误了自己美好的前程呢。

“嗯，前面好像有旅馆。”由佳很无奈，决定不再劝说。

她们把车停好，住进旅馆安排的单间。发生这样的事情，她们谁都没有心情去梳洗。两人伫立在房间的窗前，看着窗外黑乎乎的、像是被抽干了水的大海。

“你想要什么样的补偿？”保子转向由佳，注视着她的眼睛。

“补偿？”由佳猜到了她的用意，故意装糊涂。

“你会替我保密的吧，这事就只有你一个人知道。”

“你说的是保密费？”

“嗯，就是！”

“可是，我会良心不安的。毕竟，死了一个人，这可不是小事啊。”

“由佳，我求求你了！你只要不说出去，不管你有什么要求，我都答应你。”

“你让我再想想吧，我明天回答你。”

“好吧。”

这场谈话就这样结束了。

整个晚上，由佳和保子都没有丝毫睡意。她们呆呆地坐在藤椅上，等待第二天早晨的到来。

一大早，她们让服务员送来了当天早上的所有报纸，她们提心吊胆地浏览报纸的每一个版面，却没有发现她们昨晚车祸发生地点的报道。

由佳建议晚些时候再打听，早上的报纸也许还来不及报道。于是她们在藤椅上打了一会儿瞌睡，直到十一点，洒进来的阳光把她们晒醒了。

由佳让服务台把电话接到外线上，以读者的名义向神奈川县报社打了一个电话，说自己的父亲一夜未归，担心发生交通意外，咨询昨晚至凌晨镰仓或迫浜附近有没有发生车祸。对方帮忙查找了一番，结果确切地告知以上地点没有发生交通意外。

保子对由佳的这种询问方式很是满意。但是，没有找到被撞人，这是好事还是坏事呢？难道那个人只是受伤，自己爬回家了？还是尸体凭空消失了？

下午三点，保子和由佳一起回到了研究所。保子马上恢复了工作的状态，打电话、听取报告、做指示，看不出有任何异样。

然而，一个小时后，一个诡异的电话打乱了她们好不容易平静下来的情绪。

那是一个敲诈电话。对方对保子说，他看到她开车轧死人了，还记得她的车牌号。保子自然是极力否认。对方冷笑着，强调自己掌握了不少证据，说当时坐在副驾驶的年轻女人也是一个证据。当保子想追问他到底是谁时，对方却粗暴地挂断了电话。

保子全身乏力，瘫坐在椅子上。

“所长，什么事？”由佳关切地问。

“敲诈的，说亲眼看到了昨晚的事！”

“啊？难道是他把尸体藏起来了？”

“圈套！到底是谁给我设了圈套？”保子绝望地呢喃着。昨晚发生车祸后，由佳就一直和保子在一起，没有分开单独行动过。由佳没有时间去告诉别人，那么说来，真的有人亲眼看见了整个车祸过程？

“他不过是想吓唬你，他不会有什么证据的。”由佳安慰保子。

这时，保子好像醒悟过来，她对由佳说：“证据……由佳，你就是证据呀，你说，你到底有什么想法？我要你保证永远都不会对别人说。”保子毋庸置疑地说着，眼神里闪过一丝杀气。

（五）

第二天早上，前冈保子刚踏入研究所，电话就响起来了。由佳正在用抹布擦桌子，所以是保子自己接的电话。

不出所料，正是那个敲诈电话。不过，保子已经做好了心理准备，她故作镇定，若无其事，不让自己流露出昨天的惊愕和狼狈。起初她还很冷静地与对方周旋，但最后，她伪装的平静还是被打破了。她声音变得尖利，握着话筒的指尖变得苍白，看来胁迫者又讲了什么让她无法接受的事实来。

她用力挂掉电话，气得咬牙切齿。

“发生什么事了，所长？”由佳停止擦拭，问道。

“他说尸体被发现了。”保子变得有点歇斯底里了。

“他说尸体在什么地方了吗？”由佳冷静地问。

“他说在那个山崖下。”

“是警察发现的？”

“说他自己发现的。”

“他报警了吗？”

“由佳，他说要请你作证呢。”

“既然尸体被发现了……”

“可是，这并不能证明那个尸体就是我轧死的呀？”

“那接下来该怎么办？”

“只要你能保持沉默就行，我先把那辆车处理掉，就说我的车被盗了。”

“但我不能一直装作不知道啊。”由佳狠着心说道。

“你……什么意思？”保子的目光异常冷酷。

“既然尸体被人发现了，我觉得你最好还是去自首。”

“你说自首？”

“不是自首。我觉得你只要把事情说明白就行了。”

“你真不肯帮我保密？”

“真的没办法，”由佳平静地说，“否则我会良心不安的。”

沉默良久，保子似乎在思考着什么。最后，她似乎考虑清楚了，轻松地答应明天和由佳一起去警署。但在此之前，她要先把手上要紧的工作处理完。

她让由佳下午五点在有乐町的车站等她，陪她一起去千叶县的铫子察看百货商店的设计背景，然后她就先离开了。

片刻，由佳在窗边果然看到保子在街边拦了一辆出租汽车。为了证明她的汽车今天早晨被盗了，她的伪装已经开始了。

回到桌前，由佳拨打了一个电话。她缓缓地说着：“傍晚五点，我和她要在有乐町的车站前见面，一起去千叶县的铫子……拜托了！”

傍晚五点，保子开着那辆“被盗”的车准时出现，由佳像往常一样坐进了汽车的副驾驶位置。

汽车驶向千叶，花了四个多小时才到铫子。保子没有停车，开着汽车穿过铫子市内，向犬吠崎驶去。犬吠崎一边是黑黝黝的大海，其他几面都是陡峭的断崖，保子将汽车停在断崖上。

保子关掉汽车发动机，然后用一种淡淡的口吻问道：“你知道我们来这里做什么吗？”

由佳没有说话，默默地望着保子。

“由佳，你会开车吧？”保子突然改变话题。

“不会……我开得不好，还没有考到驾驶执照。”

“那就太好了。”

“你要做什么？”

“我要你去死。”保子若无其事地说道。

“去死？”由佳的脸色大变。

“是的。你要在这里自杀，因为你承受不了失去恋人久保田的悲伤。”

“你有必要为了撞人的事，把我逼死吗？”

“是的，我必须保证我幸福的未来。”

“你真是心狠手辣，为达目的不择手段。”由佳觉得是时候把话说明白了。

“随便你怎么说。”

“是啊。所以你才杀了久保田和西敏江，现在又准备杀我。”由佳毫无畏惧。

保子毫无表情的脸上这时出现了短暂的扭曲：“原来你都知道了。”

“我只是猜测。”

“既然你猜到了，我对你说了也无妨，是我杀死了久保田和西敏江……嗯，这下你可以安心去死了……来，坐到我这个位置来，我要看你开着车从悬崖上掉下去。”保子插入钥匙，汽车发动机又响了起来，车身微微颤动。

“等等！”由佳说道，“你知道打敲诈电话的那个人是谁吗？是我弟弟呀！”

“你说什么？”保子怔怔地望着由佳，停止了踩油门的动作。

由佳把自己在“多文”小吃铺打听到的久保田死亡之前的情况，然后在西敏江家里发现那本日记的事一一告诉了保子。

经过她和弟弟的分析，她已经知道“幸好遇上了倒霉事”到底是什么事。那晚她向神奈川县的报社询问，果然在保子、久保田、西敏江他们三人从镰仓市回来的当天晚上，发生了一起车祸，肇事者就是酒后驾车的保子。保子怕事情被发现会影响到自己将来的事业和婚姻，于是驾车逃逸。但久保田和西敏江不肯答应为她保密，反而劝说她向警察自首。于是保子就设计杀死了他们，先是在发工资的当天晚上把久保田灌醉后把他推下天桥，然后哄骗西敏江到江之岛并把她推入大海。

“你知道第二次我和你从镰仓市回来，你撞上的东西，是我和弟弟设计好的吗？”

“什么？难道不是撞到人？”

“不是，你撞到的是我当天早上死去的牧羊犬——契利，它体积很大，因为你有过一次撞人的记忆，所以你以为第二次撞到的也是人。我还可以告诉你，那晚请你去伊贺上家里的假冒电话，也是我让我弟弟打的。”

保子完全呆住了，浑然没发觉由佳的弟弟和一位中年警官早就站在她身后了。

梦殿杀人事件

【日】小栗虫太郎

（一）

位于奈良西郊有座寂光庵，传说此庵是仿照千年古刹东大寺依山而建，庵内一年四季万籁寂静。主殿位于庵内的正中央，主殿前面是一口供信男善女放生的池塘。说是放生，但是池塘四周却散发出奇怪的水雾。主殿的东边是藏经阁，西边是一处通往副殿的长廊，玄关处悬挂着一个形似神兽镜的大铜锣。庵的后方是一座孔雀型的山头，山上杂草丛生，常有鸟兽出入，无人敢去。由于主殿光线不好，且四周总是笼罩着一股神秘的氛围，因此主殿又被称为梦殿。

这座尼姑庵是自称盘得先祖传人的佛学大家佐藤浅草所建，庵中的尼姑都是受过高等教育的知识分子，经常从事一些传教活动，且为了宣传自己的教义经常批评其他派别的教义。

两年前，一位神秘人物皈依这个神秘教团，使寂光庵变得更加神秘。这名被称为神龙居士的秘密行者，视尼姑庵的严格教规于不顾，自称是凤凰神在世，能够施展各种法术，上天遁地，能够请凤凰神附身施展各种诡异法术，驱除妖魔鬼怪。

现如今，在奈良城内神龙居士秘密行者已经名声大噪，慕名而来者不计其数。但是神龙居士每次施展法术时都隔着一床帘子，一般信众难以接近，这更是增添不少神秘色彩。

7 月 23 日下午乌云密布，寂光庵仿佛要被成团成团的黑云压塌了，但始终没有下雨。而寂光庵里有位高僧诡异地死去了。于是，奈良城里相当有名气的两位检察官工藤直人和麻生太郎前往寂光庵调查。由于寂光庵处于交通不便的西郊山上，等工藤和麻生赶到的时候时间已经是下午三点，离案发过去了两个小时。

当两位检察官到达时，庵主出来迎接。当工藤看到庵主盘得很长的头发之后，才知道这是个带发修行的尼姑庵。庵主年过六十，皮肤却闪烁着红光，眉宇之间颇有高僧之韵。再进一步观察的话，你可能会发现她遁入空门，看破红尘，与世无争的外表下隐藏着她不服输的斗志。当她笑着和工藤握手时，精明的工藤先生从她的嘴角窥出那张笑脸下隐藏着的那颗冷漠的心，而且越看越觉得庵主和你平时看到的巫婆没什么两样，都给人一种诡异而阴森的感觉。出于职业习惯，工藤对这位庵主加强了警觉。寒暄之后，工藤和麻生被带到案发现场，那是位于主殿旁边的一个房间。在那里，工藤和麻生亲眼看到了两具留有菩萨犯罪痕迹的尸体。

（二）

“这里是梦殿里的一个房间，自从神龙居士来了以后，他就住在这里，这也是他为信众施展法术的地方……而且死者就是神龙居士。”盘得向检察官介绍道。

人称神龙居士的秘密行者居然被杀害了！这简直让人无法相信。一向为别人施展法术，自称“凤凰神再世”的秘密行者一直以消灾驱魔著称，难道自己施展法术时走火入魔了？盘得打开房门，正面正是秘密行者作法时所用的竹帘，拉开竹帘，迎面扑来一股像被压制了很久的血腥味。工藤房间里挂着很多黄色、白色布条，上面有的画着凤凰神模样的神兽，有的画着神符一样的东西。细心的工藤还注意到房间有一个嵌入式小门，阳光从两边的格子窗户照射进来正好投在了挂在墙上的那幅十一面千手观音画像上面。

当工藤一边环绕着四周，一边跨过门槛往前走去时，发现楼梯上有一个奇怪的东西。当他努力使瞳孔适应房间里昏暗的光线后，眼前的一幕把他吓坏了。一个和尚穿着僧服样的血衣，双脚跪在地上，两眼死不瞑目地看着前方。盘得向两位检察官说眼前的这位就是神龙居士。到现在工藤法官才明白神龙居士原来是两脚被截断的残障人士。奇怪的是从中午神龙居士进入梦殿之后，一直到一点十五分左右他被人发现时，庵内的人没有听见任何打斗的声音，屋里也没有挣扎的痕迹。

由于屋里光线昏暗，他们点了一支蜡烛。借助火光，他们发现死者身上有四处伤口。两处位于前胸和后背，另外两处位于与腋下齐对的两腰上。所有的伤口都位于人体前后左右对称的位置上。更让人无法相信的是伤口呈现规则的纹路，看起来像是某种文字。伤口的形状，好像将精巧的绞车同时往上提一般。单从伤口的形状上来看，人们会觉得凶器是有如鹰爪一样能够自由伸缩，但形状不一的东西。还有一点让两位检察官无法理解的是神龙居士身上再没有其他伤口，脸上也没有痛苦的表情。相反，他的表情平静安详，眼光仿佛在注视着什么东西却也没有一般谋杀案死者的惊恐神态，仿佛是受到了上帝的召唤一般从容赴死。但是他为什么不把眼睛闭上，难道是他在死之前还在注视着什么东西？

忽然，工藤的脸上出现与他身份不相符的诧异的表情，退了一步向盘得问道：

“他的伤口像不像梵文？”

“你说得不错，像是‘诃’和‘哆’两个字，在佛教里这两个字都有天神诛戮的含义，莫非是……”盘得的脸上露出惊恐的表情，这不像是一位高僧该有的反应。

工藤注意到，死者身上的伤口并不大，但死者在死之前却像有过大出血一般，因为通常大出血过后的皮肤显得更加松弛，全身各处还会有许多不规则的红晕。他的手臂已经萎缩得跟婴儿的手臂一样大小，手指头细得有如筷子一般。这些都是大出血过后的症状，由此可见在庵内的某个地方，一定残留着他的大量血迹。也就是说这个房间不是第一杀人现场，而是凶手有意把尸体移到这边的。可是他是从哪儿被搬运上来的呢？

盘得还介绍说神龙居士既不是女人也不是男人，因为在日俄战争时他在战场上失去了双腿和某个器官，战争之后他却自称凤凰神化身四处传教，直到两年前来到寂光庵。

盘得接着向工藤说道：

“你可以看他的大腿内侧，如果还有下半身的话就不会是这个形状了。凶手可能是利用他的无意识以及‘恶魔之爪’的法术杀死他的，而且梵文形状的伤口也不像是人为的。”

（三）

工藤先生根本不相信什么“恶魔之爪”，以他多年的办案经验来看，这是一起手法高超的谋杀案，充满了太多的疑点：身体上留下的梵文；生前大量出血的死者旁边也看不到一点血迹；从楼梯到二楼也没有丝毫血迹……难道尸体从天而降？

其实，由于光线不好，他们都没有注意到在楼梯下有一处血迹。工藤开始把目光转向楼下，但除了几片金箔什么也没有发现。于是他又走上楼去。但当他快走到二楼时他停住了脚步，眼前的这一切就像是中国小说《西游记》里描写的极乐世界一样，撒了一地的金箔金光闪闪，光线遇到金箔时反射到屋里的各个角落，整个房间有如天堂的极乐世界一般。但是当他静下心来后发现金箔底下横躺着一具女尼尸体，千千万万的金箔散在她的身上，发出万丈光芒，让人一下子难以想到这是案发现场。

工藤小心翼翼地将金箔一片片捡起来看，想从中发现些线索。金箔是从四根被打翻的玉幡脱落下来的，但是金箔上面既没有脚印也没有刮伤，凶手到底是怎么把金箔弄下来的呢？又是怎样把金箔洒了一地又不留痕迹呢？工藤感到疑点越来越多了。

镇定之后，工藤开始像往常办案一样观察案发现场。二楼的格局大体和一楼一样，有一口小窗，屋里的左前方放着一座火焰太鼓，太鼓下有一只笙。右边放着一张桌子，桌子上有一个沙漏，它是根据流沙从一个玻璃容器漏到另一个玻璃容器的数量来计量时间的。屋子的左侧挂着一幅秘密曼陀罗的图，给这个案发现场增添了些许神秘的气氛。

观察完整个房间之后，工藤把目光转到死者身上。死者法号净善，二十五六岁光景。奇怪的是她的神态竟然和神龙居士一样，睁着双眼，脸部也都没有死亡之前受到惊吓的表情。平和，安详，超然物外，如果不是身上的血迹，你可能会联想到这是一个世外美人躺在这儿。还有一点让人意外的是死者四肢有绳索勒过的痕迹，她的脖子留下四道纤细的手印，被勒过的瘀血仍然可见。

“脖子上的手印，看起来像是女人留下的……”麻生先生说道。

工藤接过麻生的话：“凶手手法凶残，死者脖子骨都被捏碎了，普通的女子不可能有这么大的力气，但这四道鲜明的手指印又不像是借助外力所为。麻生兄弟，我办案这么多年实在没见过这种死法，从死者肤色来看理应是被人勒死的。但是被人勒死的话，死者生前应该拼命地抵抗和挣扎，然而死者表情却又这么平和，好像是自愿赴死。”

“工藤兄弟，快看，净善身上的血迹明显地比神龙居士法衣上的血迹更鲜红些，也就是说净善应该是在神龙居士之后被杀。看着神龙居士被杀，她不可能不大声求救，那为什么庵里的人都没有听到响声呢？在这段时间内，净善到底在做什么？”

工藤先生想把死者的眼睛合上，当他的手碰到死者的眼睛时，多年的经验告诉他死者的黏膜呈现异常的干燥现象。虽然人在死亡后，尸体会慢慢变干。但在两小时内干到这种程度，似乎有点不大寻常。眼睛是心灵的窗户，即使在死亡后也是如此，在法医界内这是大家都知道的事。仔细观察死者的眼睛，发现她的泪腺极度收缩，瞳孔里的血迹凝结在一块。非常奇怪，唯一能解释的就是死者在生前一定经历过超乎寻常的恐怖事件。也就是说死者是睁着眼睛看着自己死去的，死者身体上没有出现痉挛的现象可以证明她并没有昏迷过去。

工藤先生慢慢地站起来，脸上再一次出现了刚才那罕见的表情，我们知道他是遇到了非常棘手的案件了。

（四）

工藤在桌子前坐了下来，想了有一小会儿，然后他又站起来拿起一张玉幡仔细观察。玉幡没有什么特别的，从头到尾也没有接合的痕迹。他又把玉幡的各个部位和净善脖子上的伤口比对，意外地发现形状异常的相似且大小也几乎吻合。工藤没有立马说出他这一个重大发现，开始在房间里四处观察。不一会儿，他在太鼓后面的墙上发现了一个洞。

从盘得口中得知，那是传声管。神龙居士作法时有人利用传声管来听取他化身凤凰神时说的话，今天是普光在听。盘得在神龙居士作法时和净善来到梦殿，盘得将沙漏重新摆弄好之后就离开了梦殿，当时大概是十二点过五分。正在那会时，笙却响起来，但没有听到火焰太鼓的声音。笙响了好一会儿，之后再也没有听到什么响声。寂莲在藏经阁整理经书，智凡在打扫庭院一直到一点十五分发现情况不对，普光在书房，而盘得则在自己的房间里面。当天梦殿没有什么异样，除了小窗开着。平时神龙居士作法时都要吩咐把窗子关好。当盘得赶到案发现场时沙漏指在一点三十分就停止了。

听完盘得的介绍之后，工藤先生突然注意到地板上有一样东西。这位检察官慢慢地走过去时，仿佛能听到所有人的心跳，就像咚咚咚的太鼓发出的声音一样。从太鼓所在的位置一直到三楼的楼梯，全都是四脚印，就是神兽留下的印记。沿着印记一直走到三楼，脚印在竹帘前面消失。麻生先生心跳加速，一句话也说不出来，之前种种的疑问，在这里糅杂在一起，死者安详的神态、消失的血迹、梵文符号状的伤口、洒落一地的金箔……

工藤先生注意到墙壁上的那幅画：四只手的天神驾驭着孔雀直冲云霄。天神左边手放在腿上，右边的手拿着一串佛珠，坐在展翅高飞状的孔雀背上，孔雀站在一块筋斗云上面。孔雀的羽毛呈现焰火般的红，在这昏暗的屋子里闪耀着光芒，使这个原本神秘的梦殿又增添了一些诡异的气息。好像这不是一个教团那么简单，其中似乎隐藏着许多和此案相关的线索。

工藤越想越觉得可怕，难道是孔雀从画像飞出来用它那尖锐的爪子杀了神龙居士，四只手的天神勒死了净善？

他转过来对住持说：

“难道真是菩萨杀了人了？但我怎么也无法相信这是真的。或许这就是所谓的接神幻想吧。中世纪的欧洲也曾出现过类似的现象，教堂里耶稣的画像突然消失，教主死在画像底下，第二天一幅天主教神像奇地像代替了耶稣画像挂在教堂正中央。”

盘得微笑着回答道：

“如果真像你所说，那么身为教主的我是从哪儿来的呢？而且这个梦殿就像一个密闭空间，当智凡进来时发现二楼的笙还在响，也许那时候凶手还在这个房间里面，可是后来却什么也看不见。在这里，除了四手天神和神兽孔雀再也没有别人了。”

工藤一时语塞，不知怎么回答。

（五）

“沙漏装的是大理石粉末吗？”工藤拿起了桌上的沙漏。

“是的，但是这个沙漏的粉末颗粒比平常来的细。”盘得回答道。

“难道是有人在沙漏上做过手脚？”

“一般情况下，影响时间沙漏的因素包括：填充物的多少、玻璃球内壁的曲线形状、颈部管道的宽度、填充物的类型和质量。粉末越细，沙漏指针所指的时间就会比正常沙漏来得快。本应该只在一点钟的沙漏，现在却指着一点半。那么这个时间应该是犯人偷偷打开窗子的时间。”

“应该是这样，所以，麻生先生，凶手应该是十二点三十分左右打开小窗的。”

“那么凶手应该是从小窗逃跑的，凶器也是从小窗被带出去的吧。”

警觉的工藤先生立刻去仔细观察了小窗周围的情况，但什么也没有发现，也没有留下人走过的脚印。

这时候盘得在一旁冷笑着说道：

“神龙居士身上梵形伤口的凶器肯定不是我们见过的东西，而且那些孔雀的脚印是哪儿来的呢？凶手驾着神龙居士走，那也应该是他们留下的脚印啊？”

“但可以让神龙居士倒立，没有整个着地，而只是手指根部着地。”工藤在一边说着。

“这太不可思议了，不，这不可能……”

“可是，麻生先生，请你仔细想一想，除此之外没有其他办法能让神龙居士的尸体出现这种状况。因为神龙居士上过战场，手指内部的神经残留着弹片，他的手指细长细长且毫无血色。你应该也注意到了，他右手的中指和左手的无名指从第二关节一下被截断了。那么四脚孔雀印的说法就能得到解释了。”

普光因为劳累过度而昏迷，当工藤和麻生来到普光房间时她已经醒过来了。听完两位检察官的分析，普光感到不可思议地说：

“佛门里是不会有神明诛戮众生这种事情的，当时我听见了神龙居士凄惨的呼声。”

“神龙居士？你听见什么了？”

“庵主离开后，我听到里面传来了笙的声音，还有脚步声，不久之后笙声就消失了。大概在二十分钟之后，我听到了神龙居士惊恐地在叫：‘宝珠消失，孔雀还在飞’，我还听到传声管的声音了。”

“总共有几只传声管？”

“有两根，另外一根比较隐蔽，一般人不知道在哪儿。当时传声管传来了神龙居士奄奄一息的声音，神龙居士说天神已去，孔雀神尚在。过了一会儿，楼上传来了东西撒落在地上的声音，之后再也没听到什么了。”

“之后有谁见过神龙居士的遗体吗？”

“我和寂莲都看过。”

“那你有没有注意到伤口有什么不一样？”

“没有，我只是匆匆看了一眼就走了。”

“谢谢，打扰了。”

两位检察官决定在庵内审讯众人。

第一个受审的是寂莲。寂莲是个三十五六岁模样的尼姑，再普通不过的相貌，案发当时正在藏经阁整理经书。但就是这个普通的女子对神龙居士的死却有一番自己的见解。

“神龙居士是凤凰神的化身，刀枪不入，食日月之精华。其实他现在只是装死，是为了躲避一场灾难，他一定会醒过来的。还有，智凡应该知道净善的死是怎么回事。”

“这太荒唐了！我办案这么多年，头一回听说死人还能装死！”

检察官没有再继续听寂莲说下去，但当寂莲知道再过三个小时法医将对神龙居士尸体进行解剖时，她表示了强烈的反对。她一再强调没有人可以活生生地剥夺一个人的生命。

“现在的你们就好像相信大吉义神咒经吸血传说的住持一般，即将犯下天大的错误。这简直是合法杀人。”

在工藤先生看来，寂莲就好像是神龙居士的忠实信徒，着迷于他的法术。

接着智凡走了进来，工藤又问他：

“案发时你在哪儿？”

“在打扫庭院。”

“你对净善的死怎么想的？”

“我不敢告诉任何人，我只能告诉你们，我知道是谁把净善杀死了。”

“你说什么，凶手？到底是怎么回事？”

“当我听到笙声时，我像往常一样拿着钥匙打开梦纱窗，那时候我好像听到楼上有人在争吵，笙声也在这时停止了响声。我立刻进去，却看到神龙居士倒下了。我马上走上楼去，看到净善惊恐地拿双手遮住脸也倒在地上。”

“当时你还看到其他人吗？”

“当时没有其他人在了。”

“你的意思是说，净善的样子和我们看到的不一样？难道是有人对净善的尸体动过手脚，抑或者还有一种可能就是净善当时还活着……”工藤先生不敢再往下想。

“是的，她一定还活着。当神龙居士被害时，她一定在旁边。我惊恐万分，飞奔到住持房间把这一切告诉住持。之后我又去找寂莲，但当我们去到梦殿时，寂莲的姿势却变了。一定是住持发现净善杀了神龙居士，住持就把净善杀了。因为，对我们这个小庵来说，经不起半点风风雨雨，住持那样做也是无奈之举吧。”

此后，检察官让智凡先行离开，工藤去藏经阁，而麻生直接去找盘得核实智凡的话。

（六）

大约一个小时以后，工藤来到盘得的房间，对麻生和盘得说：

“我去了藏经阁，发现了一条重要线索。《剧毒百科》书上介绍有一种毒药叫无花毒，俗称‘看得见的毒’，人中了此毒，全身麻痹，瞳孔却突然晃动，眼睛无法闭上。所以净善应该是被人用沾有此毒的针刺伤，然后麻痹动弹不得，也就是智凡所看的样子。”

“可是她身上并没有针刺的伤口。”

工藤给在场的两个人看了他手上拿着的那根针，那是工藤先生在净善后脖子发现的，因为被头发挡住了，所以当时没有人注意到。他紧接着说：

“普光在听到笙声之后还听到一个奇怪的声音，其实这是太鼓发出的声音。当我又重新检查了一遍火焰太鼓时，太鼓上留有三个针孔，如果有人拿东西穿过其中两个孔把鼓皮两端绑住，使它无法震动，再加以敲击就会发出普光所听到的声音。接着，凶手再透过另外一个孔对第二次敲击太鼓时，鼓皮恢复原状的力作用在绳子上致使绳索断开。这样一来，普光听到的声音也有了合理的解释。”

这样，住持就洗脱了嫌疑。但是搬动净善尸体的凶手当时肯定还藏在二楼，凶手怎样从一个密闭的空间中悄无声息地消失呢？

“这难道不是怪手天神从中作梗吗？”住持似乎很是相信孔雀杀人说。

工藤没有理会，在住持走了之后，工藤从口袋里拿出一张纸，上面写着四行字。工藤先生即将用这张纸展开他最后的侦破工作。他将根据那张纸对四人进行测试，从而知道谁是凶手。为了搜集资料，检察官答应寂莲先不解剖神龙居士的遗体。

第二天，工藤和麻生再来到寂光庵。他们得知坚信处于假死状态的神龙居士再没醒过来，寂莲一直不吃不喝。麻生去找来普光，而工藤则去了另外一个地方。

工藤回来后对普光说：

“案发当天，你听清楚传声管中的声音吗？不用急着回答我，让我来先告诉你凶手是怎么离开那间密室的吧。大家还记得那幅与人同高的十一面千手观音画像吗？案发当天四点半我注意到千手观音像不可思议地动了起来。画像映照在纱窗油漆上，当我打开纱窗时，实像和虚像交互移动，所以给人一种画像在移动的错觉。当你关上纱窗以后，由于人们所看到的东西会停留在瞳孔里三秒钟，所以我们依然会错误地感觉到画像仍在移动。另外千手观音有七只手往上，四只往下，让人产生上下晃动的错觉。这就是解开密室之谜的关键。净善的尸体又制造了一种若隐若现的特殊效果。”

“难道你是说净善的尸体会动？”

“正是，我医学界的朋友告诉我把情绪激动的人四肢捆绑起来的话，就会阻碍血液循环，捆绑的部位也会变得僵硬。如果凶手在杀人之前，用两条绳索把净善的四肢分开绑成死结，净善就变成了任人宰割的绵羊了。等到关节僵硬起来，关节就会往不同的方向伸展，两条绳索就会旋转起来。之后，整个身体也会跟着转起来。

“其实，从外面射进屋来的光线中那旋转的东西就是净善，但证人却误以为是千手观音画像在转动。千手观音已经放在那儿很久了，一般人也不会去注意，所以他也以为楼下没有人在而直接上楼了。当智凡走到楼梯看到神龙居士躺在那儿时，停留了一会儿，这正中了凶手之计。凶手趁着智凡把注意力放在神龙居士身上从一楼的纱窗逃走了。那么这样一来，笙声是怎么发出的呢？因为当时凶手藏身一楼无法使笙发出声音。”

麻生接过话：“金属传声管可以通过振动来传声，如果使传声管内的空气相互碰撞，让声音从二楼传出的话，也不是没有这种可能……”

“不错，在这件事之前我想先公布下前几天我做的一项心理测验的结果。根据你们对神龙居士尸体的反应来作判断，只有普光一个人的答案不一样。普光师父，我没必要告诉你笙声是怎么发出了吧？你已经把真相告诉我了。”

工藤原以为已经找到了问题的关键和本案的真凶，却没达到意想的效果。普光义正言辞地站起来说：

“我从来不怕世人带着恶意来揣测我。如果你硬要说我是凶手的话，怎么证明那不是怪手天神留下的神迹呢？如果你想名噪奈良城，却要以我的生命为代价，那佛祖是不会原谅你的。你的话比寂莲期待神龙居士复活还要荒唐，因为在这如此高温的情况下他的尸体竟然还没腐烂。”

工藤精彩的推理没有使案件取得实质性的进展，但斗士永远是斗士，他从不会泄气。在这之后，他独自一人又去了趟藏经阁，这时空中忽然闪过几道白光，下起了暴雨。工藤在这暴雨中径自走出了寂光庵，朝家里走去。一连七天，不出家门一步。在第七天的晚上，麻生收到工藤的邀请，来到了工藤的府上。

（七）

工藤满脸倦容，一脸胡茬，像是刚回到家的流浪儿。见到麻生，他嘴角泛起一丝微笑，冷静地说道：

“上帝赋予一个人的力量足够让他完成一件惊天动地的事。我简直像一台运转了七天的机器，但我是会思考的机器。我终于解开怪手天神之谜了。”

工藤把他的分析一一说给麻生听，梦殿杀人事件终于在工藤先生的努力下真相大白。

“狡诈的凶手总是把检察官引进思想的死胡同里。当我们知道净善如何旋转之后，首先想到的是那洒落一地的金箔，注意力也自然而然地转移到玉幡上面。但是这么想的话就上了凶手的当了，因为玉幡的质量很小，所以它的离心力也是很小的，根本不会让千千万万金箔撒落一地。可是，我们假设，如果增加玉幡的重量或者让它膨胀呢？”

“重量，膨胀？”

“是的，凶手一定是个知识渊博的人。请听我说，梦殿里一天到晚昏昏暗暗，这给凶手提供了最好的隐藏空间。在凶手确定净善已经昏迷而神龙居士也昏倒之后，他把四只玉幡绑在一块，增加其重量，再将画中展翅高飞的孔雀引导到神龙居士跟前。这样，这只传说中的怪手天神的座驾——孔雀大王就会飞到神龙居士的身边。”

“难道真的是菩萨杀人吗？”

“当然不是，孔雀也不可能会走出来，谜底就藏在神龙居士那两条腿上。神龙居士在战场上受过伤，是间歇性歇斯底里型麻痹患者。我们都知道如果歇斯底里麻痹患者的手脚受到刺激时，他们会做出各种不可思议的奇怪动作来。在这之前希望你能知道什么是体重负担性残障，那只需要安装假肢的腿取代脚掌支撑起身体的重量。

“神龙居士的体重是由膝盖骨的下方来支撑的。所以这个部位对神龙居士来说是软肋。凶手当然知道这一点，并用种种手段刺激这个部位。人在昏迷时会回到最原始的状态，神龙居士在昏迷时会根据小时候的习惯误将腓骨上方支撑体重的部分当作脚掌来走路。所以被误以为是孔雀脚印的那些足迹其实是神龙居士留下的。那是菱形的腓骨和三棱形的骨头前端以及膝盖骨的下方三个部分互相接触时产生的。”

“原来如此，那神龙居士怎么会走上三楼呢？”

“麻生先生，有一点你可能不知道。在歇斯底里型麻痹患者身上，物体的影像停留在眼睛里的时间最长，而且一旦发起病来，患者就像是得了色盲一样，眼里只有红色，常有江湖郎中利用这一点来骗人钱财。有人做过实验，用一块红布将患者的眼睛挡住。再慢慢地把红布往某个方向移动，患者就会跟着过来。但当他碰到某个突起的东西，比如是一根竹竿，他就会下意识地往后退。这是因为患者的身上还有斑点状的知觉，当这些知觉感官碰到突起状物体时，就会触动患者的记忆神经，使患者回想起往事。”

“那究竟是谁引导居士走上楼去呢，伤口又是什么东西留下的？”

“根据我上面说的，凶手一定是利用红色灯光把神龙居士引上楼的。而且在三楼楼梯口安放了一根凸起的棒状物，让神龙居士触到时后退而掉入下方有方洞的玉幡中。此前，凶手已经在绣佛的一端安装了钩状凶器，但是我们在现场却没有发现凶器。”

“那么伤口是怎么留下的呢，什么东西能让伤口如此规则？”

“听我说，凶手先把两根铁钩状的东西插入他的前胸和后背，钩住他体内的筋骨，然后在他摔下楼时用另外两根一样的钩子插入他的两腰。神龙居士身上拥有斑点状的知觉点，后来插入他身体里的两根钩子触到了他的知觉点，他的身体因为想躲避而产生扭曲，这个扭曲的过程如同绞车绞过一般，那些梵文伤口就是这样留下的。最后肌肉被挑断，身体失去支撑而倒下。”

“那凶器呢”

“凶器已经在死者体内了。血液是弱碱性的物体，如果钩子的材质是有机石灰的话……”

“你是说，钩子融化在血液里了？”

“不错，而且它在与血液发生反应时能吸收大量的血液。”

麻生先生已经惊讶得说不出话来了，他在纠结为什么当时自己没有注意到那些曼陀罗。

“曼陀罗其实是用一种海底植物的茎做成的，在茎的内部有一种海绵状纤维会吸收所有液体。每一个曼陀罗里都有数以千计的这种茎，所以神龙居士的血大多被吸干了而没有流到地上。这就是我之前说的增加玉幡重量和膨胀程度的方法。

“实际上，勒死净善的手也在这其中。净善因为被重量增加且膨胀的四根玉幡绑住喉咙，且被迫猛烈旋转导致脖子骨碎裂，凶手企图把玉幡压在净善的脖子上。此时，曼陀罗里的血液已经基本上消失，因为凶手已经把窗子打开让阳光照射进来，血液里的水分挥发殆尽，所以当我们到达时血液已经化为空气蒸发掉了。”

“那撒落一地的金箔怎么解释呢？”

“这就是凶手的智慧所在。净善的身体被迫急速旋转时，玉幡因为不断地膨胀和收缩，产生了巨大的离心力。神龙居士临死前曾说‘宝珠消失，孔雀还在飞’，这是他听到金箔散落时的错觉。”

“那么笙声是谁弄出来的？”

“有一种酒精温度计，放在阳光下加以曝晒，管中的酒精遇热就会膨胀。狡猾的凶手把酒精加到笙的吹管里，放在阳光下暴晒，酒精遇热挥发膨胀，把管里的空气向外挤压而发出声音。”

麻生先生一脸的惊愕，这是他当检察官以来遇到的最棘手的案件。他迫不及待地想要知道凶手是谁。

“那凶手……凶手到底是谁？”

“寂莲。我们在审讯寂莲的时候，她曾说到《大吉义神咒经》当中有一则孔雀吸血的传说。那天我离开寂光庵之前去了一趟藏经阁，我发现《威比地区的狩猎》和《大吉义神咒经》的索引号码被调换，而且吸血鬼的传说是在《威比地区的狩猎》这本书里。所以，寂莲的杀人计划来自这个只有她才知道的被调换索引码的图书里。”

“她为什么要杀人？”

“很简单，好奇心！她长期看守藏经阁，接触到各种神话传说，最后这位高级知识分子也掉入到被自己所创造的神话里面。”

阿势

【日】江户川乱步

（一）

今天，患肺病的格太郎又被老婆撇下，不得不一个人孤单地留在家里。最初的时候，不论是脾气怎么好的他都感到激愤，甚至打算以此为由与她分离。但是，孱弱的病体使他渐渐放弃了。想到来日不多的自己和可爱的孩子，终于没能采取过激的行动。在这点上，第三者——弟弟格二郎的想法很干脆。他看不惯哥哥的软弱，常常说些不满的话。

“哥哥，你为什么那样？要是我的话，早就跟她离婚了。你还有什么可怜她的？”

可是，对格太郎来说，不仅是单纯的可怜。的确，他知道，要是马上同阿势离婚的话，她和她那位一文不名的书呆子立刻就会陷入无法生活的窘境。他可怜他们的同时，还有其他的理由。孩子的下场当然可以想象，此外，还有些事情他不好意思对弟弟挑明。即使被这样对待，可他还是难以离开阿势。因此，他害怕她从他身边离开，他甚至顾忌地尽量不去斥责她的不忠。

阿势牢牢掌握着格太郎的这种心理。夸张地说，有些近似于默然的妥协。她在与野男人鬼混之余，没有忘记安抚格太郎。对格太郎来说，只能窝窝囊囊地满足她那微薄的感情施舍。

“可是，一想到孩子，唉！不能盲目行事啊！我还能维持一两年，我的寿命已经定了，到时候连母亲也没有的话，孩子多可怜呢！我想再忍一阵儿吧！而且，这其间，阿势也会重新回头的！”

格太郎这样的回答，经常使弟弟更加不耐烦。

但是，与格太郎的善心相反，阿势不仅没有回心转意，而是一天天地更加沉迷于厮混当中。她还打着窘迫、长年生病卧床的父亲的幌子，佯称去探望父亲，每隔三天就离开家一次。调查她是否果真返回故乡，当然轻而易举，可是，格太郎连这些都没有做过。真是种奇怪的心理，他甚至连自己都对阿势采取了庇护的态度。

今天也是，阿势从一大早起就精心打扮，兴高采烈地出去了。

“回老家，不需要化妆吧！”

格太郎忍住了就要脱口而出的挖苦话。这时候，他被自己所感动了。他同情想要说出口但又一直没说出来的自己。

老婆一走，他也无所事事，开始摆弄自己感兴趣的盆栽。光着脚来到院子里，虽然浑身是土，可是心情会好些。而且，装作对自己的兴趣很着迷，无论是对他人还是对自己，都是必要的。到了中午，女佣来告诉他饭好了。

“午饭已经准备好了，再等一会儿吗？”

连女佣都客气地、用可怜的眼神看着自己。格太郎也真不好过。

“啊，都到这时候了。那就吃饭吧！把孩子叫回来！”

他虚张声势、快活地回答道。最近，他养成了干什么都虚张声势的习惯。

只有这一天，或许是女佣们的好意，摆在饭桌上的好菜比平时多。格太郎这一个多月都没吃过好饭了。孩子正一也感受到了家里冰冷的气氛，全没了在外面当孩子王的精神。

“妈妈去哪儿了？”

他虽然知道会是什么回答，可是不问仍不放心。

“去外公那儿了！”

女佣回答后，他露出与七岁的孩子不相称的冷笑，只说了声“嗯”，便吃起饭来。虽然是孩子，可看上去好像是为了避讳父亲而没有继续问下去。而且，他也有他的虚张声势。

“爸爸，可以叫朋友来玩吗？”

吃完饭，正一撒娇地盯着父亲的脸。格太郎觉得这是年幼可爱的孩子在竭力地讨好他，可是，他脱口而出的回答，除了同往常一样的虚张声势以外，没有别的。

“噢，可以叫来。好好玩！”

得到父亲的允许，这或许是孩子的虚张声势，正一叫着“太好了、太好了！”高兴地朝外面跑去。不一会儿，叫来了三四个玩伴。格太郎在饭桌前剔牙的时候，从孩子的房间里已经传来了扑通扑通的声音。

（二）

孩子们不能总待在房间里，好像是开始玩捉迷藏。格太郎在房间里听到从一个房间跑到另一个房间的声音和女佣制止的声音。其中，甚至有的孩子惊慌失措地打开了他房间的拉门。

“啊！叔叔在家呀！”

他们看见格太郎，害羞地叫着，朝对面跑开了。最后，连正一都闯进他的房间，说着“我藏在这！”就躲进了父亲的桌子下面。

看到这种情景，格太郎感到心里很安稳。突然他想，今天不摆弄盆栽了，跟孩子们一起玩玩吧！

“儿子，别胡闹了！我给你们讲有趣的故事，把他们叫过来！”

“啊，太好了！”

听到这些，正一突然从桌子底下钻出来，跑了出去。

“我爸爸特别会讲故事！”

一会儿，正一一边老道地介绍，一边把他们吸引进来，进了格太郎的房间。

“给我们讲个故事吧！恐怖的也行！”

孩子们一个挨一个地坐在那里，瞪着好奇的眼睛。有的孩子害羞地、怯生生地望着格太郎。他们不知道格太郎的病，即使知道，因为还是孩子，不会像来访的大人一样特别小心翼翼。因此，格太郎非常高兴。

他打起近来所没有的精神，想出孩子感兴趣的故事，开始讲道：“很久以前，有一个非常贪婪的国王……”讲完了一段故事，孩子们非说“再来一个、再来一个”。他就根据孩子们的要求又讲了两三段故事。他与孩子们一同沉浸在童话的世界当中。不知不觉，他的心情变得好起来。

“那么，故事就讲到这儿，接下来玩捉迷藏吧！我也加入！”最后他这样说道。

“嗯，好啊！捉迷藏吧！”

孩子们很得意，马上赞成。

“那么，就在这间房子里藏，好吗？划拳吧！”

石头、剪子、布。他像孩子一样天真无邪。这可能是因为生病的缘故吧！或是一种对老婆不忠的一种不起眼的虚张声势。不论如何，他的举动充满了自暴自弃，这是事实。

最初两三次，他故意扮鬼，寻找孩子们的藏身之处。当够了，他又当藏起来的一方，跟孩子们一起钻进壁橱里、躲在桌子下面，费劲地隐藏他偌大的身躯。

“藏好了吗？”“好了没有”这样的问答声音在屋子里回响。

只有格太郎一个人藏在他房间里黑暗的壁橱里。扮作鬼的孩子边叫着“阿X，找到了！”边从一间屋子转到了另一间屋子，听起来声音微弱。其中，有的孩子“哇”地大叫着从藏身之处突然跳出来。一会儿，逐个地被找到了，好像还剩下一个人，孩子们一起找遍了所有的房间。

“叔叔藏到哪里去了？”

“叔叔已经出去了！”

传来了孩子们的交谈，他们渐渐接近了壁橱。

“哈哈哈，爸爸肯定在壁橱里！”

正一说道。接着，马上门前传来了低声私语。格太郎马上就要被发现了，他想再让他们急一阵儿，于是偷偷打开了放在壁橱中的大箱子的盖子，藏进去，像原来一样盖上盖子，屏住呼吸。里面放着软乎乎的被褥，正好像躺在床上一样，心情不错。他刚一盖上大箱子的盖儿，就听到啷一声打开壁橱门的声音。

“叔叔，找到了！”

他听到了这样的叫声。

“啊，没有！”

“可是，刚才还有声音呢！是不是，阿X？”

“那一定是老鼠！”

孩子们天真无邪、叽叽喳喳地（在被密封的大箱子听起来非常遥远）有的问有的答，觉得不像是有人偷偷地藏在黑暗的壁橱里。

“有鬼！”

有人喊到，孩子们哇地叫着逃跑了。接着，在很远的房间里听到他们异口同声地喊道：“叔叔，出来吧！”

好像是又打开了那边的壁橱。

（三）

在黑暗的、满是樟脑臭味的大箱子里，心情格外的好。格太郎想起了少年时代难忘的回忆，突然眼眶湿润了。这个旧箱子是他母亲的嫁妆之一。他记得，他常常把它当船进去玩。这时，母亲慈祥的面容像幻影一样浮现在黑暗中。

他回过神来，孩子们好像是找烦了，外面鸦雀无声。过了一会儿，侧耳倾听，听到，“没意思，到外面去玩吧！”

哪儿的孩子扫兴地说道，听起来极其微弱。

“爸爸！”

是正一的声音。这是最后，接着他们好像出去了。

格太郎听到这些，才打算从大箱子里出来。他想冲出去，让焦急不安的孩子们吃一惊。于是，使足力气往上举起大箱子的盖子，怎么回事？盖子纹丝不动。可是当初以为没什么，就又试了几次。接着，发现了可怕的事实。他偶然被关在大箱子里了。

大箱子的盖上装着挂钩。刚才盖上盖子的时候，拨到上面去的东西竟偶然落了下来，如同锁上了一样。过去的大箱子木头结实，四角镶着铁板，非常坚固，合页也同样牢固。所以病恹恹的格太郎无论如何也不能把它打破。

他边大声喊正一的名字，边“呱答”“呱答”地敲打着盖子。可是，孩子们好像已经放弃了跑到外面去玩，没有任何回答。于是，他不断地喊女佣的名字，使足了所有的力气，在大箱子中乱踢乱撞。但是，倒霉的时候也没办法，女佣们可能在井边偷懒，或是在女佣的房间里听不到，还是没人回答。

那间有壁橱的他的房间在最里面，而且还是被关在严严实实的箱子里，喊叫声能不能传到对面的两三间房间都值得怀疑。女佣的房间又在最远的厨房旁边，要是不仔细听的话，可能听不见。

格太郎一边烦躁不安地喊着，一边想可能谁也不会来，自己就这样在大箱子里死掉了。真可笑，竟然会发生这种事情！简直滑稽得让人想笑。但这也未必滑稽。他的病对空气非常敏感。他突然发现好像有些缺氧。不仅是因为折腾的，他还感到呼吸困难。因为是以前精心制造的物品，被关在箱子里，大概连换气的缝隙也没有。

由于刚才激烈的运动，他的力气殆尽。但一想到这些，他重新铆足力气，又踢又打，拼命地折腾。他要是个身体健康的人，这么折腾很容易把大箱子的什么地方弄破。靠他那极度衰弱的心脏和干瘪的胳膊怎么也使不出那种力气，而且缺氧造成的呼吸困难步步逼近。因为疲劳和恐怖，嗓子干燥，连呼吸都疼。该怎样形容他那时的心情呢？

要是被关在其他什么地方的话，因病早晚要死的格太郎也许就死心了。可是在自己家中壁橱的大箱子里被闷死，不论怎么说，都是件滑稽至极的事。他讨厌这种富有喜剧意味的死亡方式。这其间，女佣也不见得就不到这儿来。那样他会像一场梦一样地得救。可以把这些痛苦当成一场笑话。得救的可能性很多，所以他难以放弃。恐怖和痛苦也相应地增加了。

他一边挣扎，一边用嘶哑的声音诅咒着无罪的女佣们，甚至诅咒儿子正一。他们无恶意的漠不关心从距离来看相隔不到几米，正是因为毫无恶意，所以才更加让人觉得可惜。

黑暗中，呼吸渐渐更加困难。已经发不出声音了。只发出奇怪的吸气声，像登上陆地的鱼一样苟延残喘。大大地张着嘴，像尸骨一样上牙下牙都露出了牙床。

他知道这样做也毫无用处，可是两只手还嘎嘎吱吱地拼命抓盖子。他已经意识不到指甲都剥落了。只有临终的痛苦。但是，那时候他还坚信有一线获救的希望，抗拒死亡。这是多么残酷啊！

不忠的妻子阿势与情人约会回来的时候，是那天下午三点钟左右。那时正是格太郎在大箱子里难以放弃最后的希望，奄奄一息、临终挣扎的时候。

（四）

离开家之前，几乎是不顾一切，无暇顾及丈夫的心情。回来之后，她看到与往常不同的大敞四开的大门，感到最近提心吊胆一直担心的破绽终于露出来了。她的心跳到了嗓子眼。“我回来了！”

她等着女佣的回答，这样喊了一声。可是谁也没出来。大开的房间里连个人影也没有。首先，她很奇怪，她那愚笨的丈夫没有出现。

“一个人也没有吗？”

来到饭厅，她再次大喊一声。接着，从女佣房间里传来了惊慌的回答：

“有人！有人！”

可能是打盹呢，一个惊慌的回答肿着脸跑了出来。

“就你一个人吗？”

阿势忍着怒火问道。

“嗯，阿竹正在后面洗衣服。”

“那老爷呢？”

“在屋子里。”

“可是，没有呀！”

“啊，是吗？”

“怎么回事？你肯定偷着睡觉了！麻烦了吧！孩子呢？”

“刚才还在屋里玩，老爷也跟他们一起玩捉迷藏了！”

“啊！老爷！真是没办法！”

听到这些，她恢复了往日的自己，冷言冷语地命令道：

“那么，老爷也肯定在外面。你去找一下，要是在的话，不用叫他回来！”

她进了自己的卧室，在镜子前面站了一会儿，开始换衣服。

正要解开带子的时候，突然，仔细一听，发现从隔壁丈夫的房间里传来了奇怪的嘎吱嘎吱的声音。她有种预感，觉得不像是老鼠的声音。再仔细听，觉得好像是嘶哑的人声。

她停下手来，忍住恐惧打开了拉门。接着，发现刚才没注意到壁橱的门开着。声音好像是从那里面传来的。

“救命！是我！”

声音极其微弱，若有若无。它异样清晰地敲击着阿势的耳鼓。毫无疑问是丈夫的声音。

“啊！你到底在大箱子里干什么呢？”

她吃惊地走到大箱子旁，一边打开挂钩，一边说：

“啊，是在捉迷藏吧！真是捣乱……可是，为什么锁上了呢？”

如果阿势是天生的坏女人，那么她的本质不仅体现在身为妻子却与野男人鬼混上，更加明显地体现在迅速想出这种坏主意上。她打开挂钩，稍微抬了抬盖子，好像想起了什么，又像原来一样死死地盖住，再次挂上挂钩。那时，里面的格太郎大概已经筋疲力尽了，可是阿势觉得他还用微弱的力气往上顶盖子。像要压下去一样，她盖上了盖子。后来，每当想起残忍的杀夫事件，比起其他事情，最让她心烦的是，盖盖子时丈夫用他那微弱的力气顶盖子的情景。对她来说，比起那些临终时满身鲜血的情景，不知恐惧多少倍。

这些暂且不谈。她把大箱子像原来一样盖好，关上壁橱门，急急忙忙地跑回自己的房间。接着，吓得连衣服也不敢换，脸色苍白地坐在床头柜前，为了掩盖从隔壁房间传出来的声音，把床头柜的抽屉拉出来再关上，关上再拉出来。

“这么做，能保住自己吗？”

她心惊胆战，几乎要疯了。这时候不可能有时间仔细考虑，有时候会感到连思考问题都不可能，只是急得坐立不安。虽说如此，但是后来想想看，她在那种突然情况下没有丝毫纰漏。挂钩自己挂上的；而且孩子们和女佣也可以证实，格太郎与孩子们一起玩捉迷藏，不小心被关进了大箱子里。因为是大房子，只说没有注意，没听到箱子中的声音和喊叫声就可以。女佣们不就是什么也不知道吗？

她并没有考虑到这一步，阿势直觉敏锐，没有理由地小声说道：“没关系！没关系！”去找孩子的女佣还没回来。在后面洗衣服的女佣好像还没进来。这时候丈夫的呻吟和敲打要是停止就好了。岂止如此，她满脑子都这么想。壁橱里面执着的声音衰微得几乎听不到，可却故意般的不停下来。她想，可能是心理作用，把耳朵贴在壁橱门上（无论如何也不能打开它）听听，凄惨的摩擦声仍未停止。不仅如此，好像感到那干燥的舌头说着毫无意义的话一样。毫无疑问，这是对阿势的诅咒。她太害怕了，甚至想到重新打开盖子。可是她很清楚，那样的话，她的下场将无可挽回。一旦决定了杀人，那么怎样也无法再救他了。

可是虽然如此，在箱子中的格太郎的心情又会如何呢？甚至连下手的她都要改变决心了。可是她的想象与当事人相比，不过是千分之一、万分之一。一旦放弃了，即使是奸妇，可是自己的老婆出现了，打开了挂钩。那时，格太郎的快乐将无与伦比。平时嫉恨的阿势，不论是再犯了三次四次的淫乱，他也会觉得可以原谅。虽然是孱弱病躯，可是对体会到死亡时恐惧的人来说，没有比性命更加宝贵的了。如果没人救他，就那样死去的话，那么那种痛苦绝不是这世上所能体会到的，由奸妇的手带给他的几十倍、几百倍的痛苦。

阿势当然不会想象到那种苦闷，她能够考虑到的范围不过是哀怜丈夫的死、后悔她自己的残暴。可是，坏女人的不忠的心理是她自己也无法控制的。她站在不知不觉安静下来的壁橱前，不仅没有吊唁死者，相反描绘着恋人的容貌。她想象着，可以玩耍一辈子还多的丈夫的遗产、与那个恋人的愉快的生活。她完全忘记了对死者的哀怜之情。

她带着这种常人无法想象的冷静退进了房间，嘴角甚至露出冷笑，接着，开始解开带子。

（五）

那天晚上到了八点多钟，阿势巧妙地上演了发现尸体的场面，北村家上上下下一片哗然。亲戚、进进出出的人、医生、警员等，闻讯赶来的人塞了满满一屋子。验尸的形式不能省略，在格太郎尸体四周站着各种相关的官员。夹杂在官员中的发自肺腑伤心的弟弟格二郎、被虚伪的眼泪弄脏脸的阿势，在旁观者看来，是多么的悲伤啊！

大箱子被抬到了房间中央，一个警员亲手打开了盖子。五十瓦的电灯照着丑陋扭曲的格太郎的脸。平时留得整整齐齐的头发蓬乱不堪，临终时张牙舞爪的手脚、迸出来的眼珠、张开的大口，如果阿势的体内没藏着恶魔，看到这些，她一定会后悔不堪的。尽管如此，她只是不敢正视，而且还流出虚伪的眼泪。她本人都不可思议，即使是杀了人，可为什么能如此镇静。几小时之前，刚刚做了不忠于丈夫的事情，踏进家门的时候，看上去她（那时就已经完全是个坏女人了）还是那么紧张不安。现在看来，她的体内天生生长着令人恐怖的恶魔，现在正是其现形之时。后来，她面对危机的时候能够冷静应对，也使人只能这样判断。

验尸的手续没出现任何意外，尸体由亲人的手从大箱子移到了其他的地方。那时，还有一些时间的他们可以注意到大箱子盖子背面的抓痕。

如果是什么事情都不知晓，没能目击到格太郎惨死的人，看到那种抓痕也一定会觉得异常凄惨。死人那恐怖的执着比名画还要刺眼地刻在那里。无论是谁，只要看上一眼，就不想再看第二眼。

从抓痕的画面发现令人惊奇的东西的是阿势和格二郎。他们留在一起，人群随着尸体去了别间屋子，他们在大箱子两端久久地凝视着背面影子似的画面。啊，刻在上面的究竟是什么？

这是像影子一样模糊、狂乱的笔迹。仔细看上去，覆盖着无数的抓痕，一个字大，一个字小，有的斜着，有的刚好能读出来，是“阿势”两个字。

“是嫂子的名字。”

格二郎凝视的眼转向阿势，低声说道。

“是啊！”

啊，阿势这时脱口而出的这样冷静的言辞，是多么令人吃惊的事实呀！当然，她不会不知道这字的意思。临死的格太郎用尽所有的力气，所能够写下的对阿势的诅咒尽在这个“势”字上。他想接下去写阿势是罪魁祸首，可不幸的是，格太郎没有完成，怀着千秋遗憾抱恨而死。

可是，格二郎是那么善良的人，是不会产生这样的怀疑的。简单的“阿势”两个字意味着什么，他没想到是下手人，他想到了别的。他从中感觉到的是，哥哥对阿势漠然的疑惑和哥哥至死对她的留恋，用苦闷的指尖写出对她的留恋。

“啊，他是这样惦记着我！”

一会儿，她带着对方能够感觉到的后悔自己不忠的语气叹息到。接着，突然用手帕蒙住脸（不论怎样出名的演员也不能这样干打雷不下雨），嘤嘤哭起来。

（六）

办完了格太郎的葬礼，阿势首先与往日厮混的恋人断绝了关系。接着她巧妙地排除了格二郎的疑惑。而且，某种程度上成功了。即使是一时的，格二郎也被妖妇的演技所蒙蔽了。

这样，阿势得到了比预期还多的遗产，与儿子正一一起卖掉了久居的老房子，不断变换住所，靠着巧妙的演技，不知不觉远离了亲人的眼界。

阿势强行要了那个大箱子，她又偷偷地卖给了旧家具店。那个大箱子现在不知道在谁的手里。那些抓痕和文字有没有触动新主人的好奇心呢？他的心中会不会感受到那抓痕中蕴藏的可怕的执着呢？而他又会怎样想象那不可思议的“阿势”这两个字呢？

九十七号囚犯

【美】杰克·福翠尔

（一）

在郊区一条幽静的道路旁，哈奇正在第三次敲响一间小屋的门。但是门依旧没有人开。哈奇绕到房子后面，看到二楼的百叶窗里明明有光亮。

哈奇更加确定房子里面有人，可是门是锁着的，而且没有人来开门。他刚要离开，这时门突然开了。一只大手抓住他的衣领一下子将他拽到房间里面。此时灯亮已经完全消失，伸手不见五指。那只大手也一直没有从哈奇的衣领上松开。

“现在我要将你钉在十字架上。”一个男人说。

话音刚落，一记重拳向哈奇的下巴打来，让他顿时金星四溅，紧接着便不省人事。

当哈奇再一次醒来，已经是第二天早上的事情。他发现自己在一张宽大的床上。阳光倾洒进来，让他昨夜一直处在黑暗之中的眼睛有些刺痛。哈奇从床上坐起来，打量房间的四周，忽然听到有女人的睡裙摩擦地面的声音。这时候，他一抬头，一个三十多岁的美丽女人向他走来。

女人到了哈奇旁边，直挺挺地看着他，脸上带着绝望的表情。

“这是哪里，发生了什么事？你是谁？”

一连串的问题没有引起女人的兴趣，女人突然热泪盈眶地说：“太好了，事情还没有变得更糟，你可以走了，赶快走！”

“你还没有回答我的问题，在弄清楚事情之前，我是不会离开这里的。”已经完全清醒的哈奇不肯离开。

“昨天晚上是谁把我打晕的？”

“别问了，你赶紧走吧！你要是知道了真相，你一定会惊恐得吓傻的。”说着，女人的眼泪止不住地流了下来。

哈奇坚定地坐在床上：“你不告诉我真相，我是不会走的！”

“我没什么可说的。”女人呜咽着。

哈奇看着女人，发现她的脖子上也有瘀伤的痕迹，于是他更加确定自己不能就这么走了。

哈奇坐下来。

“你必须告诉我发生了什么事情。”他坚持说。

“那样他会杀了你的。”

门外传来了脚步声。哈奇示意女人不要出声，他一个人走下床，走到门边，抄起旁边的椅子，准备给这个脚步声的主人来个致命一击。

只听得一阵“嘎嘎”的开门声，一个男人鬼鬼祟祟地走了进来，看到这个人，哈奇不禁目瞪口呆。

“怎么会，他不是应该在监狱里？”哈奇吃惊地看着眼前这个男人，然后他用尽全身力气将椅子朝那个男人砸了过去，女人见状“啊”的一声晕倒了。哈奇赶紧离开房间，他赶往教授的公寓，然后和他以及这个被他打晕的男人一起来到了典狱长的办公室。

（二）

要想知道哈奇为什么会有这样的遭遇，还要从奇泽姆监狱说起。在来到这间小屋之前，哈奇先去了奇泽姆监狱调查一个叫菲利普·吉尔弗伊尔的案子。

哈奇驾车来到奇泽姆监狱。这座监狱坐落在郊区的一座山坡下面，由花岗岩建构而成。哈奇与这里的典狱长是老朋友，因为他经常参与一些刑事案件的采访，所以与监狱联系比较密切。

哈奇开门见山地询问典狱长：“您这儿最近有没有人越狱？”

“越狱？”典狱长投来惊奇的表情。“没听狱警汇报啊，我想越狱这么大的事情他们不会瞒着我吧。”

“那您这里是不是关着一个叫菲利普·吉尔弗伊尔的囚犯？”

典狱长思考了一下说：“这个名字有点印象，是因为印假钞被抓起来的吧？”

“对！”

“你稍等一下，我查一下资料。”说着典狱长翻开厚厚的囚犯档案簿，查找起来。

“找到了，就是他，菲利普·吉尔弗伊尔，他现在关在九号牢房，号码是九十七号。”

“那我现在可以去见见他吗？”

“没有问题。”典狱长非常爽快地答应了。

有时候，监狱为了不引起社会的恐慌也为自己不遭受舆论的谴责，经常会掩盖自己出现的问题，比如越狱事件，哈奇在工作中就遇到过好几起这样的事件。不过这次从典狱长的坦然态度和轻松表情来看，不像是在刻意隐瞒。

典狱长带着哈奇来到了九号牢房。

“九十七号，你出来一下。”

话音刚落，一个男人从牢房深处的阴影之中缓慢地走到牢门前。一见到菲利普，哈奇的脑子里就浮现出了几个月前的景象，他记起不久之前他见过这个人，只是当时没有记下他的名字。眼前的这个男人和几个月之前没有多大变化，中等身材，两片薄薄的嘴唇，一个犹如鹰嘴的鼻子，只是脸色比起几个月前来苍白了许多。

这个人就是菲利普·吉尔弗伊尔，哈奇惊讶地看着他。

“菲利普，你还记得我吗？”

“怎么会忘记，要是没有你和那个老科学家，我还不至于出现在这里。”

典狱长这时候说：“怎么样，他还在这儿吧！”

“他从来没有离开过监狱吗？”

“除了放风的时候，他没有离开牢房一步。”

“但是我的意识告诉我，他一定离开过这里，一定！”

“我的大记者，你是不是昨晚没睡好！你看他不是好端端地站在这儿吗？”

看到眼前的菲利普，哈奇没有接着说下去，他找到一部电话，打给了教授：“教授，您是不是搞错了，菲利普他仍然在监狱中啊。”“你见到他的人了吗？”电话那头的教授问。

“见到了，我还和他说话了。”

教授没有出声，哈奇能够想到他一定在为这件事情感到费解。

“我仍坚持我的结论，菲利普越狱了，好了，有什么事情我们见面再说。”说完，教授挂上电话，出门乘车驶向奇泽姆监狱。

（三）

关于哈奇为何要来奇泽姆监狱调查这起案子，原来他是受人之托，一个刚刚被人袭击的老人的嘱托。这天下午，一个男人的身影从一栋陈旧房子的厨房掠到卧室，他手上拿着一个钝器，蹑手蹑脚地朝着实验桌前的一个老人走去。当他与老人的距离只剩下不到一米时，他将手中的钝器高高举过头顶，然后猛地向下砸去。只见老人顺势倒在了地上，正当男人准备第二次将钝器砸向老人的头时，突然从门外传来钥匙拧动门锁的声音。

男人慌忙地又跑回厨房，然后顺着厨房的窗子爬了出去，只留下老人躺在地上，四肢向着四个方向叉开着。从上面看去，活像达·芬奇的作品《维特鲁威人》；而他修长苍白的脸经过时间的沉淀后也变成了死灰色。在他旁边，有一片阳光透过玻璃照射在长者的周围，让两者之间形成了明暗的对比，也让这个画面更富有艺术性。

用钥匙开门的是玛莎，而那个倒在地上的老人，就是被人们称为“思考机器”的奥古斯丁·凡·杜森教授。玛莎是他的仆人，当她看到自己特立独行的主人犹如尸体一般倒在地上，她不禁瞪大了眼睛，眼神中充满了恐惧和害怕。虽然玛莎平时并不是一个胆小的人，但是这一刻，惊恐的高音也像喷泉一般涌到了嗓子眼，她没有头绪地跑到教授的身体前，一手轻轻地抬起教授的头，另一只手则有力地揽起他的腿，将他抱到了床上。

玛莎不敢相信这个平时谈吐风趣幽默的教授，此时全没有了生气，她在心里默默地呼喊：“教授，您到底是怎么了？”

玛莎的呼喊与祈祷感动了上帝，教授突然有了生命的迹象。他的心脏在跳动，而且胸部随着呼吸的节奏一上一下，神态也由刚才的没有生气变成现在午睡般的面容。玛莎认为教授即将醒来，所以从桌上拿了一个杯子去接水。正当她回来的时候，坐在沙发上、看着报纸的教授吓了玛莎一跳。刚才还是一副将死的模样，现在却如此的精神活跃，实在有些不可思议。

“教授，您刚才是怎么了？我还以为您……”

“我没有事，玛莎，刚才有没有人来过？”教授关切地问。

“没有啊，我一直都在您的身边，您刚才脸色惨白地倒在地上，吓死我了。”

“我倒在地上？那我当时是躺着的还是趴着的？”

“是躺着的，面朝天花板。”

教授听完，某些事情好像从心中生起，他用右手托着下巴，然后将头部的重力完全交给了右手。

玛莎在一旁，详细地讲述着刚才的场景，从发现，到最后扶他起来，整个过程她都说得井井有条。

接着，“思考机器”又问：“你没有听到什么声音吗，比较刺耳的噪音？”

“没有，教授，我一直在照顾您，然后到厨房给您倒水，没有听到任何刺耳的声音。”

教授拿起玛莎递过来的杯子，轻轻抿了一口水，说：“没事了，你现在去看一下前门有没有关好。”

“关着呢，教授，我刚从那边回来。”

说完，教授起身来到自己的实验桌前，他将每个实验试管、瓶子都拿到手上仔细地检查了一遍，好像感觉这囤积如山的实验器具里丢失了什么重要东西。

将实验器具检查完毕后，教授又重复了刚才的问题。

“你确定没有听到任何声音？”

“是的教授，除了您的心跳声，再没有其他的了。”

（四）

在哈奇离开监狱半个多小时后，教授推开了典狱长办公室的门，他们也是老相识，所以用不着过多客套。

“能让我调查一下菲利普·吉尔弗伊尔这个人吗？”教授直接表明了来意。

“哈奇刚刚也来调查这个人。”

“是我叫他来的，菲利普现在在监狱里吗？”

“他在九号牢房。您认为他越狱了吗？这实在有些不可思议！”典狱长有些不耐烦地说。一天之中有两人前来打听他的囚犯的情况，虽然是旧故，但是这也会让人误以为监狱在刻意隐瞒囚犯越狱的事实，于情于理，都不是一件让人开心的事情。

典狱长回到自己的办公桌前，坐到桌子的边缘，喝了一口凉咖啡。

“菲利普关在这里多长时间了？”

“将近十个月了。”

“表现如何？”

“起初也和其他囚犯一样不服管教，后来渐渐地适应之后，变得安分起来。”

“他是什么时候变得安分的？”

“这不好说，应该是一个月之前或者一个半月，他一下子就变得安分起来，以前我只要一经过他的牢房，他就会对我出言不逊，可是在那天之后，每当我走过九号牢房，里面都没有声音。”

教授听到这像发现金矿一般，一下子从座位上站了起来。

“你是说，菲利普是突然之间变得安分的？”

“是啊，那天之后，他就再也没惹麻烦。甚至在医生给他看过喉咙的病之后，连大喊大叫也没有了。”

“医生？什么医生？是你监狱里的医生吗？”

“不是，是菲利普请求的外面的医生，他付了十五美元出诊费。”

教授脑子里的思维现在不停地跳动，他沉默了大约五十秒，然后继续开口问：“菲利普变得安分是在那个医生来之前还是来之后。”

“应该是之后，教授，到底有什么不对劲吗？”

教授没有回答他，而是像个记者似的继续发问：“给他看病的那个医生，你们之前有没有见过？”

“我们是老相识了，他给菲利普看病的过程中我都一直在旁边。”

听到这，教授失望的表情溢于言表。

“亲爱的教授，如果你要见一下菲利普，我可以带你去！”

“不必了，不过我希望你现在去一下九号牢房，你可以用手电向里面照一下，确定他是不是还在里面。”

典狱长猛地站了起来，看他的样子有些气急败坏，不过很快他又恢复了先前的谦和状态。

“教授，我可以去，不过我想告诉你，我刚刚和哈奇记者前去检查过，没有任何的异样。我想，过了这么一会儿，不会有什么大的变故吧！”说完，典狱长拎着手电筒走出门去。

没几分钟，典狱长回来了。

“菲利普现在很好，他正在床边诵读《圣经》呢。”

“那好，我现在不麻烦你了，不过我想在他睡着的时候亲自去一趟九号牢房，这段时间你可以忙你的。”

就这样，教授安静地在典狱长的办公室里待了一个多小时，典狱长则没有理他，坐在座位上处理文件。

时间到了十点二十，教授站起身来。

“我们现在走吧！”

典狱长不情愿地再一次拿起手电筒，带着教授向九号牢房走去。偌大的监狱里异常安静，只有从各个牢房里传来的节奏不均匀的鼾声。教授示意典狱长打开九号牢房的牢门。两个人一起走进去。

“嘘！”教授冲着典狱长做着不要出声的手势。教授悄悄走到窗前，将手电筒的灯光调到最弱，然后照着床上熟睡的那个人的脸。九十七号囚犯被这突如其来的光从睡梦中惊醒，他微微地抬起眼皮。

“你认不认识我，菲利普？”教授有些不合时宜地问。

“认识。”囚犯用微弱的声音回答。

“那你知道我是谁吗？”

“你是那个教授，叫凡·杜森。”突然囚犯利落地坐了起来，直挺挺地看着眼前这两个人。

“你的鞋码是多大的？”教授突然转移了话题。

“我没有必要告诉你！”囚犯很生气。

教授拿起地上囚犯的鞋子看了看，然后又扔到一边，和典狱长一起走出了牢房。囚犯看到这两个叨扰他睡觉的家伙离开了，于是叹了口气，又躺下睡去。

回到办公室后，教授请求典狱长拿菲利普的档案给他看，典狱长将资料拿来，教授完整地誊抄了一份。

“您能告诉我那个医生的名字吗？”教授提出了最后一个请求。

“那个医生叫德尔莫尔·海因德尔。亲爱的教授，菲利普到底出了什么事情，你和哈奇到底在调查什么？”

教授一边戴上帽子，一边说：“典狱长，我想告诉你的是，九号牢房的那个人不是菲利普，真正的菲利普已经越狱了，并且是几周之前就越狱了。”

教授穿好外套，离开了奇泽姆监狱。

（五）

教授离开了监狱，便投入到一系列的调查之中。后来他终于找到了线索，他让哈奇到一间屋子去调查，没想到却遭遇了开始的那一幕。

教授和哈奇带着昨晚的那个男人来到典狱长的办公室。

“这不是菲利普吗？难道他真的越狱啦？”典狱长向“被俘”的男人投去惊讶的目光。

没过多久，狱警将九号牢房的九十七号囚犯带到典狱长办公室。

“这两个人长得一模一样！只不过一个脸上是凶恶的表情，一个是沉痛的表情。”

“他们是双胞胎兄弟。”教授指了指从九号牢房带来的囚犯，“这位是郊区小学校的一个牧师，他叫菲尼亚斯·吉尔弗伊尔博士。”接着他又将手指向自己带来的家伙，“这个人就是菲利普·吉尔弗伊尔，他才是真正的囚犯。”

典狱长和狱警都被这两人相同的模样惊呆了，教授清了清嗓，接着说：“这对孪生兄弟，除了脚的尺码不一样，其他都是相同的。菲利普的脚的尺码是八号半，而菲尼亚斯的尺码是七号，区别就在这里。”

说着，教授直接将菲尼亚斯的脚抬起，取下他的鞋，很明显，这只鞋与他的脚并不相匹配。菲尼亚斯瘫坐到椅子上，懊丧地捂着脑袋。而菲利普依然不依不饶地、恶狠狠地等着教授。

“那么，他们是如何调换的，我们怎么一点察觉都没有。”典狱长不解地问。

“解释这个过程还要从那份档案说起，四十多天前的一个下午，菲利普的妹妹探视菲利普，谈话时间大约是半个小时，这在档案上都有记录。其实菲利普根本就没有妹妹，这个人正是菲尼亚斯乔装的，他换了自己的兄弟出来。”

典狱长由惊愕变得气愤，因为他为自己的属下如此大意的工作态度而气愤。

“你没有必要责怪你的属下，因为这两兄弟实在是太像了，任何人都不会察觉。”典狱长命令狱警将菲利普带回到他应该待在的地方，然后又准备打电话，将菲尔尼斯交给警察。教授很快阻止了典狱长打电话。

“请您稍等，您还不知道他们为什么要进行调换。”典狱长又将电话放下。

教授说："菲尔尼斯是个好人，不像他的兄弟一样。所以你不能将他和菲利普一概而论。菲尔尼斯在监狱里一直替他的兄弟保守秘密，而他的兄弟菲利普则在外面为非作歹，他占了菲尔尼斯的房子，还酗酒殴打他的妻子。虽然菲尔尼斯的做法有失妥当，但是他并没有造成特别严重的危害，所以我认为不要把菲尔尼斯交给警方。"

站在一旁的菲尔尼斯听到教授如此为他求情，十分感动。

"菲利普之所以要越狱，他是想找我报仇。只是菲利普在袭击我的时候，玛莎刚好回来。所以我只是被他打晕了。醒来后，我想到了菲利普可能这时候已经越狱，所以我才联系到哈奇，让他来这里调查情况。

"同样，档案把其他的内容也告诉了我。我了解过菲利普的家庭状况，所以后来我就调查到菲尔尼斯。当我在拜访海因德尔医生的时候，医生告诉我其实菲利普的嗓子根本就没有问题。这样我联想到菲尔尼斯，便知道是怎么回事了。另外，他们兄弟之间商议，让菲尔尼斯只在牢里待上四个星期，这是我到菲尔尼斯的工作单位打听时，得出的结论。"

典狱长听完教授的一席话，打趣地说："菲尔尼斯，你最好还是先到监狱里去，和你的兄弟把衣服换了，否则走到大街上，人们以为你又越狱了。"

预告杀人

【日】横沟正史

（一）

九点整，金田一耕助准时回到了家，走过收发室时，他往里面看了一眼，却并没有发现管理员山崎夫妇。

沿着楼梯往上走的时候，他清楚地感到，那个自称“小山顺子”的女人已经在家里等他了。

“让您久等了……”

他打开没有上锁的门，进了屋。客厅里，瓦斯暖炉发出的“轰轰”声和椅子上的女式大衣都证明小山顺子已经在屋里了。可金田一耕助的话并没有人做出回答。

“可能是去厕所了吧……”他自言自语道，关上门，坐到桌前的旋转椅子上，一边翻阅桌上的晚报，一边等来客出现。过了好一会儿，小山顺子依然没有出现，金田一耕助开始感到不安。

他走到洗手间门口，看到里面的灯果然亮着，“小山女士，请问您是在里面吗？”里面没有回答，他又提高了音量问了第二遍。屋外的树枝拍打着窗玻璃，发出“啪啪”的响声，除此之外，金田一耕助没有得到任何回应。不安的感觉变得更加强烈，他一边大声叫着“小山女士！小山女士……”，一边撞开了洗手间的门。

随着门打到墙壁的那一刻，出现在金田一耕助眼前的一幕让他立刻噤了声。只见一个穿着褐色套装的女人趴在洗手间的地板上，一个铝杯掉在她的旁边，金田一耕助猜她可能是要来接水喝的。他伸出手在测试了一下女人的呼吸，已经死亡，身体也已经变得僵硬了。

金田一耕助蹲在尸体旁边忽然想起了等等力警官跟他说的一些话，旋即返回客厅，拨通了等等力警官的电话……在他回家之前，等等力警官还叮嘱自己发生了任何事情都要第一时间通知他。金田一耕助忽然有些懊悔，懊悔自己当时没有多留心，他又想起了今天跟等等力警官一起出门之前发生的事情。

（二）

“丁零零——”

电话铃骤然响起，正要出门的金田一耕助回到门边，拿起了电话。

“喂？您好。对，是绿丘公寓。对，我是金田一耕助。哦，小山顺子女士，是吗？对，对，您不用担心，没有您的许可，就算是警察来问，我也不会泄露的。是，是，是，不会有问题的，您放心。”金田一耕助取下帽子，握着电话坐在了一旁的旋转椅上。

电话是一个叫小山顺子的女人打来的，她声称这是一件性命攸关的事情，她想找金田一耕助帮忙阻止一场即将发生的凶案。但金田一耕助并不十分在意女人的预测。再加上，这位女士说话吞吞吐吐，甚至在金田一耕助叫她名字的时候，有瞬间的迟疑。由此，金田一耕助断定“小山顺子”一定不是她的真名。

“很抱歉，小山女士，现在我要出门办点事，我们明天会面怎么样啊？是，是，这是个非常重要的约会……什么？有人跟踪你？你觉得害怕……这样吧，小山女士，你先来我家……没关系，我会事先跟管理员打好招呼。怎么会？我的房间里又没有黄金……那好，你先在这边等我，我九点钟就会赶回来，到时候我们再细谈……”终于，金田一耕助挂上了电话。

此时，等等力警官正靠在书桌边看着他。刚才电话铃响起的时候，等等力警官本来已经走出了房门，可是，当他听到金田一耕助所说的话，又忍不住回到房里，想听一听到底发生了什么事。

等等力问金田一耕助这通电话谈了什么有意思的事，金田一耕助却因为事先答应了小山顺子不泄露谈话内容，并没有告诉等等力警官。二人正要走出房间，等等力发现金田一耕助房内墙壁上的日历破旧不堪。金田一耕助开玩笑说要给客人留下个好的印象，说完就走过去一把扯掉了三张过期的日历纸，露出了二十日那张。做完这些之后，二人离开了金田一耕助的家。

走到绿丘公寓门口时，金田一耕助特地向管理员山崎交代，如果一位叫小山顺子的女士来找他，就直接带她到他的房间里去。为了不让小山女士挨冻，他还嘱咐山崎到时帮她打开暖气。山崎记下了金田一耕助要他做的事情，并让他放心去办自己的事。

金田一耕助走出公寓大门，坐在车里等了他好一会儿的等等力警官又开始问他关于那个电话的问题。金田一耕助向他明确表达了不便透露委托人的信息的意愿。

等等力警官跟金田一耕助一样，觉得“小山顺子”这个名字肯定是假的，同时，他又预感会有不好的事情即将发生。虽然这种预感毫无根据可言，甚至被金田一耕助说成是超现实，可等等力警官就是无法从这种毫无依据的情绪中解脱出来。

听到等等力警官的一番言论，金田一耕助开玩笑地称等等力警官是个宿命主义者。对于他的这个玩笑，等等力警官一脸严肃，毫不知趣，这让金田一耕助觉得有些尴尬。

他变得烦躁起来，不愿意再纠结于小山顺子的事情。沉默片刻之后，金田一耕助仿佛自言自语一般对等等力警官说道：“最近有那么多人害妄想症，也许刚才那位女士也是其中一个呢！先把这件事放一边，说说您今天约我出来的目的吧……”

后来的事情印证了等等力警官的预感。

命案发生之后，第一个赶到现场的是佐佐木医生。佐佐木医生是绿丘医院的院长。几分钟之后，岛田警官也带着绿丘警局的警察们到达了现场。本来安静的绿丘公寓一下子变得热闹起来。看到这么多警察来到这里，山崎吓得面色苍白。他惊慌失措地问金田一耕助："金田一先生，发生了什么事情，是刚才来拜访你的小山女士出事了吗？"

对于山崎的疑问，金田一耕助并没有正面回答，只是告诉他不要担心，等一下会有问题要问他，并叮嘱他不要走开。对于金田一耕助家里发生的命案，大家都觉得很不可思议。岛田警官和佐佐木法医之前都跟金田一耕助合作过，连他们也觉得命案发生在金田一耕助家里是一件非常讽刺的事情。

无暇解释太多，金田一耕助让一名叫山口的刑警叫来山崎，开始询问发生在小山顺子到来前后的事情。片刻之后，山口刑警带着山崎来到了客厅。首先，金田一耕助对山崎进行了一番安慰，之后让他把小山顺子来绿丘公寓的情形详细地向岛田警官做了介绍。

从山崎的叙述中，金田一耕助得知，大约八点左右，小山顺子来到了绿丘公寓。山崎按照他的吩咐把她带进了金田一耕助的房间，并为她打开了瓦斯暖炉。当时，小山顺子看上去非常恐慌，山崎一离开房间，她就从里面挂上了锁链。可金田一耕助清楚地记得，当他返回家中的时候，门并没有上锁。

"看起来像是氰酸钾中毒。"佐佐木法医忽然开口说道，"被害人临死前可能觉得非常痛苦，所以才会想去洗手间喝水。"

"那么，死者的死亡时间大概在什么时候？"岛田警官问道。

佐佐木法医告诉他，大约是在八点半到九点之间。

正在这时，一声惊呼传来，大家立刻把目光投向了负责检查死者遗物的新井刑警。

"主任！死者好像是关口玉树的经纪人！"

当天晚上十点多，等等力警官抵达了案发现场。警方通过从死者皮包里找出的名片确认了死者的身份，这位自称"小山顺子"的女人正是关口玉树的经纪人——志贺叶子。

"岛田，派人通知关口玉树了吗？"等等力警官问道。

"我已经派了新井去接她，她今晚在NHK电视台排练。"

关口玉树出生在一个家教不错的家庭，本名叫京子。昭和二十一年春天，京子高中毕业，十七岁的她凭借自己的能力顺利地进入了一家杂志社工作。这家杂志社的主编就是她的现任丈夫——服部彻也。当时，服部彻也三十六七岁，正值壮年。由于战争的缘故，他与当时的妻子长期分居，过着鳏夫一般的生活。京子的出现，恰好填补了服部彻也的感情空白。

服部彻也用甜言蜜语俘获了不谙世事的京子的心。失身之后，京子才知道服部彻也家中早有妻室，只是木已成舟，在没有回旋的余地的情况下，京子只好认了命。后来，看到出版行业的景况越来越差，杂志社前途堪忧，服部彻也便筹集资金，开了一家以京子为招牌女郎的酒吧。"玉树"这个名字就是京子这一时期开始使用的艺名。

当时，许多美国士兵来这间酒吧玩乐，京子跟着他们学会了爵士歌曲。出乎意料的是，她的演唱颇受欢迎，很快，她便唱成了爵士界的天后。这时，服部彻也提出要跟乡下的妻子——可奈子离婚，迎娶关口玉树，但是关口玉树却没有同意。她是个很保守的女人，做不出掠夺别人幸福的事情。

昭和二十五年秋天，可奈子来到了东京。当时服部彻也和关口玉树住在简陋的房子里，生活并不富裕，但是可奈子却要求他们为她提供奢华的生活。由于内心隐藏的愧疚，关口玉树总是尽力满足可奈子的一切要求。

令关口玉树看不过去的是，可奈子对她跟服部彻也所生的孩子——由纪子——的漠然。可奈子经常把由纪子一个人扔在家里，自己出去寻欢作乐。关口玉树可怜孩子，也为了更方便地照顾由纪子，就把由纪子接到了自己的公寓。在此期间，服部彻也又提出了要跟可奈子离婚的事，这一次，关口玉树没有阻拦。可是，这个提议刚说出后不久，可奈子竟然服用氰酸钾自杀了。

（三）

在关口玉树到来之前，金田一耕助和等等力警官仔细查看了一下死者的尸体。年约三十五六岁的志贺叶子本称不上是美人，现在，她的脸又因为死前极度痛苦而变得扭曲，看起来丑陋的成分更多了。

金田一耕助以为，这个女人是来预告杀人事件的，那么面临生命危险的肯定不是她自己。可没想到的是……

“会不会是志贺叶子知道了某人的杀人计划，凶手为了阻止她告诉金田一先生，才毒死她的？”山口刑警说道。

“嗯，有可能。”

按照佐佐木医生的说法，死者应该是死于氰酸钾中毒，可是，她脸部的扭曲又似乎不仅仅是肉体的痛苦引起的，她死前难道看到了什么让她非常惊讶的事情？就在大家百思不得其解的时候，山崎太太忽然告诉金田一耕助，他走后没多久，小山顺子女士又打电话来询问了他的房间号。

等等力警官想知道两通电话是不是同一个人打来的，可是，山崎太太却无法告诉他，因为前一通电话是她丈夫接的。这时，关口玉树挽着一位中年男子的手臂走了进来。那名男子尽管头发斑白，可看上去仍然很有魅力，他应该就是服部彻也。现年二十八九岁的关口玉树虽然长相并不特别出众，可由于爵士乐界天后的身份，她看上去十分干练。

两人进屋以后，被要求去确认了尸体。看到志贺叶子的尸体，关口玉树几乎瘫倒在地。回到客厅，服部彻也端来一杯水，并从包里拿出了一瓶药递给关口玉树。金田一耕助把事情的经过对关口玉树夫妇做了详细的说明。关口玉树听完之后，十分恐惧，身体剧烈颤抖着。她无法相信，志贺居然知道什么杀人事件。

岛田警官拿出了从志贺叶子包里发现的一封写给金田一耕助的信。关口玉树看到那封信，忽然发出害怕的声音。服部彻也看了妻子一眼，然后打开了信封，里面是一张从报纸上剪下的有关口玉树的图片，图片的背面是一则关于狗染上怪病的报道。

金田一耕助明白这张照片肯定隐藏着重要的意义，志贺叶子所说的杀人计划一定就隐藏在这张照片里面。服部彻也的语调忽然变得有点怪，他问关口玉树，照片中站在她身后的是不是道明寺修二。关口玉树极不自然地承认了。道明寺修二和关口玉树之间的关系似乎并不简单。图片上本来还有另外一个被关口玉树称为柚木夫人的女人。她与道明寺修二的关系似乎也不寻常。

在关口玉树的叙述之下，金田一耕助得知，除了他们夫妇和十六岁的女儿由纪子之外，关口玉树的伯母梅子、志贺叶子和两名女佣也跟他们同住。在金田一耕助的最后一个问题——关口玉树是不是准备在圣诞节举办活动——得到肯定的答复以后，关口玉树夫妇离开了金田一耕助的家。

他之所以会问这个问题，是因为墙壁上的日历已经露出了十二月二十五日那一张。难道这是凶手在向他们预告下一次杀人的日期？

警方发现，志贺叶子确实死于氰酸钾中毒，有人把这种毒物掺在了她经常服用的镇静剂里。金田一耕助觉得，当时的情况肯定是听到有人敲门，志贺叶子以为是他回来了，结果打开门之后，却看到了其他人。为了平复情绪，她吃下了镇静剂。由于毒物包在糖衣里面，因此，她吃下之后，并没有马上发作，而是又过了两三分钟。这位神秘的访客到底是谁呢？金田一耕助无法得出任何结论。

当他听到岛田警官讲述关口玉树和服部彻也的故事时，听说服部彻也的前妻可奈子也死于氰酸钾，一股莫名的恐惧感马上席卷而来。服部彻也和关口玉树在今年春天正式结了婚，由纪子也以养女的身份进入了他们的户籍。

服部彻也和关口玉树的关系既复杂又奇怪。从昭和二十二年以来，关口玉树曾经堕过好几次胎，她好像非常想要一个孩子，却又害怕私生子的身份给孩子带来不好的影响。她曾向服部彻也提出分手，可这个男人每次都纠缠着，不肯答应。可以想象，每次堕胎的时候，关口玉树有多恨服部彻也。

想到关口玉树拿到志贺叶子所留下的信封时所流露出的惊恐，金田一耕助不禁怀疑，志贺叶子想要告诉他的会不会是关口玉树想要谋杀她丈夫的事情呢？可是按照由纪子的说法，关口玉树是晚上九点多去的录音棚，在此之前，她一直待在家里看书。这就为她提供了不在场的证明。

金田一耕助又拿出了志贺叶子带来的那张剪报。志贺叶子把柚木夫人的脸孔部分完全剪掉了，可是那天的报纸上明明完整地登出了柚木夫人的脸。难道柚木夫人跟这件案子有关？

圣诞节晚上接近十二点的时候，金田一耕助叫了一辆计程车来到警察局。等等力警官告诉他：“你的预感命中了，关口玉树家果真发生了命案，服部彻也被杀了。”

金田一耕助和等等力一起去了关口玉树家。进入大厅以后，看到十来个带着三角形尖帽子的人沉默地聚在一起，其中并没有关口玉树，原来受惊过度的关口玉树正在二楼休息。此时，她的养女由纪子正安静地站在壁炉架旁。关口玉树的伯母梅子带他们去看服部彻也的尸体。进入房间的时候，服部彻也的尸体俯卧在床上，鉴定组的人员正对着尸体拍照。经法医鉴定，服部彻也是被一刀刺死的。

后来他们找到道明寺修二，他把这天晚上所经历的一切称之为陷阱。按照他的叙述，十点钟左右的时候，喝得烂醉的一群人来到了关口玉树家。进门之后，大家马上就胡闹起来。道明寺修二玩得满头大汗，想从口袋掏手帕擦汗，却意外地发现一张字条。这张字条上用紫色墨水写着：十一点整到我的房间里来，我有话跟你说。落款是玉树。

道明寺修二遵照字条上的约定，在十一点的时候来到了这个房间。进来的时候，房间里一片漆黑。很快，关口玉树也进来了，她一边开灯，一边用责备的语气问他为什么要约她在这里见面。道明寺修二这才知道，关口玉树也收到了相同的字条。

就在两人惊讶不已，站在房间里讨论这件事情的时候，绑在三面镜旁边的厚窗帘里忽然传来奇怪的声音。关口玉树冲过去拉开窗帘，看见一道人影靠在门的另一边。她打开门，背部还插着一柄刀的服部彻也便从门那边的更衣间里，一头倒进了这间房里。

关口玉树立刻就昏了过去，道明寺修二也吓得大喊大叫，大厅的人很快就跑上来了。据道明寺修二回忆，他跟关口玉树在房间里交谈时，根本没听到任何呻吟或者喊叫的声音，所以，服部彻也应该是在他们进入房间之前就被杀害了。他们所听到的奇怪声音应该是尸体滑落的声音。

本来他以为字条的事是对他和关口玉树的试探，可仔细看过之后，他发现字条上的字迹分明是一个女人的。道明寺修二离开之后，绿丘警局的岛田警官走了进来，在等等力警官把今晚的事情简明地跟他讲完之后，岛田警官说出了自己的想法。

他认为有两种可能：

第一种可能是：服部彻也为了试探二人而给他们写了两张字条。他本想躲起来看二人会有什么反应，却没料到这个计划被关口玉树发现了。于是，关口玉树便趁机杀害了他。

第二种可能是：关口玉树为了把服部彻也引到更衣间，故意改变字迹，写字条给道明寺修二和自己。服部彻也中计，被刺杀身亡……

他还没说完，辖区的坂上刑警说他们在更衣间的待洗衣物桶里找到了一个女人胸前的挂饰。这是一个很精致的挂饰，价格不菲，应该是某个人不慎掉落在那儿的。辖区的久米警官看了一下挂饰，挂饰模仿书页的形式设计，可以像翻书那样打开。打开之后，里面居然有一张道明寺修二的小照。难道关口玉树跟道明寺修二之间真的有不为人知的关系？

忽然，大厅传来一阵喊叫，大家迅速跟在等等力警官身后走出了房间。

只见披头散发，身着淡桃色睡衣的关口玉树睁着空洞的大眼睛，正茫然地从楼梯上往下走。她在梦游！众人无能为力地看着这一幕，道明寺修二默默地爬上楼梯，抱起关口玉树，回了房间。这时，金田一耕助注意到，由纪子正站在一群客人中间，一脸担忧地看着楼上，她左边耳朵的耳环不见了。

（四）

根据参加宴会的客人们叙述，十一点十分左右，道明寺修二的叫声把他们引到了二楼的起居室。当时大家看到的情景是，道明寺修二抱着昏倒的关口玉树，背部插着一把刀的服部彻也倒在地上。看到这个情形，大家都僵在了门口，只有与关口玉树合作的作曲家和唱片公司的高级干部进入了房间。二人检查了一下尸体，发现服部彻也已经死亡，就吩咐梅子报了警。

梅子和道明寺修二一同下楼以后，金田一耕助叫住了她。梅子告诉他们，梦游是关口玉树的老毛病，一受到刺激就会发作。当被问到关口玉树夫妇之间的关系时，梅子表示，认识服部彻也之后，她发现服部彻也对京子爱得很深。所以，她觉得，服部彻也这个人虽然身上有很多缺点，但是他的爱至少是真的。

久米警官继续就男人女人之间的复杂关系进行分析，他表示，有时候男人太过狂热的爱情，会引起女人对他的反感，之前京子没有表现出来，可能是因为之前她并没有爱上别人。听出久米警官话里隐含的意思，梅子有些愤怒。她表示，只愿意就今晚所发生的事情，而不对京子感情的归属做任何回答。听出梅子语气里的气愤，久米警官为自己的失礼红了脸。

接着，他不再纠结于关口玉树的感情问题，开始询问案发前后的一些事情。梅子告诉他，今晚的宴会是由她安排的，可是她并没有参加。客人到达之后，她一一打过招呼之后，就待在自己的房间里读一本叫作《山节考》的书。十一点多的时候，她忽然听到一声大喊，过了一会儿，家里变得异常安静，她走出房间，想看看发生了什么，却看到三位女客冻僵似的站在关口玉树起居室的门口。

久米警官拿出杀死服部彻也的那把刀，梅子一眼就认出是放在大厅里、用来切火鸡肉的刀子。而被问到那个女士胸前的挂饰是不是关口玉树的时，梅子缓慢地摇了摇头，告诉他们，那是柚木夫人的东西。

柚木夫人本名叫柚木繁子，年约三十岁。她的五官长得非常精致，看上去就像易碎的陶瓷手工艺品。柚木繁子的丈夫两年前去世了，所以她现在是个寡妇。久米警官拿出那个挂饰，问是不是她的。

柚木繁子的语气中有着难掩的喜悦：“你们在哪儿找到的？真是太好了！”

久米警官反问：“你是在哪里掉的？”

柚木繁子表示不记得了，可能是在更衣间或者连接更衣间和起居室的小走廊。听到柚木繁子的话，久米警官的呼吸变得有些急促，原来柚木繁子曾经去过更衣间。根据柚木繁子的讲述，大家渐渐开始明白，柚木繁子对道明寺修二果真怀有不为人知的感情。但从美国回来之后，她看到道明寺修二和关口玉树越走越近，觉得非常不安。

今天晚上，她特别注意观察道明寺修二和关口玉树的神色。十一点左右的时候，她发现两人先后偷偷摸摸地离开了大厅。关口玉树离开大厅之前一直跟她在一起，她觉得非常好奇，就悄悄地跟在了关口玉树后面。等关口玉树走进起居室之后，柚木繁子在门外站了一会儿，发现道明寺修二果然在里面。于是，她跑进起居室旁的更衣间，打算听一听他们在说些什么。

可是打开更衣间门的时候，她发现走廊里站着背部插着一把短刀的服部彻也，为了避免尴尬，她没有发出任何声响。可是，她开门的动作却导致服部彻也的身体开始往下滑。身体下滑的声音马上惊动了起居室里的两个人，窗帘马上就被拉开了。她害怕被人发现，就慌忙逃离了更衣间。

柚木繁子同时非常笃定地告诉他们，在道明寺修二离开大厅之前，服部彻也就已经躲在小走廊里了。因为服部彻也是在道明寺修二离开大厅前大约五分钟离开大厅的。

柚木繁子的阐述仿佛句句都为关口玉树提供了不在场的证明。如果柚木繁子所说的都是真的，那么凶手肯定不是关口玉树。这个结论让岛田警官有些失望。久米警官提议去看看关口玉树，金田一耕助却想先听一听由纪子的说法。

等等力警官让坂上叫来了由纪子。由纪子已经拿掉了仅剩的右边耳朵上的耳环。十六岁的她非常可爱，只是可惜的是她患有轻微神经麻痹的脸看上去有些扭曲，这让她整个人给人一种阴森恐怖的感觉。

她告诉金田一耕助，今天最后一次见到父亲是快十一点的时候。当时她去更衣间洗手，刚好看到父亲走进来。当时父亲说已经很晚了，并催促她回去睡觉。她站在走廊上跟父亲说话，家中的女仆兼关口玉树的徒弟滨田丰子刚好经过，父亲就交代滨田丰子带她回大厅。

她跟滨田回到了大厅，父亲仍然留在更衣间里。当时更衣间附近没有任何人。回到大厅之后，她本想跟关口玉树打过招呼就去睡觉，可那时关口玉树正被一群人围着，她只好坐在角落里看起了电视，直到道明寺修二的叫声传来。当时，除了柚木繁子站在大厅入口的地方之外，其他人都在大厅里面。由纪子的证词再次为关口玉树提供了不在场的证明。

当由纪子看到从道明寺修二那儿拿来的纸条时，瞬间变得有些羞涩。她告诉大家，这是从她剧本上撕下来的。她写剧本的事只告诉了关口玉树一个人，现在，剧本已经写完了，可是她自己觉得写得不够好，所以除了关口玉树之外，并没有给其他人看过。看到原稿上的十点整变成了十一点，她非常困惑，不知道到底是怎么回事。

她的这种说法让在场的人非常吃惊。但仔细观察那张纸条后，金田一耕助发现，“一”和“玉树”这三个字的字迹跟其他字是有点不一样。金田一耕助拿出了从更衣间前的走廊里捡到的耳环给了由纪子，并要求她把剧本拿来。

由纪子的剧本描写的是一个个性乖张的少女和一个温柔舍监（旧时日本学校里指导学生生活、行为的人叫舍监）的故事。那位温柔的舍监一看就是以关口玉树为原型写的，而那个少女活脱脱就是由纪子自己。

这时滨田丰子被警方叫了进来，看上去大概二十岁左右的样子。按照滨田丰子的说法，她路过更衣间时，刚好看到站在走廊里的由纪子和站在更衣间内的服部彻也。由纪子的存在好像令服部彻也非常不安，两人经常吵架，这次好像又是刚吵完架。服部彻也一看到她，就让她把由纪子带回大厅，然后，从里面关上了更衣间的门。

之后，她就跟由纪子进了大厅。由纪子说要跟关口玉树打个招呼，然后去睡觉，可当时关口玉树正被一群人围着，她就坐在角落里看起了电视。快十一点的时候，她做完事情离开大厅，却看到道明寺修二偷偷摸摸地进了关口玉树的房间。看到这种情况，她觉得非常好奇，于是就转过走廊，躲在暗处开始静静观察。

不一会儿，她看到关口玉树也走进了那个房间，并打开了灯。她正犹豫要不要趴在门边偷听时，又看到柚木繁子鬼鬼祟祟地走进了旁边的更衣间。

很快，柚木繁子狼狈地逃了出来，飞奔着进了大厅。接着道明寺修二一声大叫引来了大厅所有的客人。

深夜两点多，警方在关口玉树的房间里对她进行了审讯。出乎所有人意料的是，她竟直接承认是自己杀死了丈夫服部彻也。按照她的叙述，服部彻也一直怀疑她跟道明寺修二的关系。今晚十点半左右的时候，她忽然觉得裙子口袋里有东西，拿出来一看，是张字条，字条上写着：十一点整到我的房间里来，我有话跟你说。落款是彻也。

她一眼就看出了纸条上丈夫的字迹，这让她非常生气。本来想去找他理论，可当看到道明寺修二正站在大厅角落看着另一张字条，她便无法压制心中的怒火了。她把丈夫这种卑劣的行径视为对她和道明寺修二的侮辱，长久以来压抑在心中的愤怒就像沉睡的活火山，在那一刻爆发了。

她开始密切注意服部彻也的举动。快十一点的时候，服部彻也离开大厅，去了最适合偷看两人约会的更衣间。关口玉树把一把切肉用的刀子藏在裙子下面跟了过去。进入更衣间以后，里面的灯亮着，她看见服部彻也背对着他站在小走廊里，于是，便冲过去从他背后刺了一刀，然后关上灯，迅速离开了那里。

由于整个过程中服部彻也没有发出任何声音，所以此时虽然道明寺修二就在隔壁的房间里，却没有听到任何声响。要是没有听过柚木繁子和由纪子的供词，大家肯定很轻易地就相信关口玉树的证词了。可是，此时大家却都知道她在说谎，不知道是谁让她甘愿付出生命来保护。

等等力警官告诉了关口玉树，自她离开大厅，柚木繁子一直跟着她。关口玉树听出了他话里隐含的意思，不再说话。案子进入胶着状态。

（五）

柚木繁子是个善良的女人，服部彻也死后，她一直鼓励关口玉树和道明寺修二勇敢争取自己的幸福。关口玉树和道明寺修二的感情迅速升温，并决定于次年一月订婚。两人的订婚宴在温馨的气氛下顺利地进行着，柚木繁子当着媒体的面宣布：道明寺修二与关口玉树会在四月下旬结婚。婚礼结束后，关口玉树履行完之前所签的合约就会退出演艺圈。

大家都微笑祝福着二位新人，由纪子看起来也很兴奋。八点半左右，金田一耕助和等等力警官来了。他们的到来好像让大家非常扫兴。当他们表明来的目的不是查案，而是祝福两位新人以后，订婚宴又恢复了之前的温馨气氛。

大约半小时之后，金田一耕助忽然说听到更衣间有奇怪的声音，并让等等力警官去查看一下。等等力警官查看之后表示，更衣间没有任何异常。金田一耕助觉得非常尴尬，一张脸变得通红。

他问由纪子："吓到你了吧？"

由纪子笑着说："没关系。"然后端起红茶杯子，送到了嘴边。

"由纪子，等一下！"金田一耕助尖声制止，"刚才，我把你妈妈的杯子跟你的调换了一下，你敢喝下那杯红茶吗？"

由纪子"腾——"一声站了起来，她脸上所流露出来的恶毒让当晚在场的所有人都无法忘记。她把拿在手上的红茶杯子送到嘴边。

"由纪子！"关口玉树发出尖锐的惨叫声。

杯子里的红茶被由纪子一饮而尽。很快，她开始口吐白沫，整张脸变得非常扭曲。她临死前的最后一句话是："我是……是……不会被你们……抓到的！"

一个多礼拜以后，等等力、岛田、久米三位警官聚在了金田一耕助的家里，四人又讨论起了这件案子。

对于由纪子是凶手的事实，岛田警官一直无法接受，他无法相信一个十六七岁的小女孩居然会干出这种事情。

由纪子是有杀人动机的。父亲在外面包养别的女人，而母亲却恬不知耻地靠父亲的情妇生活，还在外面有了情人。父母都对她不闻不问，这让即将进入青春期的由纪子觉得非常愤怒。而可奈子之前在军需工厂的工作，又让由纪子有了接触氰酸钾的机会。

金田一耕助拿出志贺叶子留下的那张剪报，告诉大家，当初志贺叶子把照片剪成这样并不是为了剪掉柚木繁子，而是为了背面的报道。岛田警官把剪报翻了过来，看到背面登着一条关于狗集体中毒事件的报道。原来大家一直都走错了方向。

志贺叶子可能发现由纪子毒杀狗的事情，然后联想到了由纪子母亲的死。她害怕关口玉树也惨遭谋害，就跑来求助。可是，她打电话的时候却被由纪子发现了。由纪子以她的身份打来电话，询问了金田一耕助所住的房间号，接着就跟踪志贺叶子到了这个房间。而关于服部彻也的死，金田一耕助是这样解释的：

滨田丰子看到服部彻也的时候，服部彻也其实已经被刺了。当时服部彻也面对着他，所以她并没有看到他背上的刀。服部彻也可能觉得愧对女儿，所以平时不知道怎么跟她相处，面对她时只好表现得很冷淡。当由纪子把刀刺进他的身体之后，为了帮她脱罪，他故意让路过的滨田丰子把她带回了大厅。而关口玉树之所以承认自己杀害了丈夫，可能也是基于同样的原因。

道明寺修二和关口玉树的会面，其实是由纪子设下的圈套。她是个不值得同情的恶魔。在关口玉树的订婚宴上，由纪子把毒药放进养母的杯子里。如果关口玉树当时喝下了那杯红茶之后中毒而死，世人一定会以为关口玉树是因为受不了良心上的谴责而选择自杀的。

由纪子写作剧本的真实目的其实是为了在杀害关口玉树之后，避免被人怀疑。她剧本中所描述的感情并不是她内心对关口玉树所怀有的真实感情。在订婚宴上，金田一耕助看到由纪子往关口玉树杯子里放了一些东西。为了查明真相，他故意制造混乱，吸引大家注意，然后趁乱交换了两个人的杯子。

按照金田一耕助的说法，当时他并不确定由纪子放进去的是毒药，也完全没有料到由纪子真的会喝下那杯红茶。后面发生的事情其实并不在他的意料之内。

步步惊心的杀人游戏

“白鲸”号杀人事件

【日】大阪圭吉

雾气沉沉的大海上，“白鲸”号在海上若隐若现。深谷夫人还在房间里惶恐地等待着自己一夜未归的丈夫，此时的她还不知道深谷先生正被绑在“白鲸”号的船尾，随着海浪上下浮动。

（一）

“白鲸”号，全长约二十尺，外形是目前最新款的梅格尼·斯洛普型，白色的桅柱和船身，红白条纹的主桅帆，可搭载三个人。帆摆由长桅柱后侧凸出的横杆滑动控制，就好像拉开窗帘般展开，保持与船首的三角帆风向相对的同样角度，用绳索固定着。在偏左约十度处是用浮筒上的绳索固定的船舵。这艘华丽的帆船就这样静静地停靠在岬角船坞旁边的黑色岩石上。它的主人叫深谷。据说十多年前他是个船长，在某商船公司负责顶级商船欧洲航线，积累了相当惊人的财富。退休后，就在岬角建造了宅邸。这里人迹罕至但拥有优美的海岸线，所以他的生活多少带点世外桃源的色彩。

今天早上“白鲸”号漂浮在近岸处，深谷夫人吩咐管家游泳去把船拖上岸。船靠岸后，管家先爬到“白鲸”号上搜查了一遍，什么也没发现。就在这时他望向了船尾，接着他发出了一阵凄惨的尖叫声。原来深谷船长被穿过浮筒的绳索绑在了“白鲸”号船尾，他是被海流瓶击杀的。至于到底是谁干的，没人知道。

这谜一样的杀人事件，一时之间被传得沸沸扬扬。

碰巧这天我跟青山乔介利用星期天到这个地方游玩，听到了这个消息，引起了我们的好奇，马上跟辖区警局取得了联系，允许我们去拜访岬角的宅邸。

我们骑马来到了宅邸门前，将马拴在宅邸的阴凉处。接着就看到两位身穿制服，腰间佩剑的警察朝我们走来。过了一会儿接待我们的是个男子，像是管家，他面带着怀疑的神色，显然对我们极度地不信任。然后他领着我们去见了深谷船长的遗孀。

我们在豪华的客厅见到了深谷夫人。她是一位肤色白皙的美丽夫人。此时身穿着有些不整的黑色洋装，胸前佩戴着银质胸针，面露憔悴，漆黑的眼眸闪着激动的光彩，语气忧郁痛心地开始叙述深谷船长被发现的经过。

“今早雾很大，没发现‘白鲸’号不见了。七点时，我去卧室找我丈夫，发现他不在，才知道他昨晚出海了，忽然一阵不安的念头袭上心头，马上命人寻找‘白鲸’号的踪迹。这时雾已散去，发现了漂浮在宅邸正下方的‘白鲸’号。命人将船拖上岸后，就发现了我丈夫被绑在船尾。”

夫人轻轻地啜泣着，用纯白的手帕擦拭着眼泪。

我静静开始问道：“昨晚深谷船长什么时候出的海？”

“因为他经常半夜驾船出海，所以我也没注意到他是什么时候出的门。”

“哦，原来这样啊，那你有没有注意到深谷船长昨天有什么特别的地方？”

“没什么特别的，”深谷夫人回忆地说道，“哦，我想起了一件事，昨天下午我丈夫一直心神不宁，傍晚，在饭厅门口，我忽然听到他自言自语地说‘最后时刻，明天下午’。当时他的声音里充满了恐惧。”

深谷夫人刚说完，两位绅士走进了客厅。一位是深谷船长的朋友黑冢传次先生，另一位是深谷夫人的弟弟洋吉。

黑冢传次先生是位四十五岁左右的西化绅士，而洋吉的年纪就更小，身材矮小、瘦弱，肤色白皙。大家彼此打了招呼后，我又问了夫人一个问题。

“你们家一共有多少人？”

“就你所看到的，一共六个人，我们夫妻俩、黑冢传次先生和我弟弟，再加上女佣阿君和刚才领你们进来的管家兼仆人早川。”

“你们两位都要长期留在这儿吗？”

“是的。”洋吉回答。

“那么我们可以去看看你丈夫的遗体吗？”

夫人让女佣阿君领我们前往安置遗体的房间。

途中，我问女佣阿君昨晚是否发现有什么不正常的事发生。

阿君说道：“昨晚，管家早川好像没有伺候老爷，而且，半夜十二点我起来上厕所时，看见管家穿着睡袍在厨房喝水。”

“那关于黑冢传次先生和洋吉，你又知道些什么呢？”

“听说黑冢是以前船上的大副，这次是因为休假才来宅邸的，但是感觉上他与我们家老爷关系不是很好。至于洋吉少爷，他今年刚从庆应大学财税系毕业，是个喜欢吃巧克力的摩登男孩，他跟黑冢关系挺好的，昨晚两人很晚还外出散步，不知道什么时候回来的。”

说着说着就到了安置尸体的房间了，打发女佣离开后，我们掀开了盖在尸体上的白布，只见后脑部致命的伤痕和绳索捆绑的痕迹，除此之外，没发现任何疑点。离开停尸间后，我们请管家早川带路，领我们到帆船停泊的岸边，准备查看一下“白鲸”号帆船。

（二）

站在阵阵海潮袭来的岸边，看着眼前的“白鲸”号。此时，它的帆桅和帆布仍高高地挂着，经过仔细检查，我们发现在舵板的活页上缠着少许绿色海草。

“你们主人是被穿过浮筒的绳索绑在船尾的？”我指着绳索端的浮筒问早川。

“是的。”

“凶手的胆子也够大的，竟然敢把杀害之人这般捉弄地捆绑。”我走近白色船身，轻敲船底正中央纵向凸出的重心板的铅，并仔细看着其下端。“喂，你看，这里沾着黏土！”

乔介和管家不约而同地跑到我身旁。一看，果然没错，一层薄薄的柔软黏土黏附在重心板下端与木材的接缝附近。

“今天早上‘白鲸’号被从水中拖上岸后，有没有再下过水？”

“没有。”早川如实地回答道。

“这附近一带都是岩石，那就是说这泥是昨晚深谷船长驾驶‘白鲸’号出海时无意中沾上的。‘白鲸’号肯定系绑在某处黏土质的海底。而且此海底到处都是密生的海草，舵板的活页上缠着少许绿色海草就是证据。我记得这绿色的海藻叫长海松，通常在浅水处大量繁殖。”

听了我的推论，乔介和管家不住地点头。

我离开重心板，靠近横亘的船身，沿着华丽的舷侧，一面仔细地观察，一面用手指触摸。突然，我回头朝他们喊道：“你们快过来看看这个。”

他们跑过来，望着我手指指着的位置。也没什么特别的，就是一条半干枯的褐色泡沫长线，这条长线位于船舷下方约一尺的位置，沿着船舷形成的。这种长线到处都能看到，比如在退朝后的岩石上。

“这条线没什么奇怪的啊。”乔介说道，但是看到我带有深意的目光，他立刻明白了，“你是说‘白鲸’号到达过水底下有黏土质泥土和长海松的海岸，并且水面上漂浮着这种褐色泡沫？”

“嗯，但不仅如此，我还发现了一件更有意思的事。现在大家先上船。”

在我的指挥下，乔介和早川把“白鲸”号推向了海边。等船顺着潮水在海面漂浮时，我们立刻跳上了船。

“接下来，我们将会进行一项有趣的实验，但有一点要求，就是务必使船保持水平。”我蹲在船舷边，注视着水面与舷侧的接触线。然后站起来问乔介：“你体重多少？”

“大概五十公斤吧！好久没称过了。”

“嗯，那早川管家呢？”

“我记不大清楚了，应该有六十公斤了吧！”

我自己大约有五十六公斤，我心里暗忖着。“对了，宅邸有磅秤吧？”

“有，是大型的自动磅秤，放在别院的储藏室内。”

“那真是太好了，过会儿就可以用了。现在，你们保持自己的位置别动。”说完后，我跳到了岸上，搬了两块大石头放到了船上，然后我让他们再一次保持船水平。

然后我蹲了下来，跟刚才一样，望着舷侧，最后面带满意的微笑站了起来。

“这样正好，哦，早川先生，还想向你打听点事，今天早上你是第一个上船的吧，有没有发现什么特别的东西啊？”

“没什么特别的，就见到一条大型的巧克力软膏放在餐桌上，不久前被警察带走了。”

“除此之外，就没见过被当成凶器使用的海流瓶或是其碎片吗？”

“哦，我想起来了，是有一两块瓶底部分的碎片，但是被警察带走了。”

在听管家回答的过程中，我一直注视着面前的小船舱，此时舱盖已经被打开，突然我弯腰将上半身探入舱内，伸手捡起了一枚大黑贝。

“这个贝很漂亮，从侧面看就像展翅高飞的鸟儿，它叫什么名字啊？”

“真五贝，喜欢生活在脏水中。”早川咬牙切齿地回答。

“谢谢你给我们带路，我想了解的事实已经弄清了，我们回去吧，顺便麻烦你们帮我把那两块石头也搬回去。”我边说边随意地把那枚贝装进了口袋里。

（三）

五分钟后，我们回到了宅邸。把放在别院储藏室的自动磅秤搬了出来，我们各自称了下体重，顺便也称了下两块石头的重量。这时正好女佣过来叫我们去用餐，我们辞别了管家。跟随女佣朝饭厅走去。这个饭厅面向大海，装饰华丽。我们就在这里吃过午餐。餐后大家就在这里边喝着红茶边聊着天。

“这里景色真的很美啊！像这么美的海岸，应该不会有浮积着脏污泡沫的地方吧？”我望着窗外试探地问大家。

“很遗憾，确实有那么个地方。”洋吉指着窗外的某个地方，说道，“你看，就是那里，人们叫它‘鸟食岬’，在它的尖端对面有一处稍呈钩形弯曲处，有个污浊的水滩，那里总是积满浓褐色的泡沫。”

“为什么要谈这种事？”黑冢不耐烦地打断了谈话。

我笑了笑说道：“没什么，随便问问。不过接下来这件事就需要大家配合一下。麻烦黑冢先生和洋吉先生称一下体重。”

“为什么要我们称体重？”黑冢不满地说道。

“为了验证我的推测，同时证明你们不是凶手。”

最后，他们俩也只好量了体重。

为了尽可能正确地了解深谷船长的体重，我向夫人借来了深谷船长的日记，仔细地阅读了日记上记载的内容，记录下日记上提到的每一个数字。然后我对乔介说：“我们可能需要借用一下‘白鲸’号，去一下案发现场，也就是鸟食岬的污水滩，看看能不能发现其他有用的线索。”

（四）

“白鲸”号静静地在海面上行进着，由于低气压来袭，突然刮起了强烈的南风，海面波涛汹涌。借助着南风。我们不一会儿就绕过了鸟食岬，到达了出事的那片污水滩。

船一驶入小河口，这里是封闭的，风立刻就完全消失了，就连原本照射在海面、发出耀眼光芒的太阳也突然消失了光芒，被浓云遮盖住了，黑暗笼罩着四周，但是一切景物却变得更加清晰可见。我们所乘坐的“白鲸”号帆船靠着惯性没有任何横摆地滑行着。我观察着四周的环境。

这里是片海水死巷，岸边不见任何岩石，也不见海边的沙滩，岸上生长在泛着黑色光泽的整片黏土质上的郁郁葱葱的类似芦苇的高大植物。荆棘的杂草或矮灌木和略呈红色的羊齿类植物生长在稍许凹凸的岸上平地至后方的鸟食岬山丘上，它的上方覆盖着原始的乔木类植物。而水面上漂浮着无数浓稠、污秽的褐色泡沫，并且越靠近海湾中央，密度就越高，最后连成了一片泡沫之海。

乔介挑选好重心板不会碰到海底的深水处，把船停靠好。

我们下了船，刚踏上湿漉漉的岸边，我突然拉扯了下乔介，示意他小点声音。

本来应该空无一人的寂静的丛林里，突然出现了一阵杂乱的急促的脚步声，这声音中夹杂着树枝被踩到，枝叶擦过身体的声音，看来有人正在快速地从林里穿越潮山中跑去。

“原来还有别人比我们先到这里，这人是谁呢？刚才又没看见有其他的船，他是怎么到的呢？”乔介好奇地问我。

我没有理会脚步声，反而盯着从水边的黏土质地面至草地被拖过的痕迹。

“这应该是昨晚凶手留下的脚印，刚才那个逃到丛林的人是在消灭证据。不过，水边应该留有‘白鲸’号重心板卡入的痕迹。”

这时海水恰巧退潮，污秽泡沫留在了满潮线上。我俩在水边蹲了下来，开始了一项令人感到恶心的工作——将污秽泡沫移走。没多久，我们发现了一条细长形凹陷。它的宽度约有一寸左右，有三分之一浸在退潮的海水中。另外离凹陷处约一尺的地方，三四条长海松被扯断了，我们在深谷船长上发现的绿色海草就是这个。

“重心板的凹陷应该是昨晚满朝时留下的，而昨晚满朝时间刚好是十点左右。嗯。这下就说得通了。现在我们沿着脚印的方向走看看这些脚印是通向哪里的。”

跟着这些抹掉的脚印我们来到了草地。我们发现这些脚印，参差不齐，许多脚印被重复了两次，好像是脚印的主人在海岸和草地之间来回走了两次。更特别的是，被擦掉脚印的左侧，还留有拖拽重物般的较宽线条。

“这些较宽的线条是什么呢？难道是搬运深谷尸体时留下的痕迹？”乔介问我。

看着昨晚被踩踏过，又被拖曳的重物辗压过的草地，经过一晚，已经恢复了顽强的生命力。我不发一语，在长满灌木的草地上走着，不一会儿就来到了一片特别高大的树荫，树荫内侧有一个小水池，一盏大型的电石灯就掉落在长满细草的池岸上。突然一条拖曳的痕迹映入了我们眼帘，我们十分惊奇。因为这条痕迹跟方才在海岸泥土上所见的完全一样。它好像是从水里拖出来的，从岸边的小石头延伸到了草地，方向朝着山上而去。周围的草湿漉漉的，一个个地趴着，看来重物似乎是几分钟前才从水池里拖出来的。

我们开始沿着痕迹前行，走到了细长草地尽头，看见了在前方不远处躺着不知名的黑色物体，我们兴奋地快步跑上前。

我们震惊地发现这黑色物体竟然是在采集贝类时使用的格子网，里面装着跟我口袋里一样的真五贝。网口被封住了，应该是为了防止里面的贝掉出来。这突如其来的一切，使我们都当场愣住了。

“这究竟是怎么回事？这么多的真五贝是用来干什么的？还有逃跑的那个人为什么要藏起这些贝？”

我陷入了沉思，然后拉着乔介一起进入了丛林里。

不久，我们就在潮湿地面上找到了一个深陷的大脚印。

“这个脚印这么大，应该是男人的脚印，而且，这个脚印比我的脚印还深，一定比我重。好了，这些已经够多了，让我们回到深谷宅邸吧，看看此刻凶手在做什么。”

我们离开了丛林，带着我们发现的真五贝和电石灯，回到了原来的海岸，将货物放上“白鲸”号。由于这处水滩没风，我们只能沿着岸边将“白鲸”号拖拉有风的海湾口。

“昨晚的凶手也是在此固定帆和舵的方位后，再将‘白鲸’号放流。你看，果然有一道到这里的脚印被抹拭掉了。”

经我一说，乔介也注意到了。这儿的脚印是最先被擦掉的，而且抹拭得非常仔细，如果我们不仔细看的话是不会被发现的。

“风越来越大了，我们就在这儿起航吧！”

我们上船了，最初，大桅帆只是发出轻轻的声音，但当把两张帆固定在让从右吹过来的风推行，而被固定为左偏约十度的舵，也就是让船大幅左绕前进时，“白鲸”号就开始全速前进。船帆的姿势就是我们在岸边看到船帆时所维持的角度。

（五）

十分钟后，我们就回到了深谷宅邸，将我们所带来的东西放到了别院储藏室门口。我马上前往宅邸借储藏室的钥匙，本来一会儿就可以回来的，但半途我又拐进厨房跟女佣打听了点事。然后才拿着钥匙来开门，边开门边说：“刚听女佣说，现在宅邸正乱成一锅，洋吉的指纹被发现在巧克力软膏上，刚刚警察已经带走了洋吉。但是，我知道洋吉并不是凶手，凶手另有其人，等我把东西称一下就知道谁是凶手了。”乔介帮我把两件东西放到磅秤上称了下重量，一共是六十八点五公斤，我将数字记在记事本上，然后用铅笔计算了下说：“我知道凶手是谁了。”

“凶手是谁？”乔介迫不及待地问道。

“管家早川。”说完，我冲出了储藏室。

我们跑到宅邸前的拱门时，正好发现有警员站在那里。

我立刻对警员说：“凶手另有其人，洋吉只不过是替罪羔羊。真正的凶手是管家早川。请马上联络总部，在这处岬角至西南海岸一带紧急布下警网，不管是山丘还是树林都要，还有鸟食岬也是一样，防止管家早川逃跑。顺便让他们释放了洋吉。”

警员听得一愣一愣的，我又朝他喊了一声，他才回过神来，快步朝电话室走去。

然后我和乔介走进了宅邸内，看到了满脸愁容地深谷夫人，安慰她说：“不用担心，你弟弟是被人陷害的，我已经让人把他给放了。不过，现在能让我看一看别院你丈夫的房间吗？”

夫人让用人把钥匙拿过来，给了我们。

用这把钥匙，我们打开了深谷船长生前的房间。这间房子依据深谷船长的喜好装饰成了船舱的样子，窗户是圆形的、设置了扶手，面朝大海开启，放着大型信号灯的壁橱和摆放着各种各样书籍的大型书架就在圆窗的旁边摆放着。与房间风格完全不搭的是位于房中央的办公桌，文件柜就立在桌上的一角。这是深谷船长的私人空间，任何人都不准进入。

我思考了一会儿，把我进房间之前从格子网中拿的两三个真五贝放在了桌子上，然后走向了书架，用鼻子仔细嗅着书堆，试图从中找到一丝不同寻常的气息。

乔介闲着没事干，突然想起来我们骑来的马，到现在为止还没有喝一点水，慌忙地走出船舱，朝拴马的地方走去。给马喂完水后，天气开始发生变化，乌云密布，周围迅速陷入黑暗，接着轰隆隆的怒涛声从岬角前端的崖下咆哮而来。当乔介把马安置好时，相当长的时间已经过去了，这时我走了过来。

我交代乔介："你去请电信局交换台转接至三重县，具体的电话号码不太清楚，不过，只要说转接鸟羽的三喜山海产贩卖部，交换台应该就能接通。"说完，我转身朝大厅走去。

大厅里，我向深谷夫人打听管家早川的一些事情。

"夫人，早川是什么时候来你家工作的？"

"十年前，我丈夫从日本商船公司退休后，搬到这里，从那时就开始雇佣他。"

"那他以前是干什么工作的？"

"这我就不大清楚了，因为雇佣早川一事完全由我丈夫一人处理的。"

"哦，原来如此，那你丈夫是否曾经在夜里点亮了船舱壁橱上的信号灯呢？"

"点亮过，但是，一年就一两次，我曾经向我丈夫打听过这件事，我丈夫说他打算航行较远的距离，所以才点亮灯以便当作回航时的目标。"

这时，电话铃响了，不一会儿，女佣走进来："请问，是哪一位打电话给鸟羽的？"

"哦，是我，谢谢。"我快步走出了大厅。

约莫十分钟后，我回到了大厅，面带笑容地说："所有的谜题都解开了，请大家都到深谷先生的房间去，我会向大家说明到底是怎么回事。"

（六）

暴风雨终于来临了。

我们刚到深谷船长的房间不久，外面就下起了瓢泼大雨，豆大的雨点打在面朝大海的圆玻璃窗上。就在这电闪雷鸣的暴声中，我开始向大家揭开了这个杀人事件。

"一开始大家就被表面现象给迷惑了，在船舱中发现了巧克力软膏，大家就认为这件事跟喜欢吃巧克力的洋吉有关。再加上上面有洋吉的指纹，洋吉才会被警察抓走。但实际上，这件事跟洋吉一点关系都没有。

"大家还记得我让黑冢先生和洋吉先生称过体重吧，其实我是为了验证我的推定。开始时，我推断，命案发生时的白鲸号上载着三个人，或者说，应该是载着一百九十多公斤的重量。"

"这件事你是怎么推断出来的？"

"我、乔介和管家曾经去看过'白鲸'号，然后发现了一道褐色泡沫痕迹，这个痕迹位于距白色舷侧的吃水线约莫三寸的上方。我就是根据这三寸的距离计算出来，案发当天'白鲸'号载重了约一百九十点九二公斤，当'白鲸'号漂流到那片泡沫海面时，丝毫未受到侧浪的影响，就留下泡沫痕迹，但到了鸟食岬的水滩，重量消失了，'白鲸'号舷侧黏附泡沫的位置就保留了下来了。"

话还没说完，黑冢就冷冰冰地打断了我的话："这样的论调在我们内行人眼中并不正确。你刚才的推论并没有考虑到船的晃动，也就是横摇。因为，对于船来说，不管船多大，横摇愈是剧烈，依其倾斜度，舷侧的吃水线愈往上升，所以你刚才所谓的一百九十公斤的论点并不正确！"

黑冢说完，将雪茄的烟头扔进银质烟灰缸中，双臂交叉着放在胸前。

黑冢果然不愧是专家，他的论据非常合理，但是我的推断也是没错的。我信心满怀地说道："你说的是不错，但是作为外行家，我还有证据证明我说得是正确的。首先，我仔细地观察过那条泡沫线，它的高度在'白鲸'号船身四周舷侧都是一致的。也就是说，泡沫的包围线的高度在任何部分都是一致的。接着说正事，假如泡沫线是因为你所说的是横摇才出现高于标准吃水线以上的痕迹，那么两舷侧的泡沫痕迹会因离开轴的两端而升高。将这一点跟我观察到的事实相比较就会发现泡沫线并不是因为横摇而形成的。"

"似乎有些道理。"黑冢很不甘心地承认道。

"虽然说重量我推断对了，但是我还是犯了一个很大的错误。我一直以为昨晚'白鲸'号上一共搭乘了三个人，包括深谷船长。但实际上，全错了。'白鲸'号上只有两个人，两个人的重量肯定没有一百九十公斤，但是如果加上这些真五贝和这盏电石灯的重量的话，应该没人怀疑了吧。这些真五贝和这盏电石灯就是我们从深谷船长出事的鸟食岬带回来的。

"现在只要把深谷船长的重量加真五贝和电石灯的重量加起来，就可以知道谁是凶手了。"我拿出来记事本，上面记载了深谷船长和真五贝和电石灯的重量。

"深谷船长五十七点三四公斤上加上真五贝及电石灯总共的六十八点五公斤，从一百九十公斤中减去这些重量，还剩六十四点一六公斤，而管家早川的重量就正好是这个重量。"

说完这些，我停顿了一会儿，然后接着说："我猜测事情是这样发生的。昨晚十点左右，那时刚好满潮。'白鲸'号载着深谷船长、凶手早川和这些货物到达了那片污秽的泡沫之海，这时深谷船长已经被海流瓶殴打致死了。由于那里是黏土质还长满了长海松，所以我们在'白鲸'号上才会发现黏土质和少许长海松以及泡沫。早川把货物搬上岸，将被害者的尸体丢下海，用绳索绑在船尾，然后沿着岸边拖'白鲸'号至海湾口附近，固定好帆和舵，让船左绕向海中漂流。第二天早上大家就发现了漂浮在水上的拖着深谷船长的'白鲸'号。然后，早川拖着货物进入草地，把电石灯置于草地深处的小水池岸边，将装着真五贝的格子网沉入池中，然后就直接从陆路回到宅邸。时间应该是将近午夜十二点吧！等到十二点整，为了让心情平静下来，他起床至厨房喝水，正好被也起床上厕所的女佣见到。这些是女佣告诉过我的。"

"第二天早上，他为了摆脱嫌疑，就嫁祸给洋吉。他游泳将留有洋吉指纹的巧克力软膏放到了船上。

"另外当我们决定去鸟食岬上一探究竟时，早川怕被我们发现脚印和真五贝以及电石灯，就在我们离开不久他也去了鸟食岬，当时我们在鸟食岬听到大脚步声就是他的。这点我已经从女佣那儿得到了证实，女佣证实早川午饭前不在家。"

"早川为什么怕我们发现真五贝，还有深谷船长为什么夜晚驾驶帆船出海，这又跟深谷船长说得‘最后时刻，明天下午’有什么关系呢？”

“这些就要从真五贝说起，之前我从深谷船长书架上找到了一本《海栖动物的一般性研究》，这是一本关于贝类的书籍。书中详细地介绍了真五贝的用途。书中是这样写着：真五贝能够提供比普通珍珠更大的珍珠，近年来很多人利用真五贝饲养珍珠，我也已经从真五贝当中找到了珍珠，大家看。”

接着，我从口袋里拿出来一颗美丽的大珍珠，“这就是利用真五贝饲养的珍珠，这种人造珍珠很值钱，但这种养珠是有专利的，专利权就在三重县的三喜山先生手上，那么这就解释了为什么深谷船长经常夜晚驾驶帆船出海，因为他所干的事侵犯了别人的专利，属于仿冒品，但是他是怎么掌握这种技术的呢？是谁偷了这种技术？我猜应该是早川，然后我让乔介打电话给三重县的三喜山养殖场，果然不出所料，早川十年前被这个养殖场解雇了。”

接着我从深谷船长的文件柜里拿出数张商业文件，内容是英文，说：“大家看看这个，这应该是深谷和早川合谋仿冒珍珠并走私的文件，上面所提到的蓝灯笼或红灯笼应该就是珍珠，并且，文件下面还有收货者的签名，根据上面的日期，可以猜测为什么一年中总会有两三次天线塔上的黄色信号灯一定都亮着，因为那时，这片海的深处，停泊着一艘走私的货船。”

说到这里，我停了下来，屋内一片寂静，屋外的暴风雨也停了下来。

就在这时，女佣尖锐、恐惧的叫声从露台那传来：“发生了什么事情，为什么整个海面上就像是染上了一层鲜血，好恐怖啊。”

大家推开窗户，望向海边，海原本的灰色和铅色已经不见踪影，在阴霾的天空的笼罩下，整片海都呈现出令人作呕的污秽褐色，怪异的是，眨眼之间，鲜血般的刺眼的深红色很快就取代了褐色。

我打破了沉默，说道：“这就是深谷船长自言自语‘最后时刻，下午两点’的意思，他指的就是这个可怕的红潮。深谷船长昨天中午从收音机新闻报道中听到了大红潮出现在了九州海域，而且随着黑潮洋流开始北上，这种黑潮洋流的平均速度为一昼夜五十至八十海里，照这样的速度，大红潮今天下午就会到达这里。这种红潮会给沿海的渔场，尤其是贝类养殖场带来无法预计地毁灭性灾难。深谷船长，生怕这个大红潮影响到真五贝，就想赶紧将这些东西转移到别地。所以当他一切准备好了后，就叫上了自己的搭档早川，两人偷偷地出航了。在拉完第一趟真五贝后，早川起了贪念，想独吞真五贝，动手杀死了深谷船长。现在，一切都毁了。”

说完后，我深深地吸了口气。大家一直注视着如鲜血般的鸟食岬海面。

到此，关于“白鲸”号杀人事件所有的谜题都解开了，事情也告一段落。我和乔介怀着深沉的心情，迈着沉重的步伐，骑马离开了深谷宅邸，此时的鸟食岬又恢复了原来的颜色，一切风平浪静，就像什么事都没发生一样，“白鲸”号还是静静地停在海面上。

我要杀死你

【日】日下圭介

夕阳西下，公园里的小树林逐渐被夜色所笼罩。丽莎挥动着小圆锹，给六具金色尸体挖好了一个坑，接着，她又在旁边不远处挖了一个大坑，而且尽可能挖深，因为她希望能亲手把实仓——刚提出分手的男友埋葬于此。

太阳还没完全下山，但空气已变得很冷。丽莎在巴士站陪实仓等巴士。

实仓和平常一样，抽着烟，看着巴士开来的方向。与往常不同的是，他们两人今天变得异常沉默。

丽莎假装很冷静，实际上她的内心像被刀子割过似的，早已伤痕累累，但她并没有流泪，这点连她自己都感到不可思议。巴士要是不来就好了，她和他也许还有可能……但那辆巴士终究姗姗而来。

实仓把烟头摁灭，理了理外套，准备上车。他像往常一样，回过头来对丽莎说："我很快乐！"

丽莎也像平常一样回答："下次我等你。"但车门已经关上了，不知道实仓是否听得见。

巴士缓缓开动。实仓走到车厢后端，习惯性地向站牌下的丽莎笑着挥手，嘴唇在动，像是在说"再见"。

丽莎也勉强从脸上挤出微笑，嘴巴在动，无声地说"下次我等你"。

回到位于四楼的公寓，丽萨直接躺倒在床上，转过脸，看到一边的手镜——那是她早上为实仓的到来特意梳妆打扮所用的镜子。她轻抚手镜，镜子上映出一张苍老的脸，虽然她才二十七岁。摸了摸自己如病患般的脸庞，忽然，她泪水夺眶而出。

四年了，她和他相恋已经持续了四年，她已经习惯了有他的一切。但是，今天他突然告诉她："我们分手吧！"然后述说着种种分手的理由。

后面的话她没有听，她也没有哭没有闹，只是强颜欢笑地说："如果分手比较好，那我们就分手吧。"至少，这是挽回她最后一点尊严的方式。

她从抽屉里拿出一包新的"希望"——这是实仓喜欢抽的牌子，她经常为他备着香烟。笨手笨脚地拆封，拿出一支放在嘴唇上，点着火，深深地吸了一口——由于久未抽烟，她马上被呛到了。

突然一个念头爬上她的脑海：我想死。于是，丽莎没有半点犹豫地站起来，去壁橱翻找那个红色小玻璃瓶，她知道里面的白色粉末有致命的功效。

她扭开瓶盖，来到昏暗的大厅，鱼缸里有六尾小金鱼在安静地悠游着。她往鱼缸里洒进一点点白色粉末，很快，那些金鱼痛苦地扭转身体，全死了。

丽莎心想：我也要如金鱼般死亡。奇怪的是，这个突然涌起的念头一点也不让自己吃惊，她甚至没想过去压制这个恐怖的念头。

她给自己倒了杯水，往里倒了一点白色粉末，这些足以致命，这是静香告诉她的。事实上，这些药是静香的，是她自己硬抢过来。没想到最后自己能用上，实在太讽刺了。

端着杯子回到床边，丽莎想起当时的事。

大概四个月前，那时还是夏天，她突然拜访静香，竟然发现她一边垂泪一边写遗书，旁边就放着这个红色的小玻璃瓶。原来静香被男朋友羽生抛弃了，她为他付出了那么多——与父母吵架、离家出走、用自己的积蓄为他开店，甚至帮他借高利贷，但他最后却对她说分手，说自己准备偷渡到巴西去。

“你准备怎么死？”当时丽莎是这样问静香的。

“吃药……虽然很痛苦……但是能让自己的身体保持干净。”静香毫不隐瞒地说道。

丽莎就是在那时抢过这个红色小玻璃瓶的，身材娇小的静香抢不过丽莎，只好作罢。

丽莎让她考虑一星期，如果一星期后她心意仍未改变，就把毒药还她。临走前，丽莎对静香说，就算吃毒药，也不是你吃，而是那个背叛你的男人！

一星期后，静香没有拿回毒药，她不久就回到父母身边了。

至于这瓶毒药从何处来，丽莎没有过问，不过她能大致猜出，因为静香是一家小医院的职员。

白色粉末已经完全溶化在杯中了，丽莎把嘴唇贴近杯缘。忽然，她想起静香所说的“让自己干净死去”的说法。她放下杯子，把床头灯扭亮，走到镜子前，发现自己脸色苍白如同白纸，如果死了，自己将会异常惨白吧？那么，至少给自己涂点唇彩，让自己死得漂亮一些。

她走向梳妆台，选择了一支深色的唇膏，她的嘴唇翕动着，想起和实仓告别时自己下意识说的那句话“下次我等你”，明明没有下次了，自己为什么还要那么说呢？她大声笑起来，但泪水马上夺眶而出，打湿了她的脸，笑声逐渐变成啜泣。“下次我等你”，她试着把这句话说了一遍又一遍，告别时自己真的把这句话说出口了吗？太没自尊了吧？那自己应该说什么呢？她对着镜子又把这话说了一遍，结果竟然说出了“我要杀死你！”是的，这才是自己想要说的话！

她擦干眼泪，给自己涂上了暗红色的唇彩，昏暗的镜子中，出现了一个有一张鲜红嘴唇的女人扭曲的脸庞。

忽然，在她脑海中，她那句曾对静香讲过的话浮现了：就算吃毒药，也不是你吃，而是那个背叛你的男人！

在公寓楼下附近，有个开阔的公园。丽莎带着小圆锹，在公园里找到一片小树林，她拂开地上厚厚的银杏叶，用小圆锹挖了一个小坑，然后把金色的尸体放进去——那是她自己亲手毒死的六尾金鱼。丽莎轻轻盖上泥土，喃喃说道“对不起”，双手在额前合十，为它们祈祷。

夕阳早已西沉，暮色笼罩着整个树林。丽莎挥动小圆锹，在旁边又挖了一个洞穴，比刚才那个还要深，还要大，她希望能亲手把实仓埋葬于此。但是，现在不可能做到，先把自己恶劣的心情埋下吧。

做完这一切之后，她心里终于舒畅了一些。

丽莎已经彻底打消了自杀的念头，她想活下去，但是她生活的世界必须没有他。她已下定决心杀掉实仓，让他吃下自己亲自调制好的毒药！

她觉得自己突然变得可怕，但是太善良的女人总是遭到欺负，她宁愿变得可怕一些，尤其要让实仓知道自己确实是可怕的女人！

但是怎样才能让实仓吃下毒药呢？已经和他分手了，想要接近他就比较不容易了。昏暗的房间里，她在思考着让实仓吃下毒药的可能性。

趁他不在家时偷偷潜入，在他食物里掺毒？但是他现在住在公司的单身宿舍，进入他们宿舍楼必须在管理员那里登记，所以这个念头行不通。

去他的公司，在他经常饮用的营养剂里注入毒粉？但是自己也曾经在那里上过班，就算乔装成清洁女工，也很容易被人认出来，这个方法也行不通。

忽然，她灵机一动，想到了一个可行的办法！虽然有可能不成功，但是值得一试。万一失败了，还可以再想别的方法。

第二天是周一，丽莎为了尽快实行自己的计划，向公司请了假。她从糕饼店里买了几个奶油泡芙。回家后，小心翼翼地把白色粉末掺入其中，然后重新包装好。以实仓常去的那家小料理店之名寄出，因为她听他提过，那家小店有时会意外地给他寄送蛋糕。实仓爱喝酒，爱抽烟，但他对甜点更是情有独钟。

三天后的早上，丽莎很早就出了门，在实仓所住的宿舍附近等他出门上班。果然，没多久，他便和两位住宿舍的同事一起快步走向车站。

丽莎在后面跟着。因为这个时间段是上班高峰，并不容易被发现。车厢很拥挤，丽莎站在距离实仓很近的位置，能听到他们的谈话声。

实仓神采飞扬，和两位同事高谈阔论，不时哈哈大笑一阵。看他那健康的样子，不像吃过有毒泡芙的样子。

“实仓，你很久没去墨田那家小酒馆了吧？”

“是呢，有好长一段时间没去了。”

“经常听酒馆老太婆提起你呢，你不是把酒寄存在那里了吗？”

“是的，我只有周六有空。你们要一起去吗？”

“这可奇怪了！”

“怎么奇怪了？”

“实仓你周末不都是和女朋友在一起的吗？平时周末我们邀请你，你都会拒绝的，这次怎么反而邀请我们来了。”

……

车厢有点嘈杂，丽莎听不清他们后面的对话，只知道他们三人后来哄笑起来。

晚上，静香突然来拜访，这让丽莎非常意外。自从静香上次回到父母身边后，她们就很少联系了，她怕不小心会触碰静香的伤口，所以就没有主动联系。

没想到这次见到的静香已恢复到以前活泼开朗的样子了。她说可能要在丽莎这里借住两三天。在丽莎的追问下，静香不得不坦白，说是来见男朋友羽生的，他写信央求与她和好，说自己已放弃前往巴西，目前在广告公司任职，如果可以的话，他想和她结婚。

“静香，你已经原谅他了？”丽莎没想到她那么轻易就原谅了这个背叛她的男人。

“嗯。”

“你怎么那么心软呢？他是一个情场高手吧，他把你伤得那么深，你还差点为他自杀了，这种男人太可恶了，不值得你去原谅的。”

“我知道。”静香静静地说，“虽然觉得他很可恶，但是……我就是忍不住想他，想见他……丽莎，这种心情，你明白吗？”

丽莎轻笑，满脸的无奈，低声说：“你的心情我了解。”

“真的吗？”

“是的，非常了解……我，被甩了。”

“……”静香双眼圆睁。

“明明知道他是一个很可恶的男人，但又忍不住想他……这样只会令自己越来越难受……”丽莎又轻笑出声。

“唉，只好学会等待，让时间冲淡一切了。”

“不，不能等！”丽莎说，“我等不起，到时我们都变成老太婆了。”

“但是，我们有其他方法吗？”

“有。”

“什么方法？”静香问。

丽莎凝视着静香，然后嚅动嘴唇，不出声地说：我要杀死他！

“你说什么？”静香不解。

丽莎又重复了一次、两次。静香也许看懂了，嘴巴吃惊地张开，不停地眨着眼睛。

“静香，有没有兴趣喝两杯？”丽莎忽然换了一个人似的，以开朗的声音说道，“我知道一家不错的小酒馆呢，你陪我去吧！”

“嗯，好！我也想喝点酒。”静香表示同意。

“你等我一下哦，我收拾一下东西，你先看会儿电视吧。”

说完，丽莎走向房间角落，打开橱柜，把那个红色小玻璃瓶装进自己的包包里。她侧脸瞥了静香一眼，发现静香慌忙把脸转向电视荧幕。

收拾完毕，丽莎说：“我们走吧！”

“嗯，好。”

这是一家小小的酒馆，里面最多只能装十五位客人吧，店内的装修、灯光风格是统一的红色调，所以里面的人都像鬼魅一般。丽莎不久前和实仓来过一次，那时他们也是听着答录机里播放的古典民谣，那次他们都聊些什么，她已经不记得了。

柜台内侧有个女人，应该已超过六十岁了吧！非常非常胖。

“欢迎光临。喝点什么？”柜台内侧一个六十多岁的胖女人问道，声音慵懒，刚睡醒的样子。

“掺水威士忌。”丽莎回答。

“整瓶吗？”

“哦，也好。”

店里只有一种威士忌，老女人拿出一瓶未开封的，说道：“在上面写上你的姓名吧。”

丽莎沉吟片刻，在酒瓶瓶颈吊着的商标牌子上写上了 RIKA——这是丽莎和静香两个人姓名的组合。

静香调了三杯掺水威士忌，请了那个老女人一杯。

“抽烟？”静香问。

“你会抽？”

“喝酒时会偶尔抽几根。”说完静香从手提包里拿出“肯特”牌香烟。

两个女人坐在柜台边，很快就被烟雾笼罩了。

“丽莎……”

“喔，怎么了？”

静香喝了一口威士忌，低声问：“我那个药……你还保存着？”

“……”丽莎没有回答。

“如果我想要回，你会还我吗？”

“为什么？你已经不需要了吧！”

“其实你也不需要的……”

丽莎又没有回答。她缓缓吐出一口烟雾，沿着烟雾，她看到柜台里面有个三层壁橱，摆放着客人寄存的酒。为了便于查找，写有姓名的商标牌子都朝向柜台这边。

很快，丽莎用目光搜索到了她想要找的酒瓶。酒瓶牌子上的“实仓”两个字很醒目，酒瓶里大概还有一半的容量。

“那个药还不了你了。”丽莎平静地说。

“为什么？”

“已经丢了，我把它埋在土里。”丽莎又喝了一口威士忌。

静香有点不安，但并没有追问，只是默默抽了口烟。

丽莎紧紧盯着壁橱里面实仓寄存的那瓶酒。他周六晚上会来这里的，因为他在公车上是这样对同事说的，只要他来，他一定会喝寄存的威士忌。现在，她只要在酒瓶里动动手脚……幸好，店里这个老女人似乎忘了丽莎曾经和实仓来过。

现在的问题是，她如何给那个酒瓶掺毒？壁橱上的酒瓶有两列，而实仓的刚好在最前面一列。忽然，她想到了一个好主意。

静香已经有了点酒意，开始向丽莎絮叨她和羽生的事。静香在寻找掺毒的最佳时机，漫不经心地回应着静香的话。

不久，静香上洗手间。

丽莎马上掏出红色玻璃瓶，环视了一下四周，看到客人和老女人都没有注意她。她小心翼翼地往自己的威士忌酒瓶里倒进了一些白色粉末，虽然很小心，仍旧洒了一些在瓶颈和柜台上。她慌忙用面纸拭净。

“丽莎！”静香的声音在背后响起。丽莎被吓了一跳，她没想到静香回来得那么快。

“怎么了？”丽莎反问。

“不，没什么……来，再给我倒点酒。”说完手便伸向酒瓶。

“不行，这瓶酒你不能喝了！”丽莎慌忙按住酒瓶。

“为什么？”静香眉头一蹙。

“刚才我看到有奇怪的东西掉进去了。”丽莎微笑着，转向正在柜台后面擦拭杯子的老女人，说，“老板娘，井原先生寄存在这里的酒瓶还有酒吧？”

“啊，有呢，在那边。”老女人指向挂着“井原”牌子的酒瓶，正好在实仓的酒瓶后面。

“哦，我想起来了，你和井原先生来过吧？他最近怎么没来呢？……”

“他最近有点忙呢。”丽莎像老朋友一样替他回答道，当然，她并不认识那位叫井原的人。

“你想喝他的酒吗？我拿给你，反正他很久没来了。”老女人说完就去拿井原的酒瓶。

但因为前面被实仓的酒瓶挡着了，后面的酒瓶拿不出来。所以她只好先把实仓的酒瓶取出来放在柜台上。

丽莎看时机已到，马上将自己酒瓶上写着 RIKA 的牌子摘下，同时也摘下了实仓酒瓶的牌子，将两者对调了一下，重新挂在对方的酒瓶上。就这样，实仓的酒被换成了 RIKA 的酒。

“老板娘，不用麻烦你了。我们还是喝自己的酒吧，不好意思喝井原先生的呢。”丽莎笑着说。

“哦，是吗？其实你们没必要那么客气的。”说着，老女人重新把井原的和实仓的酒瓶放回壁橱上。

丽莎心情舒畅起来，替自己、静香和老板娘又调制掺水威士忌。

后来，静香变得很安静。

星期六晚上，夜已经很深了。丽莎家里的电话铃声突然响起。

“喂。”丽莎拿起电话。

“丽莎。”

“是你啊，静香。”

“是我。我现在那家小酒馆里，我以为今晚会发生一件很恐怖的事情……你那晚做了一件很可怕的事，我全看到了……实仓今晚过来啦，老板娘给他拿出了他的酒，当然是挂着他名字的那瓶……”

“然后呢？”

“实仓给自己调了一杯掺水威士卡，我好矛盾，我好害怕……”

“为什么？”

“我不想背叛和你的友情……但是，我更不能见死不救！”

“你是不是把所有事情都告诉他了？”

“是的。我看到了你所做的一切，对不起，但我不能违背自己的良心。”

“他怎么说的？”

“他沉吟了一会儿，最后说了一句‘没关系’，然后就把酒喝掉了。”

“他喝了？”

“是的，而且连着喝了两三杯。”

“结果呢？”

“没有结果，什么事情都没有。这到底是怎么回事，丽莎？”

“哈哈，实仓已经被我杀死啦。”丽莎大笑，“他已经死掉啦！”

“你胡说什么，他没死，他还在那边喝酒呢！”

“不，他已经死了，他在我心里已经死了，是我亲手杀死他的。你想知道为什么吗？其实那些白色粉末不是毒药，而是平常的胃药，最多会使人出荨麻疹而已……那些毒药，我把它们和金鱼一起埋在公园里了。”丽莎的大笑变成微笑，继续说道，“你向他警告过，但他仍旧喝了，我的犯罪也算成功了。”

“丽莎……”静香沉吟良久，“我准备和羽生结婚。”

“是吗？那么，祝福你们。”

“我也祝福你。”

“我会的。”说完，丽莎搁下电话。

信手涂鸦

【日】天树征丸

高三女生三岛由里绘在公园里杀害了高一女生濑川奈奈子，但三岛由里绘竟然宣称自己不认识后者，而且也和她无冤无仇。经过剑持警部的调查和金田一的严密分析，他们发现这是一起罕见的交换杀人案件，到底谁刻意隐藏了作案动机，到底谁才是真正的凶手？

“交换杀人？”一直在埋头吃饭的金田一忽然抬起头来，从塞满米饭和肉块的嘴巴里挤出这几个字。

“阿一！”七濑美雪对金田一翻了个白眼，“你能把米饭咽下去再说话吗？都快喷出来了。”边说边用餐巾纸擦拭着阿一的嘴角。

金田一没有理会美雪的责怪，努力把嘴巴里的米饭咽下去，迫不及待地问：“交换杀人是不是那种和共犯互相交换彼此想要杀害的对象的游戏？”

“没错，那就是交换杀人。”坐在餐桌对面的剑持警部边吐烟边说道。

交换杀人的一个重要目的就是混淆警方的视线，让警察无法从作案动机这条线索去查出嫌疑人，因为两名凶手杀害的对象都与自己毫无关系。金田一第一次碰到这种案件，所以非常感兴趣。

“你们不是已经逮捕到其中一名凶手了吗？你们想办法让他供出共犯的名字不就可以了？反正‘严刑逼供’不是你们最擅长的吗？”阿一边说边用叉子把餐盘里的肉块送往嘴里。

“我们就是遇到了问题，所以我才带你来这里吃午餐啊！”剑持有点无奈地说道。

“问题，什么问题？”阿一发问的时候，肉块从嘴角掉了下来。美雪又朝他狠狠地瞪了一眼。

剑持看着面前乳臭未干的阿一，心想，正因为你是名侦探金田一耕助的孙子，我才来拜托你啊。于是，他趁着阿一吃饭的空当，把这个案件的始末详细陈述了一遍。

这桩罕见的交换杀人案件发生在都内一所私立高中。受害者是这所高中的高一女生濑川奈奈子，她是在放学途中路经公园时被同校三年级学生三岛由里绘杀害的。这个过程刚好被三岛由里绘的同班同学看见。第二天，警方便根据这个学生的证词，逮捕了三岛由里绘。三岛由里绘向警方交代了一切，她说她两个星期前和共犯商议交换杀人的事，结果一星期前她的情敌中岛留美突然失踪了，她以为共犯遵守承诺已经把自己的情敌杀害了，于是她也下定决心，帮共犯除掉濑川奈奈子。但她根本没和共犯见过面，甚至连对方是男是女都不知道。

让所有人意外的是，三岛由里绘被捕后，她的情敌中岛留美就出现了，据说她只是被人迷倒并监禁起来而已。

"咦！"在一旁静静倾听的美雪突然大声插话道，"难道那个共犯并没有想杀人，只是想利用三岛由里绘去杀人？"

"嗯，应该是这样的。"剑持回答。

"三岛由里绘没有和共犯见过面，那他们是如何商议交换杀人的呢？"金田一很奇怪。

剑持趁服务生清理空盘子时，顺便点了三人份的咖啡。他解释道："整件事起源于三岛由里绘在电脑教室桌面上的信笔涂鸦。"

"信笔涂鸦？"

"嗯，是的，很多学生都喜欢在坐过的桌椅上留下自己的字句。"

"是哦，我们上课时，也总爱在桌上乱写乱画东西，挺有趣的！"美雪在一旁插话道。

大约在三个月前，三岛由里绘在电脑教室上课，因为无聊，便在桌上随手写了一句"我想杀死那个女人"。于是，这句话成了她和共犯（假设共犯叫X）认识的契机，他们开始借助书桌互通信息。三岛由里绘确实对自己的情敌中岛留美痛恨万分，X不断地鼓励安慰她，也表示自己也想杀死某一个人。最后，X提出了交换杀人的计划。两个星期前，中岛留美突然失踪了，三岛由里绘以为X已经履行了约定，把中岛留美杀死了，所以她不得不去杀害X所痛恨的人。

"但她不知道X其实是一个极度狡猾的人。"剑持苦着一张脸总结道。

"三岛的遭遇确实很让人同情，不过……剑持警部，共犯其实很容易查出来的呀。"美雪得意地说，"虽然我不知道来这个教室上课的班级有多少，但是和她使用同一张桌子的人应该不多吧？"

"嘿，七濑，你也挺聪明的嘛。"金田一端起了咖啡。

剑持清了清嗓子说："这个问题我们也考虑到了，我们做了个调查，其实和她使用同一张桌子的人仅仅只有3个人而已。"

"那么少！只要调查这三个人的杀人动机，比如他们谁和被害者濑川奈奈子认识，不就可以找到共犯了吗……"金田一说道。

剑持摇摇头，打断金田一的话："事情没那么简单，他们都是未成年人，在没有确凿的证据之前，警方不能对他们进行深入的侦讯，否则会对他们的身心造成巨大的伤害。我们只能从老师以及周围的人去打听他们的情况，而且必须小心翼翼，不要引起太多人的关注和猜疑。"

"应该查到一些线索了吧？"

"是的，我们基本掌握了这三个人的情况。第一个是高一的吉淳平，他和被害者濑川奈奈子同一届，但是，他们两个人不认识，而且他们的性格脾气也不一样，被害者活泼开朗，而吉淳平是一个老实安静的人，平时只爱玩电玩。第二个是高三的大冢茉莉，她是一个美女，和被害者不同届，彼此不认识，但是她们俩的兴趣爱好、穿着打扮都挺相似的，也许女高中生都是这样的吧。第三个叫作岛本美和，也是高三的学生，她和被害者也不认识，如果硬要扯关系的话，她们是同一所国中毕业的。”

金田一想了想，问道：“三岛由里绘一周有几堂电脑课？使用同一张桌子的其他人呢？”

剑持翻开随身携带的工作记录：“我看看……他们的电脑课一周只有一堂。三岛由里绘上的是星期二的第二堂课，吉淳平上的是星期二的第四堂课，大冢茉莉上的是星期三的第一堂课，岛本美和上的是星期一的第四堂。前后算下来，在三岛由里绘和X使用电脑桌通信的这两个多月期间，课程表一直都没有变动过。”

“三岛由里绘和X一直只是通过桌面的信笔涂鸦来互通信息而已吗？”

“是的，只是这样而已。”

“哦，原来如此……”阿一听完，不再说话，似乎在想什么问题。这时候，处于思考状态的金田一并不是刚才不顾形象的普通高中生，而是一个IQ高达180的天才少年侦探。

过了一会儿，阿一的眼睛突然露出异样的光芒，他问剑持：“大叔，他们三个人有不在场的证明吗？”

“不在场证明？有的，你等一下。”说完，他翻开工作记录，“高一男生吉淳平有完整的不在场证明，案发时他正在朋友家玩电玩。高三女生大冢茉莉没有不在场证明，她那晚夜游过后独自一人回家。另一个高三女生岛本美和也没有不在场证明，她那晚一直一个人待在家里。”

“中岛留美被绑架时，他们三个人的不在场证明又是怎样的呢？”阿一接着问。

“这个我也调查了哦。”剑持有点得意地看了阿一一眼，“中岛留美失踪的那一天刚好是星期天。吉淳平因为参加话剧社的集训，所以他那天去长野县帮忙布置道具了，我向当时同行的老师证实过了，那一天他们排练了一整天，他根本没有时间回东京作案。大冢茉莉那天一个人逛街，可以说是没有不在场的证明。岛本美和那天到街上购物去了，有人说在绑架案发生一个小时后在服装店看见过她。不过，从绑架案现场到那家服装店，有大约一个小时的路程，所以说她也算有不在场的证明，虽然并不完整，但也可以成立。

“不在场的证明大概就是这样子。不过，这些证明只是参考而已，你不是说很多证明都暗藏诡计，有必要进一步调查吗？”剑持补充道。

“大叔，这次情况不一样。”

“什么意思？”

“我想现在到他们的学校看一下。”阿一说完便站了起来。

“喂，就现在呀？”剑持有点反应不过来。

“阿一，不行啊。我们下午要考数学呢，你平时老旷课，这次连考试都不参加的话，你会留级的。”美雪劝阻。

“美雪，你放心啦。在下午考试之前，我会把这个案件解开的。”阿一自信满满地说道，“我不会辜负爷爷的名声的！”

不愧是名门私立高中，校门造得很气派，校园绿化很好，教学楼宽敞明亮，比阿一所在的不动高中好多了。不过，在路过教学楼时，阿一和美雪发现墙壁上到处都是学生们的涂鸦，比如“文也，我爱你”“诚征女朋友”等等，原来无论在哪里，高中生所做的事情都差不多呀。

“就是这里了。”学校职员把剑持他们带到一间教室门口，美雪抬头一看，木制的门上写着“电脑实习教室”六个大字。

学校职员推开门，把他们领进教室。教室里有个男教师在值勤，正在挨个检查电脑。跟那个男老师打过招呼后，美雪悄悄问剑持那个男老师在做什么。剑持小声告诉他们，这些电脑设备很昂贵，下课之后，老师会把桌子的上盖关起来，把电脑设备锁在桌子里面。

“原来如此。”阿一恍然大悟。

剑持把他们俩领到教室角落的一张桌子旁，说道：“犯罪嫌疑人和共犯X就是在这张桌子上进行沟通的，你们看，当电脑正常使用时，就有了信笔涂鸦的空间了。”剑持指向电脑屏幕正下方的部位，那个地方好像被人用橡皮擦过好多次，所以看起来比其他部位更干净。

阿一看了看其他桌子，都有涂鸦的痕迹。除了上课，其他时间这个电脑桌都是被锁起来的，看来X就是那三个学生之中的一个。

阿一扭头问剑持：“大叔，这张桌子上应该有指纹吧？”

“当然有。”剑持回答。“我们一共查出九个人的指纹，全部都是学生的，当然也包括那三个人的指纹。”

“果然不出我所料。”阿一突然说道。

“什么？”剑持和美雪有点疑惑不解。

“我已经知道谁是X了。”

“真的……真的吗？”剑持和美雪都不相信自己的耳朵。

“真的，谜底解开了。”阿一胸有成竹地说道。

“金田一，不要卖关子了，快点说吧，共犯是谁？”高大的剑持警部几乎在央求阿一。

“不要那么着急嘛，在告诉你们谜底之前，我们先用消去法来排除非犯罪嫌疑人。”阿一边说边坐在桌子上面。

“消去法？”剑持不太明白。

“首先，没有不在场证明的大冢茉莉和岛本美和都不是嫌犯。”

“咦，这怎么回事？一般来说，没有不在场证明的人才值得怀疑呀？”美雪不解。

“这个思路适合普通案件，但是我们遇到的可是交换杀人案件呀。只要仔细想想，嫌犯为什么不直接去杀人，而要交换杀人，那么答案再明显不过了。”

剑持和美雪表示不理解，阿一继续分析。

“每个凶手在作案时，都有强烈的杀人动机，但这种动机很容易成为警方破案的突破口，所以凶手才想到交换杀人，通过这种方式掩盖自己的杀人动机，同时也增加警方破案的难度。凶手既然完全没有杀人动机的共犯代替自己去杀人，那么他在共犯作案的时间里就一定会有明显的不在场证明。大冢茉莉和岛本美和如果是共犯的话，那么在案发的当天，她们肯定会制造完整的不在场证明。但是，她们却没有这么做。”

“哦，原来是这样，那么她们两个人就不是共犯X了。”美雪钦佩地点了点头，“这么说来，共犯是吉淳平？”

“不，他也不是共犯 X。”阿一肯定地说道。

“咦，可是他不是有完整的不在场证明吗？”

阿一接着说：“他一整天都待在长野县参加话剧社的集训，他不可能变魔术一般跑回东京绑架女高中生。如果他有那么神通广大的本领，既作了案，又制造了完整的不在场证明，那么他就没必要采用这种高风险的交换杀人的手法了。”

“嗯，阿一说得蛮有道理的嘛。”美雪忍不住表示赞同。

“喂，慢着，金田一，三个人都不是共犯，那共犯到底是谁？”剑持有点糊涂了。

阿一站起来，看向正在锁电脑的实习老师：“是他！”

“咦？”剑持和美雪脸上露出吃惊的表情。

“老师，你就是共犯 X，没错吧？”阿一对着那个老师的背影说道。

那个正在弯腰锁电脑桌的背影突然僵住，他慢慢转过身来。只见他脸色铁青，身体已经开始发抖。这一切，证明阿一的推理是正确的。

“你……你……为……为什么……”这位老师口吃起来，不知道是因为害怕还是因为突然被人戳穿自己的阴谋。

阿一紧紧盯着这位老师，简短有力地说：“证据就是指纹。”

“不会吧？我刚才不是说了吗？上面的指纹都是学生的啊，没有这位老师的指纹……”剑持更加不理解了。

“你不觉得奇怪吗？这位老师在下课后，都会给每一台电脑关上盖子并上锁，但是，这台电脑怎么会没有他的指纹呢？其他上课串位的学生都会留下指纹，为什么唯独最有可能留下指纹的他竟然没有留下丁点指纹呢？”

这位老师沉着脸，一语不发。

阿一继续说：“你是害怕警方会从电脑桌上采集到你的指纹吧，所以你平时就尽可能注意不在这台电脑上留下指纹，但是过犹不及，你这样做反而容易引起大家的怀疑。”说完他转问剑持，“只有这张桌子没有他的指纹吗？”

剑持马上拿出电话，请专案小组派指纹鉴识人员过来。站在一旁的老师面如死灰，全身一直在发抖。

阿一望着剑持说，“大叔，接下来是你的工作了，我和美雪要回去考试啦。”

“原来那个老师有恋童癖。”餐厅里，剑持向金田一和美雪“汇报”案件结果，“濑川奈奈子上国中时，就和那个老师发生关系了。”

“怎么会这样，好恶心！”美雪把手中的餐具放下。

剑持继续说道：“考上高中后，濑川奈奈子在校园里又遇见了那个老师，于是她开始向那个老师敲诈勒索，因为她手中有那位老师寻春时被偷拍的照片。按理说濑川的家境非常不错，但竟然会做出这种行为，现在的小孩真让人搞不懂。”

“真让人难以置信呀，这可是一所私立学校啊，录取分数很高的……”美雪一脸吃惊的样子。

“笨蛋，分数能代表一切吗！”阿一在一旁边吃边说。

“哼！你竟然说我……”

“好了好了，你们两个别打情骂俏了。话说回来，阿一，你从什么时候开始怀疑那个老师就是共犯的呢？”

“其实在这家餐厅听大叔提起那件案子的时候就有点怀疑了，但是没到现场看过，还不敢肯定。”

“咦，你那时怎么会怀疑到他的呢？”剑持记得当时没和阿一提起过那个老师，他自己甚至也没太在意那个老师。

“你们想想，他们在桌上留下的可是‘杀人’这些恐怖和危险的字眼，为什么除了犯罪嫌疑人和共犯外，其他用同一张电脑桌的同学没发现？你不觉得这是一件很奇怪的事吗？我想，共犯肯定是在三岛由里绘上电脑课前在桌上留言，而在她下课后把她的留言擦去，所以其他时间段上课的学生就看不到。但是，有这个便利条件的人是谁呢？只能是负责整个电脑教室的老师。”

“原来如此！”剑持恍然大悟，对年纪轻轻的阿一更是愈加佩服。

复仇

【日】小泉喜美子

四人组的爵士乐队，曾经拥有粉丝无数，最后却死的死，疯的疯，内疚的内疚，分道扬镳。先是钢琴手杀死萨克斯手，钢琴手却被判无罪，紧接着主唱杀死鼓手，精神失常。单单留下一个钢琴手怀着一个不能解开的谜团愧疚而孤独地活在世上。那么他的秘密到底是什么呢？死亡密码里是不是交织着出人意料的情感纠葛呢？

（一）

她穿着黑色的套装，涂着淡淡的口红，此刻看来，嘴上那抹淡红更加衬托出她脸颊的苍白。她的右手一直摸索着口袋里的红蔷薇，双腿微微发抖着，她很庆幸自己今天没穿高跟鞋，不然自己根本无法走出法庭。

她紧紧地捏住那朵蔷薇花，心痛得要被撕裂一般。这朵花本来准备是要庆祝杀她爱人的凶手被判死刑或无期徒刑的。她本打算把蔷薇花别在上衣口袋，后来又怕被人看出她的心情而没有这样做，现在居然真的派不上用场了。

她之前这样设想：如果被告被判死刑，那么她丈夫的灵魂就可以安息了。如果被判无期徒刑，她就紧握这朵蔷薇花，表示对丈夫的思念。如果被判25年到30年的有期徒刑，不，这根本不可能，所有的证据都证明丈夫是被告杀的，而且被告也亲口承认就是他杀的。

但是结果是法官宣判“被告无罪”！在旁听席角落里端坐着的她，听到法官的这个判决，只觉得耳朵里“轰”的一声，眼前一片模糊，差点晕倒过去。她赶紧扶住椅子，挺直了身子，使自己的头脑清醒过来。她看到被告席上，被告的脸上露出难以掩饰的喜悦，他紧紧握住周围人的双手，不住地点头，表达自己的感谢与激动。

她再次确信她没有听错，被告被判无罪。结果怎能是这样？杀人凶手居然无罪。她大叫一声，越过旁听席的栏杆，冲破众人的阻拦，走到法庭中央。她对法官大喊：“这不公平！不公平！他怎么能是无罪，这个杀人凶手，在场的每一个人都可以证明他杀了我丈夫，就连他自己都亲口承认，你怎么能判他无罪？”

她指着被告，用坚定的眼神凝视着法官，她愤怒而正义凛然的语气令法官震惊，令旁听席上的每个人都感到意外。这个外形娇弱的女人，身体里蕴含着惊人的力量。她的声音让每一个人觉得这个判决是错误的，法庭应该重新审判，不该让她的爱人枉死。

然而，一切只是幻想。她静静地坐在审判席上，眼神里似乎能喷出火来。她没有跨过栏杆，更没有大喊大叫。

此刻，法官、陪审团、检察官以及律师都退庭了，旁听席上的听众也渐渐散去。只留她一个人，孤零零地在这个角落里。

她感觉自己的灵魂仿佛被掏空。就在上个月，她和爱人讨论怎样筹办婚礼时，她还觉得自己的人生才刚开始，从此幸福平静地过一辈子，虽然她已经二十七了。但是，现在她只剩一具空壳，一切都结束了。

她彻底醒悟，自己的幸福已不复存在。因为，一个她深爱也深爱她的男人，永远地离开她了。而这个男人是她笃定，唯一能给她幸福的人。

他是被人杀害的，在醉酒后，被被告杀死的，而被告被宣判无罪。

“既然法律不能给我一个交代，那我只好想别的办法，想别的办法……”她这样想着，拿起自己的手提包，失魂落魄地走出法庭。

（二）

她正苦苦思索着怎样才能让凶手偿命。

“……”

她好像听到背后有人叫她，条件反射似的回过头。

一个长相白净、身材瘦削的男人从后面小跑着追上他，看起来已经叫了她好几声。

“哦，查理，原来是你呀。”她有气无力地招呼一声，慢慢低下头，继续急匆匆地赶路。

对方有点犹豫不决地跟过来。

查理是乐队的鼓手，她是乐队的主唱，她的爱人狄克是萨克斯手，被告比尔则是乐队的钢琴手。这个四人爵士乐队里，他们都以艺名称呼彼此。一直以来他们相处融洽，合作十分愉快。她和另外三个男人称兄道弟，而他们三人也很照顾她。

查理的鼓打得很棒，但担任歌手的她，始终认为狄克是乐队的核心。狄克的萨克斯和查理的鼓配合得十分默契，而也只有狄克能够和比尔的钢琴配合得相当巧妙。要知道，比尔是个经常不按常理出牌的钢琴手。而且，狄克对待乐队里的每个人都十分和善，也很讲义气，总是像大哥一样帮助他们。

“你急什么呢，等等我啊。”查理对她说，语气中仍然显示出游移不定。

这个生活在狄克耀眼光芒下的查理，仿佛是一颗黯淡的小星星，很少被她注意到，虽然平时他待她与别人不同。

他们四个人一直像家人一样和睦相处，但自从她选择狄克做爱人后，四个人之间的气氛开始一点一点地发生变化，直到狄克被杀害，变化达到一个峰值，他们再也回不到从前了。

接下来，比尔被捕，然后起诉，审理、宣判……

“这个结果太令人意外了。我了解你现在的感受，但是……”

“没关系。”她打断他的话，“我知道现在做什么都无济于事，不过……”她停顿了一下，“我从来没有听说过，杀人凶手可以逍遥法外，而且是在所有的证据都充足，被告自己也亲口承认的情况下。我绝对不能原谅。”她用比平时高的音调讲话，眼神里又重新燃烧起愤怒之火，像激光一样，直视着查理的眼睛。

“嗯。可是，法官判决时已经说明理由了。”查理不敢与她对视，别过头去。

虽然查理知道她在说什么，但他有必要熄灭她的愤怒，恢复她的理智。尽管他说话还是那么轻声细语，但语气中透露着坚定。法官的审判结果不容置疑，几乎不可能推翻。

“法庭认为，比尔因为饮酒过度，连自己做了什么都不知道，他在杀人时完全是失去意识的，所以……”

“所以比尔就没罪？天下哪有这种事，杀了人可以完全不用承担责任？即使是酒后过失也不例外。”

“当然可以例外，法律就是这样规定的。比尔只记得当时他和狄克发生争吵，至于为什么杀人，还有杀人的过程，他一点都想不起来了。第二天早上他看到死去的狄克倒在自己怀里，才意识到出了大事。看起来他好像没有杀人动机，但是谁知道呢，我们都知道他嫉妒狄克……”

“嫉妒？嫉妒足够让人失去理智以致杀死自己的朋友吗？不管怎么样，狄克永远不会回来了，我不知道他怎么下得了手，即使法律判他无罪，他又怎能够心安呢？”

“嫉妒有的时候真的能让人失去理智……他不会心安的，我想他无法心安理得……”查理说道，声音小得接近自言自语。

“也许他一辈子都要生活在良心的谴责里，不说一辈子，刚才他就让我请求你留下，说要给你道歉。”

“不用了。如果他诚心道歉，他就不会害死狄克。”她的声音开始平静下来，“说真的，我正在……”

“正在干什么？”查克警觉地问，眼睛盯着她。

“我一定要找出证据。”她的眼神充满着痛苦，脸上的表情却很坚毅，脖颈上的小小钻石项链闪烁着冷冷的微光。

“什么证据？”

“证明人无论喝多少酒，也会记得自己醉酒时所做的事。”

“那是……”

“一个人酒喝多了，是有可能神志不清，胡言乱语。但是自己做的事、说的话，不可能记不清楚。就算法官、检察官、律师甚至医学专家都这么说，我也要推翻他们的结论。而且，狄克是比尔最为亲近的朋友，他怎么可能记不得他是怎么杀死狄克的？他无罪？哼！只不过是法律在偏袒他罢了。”

“如果你喝过酒，经常醉酒的话，你就不会这么说了……”

“不管怎么样，”她用茫然的眼神看着查理，美丽的大眼睛透露出倔强，“我已经决定了，我不会再相信法律了。”

“你要干什么？”查理显得手足无措，他扬在空中的右手，像一个尴尬的玩笑，不知该往哪里放。

“这是我自己的事，你就不要操心了……”

查理没有听清楚后面她说的话，因为她已转过身去，快速朝法院大门走去。查理猜测她可能是说："这和你无关。"或者其他什么无关紧要的话吧，她也从来没有把他放在心上。

看着她远去的背影，查理发现她那头乌黑的披肩长发飞舞着发丝，像缠绕在他心头的阴影。她从头到脚都是黑的，自从狄克死后，她每天都穿着黑色衣服，而且手总是插在衣服口袋里。细心的人还会发现，她的手总是在摸索着什么。

（三）

她就那样走了，直到她的背影闪进墙角，无法再看到，查理还定定地站在原地。他的心情很复杂，他没有看到她痛哭，也没有感到她因为失去爱人变得很脆弱无助。反而因为狄克的死，她身上隐藏的力量被激发出来，她是那么坚强，那么有信心。

他本以为，没有了狄克，也许她就能注意到他，把他当成唯一能够寻求安慰的人，在他怀里放声大哭，然后他就可以……他想错了，或许他不该那么做。

狄克是一个非常出色的萨克斯手，对于他的能力，查理从来没有怀疑，然而，对于"他拥有她"这个事实，查理打心底里认为狄克不够这个资格。

最开始，她对他们三人一样，他们是她的搭档、好朋友、好哥们儿。不知道哪一天开始，她突然就对狄克格外亲近了起来，随后，他俩告诉查理和比尔，他们相爱了，他们要在一起。

作为乐队的主唱，她的嗓音性感而迷人，而她本人更是具有难以抵挡的魅力，查理和比尔总是被她迷惑得晕头转向，对她言听计从。她的拿手曲目是《你在我的皮肤里》和《温柔地》这两首。

最初，打动查理的就是她唱《你在我的皮肤里》这首歌的时候，那甜而不腻，忧郁温柔的声音，让查理犹如置身于阳光下金色的沙滩上，有阵阵晚风轻柔地抚弄着他的脸颊。他总是用炽热而真诚的眼神注视着她，但却不敢向她吐露自己的心声。他甚至一度想告诉狄克，请他帮忙。他是乐队的领导式人物，又乐于助人，肯定愿意为朋友牺牲自己。

还没等查理说出口，狄克就向大家公布了他们在一起的事实。比尔和查理表面祝福他们，但内心却无比失望。尤其是查理，内心燃起了嫉妒，他不相信花心的狄克，会认真对待她。而且，狄克总是把自己看作是乐队的支柱，但鼓手查理和钢琴手比尔却不这样认为。他们认为每一个乐队的成功，都在于乐队每一个成员的共同努力和配合，也绝不是因为某一个人而格外优秀。

那天，他们结束工作，一起去喝酒。不知道什么原因，她没有一起去。通常他们演出结束后，都会一起去酒吧放松一下，唯独那天。查理记不清到底为什么她没有去，只是清楚地记得他们像往常一样，服用了迷幻药。

爵士乐手养成这种习惯是很常见的事，甚至服用迷幻药已经成为他们的职业标志。为了在演出的时候发挥乐手的最大激情，服用迷幻药或注射兴奋剂是很自然的，就如同明星穿最时尚的衣服或者芭蕾舞者穿最流行的舞蹈鞋一样，自然而然。

他们接到的演出邀请已经越来越少了，而且已经有了好几次被迫取消演出的经历。比尔和查理，忍不住说了几句抱怨和泄气的话，狄克轻松地劝大家说："大家不必忧虑，有我在呢，我会想办法的。"

查理和比尔默不作声，自顾自地喝酒。见他俩没有反应，狄克又大声地说道：“我们已经得到观众的认可，而且在比赛中获得了大奖，演出变少只是暂时的，我们的前途一片光明，我们是爵士乐乐队之王！”

狄克总是自我感觉良好，平时以“情歌王子”“萨克管王子”自居，还鼓吹自己是大众偶像。只要乐队大赚一笔或者获得了小小的比赛奖，他总是认为自己的功劳最大。

“我们是爵士乐乐队之王！”狄克大声喊道，甚至想要跳上桌子，被比尔拉住了。显然，狄克喝多了。同样喝多的查理已经听不清楚狄克在讲什么，他晕晕乎乎地睡了过去。不知道睡了多久，查理醒来时发现，酒吧里只剩下他们三人。又不知道怎么回事，他们迷迷糊糊地来到比尔家，然后三个人又睡过去了。

这次查理醒来，周围一片寂静，他头很痛，胃里也很难受。但他很清醒，他看见，比尔的房间一片狼藉，床单皱巴巴地被扯在地上，空酒瓶横七竖八，地板上还扔着唱片、乐谱、他们脱下来的外套、流行音乐杂志和迷幻药的空盒。

狄克和比尔躺在房屋地板中央，一道曙光照在狄克刚冒出来的胡茬上，在他下巴上形成好看的阴影。狄克和比尔的鼻息里，发出均匀的呼吸声。查理记起来，他们三人来到比尔房间后，又服用了迷幻药，继续喝酒。

狄克一只手抓着酒瓶，一只手在空中画弧线，“告诉你们，我要同她结婚了。”

比尔手里同样抱着威士忌酒瓶，含混不清地说：“你凭什么跟她结婚，你有什么资格？”

“我当然有资格，她对于我而言，比音乐、工作、家人都重要。我终于要结婚了，结婚了！”狄克语气中的炫耀劲儿，查理到现在都记忆犹新，因为他简直无法忍受。但他又能怎么办呢？谁让他总是那么出众、耀眼呢？她眼里只看得见他。查理忍不住猛喝了一杯酒，想要借助酒精浇灭心中的妒火。

比尔可没他这么冷静，看得出来，他已经九分醉了。

“喂，臭小子！凭什么大家都有功劳，你却一个人领功。凭什么你一个人独自享乐？”没等比尔说完，他手里的酒杯已经砸向狄克了。狄克闪开酒杯，然后向比尔扑过来，接着两人在地板上扭打成一团，嘴里还不停地谩骂对方。只见，比尔扯住狄克的领带，查理仍然无动于衷地喝着酒。

“比尔，比尔，快放开，我快要喘不过气了。”狄克一边掰开比尔的手，一边大声叫道。

查理看着狄克，想到他和她在一起亲密时的情景，她大声笑着的样子。而她却只是属于他的，查理又痛苦又嫉妒，自己应该彻底死心。但是，如果没有狄克，情况也许就不一样了！

查理想到她，不自觉地又喝了好几杯酒。狄克和比尔的打斗他已经听不到了。他感到自己的耳朵旁边似乎有成千上万只苍蝇在嗡嗡叫，然后就沉沉地睡过去了。似乎在睡梦中，又好像在幻觉里，查理看见狄克和比尔一直扭打在一起。

这时，他注视着狄克和比尔的睡相，比尔的手还抓在狄克散开的领带上。突然之间查理产生一个邪恶的念头。随即，他摸索到衣袋里的软皮手套。自从买车以后，他衣服里一直随身携带着开车用的手套。他走向狄克，在比尔的方向上屈膝而跪，然后，他迅速用力地拉紧狄克脖子上的领带。狄克连一声呻吟都没发出……

查理平静地回忆着这一切，似乎回忆着与自己毫不相关的事情。事情的发展的确与他毫不相关——报道称，比尔被怀疑在酒后与狄克的争吵中，用领带勒死狄克，后被逮捕。所有证据都显示，比尔杀死了狄克。而那时候，查理已经开车回到家中，服用了几颗迷幻药后，躺在床上睡着了。

查理看着她背影消失的地方，紧紧地抿着嘴唇，她丝毫不需要他的帮助，那么，他岂不是白费心机？查理点燃了一支香烟，迈着沉重的脚步，缓缓地走出法院大门。

（四）

在酒吧昏暗的灯光下，她独自饮酒。她跟其他女人一样，是来买醉的。但她又跟其他女人不一样，她不单单是来买醉的。她正在实施她的复仇大计。

这家酒吧是她曾经多次演出过的酒吧，这里的经理、调酒师、服务生和前来喝酒的客人们都认识她，都听说了她的不幸遭遇。

大家任凭她独自喝酒，没人去打扰她，也没人去阻止她。因为对于一个伤心的人来说，酒是最好的良药。

她一杯接着一杯喝，当服务生要上第三杯酒时，她对服务生说："不要加苏打水了。加苏打水的酒还算酒吗？"

人们通常爱喝加了苏打水的酒，认为这样的威士忌更美观，口感更好，更加不会伤身体。

"狄克，我想喝酒的时候只喝酒，加了苏打水的酒就不算酒了，对不对？"她趴在吧台上，凝视着漂亮的金黄色威士忌，而加了苏打水的威士忌的黄色则会更加浑浊。"狄克，你看，不加苏打水的威士忌太漂亮了。"

她在心里对自己说："今晚，一定不能喝醉，不能哭闹，要让大家看见，自己是一个坚强的女人。"

她从小巧精致的手提包里拿出了一本红色的像笔记本似的小册子，翻开来放在吧台上，然后缓缓地喝起了第三杯酒。借助昏暗的灯光，她瞪圆了大眼睛。认真阅读小册子中的关于"血液中酒精的浓度与醉酒的表现"的一段文字。

"一个身材中等（即体重约为 60 千克）的男性，喝半瓶到一瓶半的啤酒，或者用小酒壶喝半壶到一壶清酒，或者喝一到两杯纯威士忌酒时，血液中的酒精含量相当于 0.02%～0.04%。这时，人们会感到浑身舒畅，口留余香，头脑清醒，开始变得很有精神。除非身体素质差或者患病者，喝以上数量的酒，与不喝酒没有差别，完全不会影响正常生活。"

她想现在自己正处在这种状态，与正常人无异，除了对酒精敏感的人。脑袋清醒，所以根本不会想到杀人。她又叫了第二杯不加苏打水的威士忌酒，慢慢地品完。继续阅读小册子：

"当人喝到两到三瓶啤酒，或者用小酒壶喝到一壶半清酒，或者喝了三四杯纯威士忌酒时，人会感到浑身暖和起来，这时头脑稍微有些不清醒，要注意控制自己，以免发生意外。"

看来这个是酒量太小的人的感觉了，我现在十分清醒，也没觉得浑身变暖。根本不用控制，更不会有意外发生，她想。她又开始自言自语道："狄克，想到你的惨死，又想到杀人凶手已经逍遥法外，真的好痛苦啊！到底喝多少酒才能失去理智呢？这根本就是不可能的吧。"

"服务生！"她大声叫道，在别人看来她现在已经醉醺醺了，"再给我一杯酒！"

“当人喝到三到四瓶啤酒时……即血液中的酒精浓度达到0.16%~0.30%时……”她大声读起来。事实上，她的声音并不大。她很清醒自己在做什么，也数得清楚自己喝了几杯酒。如果她不清醒，她也不会承认。

她微微地撇了撇嘴角，喃喃自语：“喝醉酒根本就不会不清醒，那实质上是一些人想为所欲为的幌子。人喝酒之后，怎么会不清楚自己做了什么？”

“当人喝了十杯纯威士忌酒，也就是五杯双人份的威士忌酒时，还残存着一些自主意识，如果别人对他讲话，他还能做出正确的回应。但说话可能会很大声，并且走路步子有些不稳，也就是说还没有达到完美的境界。”

“什么是完美的境界？”她歪着头思考着，“这个世界上除了狄克的演奏，没有什事物可以称得上完美的境界。现在狄克已经不在了，完美的境界也就消失了。”

只有狄克的笑容能够让她陶醉，也只有狄克吹奏的萨克斯乐声能够让她陶醉。“既然世上已经没有什么能让我陶醉，那区区十几杯的威士忌酒，又怎么能醉倒我呢？”

法官都已经说了，过度饮酒后所做的事可以无罪，那么杀人不就轻而易举了吗？只要我也在神志不清的时候杀人，就可以为狄克报仇了。狄克就这样不明不白地死了，他的灵魂一定不能安息。或许他的游魂正在高喊：“我是被人杀死的，被一个不怀好心的人杀死了，而这个人却无罪，不知道在哪里逍遥。我死得太冤了，你一定要为我报仇！”

想到这里，她又大叫着让服务生上酒。她大概喝了二十几杯酒，但是她感觉自己的神智一直很清醒。她走路一点都不蹒跚，也没有显现出任何醉态，而且十分从容地叫来了出租车，清楚地告诉了司机她的住址。

回到家里，她井然有序地洗澡、换上睡衣、刷完牙，在入睡之前，她想到册子上的内容：“当人血液中的酒精浓度在达到0.40%时，人会感觉到神志不清，并且不知道自己在说什么，甚至会做出一些异常举动。”法官就是用这个理由判比尔无罪的。

“根本就是骗人的，我现在好好的。就算我血液里一半都是酒精，我也不会行为失常。”她这样想着，然后深情地看着床头放着的狄克照片和一只金黄色的萨克斯管——狄克的遗物。“你再耐心地等一等，狄克，我一定会亲自向大家证明，喝再多的酒，也都没有任何关系。”

她微笑着对着照片说，“到时候，我就可以为你报仇雪恨了。”

她又对着萨克斯管笑笑，然后，盖好被子睡着了。

（五）

自从狄克被害、比尔被捕后，爵士乐队没有了萨克管演奏手和钢琴手，也就无法单纯靠她和查理来维持，乐队也就自行解散了。比尔虽然逃过死刑的惩罚，但他依然要付出代价。审判结束后，他就被强制接受治疗和戒酒、戒药六个月。

在这段时间里，她经常去酒吧喝酒，而查理也没干什么正经事，只靠打些零工过活。他经常打电话对她说：“我希望能够帮助你，成为你生活的依靠。如果你感到痛苦难过，请打电话给我。”他的声音里常常带着忧伤和无奈。

虽然她表面上谢谢他，并接受他的提议，但她依然没有放在心上。和狄克相比，查理简直太没有特色了，他经常躲在狄克身后，虽然她也常常和他相处，但他大都是沉默着。

但是，在她的其他朋友都没空的情况下，又想找个说话的人的时候，她也偶尔叫上他。他们常常约在以前演出时的酒吧见面。见面后，两人说得少，喝得多。

查理渐渐发现她的酒量突飞猛进，但他什么也没说。他知道，他的劝告毫无用处。而她常常暗自高兴自己的酒量的进步，因为这样，离她报仇的那一天就更近了。

过了相当长的一段时间后，酒吧的老熟人们开始慢慢地劝诫她，毕竟事情已经过去那么久，不能借喝酒来麻醉自己。死者已经无法生还，但是活着的人还是要过自己的生活的。但她根本就把他们的劝告当成耳旁风。

而一般的女人天性都擅长喝酒，她也不例外，再加上她刻意的训练，酒量越来越好。尽管她差不多天天喝酒，但她从没有喝醉过，也没在外人面前失态过。无论是她独自喝酒，还是和朋友一起喝酒，抑或是和查理在一块，她都时时刻刻告诫自己，一定不能喝醉，不能失态。

有的时候，时间太晚，查理会送她回家。她也并没有像查理期待的那样，趴在他的肩头，或者在他送到家门口的时候，留他喝杯咖啡。她总是礼貌地对他说谢谢，并请他早点回去，改天再约。她听到了查理轻轻的叹息声和转身离开时沉重的脚步声。但她绝不会为之所动，她独自走上黑暗的楼梯，打开房间门，然后用力锁上门。

她每天都会按部就班地生活，只是偶尔也会放纵自己做一些计划外的事情。通常是太累或者紧绷的神经暂时松懈下来，她会没刷牙、没卸妆就躺在床上睡着了。以前狄克还在的时候，她和狄克喝完酒醉倒在床上，第二天早上醒来，就会看见枕头上从她眼睛里掉出来的假睫毛还有她的口红印。狄克每次都会笑话她，然后摘掉枕头上的假睫毛。等狄克笑够了，逗她玩得差不多了，就会走进厨房为她冲咖啡。

现在如果没卸妆，第二天起床的时候，枕头上也会粘上假睫毛，蹭上口红印。但她自己取下假睫毛，自己为自己冲咖啡，孤单单的只剩她一个人。

……

想到这里，她开始计算着自己银行卡的余额，并推算比尔出院的日期。

她要在比尔出院之前可以不用外出挣钱，靠这笔存款过活，这也是她这段时间一直训练自己的酒量而不外出的原因。她对自己说，等到比尔回来，就再也不用操心一日三餐了。

她让查理留意比尔的消息，只要比尔回来，就第一时间告诉他。当然，这也是她对他的唯一请求。这天，查理告诉她比尔就要回来了。

“真的吗？”她双手握紧电话听筒，激动得马上要跳起来，“查理，我太高兴了，比尔什么时候回来？我什么时候可以见到他？”

“他刚回来，”查理闷闷不乐地嘟囔着，她的语气听起来一点都不像是听到杀死自己爱人的凶手要重获自由时的反应，反倒像新婚后小别的夫妻终于要见面的语气。“只要你想见，随时都可以。”

“那今晚可以吗？”查理没有回应她。

“查理，你听到了吗，你今晚就帮我把他约出来，我一直盼着和他见面。”

“既然你这么想见他，我就帮你约吧。反正比尔也一直想见你，他一直念叨着要亲自向你道歉，并且去给狄克上坟。”

“太好了，今晚九点去我们以前常去的酒吧。”

“嗯。那个……”查理欲言又止。

“怎么了，查理？”她害怕查理反悔，急忙问道。

“你已经不在乎了吗？”

“不在乎什么？”

“我是说他害死了狄克，虽然已经过去了很久，但狄克毕竟是你最爱的人。我以为你会恨比尔，但你现在的热情让我很吃惊。”

“没有关系了。正像你说的，事情已经过去很久了，而且比尔也不是故意的。”她努力让自己以最平静的口吻说出来。

“那我们九点准时见面。”她挂了电话。

她脸上浮出一丝难以觉察的冷笑，比尔只不过多活了半年，马上他就要和狄克见面了。她走到床边狄克的照片前，用温柔的眼神看着照片里的他。

“我的计划就要实现了，亲爱的，”她说，“虽然我没有足够的力气勒死他或者打死他，但是那个大花瓶一定不会出任何差错。”她回头深深地看了一眼那只摆在房间角落里的青铜花瓶，然后梳妆打扮起来。

（六）

“你一点都没变，还是那么漂亮！”比尔不自然地对她笑笑，不安地来回搓动双手。不，应该用满含着内疚更合适一些，“实在抱歉，非常对不起。我不奢望你的原谅，你还愿意见我，允许我给狄克上坟，我感激不尽。”比尔的语气十分诚恳，充满着歉疚。在某一个瞬间，她恍惚觉得是不是该原谅他，但一听到狄克的名字，她马上否决了自己的想法。

她仔细打量比尔，他明显比以前胖了，脸色也红润了。就是眼前的这个人毁了她一生的幸福，狄克惨死的面容又浮现在她眼前。而这个杀人凶手，看起来过得比谁都好。

比尔饱含歉意地对她微笑着，他的歉意实在不是装出来的。或许送他去死反而是给他最好的解脱，否则他就要在内疚中过一辈子了。想到这里，她就给自己找到了一个冠冕堂皇的理由，心也安定了不少，于是她以柔和的微笑面向面前的两个男子。

比尔看到她的微笑，仿佛得到赦免一样，如释重负地看着她，而两人身旁的查理则以思索的神情观察着他俩。

他们三人围坐在酒桌前，和从前每次演出完之后一样，但现在唯独少了狄克。

“今天我们不醉不归！”她招来服务生，“不过我们可不是光来喝酒的，而是要庆祝比尔出院并获得新生。”

“别这样说，我承受不起……”比尔的眼中闪烁着羞怯。

“比尔，我们别说过去，只说将来。查理，我今晚想喝个痛快，你们奉陪到底吧！”

看着她要拼命喝酒的劲头，两个男子大惑不解。查理犹豫地说：“我没问题，可是比尔刚刚戒酒了呀！”

“哦，”她好像刚刚知道这件事，然后挑衅比尔，“比尔，你真的再也不喝酒了吗？”

“没，没有，但我目前没有喝酒的心情。”比尔面露难色。

“难道他们给你洗脑了？”她大声叫嚷起来，“他们怎么给你戒的酒啊？喝酒是多么畅快的一件事啊！”

“可是……”比尔欲言又止。

“算了，既然你不喝酒，喝点饮料，当是陪我，可以吗？”她带点撒娇的口吻要求道。

“可以啊。虽然我不喝酒，但也不会劝别人不喝，只是祈祷喝酒的人千万别做出失控的事来。”

“你过于忧虑了，我自有分寸。”她说。

她举起酒杯，对着查理：“查理，你没戒酒，你一定要陪我喝。”

“当然。”查理也举起了酒杯，“但我和比尔一样，也觉得喝酒不能太没有节制了，以前太不像话了。”

“让我们干杯。”三个人举起酒杯相碰，当然，比尔的酒杯里装着饮料。

狄克的死，似乎让这两个人都改过自新。“你们看起来好像很理智，但最理智的还是我，因为我是那个暗藏杀机的人。不管喝再多，我也要保持清醒。”她一边这样想着，一边又举起了酒杯。

“今天喝得真痛快啊，再来一杯！”她招呼服务生上酒。比尔和查理用眼神交换了意见，然后，查理对她说：“今天喝得差不多了，咱们回去吧！”

“是啊，今天喝得很尽兴啊。”比尔附和着。

她记得她自己已经喝了十几杯威士忌酒，但仍然感觉自己的意识很清醒，她在计划着怎样实施自己的杀人计划。她觉得全身温暖而充实，但却十分地空虚。

“我的皮肤里有你，我的内心深处有你……”遥远的地方，不知道谁在唱那首她最爱的《我的皮肤里有你》，她已经再也没有唱歌了，自从狄克离开后。

“走吧。”她故意歪歪倒倒地站起来，做出醉态，“你们送送我吧。比尔，你也送送我，我有好多话跟你说，今天实在太开心了。”

查理赶忙扶住她，比尔也小心翼翼地拉住她的衣袖。两人一左一右地搀扶着她出了酒吧。

“一切都在按着我的计划进行。我血液中的酒精浓度可能已达到了0.4%或0.5%了吧，但是我现在依然很清醒。接下来要做的就是拿着青铜花瓶，砸向比尔。不过该让他们怎么坐呢？要让比尔坐在花瓶下，让查理坐在花瓶对面，这样我就好下手了，而查理正好作为目击者。嗯，完美的计划！”

“哈哈哈哈！”她一个人独自傻笑，这在查理和比尔看来，她已经醉得神志不清了。

（七）

“是我杀死比尔的。”她说，“我要报仇，他杀死我的爱人，居然可以逍遥法外，所以我杀死了他。”

她因为说话太急，不停地喘着粗气。“我没有生病，我为什么要躺着，让我出庭，我要作证，我是蓄意谋害比尔的。虽然我喝了很多酒，但我确信我一点都没醉，我的意识很清醒，就让法律来裁判我吧。这样我就可以去见狄克了。让我去出庭，让我去见狄克……”

“亲爱的，我们会让你出庭的，不过时间还没到，你先休息一会儿吧。”一位穿白衣的女护士，轻轻地抚弄她的头发，医生在旁边若有所思地观察着她。

“我要先休息一下，这样才能去出庭。”她温顺地点点头，合上眼皮，倒在枕头上，像婴儿一样蜷缩成一团，沉沉地睡去。

比尔在走廊里等待探望她，已经等了很长时间。他一见医生出来，赶紧迎上去：“医生，怎么样，我今天可以看看她吗？”事情没过多长时间，但比尔看起来却明显瘦了很多，脸色也从红润变成透明的苍白。

“今天还不行，她状态不是很好。不过她过几天，就可以出庭，马上就会被送回家了。”

比尔不自觉地重重地叹了口气，如果当时能够劝阻她，就不会发生这样的事了。可是当晚，她看起来没有丝毫异常。

他和查理送她回到家，正要将她扶上床休息，她却推开了他们的手。

“你们先坐着吧，我去给你们冲咖啡。”查理坐在了花瓶下，比尔就在床上坐着了。他刚坐下不到一秒钟，就看见，她举起青铜花瓶迅速用力地砸向查理……

“你振作起来，”医生拍了拍正在发呆的比尔说，“我知道你现在心情很沉重，但事已至此，你折磨自己也没有用。万幸的是——”

比尔打起精神听医生继续劝告。

“万幸的是，她会被判无罪。虽然她口口声声说，她在行凶时意志很清醒，说要为爱人报仇，但他杀死的却是查理，足见，她有多么不清醒。”

比尔深吸一口气，无奈地地点点头，凝视着病房门口，若有所思。医生又拍了拍他的肩膀，向走廊方向走去。比尔在病房门口站了片刻，也跟随着医生的步伐，走出医院……

病人与杀手

【美】希区柯克

这是一个令人战栗的巧合，同一天女性盗匪抢劫加油站，男性精神病人逃出精神病院，还刺死了院里的保安；又在同一天，盗匪的尸体被警方发现，精神病人在案发现场被抓获。另外还有一具女尸躺在他们被发现的房子里。这期间到底发生了什么事？是什么样的巧合在同一天夺去了两条性命？

（一）

比恩呆呆望着从身边走过的每一个白衣人，他们或者面带痴笑，或者嘴里念念叨叨，有的在一个人乱跳，有的三五成群地打闹，好像这个被电网、高墙圈起来的独立空间并不足够拘囿他们的精神。目睹这一切的比恩和他们相比，面部表情平静，丝毫不露疯癫，身材瘦削，皮肤白皙，五官紧凑，而且脑袋出奇地大，这让他看起来像一个内心孤独的弱者。但有的时候，人的外表和内心会有着极端的反差，比如像比恩这样的人。

这天晚上，当熄灯铃响后，比恩突然在黑夜睁大了他那双绿色的眼睛，开始像机器一样穿衣、穿鞋，然后从床铺底下拿出一件东西藏入袖口，走出了自己的寝室。

“喂，喂，”一个晚间执勤的保安喊道，“你这个大头鬼给我站住。”他赶上一步抓住了比恩的手臂。

“原来是丑八怪比恩。这么晚了你不睡觉，想干吗呀？”保安歪着身子，脸上带着几分愤怒的嘲笑问道。

“我是比恩，比恩。”比恩定睛地看了一下保安，突然变换表情，露出了两颗虎牙，随即把袖子里的那个东西送给了保安。

“啊！”保安倒在了比恩的肩上，比恩慢慢地移开身子，保安倒在了一片血泊中，腰的部位有一个锐利的白尖反射着金属的光泽。

“我是比恩，比恩不丑。我是比恩，比恩不丑……”

空荡的精神病院楼道里回荡着这个声音，与此同时这个叫比恩的精神病人趁着夜色溜出了守备不严的精神病院。

第二天早晨，换班的保安最先发现了一命呜呼的保安，以及一名患者失踪的事实。在他报警之后，当地的各大媒体纷纷登出消息，要大家注意安全，以防被精神病人攻击，它们特别强调，这个患者平时看起来和正常人差不多，可一旦病情发作，破坏力会让人吃惊。

比恩站在销售电器的橱窗前，看着电视机里的新闻，那个穿粉红衣服的播音员正在播送新闻，表情十分严肃。

“此人名叫比恩，患有间歇性精神病，发病时会主动攻击他人……”

“呵呵，”同在看电视的行人不约而同地扭着头看比恩，他正在发笑，“呵呵，我认识照片上那个人。呵呵。”

广播员继续广播道：“昨晚一名金发的黑衣女子在抢劫了一个加油站后，驾车逃亡……”

（二）

深秋的夜晚，雾气仿佛染了墨色一般潮湿、凝重，在它的包围中从窗户里露出的光显得别样的温柔。然而温柔的光里不一定有温柔的心，默迪太太独自坐在客厅的沙发里，一边打毛衣，一边看着电视。她和丈夫现在正处于分居状态，而今天，按照夫妻二人的约定，是孩子们去爸爸那边的日子。

默迪太太偶尔会停下织毛衣的动作发一下呆，然后长叹一声，电视里的声音对于一个满怀心事的妇人来说，不过是用来吓跑孤独的，至于机器里到底在广播什么重要消息或者通知，默迪太太听了也就忘了。

这时，敲门声响起，默迪太太看了一下表，已经九点多了，出于警惕默迪太太没有立即应答，而是悄悄地走到门前，透过猫眼向外望去。门外站着一个穿黑色外套的年轻人，他先是扭动着大脑袋左顾右看了一番，然后无聊地盯起了自己的双脚，应该是在看脚，默迪太太这样揣摩着，并继续借着猫眼往外看，那个人抬起了脑袋，一双绿色的眼睛让默迪太太不由得耸了一下肩膀。她记得野猫的眼睛会在黑暗中发出绿色的光，而她是最怕猫的。

敲门声再次响起，看来来客没有想走的意思，默迪太太不得不问道：“请问哪位？”

“您好，默迪太太……”

“你怎么之道我是默迪太太？我并不认识你。”

“您家的门垫上写着‘默迪’，所以我推断……”

“你来我家有什么事吗？”

“我是麦克先生家新来的修理工，嗯，你可以叫我比恩。我想向您借一些修理工具，因为麦克先生家的下水道管突然坏了，急需修理，但是他们家又没有修理工具，所以他叫我来向您借一下。”

理由很合理，但是并不足以说服默迪太太开门。

“这要等我丈夫回来才能拿，因为我不知道他把工具收到哪里了。但是他现在不在家，你明天再过来吧。”

“我可以在这儿等吗？因为麦克先生家的下水道管实在等不到明天了。”

“我丈夫很晚才会回来，你最好去别家看看。”

“既然这样，那您能给我杯水吗？从麦克先生家到您家，说实话，路程不近，我实在渴得不行了。”

默迪太太看到猫眼里的男人把手放在了喉结处，好像咽了口唾沫。她心软了，因为那个年轻人看起来不像是坏人，而且他有可能渴坏了。于是，她打开了门锁，探出半个身子说："你等一下，我去给你倒水。"说完，她转身走向了厨房。

但是当她再次转身时，那个绿眼的年轻人已经站在了自己的面前。

"啊！呼，"默迪太太惊叫一声，然后拍着自己的胸脯说，"吓死我了，你怎么自己进来了？你妈妈没告诉过你这样不礼貌吗？"说着把水递给了他。

"我想她本来想告诉我的，可是她没来得及等到我能听懂她的话就抛弃了我。"男人接过水很认真地喝完了它，但是当默迪太太伸手跟他要杯子的时候，他并没有把被子还回去。

"我丑吗？"男人把默迪太太逼到了厨房的水槽边上，绿色的眼睛几乎要碰到了默迪太太的睫毛，"你不必撒谎，说我丑的话我听到过很多次了。"

"先生，我没有留意您的相貌，也不想用讥笑你的话评价你。"男人退了回去，并主动将杯子还给了默迪太太。

"我听电视上说，最近有个精神病人从精神病院里逃了出来，还杀了保安，现在还没有被警方抓获。在这种情况下，您不应该一个人待在家里，因为精神病人虽然头脑不正常，但是他们发起癫来可是什么事都能干得出来。"

"等你走后，我会把门窗锁好，不会再放任何人进来的。"默迪太太双手紧握着男人刚才用过的茶杯说，"所以如果你没有其他什么事情的话，最好赶快离开，毕竟夜越来越深了，你回麦克先生家的路也不好走。"

"谢谢您的关心，但是你不知道如果他们想进来，门窗根本挡不住他们，而且他们最喜欢光顾独自在家的人。"男人一脸神秘地看着默迪太太。

默迪太太感到身后一阵凉意，赶忙躲开他的眼睛说："你好像很了解精神病患者。"说着她把杯子放回了厨房。

"嗯，我在精神病院住过两年。"

这个理所当然的语气让默迪太太感到喉咙发紧，她不敢转身，因为脚步正在慢慢靠近自己。突然，有一阵敲门声响起，脚步声变得急速起来，一只大手捂在了默迪太太的嘴上……

（三）

"你最好在最短的时间里让自己平静下来，这样我才能松开你，让你去开门。"角落里的默迪太太，被男人抵在墙壁上无法动弹，听到男人的话，她微微地点了点头，男人放下了手。

"谁呀？"默迪太太试探地问了一下。

"您好，夫人，我的车胎半路上爆了，想找你帮个忙。"

默迪太太看了看青年男人，然后去开门。

一个穿着黑色衣服的金发女郎，军绿色的外套上沾满了油污，正满脸堆笑地看着默迪太太。

"我的车需要换轮胎，但是我不会。"说完，她的眼神瞟向了屋里。

默迪太太就势指着屋里的男人说："这是我先生，他会帮你的。"

男人一愣，他明白这是默迪太太自我开脱的妙法，这样她就可以同时摆脱两个陌生人了，正在他用他那绿色的眼睛瞪着默迪太太的时候，金发女郎发话说："那太感谢您了，"她可能从男人的脸上揣摩出了几分不乐意，继续说道，"您先生长得很年轻，很可爱。"

听到这样的赞美，常人应该乐呵呵地应付，哪怕不接受也会寒暄几句。但是屋里的这个男人可没有这等的交际技巧，这次他直愣愣地看着金发女郎，说道："女人的嘴巴总是这么会说话，一旦她们有需要男人的时候，即使那个男人很丑、很讨厌，她们也从不吝惜赞美之词。但是我这个丑男人还比较有自知之明，至于换轮胎这样的力气活，你还是另谋高就吧。"

金发女郎听了这话，立马收起了妩媚的谄笑，向前走了一步后，从外衣口袋里拿出了一把黑色的手枪，抵在了男人的胸口。

"如果我这样要求你呢？"金发女郎说道。

男人依然愣愣地看着她，看着手枪，好像不知道那是什么。

"你有那种自知，我很抱歉，不过现在这些可以放到一边了。"她看了一下瑟缩在墙角的默迪太太说，"我现在要用你的车，劳驾你这个丑八怪带上你的太太送我一程。"

男人被猛地推了一下，一个踉跄之后他猛地回过身体给了金发女郎一拳。手枪从她手中滑落，正好落在默迪太太的脚下。只听一声枪响，金发女郎的头发开出一朵玫瑰般的血花，大睁着眼睛倒在了男人的脚下。

"我是比恩，比恩不丑。我是比恩，比恩不丑……"男人的脸抽搐着，牙齿仿佛要咬断什么硬物似的在使劲用力。

默迪太太吓坏了，握枪的手在不停地发抖，她直勾勾地盯着死去的金发女郎，看着她那被鲜血染红的头发跟自己的发色是那么的接近。不知道什么时候，男人已经来到了她身边，大手正扶着她的肩膀。

"别害怕，没事了。"耳边一个声音这样说着，就在默迪太太突然意识到什么的时候，她的嘴巴、眼睛大大地张开了。

男人皱了皱眉，歪头看了一下依然聒噪的电视机。

"嘘，她们睡着了。"

深秋的夜晚再次陷入寂静。

第二天，报纸上登出了这样的消息，大致意思是，在一所民宅内，抢劫犯和精神病人同时被抓获，还有一名无辜市民被精神病人用刀捅死。

打结的绳子

【美】杰克·福翠尔

一个失明老人的小孙女被人残酷地勒死，老人伤心至极，却想不出可爱、懂事的小孙女和谁有过恩怨，也想不出自己孤苦的一辈子给谁带去过不便。警方一时不知从何下手。但是一波未平，一波又起，两个兄弟离奇猝死，其中一个被射杀，另一个的死法竟和小女孩的如出一辙。这是巧合，还是丧心病狂者的连环杀人案？

（一）

“米尔德丽德！回答我！”他大声地喊起来，突然，远处传来了回应，但是那回应的声音把老人吓坏了，那是绝望无助的尖叫，歇斯底里的叫声响彻整个屋子。老人感到一种濒临死亡的气息。

他着急地向前迈出一步，声音就在这个房间，可他却什么也看不到。他又听到了脚步声，那个人挪动了几步，伴随着尖叫的声音，好像还有如流水般的声音响着。老人只能一步步地朝房门的方向走去。

老人边走边伸出双手，双手在半空中微微颤抖着，“米尔德丽德，米尔德丽德，到底发生了什么？”突然，他听到有人摔倒的声音，屋子里又恢复了平静，老人立刻朝那个声音走去，双手努力地在空中摸索，好像碰到了什么，但触碰的瞬间那个东西躲开了。他知道，屋子里一定有什么东西威胁到了他和他的孙女，他的孙女米尔德丽德现在一定在危险中。

他感到那个不知道是什么的东西向右侧快速地移动着，于是他颤抖着无助的双手，发出微弱的声音：

“我什么都看不到，你饶过我们吧。”

老人伸着手，依旧在原地不动，那个脚步声听起来走远了，屋外的大厅中传来窃窃私语声，随即门便被关上了。这个房子老人和孙女已经住了好几年，完全熟悉周围的环境，即使双目失明，他仍然可以摸到门口。听到大厅里又有走进走出的声音，可还是听不到孙女的回应。

“米尔德丽德！你到底在哪儿？”

周围一片死寂，老人怕极了，他转身回到刚才的屋子，不祥的预感充斥着老人的大脑，他扶着墙面走回房间，伸出双手在空中乱抓，痛苦地喊叫着：

“米尔德丽德，你在哪儿？你怎么不说话？发生什么了？”

老人安静地聆听着屋子里的动静，突然从屋子的角落里传来微弱的声音，他摸索着向那个方向走去，脚下突然被什么物体挡住了。老人慢慢蹲下去，“是你吗？米尔德丽德？”边说边用手摸着，老人摸到了一张脸，米尔德丽德的脸，孙女的呼吸很微弱了，还在努力地挣扎。

“你怎么了？哪里受伤了吗？还是发生别的什么了？”

老人在米尔德丽德的身上摸索着，并没有伤口，但确实可以听出来孙女的呼吸声越来越微弱了。老人绝望了，双目失明的他看不到眼前发生了什么，他只能不断地呼喊，那声音充满了无助和祈求。

“米尔德丽德！米尔德丽德！你听到了吗？你怎么了？米尔德丽德！”他摇晃着呼吸声快要中断的身体，其他的他什么都做不来。

老人感到孙女身体一阵颤抖后逐渐变得僵硬，米尔德丽德，一个十四岁小女孩儿，她的生命就这样结束了。老人茫然地瘫坐在地上，浑浊的眼睛里闪烁着更加迷茫的忧伤。

现在看到如此凄凉的画面，谁也不会想到就在之前一会儿的画面还是那么的美好而安逸。

这本是一个晴朗的午后，老人坐在窗户旁感受着阳光，他的头发已经染上了银灰色，但神情看起来依然矍铄，骨子里流露着高贵的气息。身体虽然已经不再强壮，饱经沧桑的脸上满是皱纹，表情却是微笑的，看起来很是慈祥。但如果细心感受，那微笑中隐隐地隐藏着苍老的悲戚，失明的双目让他看不到外面的世界，不免有些孤苦无依的感觉。

海边的景色如同一张美丽的画，老人用心体会着，他感觉得到外面一望无际的绿色，他能感觉到海岸上涨潮后留下的小水坑，他知道远处的丘陵上有一个小村庄。他面对着丘陵坐着，眼睛对着阳光洒下的方向，好像是在寻找黑暗中的光明。咸咸的海风迎面吹来，老人深呼吸一口，微笑依然挂在脸上，海风中的芳香让他心情舒畅。

就这样，老人在窗前坐了很久，听着远处悠扬的歌声，笑容中充满温馨，黑暗的世界因为歌声多了些安慰和明丽的色彩。然而，如此祥和的气氛并没有持续很久。突然，“咚”的关门声打断了歌声。老人不知道发生了什么，坐在原地仔细地倾听着，没有听到什么异常，于是又沉浸在歌声中，重新回到刚才的回忆中。但是没过多久，老人突然听到了脚步声，还有一些不知名的响声，但他也没有听清楚到底是什么，只听到轻巧的脚步声走到门前就停下来了。老人轻声地念道：

“我的宝贝儿，是你吗？”

但是却没有得到任何回答。

“米尔德丽德，你怎么不说话？快过来，陪爷爷坐一会儿。”老人转过身来，朝着门口说道。

可是依然没有人作答，老人突然警觉起来，扶着椅子站起来，远处又传来不知名的声音，当时他并没有意识到这不知名的声音可能将死神带到了这个房间。

（二）

瘫坐在地上的老人嘴唇微弱的颤动着，好像是在祷告。警察没过几分钟就赶到了现场，最早发现这对祖孙的是路过海岸的一对夫妇。他们本是来看海的，正好经过这里，突然听到屋里有孩子的尖叫声，便立刻下车到屋里查看，但是他们并没有发现凶手，应该就是在他们来的前几秒钟，凶手逃走了。所以他们就只听到了声音，却不知道屋里发生了什么事情，夫妇立刻报警。

警方开始对现场进行勘察，“这真是一宗离奇的案件，死者竟然这么小。”

的确，死去的小姑娘只有十四岁，她是被绳索勒死的，凶器就在现场被找到，是一条马尼拉绳，就是人们用来捆绑重物的时候用的绳子。当时，绳子一定紧紧地勒住了小女孩儿的脖子。

“看来她是被活活勒死的。”警察勘察后这样说道。

警察在对现场勘察一番后发现，如果这个小女孩儿的祖父，也就是温德尔·柯蒂斯·巴雷特不是盲人，那么她可能就不会死了，因为祖父如果眼睛可以看得到，一定可以找到方法解开绳索，哪怕是用刀子割断绳子，但是失明的老人完全看不到凶手当时在干什么，所以即使他试图在孙女身上找伤口也无法做什么补救。

法医鉴定后也是同样的意见。马洛里探员和几个手下在现场继续勘察，记者哈钦森·哈奇也来到现场。警察还发现，马尼拉绳子上所打的结正好压迫了小女孩儿的气管，脖子后面也有个结，绳子穿过这个结就可以被紧紧地勒紧而无法解开。

“这个凶手的手法还真是老套，这样打结完全就是为了杀人而设计的。”马洛里探员看着绳索冷笑着说道。

哈奇走向前去，看到绳索的样子，好像想到了什么，说道：“这好像是印度人习惯用的凶器。”马洛里探员听到哈奇记者这样说，立即转头和他交谈起来。

显然他们不是第一次见面。的确，哈奇和警方经常打交道，虽然媒体和警方的关系并不那么和谐，但是在工作上互帮互助让他们也有些互相依赖的感觉。哈奇提供的消息，马洛里探员觉得很有价值。他们在现场继续检查，并到邻居和周围进行进一步的取证。

几个小时过去了，整个案情的线索被警察和记者掌握得差不多了，记者尽可能地搜集到各种有用的信息，因为他要把这些信息区告诉凡·杜森教授，这个人绰号为“思考机器”，推理能力和逻辑能力是一流的。

“这么小的孩子为什么会被杀害呢？这个案子最诡异的地方就是死者是个小孩，这可以排除因为感情而杀人的动机。而且这么小，即使得罪了什么人，那人应该也不会对她下如此的毒手。据我从邻居那里了解到，这个孩子平时是个很惹人喜爱的小姑娘，很活泼，和邻居们关系也都很好，他们都很喜欢她，听说这件事情也都表示十分痛心。此外房间里没有丢失任何财物，看来凶手不是冲着钱财来的，杀人的凶器也很快就找到了，真是充满了疑点呀。”哈奇向教授抛出自己的疑问。

“思考机器”问道：“还有什么受害者家属的基本信息吗？”

“这位老人，也就是巴雷特先生，大概七十二岁了，他的孙女米尔德丽德，也就是死者，年龄还不到十四岁。小女孩的爸爸在美西战争中牺牲，而老人是她唯一的亲人。他们祖孙在这个房子已经住了很多年了，小女孩很懂事，家务都是她在做，只有在有重活的时候才会从半英里以外的地方找用人来帮忙。老人每年的收入虽然不多，但是一千美元足够祖孙二人的生活基本开销。”

思考机器听着，突然问道：“难道小女孩的死会给老人带来什么好处？”

他的发问即刻得到哈奇的否定答复：“她的死对任何人都没有好处，到目前为止，没有任何和案子有关的财产方面的东西，而且老人每年的收入除了维持祖孙二人的生活开销已然所剩不多，所以平时只有在小女孩儿不在的时候，老人才会找用人到家中帮忙。”

这让“思考机器”也疑惑起来，他坐着面冲天花板，两只手交叉放着，眉头紧锁着思考着，这是他陷入沉思的标志性动作。

“这个案子看起来的确很不正常。”“思考机器”说了一句，又陷入沉思中。过了一会儿他又说道：“这个案子真的很棘手，可能是我碰到过的最奇怪的案子了。孩子年纪这么小，一些平时惯用的想法在这里完全行不通。”

说到这里，他又不说话了，一会儿继续说道：“那些没有犯罪记录而且不被提及的方法是最阴险的，棘手的案件一般都不会被人发现罪行，而聪明且思维严谨的凶手是不会留下任何线索的，碰到这种案件就很容易让人联想到这些凶手。”“思考机器”也被这个案子难倒了。

凡·杜森和哈奇这一对搭档自从“国际象棋事件”后，就备受媒体和警界的关注。这位教授的“思考机器”的称号也是那个事件后而获得的，这也让他在科学领域之外受尽敬仰。哈奇记者经常会带给思考机器一些自己感兴趣却很难解的题目，而凡·杜森则会从记者给出的线索中找到蛛丝马迹，然后把它们梳理清楚，从而看到案件本来的面目。

记者顺着教授的思路继续思考着，“在一位失明的老人旁作案，却拥有诡异的杀人动机。祖孙俩很少和外界接触，老人说悲剧发生前几天都没有访客。凶案发生的时候，老人说他在房间里，孙女应该在房后玩耍，他没有听到任何响声，除了脚步声。小女孩走到他的房间的时候就发生了悲剧，自始至终老人都没有听到孙女的应答，只听到些许挣扎而发出的声音。双目失明的老人当时什么都看不懂，无助到要崩溃了。”这一切信息对“思考机器”的思考完全没有任何的帮助，于是他约上哈奇先生想去找巴雷特先生聊一下，看能不能从他那里获得什么更有帮助的信息。

他俩来到海边的房子中找到失明的老人，老人把他自己所感受到的、知道的所有细节又和教授讲了一遍，“思考机器”很专注地听着，最后提出了几个问题。

“巴雷特先生，你告诉我除了脚步声、歌声外，你还听到的不知名的声音，那是什么样的声音呢？是人发出的声音，还是什么物体被移动的时候发出的声音呢？”

老人回答道：“那个声音我很陌生，无法描述，但是我觉得应该是人发出的声音，听起来很像橡皮筋被弹出来时候发出的声音，但又觉得很怪异。”

“思考机器”继续问道：“你说你碰到了什么东西，但是那个东西躲开了，你能描述一下你的手碰到它的时候是什么感觉吗？摸到的是衣服，是皮肤，还是木头呢？”

巴雷特努力地回想着，很是无助地摇摇头：“我……我实在想不起来，我只知道我碰到它以后，它就躲开了。可能是人的头发，我也不知道究竟是什么。”

老人明显有些累了,“思考机器”继续问老人眼睛是何时失明的,老人说是两年前的事情,接着又问了一些细节的问题,“思考机器”紧皱的眉头一直都没有松开过。最后没什么好问的了,“思考机器”站起身来,冲着哈奇记者摇摇头,看来还是没有什么头绪。

接着,他们又在整个屋子里勘察了一个小时,从绳索到绳子上的结,再到尸体,再到房屋,几乎房子里里外外的每个角落都没有放过。这之后,他们的搜查范围扩大到距离房子一百英尺以外的其他地方,进行地毯式的搜查,回来的时候,他俩碰到了警探坎宁安。

“思考机器”好像想起什么,问警探:“你们有没有调查过报案的人?他们有没有不在场证明?还有那个会来这家做用人的女人?案发当时她在哪儿?做什么?”

“那两个报案的人表面上看没有任何嫌疑,而且我们也找到了证据,证明他们所说非虚,所以他们的确就是路过这里。至于那个用人,我们也调查了,她那天是在离这里十几英里之外的地方,和她的朋友在一起,她的朋友也证明了这一点。”

“思考机器”突然转头问老人:“你当时听到不知名的声音是不是什么动物发出来的呢?比如你摸到的毛发是不是像动物的一样硬呢?”

老人依旧回忆不起来:“我不知道,我不能确定我摸到的是不是毛发类的东西。我只知道我一碰到它,它就闪开了。我当时就觉得那个东西有一定的威胁性。”

哈奇在旁边看着“思考机器”,问他有没有任何的思路,他以为他想到了什么才这么问老人的,没想到教授依旧回答:“我没有任何思路。”哈奇很沮丧。

“到现在还没有找到任何的突破口,所有的事情看起来都很奇怪,没有任何的杀人动机。那真的是动物做的吗?”

“思考机器”举起打着结的绳索说:“如此严谨的结怎么可能是动物打出来的呢?所以凶手还是人,这种结只有人手才能打出来,这是至今所有案子中,第一个让我这么久依然没有任何线索的案子。”

哈奇从来没有听到过教授说出如此没有信心的话,所以他自己也变得无助起来。

“那我们现在怎么办呢?”“思考机器”耸耸肩,戴上帽子,摆摆手说,“还能怎么办呢?只有回家了。”

的确,没有任何线索,只有回去继续回家继续思考,看看还有没有遗漏的地方。

(三)

这样无声无息地过去了两天,依旧没有任何的信息。第三天,哈奇记者突然接到消息说又一起类似的案件,在距离巴雷特老人家十英里的地方发生了。死者是一对兄弟,哥哥巴托·吉莱斯皮的死法和米尔德丽德·巴雷特的完全一样,也是被绳子勒死的。而他的弟弟詹姆斯·吉莱斯皮的尸体躺在离哥哥五英尺外,是头部中枪而亡的。手枪就在两人之间,里面少了一颗子弹,很显然就是詹姆斯后脑里的那颗子弹。哈奇记者和“思考机器”几个小时后赶到犯罪现场。

来的路上,哈奇记者对“思考机器”说:“你还记得那天晚上咱俩的对话吗?”“思考机器”明显是想起来了。

小女孩案发的第二天凌晨,哈奇刚写完一个悲伤的故事,接到“思考机器”打来的电话,他问道："你知不知道在别的地方发生过这样的案件呢？就是跟这起杀人案的方法是一样的。"

哈奇想了一会儿，使劲在脑海中回忆，回答说："没有。"

"思考机器"继续说道："我很担心，因为我怕这样的案件还会发生的。"

哈奇一下来了兴趣："你为什么这么说？难道你知道了凶手是谁？知道了他的杀人动机？"

科学家没好气地说："我当然不知道啊，知道的话难道我不会告诉你，不会阻止他吗？我只是想说一些我想到的事情，其他的没有了。"

现在回想起来，"思考机器"的顾虑并不是多余的，哈奇一接到消息就想到了那天的对话。

哈奇和"思考机器"在案发现场开始勘察，教授仔细地观察了绳索和上面的结，并和杀害米尔德丽德·巴雷特的凶器做了对比，又拿起手枪，好像在思考着什么，他转头问同在现场的马洛里探员。

"有没有查到这个手枪是谁的？"

探员严肃地说："要是知道这个手枪是谁的，不就可以一举攻破这起杀人案，还有巴雷特家的那个了吗？""思考机器"听了也觉得自己问的问题有些无用。

于是他蹲下来开始研究，他对着詹姆斯·吉莱斯皮的脸，并死死地盯着他的眼睛，过了一会儿，他又用手摸了几下死者的头发，好像在为他梳头。

突然，"思考机器"站起身来，说道："我知道这个手枪是谁的了。"大家一起看过来，脸上都写着"惊讶"二字。"思考机器"继续说："手枪是另一个死者的，也就是哥哥巴托·吉莱斯皮的。"

大家听后，更是疑惑了，马洛里探员也很惊讶，但他好像在思考什么，突然微笑了一下，问道："教授，你的意思不会说是巴托·吉莱斯皮害死了他的弟弟，然后自己用绳索把自己勒死了吧？"

"不是。""思考机器"答道。

"那要不就是巴托·吉莱斯皮先开枪杀了弟弟，然后弟弟却在临死前把他勒死了？"探员继续猜测着。

"也不是。"教授又答道。

马洛里探员更觉得诡异了，急着听"思考机器"的解释。

教授说道："我是想告诉你们，詹姆斯·吉莱斯皮是企图想勒死自己的哥哥，但是两个人发生了打斗，而且把屋子里的椅子都弄翻了。在争斗中，脖子上套着绞索的巴托·吉莱斯皮企开枪把弟弟杀死了。所以詹姆斯·吉莱斯皮就是杀害米尔德丽德·巴雷特的凶手。他在杀害小姑娘的时候对付的是小孩儿，但是这次却是一个强壮的男人，所以弟弟被绳索勒住的时候进行了激烈的反抗。"

马洛里探员听后显然不太相信"思考机器"的猜测，他说："如果是这样，也可以猜测凶手来这里杀人，杀害了巴托·吉莱斯皮，而杀人的时候却惊动了詹姆斯·吉莱斯皮，于是他过来查看，凶手害怕就开枪打死了他。"

"思考机器"听过后，显然不以为是，说道："你这种假设有两个疑点，其一就是那你觉得这个手枪是罪犯故意留在现场，哪有这么傻的杀手？其二就是……"

他扭头又看了一眼詹姆斯·吉莱斯皮，马洛里探员急了，说："第二是什么啊？"

“思考机器”不紧不慢地说道：“其二就是你这种猜测能够知道他谋害小女孩的杀手动机是什么吗？显然你是不知道的。”马洛里哑口无言。

教授继续说：“你在假设的时候根本没有考虑两起凶杀案的动机，而他们的杀人动机就在这里。”“思考机器”用手指指着詹姆斯·吉莱斯皮的脸，大家一脸疑惑地看过去，因为他们都不知道，“思考机器”到底怎么从死者的脸上看到杀人动机的。

“答案就是他的眼睛，他的嘴巴，还有他头发后面的一个斑点，也就是这个伤疤，这应该是很久以前受过严重的伤害留下的痕迹。马洛里探员，你能告诉我你在他的口袋里搜到了什么吗？”马洛里探员似乎忘记了这个东西，“思考机器”搜遍死者的口袋，在裤子的后兜里掏出了一捆绳索。大家定睛一看，发现这竟是一捆马尼拉绳。

“这个证据就能驳倒你之前的假设。”“思考机器”说。

马洛里探员看到绳子以后也开始相信教授的话，但是他还是想不到杀手的动机到底是什么。“思考机器”继续解释：“其实我在调查巴雷特家里的杀人案时就告诉过哈奇先生，我们排除所有杀人的动机，那么这种杀人行为只能是某种动物做的，那么他就根本没有杀人动机。当时我还曾打电话和他说过，这样相似的案子很有可能重复性发生，而且我们无力阻止。之所以我让大家看他的眼睛嘴巴还有伤疤，就想告诉大家其实他是一个疯子，也就是一个披着人皮的动物罢了，如果我们解剖他的大脑就能发现了。马洛里先生，我想我已经说得很清楚了，接下来的事情就交给你们了。”

“思考机器”和哈奇走在回去的路上，哈奇还有一个疑问，他说：“那为什么凶手没有对老人下手呢？”“思考机器”回答：“既然他是一个疯子，我们就不能用正常人的思维来想问题，因为我们根本不知道疯子的思考方式，那个疯子应该根本就不认识那个小女孩儿。”

愤怒的证人

【美】E.S. 加德纳

15号，杰布逊商业公司发工资的日子。但是刚调来的巨额工资款却在这天早上被盗了。工资款放在质量上好的保险箱里，而且保险箱上还安装了警报器，但是案发时警报器并没有响。难道它失灵了？更奇怪的是这些钱在被盗前已经被出纳做了记号，带记号的钱后来竟然流落到了一个收垃圾的人手里。这到底是怎么回事呢？

（一）

我驾车行驶在距离杰布逊城很近的一条山路上，车速很快，那是因为我急于想到达空气新鲜、满是松林的山区。这次山区周末垂钓之旅我已经计划很久了，但是因为昨天有一桩难解的案子使陪审团久久难下定论，形成最终判决时已经是午夜时分。因为这番令人头疼的折腾，我直到现在才得以动身，身上甚至还穿着昨晚开庭时的衣服呢，这就是律师的生活呀。看看表已经是早晨8点半了，钓鱼服、钓竿、涉水靴和柳条鱼篮都安放在汽车后面的行李箱里，一切都催促着我赶快前行，我不由得又加快了车速。

前面就是通往峡谷的山路，我转了一个弯，眯了眯疲倦的双眼。就在这时，一道耀眼的红光忽然直射向我，我定睛一看，发现路的中央拦着一个写有“停车——警察”字眼的牌示。

一名手拿来复枪、衬衣上佩有银色的徽章，并且表情非常严肃的警官和一位穿着制服的交通警察站在牌子两边。不知道哪里出了什么麻烦事儿，虽然很烦躁，但我不得不把车停了下来。

“请出示您的驾驶证，杰布逊城发生了一起大的抢劫案，我们正在排除嫌疑人。”那位带着徽章，好像是行政司法副官的人一板一眼地说道。

“我刚刚穿过杰布逊城，就在大约一小时前，那时候可什么都没有发生。”我一向保持着律师的能言善辩，行政司法副官不近人情的语气也让我这个被打乱了旅行计划的人难以心平气和。

“你一直都在杰布逊城吗？你在那里做什么？”

“我在一个小加油站加了油，然后吃了点早饭，在一家不大的餐馆里，有什么问题吗？”

我想我不太友好的语气可能让我担上了嫌疑人的头衔了。

“请出示您的驾驶证。”那位警官依旧没有什么表情。

我把驾驶证给了他。

“佩里·梅森，”他一边看一边念出声来，“佩里·梅森，哦，你不是那个大名鼎鼎的刑事律师吗？真的是你？”

“不能完全这么说，警官。”我想对他解释清楚，“我是佩里·梅森没错，但我是一名辩护律师，这和刑事律师的身份可不同，要知道，我有时也为那些遭到指控的人辩护。”

“你怎么会来这里，律师先生？”

“当然是想要度过一个愉快的周末，钓钓鱼，赏赏风景了。”

“我可没见到你穿着钓鱼服呀。”行政司法副官狐疑地看着我。

这位警官的话让我哈哈大笑起来：“照你这么说，如果我今天晚上计划睡觉的话，事实上，我确实有这个计划，那么我现在就要穿着睡衣出来咯？”我不知怎么止住笑声，一般受人怀疑原来也并没有那么让人不愉快，“我要去钓鱼，但不是现在，所以，我还没有穿上钓鱼衣。换作是您，应该也会这么做。”

说到这儿，那位一直没有说话的交通警官也笑了起来，并且挥手示意我可以前行了。严肃的行政司法副官似乎还不满意，蹙了蹙眉望着我驶走。我一边继续开车一边陷入思考，如果杰布逊城真的发生了劫案，那么情况到底是怎样的呢？当然，现在这不关我的事，我还是抓紧时间度过一个愉快的周末好了，有什么事情明天再询问我的秘书吧。

（二）

大自然清新的空气让我神清气爽，转天下午我拨通了办公室的电话，想要从我的机要秘书德拉·斯特里特口里了解一下城里的情况。

“梅森先生，您不是要在山区度假吗？”德拉听到是我打来的长途电话就赶快发问。

“是呀，我此刻正在度假呀。”

“可是城里今天的报纸已经登出了您受聘为抢劫杰布逊商业公司的犯罪嫌疑人出庭辩护的消息了。”

“有这回事儿？”我不得不再次佩服报业捕风捉影的本事。

“好像是说消息来自一名行政司法副官，他说您极有可能与杰布逊商业公司被劫案有重大关系，还说您会为遭到控告的犯罪嫌疑人辩护。”

“哈哈！”听到这儿，我有点明白了，“如果消息是来源于此的话，那我知道是怎么一回事了。那位可爱的行政司法副官是我在开往山区的路上遇到的，当时我们聊了几句，至于他是怎样得出这样一个我本人都不知道的结论，那只能归功于他的幽默感和想象力了。”

“但是——”

“好了，德拉，报上爱怎么登就随他们吧。我现在对这个案件更感兴趣了，作为这么‘重要’的辩护律师，我总不能对案子一无所知呀，你快给我讲讲吧。”

“好吧，先生。这事儿发生在昨天早上，就在您离开法庭一段时间之后，我估摸您那时可能已经出城了，所以没有听到那些刺耳的警笛声。”

“是哪里发生了劫案？”

“是杰布逊商业公司，公司的大保险柜的门被人用乙炔喷火器烧了一个锯齿形的洞，里面的一笔巨款被盗。您应该知道，昨天是15号，是公司发放职员薪金的日子，里面的钱数自然不菲，听说那是前一天刚刚从艾文霍国民银行提出来的。我想这盗贼计划非常周详，对公司的情况也很了解。”

“原来是杰布逊商业公司被盗，那么弗兰克·伯纳尔先生一定气得要命了。”

弗兰克·伯纳尔是公司的矿山厂经理，以铁腕控制着杰布逊城。在他的治理下，整个城市可以说不存在私人财产这么一说，这里的一切都由杰布逊公司掌管着。

“劫案被发现时是怎样的情况？”我继续发问。

“先是乙炔喷火器冒出的烟招来了火警警报，就在大家都惊慌失措以为哪里发生了大火的时候，公司的职员发现原来是保险柜被打开了，公司负责守夜的职员汤姆·芒森那时正躺在后屋的地板上酣然入睡呢，看他那样子应该是喝多了，或者是被人在酒里下了迷药。”

“杰布逊商业公司难道没装什么保险设施吗？”要知道那保险柜里可有整整十万美元呢，我不相信他们会毫不设防。

“半年前他们装置了防盗警报器，不过已经被人用电子装置设了旁路而失效了。”

“看来这群盗贼中至少有一个人是位电工专家呀。大致的情况我已经了解，还有什么其他引人注意的地方吗？”我问道。

“还有就是一些小道消息了，据说这间公司的会计拉尔夫·内斯比特和经理弗兰克·伯纳尔有些不合，因为这两人之前都曾争取过经理的职位，不过后者成为赢家。并且在伯纳尔刚刚上任时，会计先生还提出大保险柜已经过时，需要更换的提议，不过没有被采纳。伯纳尔只是花钱安装了一个最新式样的防盗警报器，并特别雇用了一位守夜人夜间值班。”

“这并不难理解，这种方式的确比更换保险柜省钱得多，更何况这位伯纳尔先生怎么会采纳竞争对手的建议来显得自己无知呢。”

“但是此案的破案速度也十分惊人，警方已经抓住了一个叫哈维·科尔宾的人，这个人有些前科，曾经是杰布逊商贸公司的职员，不过在抢劫发生的前一天，他的老板发现了前科的事，因此把他解雇了。据杰布逊公司的人说，他们手里有非常重要的证据，可以确切地证明此人有罪。”德拉耐心向我讲述着。

“哦？”我有些惊讶，“是什么样的有力证据呢？”

“这点还不十分清楚，因为他们表示要等到开庭审判时才会把证据透露出来。”

“这倒有些神秘和奇特了。”我在电话里笑了笑，“不过这也不关我什么事了，谢谢你不厌其烦地给我讲了这么多有意思的事情，我也十分想亲眼看看杰布逊公司那些大佬们丢钱时的模样。但是此刻我还是想继续享受我的乡间周末了，我想，等我回城时一切都会尘埃落定了。”我已经准备挂电话了。

“先生，不要，”德拉忽然提高了声音，“您不应该不管这件事，报纸上已经登出您会为嫌疑人辩护的消息了啊。”

“我已经和你说过了呀，那只是那位蠢材警官胡言乱语罢了，放心吧，不会有人念念不忘这件事的。”我有些怀疑德拉怎么忽然如此热心了。

“但是那位科尔宾是被冤枉的呢，”德拉辩解道，“而且您应该看看她妻子在报上知道您要替她丈夫辩护时的高兴模样，这位妻子看起来非常善良，也很相信自己的丈夫。确切地说，她已经和我谈过几次了，她对丈夫的那深爱和信任让谁都动容。我对她及她丈夫的遭遇非常同情，也相信他们受到了不公平的待遇。”

“德拉，我们可不能用感情来断案呀。”

“可是，先生，现在能帮助他们的只有您了，这位妻子已经一无所有了，她丈夫给她留了四十美元，但这钱已经全被警察缴走了，他们说那是赃款。您说，连吃饭的钱都没有了，还怎么去请一个好律师来帮自己的丈夫？”

“警察收走了她所有的钱？”我对这种事情一向看不惯，“我今夜开车回城，请告诉她我明天就到。”

“太好了，先生。”

“可惜我的假期又泡汤了。”我抱怨了一句。

“谁让您在路上得罪了警察先生，让自己的名字出现在报纸上呢，先生。”我了笑，挂掉了电话。

（三）

第二天早上，我刚刚在办公室的椅子上坐定，保罗·德雷克，德雷克侦探事务所的一名侦探就走了进来，他已经是我的老朋友了。

“佩里，你这次可给自己出了个大难题呀。”他一进门就皱着眉头嘟囔着。

“发生什么事了，保罗？我可不相信你没有帮我找到什么有用的消息。”

“我确实掌握了一些事情，不过完全不利于我们。”

“不利于到什么程度呢？”我对棘手的案件一般都更有办好的动力，所以并不着急。

“不利到连我都认为你的委托人有罪。”

“哦？这话怎么说？”

“我想从他家搜出的四十美元，正是被盗款中的一部分。”

“你是怎么断定的呢？”

“具体是怎样我还不清楚，但是伯纳尔这家伙信誓旦旦地说敢保证那钱就是赃款无疑，我想他肯定有什么确凿的证据。”

“我说保罗，你怎么能这么随便就相信生意人的话呢？一切都没有决断。”

“你要知道，全城的经济都掌握在杰布逊公司手里，谁家有多少钱他们都可以知道，我想除了峡谷五英里处那个养猪场里收垃圾的老头的财务是伯纳尔不晓得的，其他什么和钱财有关的事都逃不出他的眼睛。”

“这点我们先不去想，我想知道盗窃案发生时更加详细的信息。”

“那个守夜人芒森喜欢在午夜前后喝上一大口威士忌，案子发生的那个晚上，他的酒里被下了安眠药，因此没多久他就睡死过去了，任何动静都闹不醒他。那天晚上八点左右，经理弗兰克·伯纳尔叫来了科尔宾，因为公司发现了他隐瞒前科的事情，于是让他离开本城另觅住处，他的家人可以在他找到房子前暂时住在城里。”

“我听说经理先生和会计先生有些面和心不和？”我对这一点更关注，因为我坚信科尔宾并不是犯人，谁会傻到带着这么明显的动机犯案呢？

“因为丢了那么一大笔钱，所以他们俩都被叫到总部办公室汇报情况了，听说芝加哥的大老板对伯纳尔很不满，因为内斯比特早就指出保险柜不安全的事情，而伯纳尔并没有向上面通告。现在公司高层想要让内斯比特代替伯纳尔呢。”

“这倒是有些意思。”我笑了笑。

“佩里，你还有心情笑得出，”保罗叹了口气，“什么时候开审？”

“周五上午，”我回答，“放心吧，朋友，我心中有数。”

“那个地方检察官弗农·弗拉什尔好像一副胸有成竹的样子，哈斯韦尔法官这次也显得格外严厉。”

“这并没有什么，那位检察官恐怕心里正紧张得很呢，当他知道对手是我的时候。至于法官嘛，他们一向如此，生怕自己在公众面前落下什么把柄。唯一让我有些失望的是公众的态度，我原本把他们想得更聪明一些，没想到大家都把我当成为魔鬼辩护的人了。”

“这也难怪，要知道，丢失的可是公司员工的薪金呀，这和城里每一户人家几乎都有关系。有时候震惊和恐慌会驱散一切理智。”

“我想也是，保罗，不过，大可放心，真相会大白的。”我笑着拍了拍我这位焦急的朋友的肩膀。

（四）

很快到周五开庭审理的日子了，地方检察官弗农·弗拉什尔是个急性子的人，一上来就询问起见证人弗兰克·伯纳尔。他先是向伯纳尔确认了保险柜的位置，然后又确认了几张照片，最后开始问些实质性的问题。

“你认为保险柜有不安全的因素吗，伯纳尔先生？”弗拉什尔问道。

“确实有，先生。”

“你公司的拉尔夫·内斯比特先生也曾向你汇报过这个情况，是吧，先生？”

“是的。”

“那么，你当时是怎样做的呢？我想你并没有更换保险箱。”

“我没有更换保险箱，但是我采取了更有效和简便的方式。”

“是什么样的方式，先生？”

“我主要做了三件事，首先我专门雇用了一名守夜人来看护保险箱，然后我安装了防盗警报器，是最好最先进的。”

“但是我们知道这两项防护都没有起到作用，请和大家说说您的第三项防护吧。”

“好的，先生。为了更好地保护好公司的财产，我安排艾文霍国民银行为我们编制了职员工资表，并记录每份薪金中每张二十美元钞票的号码。”

听到此话，我坐直了身体。

弗拉什尔得意扬扬地瞥了我一眼，显然他认为自己掌握了最重要的证据。

“这么说，伯纳尔先生，盗窃案中丢失的那些钞票，作为15日待发的薪金，每一张的号码都记录在案？”

“是的，先生，是每一张二十美元的钞票号码。因为如果记录全部钞票的话就太费事了，我们认为只要记录下二十美元的就足够了。”

“您能够保证这份记录的有效性吗？”

“可以，这份单子是银行记录的，他们在这方面一向在行。”

“我想您的单子可以列作证据。”

听到这，我觉得是时候说些什么了。

“等一等，弗拉什尔先生，”我站起身来说道，“我也有一些问题想要问伯纳尔先生。”

“请问您，伯纳尔先生，您刚刚说单子并不是您亲手写的，那么您知道是由谁亲笔的吗？”

“是由艾文霍国民银行的助理出纳记录的。”伯纳尔回答。

“那么，我想请这位出纳先生出庭作证，法官大人。”

“同意。”

艾文霍银行的助理出纳哈里·里迪看上去就是个严谨的人，他首先确认单子是由自己完成的，然后就到了我发问的时间。

“里迪先生，请问您确定登记了所有二十美元钞票的号码吗？”

“是的，我确定。”

“可以和我们说一说具体的登记过程吗？我想这样一个繁杂的工作，您自己一个人是不太方便完成的吧？”

“是的，先生，我确实有两名助手帮忙。但是登记的过程是我自己亲自完成的。之后我会让两名助手帮助核对，确认无误后号码单会装入信封中封好，随同工资表上的钱款一道呈送上去。”

“那些薪金每月发两次，大概每笔都有十万美元，对吗？”

“是的，先生。”

“那么您在登记的时候，是否有什么规律性的排列顺序呢？比如按数字排列登记？”

“我们并没有那么做，因为那样太耗时了，我们只是随意地把钞票号码登记下来，只有到不幸的事情发生时，比如这次抢劫案，我们才会再把号码重新进行归类。这方法是十分有用的。”

“再次向您确认，单子上的每一个号码都是您亲手写的？”

“不仅如此，先生，单子每页的底端都有我的首字母签名，因此是没办法造假的。”

“好的，谢谢您，先生。我的问题问完了，法官大人。”我转身面对法官说道。

“那么我提议将这份单子收为证据。”弗拉什尔说。

“同意。”哈斯韦尔法官裁决道。

“下面有请我的下一位证人，”弗拉什尔说，“也就是县治安官查尔斯·奥斯瓦尔德先生。”

县治安官走上证人席，他很严肃，举止文雅，身材瘦高。

“您认识被告科尔宾和他的妻子吗？”地方检察官问道。

“是的，我认识他们。在本月 15 日，也就是杰布逊商业公司发生抢劫的那天早晨，我和科尔宾夫人谈过话。”

“请和我们讲讲你们谈话的内容，比如是否涉及她丈夫前一天晚上的活动。”弗拉什尔问。

“反对，”我起身抗议，“反对这种提问方式，大家知道，在这种情况下，妻子不能作不利于丈夫的证明，因此县治安官和科尔宾夫人的任何谈话都不可以用来反对被告科尔宾。”

法官想了一会儿，说：“反对生效。请检察官更换提问方式。”

“那么，请问你 15 日早晨是否从科尔宾夫人那里拿走了两张证实是她丈夫给她的二十美元钞票？”

“反对，”我再次起身，“对方的发问只是基于一些没有证据的传闻，并没有确切证据表明二十美元的钞票是科尔宾先生留给他妻子的，因此不能就此发问。”

“是科尔宾夫人向县治安官承认钱是她丈夫留下的。”

“这只是你的一面之词，是基于谣传之上的，不能成为证据。”

“那么我请求将那两张二十美元列为证据。”弗拉什尔有些急躁地说。

钞票被拿了过来，收为证据。

“现在你可以向县治安官提问了。”法官说。

“我放弃询问这位证人，不过我要求伯纳尔先生再次出庭，我还没有机会向他提问。”我回答。

在我的要求下，伯纳尔先生再次入席，这次他看上去十分轻松和自信，我想是因为那二十美元的钞票已被确凿地收为证据，他认为自己的防护措施起了关键作用的原因吧。

“伯纳尔先生，请问您当初为什么没有采纳会计内斯比特先生的建议，更换大保险柜，而是另行解决安全隐患？”我问。

“因为我觉得内斯比特先生对我不服气，他一直觊觎经理的位置，现在让我当上了必然不甘心，因此故意刁难我，我是不会采取他的不知什么居心的建议的。”这位经理先生边说边看了内斯比特先生一眼，后者明显也很气愤，怒气冲冲地瞪着眼睛。

“您的第三项防御措施看起来很有效果，你是这么认为的吗？”

“当然。您刚刚也听到了，这些数据都是由银行记录下来的，准确无误，而且每页都有助理出纳的首字母签名，结尾处更是有他的全名签名，无法造假。这方法不单能防止公司的薪金遭抢，更能在遇到抢劫时帮助我们追回款项，从而避免公司的损失，这才是聪明人的做法，不是吗，先生？”经理人得意扬扬地说。

“您的确聪明，先生。”我笑了笑，“那么再请问，14 日晚上，您找被告，也就是我的委托人科尔宾先生谈过话，是吗？”

“是的，先生。谈过一次。”

“您都和他说了些什么呢？”

“我告之他公司得知了他故意隐瞒的前科，因此按照规定要立刻解雇他。”

“他当时有什么异议吗？”

“他并没有说什么，只是请求我们允许他的家人在他找到新住所前依然住在本城。”

“这么说您打算让他离开本城？”

“是的，我们不需要这样的员工，也不想他留在城里，危害其他人。”

“我想您支付给他应得的报酬了吧？”我继续问。

“这是当然，”经理先生挺直腰板说，“我让内斯比特先生付钱给他，钱是从保险柜的小现金抽屉里取出来的，我看得一清二楚。”

“也是两张二十美元的钞票？”

“是的。”

“那么，科尔宾接收的会不会就是刚才收作证据的那两张二十美元的钞票呢？”

“这不可能，先生，”伯纳尔摇了摇头，说道，“那时还没有人能够拿到大保险柜里的薪金款项，因为它们被密封在一只袋子里。那两张收作证据的二十美元显然是这个行列中的。”

“那么，那张记录了钞票号码的重要单子那时在哪里呢？”

“在我的桌子里，被锁起来了。”伯纳尔说。

“好的，我的提问完毕。”我点头示意了一下。

地方检察官弗拉什尔接话道：“那么我想请拉尔夫·内斯比特先生上证人席。”

“好的，”哈斯韦尔法官说，“请内斯比特先生入厅。”

“请问，本月 14 日晚上，弗兰克·伯纳尔先生找被告哈维·科尔宾谈话时，你是否在现场？”弗拉什尔问道。

“当时我在场，先生。”内斯比特回答。

“你还记得谈话开始于什么时间吗？”

“我想那时有八点了。”

“据伯纳尔先生所说，他是想要解雇被告哈维·科尔宾？”

“是的，在这种情况下，科尔宾的确应该被解雇。”

“付与他的薪水是你拿给他的吗？”

“是的，是我亲手从小现金抽屉里拿出给他的。”

“当时那笔待发的薪金在哪里？”

“正如伯纳尔先生所说，它们在大保险柜里，被放在一个密封的袋子里。”

“作为出纳，是你亲自把它们放进去的？”

“是的，那天下午，我去艾文霍城提取了装在密封袋里的钱以及内有钞票号码单的信封。然后亲自把钱袋锁进保险柜里。然后把钞票号码单交给了伯纳尔先生，我确定他把它锁到桌子里去了。”

“提问结束，请对方提问。”弗拉什尔显然已经得到自己想要知道的。

“没有问题。”我回答，“但我请求几分钟的内部讨论。”

“可以，不过请抓紧时间，”法官说，“请快一点。”

“看来没有什么希望了。我们还需要叫被告上庭吗？”德拉·斯特里特问。

“不需要那样做，我们的委托人曾经有过前科，并且对自己的公司撒了谎，这无论如何是不利的，我们不需要把这个短处露给对方，让他们有任意发问的机会。”

“看来这次你帮错人了，”德雷克说，“我想我们都被这个委托人骗了，罪犯就是他无疑了，证据确凿。我们还是想想和弗拉什尔达成什么交易吧，让事情好看一点。”

“保罗，你还认为弗拉什尔有和我达成交易的打算？我觉得他一定不会放过这个能够当众打败我的机会的，不过，事情还没有那么糟糕，我自有办法，不要着急。”说完我就转过身站好，背对着济济一堂的审判室。

“内部谈话完毕？”法官问。

“是的，阁下，”我回答，“我要求传唤一位新证人，还想让他携带一些特别的文件上来。”

“谁是证人，什么样特别的文件？”法官问我。

“证人名叫乔治·阿迪，是峡谷五英里处那个养猪场里收垃圾的人，”现场有些哗然了，“我想让他把他过去两个月里收集到的二十美元的钞票带上庭来。”

“反对，阁下，”弗拉什尔抗议说，“这太荒谬了，我丝毫看不出这位证人以及证物与我们本案有什么关系。我想这应该看作是对方律师对法官阁下以及法庭秩序的嘲弄。”

“法官阁下，作为被告的律师，我有权提醒各位，如果我的要求被拒绝的话，那么完全可以看作是法庭以拒绝批准传唤的方式剥夺了被告应有的法律诉讼程序，”我严肃地说，“并且我可以发誓保证，这位证人和证物对本案有非常重要的作用。”

“我同意传唤证人和证物，”法官瞪着眼睛说，“但是请你注意自己的言行，先生，不要浪费庭上的时间。”

乔治·阿迪长得十分粗犷，留着短髭，从他宣誓时那义愤填膺的样子可以看出他是一位正直但脾气暴躁的人。

“请问，阿迪先生，你的工作是负责从杰布逊城拾捡垃圾吗？”我开始发问。

“没错。”阿迪瞪着眼睛看着我，仿佛是在责怪我用无聊的问题耽误了他的宝贵时间。

“那你从事这个工作有多久了呢？”

“快六年了，先生，要知道……”他好像是想辩解什么。

“砰砰砰”哈斯韦尔法官的木槌响了起来，“证人不必插嘴回答没有关联的话，也请律师尽快深入到我们的案件中来。”

“你管不着我说什么！”阿迪怒气冲冲地骂道。

“我看你是想背着蔑视法庭的罪名入狱呀，阿迪先生。”

“有谁想蹲监狱？但是……”

“那就请你好好回答问题，在庭上注意礼貌，在这里，你是一名公民，希望你尊重自己的身份，也尊重法庭的威严，不然，你将受到惩罚。”法官厉声说，瞬时间，法庭安静了。

“请继续，梅森先生。”法官不耐烦地望着我说，显然是在责怪我怎么会把这样一位证人带上庭。

“阿迪先生，请问你在本月15日之前的一个月里，有没有在任何银行存过钱？”我继续发问。

“没有，先生，我从来不把钱存在银行里，除非我疯了。”

庭上一片笑声，“肃静！”法官再次敲响木槌，“再次提醒阿迪先生简明扼要地回答问题，不要妄加评论。”

“你是否带着过去两个月里收集到的二十美元钞票？”

“是的，先生。”

“法官陛下，请允许我要求阿迪先生呈上这些二十美元的钞票作为证物。”

“同意。”

阿迪非常不愿意地把一卷二十美元钞票放到书记员面前的桌子上。

“好的，现在我需要工作人员的一些帮助，请帮我核对并记录下这几张钞票上的号码，我的秘书斯特里特小姐也可以帮忙。”

记录完毕后，我从这几张二十美元中随意抽出了三张。

“请工作人员查看先前的证物——被劫钞票的号码单。请看一看我下面念出的钞票号码是否在单子上。H7083274A——L07579190A——”

“等一等，”法庭书记员喊道，“L07579190A 这个号码在单子上。”

“哦？”我停了下来，“在哪张单子上？”

“在第八页单子上先生。”德拉抢着回答。

“这不可能！”弗拉什尔喊道。

“我也正感到奇怪呢，”我笑了笑，“既然因为我的委托人不幸持有两张号码在单子上的二十美元钞票就认定他是罪犯，那么这位乔治·阿迪先生也必然是帮凶了。”

“一派胡言！”阿迪愤怒地跳起来，挥起手臂像是要打扁我，“我的钱和什么劫案一点关系也没有！是我在这个月 15 日之前向公司的出纳换的，因为我喜欢大票子。我在劫案之前就拥有这些钞票了，我在保存它们的罐子上都标注了日期，不信法官可以叫人去把罐子从地下挖出来！”法庭内鸦雀无声，大家都在思索这到底是怎么回事儿，显然这位证人说的是真话，那么……

“我想这其中有什么差错。”法官大人说。

“其实并没有什么复杂，我想请求休庭一小时，一件令地方检察官都会惊讶的事情将会发生。”

（五）

艾文霍旅馆的休息室里。

“这到底是怎么一回事儿，先生，”德拉焦急地询问，“您必定是瞒着我们做了什么调查了，那个垃圾工怎么会有本该是劫款的钞票？”

“是呀，我被你搞糊涂了，这……”

“不要着急，朋友，”我打断了保罗的话，“你看，尊敬的地方检察官和哈斯韦尔法官不是正向我们走来吗？一切事情马上就会清楚。”我边说边起身迎接他们。

“梅森先生，刚刚休庭之后确实发生一件令我们惊奇的事情。”哈斯韦尔法官用他那一贯沉稳的声音说，“那位经理人弗兰克·伯纳尔先生失踪了。”

“我要是他也会如此。”我回答。

“不过我们很快就能逮捕他归案。”可怜的弗拉什尔铁着脸说。

“您用了什么方法让他不打自招，畏罪潜逃了呢？”法官问。

“没有什么方法，只是猜想到真相，并从证人的口中逐渐还原它罢了。”我说，“如果您稍后派人找到经理先生的话，那么一定可以证实我下面要说的内容。他知道自己的经理职位岌岌可危，所以想要盗用这十万美元的公款以为自己日后打算。我想一切都是计划周详，蓄谋已久的。作为经理，他自然很容易知道怎样使那个他派人安上去的防盗警报器失效。他还特别找了一个喜欢喝酒的守夜人，这样就有了后面的蒙汗药计划。科尔宾先生有前科的事他应该早就知道，也许就是为了这个才雇佣他。然后等到时间成熟，也就是他自己要动手盗取款项的时候把这个可怜的替罪羊解雇，再给他一些本来是本月 1 日单子上的二十美元钞票。”

“可是，那些从科尔宾家搜到的钞票在 15 日的单子上呀。”公诉人问。

“看来您并没有我想象中的聪明，”我笑了笑，“伯纳尔的手法非常简单，他本人正好有 1 日钞票单第八页上的美元，于是就特意安排把这两张钞票作为工资结算给科尔宾。然后再把 15 日的工资号码单第八页与 1 日的第八页做一个调换，交到警察局的其实是被调换好了的号码单，科尔宾有那上面的第八页的钞票就不奇怪了。”

“先生，您的推理非常妙。”法官说。

“阁下，这其实没有什么，有时候，我们需要的只是一点点信任罢了。我一直相信我的委托人不是真凶，那么当时在场的伯纳尔和内斯比特就有了嫌疑。当我把阿迪请上庭来，并就钞票号码问题做了追问之后，谁是真凶自然会露出马脚。您瞧，伯纳尔不是自己承认了自己的罪名了吗？”

“我想当伯纳尔被捕时，您又该有工作要做了，不是吗，公诉人先生？”我笑了笑，走了出去。

D 坡杀人事件

【日】江户川乱步

在熙攘的 D 坡大街，一家偏僻的旧书店显得异样的安静，在这安静之中，总是有着一丝诡异的气氛。几个小时之后，这家书店里发现的女人尸体给这气氛做了一个很好的注脚，然而凶手没有留下一丝线索，案件陷入了僵局。我和明智小五郎充满好奇地对这起案件进行了私人调查，没想到侦查到最后，凶手居然是他……

（一）

九月上旬的天气依旧闷热，一天傍晚，我一如往昔地到 D 坡大街一家名为白梅轩的茶馆喝冷咖啡，对于我这个刚从学校毕业的失业者来说，喝咖啡是最好的消磨时间的方法。选择白梅轩不是因为那里的咖啡味道有多好，仅仅是离我的宿舍比较近的缘故。

白梅轩所在的 D 坡大街，以做菊花偶人闻名遐迩。近日，政府要对这条街进行整修，路两边的店铺相比往日冷清了不少。不过白梅轩的生意向来不算红火，所以我坐在店中也感觉不出有什么异样。

说来也怪，我这人一走进茶馆或咖啡馆之类的场所，屁股就像长了钉子，会坐上很长时间。美味的西餐是我不能妄想的，囊中羞涩的我只能点上一两杯最便宜的咖啡，默不作声地看看报纸。

今天报纸的头版头条不出意外的是关于旧书店谋杀案的消息，上面说真正的凶手已经迫于压力投案自首，看到这，我不禁嘲笑自己，也对明智小五郎感到了歉意。

我与小五郎相识在白梅轩，此人聪明灵活、言语机警，但是他吸引我的不是这些，而是他也喜欢侦探小说。

但是，在这起案件发生之前，我与小五郎的关系只能算是萍水相逢，他有什么历史、什么样的生活方式、什么样的人生观，我都是一无所知。但有一点我很肯定，他是一个无业游民，而且是一个古怪的无业游民。如果非要给他安一个头衔，“学究”这个词还是比较贴切的。他曾经跟我说他喜欢研究人，但是具体怎样研究或是研究方向在哪，我依然不得而知，或许只有犯罪案件和侦探小说才能把我们两个人深深地吸引在一起。

小五郎的年龄与我差不多，身材上他比我更加精瘦，走路时有晃肩膀的毛病，不过这种走路姿势让我想起了一只手不太灵活的神田伯龙，他的声音和脸型也和神田伯龙比较相似，只是小五郎的头发更长，并且不精于打理，非常蓬乱。穿着更不是小五郎的特长，他的惯有装束就是棉织衣服上扎一条粗布袋。

这样一个不修边幅的人，让我在这起案件发生之后，完全颠覆了对他的最初印象。回到刚说的那起凶杀案，凶案发生在半个月前，也是在一个炎热的傍晚，我一个人坐在白梅轩喝冷咖啡。在白梅轩的对面有一家旧书店，从我现在的角度看去，那是一家简陋偏僻，没有人关注的书店，实在没什么观赏价值。不过此刻和周遭尘土飞扬的施工现场比起来，那里倒显得有一番情趣。

之前和小五郎的聊天中，我得知他的童年女友就是那家旧书店的女主人，我对他们的关系没觉得怎么稀奇，而是小五郎对“童年女友”的定义让我一时摸不着头脑。所以，这天我有种想进入那家书店的冲动。

我坐在座位上紧紧地盯着那家书店的门，期望明智小五郎口中的“童年女友”能够走出来，让我一睹芳容。

那家店的门面不光陈旧，而且还非常小，只有三米多宽。我等了许久，仍不见有人出来，我有些不耐烦了，想先到旁边的钟表店去看看有没有什么新货。可是还没等我起身，钟表店的大门“咣当”一声关上了。

我可以理解，在施工时期各个店铺都会早早地关门盘点。书店内的拉门非常有特点，在中间有两个五厘米宽的方格子，可以左右移动。书是极容易被偷的东西，有了这两个格子，在店面没人照料的情况下，通过格子的缝隙也可以看到是否有人偷书。

可是，此时那两个格子是关闭的，难道里面的人不害怕闷热的天气吗？或许里面发生了什么事情，我的注意力又回到了旧书店的门上。

同明智小五郎一样，“童年女友”身上也有许多奇异的传闻，这是我从茶馆女服务员口中听来的。她说：“旧书店的女老板看起来白白净净挺漂亮的，但是脱光了衣服浑身都是伤痕，有打的、有抓的，可是他们夫妻关系还很好，你说这是不是一件奇怪的事。”

其实我对这些有关家庭暴力的传闻没什么兴趣，大街上经常听到有人拿这种事情嚼舌头根。

就这样，我盯着那家店门大约有三十分钟。这时，明智小五郎穿着他那件黑白竖条浴袍从茶馆的窗户前走过。我招呼他进来和我一起喝杯咖啡，他没有客气，转身拐进茶馆，坐到我旁边。在交谈中，他发觉我的眼神时不时地盯着某个地方，感觉很奇怪，于是他顺着我的视线也一同凝视着对面的旧书店。

我们两个人犹如雕塑与模具的关系，又像两个暂时性的“双胞胎”，在同样的时间保持着相同的姿势。好在，交谈时不时地让我们从共体回到了个体。我们在一起，无非就是聊一些侦探小说或者与犯罪有关的东西。

正当我们聊得渐入佳境时，对面的旧书店发生了一件怪事。

“有人偷书！”我警觉地说。

“我也看到了，就是那个带棕色毡帽的家伙！”明智小五郎应和着。

“这已经是我坐下之后看到的第四个了。”

“书店里没有人看管吗？”明智小五郎感觉到奇怪。

“我一直盯着，门上的那个格子是关着的，已经差不多一小时了。店主也不知上哪去了，会不会出了什么事情。”

小五郎听我这么一说，立马兴奋起来：“要是真发生什么案件就有趣了。走，咱们去那看看！”说着他起身就要走出茶馆，我也抑制不住好奇，跟随他一同前往。

这家书店的布局和其他书店并无二样，罗列的书架，东倒西歪、堆积如山的书籍。在正面的书架旁有一个一米宽的甬道。

我们走进门喊了一声，没有人回应。里面的屋子也是黑漆漆的，隐约之中好像有个人躺在房间的拐角处。

我们打起精神朝着甬道走去。这时小五郎打开了房灯，伴随着光的闪耀，我们发出了惊呼——在那房间的角落果然躺着一个人，而且是一个死人。

“她应该就是你的‘童年女友’吧。”我张着口。

小五郎走近尸体观瞧，然后用警察般命令的口吻让我在这里看守，并保护现场，他去电话亭报警。虽然我平时热衷于各种案件的推理故事，但是现实中遭遇凶案还是头一遭。我壮着胆子蹲下来，看着不远处的死尸，由于气味和恐惧的原因，我不敢靠近，但是凭借着丰富的阅读探案小说的经验，我断定这个女店主是被掐死的。

房间狭小却通透，因为炎热，所有的房门都是打开的，所以我一直能看到后院。死去的女人穿着粗格子浴衣面朝天花板躺着，膝盖以下的腿部完全裸露。

没一会儿，警察便赶到现场，后面还有一位西服革履的男人，他是K警察署的司法主任。我把详细情况向警察诉说了一遍，并且特别强调拉门格子的关闭时间是晚上八点，房间的灯是亮的，所以八点之前房间里有活着的人。

司法主任边听边做笔录，等到法医验尸完毕，得出结论和我判断的大体一样：是被人用手掐死，而且是用右手，死亡时间是一小时之内，现场没有抵抗的痕迹，凶手应该力量很大，而且速度很快。

这时候，旧书店前已经被看热闹的人围得水泄不通。警察署署长和名侦探小林刑警也来到现场。

接着司法主任向我询问男主人的去向，小五郎非常聪明，叫来了隔壁那家钟表店的老板。

“你对这家店的男主人了解吗？”司法主任问钟表店老板。

“哦……他经常去上野大街，不到十二点不回来，但今天去哪我也不知道。”

“那你一小时之前听到这间房间有什么动静吗？”

“没有，很安静的。”

我和小五郎又把刚才的经过和他们叙述了一遍。听完我们的叙述，小林刑警命令关上临街的窗户，赶退看热闹的人群。接着他便全神贯注地开始对现场进行检查，不过除了和刚才用右手按压致死的结论相同外，没有找到其他的线索。

在搜查死者房间的时候，警员们发现了一个情况：在电灯的开关上有指纹，所以灯肯定是罪犯关上的，然后警察又问是谁开的灯，小五郎说是他，警察让他一会去做指纹鉴定，不要再触碰电灯开关。

随后，小林刑警对尸体进行了裸体检查，具体情况我们不得而知，不过据我推测，他一定在身上发现了许多新伤，就像茶馆女服务员所说。

裸体检查结束，我们仍然被留在现场，因为一会儿还要取我们的指纹。这段时间，我探听到了许多警员得出的现场检查报告，这些话字字都进入了我和小五郎的耳朵。

在刑警检查完二楼之后，有个警察带回一个衣着破烂、四十岁左右的中年男人，这个男人是后门冰激凌店的老板。如果有人从后门出来的话，一定会经过他的店门口，所以警察便把他找来了解情况，同样是问他在一个多小时前是否看到有人从这家店的后门走出。冰激凌店老板说："没有，连一只猫也没有！"

如果冰激凌店主说的是实话，那么凶手只有两种方式从这间屋子逃走，一是潜入胡同中或从后门逃到家里，二是从二楼屋顶逃走，不过从检查楼上的结果来看，窗户没有任何踩踏的痕迹，并且炎热的天气让各家各户都开着窗户，从那里逃走岂不是太过扎眼。

因此警方就按照第一种可能进行排查。旧书店周围的住户总共加起来不过十一家，所以调查没用多长时间，但是警方仍然一无所获。

凶手是如何进入书店，又是如何出去的，显然已经成为一个谜，不过让人不解的地方还在后面。有两个住在附近的工业学校的学生过来向警方反映情况，其中一个说他在晚上八点多左右的时候正站在书店前，当时他看到里面的拉门是关着的，但是门上的格子开着，他透过格子看到里面有一个男人，也就在这个时候，男人好像发现了他们，一下把那格子关上。由于时间太短，他只能判断那是一个男人，其他的像身高、体重什么的他都没看见。不过他看到一部分衣服是黑色细条状。

可是当另一个学生说的时候，他却说看到的是一个穿白衣服的男人。两个学生的描述很矛盾，也让警察很头疼，案件越来越扑朔迷离了。

没过多久，死者的丈夫得到消息赶回家中。书店的男主人是个年轻的男人。在面对妻子被杀的悲痛之后，小林刑警开始向他提问，不过结果让所有人失望，没有从他身上得到一丁点的线索。并且该店主平时没有什么不良记录，也没与其他人结下仇怨。

不过店主对死者身上的伤痕做出了解释，他是在考虑了很久之后才承认那是他搞的，警方认为这是他们的家事，并且与这起凶杀案的关系不大，所以就没有追究他的责任。

就这样，等到调查结束的时候，已经是深夜一点了，警方留下我和小五郎的指纹、姓名、住址之后，放我们回家。

（二）

第二天，小林刑警对这起案件的调查仍然是一无所获。如果说警察检查没有什么遗漏，证人也没有说谎，那么这将变成一起无头悬案。可是证人每个人的证言都确信无疑，藏身于周围房子的推断也被推翻，后来甚至对死者家乡的调查也是空手而归，世界上真的有破解不了的案子吗？

让人失望的是，唯一的希望——那个电灯开关上的指纹，后来被证实只有小五郎的，或许是因为小五郎在开灯的时候把凶手的指纹覆盖了。

这时，周围的百姓开始议论纷纷，说这起案件的凶手不是人，是鬼。一时间人心惶惶。

可是警察不可能这么认为，因为还有两个学生看到了黑衣或白衣的男人，再说死者脖子上还有凶手掐住她脖子的指痕。

在一个风和日丽的午后，我和小五郎相约在白梅轩茶馆，话题自然是围绕着那起毫无头绪的案子。

小五郎说："书店凶杀案感觉上和发生在法国巴黎的RoseDefacourt有些相似，那可是一个百年谜案，至今还没有破，估计这里的案子也会变成一个谜案。"

我说："我一直以为像日本这种建筑结构的房间不会发生欧洲那样离奇的凶杀案，可是在我们眼前就有这样一宗案子，我现在有极大的欲望考察一下自己的破案能力。"

小五郎对我的想法表示了赞同，并说他也会去调查。就这样，我们在小巷告别，看着小五郎黑白相间的背影，不知案情随着时间的推移会有怎样的变化。

十天以后，我第一次到小五郎的家里，之前我们都是到茶馆见面。我很容易就找到他的住处，就在一家香烟店的门前。我向女老板询问小五郎在不在家，女老板扭头朝着楼上喊:

"明智小五郎！"

小五郎在楼上不知哪个地方应了一声，然后赶忙跑下楼，他看到是我，先是吃了一惊，然后邀我上楼。我跟着他走到二楼，走进他的房间。

小五郎的房布置得很古怪，就像他人一样古怪：整个房间只有中间一块有一个小的榻榻米，其他地方都被各种各样的书籍包围，每一堆书垒起来的高度都快到天花板了，我都担心他睡觉的时候会不会被塌下来的书掩埋。

小五郎的房间实在没有什么地方可以舒展地伸开腿脚，我随便找了一本软一些的书当作坐垫坐下。

小五郎见我来了很高兴，寒暄几句之后，我们进入正题。

"书店凶杀案现在进展到什么情形了？警方好像还没有找到什么线索吧？"小五郎一只手揉着头发对我说。

"今天我找你来的目的就在于此，自从上次离开之后，我对这个案子思考了很久，并且做了现场调查，现在我来向你汇报一下我的推理结果。"

小五郎露出很专注的神情，侧耳倾听。

他的这个表情让我突然有了压力，不过我还是信心十足地开始讲：

"对于案发经过我有过假设，假如凶手与死者是情人关系，可能是因为死者向凶手提出分手被拒绝，情绪失控之下杀了女主人，这可以作为一个杀人动机。凶手知道死者的丈夫每晚都会出去，所以他就趁着这个时间下手。后来为了掩盖杀人事实，凶手关灯溜之大吉。逃跑之前他看到门上的两个格子没有关，正巧这时候两学生透过各自正要往里看，他慌忙之中赶紧关上拉门上的格子。

"我有一个在报社工作的朋友，他和小林刑警是好友，我了解到现在警方的调查仍然处在迷茫阶段，他们只局限于一些毫无头绪的线索，比如电灯开关上的指纹。所以，我对我自己的私人调查更充满信心和热情，猜到我得出什么结论了吗？

"关于电灯上的指纹，我做了一个实验，你这里有墨汁吗？"

小五郎从抽屉里拿出墨汁。我将墨汁涂在右手的拇指上，让后拿出一张纸，按上手印。

等手印干了，同样的动作我又做了一遍，只不过第二次我改变了手指的方向。这样白纸上就留下一个相互交错的双重指纹。

实验做完，我接着说：“警察认为你的指纹覆盖了罪案的指纹，但实验证明这是不可能的，不可能有完全重合的指纹，所以这条线索就这样被忽略掉了。

“灯如果是罪犯灭的，那开关上面一定会留下他的指纹，如果一个警察在你的指纹线与线之间想要寻找到证据，可是却什么都没发现，也就是说，抛开先后的问题，不知为什么那个开关上只留下你的指纹，而没有书店主人的。或许灯就没有人关过。

“我说这些是为了证明什么呢？

“离开之后，凶手又突然想到了留在开关上的指纹，可是再次返回案发现场风险太大，于是他就充当凶案的发现者回到现场清理指纹，这样就可以掩人耳目，瞒天过海。

“就在案发当日，还有一个问题我百思不得其解，就是两个学生看到的那个男人的衣服为什么会是一黑一白。经过我反复琢磨之后，我认为他们说得都对，因为凶手的衣服是黑白相间的，就是出租房中经常看到的黑白相间的浴衣。只是因为他们看到那个男人的时间太短，只是一瞬间，所以两个人的视觉可能落到黑白不同的颜色，所以就得出了不同的结论。

“搞清了这个问题便让我们缩小了侦破范围。”

当这番话从我口中说出时，小五郎会有什么反应呢？我想他一定会咆哮起来或者阻止我继续说。然而眼前的小五郎此刻面无表情，泰然自若，好像要听我把最后的论证说完。

“最后一个问题就是凶手是如何进去又是如何出来的。这个问题搞不懂，前面所说都是白费。不过，凶手的伎俩最终还是没有逃过我的眼睛。警方在案发当天的侦查没有查到蛛丝马迹，但这并不意味着凶手会穿墙术或隐身术，所以等不到证据只能证明警方的疏漏。

我的推断就是，首先不能怀疑住在附近的人，如果凶手住在附近，他一定认为应该以特别自然的方法逃走，也就是说他会让自己看起来和平时一样，看不出有任何的不同，这样，他必然会出现在一些人的视线里。所以我关注的焦点就是和旧书店相隔的旭屋炒面馆。

旧书店右边是钟表店、点心店，左边是袜子店、炒面馆。

前两天我去了炒面馆进行了调查，问老板说晚上八点的时候有没有男人借用他们的通道去厕所。你对这个比较了解，从炒面馆的大厅可以一直走到后面，后面有一个厕所，所以凶手完全可以借上厕所的理由走出后门，然后行凶之后再从后门回来，这样就可以躲过拐角冰激凌店的视线。这是一个多么巧妙的主意！

后来的调查结果证实，在那个时候，有一个人正好去到后门上厕所，可惜的是老板没有记下那个人的外貌特征。”

我稍微停下来，留机会让小五郎反驳，以我十足的证据，以他目前的处境，他不可能不说一句话。但是小五郎仍然和以前一样，用手挠着头发，一副镇定自若的神情。

我终于按捺不住内心的激动，将自己的推理结果脱口而出：“明智小五郎，你就是真正的凶手。虽然我心里不愿意承认这是事实，但是所有的证据都指向你，我也只能得出这样的结论！我曾努力找过周围穿黑白色浴衣的人，但是只有你一个。而且指纹的阴谋和借厕所的招数，也只有你这样古怪的人才想得出，是你杀死了你的‘童年女友’。

“此刻我真希望你能为你自己提供不在场证明，但是你没有机会了，也没有这个可能！

我现在希望你能够将自己的犯罪经过详细地讲清楚，然后跟我到警察那里投案自首。”

（三）

在我说出“你就是凶手后”，我已经在想象，小五郎被警方带走接受质询的样子，也能想象到他在监牢里绝望的表情，可是我偏偏没有想到他现在的举动。小五郎突然大声笑了起来，这笑声让我有一些胆寒。

“哈！哈！哈！你的推理实在太失败了，幼稚的小朋友。你看到的只是表象，比如指纹问题，在说这个之前，我先说说别的事情。其实这些天我一直都会去D坡大街观察，尤其是旧书店的周围，我问店老板很多问题，并且告诉他我认识他的妻子，这样我们的交流就会变得容易。关于指纹问题，我觉得这是一个笑话，其实是灯丝断了，根本没有人关上它，你对我的推断就是个错误，当时只是恰巧断了的灯丝又突然连接上，只留下我的指纹就不足为奇了。你说从缝隙中见到电灯是亮的，灯丝断线也就在这之后，因为灯泡老旧，所以它会自动断线。

“关于我和所谓的‘童年女友’的推理，你是否对这个结论进行过调查，我们以前的关系发展到什么程度；还有，我们现在是否还保持联系等，这些你都做过调查吗？其实我们在小学毕业之后就再也没有联系了，我之所以没有说明，只是觉得它根本没有分析的必要。

“接下来是衣服的问题，你读过这本书吗？《心理学与犯罪》，你打开‘错觉’一章看一下开头的十行。”

听着小五郎对自己的“辩解”，我已经开始意识到我先前的推论很失败。我接过小五郎递过来的书，翻到他说的那一页，上面写着：

曾经发生过一起汽车犯罪案，有两个目击证人，一个人说案发时的道路尘土飞扬，非常干燥，另一个说道路泥泞不堪；一个说汽车开得很慢，另一个说汽车开得飞快；一个说路上只有两三个人，另一个人说路上有男女老少很多的人。这两个人都是当地有名的绅士，所以不存在说谎的可能。

等我看完这些，小五郎接着说：“现实生活就是有这样的幻觉，你再看看‘证人的记忆’这一章。”

说着，我有翻到了这一页，其文如下：

举一个例子，前年在哥廷根召开了由心理学、法学及物理学学者参加的学术讨论会。到会者都是精通于推理的人。此时适逢狂欢节，人们都非常高兴。正当会议进行到高潮之时，突然大厅门被打开，一个身穿奇装异服的人发疯似的冲了进来。紧接着，一个黑人拿着手枪追了过来。在大厅中央，互相对骂。不一会儿，奇装异服的人突然躺在地上，黑人则要站到他身上示威，然后随着一声枪响，两人都逃到大门之外。所有人都震惊了。除大会主席，没有人知道刚才的所作所为都已经被记录了下来。大会主席说，这是法庭上经常会遇到的问题，请各位将刚才的情形记录下来。结果当人们在描述刚才的情形时，写对黑人头戴什么的，四十人中只有四人。关于服装的颜色，更是五花八门，茶色、红色、条纹、咖啡色等。实际上，黑人上穿黑色西装，下穿白色裤子，系着一条红色大领带。

小五郎开始说话：“人的记忆是最不可靠的，这个实验正说明了人在短时间的记忆与实际情况相去甚远，所以两个学生对于服装的记忆也是不准确的，黑白的矛盾并不能证明凶手一定穿的就是黑色或白色或黑白相间的衣服。所以不一定我穿着黑白浴衣就说明我就是凶手。

“最后，是进与出的问题，其实这个问题我已经想到了，我也去那家炒面馆调查过，结果很遗憾，我的结论正好与你相反，根本不存在什么借用厕所的男人。”

虽然小五郎所说的好像是在为自己开脱，但是此时的我心里已经排除了对他的怀疑。

“你有对凶手的线索吗？”我问。

“有，我的调查方法与你的不同，我调查的重点在于人的内心。物质的证据有时候会将真相埋没。看到尸体最让我引起关注的是她身上的伤痕，后来我听说炒面馆女主人身上也有同死者身上一样的伤痕。可是，她们的丈夫都不是什么凶残暴虐的人，所以我专门跑去询问书店的老板，打听到了一个奇特且非常重要的消息。”

说着，小五郎调整了一下坐姿，继续对我讲：

“现在在案件侦查方面已经开始运用心理学上的联想诊断法，就是用刺激性的语言测试犯罪嫌疑人概念联想速度的快慢，我就是用这种方法，找到了罪犯。只是我现在还没有物证，所以没办法举报他。此外还有另外一个理由，或许这个理由有些异想天开，那就是死者是自己请求凶手行凶的。”

听到这样的结论，我瞠目结舌，我无法理解他这种奇异的结论，对于此的解释，我只能洗耳恭听。

“我认为杀人凶手是炒面馆的老板。他为了转移别人的视线，编造了男人借用厕所的谎言。其实这不是他的原创，而是我们给他的启发，因为我们都曾询问过他是否有人来过。那这个老板为什么杀人呢？其实他的背后有一个十分奇特且凄惨的秘密。

“其实炒面馆的老板是个性虐待狂，而旧书店的老板是性被虐待狂。于是这两个病态的人开始了一个邪恶的计划，在谁也不知情的情况下发生奸情。他们强迫自己的妻子和丈夫满足自己的变态欲望，两个女人身上的伤痕就是证明。不过他们的变态心理愈发的膨胀，以至于不能满足自己，所以两人便勾搭在一起，开始了这个悲剧。

“从并不凌乱的现场来看，旧书店女主人是自己主动要求的，但是这个恶作剧玩过了头，导致她最终窒息而死。”

听了小五郎的结论，我不寒而栗，这是我闻所未闻的案子。说完，小五郎将身体靠在背后的一堆书上，轻轻地叹了口气。

如今，这个案子已经尘埃落定，但是案子在调查中为何会忽略那么多重要的事实，而小五郎为何能抓住那些事实并转化为线索，这其中的缘由值得警方深深地思考。

环环相扣的血色缉凶

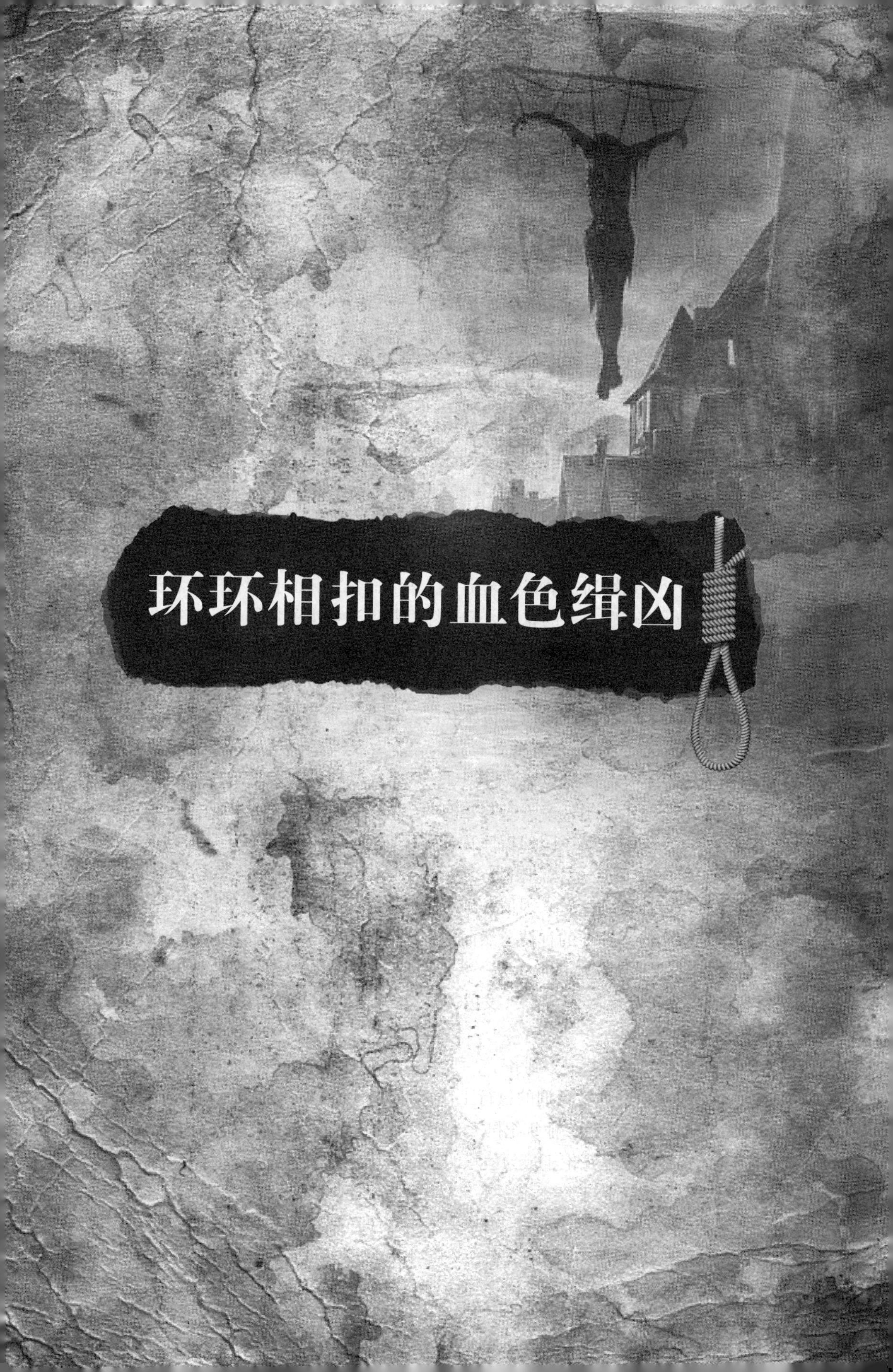

花园血案

【英】G.K. 切斯特顿

（一）

这是一座屹立于塞纳河边的奇特老房子，华丽而恢宏，而且附带一个精美的大花园，一个由高墙围筑、铁蒺藜捍卫的花园。但奇怪的是，这么大的庄园却只有一个进出口——前大门，并且这个门的大厅挂满了各式各样的武器，整个房子的设计都极为封闭而森严，由一个名叫伊凡的仆人时刻巡察着。这大概是与它的主人阿尔斯蒂德·瓦伦丁的身份有关。作为巴黎警察局局长，没有这样一个房屋花园，的确很难与那班时刻想置自己于死地的罪犯对抗。

此时房子的客厅中正宾客云集，这其中有：性格狂躁的英国大使加洛韦勋爵及他的家人，黑眼睛的蒙特·圣·米歇尔公爵夫人及她的两个女儿，戴眼镜的法国西蒙医生，埃赛克斯的布朗神父，以及法国外籍军团的指挥官奥布赖斯。奥布赖斯正在向勋爵的家人鞠躬，他身穿军装，佩戴军刀，高个子，蓝眼睛，其实他本是爱尔兰人，童年时代就认识加洛韦一家，与玛格丽特更是青梅竹马，后来因债务破产离开爱尔兰，后来当上了指挥官，时常流露出一份闯劲十足却又忧心忡忡的神情。然而指挥官的殷勤似乎没有得到勋爵家人的搭理，勋爵夫人身材瘦削，孤傲而敏感的脸上是一头银白色的长发，她向奥布赖斯敷衍地弯了一下腰。而玛格丽特·格雷厄姆夫人年轻貌美，发色古铜，脸色却稍显苍白，面对童年玩伴的鞠躬问好，她径直把身体转向了别处。

很明显，宾客都已经差不多到齐了，而客厅中却不见主人的身影。仆人伊凡告诉大家，主人瓦伦丁局长由于要处理死刑的执行工作，不得不晚到十几分钟。伊凡的固定岗位，便是那个满布武器的进门大厅，他年纪挺大，胡须都已全部灰白，而他那张同样灰白的脸上，有一道明显的伤疤，他是瓦伦丁最为信赖的亲信家仆。

十分钟后，主人瓦伦丁终于出现了。局长一身黑色晚礼服，与灰黑的胡子相得益彰。不过他并没有在客厅逗留，而是直接来到了房屋后面的书房，书房对着花园，相通的门此刻并没有关闭。他收好了手中的公文箱，又来到敞开的门口对着自己精美的花园静静凝思。今晚的天空乌云满布，是暴雨的前征，他望着天空怔怔地出神，这对于平日理性严谨的局长来说是很少见的。不过他很快就结束了这种冥想式的凝望，因为他已经意识到自己即将成为迟到的主人。

瓦伦丁匆匆赶到客厅，幸好当晚最重要的贵宾尚未到来，也就是他在美国执行公务时认识的亿万富翁朱利叶斯·布雷恩。这位布雷恩先生德高望重，因曾向小宗教团体捐赠巨额捐款而扬名，除此之外，他还热衷于接济未出名的学者，他说他一直在等待美国出一个莎士比亚，虽然这比等待鱼儿上钩还需要耐心。没有人知道他的信仰状况，不知道他到底是无神论者还是其他宗教的信仰者。他盛赞美国诗人惠特曼，却推崇巴黎的卢克·皮·坦纳比惠特曼“进步”。他喜欢“进步”，但却不愿意别人这样认为自己。

不久，这位最后但最重要的贵宾终于露面了，客厅的气氛立马变得不同起来。只见布雷恩身材高大肥胖，头发全部花白，如同德国人一样把白发往后梳得整齐而帖服，一张胖脸红彤彤的，表情却十分严峻，下巴上有一小撮向上翘起的黑色尖须，有点像戏剧《浮士德》里的魔鬼梅菲斯特。他身穿一身黑色晚礼服，没有佩戴任何饰物。由于他已迟到，在大家的注目下，他挽着加洛韦夫人的胳膊进了餐厅。

而加洛韦勋爵此刻正在努力偷偷观察他女儿玛格丽特夫人是否挽着奥布赖恩的胳膊，幸亏他担心的事情没有发生，他看到女儿挽着西蒙医生的胳膊，端庄大方地走入了餐厅，对此他感到非常满意。

（二）

年老的英国勋爵加洛韦在花园中发出一声划破宁静夜空的惨烈尖叫，然后发疯似的边跑边叫，一路冲入书房，西蒙医生听到叫声匆忙赶到。只见加洛韦惊魂未定，脸色惨白，声音嘶哑，西蒙医生花了一段时间终于听清了勋爵哭喊的话：“花园的草丛里……有一具……一具……血淋淋的尸体！”

而在此之前，他还在宴会上一副左右逢源的外交家风范。到了抽雪茄的时候，稍微年轻一点的西蒙医生、布朗神父，以及被冷落的奥布莱斯一下散开，混入了女人堆当中，或是到暖房中吸烟去了。这使得大使勋爵很是不安，他老是有一种直觉，认为那个无赖奥布赖恩此刻正与自己的女儿玛格丽特待在一块，这个直觉令他痛苦无比。为了转移注意力，他坐到了餐桌旁喝咖啡。在餐桌上的还有布雷恩和瓦伦丁，前者是有神论的美国富翁，后者是无神论的法国侦探，他们正在激烈地辩论，此时已陷入了胶着状态，因为谁也不愿意改变立场。加洛韦一开始还饶有兴趣地听着他们辩论，后来就慢慢厌倦。于是他起身离开，在会客厅外的过道上他听到了里面传来医生尖厉的声音和神父低沉的回答，大使觉得里面的人大概是在进行一场关于科学与宗教的辩论，便低声咒骂了一声。然而当他把门打开的一瞬，警觉地发现了一件重要的事情——无赖奥布赖斯和自己端庄高贵的女儿玛格丽特同时不见了！

爱女心切的老勋爵立刻转身返回，他要马上找到女儿，不让她被那个爱尔兰流氓纠缠骚扰。加洛韦此时心急如焚，他又一次穿过了过道，当走到房子后面的主人书房时，他突然见到一个人影快速闪过，脸色苍白，神情轻蔑，正是他的女儿玛格丽特夫人。勋爵不懂女儿为什么会独自一人出现在这里，她是否曾跟奥布赖斯待在一起，而奥布赖斯如今在哪里？玛格丽特又急着往哪里去呢？

为了搞清楚真相，加洛韦勋爵决定继续往后走，在黑暗中他摸索着找到了一个通向花园的入口，皎洁的月亮拨开了乌云，银光照在了花园上，加洛韦突然看到一个蓝衣服的高个子正快步越过草坪，穿过了书房的落地窗，进入了屋内，那不是别人，正是指挥官奥布赖斯！加洛韦勋爵气愤至极，脑海中涌现出各种臆想的画面，此时此刻，那个逃走的爱尔兰人仿佛变成了他的情敌。被优雅月光渲染的美丽花园，此时更是激起了他的满腔怒火，他想象正是在这么一个如童话仙境般的花园当中，有一个无赖曾向自己的宝贝女儿纠缠求爱。这使他无法再容忍，他决定追上奥布赖斯与他进行一场谈判，以终止他对女儿的骚扰。于是他快步向前，却踩在草丛中类似石块或木头的东西上，他不耐烦地朝下一望，却发现了那具恐怖的尸体。

情绪稍微稳定以后，勋爵终于把刚才在花园中所见的一切告诉了医生："我们要马上通知瓦伦丁局长。"说曹操曹操到，这时大侦探瓦伦丁也因为尖叫声来到了书房。当得知了事情的具体情况后，出于职业本能，主人的神情一下子变得非常严肃而警惕起来。

"我曾经在世界各地破案无数，没想到今晚还要在自家的花园里做这件事情。"瓦伦丁带领着人们进入花园，"加洛韦勋爵，请带我们去现场吧。"

勋爵此刻依然战战兢兢，并且由于河面上有雾，穿越草坪变得不那么容易，不过最后大家还是找到了那具深埋在草丛中的尸体。可以看出死者是个身材魁梧的男性，尸身俯仰，不过隐约可以看出他身穿黑衣。死者前额已秃，几缕褐色的头发搭在头骨上，猩红的血依然在俯着的脸往外汩汩流着。

"从穿着来看，他好像是要来参加宴会的，不过，从面相上看，好像不是他们交际圈里认识的人，真是不幸中的万幸。"西蒙低沉地说。

"先别说这些，你先快检查一下，确定他是否真的已死。"瓦伦丁用命令式的口吻对医生说。

医生俯下身子摸了摸尸体，说："虽然尸身还没有很冷，不过估计活着的可能性不大。我们先把他抬到一边去吧。"

当人们小心翼翼地把他抬高了大概一英寸时，人们惊恐地看到尸体的脑袋滚了下来，与身体完全分开了。即使是经验丰富的瓦伦丁此时也有点诧异："凶手只有像大猩猩一样有力，才能残忍地把死者脖子完全割断。"

西蒙医生托起那颗掉落的脑袋仔细观察，这是一张陌生而又浮肿的黄色脸孔，鹰钩鼻，有着一张厚厚的嘴唇，有点像罗马或者中国的皇帝。脖子和下巴部分都有刀伤，而脸部却完好无损。

人们又把尸体抬起翻转，这时大家看到死者穿着华丽的白衬衣，胸前却满是鲜血，从衣着看来，西蒙医生先前的猜测是对的，死者确实是要来参加宴会的人。

瓦伦丁侦探匍匐在地上，专业熟练地检查着附近二十码的草丛，医生和勋爵也在学样地跟着帮忙。他们找了一会儿，却似乎没什么有实质性帮助的收获，只发现了几个被折断或者斩断的短树枝。

瓦伦丁郑重地说："短树枝，还有一个被砍头的陌生人，除此以外这个草坪上什么也没有。”大家相对默然了片刻，突然加洛韦又尖声叫了起来：

“花园那边是谁？”

只见一个矮小的人，顶着一颗和身材极不相称的大脑袋，向他们走来，样子有点可滑稽，但在暗夜里却给人几分恐怖阴森的感觉，当他走近才被认出原来是客厅里待人友善的布朗神父。

他怯怯地说：“不是没有其他的门通往这个花园的吗？”

瓦伦丁很讨厌见到黑色的教士服，但他得承认，神父的话并没有错。

瓦伦丁侦探开口道：“的确，关于在遇害前他是怎么来到这里的，确实是一个问题。大家现在请认真听我说，在我们今晚的来宾当中，有绅士、淑女，还有外国大使，都是声名显赫的人物，如果我们现在就把这件事公开，就必须当作罪案来处理，对大家的名声恐怕也没有什么积极的影响。但是作为警察局局长，我有一定的处理权限和权威声望，我可以暂时为这件事保密，并且我也很愿意为我所邀请的每一位客人澄清。然而为了各位的声誉，在明天中午之前，请各位不得离开这所房子半步，屋里有供各位休息的床。西蒙医生，请你帮个忙，到前厅找我的仆人伊凡，让他叫其他仆人替岗，而让他自己马上到这里来。加洛韦勋爵，请到会客厅告诉各位女士所发生的事情，用委婉的说法，她们也不得离开。布朗神父，请跟我一起留在这里守尸。”

瓦伦丁侦探就如一个队长发号施令，大家马上就按他所吩咐的去做。西蒙医生找到了可靠的伊凡，忠心的老仆如同忠心的家犬一样飞快地跑出房子，越过草坪来到了主人瓦伦丁侦探的面前。当得知了这件发生在花园中的凶杀案后，他的眼睛突然闪现出异样的光芒，那张苍老而惨白的脸上焕发出光彩，他急不可待地请求到现场附近搜索证据。

“如果你觉得有必要的话，你就在现场搜索证据吧，”瓦伦丁侦探说，“我们要在屋里研究案情，搜索时间别太长！”

“这，这不可能，”伊凡惊恐地说，“这怎么可能，你们认识这人么？这人怎么可能出现在我们这里？”

“不认得。”大家异口同声地说

“我们还是商量下一步怎么处理吧。”瓦伦丁沉稳地说。

瓦伦丁和他仆人把那尸体抬到书房，然后一起来到会客室。

（三）

大侦探刚来到会客室，他的眼睛就立刻变得冷酷无情起来。他在笔记本上记着些什么，然后捧着本子转向其他人说：“大家都在这儿吧？”

“尼尔·奥布莱恩不在，”加洛韦勋爵用嘶哑的声音说，“在我发现尸体之前，我看到他在花园里走动。”

“布雷恩先生也不在。”西蒙望了望四周说。

“伊凡，”瓦伦丁侦探说，“去把布雷恩先生和奥布莱恩先生找来。布雷恩先生刚刚还在餐厅里抽雪茄。至于奥布莱恩现在，你去花园或者暖房找找吧。”

伊凡迅速地从会客室跑向餐厅，紧接着，瓦伦丁依然用着他严酷的眼神看着大家继续讲下去："大家刚刚都看到了，这个尸体的头部和身体是分开的，脑袋被干净利落地砍了下来。大家说，要割断一个人的喉管到底要用多大的力气？或者会有什么凶器能这么干净利落地把一个人的脑袋砍下来呢？"

"我只知道，这绝对不可能用刀干的，"西蒙医生痛苦地说，"刀绝对不可能那么干净利落。我猜，可能是战斧或者是古代刽子手用的斧头干的，要不就是一把重剑。"

瓦伦丁侦探认真地在笔记本上写着什么，"告诉我，"他对着西蒙医生认真地说，"有没有可能是法国骑兵的长军刀？"

每个人都被瓦伦丁的话问得无言以对了，继而露出惊恐的表情，每个人的血仿佛凝固了一般，只等待着西蒙医生的回答。

"军刀，我想，有这个可能。"西蒙医生勉强地回答道。

此时，门上轻轻地敲了两下。

"进来吧，伊凡。"瓦伦丁侦探轻轻地说。

门被推开，伊凡和奥布莱恩出现在大家面前。现在就剩下布雷恩不在众人的视线中了。

奥布莱恩军官手扶门框，站在门口处，对着瓦伦丁侦探挑衅地说："你要我来这里干什么？"

"你是不是有把法国骑兵的长军刀？"瓦伦丁侦探微笑着问奥布莱恩，"它现在在哪里？"

"它？我把它放在图书馆的桌子上了。"当着那么多人的面被瓦伦丁侦探问及军刀，奥布莱恩不免显得紧张。

瓦伦丁侦探向伊凡微微看了几眼，伊凡就离开了会客室，走向了图书馆。

"加洛韦勋爵，"瓦伦丁侦探说，"你就在奥布莱恩发现尸体之前离开花园，那你在花园里都做了些什么呢？"

"赏月嘛，接近大自然！"奥布莱恩在紧张中坐在了一把椅子上，故意提高音量回答道，像在给自己壮胆一样。

奥布莱恩说完，会客室又陷入了生硬的沉默和冰冷的沉寂中。没多久，无声的景象迎来了解脱一般，终被急促的敲门声打破了。伊凡再次出现在大家的面前，手握一副空刀鞘，说："我所能看到的，就只有这个。"

室内又恢复了沉默和死寂，仿佛某种恐怖的幽灵飘荡在人们的背后。这时，一个出乎大家意料的声音出现在大家耳边。

"我觉得我有必要告诉大家，"玛格丽特夫人说道，伴着少有出现在妇女眼中的坚毅目光，"奥布莱恩不得不对他在花园所做的一切沉默，但是我可以告诉大家，他在花园里向我求婚，我拒绝了。对于我的家庭背景来说，除了能对他尊敬以外，我什么也不能给他。他貌似是对这话生气了，也似乎出于我对他的尊敬毫不在意。我想知道，"她轻蔑地笑了一笑说，"他现在是否依然对我对他的尊敬无动于衷。因此，我可以发誓，他没有干过任何苟且的事！"

加洛韦对他女儿的一番话感到羞耻，气急败坏地想要给他女儿一番痛骂。

"你为什么要维护他？"加洛韦对着女儿有力却尽量压低声音说，"他的剑在哪儿？他这个该死的……"

他的女儿对着他瞪起眼睛，所以他不得不住口了。

“你是老糊涂了吧？”玛格丽特低声说，“你是想存心陷害他吗？我与他在一起的时候，他没有显露过丝毫的杀人企图。即使有，那也是他和我在一起的时候有的。如果是他在花园里杀的那个人，那我问你，谁最应该知道呢？你那么恨他，是不是想把你女儿置于死地……”

父女俩的对话被加洛韦夫人一声制止。其他人都呆呆地坐在原来的位置，玛格丽特与奥布莱恩之间的遭遇勾起了大家对曾经情人往事的回忆。

屋子里又不知第几次陷入了寂静中。“那是一支怎样的雪茄？”一个深沉而极有底蕴的声音从屋子角落传了出来，正是小个子的布朗神父。他说：“那个布雷恩先生抽的雪茄是不是有一支手杖那么长？怎么竟然那么久？”

这句话好像警醒了所有人，瓦伦丁也抬起了头，对着伊凡说：“伊凡，再去找找布雷恩先生，让他马上过来。”

伊凡走后，瓦伦丁满脸微笑地对着那姑娘说：“玛格丽特夫人，您不顾自己尊贵的身份，为奥布莱恩辩解，我代表大家向您表示感谢与赞赏。但是我想此中还是有一处疑点，那就是您爸爸与您在书房到会客室途中相遇，几分钟后在他在花园里走过，是吧？”

“你必须清楚，”玛格丽特带点讥讽地回应道，“我刚拒绝了他，我与他又怎么可能一起回来呢？作为一名绅士，他很应该落在我的后面，难道这就足以证明是他杀的人吗？”

“短短的几分钟，”瓦伦丁侦探掷地有声地说，“奥布莱恩完全可以……”

瓦伦丁的话被敲门声打断，进来的是一脸惊慌的伊凡。

（四）

“不好意思，先生，”伊凡说，“恐怕布雷恩先生已经不在这所房子了。”

“离开了？”瓦伦丁侦探叫到。大家同时惊恐地站了起来。

“是的！离开了！不见了！我找不到他！”伊凡用着纯正的法国话说，“他的帽子和大衣都不见了。所以我刚刚跑出房子看他留下什么没有，我找到了这个玩意儿。”伊凡举起手，手里拿着一把没有刀鞘的骑兵军刀。房间里每个人都像被闪电击中般面露惧色。

“你具体说说怎么找到的？”瓦伦丁侦探经验老到地问。

“我走出房子，在巴黎的大路旁五十码开外的灌木林发现的。我猜想，我就是在那位布雷恩先生丢掉它的地方找到的。”

瓦伦丁侦探拿起军刀，检查了一下，凝思片刻。然后满脸敬意地对着奥布莱恩说：“尊敬的军官，如果警察局要用到这把军刀的话，我相信你是愿意将它呈上来的。现在，我先把你的剑还你。”

对于这一动作，所有人都情不自禁地鼓起掌来。现在，房子里的所有人都轻松起来。尽管谜团尚未解开，但是每个人从潜在的杀人犯的压力中移开。而这个嫌疑的重压，则飞向了那位尚不知在何处的布雷恩。

但是，布雷恩是否真的是杀人凶人，还是个未知数。西蒙医生显然是人群中最冷静的一员，他为未能在奥布莱恩嘴上套出些有价值的线索而感到懊恼。

“我想事情就是这样的，”奥布莱恩军官坦诚地说，“现在真相大白了，布雷恩跟这个陌生人有纠葛，就趁着大家都在屋里，把他骗进了花园，用我的剑把他杀了。然后就是畏罪潜逃，逃亡中把剑扔掉，以为这样没人知道，还可以嫁祸给我。最重要的是，伊凡刚刚告诉我，死者是美国人，跟布雷恩是同胞。”

“即便如此，依然有五个难点，”西蒙医生说，“我本来就怀疑布雷恩的，而他的逃跑进一步证明了我的猜疑，我只是想弄清楚他是怎么干的，为什么这么干。第一：杀一个人完全可以绳子、小刀之这便于隐藏的工具，为什么要用一把又长又笨的军刀？第二：为什么没有任何动静？一个人看到别人拿着刀向自己冲来，难道不会吭声么？第三：伊凡整个晚上都守着前门，那个陌生人是怎么进花园的呢？第四：布雷恩是怎么杀人后走出花园的呢？”

“那第五个呢？”尼尔盯着小路上慢慢走来的英国神父说。

“是一个小细节，”医生说，“我原本以为，凶手把那脑袋砍掉，只用了一刀。但是我后来仔细检查,发现在砍断的部分上砍了许多刀,也就是说那些刀痕是脑袋砍下来后加上去的。布雷恩难道真的有那么恨这个人吗？非要在脑袋掉下来后再多砍几次才解恨不可？”

布朗神父带着他腼腆的神色等着他们讲完，然后说：“对不起，打扰你们了，但是我是奉命来告诉你们一个消息的。我非常难过，又出了一起谋杀案。”

（五）

当屋子里的人听到布朗神父这样说的时候，几乎要跳起来了。

神父严肃地说道：“让人惊奇的是，这又是砍头！有人在河边发现那颗血淋淋的头颅，而且那头就出现在布雷恩去巴黎的大路旁边，所以他们认为……”

“我的天啊，”奥布莱恩喊道，“布雷恩是杀人上瘾了吗？”

神父冷冷地说：“这有点像美国人的习惯。对了，他们要你们到图书室去看看。”

奥布莱恩跟着其他人去验尸。他穿过书房时，看到瓦伦丁侦探的桌子上摆着一张彩色的照片，是一颗正直滴血的头，难道这是第三颗？仔细看才知道那只是法国国家主义派报纸——名位《断头台》的一家报纸——对其政敌所玩的一种手法。只要是他们的政敌，一定会以一颗滴血的头出现在报纸上。看来，瓦伦丁侦探正是他们的政敌，这期不幸地出现在《断头台》上也未尝不可能。

图书室此时阴冷、黑暗。瓦伦丁和伊凡正在一张长书桌边等着其他人的到来。

书桌上摆着的是两个人体的一部分。一个是花园里发现的那个人的大黑脑袋，第二个则是今早在河中钓起的水淋淋的人头。瓦伦丁正命人在河边搜寻第二具尸体的其余部分。

布朗神父走向第二颗人头，仔细观察着，说：“我想，你应该十分肯定，这也是布雷恩的杰作。”

“嗯，显而易见，”瓦伦丁淡淡地说，“与先前一样的手法将人杀死，还是同一个凶器。他肯定是把凶器带走了。”

“我想也是，”神父接着速回，“可是，我怀疑布雷恩根本不能砍下这颗头。”

“为什么不能？”西蒙医生激动地瞪着神父问。

“医生，”布朗神父平静地说，“请问一个人能不能把他自己的脑袋砍下来呢？”

只见医生跳向前去，仔细检查那湿漉漉的脑袋。

“他的左耳朵有个缺口，”神父平静地说，“毫无疑问，这就是布雷恩。”

“布朗神父，”瓦伦丁尖刻地说，“你似乎对他知道得很多。”

“我怎么可能不知道呢？”神父说，“我和他待了几个星期，他是想入天主教的。”

神父话音刚落，瓦伦丁侦探就紧握双拳，眼冒火花地走向神父，说：“我还知道！他想把他所有的钱都留给你们的教会！”

“有这可能吧。”布朗不动声色地说，“也许他真的这么想过。”

“在这样的情况之下，”瓦伦丁侦探狰狞着说，“你一定了解了他很多的事情，包括他的生活和……”

奥布莱恩赶紧把手放在瓦伦丁侦探的胳膊上，说道：“结束你带有诽谤性的废话吧，现在不是你解决个人事情的时候。”

在神父慈祥的眼光注视下，瓦伦丁侦探恢复了常态。“好吧，”他说道，“我先把个人事情放一边，但是你们一定要遵守诺言，就地留下来。现在已经是上班时间了，我得赶紧写报告给当局。你们想要得到的一切有关这里的信息，伊凡都会告诉你们。我先去书房待一会儿，有什么新消息的话，记得到书房找我。”

“有什么新发现吗，伊凡？”瓦伦丁侦探走后，西蒙医生问。

“是的，我们得到新的信息，”伊凡说，“我想这个消息对于找出凶手是谁，还是很重要的。那个你们在草坪上发现的陌生人，我们已经查出他的真面目了。”

“真的？”医生吃惊地喊道，“他是谁？”

“他的名字叫阿诺德·贝克尔，”伊凡说，“他到过很多地方，属于那种到处流窜的流氓。根据我们得到的信息，他跟布雷恩在美国结下恩怨。我们对他并不是非常了解，因为他大多数都是在德国作案。但是，我们倒是和他的双胞胎兄弟路易斯·贝克尔打过很多次交道。更重要的是，我们就在昨天晚上，把他送上了断头台。当我在草坪看到这个家伙的时候，我就不得不想起来他在德国的双胞胎兄弟，所以我就追踪着这条线索……”

伊凡忽然停住不说，原因是根本没有人在意他的长篇大论，所有人都在注视着布朗神父。神父双手按着头，让人觉得他好像正被头痛所困扰。

“停下，停下！”神父喊道，“别说了，我已经知道真相的一半了。愿主给我力量。我一向善于思考，对于解释《圣经》，我再擅长不过了。我已经看出一半了，我已经看出一半了。”

布朗神父念叨完，双手放下，脸色慢慢恢复。他若有所思地叹了口气说：“我们还是尽快把事情梳理清楚吧，这样会让我们更好地看到真相。”

接着，布朗神父转向医生，说：“医生，你一向头脑清醒，你早上说的五个难点，能不能问我一遍，我一一为你解答。”

西蒙怀着怀疑的眼光看着神父，想了想，答道：“好的，第一个问题：为什么明明可以用短刀杀一个人，却用了又长又笨的军刀呢？”

“因为短刀无法砍下一个人的脑袋，”神父平静地说，“从案情来看，凶手只能选择砍头这个方式。下一个问题！”

“好的，为什么被杀害的人会没有喊叫声呢？”医生接着问，“在花园里遇见有人拿军刀走向自己可不是一件让人愉快的事。”

“你们忽略了一点，”神父阴沉沉地说，“短树枝。为什么他们会摆在离树那么远的地方？他们不是自然折断的，肯定是被人砍断的。凶手让被害者看他耍军刀，然后趁对方弯腰看刀砍的短树枝时，神不知鬼不觉地砍下军刀，脑袋就这么干净利落地落地了。”

“对！这么说似乎可以说通，”医生说，“那，既然这个花园完全封闭，陌生人又是如何进入这个花园的呢？”

“花园里从来就没有什么陌生人！”神父严肃地说。

图书室顿时陷入寂静，接着是一阵又一阵的笑声。笑声正是从伊凡的嘴中传出，他轻蔑地对神父说：“照你这么说，我们昨晚根本就没有把那尸体抬到会客室咯？那他也没有进入花园了！”

“不一定非得如你所说的，”神父带着微微的笑容说，“接着下一个问题吧，医生。”

“看来神父是想跟我们开玩笑了，”西蒙医生尖酸地说，“不过我倒是想知道神父怎么回答下一个问题，布雷恩是怎么走出这个花园的呢？”

“他根本就没有离开花园。”神父不紧不慢地回答着。

“没有离开花园？”西蒙医生像炸弹爆炸一样地喊道，“够了！神父，是时候停止你的玩笑了。”

“不是的，医生，”神父温和地说，“看在你我老朋友的份儿上，告诉我你的第五个问题吧。”

“脑袋和肩膀砍的方式很不相同，像不是同一时间砍下去的。”西蒙不耐烦地问着。

“正是这样，”神父看着医生说，“这样做是为了混淆视听，让大家理所当然地认为那个头就是那个身体的。”

奥布莱恩简直不敢相信自己的眼睛，两头蛇他听过，但是一个人竟然有两个头，他倒是头一次听，但是他依然抱着满腹的狐疑认真听着神父的一言一句。

“诸位，”神父义正词严地说，“我能够确定地说，贝克尔只有一部分是留在花园的，看这里！”他指着那尸体说道，“或许你们从未见过贝克尔这个人，但是你们想想看，你们见过这个人吗？”

话音刚落，神父迅速把那个贝克尔的黄色秃头扔开，取而代之的是将那个湿漉漉的布雷恩的头安在贝克尔的躯干上。现在，完完全全，在地上躺着的是布雷恩，那位他们在会客室看到的身材高大的朱利叶斯·布雷恩！

“凶手，很聪明，”神父平静地说，“砍下仇人的头后，不仅把凶器从墙头抛了出去，还把仇人的脑袋扔了出去。然后，他只需要另一个人的脑袋和尸体安在一处，就能迷惑大家。由于他一直坚持私下调查，所以你们无法将这个身体想象成另外一个人。”

“安上另外一个人的脑袋？”奥布莱恩疑惑地念叨着，“可是他又怎么找另外一个人头呢？”

“断头台的首级篮里！”神父慈祥地看着他说，“就在谋杀之前，我们当中就只有警察局长到过断头台前。我们的瓦伦丁是个好人，可是他又是一个对待事业近乎发狂的人，他会为了粉碎他所谓的十字架迷信事业而做出任何苟且的事来，任何手段。布雷恩之前将数以百万的美元分散捐给不同的教派，这倒不是问题的关键。关键是瓦伦丁知道了布雷恩竟然向法国教会倾囊相助，这就激发了他对事业的狂热。布雷恩支持的国家主义报纸中，《断头台》就是其中一家！所以这个瓦伦丁决定冒这个风险，他决定趁机会杀了这个敌人的幕后推手。他确实这么做了，确确实实这么做了。

“他利用他的职权将贝克尔送上了断头台，然后将他的头带回了家里。他与布雷恩、加洛韦进行辩论，但是加洛韦没有听完辩论就离开了。之后他带着布雷恩来到花园谈论剑术，在布雷恩面前表演军刀……”

伊凡尖叫了起来，仿佛是从噩梦中惊醒。“你这个邪恶的疯子，”伊凡怒吼着，“我主人是绝对不会放过你的，他知道怎么让你尸骨无存。你千万别让我抓住，否则我就带你到他面前去。”

“我迟早是要到他那里去的，”神父平静地对着伊凡说，“我要让他忏悔，为他所做的事情忏悔，这样，起码不会太坏。”

这帮人跟着布朗神父一起走到了房子的后边，一起走进了安静的瓦伦丁书房。

瓦伦丁正坐在他的书桌边上，可能是太过专心了，没有理会到别人的打扰，一动不动地坐在那儿。大家都站在门边静静地看着大侦探，西蒙医生好像发现什么似的突然冲上前去。他仔细地看着瓦伦丁，忽然发现瓦伦丁的手肘边上有一盒药丸，而他的脸上，是无比自豪的神情。宴会的主人，大侦探瓦伦丁局长就这样静静地死在了自己的书房中。

活的肠子

【日】海野十三

（一）

医科生吹矢隆二，一个古怪诡异、让人不好捉摸的人。

他住在高架桥拱下一座也异常古怪的房子里。也许纯粹是物以类聚吧，也只有那样的房子才会魔力般的吸引着吹矢隆二。那天下午三点钟的时候，他一副若有心事的样子走出了屋门。从早上起床到现在出门，他就一直想着肠子的事情。

吹矢隆二的古怪不仅仅是因为他喜欢住在那种古怪房子里，在自己的学业生涯中他未尝不怪。作为一名日本独一无二的算作“经典”的长期生，尽管不是助教，他却因为自己对兴趣的追逐而成就了自己的留存。他想当然地在学科制的考试中只选择了自己喜欢的科目参加，凭借着“绝不贪得无厌”的勇气，入学七年以来，却依然有五门功课没有达到及格标准。但他仿佛并没有因此而慌张，他照旧像往常一样，大部分的时间都会在那个位于噪音正中央的古怪房子里过着只有自己没有别人的平静的日子，学校里几乎还是看不到他的身影。

如此古怪与洒脱的吹矢隆二，好像并不太招人喜欢。迄今探视过他家的人，也就只有两位吧。除了去他屋里收取房租的房东，就数熊本博士了。

说到熊本博士，他是一位可以和吹矢一起讨论一些有关肠子话题的人物。他是个集美满、幸福于一身的监狱医院的外科主任。他在学校备受欢迎，同时有着为数不少的存款。造物主并没有让他顾此失彼，他有名有利不说，却在家中还藏有个体态曼妙、美若天仙的佳妻。

吹矢隆二接下来就要打电话给这位熊本博士，来询问关于肠子的一些事情。他一副漫无表情的样子，邋邋遢遢地走在去往公共电话亭的街道上。细看他的漫无表情，脸上铁青，像被锤头砸过一样；在极度瘦弱的身躯上冒出一头狮子头似的乱蓬蓬的长发，再加上他身穿已经磨损到光亮的黑色制服，黯淡无神的眼睛，活脱脱是一具没有生气的人架子嘛。

他打电话到零零监狱的附属医院，接电话的是位年轻女士。

“喂，您好！这里是零零监狱医院。”

“……嗯，快点把熊本博士叫过来，我有急事。就说吹矢隆二找他！”

他的语气蛮横无理，气坏了电话线那头的总机小姐。

熊本博士接过电话后，吹矢隆二更加面目狰狞起来，却又略显圆滑地说道：“哈哈，熊本老弟吧？我们是老熟人了，至于我，即使不说你也知道我是谁。今天呢主要是确定一下你是否还记得我们的约定。当然我是很清楚你不仅记性好，人也高尚。”吹矢稍顿了一下，眯缝起了眼睛问道，“今天应该不会有问题吧？我可不希望出任何差错哦，如果出什么差错的话，对你对我都没有什么好处的。恐怕会让你丢掉心爱的工作，接下来没饭吃也说不定咧……我不是在威胁你，你只要经常回答好的好的，听我的吩咐就行了。一定要将真的肠子准备好了，晚上十一点，地点是南边的第三个窗户。你若失约，一切后果自负！”

说完，没等任何答复他就粗鲁地挂断电话。

然而不知为何，虽说熊本博士不论学识还是地位都远远高过区区的吹矢隆二，吹矢却总有着不分青红皂白抑或不知天高地厚地将博士训斥一通的臭毛病。吹矢明明是受人不少恩惠，却一直一副死皮赖脸模样地认为熊本博士其实只不过是个穿着学问衣装的臭皮囊而已，将其狠狠地折磨就是在替天行道。

“肠子准备好了没有？”

吹矢刚刚充满恐吓的电话，证实了他再次用威吓的手段来要弄熊本博士的无耻。可是，所谓的“肠子准备好了没有”究竟又是什么意思？他到底为何对这肠子情有独钟呢？他到底在自己的葫芦里卖着什么药？

看来，所有的疑惑与答案只有等到今晚十一点才能揭晓了。

（二）

时间的指针依旧在不急不慢地挪动着。无论你对于心动一刻有多么期待，也无论你对时光流逝有多少埋怨，它不会在乎你的感受，它只是若无其事地行进着。对于吹矢隆二来说，今晚的十一点是一个多么渴望的时刻。

不知不觉已经是晚上十点五十八分了，吹矢隆二满腹激动地撞在了零零监狱医院的小铁门上。

“这才什么时候啊，就关门？”他不满地牢骚道。同时，一脸蛮横地抓着微闭的铁门。

铁门却轻而易举地被推开了。其实铁门根本就没有上锁，只是用铁门下面的水泥块作为了门挡，微微有点扣住而已。

守卫对无礼闯进来的他却也急忙点头行礼。尽管不明就里，对于这样一个能直接称呼这栋医院的权威的医科生，或许也是熊本博士比较亲近的人吧。在善意的误解下，这位守卫，对他经常都行以最敬礼。

吹矢急急忙忙地加快脚步，经过守卫面前，然后径直走向医院乌漆抹黑的树丛，像只迫不及待想要拿到桃子吃的猴子一般，急迫却更加身手矫健，于是更加熟练地来到了约定的地点。

庭院寂静，四周无人，庭院里的林木更加让人觉得阴气袭人。

“一，二，嗯……”

“这应该就是从南边数的第三个窗户。”他小声嘀咕着。

他不假思索，一个箭步挨到窗户下面。走得太急，被脚下一个类似橘子箱之类的东西绊到了。“这应该也是熊本博士放在这里的吧，可以用它做踏板来顶起这太沉重的窗户。”他想。

果然，在这“橘子箱”的助力下，玻璃窗很轻易地就被朝上顶打开了。其实，遵守诺言的熊本博士早就在支撑窗户的滑轮轴心加过油了。窗户打开了，首先映入吹矢眼帘的是眼前桌上的一支长约一米的玻璃管。兴奋之余，医科生吹矢不由自主地迅速抓起了这支长长地玻璃管。

“哈哈，已经在里面啰！”吹矢高兴得都差点手舞足蹈起来。

迫不及待，医科生吹矢将苦苦得来的玻璃管放在墙前，透过恍惚的路灯的光线观察着。

在一般人看似恶心的玻璃管里面，却有着吹矢想要探索的一切。看着在清澄的液体中浸泡着既非灰色也非淡紫色、颜色相当微妙的黏糊物体，他有一股脑子的狂喜。

“哈哈，终于拿到梦寐以求的东西了！”

医科生吹矢忍不住发出了得意的笑声，笑过之后再将玻璃窗慢慢拉回到原来的样子。然后把这偷来的玻璃管像抓手杖一样抓在右手中，心虚地退到了地面。

“哈哈，今晚的夜色真不错！”他顿时感觉整个人都轻松了许多。

再次走过守卫前面的时候，他完全变了个人似的，竟和气地跟守卫打了声招呼。想必这赃物的得来，已经令他备感欢畅吧。

守卫貌似有点受宠若惊，他全身僵直，感激之至地回礼。

走出了大门，吹矢轻松地肆无忌惮起来。他索性将装着肠子的玻璃管扛在肩上，任脚上的木屐如何拼命地吱呀乱叫，不管不顾地疾行着。此时的街道也已经进入了梦乡，沉静无声。当吹矢回到家的时候，已经是凌晨两点多了。

走进家门的刹那，他忘记了自己疲倦的身躯，而是马上放下肩上的玻璃管，把它举到灯光下仔细地端详，再三赞叹道：

“啊，很棒。十分出色的肠子，难得，难得。”

就在他微微倾斜玻璃管的时候，在稍微透青的液体中，肠子正缓慢地下沉并似有蠕动之意。

“啊，居然还活着？”吹矢一阵吃惊。但仔细一瞧，可不是吗？玻璃管里的“肠”正在这林格氏液之中柔柔软软、真真实实地地蠕动着。

啊，太了不得了，这是活着的肠子！

功夫不负有心人啊！是的，此时的医科生吹矢既在惊喜又在庆幸着自己这么长时间以来的坚持。想要得到这根肠子，特别是还活着的肠子是多么的不容易。医科生吹矢已经用了一年的时间来向熊本博士索求。而熊本博士即使对其他的事情能够轻易答应，却只对这活着的肠子的事情总是再三推诿。毕竟吹矢向博士索要的并非凡物而是人的肠子……看着这令人激动的会动的肠子，吹矢的脑海里也不由得浮现当初恐吓博士的场景：

“我尊敬的熊本博士，怎么样，我说的事情你考虑好了吗？对于那件事情，我思前想后也只有你最适合帮这个忙了。就你那地方，可是有着两千七八百的犯人呢。其中肯定有不少被判死刑的家伙吧，再说了，想必在你们那里死于非命的罪犯也不在少数。要在这之中弄来只不过百来厘米的肠子也不会是什么难事吧？哈哈，当然你也可以不听从我的指示，那么就不要怪罪我去执行上次我们说的那件事啰。如果我真的执行了，我想你也会知道后果会很严重的吧？那么，最好乖乖听我的吩咐喽，哈哈哈哈……”而诸如此类的恐吓，已经不是一次两次了。现在看来，熊本博士这次是不负吹矢所望啊。吹矢，又一阵窃喜，视线仍旧不愿离开盛着肠子的玻璃管。一年已经过去了，终于，在他千方百计的努力下得到了期待已久的活着的肠子。

那接下来呢？他已经不择手段地将那活着的肠子弄到手了。如果不是为了满足自己的收藏癖好，那到底是为了什么呢？这恶心的肠子到底被吹矢作何用途？

（三）

“活着的肠子”看似奇异，实际并非十分珍奇。纵览众多生理学教科书，文献中常有记载存活在林格氏液中的土拨鼠肠、兔肠、犬肠甚至还有人类的肠等。

那么，即使作为标本而存活的肠子也没有什么可稀罕的。不同的是，医科生吹矢此时拥有的这根大肠，具有超群的幅度和无比活泼的生命力，这不得不令他为此而自豪。肠子自身仿佛也甚是得意，它一直在装有林格氏液百来厘米的粗大玻璃管中不停地蠕动着自己那远比手杖还长的躯段。

吹矢隆二满足地望着自己的宝贝大肠子，进而对着玻璃管竟然恭恭敬敬地行礼致意。这是多么了不起的玩意儿啊！恐怕在世界各地都不会再找到第二条了吧！熊本博士真是太伟大了，感谢上苍让我得了这东西，吹矢在心中默默赞叹着。随后，他将这活着的肠子，爱不释手地摆放在了房间的正中央，并用一根从天花板垂下的绳子捆绑在了玻璃管的管口。

吹矢的房间永远都是一副奇奇怪怪的景象：已经散发着浓重霉味的医学书籍胡乱地堆积着；莫名其妙生锈的手术用具、医疗器材之类的东西也横七竖八地躺着；再加上如今这房中央醒目地垂着的“活着的肠子”，房间里诡怪的气息在充斥着。

吹矢把高脚的三脚椅搬到了从天花板垂吊下来的玻璃管前，细细地欣赏着、品味着。

发软、发软、发软，蠕动、蠕动、蠕动。呀！肠子竟然也有自己的表情，它在蜷曲地扭动着全体，身上的褶子似伸似缩地宣示着什么，那是一种人脸所无法呈现的更不可思议的复杂情绪。这可真是个怪东西啊！怪到让吹矢觉得它甚至比人类还要高等得多。

接下来，医科生吹矢已经严重表现出了他对“活着的肠子”疯狂般的痴迷。他甚至巴不得自己也变成活着的肠子的同类，只有这样才能读懂肠子的心灵。于是，吹矢每天就像尊石像似的盘踞在玻璃管面前，无论何时都不舍得将视线移开活着的肠子。他珍惜和肠子在一起的每一秒钟。为此，他吃饭的时候要盯着玻璃管，喝水的时候也盯着，即便是去厕所的时候，他也想着快快结束早点见到那活着的肠子。他对肠子的钟爱用“度秒如年”远远比“度日如年”来得贴切。更有甚，吹矢忽然提出了超越逻辑学的卓越见解。

这样的状态持续了有三天之后，他被连日的紧张生活给累倒，不知不觉就进入了梦乡，半夜的时候他倒被自己的鼾声猛然地吓醒。顿时，不祥的预感冲击着吹矢。他扑地从三脚椅上跳了下来，慌忙打开了电灯的开关。心想，我心爱的肠子不会出什么意外吧？

昏黄的灯光照在盛着活着的肠子的玻璃管上，它依旧垂挂在天花板上。“呼……”吹矢如释重负地松了一口气。然而，很快地他就发出了歇斯底里的叫声。

“啊，糟糕。肠子怎么不动了？”

一时不知道如何是好，吹矢扑通一声跌坐在地上。他脑海突然一片空白，发疯似的抓挠着自己的头发，宛若漆黑暴风雨般的绝望！

忽的，他煞有介事地想到了什么，连忙起身。此时，吹矢的脸已经涨得通红。生怕自己的那活着的肠子真的会有个三长两短的。

吹矢猛一下子爬上了三脚椅，手里紧紧捏着滴管，希望尽快把清澄的液体先全部吸走。然后，他又将许多的胆碱液滴入林格氏液里面，期待着会有奇迹发生吧。

他紧盯着玻璃管内部的眼睛凸出很是吓人。但是没过多久，他的嘴边浮现了微笑。

“终于动了！”肠子再一次咕噜咕噜地扭动着自己弯曲的身段，活力四射起来。

“居然把胆碱都忘记了。”他竟第一次如此满怀歉意地责怪了自己。

“谢天谢地，肠还活着。”但是，这次的险情让吹矢不由得加快了训练的进度，他很怕在实验没有完成之前，肠子会意外死掉。

说时迟，那时快，为了将意外降到最低，他迅速套上了手术衣。

（四）

要给肠子做训练了，吹矢从未有过的激情与活跃。

训练该做些什么呢？他先是在房间里不停地走来走去，把软管、清净器、架子等可以想到的实验能用到的东西抱在一起，放在桌子上。

接着又收集了蒸馏瓶、金属网、本生灯之类的东西。不一会儿，由玻璃、金属零件和液体整合成了一座的大规模的“建筑”，“建筑”中心摆放着盛有活着的肠子的玻璃管。而他也站在了收集来的器具正中央，好比戏台的道具人员利落地装配着组合。

“哈哈，接下来，战斗就要开始了，我一定要以医学史上首创的大实验，来吹响胜利的号角。”

房间一隅，伴随着帮浦马达嘟嘟嘟嘟的低音，吹矢打开了电力开关，信号灯由青转红。电流也通了，本生灯也发出淡绿色的火焰。放置活着的肠子的玻璃管里面还插着两根细玻璃管。其中一根，正“噗嘟”“噗嘟”地往外冒着小泡泡。

此时，医科生吹矢隆二的眼睛，愈加放射出阴森恐怖的光芒。他这么紧张，这么兴奋，这么专注，到底要做什么？

此时的吹矢隆二，脖子上挂了个大型画板，手里的彩色铅笔，一直在纸上急切地画着什么记号，庄重的眼神敏感地盯着正在实验的器材的反应。房间里，他步伐匆匆，偶尔拿个温度计、比重计之类的。那气势，仿佛在打一场没有硝烟的战争。

但是，即使在做事的时候，吹矢也不忘在玻璃管中的活着的肠子，他总是会在玻璃管前略微偏着头，用一种无比热切的眼神凝视着不停蠕动的肠子。

吹矢以早上六点和晚上六点作为观察肠子的区分点。每过十二个钟头，他都会细心地观察到肠子的样子确实在一点一点地改变，而它的状态也在发生些着某些变化。

吹矢隆二废寝忘食，魔力般地一下子充满了活力，来继续着这个极其需要忍耐力的实验。

随着实验的进展，吹矢发现，先是林格氏液的温度慢慢上升，然后又是林格氏液的浓度逐渐降低。当到了实验的第四天的时候，玻璃管内的清澄澄的溶液几乎变成了水。到了实验第六天，玻璃管内已经不见了任何颜色的溶液，取而代之的竟然是淡红色的瓦斯。那瓦斯就像云一般朦胧地飘浮在玻璃管里边。只是活着的肠子仿佛并没有感受到生存环境的变化，它依旧会不停地一抽一抽地蠕动着躯段。

“嗷嗷嗷，活在瓦斯里的肠子，多么了不起的肠子，多么伟大的实验啊！”医科生吹矢的脸上荡漾着极不符合自己的硬生生的笑容。

他风风火火地继续着自己的实验，不断地撤掉旧的装备，换上已经准备好的新装置。实验到第八天的时候，就连玻璃管中淡红色的瓦斯也变成无色透明的气体。实验第九天，咕嘟咕嘟冒泡的瓦斯停止了运动，本生灯的火焰也消失了。实验第十天，凌晨三点钟的时候，帮浦的声音戛然停止。那时，实验室里面突然恢复了昔日废墟般的宁静。

吹矢并未因此而慌乱无章，他选择以慎重的态度将装置原状放置，他需要耐心等待着观察结果。二十四小时过去了，吹矢将脸凑近玻璃管旁的时候竟有些胆战心惊了，他心里没底，不知道迎接的将是什么结果。

“啊，最伟大的实验终于成功了！我终于完成了世界上所有医学学者都未着手的、让肠子在大气中存活的实验。”医科生吹矢隆二看着玻璃管内的肠子如今在常温常湿的大气中一抽一抽地活泼蠕动着，他一时兴奋地找不着北了。在他看来，虽说没有呕心沥血的伟大，却终于等来了一直苦苦追寻的成果，这就是他最想要的。

（五）

慢慢地，活着的肠子总算表现出了它惊人的灵性。它已经能够出乎意料地做出各种仿若感情的反应。而医科生吹矢也已经学会了如何与这灵异的肠子嬉戏。

吹矢常常用滴管来戏弄肠子的敏感区。比如他会将一些糖水滴在肠子的口部，每每这时，肠子总是一种跃跃欲试的样子，身体立即稍快地蠕动着，甚至还会把自己的一部分朝吹矢踮起来。

“哈哈，你这怪东西，是不是还想要多喝些糖水啊？不能够贪吃的哦，好吧，好吧，再给你一点点啰！”说罢，吹矢又给活着的肠子的口部滴了一滴糖水。

瞧啊，多么高等的生物啊。吹矢瞠目结舌般地思索着。

尽管他时常和自己训练出来的活着的肠子玩耍，而活着的肠子自己也偶尔旁若无人的滚动着身体，吹矢有时候还是不会完全相信发生的一切都是真的。从得到肠子到和肠子游戏，简直就像做梦一样。

很久以前的时候，吹矢的脑海里就存在着一个异想式的理论，因此他希望能用实验来证明自己“伟大”的理论。他想如果一片肠子在林格氏液中能够存活的话，那么即使离开林格氏液后，肠子在其他营养媒介中亦能存活吧，只要其他的营养介质中也存在着必要的生存条件。

除此之外，他还认为如果人类的肠子也具有生命的话，那肠子上就应该会具备神经，而它在能够吸收适当的营养的环境下，也有希望发展出可以适应环境变化的体质。如此推理，那么让肠子在大气中存活是具有可能性的……但这些理论也不过是纸上谈兵。有实验学者称“比起苦苦思索，不如先下手为强”。吹矢秉承这一做法，已经将他在思索中所想过的荒诞无稽的“活着的肠子”弄到了手，并且为证明自己的异想理论，他孜孜不倦地进行着一次次的实验。

经过他反复地详细研究，他的实验最终以大成功而收场。他的成功与其说是他的敬业勤奋，倒不如说是来自让人称之为意外的简单劳动……像这样被他精心呵护而存活在大气中的肠子，却做出了之前他从没预期过的、对许多事物都有兴趣的奇特反应。

比如，这个活着的肠子居然会做出想要多一点糖水的反应等，这是他从来没曾想过的。并且，和肠子在一起戏耍的时候，他惊异地发现这个活着的肠子除了要糖水之外，还能做出其他各种反应。如果将一些导体的一端抵住肠子的一部分，而导体的另一端再通上六百兆赫的振动电流的话，那个活着的肠子会立刻颤抖着吐出一些滑滑溜溜的黏液。更有趣的是，当吹矢用音叉制造出振动数正确的声音，并按照顺序抵住活着的肠子的部分肠壁时，肠壁竟会产生一种人类鼓膜的超常反应。难道和活着的肠子实现对话也是有可能的？

真是不可思议，活着的肠子一系列的反应，给吹矢的实验进行提供了更为兴奋的推动剂，同时也为他的实验增添了越来越多的乐趣。

活着的肠子由于接触了大气，它的表面显得愈来愈干燥，并且还脱落了好几次类似表皮的东西，最后它的表皮几乎就像被略微褪色的嘴唇皮肤包裹而成的一样，虽说看着有点恶心却也粉嫩。当活着的肠子在大气中存活到第五十天的时候，令人匪夷所思的是它已经能够自由自在地散步了。不得不说，它已经不是简简单单的一段肠子了，它更应该算作是一种新生物，因为它具备了普通肠子所不能有的反应，拥有了普通肠子所缺乏的能力。

“嗨！肠儿，糖水放在这里了，饿了记得过来吃哦。”（肠儿，是对活着的肠子的昵称。）

吹矢边说边用手在盛满糖水的烟灰缸处敲了几下，肠儿立刻将背拱得像山峦一样，一副很乐意的姿态。每次肠儿饥感来袭的时候，它总是会慢慢悠悠似的爬到烟灰缸处，然后“噗啾噗啾”地喝起糖水。那种场景，光想想就让人觉得毛骨悚然。

这会子，医科生吹矢隆二正在琢磨着如何让全世界的医学学者都会为此跌破眼镜呢。那么他也该考虑一下将自己的实验研究写成大论文了。为此，需要先将活着的肠儿的生育实验告一段落了。于是，就在肠儿诞生后的第一百二十日的时候，吹矢终于拿定主意要在隔天开始动笔大论文的工作，心想着在动笔之前有必要先出去一下。医科生吹矢这才下意识地想到自己已经有一百多天不曾踏出房门了。

房门外边，秋天已经悄无声息地早就到来了。街道旁的法国梧桐已经在簌簌啦啦地掉落着枯叶，一阵秋风吹过，枯叶撒着欢儿似的被卷出很远。天慢慢变冷了，吹矢想着该怎么过冬呢。要是只他一个人那倒也好说，将就一下也就过去了，可是今年得和肠儿一起过冬，他想着出去买点电暖炉之类保暖适用的东西。另外，买来囤积的罐头也已经吃完了，还得给肠儿买点它喜欢喝的汤汁。看来这趟出行的必要很大。

吹矢突然急于呼吸外头的空气了，他短短地对肠儿说了声：“我稍微出去一下，糖水在角落的桌上。”随后锁上锁头，冲进了大街，渐渐消失在了茫茫人群中。

（六）

不知不觉七天已经过去了。

医科生吹矢从住处踏出屋外的刹那，就被外面那美妙依旧的欢喜、热闹所吸引着。他天性的本能催促他如飞瀑般的洒脱地宣泄着自己的自由自在。他夜以继日地悠闲徘徊在闹街之中。只有到了第七天的时候，才稍微有点回神。哦，他的肠儿还单独在家待着呢，也不知道给它放的糖水喝完没有。算算时间，想必也该喝完了。但，吹矢仍不舍得就此回去，还有好多好玩的没玩到呢，何况只不过就一天，肠儿应该不会饿到。

于是，吹矢继续游荡在闹市中。直到傍晚时候，吹矢突然想到了什么，他没有预约的就径直来到了零零监狱医院，拜访给他的实验带来曙光的熊本博士。

与往常的会面不同，吹矢无论在坐姿还是在语言表达上，显现了浓重的人情味，这着实让熊本博士吃了好大的一惊。

“上次那件事，怎么样了？”博士试探性地询问。

“噢噢，你是说活着的肠子吗？哈哈哈哈，进展顺利，总有一天会发表的。”

“它现在还活着吗？活了多久？”

“噢，这个问题嘛，我说过了总有一天会发表的，到时候你就知道了。可是，熊本老弟，有件事说出来吓着你啊，你知道吗？肠子这种东西也是会表达感情的，比如会向我撒娇、示爱之类的，你可别不信啊，这是真的，是完全出乎任何人意料的吧。对了，我来只是好奇，它是哪个犯人的肠子？”

“……”博士沉默着没有应声。

往日出现种情况的时候，只要博士没有及时回答，吹矢总是会劈头盖脸地斥责一通，唯有这天他心情似乎很好，竟还摸着下巴呵呵地笑着。

“还有啊，熊本老弟。我还需要一些荷尔蒙的资料，你也可以帮我收集吧？说到荷尔蒙，你们医院那个美丽的接线生最近怎样了？据我所知，她已经二十四岁了，是个单身勤奋的女孩子吧。”说话间，吹矢流露出了淫贱的笑容，并时不时窥探着熊本博士的反应。

“啊？你……你是说那个女孩吗？”博士的脸色突然变得吓人。

“哦，她啊，她在很久以前就死掉了，得了盲肠炎。”

“什么嘛，怎么死了啊？看来没有办法了哦。”吹矢发出了兴致全失的声音。随后对博士说了句“我还会再来”之类的话，就匆匆离开了。

当墙上的指标走到凌晨一点钟的时候，医科生吹矢隆二，即终于在第八天的凌晨回到了自己的住处。他满怀歉意地将钥匙插进入口前的锁孔。就在开门前的几秒钟，吹矢还在想着他的肠儿在屋里是怎样一个状态呢，或者它也在独个儿疯玩，或者已经死了？不过这时候死了的话也没有什么大关系啦，毕竟让举世医学学者跌破眼镜的论文资料已经搜集得差不多了。

锁被打开的声响把他的思绪拉了回来。他赶忙抽离钥匙，打开房门走进里面。

霎时，迎面扑来刺鼻的霉味。而且，更加奇怪的是霉味里面总觉得有种类似女人体味的东西混着。

房间内漆黑一片，除了气味什么都感觉不到。他用手摸索着墙壁上的开关，啪地扭开，屋里顿时亮了起来。光亮穿刺着他的眼睛，让他好不适应地眯了起来。环顾屋内，竟不见了肠儿。

吹矢一阵嘀咕，肠儿不在桌子上，会跑到哪里呢？难道真的已经死了吗？或者，或者从屋里的缝隙跑到马路上去了吗？想着想着，忽而注意到出门时为肠儿所盛放糖水的玻璃钵。玻璃钵里面还剩下了一半的糖水。

“咦，肠儿到底干吗去了呢？不在桌子上，糖水也没有喝完，也不见个踪影，到底是怎么回事？”吹矢在诧异地嚷嚷道。

就在吹矢还在犯迷糊的刹那间，有某种类似白色手杖的物体扬起微妙的呻吟声咻地飞奔到吹矢的眼前。

“啊！”还没来得及思索，那东西就已经缠绕在了吹矢的颈部。

“呜啊……救……救……”有一股猛烈的力道狠狠勒住了吹矢的脖子，使他丝毫没有了喘息的空间。他挣扎着抓向空中，没几秒就在原地应声倒下。

半年之后，房东前来向吹矢催要房租的时候，方才发现吹矢已死了很久，屋里的地上只剩了一堆白骨。

没有人会知道吹矢的死因，也没有人会知道他所遗留下来的“活着的肠子”的伟大实验。他的实验已经连同他的身体，在顷刻间全部化为了乌有。或许只有一个人，熊本博士，偶尔会想到吹矢的“活着的肠子”的状况会怎样。但他此时如果知道吹矢已经逝去，想必会窃喜自己少了一个爱叨扰的缺乏教养的大累赘吧。

关于那段肠子的来源，其实并不是熊本博士从囚犯那里得到的。那段肠子正是在零零监狱医院工作的二十四岁的处女接线生的东西。她因突发盲肠炎而不幸亡故，当时帮她做手术的不是别人，正是熊本博士。恰逢当时医科生吹矢为向他索要肠子威逼得厉害。熊本博士便借机成全了吹矢。

没想到，也正是从处女腹腔切出来的“活着的肠子”，将吹矢活活地勒死了。原来，在肠儿与吹矢同居的一百二十天中，在吹矢无微不至的关注中，它已经对他产生了浓浓的爱意。就在吹矢外出的七天中，肠儿每天对他都日思夜想，好不容易盼到他归来，一个兴奋劲儿地跳到吹矢的脖子上，本想表达一下自己的喜悦，没想却将吹矢生生地勒死。只可惜，吹矢什么都还没有回过神呢，就已经一命呜呼。

当然，世间万事皆有因果循环。如果不是因为吹矢隆二的失算，从来没有料想或者怀疑过“活着的肠子”竟是处女腹腔之物，又怎会发生如此“作茧自缚”的悲剧呢？

柏西街神秘的命案

【匈】奥希兹女男爵

柏西街最近发生了一起神秘命案：二月二日下午，鲁冰思艺术学院的管家妇欧文太太被发现死在自己的房间里——身穿睡衣，脸朝下俯卧在地板上，而两扇窗户大开，由于正值隆冬，飘入的白色雨雪铺满了整个房间，包括她的身体。除了裸露在外被冻得发紫的手和脚，房间里还有她养的一只鹦鹉，在寒风中几乎早已冻僵。看起来，欧文太太似乎是被活活冻死的，不过她为什么会在这么冷的天气任由着两扇窗户大开呢？而又为什么会这样倒在房间里呢？这一切都显得十分蹊跷，而在尸检报告出来后，公众更是哗然一片。

据尸检报告显示，欧文太太在昏倒前，后脑勺曾受到重击。根据脑后瘀伤的高度，初步推断应该是由靠近窗户的一个铁瓦斯托架造成，由于欧文太太在昏倒之后失去知觉，导致她在敞开的窗户旁边被零下五度的天气活活冻死。几家媒体都对此做了夸张渲染的报道，以便吸引读者眼球，单是标题就够耸人听闻的了，例如《柏西街神秘命案》《自杀还是他杀》《恐怖内幕——不寻常的发展》《造成轰动的逮捕行动》等。在这样的舆论氛围下，民众都对这个案件议论纷纷，宝莉也同样对此很感兴趣。

于是，宝莉打算去咖啡厅找那个角落里的神秘老人，虽然她的男朋友李察・佛毕学先生已经为此多次表达过不满了，不过她终究还是没能按捺住找出真相的强烈欲望，她迫切地想知道欧文太太的死因到底是自杀、意外死亡，还是谋杀。

宝莉走进了诺福克街的咖啡厅，老人依然在那个角落坐着，还没等她开口，老人就发话了："意外死亡与自杀显然是可以自动排除的。"

宝莉吃了一惊，没想到他早已洞悉自己想问什么，不过她还是接着问下去："那你又凭什么认为欧文太太是被谋杀的呢？"

他望着宝莉笑了笑，习惯性地拿起了那条在解答问题时玩弄的细绳，边打结边说："你想找到凶手？"

"我只是想听听你对这个案件的看法。"

"我没有任何看法，并且我劝你也别再对此感兴趣了。"他停顿了一下，接着说，"你没必要浪费时间去找一个根本不可能被找得到的凶手，这个聪明绝顶的罪犯将永远成为一个谜团。"

“我不相信你真的没有看法。”宝莉依然坚持。

老人不作声，也没有看她，只是继续在玩弄着手上的绳子。

宝莉有点恼怒，于是转而用激将法：“当初你告诉我世界上没有破不了的案子，看来也不过是句吹牛的大话嘛，这次柏西街的命案连你也跟那帮警察一样，毫无办法，我也总算明白了。”

他抬起头，眉毛高扬着，瞪了她好几分钟，终于开口说话：“你在用激将法。好，那我就告诉你我的看法！哈哈哈！”他突然神经质地笑了起来，又接着说，“如果我是法官，我非但不会对这桩谋杀案的凶手判处死刑，还将把他聘任到外交部工作，因为这样的人将是不可多得的人才！”

“我不明白，你在说什么呢？”宝莉十分迷惑。

“小姐，让我们从整个案件的背景说起吧。这起命案的发生场所，也就是死者欧文太太工作的地方鲁冰思艺术学院，其实不过是一栋两层的小楼房，一楼是订购室，展示一些彩色玻璃的作品，而后面是工作室。二楼楼梯台上有一个供应瓦斯煤炭的小房间，那正是欧文太太住的地方。欧文太太作为艺术学院的管家妇，负责整栋房子的清洁打扫工作以及一些对内对外的家务杂事。她与她所养的鹦鹉，就靠着每星期十五先令的微薄工资，以及艺术家们给她的一些零头小费拮据过活。

“不过欧文太太的薪酬虽然不多，但是由于她平日比较节俭没有什么额外花销，因此多年以来，还是存下了一笔不小的金额，她把这些钱都存到了伯克贝克银行里生息，而自己依旧过着俭朴的生活。于是后来，就有一些年轻的艺术家称这位老处女为有钱的太太，不过也没有人知道她究竟结过婚没有。

“说回案件本身，最早发现欧文太太尸体的是画会会员查尔斯·皮特先生。2月2日下午五点，由于当天特别寒冷，天色也黑得特别早，查尔斯·皮特先生首先把东西收拾好准备回家。他把自己的画室锁上，再如平常一样拿着钥匙到欧文太太房间准备归还，因为按照规定，晚上房客离开房间后，要将钥匙交给管家妇，以便隔天早上她打扫房间和楼下的订购室，以及生炉火。

“而当查尔斯·皮特先生来到二楼欧文太太的房间时，看到的便已是那幕可怖的景象了——欧文太太惨死在自己的房间里。后来人们才回想起，那天一整天都没有人看到过欧文太太，不过由于工作室都已整理过，炉火也已生好，所以大家都没怎么注意到这位管家妇的失踪。无论怎样都好，一开始，大家都传言欧文太太是被倒下的铁瓦斯托架砸晕的。但是案情后来出现了转折，一位出身良好的年轻人突然被逮捕，这位名叫格林西尔的平版印刷工被公认为与最近欧文太太生活作风的古怪变化有关。”

“你看，这是欧文太太生前的照片，端庄而古板，平凡而无趣，对吧？”他把一张照片放到宝莉面前。

“的确，跟大多数的沉静的女人一样。”宝莉说道。

“但是在去年十月份的某一天，这位十年如一日平凡朴素的欧文太太却突然盛装出门，她头戴一顶华丽的软帽，穿着一件带花边的仿羊皮大袍，还戴了一条高纯度的金链，风骚十足。当她出现在大家面前的时候，艺术学院的房客都吃惊不已，随后冒出了各种或明或暗的讽刺和嘲笑。不过，管家妇没有理会众人的冷嘲热讽，从那天起更是变本加厉了。她每天都身穿华服外出，而艺术学院的打扫工作则经常被忽略，这导致大家对她的批评日渐加剧。众人纷纷揣测，欧文太太的突然转变、堕落与租八号画室的年轻人格林西尔有着密切关系。

“所有人都说，每天晚上格林西尔总是最晚离开艺术学院的，与其说他沉迷于工作，倒不如说他与欧文太太之间有着不可告人的关系。因为没过多久就有人亲眼看到他们俩在托庭汉法院路上的甘比亚餐厅一起吃饭。目击者还声称，那顿晚餐十分丰盛，有切羊排、甜点、咖啡，还有利口酒作为餐后酒，而这顿盛宴最后是由欧文太太掏钱埋单的。

“这些事情后来被艺术学院的房东奥尔门先生知道了，他十分生气，在新年过后的一个月，他就要求欧文太太马上在一个星期内辞职搬家。不过欧文太太对此毫不在意，她告诉奥尔门先生她不缺钱，而且她不怕没有朋友照顾，因为她将来可以为讨她欢心的人留下一大笔钱。不过，虽然她当时是这么轻松地跟房东说的，但在她出事前一天的下午，当六号画室的贝德福小姐去她房间还钥匙的时候，却看到她哭得很伤心。贝德福小姐试图安慰她，然而她始终没有向贝德福小姐透露她的心事。

“陪审团在第一次侦讯庭上听完奥尔门先生和贝德福小姐的证词后并没有马上做出裁决，警方指派了琼斯探长去调查伯克贝克银行。调查后探长发现，欧文太太在接到了奥尔门先生的通知以后，把银行账户里二十五年来的全部存款都提了出来，共有八百英镑左右。于是乎，琼斯探长就雷厉风行地把年轻的格林西尔先生带上了法庭。那次审讯我没有参加，不过据说那位英俊的小伙子慌张的神色和胡乱作答的态度并没有给法官留下什么好印象。而他的辩护律师——他的父亲，也是一位看起来蛮横不讲理的乡间律师。

“审讯时，探长再次汇报了现场调查的结果：欧文太太死于寒冷的温度，脑后的一击只是使其陷入暂时昏迷，并不严重，不过死亡时间还无法断定，到底是被发现之前的几个小时内，还是一整天都不好说。但警方在搜寻事故的现场时发现，欧文太太白天所穿的衣服都被整齐地叠放在椅子上，衣柜的钥匙还在衣服的口袋里。房门没有关紧，两扇窗户洞开，其中一扇窗户由于拉动的绳断了，还被人科学地用一条绳子系住。很显然，欧文太太已经脱下衣服准备上床睡觉，而在这个时候把窗户打开，并且还是在窗外温度达到零度以下时，根本不合乎常理。因此，意外死亡的说法基本可以被排除在外。

“后来，伯克贝克银行的出纳被传召上庭，叙述了欧文太太那天下午来银行提钱的情况。他说道欧文太太当时很是兴奋，她说她要出国去找她的侄儿，并留在那儿替他管家，因此需要一大笔现金。出纳听到以后提醒她注意不要轻易被骗，特别是这么大数额的一笔钱，但她笑着回答说她不但现在已经很注意，并且未来也会继续注意，还说自己待会儿就要到一家律师事务所去订立一个遗嘱。

“出纳的证词显然对格林西尔非常地不利，因为在欧文太太出事的房间里根本没有找到半毛钱的踪迹，而就在事发当天早上，有两张银行兑现给她的钞票在西瑞衣饰公司和牛津街的邮局曾被使用，经过调查这两张钞票正是格林西尔使用的，他分别在衣饰公司买了套衣服，并在邮局把钞票兑换了小钞。

“接下来，警官 E18 上庭作证，声称在 2 月 2 日，也即事发当日凌晨两点，曾在柏西街和托庭汉法院街的交会口与格林西尔交谈。一个与死者有亲密关系的被告，在这个很可能是欧文太太遇害的时间里，出现在事故现场的鲁冰艺术学院附近，显然这位小格林西尔已经陷入了一个非常危险的境地。当他在被告席上听着这些不利的证词时，一直脸色发青，几乎要昏倒过去。

“但是他自己的申辩似乎更不能为他扭转局面，格林西尔说欧文太太是他已故母亲的一位亲戚，因此两人关系的确比较熟络，他也常常在工作余暇时间带欧文太太到一些娱乐场所去放松、长见识。格林西尔知道她从事的工作很辛苦卑微，所以曾经建议老妇人搬到他家来，方便照应，不过欧文太太说她受制于她那竭尽所能剥削她的侄儿，身不由己。

“可是他虽然提出了欧文太太侄儿这个人，却没能说出更多有关他的情况。他说他并没见过那位侄儿，只知道他也姓欧文。而这个欧文侄儿所会干的一切正事只是不断地剥削他那善良的姑姑，他总是在夜深人静，所有房客都回家而只剩欧文太太一个人的时候去找她。

“检察官和法官向他提出，他所说的内容与出纳的证词是矛盾的，因为据银行出纳所说，欧文太太在死前曾自己亲口说要出国会侄儿，然后留在那儿为他管家，而并非受制于一位同处伦敦并时常来找她的侄儿。但是年轻的格林西尔虽然十分紧张，并在整个审讯过程中错漏百出，但在这个问题上，他却毫不犹疑地坚持己见。

“而他的父亲律师也提出辩驳，说她很可能是有两个侄儿，的确死无对证，现在除非欧文太太复活亲口否认，不然谁也不能排除这个可能。

“法官继续询问他在死者遇害前一晚在干什么，他回答他们一起去剧院看戏，结束以后送她回家，并且在她房间里一起进晚餐，一直到大概凌晨两点的时候，格林西尔准备离开，这时老妇人拿出了十英镑说要送给他，并说如果他有把她当阿姨的话，就收下这点心意作零花钱，反正即使他不要这些钱，她的侄儿最终也会抢走的。

“当法官问及欧文太太当晚是否有谈到过与她侄儿和钱有关的事情时，小伙子想了一下，然后坚定地回答没有。这次侦讯到此便暂停了，由于法官不予交保，格林西尔被押走的时候，已经面如死色了。不过他的父亲看起来却踌躇满志，后来他代表被告作质询时，巧妙地使法官和几位证人对欧文太太的死亡时间混淆不清。他大概是考虑到，只要在凌晨两点以后，依然有人看到欧文太太还活着，任何人都可以，他就可以成功地为他儿子找到一大堆不在场的证据，从而为他洗脱凶手的嫌疑了。

“他反复强调当天早上，整个房子的日常打扫工作都已完成，按照常理，管家妇不太可能在前一天晚上，尤其是即将盛装出门看戏之前提前做好第二天早上的打扫工作。但是检察官反驳道，在早上九点完成工作以后，在洞开的窗户旁宽衣解带，任由寒冷的雨雪打入房间，同样不是合理的解释。虽然如此，但是格林西尔的父亲还是成功达到了他的目的，现在管家妇的死亡时间成了他儿子获罪与否的关键。大概也是因为他的努力和诚恳感动了法官，因此开庭被准予延后到一星期以后，父亲律师对此更加信心十足。

“果然，一星期后的继续开庭，格林西尔律师就传召了柏西街上糖果糕饼店的老板娘贺尔太太上庭作证，贺尔太太住在鲁冰思艺术学院对面，她说在 2 月 2 日早上八点钟，当她正在擦窗户的时候，曾看到过对面学院的管家妇跟往常一样在打扫前门的阶梯，那天比较冷，因此她带了一个大围巾，把脸和身子都裹得严严实实，而第二位证人，她的丈夫贺尔先生也证实了她的话。接下来，老格林西尔得意地请出了第三位证人马丁太太，她也住在柏西街，那天早上七点半，她也曾在自己家二楼的窗户里看到过欧文太太在艺术学院的门前掸地毯，同样是如前两位证人所说的那样，用围巾包着脸和身体。

“然后老格林就轻松地证明当天早上八点的时候，他的儿子正与他一同在家中吃早餐，他的家仆也可以作证。格林西尔的父亲说他儿子在吃完早饭后，由于天气很冷并未外出，而欧文太太是在早上八点以后遇害的，所以他儿子有不在场证据，根本不可能杀害欧文太太。警方由于证据不足，只好释放格林西尔。而在他被释放前，玻璃工房的领班再次被传召询问，因为他一般是早上最早到艺术学院的，而据领班回忆，那天早上九点钟他到艺术学院后，没有注意到有什么形迹可疑的人经过走廊，不过他又说他没有注意到不代表一定没有，毕竟他很忙，不是每天光坐在那儿观察每个进出的人，而且大门一直开放，所有熟悉门路的人都可以自由进出。

“警方非常清楚，欧文太太的死肯定不是自杀或者意外死亡那么简单，不过格林西尔到底是否与之有关，现在掌握的证据的确仍然不足以了解。实际上，格林西尔本不应脱去嫌疑的，这就是他为什么在审讯上焦虑紧张的原因。只有他自己和他父亲，以及我，知道事情当中的另外隐情。不过我可懒得替警察做事，我为什么要帮他们呢？”

“你说有隐情是什么意思？”宝莉不解。

“事实上，小格林西尔当晚错过了最后一班火车，因此他只好走路回家，不过却在汉普斯附近迷了路，一直到了凌晨五点钟，他才终于回到家中。因此，假如不是那对糖果糕饼店夫妇看到头戴大围巾的欧文太太，他的不在场证据恐怕危险得很。”

“更重要的是，当天下午，欧文太太曾到一家律师事务所订立遗嘱，要把所有的积蓄留给亚瑟·格林西尔，不过她不知道那家律师事务所正是老格林开的。假设这份遗嘱不是落在老格林手中，早就被公之于众，而小格林西尔则更加理所当然地有了杀人的动机，更加接近绞刑台了。”

“因此，直到欧文太太被证实在他到家几小时后依然活着之前，格林西尔都惊恐万分，现在你能理解了吧。哎，但是事已至此，相信大家都觉得所谓的柏西街神秘命案不过是一宗意外事件或者自杀案件罢了……”

“不可能，”宝莉打断道，“不可能是自杀。”

老人有点吃惊，他也许没想到宝莉竟敢断下决断。

“那么冒昧地请问，你是为什么这么觉得的呢？”言语中带着试探的意味。

“有两点原因，”宝莉说道，“第一点，是钱。提出来的八百英镑，除了那两张被格林西尔用掉的钞票，其他都还下落不明。”

“哈哈，大概是在巴黎的博览会上全换掉了，你知道，现在任何的旅馆或小型外汇交换所都可以兑换钞票。”

“对于她那个狡猾的侄儿来说，的确是有可能的。”她说。

“看来你是确信这个侄儿的存在的啊。”

“这不值得怀疑，假若不是有人对房子很了解，又怎么能大白天穿梭其中都不引起人注意呢？”

“你是说大白天？”他挑衅地笑着。

“早上八点半以后难道不是大白天吗？”她反问。

“意思就是你对于她的死亡事件在八点半以后毫不怀疑？”

“其实也不是……”

“你能观察到钱的问题证明你已经进步不少了，不过却还是陷入了思维定式之中。你可别忘了，杀死欧文太太的真正凶手是那严寒的‘雨雪’，而帮助‘雨雪’拖延时间，使得欧文太太在被完全冻死之前不被发现的‘帮凶’才是你要找的那个人。”

“可是……”

“也就是说，那个人一大早就小心翼翼地把艺术学院的打扫工作完成，生好火炉，搬煤炭上楼，只是为了争取时间，好实现他借‘雨雪’杀人的目的。你从来都没有想过，一个最成功的罪犯，是使警察对作案时间发生混淆的天才。这个可恶的帮凶，或者就是你所认为的侄儿——毕竟我们承认他存在了，就有非常明显的不在场证明了，实在高明。”

“但我还不明白——”宝莉插嘴道。

“不明白欧文太太是怎么被杀的吧？”老人说，“其实很好猜想，既然你承认那个流氓侄儿确实存在，并且他的存在使欧文太太饱受折磨，身心疲惫，以至于觉得把钱存在银行里都不够安全。总之无论如何，老妇人最后把钱全都提了出来，而老妇人又觉得，这些钱在她死后不能交给那位折磨她的侄儿，她想把钱都留给一个她喜欢的年轻人。

“但是那天下午，他侄儿又来找她要钱了，威逼利诱，软硬兼施，最后不欢而散，欧文太太还为此哭了，幸好晚上她与格林西尔到剧院看戏，稍微缓解了她的难过。晚上凌晨两点，当格林西尔离开以后，她的侄儿又来了。他告诉她自己错过了最后一班火车，欧文太太相信了，便安排他在一间画室的沙发上休息，然后回房准备睡觉。到了半夜，侄儿悄悄溜进姑姑的房间想偷钱，却没想到老妇人身穿睡衣站在房间还未就寝。他于是以暴力要挟她，逼她给钱，而欧文太太由于一时惊慌，不小心把头撞到了瓦斯托架上，一时昏倒在地板上。而她那没良心的侄儿从她衣袋中找到钥匙，把八百英镑全部拿走，然后一直等到天亮，完成剩下来的任务。

“死亡静静地发生，没有挣扎，亦没有凶器。洞开的窗户，严寒的雨雪，这两个安静的共犯，静静地夺走了一位老妇人的生命。而那位神志清醒的‘帮凶’则开始忙上忙下，他打扫清洁，还套上了姑姑的裙子和大背心，包上大围巾，故意让邻居看到他在干活。他这么做就是为了让大家不察觉到欧文太太已经出事。一切办妥后，他就轻松地回到她房间，恢复平时的样子，然后光明正大地离开房子。”

“他没有被人看到吗？”宝莉问。

“即使看到又怎样呢？玻璃房的领班也说过，在那个时候一个人离开房子是很正常的事情，而且由于天冷，他把围巾围住了脸，即使有人看到估计也无法再认出来了。”

“那就是说，这个残忍的凶犯将从此逍遥法外了？”

“是的，从这一刻起，他消失在了人们的视线里。假若警察真的有一天把他找到，本世纪又将少掉一个天才了。”

说到这里，他没再继续。直觉告诉宝莉，这当中有一个重要而被遗漏的细节，而这个细节可能关乎这个谜案能否被解开。她努力地搜寻脑海里的记忆，却总是差那么一点。

老人沉静地望着她，而陷入迷思的宝莉呆望着他那瘦骨嶙峋的手指不断玩弄那桌面上的细绳，不停地打结、打结、打结——

突然之间，一个念头猛然击向宝莉，整件事情一下子清晰地呈现在她眼前。她想起来，当时洞开的窗户有一扇的绳是断掉的，却又被人用细绳绑起固定住。她回想起报纸上有那条细绳的照片，设计精密之极，窗架的重量正好把绳结压紧，不多一点，也不少一点，使得那扇窗户得以一直洞开着。报道中还曾提到，大家曾猜测凶手是水手，因为打这个精细的绳结不是一般人能做到的事情。

这时她停留在老人手指上的目光已经从发散变得清晰起来，她仿佛看到了这双手是怎么在那条绳上出于本能地打结、打结、打结，比她曾经亲眼见到过的那些绳结都更为精细、复杂。

她把目光从他身上悄悄转移开来，不敢看他，然后静静地说：“假如我是你，我会戒掉在细绳上打结的习惯。”

她没有听到他的回答，过了一会儿，当她终于鼓起勇气抬起头的时候，对面的座位早已没有人了，桌面上有几枚铜板用以结账。她望向门外，只看到一个瘦弱的身影，穿着格子西服，戴着奇特的帽子，迅速消失在街尾。

没过多久，《观察家晚报》的宝莉·波顿小姐终于与《伦敦邮报》的李察·佛毕学先生结婚，而从那以后，宝莉再也不曾见到过咖啡厅角落里的老人。

杀人叙事诗

【日】岛田一男

（一）

天岛君，《中央时报》的年轻记者，由于表现优秀被社里提拔，现在刚刚从大阪分社调到东京总社社会版，专门负责报道各种案件。对于这次调动天岛君当然是高兴的，但是在东京这样的大城市工作，生活的压力远远大于工作的压力。因为对于像天岛君这样的新手，薪水还不是很高，但是东京的物价却高得惊人。

其中最让他头疼的就是房子的问题，幸好在东京他有个表哥可以投靠。他这个表哥已经在东京打拼很多年了，当时正和两个人同住在一个三居室里，共同负担着昂贵的房租，他那间房子还算宽敞，两个人住绰绰有余，于是表哥就让天岛君前来暂住。就这样，天岛君搬到了幸九公寓，和古河雅美成了邻居。

天岛君刚搬进去的时候，古河雅美还是日本红极一时的玉女歌手，因为一首《什么是爱》广为人知，是音乐界里“金嗓奖”的有力争夺者。话虽如此，一炮而红的女明星在平时的时候丝毫没有架子，待人谦和、亲切，这让天岛君对她的印象颇好，两人的关系也随着时间的推移变得亲密起来，有时候他们还会和表哥一起喝酒聊天，三个人的了解也慢慢多了起来，天岛君渐渐认识了一个藏在光环背后的悲剧女人——古河雅美。

这个善良而又悲苦的女人本名叫大木小枝子，还有两个弟弟，自从失去母亲后，她被送到了当地的教会学校，入了基督教，而她的两个弟弟则被美国的人家收养，和她失去了联系。儿时的她很痴迷于音乐，唱诗班里的钢琴是她每天必弹的，否则就会感到手痒。而且上帝对她很厚爱，不仅给了她弹奏美妙音乐的手指，还给了她唱歌的曼妙嗓音。小枝子的最初梦想是来东京当一个钢琴老师，她说看着孩子们在钢琴伴奏下哼唱的样子，让她感觉到很幸福。

但是一次偶然的机会，URA 音乐事务所的星探听到了她的歌声，决定立即签她做公司的艺人，从那时开始大木小枝子更名为古河雅美，成了 URA 音乐事务所的签约歌手。

在常人眼里，歌手好像永远都是光鲜亮丽的，但很少有人知道在这光鲜的背后有着压力过大的疲惫生活。刚出道时，没有名气的雅美只能奔波于各大酒店、会所登台献唱，偶尔会给某个大明星撑撑场面唱首歌，挣的远比花的少。如此持续了两年，有一家唱片公司冒险为她出了一张《什么是爱》的唱片，古河雅美的明星之路才算见到了光。

讲到这里的时候，天岛君和他的表哥会对安慰她说："苦日子总算过去了，你现在可是令人艳羡的大明星了，'金嗓子奖'的奖杯马上就会放到你屋里了。"听到这种话，雅美总是露出一个哀愁的笑容，好像还有什么话欲言又止。

"金嗓子"奖的揭晓日期越来越近了，天岛君看着雅美依旧穿梭于各个舞台，唱着，笑着，悲伤着，除了一些关于她的丑闻以外，一切都没有任何异常地重复着。所以当雅美的尸体横亘在自己面前的时候，天岛君惊呆了。

案发的那天，天岛君像往常一样在社里加班，快到八九点的时候，有几个在警察署里认识的警察过来闲逛，他就和他们一起在办公室里下起了棋，反正回到家他也是倒头就睡。大概十二点的时候，他们分道扬镳，各回各家了。天岛君走在人影稀疏的东京大道上，看着不知什么时候下起的雪，感叹了一声："雪下得如此纯白，今天应该不会有凶杀案了吧。"

自从调到总社来以后，天岛君报道过太多凶杀案了，虽然薪水渐涨，但是私下里他还是希望东京这个城市平安一些。但世间的事情合意的少，事与愿违的多。就在天岛君打开房门的那一刻，刺鼻的瓦斯味打破了他在雪夜的期许。他在黑暗中摸索着来到雅美的房间，关了瓦斯开关，正当他准备转身离开时，隐约感觉到雅美的床上有什么东西。

"啊！"刚走过去的天岛君又猛地退了回来，他打开灯，一具冰凉的尸体躺在白色的床单上，天岛君也第一次注意到原来雅美的皮肤可以这样的白。

等他回过神来，天岛君给警察署打了电话，表哥和同屋的舍友也闻着动静来到雅美的门前。十分钟之后，警察和医护人员一同来到这个不算大的房子里，像侦查其他任何一件刑事案件一样开展各项工作。当然，这个时候自然少不了媒体。几乎就在警察、医生到来的后一秒，各大报纸的记者也纷至沓来，毕竟女明星的离奇死亡还算是一个爆炸性的新闻。

正在大家忙得一团乱时，一个穿着貂皮大衣的中年女人闯了进来，一路呼喊着，跑进了雅美的房间。

"雅美有没有救呀？有没有救呀？"看她那一脸慌张的表情，她大概不知道医生并不是能救起任何一个垂危的生命的。正在天岛君看着那个中年女人想什么的时候，同行的记者阿牧走过来对他说："你运气真好，赶上这么好的素材。"

"好什么好。"天岛君没好气地回答道，"人都死了。"

"听说这个女人死前不久出了一些丑闻。"

听到阿牧这么说，天岛君没有搭话，眼前浮起了雅美那张忧伤而疲惫的脸。他记得最后一次跟雅美喝酒时，雅美伏在自己的肩头借着酒兴问天岛君："人们为什么都喜欢说谎？我没有做错什么呀！"

那一晚，雅美哭得很伤心，因为当时的舆论对她很不利，不知报社从哪儿挖来的材料，说雅美的妈妈曾经做过女招待，不知和谁生下了雅美。还说雅美也曾做过那行，还曾经为了唱歌的事和某某制作人发生过关系。这些子虚乌有的消息对于一个走清纯路线的女歌手来说无疑是致命的打击。在这种情况下，"金嗓子"奖自然是与雅美无缘了。

和雅美熟识的天岛君自然知道这些谣言都是有人恶意中伤，但是这种事情只会越描越黑，他无言以对。只是看着警务人员像打包一件东西一样把雅美的尸体裹好，然后抬了出去。

案发的第二天，报道这件事情自然成了各大报纸的头版头条，大多都是对雅美死亡的猜测，有人说她是自杀，有人说是瓦斯泄漏造成的意外。但天岛君更倾向于雅美死于谋杀。

他根据自己对雅美的了解以及表哥提供的线索，写了相关的报道，陈述了判断雅美死于谋杀的几点理由。

第一，法医鉴定死者腹中有安眠药，但是死者家中只发现一些镇静剂的空盒却没有找到安眠药的药瓶。也许有人诱导雅美把安眠药当作镇静剂喝了下去。

第二，雅美的房间没有锁门，而且房间的门钥匙没有找到，很有可能是凶手拿了钥匙，逃跑时却忘了锁门。

第三，在幸九公寓中居住的人自备瓦斯炉是很常见的，因为这栋公寓的中央供暖设备经常出故障。但是案发当晚，供暖设备运转正常，并不需要使用瓦斯炉。

而且根据天岛君的再三调查，那些谣言确确实实是人杜撰的。这样一来，雅美被谋杀的可能性远远超过她自杀或死于意外的概率。

天岛君的这篇稿子写得十分严谨，会让读者以为事实确实如此，但是报道一发却引起了一个人的不满，这个人就是那天出现在案发现场的中年女人，URA音乐事务所的女社长浦岛兰子。

她向社里投诉说，天岛君恣意揣测、主观臆断，对死者极其不尊重，要求天岛君马上更正。这样的要求被天岛君拒绝后，浦岛兰子又亲自来过社里几次，还曾对天岛君大吼了一番，但终究还是无功而返。

后来，各种各样的死亡事件不断出现，古河雅美死亡的这一页很快被人们像翻日历一样忘在了脑后。事后不久，房东重新打扫了雅美的房间，迎来了新的房客。

（二）

三年过去了，雅美死亡的事件渐渐被人遗忘了，就连天岛君本人走过雅美的房间，和新的房客打招呼时，也不再想起自己曾经有个叫作雅美的朋友，直到报道浦岛兰子死亡的事落在天岛君的日程上时，他才想起这个女人曾因为雅美和自己有过一段不愉快的经历。

根据交代工作的主任的描述，浦岛兰子是在西新桥的URA音乐事务所被人用电话线从后边勒死的，死亡时间大概是晚上八点一刻。在赶往案发现场的路上，天岛君的脑海里浮现出一个脾气暴躁、个性刚烈的中年女人的形象。

当他抵达现场时，《中央时报》的竞争对手《东京日报》已经派山崎驻守在URA音乐事务所的门口了。看到急急忙忙赶来的天岛君，山崎露出了一脸怪笑。

“这次负责的是哪个刑侦组？”天岛君问道。

“汤浅组，警署里最谨慎的刑侦队。”

“看来这次案件警署很重视嘛。”天岛君点上了一支烟，继续说道，“听说是被人从背后勒死的。”

“嗯，看样子兰子临死前并没有注意到身后有人，有可能是熟人犯案。”

天岛君点头表示赞同。这时，本社的记者阪本走了过来，并把天岛君拉到一边，说道：

“这一次显然是谋杀案。”

“听说案发时间精确到了分钟？”天岛君把吸到一半的香烟扔在了地上，用力踩了下去。

“嗯，该事务所的歌手玉木晴美当时刚好从深川木叶俱乐部打电话找浦岛兰子。可是话说到一半，电话那头的玉木晴美就听到兰子‘哼’了，通话便断了。玉木晴美感觉情况不妙，赶忙报了警。警察赶到时，兰子已经一命呜呼了。”

“是被人勒死的？”天岛君试探着问。

“对，电话线勒死的。”

“好了，这边有我，你回去吧。”天岛君拍了拍阪本的肩膀说。

大概十五分钟之后，汤浅组召开了记者会，各大报社提问了各种问题，但是实质性的不多，确凿的只有两点：晚上八点一刻死亡，凶器是电话线。但是天岛君隐隐约约觉得这个案件跟三年前的雅美之死有着某种联系。因为直到如今他都想不透为什么兰子会焦急地出现在案发现场，而后又那么强烈地要求更正报道，还有那些恶意中伤雅美的谣言为何会突然出现？抱着这些疑问，天岛君紧跟警方的调查一步步向案件的真相靠近。

记者会的第二天，天岛君找到负责此次案件的村田警官，圈定了相关的嫌疑人，包括一位办事员、两位经纪人和九名歌手。

从村田的口中，天岛君得知 URA 音乐事务所和他们的签约歌手之间有着十分苛刻的合作条件。按照这家事务所的实际规定，歌手每个月会领到五万元的薪水，但是对于在东京生活的歌手来说，房租就可能占去其中的一半，而且公司还规定歌手自己必须支付自己化妆费、服装费、交通费等，但是歌手们登台演唱赚到的钱远远超出他们实际工资的几十倍。

这样的制度和浦岛兰子吝啬的性格不无关系。这是所有歌手都知道的事情，但是出于自己的身份，歌手们多是选择忍气吞声。

了解了这些之后，天岛君回到社里。同时阪本第一个凑了过来。

“听说嫌疑人群已经圈定了。”阪本一副好奇而慎重的样子。

“嗯。歌手玉木晴美……”

还没等天岛君说完，阪本抢说道：“她有不在场证明。当时她正从深川木叶俱乐部打电话给兰子。”

“看来你做了不少功课，急着向我炫耀呢。”天岛君笑着继续说道，“男歌手泽村五郎当时在旭川的酒廊，新纳政彦在鹿儿岛县的温泉旅馆。”

“从那里乘飞机赶回西新桥区杀死兰子，再搭飞机返回驻唱地，几乎不可能。”

“冲仲也和珍·松冈一起到云州松江的俱乐部演出了。乔治·木村在热海的旅馆，巴奇·大町是在小田原的酒廊……”

“听说这两人是混血儿？”阪本总是对这种事比较留心。

“他们自己是那么说的，前者自称印地安和白种人的混血儿，后者说自己是夏威夷人移民的第三代。但是跟他们相处的人都知道那不过是撒谎而已，他们其实都是地地道道的日本人，只不过是在外国长大的罢了。”

“这样呀……”阪本好像还要说些什么，但被天岛君堵了回去。

“另外，”天岛君故意大声说，好像提示一般，“从中国来的杨红梅在池袋俱乐部，西川顺子在市川的酒廊……”

“前辈以为女人会有那么大的力气从背后勒死一个人吗？”

“人在情急之下，什么都干得出来。”天岛君回答了一句，继续说道，“经纪人百獭乙彦到箱根汤本的温泉旅馆推销歌手，女经纪人陇好子最近在和兰子闹意见，据说已经一个多星期没去上班了。”

“大家好像都有不在场的证明呀。”阪本搔着脑袋说。

“这只是表面现象，但真相不会写在表面的。”

随后，天岛君吩咐阪本去调查乔治·木村和巴奇·大町，而他自己则去了陇好子家中，这些人中只有她最有可能犯案。

（三）

陇好子是个单身贵族，一个人住在中野公寓，平时应酬很多，经常早出晚归。天岛君来到他家门前时，陇好子的房门紧锁着，通过询问她的邻居，天岛君得知陇好子已经一个多星期没回来了。

难道是因为意见不合生起杀心，然后逃跑了？天岛君这样想着，谢过那位邻居之后，离开了中野公寓。回到办公室时，已经累得不行了，本想闭一会儿眼睛休息一下，可不知不觉中竟睡了过去。醒来时，阪本已经在自己身边等候多时了。

天岛君揉了揉眼睛、捶了捶头，问道：“查得怎么样了？”

“从东京车站出发坐特快车‘回音号’只要四十分钟就可以到达小田原。从小田原车站走路到巴奇·大町演唱的‘古城’酒廊只需两分钟。案发当晚，巴奇晚上七点和十点，各有一场表演，每场四十分钟。”

“按照你的描述，如果他在第一场秀结束后到东京，不可能在八点十五出现在案发现场的。那乔治呢？”

“他就更不可能了，那天晚上八点半乔治在热海滨街的汤乡旅馆有一场秀，时长超过一个钟头。于是我又坐车回到小田原，想到箱根追查经纪人百濑的情况，还在箱根遇到了一个漂亮女孩。”

看着阪本那色眯眯的表情，天岛君给了他一捶，说道：“讲重点！”

“我坐的计程车坏在了半路上，正当我在发愁的时候，一辆新车停在了我身边。她问了一句：‘去箱根吗？’我说：‘是。’说完她一甩手，我就上了车。在车上我们闲扯了几句，把我遇到的案情和要去找经纪人的事情跟她简单说了几句。后来我才知道这个人正是 URA 音乐事务所的另一个经纪人陇好子。”

“她怎么会在那里？”天岛君警觉地问。

“按照她的说法，自从和兰子发生冲突后，她一直在各地旅游，昨晚八点半左右接到百濑的电话，说有要事相商，希望她到当地的旅馆汇合。”

“那她知道浦岛兰子被杀了吗？”

“好像不知道。”

“你找到百濑了吗？”

“很遗憾。就在我在热海调查乔治时，东京日报的山崎已经抢先一步把百濑带回东京了。”

听到这里，天岛君忍不住长长地叹了一口气。

见状，阪本赶忙打圆场道：“可是，天岛君你看，陇好子和百濑在八点半左右通电话，一个在箱根，一个在下田，八点十五分时不可能在东京，所以他们两人应该不会是凶手。”

“说得有理。看来，凶手是事务所以外的人。陇好子现在人呢？”天岛君站起来问。

“我把她安顿在了新桥旅馆。”

“那我们去会会她。”说着天岛君拿起外套和阪本出了门。

到达新桥旅馆时，天岛君和阪本找来到陇好子的房间，开门的一瞬间，他们愣住了。里面不仅有陇好子还有杨红梅、玉木晴美、西川顺子。正在他们困惑时，陇好子发话了：“她们都是我叫过来的。”

“那请大家交代一下昨晚的工作时间。”天岛君说道。

杨红梅的分别是八点和九点半，玉木晴美的是七点半和十点，西川顺子是八点和十点。

听了他们的回答，天岛君看着玉木晴美问道：“玉木小姐，请问你昨天是第一次向浦岛兰子提出要辞职的事吗？”

“什么？你真的要走吗？”其他三个女人不约而同地问道。

“嗯……因为我家里需要钱，而URA实在太苛刻了。”

听完她的回答，她们都深有同感地点点头，表示理解。

“当时，我打电话向浦岛兰子要分红，可她还没听我说完，就说什么要分红就不能要出场节目。所以我一生气就说要辞职并挂断了电话。但那只是气话，后来，大约五分钟后我又挂电话给她说，不要分红也可以，工资可以加一万。正在跟她这样商量时，只听有人‘哼’了一声，电话那边就没人应答了。”

天岛君边听边琢磨，他掏出自己的笔记本，看着上面罗列的几个人名发呆。

百濒乙彦（经纪人），巴奇·大町（二十二岁），乔治·木村（二十岁），泽村五郎（二十七岁），新纳政彦（三十岁），冲仲也（十九岁）

这些人在案发时都有不在场证明，突然他注意到巴奇·大町和乔治·木村竖排起来，正好“大木”两个字，而这两个字正好是大木小枝子的姓。

“听说巴奇和乔治其实是日本人？”

“有人这么说，但是他们的英语说得比日语还流利。”

这是巧合，还是……天岛君在心里有了一个这样的疑问，在他的脑海不由得将这两个人和古河雅美那两个被领养的弟弟挂上了钩，他本想问陇好子巴奇和乔治的本名叫什么，但是他并没有表达这样的意思，而是问了句：“按照你们的观察，谁会在得知浦岛兰子的死讯后最高兴？”

“所有的歌手都会很高兴。”陇好子环视着大家，一副泰然的样子。

“此话有理，”很久没有搭话的阪本说道，“歌手们的辛苦钱全进了这个恶毒老板娘的口袋了，没有哪个人不在背地里咒她早死的。”

“那两位经纪人呢？”天岛君的问题一出口，屋子里的气氛突然变得有点怪，刚才还叽叽喳喳的女人一下子变得安静了。

“三角关系。”陇好子看着自己的红指甲，不屑一顾地吐出这四个字。一时间大家的眼光都投向了这个风姿绰约的女人。

“别用那种惊讶的眼神看我，这不是你们所有人都知道的秘密吗？”陇好子用满不在乎的眼神和口气回应着同屋歌手的惊讶。“只不过我不爱百濑，百濑不爱兰子，但是百濑不放我走，兰子又不放百濑离开。处在两个女人之间的男人会有什么举动，或许可以给你的报道提供些噱头。”

“那百濑是爱你的喽。”天岛君边问边在本子上写着什么。

“哼！爱？你认为一个爱财如命的男人会在爱情和金钱之间选择哪个呢？”

答案不言而喻，天岛君心里又有了一个嫌疑人，百濑会因为金钱留在兰子身边，也可能会因为金钱将她杀害。

“你们的音乐事务所出了这样的事情，在外地演出的歌手现在都应该回来了吧？”

“秉承兰子演出至上的原则，所有的演出照旧。”

“好的。”天岛君站起身，收起笔和本子，“今天辛苦大家了，我们先告辞了。”说完鞠了一躬，和阪本离开了旅馆。

（四）

走出旅馆后，天岛君抱着旅馆中生起的疑问，准备去小田原一趟，去查查那个所谓混血儿的底细。但是就在他买好去小田原的“回音号”票后，却在检票口看见了巴奇和乔治。在人群中发现他们其实并不难，因为他们的发型，一个长发披肩，一个印第安式散发，实在太显眼了。于是天岛君立即改变计划，开始跟踪巴奇和乔治。

最后天岛君跟着他们进了一家剧场，巴奇和乔治看完了一场表演后走到了“后天”。天岛君从他们的举动判断出，这个地方他们应该来过不止一次，而且应该相当熟悉。

天岛君躲在后台的一块幕布后边，听到他们中的一个说：“这是乔治和我的假发，现在麻烦你帮我们保管一下。”他探出脑袋，看到刚才在舞台上表演的那个女人怀里抱着一包东西。

“为什么不直接烧掉？”女人问。

“你以后会知道的。”巴奇说，“你不要问那么多，只要相信我们就好了。”

“我当然相信你们，无论什么时候我都相信。”

他们三个相视一笑，让人觉得他们之间很有默契。

正当他们两个要走出剧场时，天岛君拦住了他们。

“你是警察吗？”巴奇十分警觉地问道。

“不是，一个记者。”

“如果我没有猜错的话，你是为浦岛兰子的死来找我们的吧？”乔治问道。

“没错，而且我还知道你们两个是已故明星古河雅美，也就是大木小枝子的亲弟弟。”

“看来，你已经知道了。”

“对，你姐姐告诉过我，她有两个弟弟在很小的时候去了美国。”

“你认识我姐姐吗？”

“很熟，只是……”天岛君面露惋惜之色。

“她是被兰子他们害死的。”乔治咬牙切齿地说道，巴奇也面露凶相。这不得不让天岛君对他们心生怀疑。

“你们两个长得很像。”天岛君看着他们说道，“即使换一下假发也不一定有人会辨认出来。假设你们在兰子谋杀当晚做过这样的调换，乔治办成巴奇的样子唱歌，而巴奇乘坐二十一点从东京开出的‘回音号’回到小田原，到达小田原时是二十一点四十一分，完全能赶上二十二点的那场演出。而乔治在替巴奇唱完第一场演出后搭乘二十点十八分从小田原开出的‘回音号’到热海，大概是八点二十七分，如果加快步伐，完全能赶得上八点半旅馆的秀。那么我想请问巴奇八点十分到九点之间在东京干什么？”

“你在怀疑我？”巴奇盯着天岛君反问道，“没关系，但我确实没有杀害她，虽然我知道她曾和她的情人串通起来出卖过我的姐姐。”

“这话怎么说？”

“事情是这样的，三年前一个偶然的机会，浦岛兰子要我代她到银行办事，我就顺便调查她的财物，因为我想知道她到底从我们身上榨了多少钱。在调查中我发现就在我姐姐死后，URA 音乐事务所的死对头亚尔法传播公司给浦岛兰子汇了一千万元。”

“随后，亚尔法传播公司的签约艺人顶替我姐姐拿到了金嗓子奖的提名。”乔治补充道，“为此他们还联合起来散播了对我姐姐很不利的谣言。”

“而且在此之间浦岛兰子一直在和百濑闹矛盾，为了那一千万，浦岛兰子威胁百濑说如果他要和陇好子在一起，就休想拿到一分钱。而他们挣的钱却是用我姐姐的命换来的。”

“你的意思是，兰子杀了你姐姐？”

“是，除了她还有谁？”

“所以你们就谋划着为你姐姐报仇，是吗？”

“是，我真想亲手杀了那个吝啬、刻薄的女人。”巴奇握着拳头说道，“但是当我赶到时她已经死了。我说的是事实，信不信由你。”

“那玉木晴美的电话是不是也是你们计划中的一部分？”天岛君问道。

“是。”巴奇说道，“她是我的女朋友，但是她没有起到什么作用。”

“就当你们说的是真的，那还有谁可能在那个时间出现在兰子的办公室呢？不瞒你们说，除了一个当时给兰子送面的外卖员以外，再也没有人了。按照那个外卖员的回忆，他送面的时候看见兰子边讲电话，边用手帕擦着桌子，因为还要等着收钱，所以就等在一边……等一下，手帕！”天岛君好像想起了什么。

于是话没说完，他就匆匆拜别了巴奇和乔治，走到一个公共电话亭前给在社里留守的阪本打电话说：“你现在马上通知警方，让他们去山崎那里逮捕百濑，他是杀人凶手。不要问了，马上行动。”

挂断电话，天岛君拦了一辆的士赶往东京，准备写一篇稿子，作为明天的头版头条。第二天《中央时报》上这样写道：

按照送餐员的回忆，兰子打电话时在用手帕摩擦桌面，这样任何留在上面的指纹都会被擦掉，但是根据警方的鉴定，那里有百濑经纪人的完整指纹。也就是在玉木晴美第二次打电话的时候，这时送餐员已经走了，百濑偷偷潜入了浦岛兰子的办公室，并用电话线从背后将他勒死了。而他之所以打电话给陇好子，邀她到箱根的旅馆汇合，不过是为了伪造不在场证明罢了。

根据百濑的交代，浦岛兰子就是当年杀害古河雅美的凶手，那天她骗雅美把安眠药当作镇静剂服下，然后打开瓦斯炉，故意让人看起来雅美是因为金嗓子奖落选而自杀的。后来这件事被百濑知道，他就以告发浦岛兰子相要挟，要求浦岛兰子把一千万元钱给自己，而浦岛兰子则用钱要挟他不许跟陇好子有来往。这样古河雅美以及浦岛兰子自己都成了金钱罪恶的牺牲品，而百濑也罪有应得，受到了法律的制裁。

刺激致死

【日】松本清张

仓回医师为参加过“绝食斗争”的藤井先生开了死亡证明，死因是心肌梗死。但是，他发现藤井先生书房里被翻开的百科辞典似乎在暗示着什么秘密。书里藏着一块蛇蜕的皮，而心脏一直不好的藤井先生生前是最怕蛇的。那这只蛇蜕是谁放进去的呢？把蛇蜕放入书中的人是故意的，还是偶然的？

（一）

7月下旬，一个异常闷热的晚上，仓回医师接到了护士转来的急诊电话，电话里，一个声音清脆悦耳的女人请求他过去看看她丈夫，说她丈夫大概是心肌梗死，躺在地上起不来了。

仓回医师看了看手表，八点二十分，他说了声“我马上去”，便放下了电话筒，拿起出诊箱，驾车带着护士，急速前往“×街1–488号的藤井家”，不到十分钟他们就到了。

一位三十岁左右的主妇迎了出来，她那窄小的脸上有着一双格外大的眼睛，让人看一眼就能对其产生深刻的印象。

这是一个很大的单独住宅，走廊左侧的第一个房间就是书房，一个男人就倒在书房办公桌前的地板上，椅子也横倒着。

仓回医师马上给他诊察了脉搏、瞳孔、心脏，发现他早已死亡，死因是心肌梗死。当仓回向死者的妻子宣告这个不幸的消息时，她突然跪扑到死者的身边，伤心地痛哭起来。

仓回医师环视了一下整个书房，发现办公桌上有一本厚厚的书还打开着。近前一看，原来是一本百科辞典，左页第一个条目是“神经性失明”，而右页则是印满了“星图”的图解。他想：难道他是在查阅“星图”的时候突发心肌梗死的？

“他以前身体怎样？心脏平时就不好吗？”仓回医师问道。

死者妻子勉强忍住哭泣，用颤抖的哭声答道：“嗯，他心脏不是特别好，但以前从来没发作过呀！”

“他之前是在查什么资料吗？”

“是的。八点前，他还在床上躺着，忽然说要查点资料，就来到书房。我留在卧室看报纸。大约十分钟后，我听到东西摔倒的声音，就赶紧跑过来了。这时，他已经倒在地板上了，我怎么叫他，他都不应，于是我马上给医院打了电话。”

“在此之前，你丈夫刚经历过什么事吗？”

“之前他和同事们进行了三天的‘绝食斗争’，可能是太虚弱了，身体承受不住。”

“绝食斗争！是一场公司纠纷吗？”

“不是公司纠纷。我丈夫是东都中央学校的教员，这几天他们学校发生了一些事情，您应该能从报纸新闻上看到。”死者妻子平静地回答。

仓回医师感到有点困惑不解，为了慎重起见，他建议再请一位医师会诊一下。

（二）

“绝食斗争”是这样的：东都中央学校是一所以文明、自由主义而著称的私立学校。最近，因为前任校长去世，在谁继任校长的问题上，校长的侄子和实际经营学校的总务部长开始了斗争。教师和学生家长内部分成了两派，双方的矛盾不断升级。为了声援总务部长和引起社会的关注，支持总务部长的教师们便在学校的正门旁搭起帐篷，举行绝食斗争，宣布要一直斗争到校长的侄子放弃野心为止。在酷暑中，五名教师躺在帐篷里，开始了绝食斗争。其中一位便是三十八岁的藤井都久雄，他是五名绝食教师中最年长的一个。

“绝食斗争”闹得沸沸扬扬，到了第三天，校长的侄子怕事情恶化，造成恶劣的社会影响，终于答应退出斗争。“绝食斗争”以获胜告终。

这天下午五点，身体虚弱的藤井都久雄是被出租汽车送回来的，但没想到八点就突然死亡了。

赶来会诊的医师经过检查后，得到的结论与仓回医师的一致——心肌梗死致死。他们同时认为，虽然他是正常死亡，但他参加了绝食斗争，情况特殊，必须慎重处理，还是有通知警察的必要。

于是，他们马上给管区的警察署打了电话。

半小时后，警部补、勘查员、法医都来了，房间的气氛一下子冷峻起来。

法医认真地检查了尸体，然后向警部补汇报：“是心肌梗死致死。”警部补点了点头。

警部补是一个三十二三岁的精明人，说话慢条斯理。仓回医师看到他递过来的名片上印着“矢岛敏夫”。

矢岛警部补询问了藤井夫人一些详细情况，藤井夫人一一作答：

“因为经过三天的绝食斗争，他回来时身体相当虚弱。刚进屋他就说想睡觉，所以我就扶他上床睡觉了。

“在离开学校的时候，校医生给他注射了葡萄糖加维生素，还有强心剂。

“我想让他喝点牛奶、生鸡蛋和粥，但又怕他目前这种身体情况不能吃太多，所以给得很少。

“饭后大概过了一个小时，他说好多了，然后说要到书房查点儿资料。我劝他先好好歇着，不要太劳累。可他不听，随后就到书房了。

“平时他不喜欢别人到书房打扰他，所以我就在卧室看报，大概十分钟后，我听到书房传来东西摔倒的声音，于是就急忙跑过来，结果就看到他躺在地上了。”

（三）

“这次绝食斗争，藤井先生是自愿参加的吗？”

“是的，他说为了学校，他必须参加。”

“他要查什么资料？”

显然，矢岛警部补也注意到了一旁已打开的百科辞典。左页是从“神经性失明”条目开始，右页全是“星图”的图解。

“我不清楚，没听他说。”

“在学校里，您丈夫有要好的同事吗？”

“有的，筒井、山冈、森老师……”

矢岛警部补把这些人的名字一一记录在笔记本上。

“在这次斗争中，他们和您丈夫站在同一立场吗？”

“是的。山冈老师、森老师和我丈夫一样，都参加了绝食斗争。”

矢岛警部补又将注意力放到桌上的百科辞典上，那本书有着华丽的装帧。他拿起那本书，发现书脊上印着一行烫金字标示着内容条目的头尾假名。这些字，旁边的仓回医师也注意到了。把书放回原处，矢岛警部补才注意到书架上同样装帧的词典有十多册，书脊上分别标示着不同的条目头尾假名，那些烫金文字在灯光的照耀下闪闪发光。

“那么，请问夫人怎么称呼？”

“我叫藤井泷子。”

“家里还有哪些人？”

“就只有我和丈夫两个人。”

调查结束，矢岛警部补告辞：“请节哀顺变，遗体请择日入葬吧。”

藤井泷子默默地点头，此时她的情绪已经平复了。

仓回医师依据程序，给藤井都久雄开了一张死亡诊断书，也告辞了。

一个月眨眼就过去了，在忙碌的工作之余，仓回医师还是不能忘记藤井都久雄的死。他想，他的葬礼一定早已顺利结束了吧。

有一天，仓回医师去出诊时，意外发现患者枕头旁放着一份印着“东都中央学校”报头的小报，原来眼前这个十六七岁的女孩子是东都中央学校的学生。其实，最吸引仓回医师的，是报上《悼念藤井先生》这一篇文章。最后，女孩答应把报纸送给了仓回医师。

（四）

东都中央学校报专门做了一期《追悼藤井先生》专刊，其中大多是悼文，表现了学校师生对藤井都久雄先生的悼念。其中绝大部分悼文是他的同事写的，通过追忆往事，以寄托哀思。

这些悼文中，有两篇引起了仓回医师的注意。

第一篇是筒井老师写的。他说藤井都久雄是一位勤奋好学的人，他年轻时曾在家乡小学校当过代课教师，之所以毅然背井离乡，外出求学，是因为他当代课老师时，学生总爱做恶作剧。他觉得自己不受学生尊敬，是因为自己不是正式的老师，于是就下定决心做一名称职的教师。

第二篇是森老师写的。他说藤井先生是一位极富钻研精神的人，对不了解的事情有不弄明白不罢休的劲头。在绝食斗争的第三天，山冈先生请教藤井先生是否知道《续日本纪》的编者菅野真道的生平，藤井先生说不清楚，要查查看。这次藤井先生突然死在书房，可能是因为他想起这件事顾不得休息的结果。

读完这篇文章,仓回医师疑惑顿生,为什么藤井先生死前的百科辞典是翻到“星图”这页，而不是菅野真道那一页呢？他决定去图书馆寻找答案。

结束会诊后，仓回医师绕道来到了久未光顾的上野图书馆。在工作人员的帮忙下，他很快借到了与藤井都久雄桌上那本辞典一模一样的辞典。

仓回医师翻到“神经性失明”那页。他从左页“神经性失明”那个条目开始看，直到右页的“星图”，但这些词条内容与藤井都久雄要查的“菅野真道”一丁点关系都没有。一番努力后仓回医师仍是毫无头绪。

走出图书馆，仓回医师又想起了另一篇文章，学生给藤井都久雄做什么样的恶作剧呢？不过，这个与其说是疑问，不如说是好奇心，他很想把这件事情弄明白。要想得到答案，看来只有找到那篇文章的作者——筒井先生了。

电话里，筒井老师答应和仓回医师会面。

在学校的会客厅里，筒井先生给仓回医师讲述了藤井先生以前做代课老师时的情况。

（五）

仓回医师心里一直放不下藤井之死，虽然他和另一位医师以及法医都诊断藤井确实为心肌梗死，但是他总觉得有什么地方不对劲，总感觉背后还隐藏着一些不为人所知的秘密。但到底是什么呢？他现在毫无头绪。

他再次来到图书馆，他强烈地感觉到，答案应该就在那本百科辞典中。

又一次借到那本百科辞典，他翻到“星图”那页。从左边条目读到右边条目，他还是没有找到任何答案。

合上书，他无意中看到了书脊上的烫金字，突然茅塞顿开，“菅野真道”是不是也收藏在这一系列的条目中呢？

他又一次打开辞典，果然，就很快找到了“菅野真道”这个条目。

那么说，藤井从书架上把这册辞典拿下来，目的确实是想查阅“菅野真道”，但为什么翻到“星图”那一页就停止了呢？这个谜团仍旧无法解开。

他又想起第二篇悼文里向藤井请教“菅野真道”的那位山冈老师。看来，不拜访一下山冈老师，自己心里是没办法放下这件事的。

第二天，仓回医师在东都中央学校见到了山冈老师。他大概三十四五岁的样子，看起来是个聪明机智的人。他肯定了森老师那篇悼文的真实性，说自己确实请教了藤井先生“菅野真道”的问题，不过，从来没请教过什么“星图”。

可是，还有什么地方不太对呢？仓回医师又陷入了思索当中。

翻到“星图”页是偶然还是必然？是藤井先生随手翻到的，还是风吹开的？无论怎么说，当藤井先生翻到那页时，必定是看到了什么，或想到了什么，才突发心肌梗死去的。

自己的思索只能到此为止了，再往下追究，恐怕就无法胜任了，仓回医师这样想着。

（六）

在警察署，矢岛警部补眯着眼睛听完了仓回医师对藤井之死的看法，他对辞典上“星图”和“菅野真道”的事情不太感兴趣，反而对学生作弄藤井的那段插曲极感兴趣。他说自己以前在乡下的时候，也喜欢那样吓唬老师。

矢岛警部补补充说，藤井都久雄的死确实是正常死亡，事情已经过去那么久了，各方都没有异议，所以就没有追究的必要了。仓回医师就这样被委婉地拒绝了。

仓回医师有些失望，没想到矢岛警部补的态度竟然如此敷衍。但是，自己已经将满肚子的疑惑都吐出来了，就可以忘掉这件事，从此回归自己正常而忙碌的工作中了。

没想到，一个月后，矢岛警部补给仓回医师打了一个电话，说谋害藤井的凶手被抓住了，并邀请他到警察署来一趟。

“真有罪犯？到底是谁谋杀了藤井先生？”仓回医师急切地想知道事情的真相。

“说起来，还得感谢你上次告诉我的话，使我得到了启示。”矢岛警部补慢慢给仓回医师揭开了谜底。

心肌梗死是导致藤井先生死亡的原因，但是有一种死亡方式——刺激致死，与前者实在是难以区别，藤井先生就是死于刺激导致的心肌梗死。

有人知道藤井先生心脏不好，因此故意利用东都中央学校的骚乱制造了一场“绝食斗争”，并利用藤井先生热心肠的脾气，诱引他加入了这场斗争。其实，按照当时学校的形势，还没到举行绝食斗争的地步。预谋者鼓动藤井先生以及其他三位老师加入其中，当然也包括他自己。7月盛夏，三天的绝食和酷热对心脏不好的藤井先生来说是一场灾难。据校医说，藤井的脉搏比其他四个人都弱，因此，输液多次并注射了强心剂。其实，在绝食的第二天，校医就曾力劝藤井退出斗争，但是也许出于对同伴的信义，或者是自己坚持到底的性格，他坚持熬到最后，筋疲力尽地回家了。这个过程，策划者始终关注着藤井的情况。

藤井的妻子说她给丈夫准备了牛奶、生鸡蛋和粥，但这并没有目击者。受人之托忠人之事，藤井即使再累也要尽快查阅菅野真道的事，他的这个性格也在策划者的预料之中。

藤井之所以打开“星图”那页，而不是“菅野真道”那页，是因为书签的缘故。有人在这册辞典中夹入了书签，所以他一下子就翻开了那页。问题的关键在书签上，那书签不是普通的书签，而是蛇蜕——藤井异常恐惧和嫌恶的东西，在他当代课老师时，调皮的学生就总是拿这种东西来吓唬他——藤井身体衰弱，加上这致命的蛇蜕的刺激，结果突发心肌梗死。

事实上，蛇蜕是藤井的妻子藤井泷子放上去的，事后，她第一时间把蛇蜕藏匿了起来。矢岛警部补后来去他家搜查时，看了那本辞典，发现“星图”页的装订线缝里残留着蛇蜕的细小碎片。而且，经侦察得知，案发一个月前，在新宿的蝮蛇店，有一个说为了发财念咒消灾而来买蛇蜕的女人。

其实整个谋杀案的策划者另有其人，是藤井的同事——山冈，他和藤井泷子偷情，为了能在一起，他们一起合谋杀害了藤井。一开始主张强行绝食的也正是山冈。他唯一失策的地方就是当着其他老师的面，请藤井查阅菅野真道的事。这一点，也正是破案的关键。

“但是，蛇蜕为什么没有被夹在‘菅野真道’那页，而是在‘星图’那页呢？”仓回医师想不明白这个问题。

“山冈一开始应该是让藤井泷子夹在‘菅野真道’那页的，可藤井泷子没有记住这个名字，所以就随便夹进去了。她交代说：‘反正是同一本书，藤井打开就会看到的。’”

“总之，”矢岛警部补微微一笑，补充说，“‘菅野真道’这个名字实在太难记了。”

池底谜案

【日】赤川次郎

学校为了凑齐盖体育馆的资金，竟然要求大川一江帮忙说服弟弟大川哲志放弃参加游泳选拔赛，原因是大川哲志游得比酒木和宗好，而酒木和宗的爸爸是一个大富翁——唯一愿意给学校捐助的人。但就在大川一江拒绝了教务主任市村提出的这个无理要求的当晚，弟弟大川哲志就被淹死在游泳池里了。市村、酒木、岛津，还有荒木，到底谁是真正的凶手?

(一)

“对不起，这件事，我无法帮忙。”大川一江冷冷地拒绝了市村——弟弟大川哲志所就读的 M 中学的教务主任、一个四十五岁左右的男人的请求。

事情是这样的，下午五点多的时候，市村到访，说奉了岛津校长之命，迫于无奈来央求一江一件事，让她帮忙劝弟弟不要参加本次游泳选拔赛，因为他的参赛与否，关系到学校的生死存亡。

一江很奇怪，弟弟为什么对学校有那么大的影响力呢。市村做了解释，原来学校最近大兴土木盖体育馆，谁知道体育馆盖好了，款却没凑齐，当初答应捐助母校的很多校友的款项都没有兑现，建筑公司下了最后通牒，如果岛津校长不在既定的时间内把所有款项付清，他们将会诉诸法庭。岛津校长焦头烂额地四处筹款，这时有一个人答应补足不够的金额，不过他有一个条件。这个人是一江的弟弟哲志的同班同学酒木和宗的爸爸，他是个做房产行业的大富豪，他的条件就是必须由酒木和宗代表学校参加今年的全国高中高职游泳比赛。因为哲志是学校的游泳健将，虽然酒木和宗游泳技术也很好，但是哲志参赛的话，酒木和宗只能拿第二，所以学校希望哲志放弃比赛，帮学校获得这笔雪中送炭的赞助。

听完市村的解释，一江当然火冒三丈。在父母去世后，他们姐弟俩相依为命，她努力赚钱养家照顾弟弟，弟弟特别爱游泳，游泳技术超级棒，她自然是全力支持他去做自己喜爱的事情。一江本来是一个很温顺的女孩子，但是面对学校提出的这个无理要求，她也忍不住发起火来。

“你真的不考虑一下吗？难道你忍心看学校关门吗？”市村继续可怜兮兮地恳求道。

“太没道理了，我拒绝。”一江下定了决心。

“是没道理，但是这笔钱你出得起吗？”

“你这是什么话！”

“世界就是这样现实啊，有钱的人能得到一切，没钱的人只能闪到一边去。”

“亏你还是教师，竟然说得出这种话来。”

“我也是迫不得已呀！事情关系到学校的生死。”市村的语气里带有几分不安。

“不要再说了，哲志是一定会参加比赛的。”一江不想再和他多说什么了，违背她原则的事情她一定不会答应的。

“哦，那好吧！”市村的语气突然变得冷冰冰，和刚才的低姿态形成鲜明的对比。他这种从一个极端走向另一种极端的态度让一江觉得有点不安。

市村也不再多说什么，急匆匆告别了。一江看了看手表，六点了。

在市村走后，一江心神不宁，总有一种不祥的预感，觉得会发生什么事。这晚，直到九点了，哲志还没回来。

她知道哲志和往常一样，去市立游泳池游泳了，但是游泳池一般八点就关门了，即使游泳池的职员特别好心，允许他多游了一会儿，最多也不会超过八点半。从游泳池到家，坐公交车五分钟，走路也不过二十分钟左右。所以，哲志游得再晚，到家的时间也不会晚于九点的，难道他发生了什么事？

又等了一会儿，一江忍不住了，她决定到游泳池去看看。

十多分钟后，一江到达了市立游泳池。入口早已关闭，她从职员专用通道绕进去。职员办公室的灯还亮着，一江敲了敲门，一位熟识的职员走了出来。他认出一江是哲志的姐姐，便告诉她哲志还在里面游泳。一江忐忑不安的心终于放了下来，她连连道歉，因为弟弟耽误了他下班。

这位三十岁不到的年轻职员脾气非常好，他称赞哲志是一个非常用功的孩子。他们边聊着边一起进游泳池去叫哲志。

接下来看到的情景却让他们大出所料，泳池空荡荡，一个人影也没有。仔细一看，池底沉着一个东西。

“糟糕！”这名职员立即脱掉鞋，纵身跃入池水中。

“天哪！”一江的声音已经颤抖起来，难道是哲志？

“弟弟！”她大叫一声，条件反射般跳入水中……

（二）

“来，请喝杯咖啡吧。”我把咖啡放到一江面前的茶几上，试图暂时转移一下她注意力。刚才她说到弟弟的事情时，差点控制不住情绪了。

“嗯，好，谢谢您！”一江擦了擦眼泪。

“你……怎么会来找我呢？”我问道。

“我是听别人说的，他们说你这里可以帮忙解决警方办不了的悬案……”一江有点拘谨地看了看我的屋子，“但是，你的屋子这么漂亮，不大像办案的地方，你又那么年轻……”

“二十岁，和你一样大呢。房子是爸爸留给我的，我喜欢刺激、冒险、充满挑战的生活，所以就做了侦探。”为了打消她的疑虑，我解释道。

“呵呵，原来是这样子。”她似乎放下心来，端起了茶几上的咖啡。

说到这里，我得向大家自我介绍一下：我叫铃本芳子。我工作的地方叫作第九栋病舍，在距离我家不远的医院里。那里有我的智囊团和助手们——剑侠达尔塔尼安、神探福尔摩斯、挖地道高手爱德蒙·邓蒂斯等，当然，这都是他们的化名，不过他们每个人都是不可多得的优秀人才，是我侦探室的灵魂人物。

“对了，刚刚我们说到哪了？”必须把事情问个清楚明白才好破案，我继续问一江，“把你弟弟救上来后呢？”

“已经来不及了！”一江神色又黯淡下去，“荒木赶紧叫了救护车，但是一切都太晚了……”

“不好意思我打断一下，荒木就是那位游泳池的职员吗？”

“嗯，是的，就是他，抱歉，刚刚忘了跟你说明了。”说到这个名字的时候，她的脸上难掩娇羞，看来他们两个人的关系已经不同一般了。

“警方是怎么判断你弟弟的死因的呢？”

“他们说哲志是溺死的。”一江悲愤地说，“我弟弟的游泳技术那么好，他怎么可能会溺水呢！”

回到侦探室，我把大体情况告诉了智囊团，他们对这个案件都表示出极大的兴趣。

“我们分析一下，谁有嫌疑？”福尔摩斯目光炯炯有神。

我想了一下，接道：“目前有嫌疑的人还真不少呢！首先，那个教务主任市村，一江说他临走前神色怪怪的。其次，岛津校长也很可疑，毕竟是他派市村来当说客的，为了体育馆的费用他什么事情都能干得出来呀。还有那个叫酒木的大富翁，他那么疼爱自己的孩子，为了让自己的孩子高兴，他可以不择手段，杀掉儿子的劲敌。”

“这么一分析，甚至连他孩子也有可能是嫌疑人！”

“是呀！不排除这种可能性”我点头。

“你们漏掉了一个人。”达尔塔尼安悠闲地说。

“谁？”

“那个游泳池职员。”

“你说荒木？不可能吧，是他帮一江把她弟弟的尸体抱上来的，一江很信任他呢！”

“达尔塔尼安说得没错。”福尔摩斯插话道，“从一开始他就在命案现场。”

“后来，那个荒木怎样了？”达尔塔尼安还是一脸的淡定。

“也许要承担疏忽的责任，不过应该不严重。”

“这个人，我们要好好调查一下。”达尔塔尼安说道。

“对，我要找个时间拜访他一下。”

“还有……要把一个游泳健将闷死在水里，一个人的力气是不够的，我怀疑凶手可能不止一个人。”

大家都同意这个假设。

“法医鉴定出死亡时间了吗？”

“大概是尸体被发现前一个小时，应该是八点半左右。”

“哦，这个时间泳池的人都走光了，只剩下一江的弟弟，他没有一问三不知的理由呀。”

给我和荒木做过介绍后，一江便一脸羞涩地坐在了一旁。我开门见山地问了荒木一些问题。

“那天，哲志是几点到的？”

“六点左右，跟往常一样。他一般都是在学校的游泳池闭馆后才过来的。”

“他到了就开始游泳了吗？”

“不，那时游泳池还有很多人，太拥挤了，哲志通常是先把书包和袋子放进储物柜里，然后到附近的饭馆去吃饭。”

“接下来呢？”

“他一般七点左右回来。那时泳池的人走得差不多了，他开始换衣服下水。”

“他一般游到几点？”

“馆里规定八点关门，但是哲志是游泳选手嘛，我通常都会让他多游一会儿……所以这次事故，我也有责任吧。”

“那晚八点过后，就只有哲志一个人在泳池了吗？”

“是的，人都走光了。”

“会不会有人躲在角落里，没出去？”

“不可能的，因为我们会时不时地巡逻。”

“会不会有人偷偷进来？”

“按道理有这个可能，因为中途我要做很多事情，比如关门、检查设施等，如果有人趁我不注意从后门溜进来……”

“后门锁着吧？”

“是锁着。但是如果真想进来的话，他应该有办法打开的。”

“你检查完之后就一直待在办公室了吗？”

“我想想，哦，不，中途我出去打了通电话。”

“办公室不是可以打电话吗？”

“这个是私人电话，而且是长途的，所以不方便在办公室打。”

“电话亭有多远？”

“不远，就在出口左转的地方。”

“在那里可以看到后门吗？”

“可以的。不过，我不可能一直盯着它看呀。”

“你这通电话打了多久？”

“大概五六分钟吧！”

“你打完电话就回办公室了吗？”

“是的！”

“回来的时候你没有到游泳池去看看？”

“没有。他游泳比较专心，我很少去打扰他！”

“后来呢？你就一直待在办公室？”

“是的，直到一江过来。”

“你打电话的时候是几点？”

“大概……八点半左右吧。”

跟哲志死亡的时间差不多。但是，这短短的五六分钟，怎么能溺死一个强壮的小伙子，并且在荒木回来之前还有时间逃出去呢？

“你还记得那天晚上来游泳的人吗？”

“哦……人太多，记不住。”荒木无奈地笑道。

“那么，有没有比较引人注目的人？”

“我想想……啊，确实有一个人，他应该是第一次来。奇怪的是，他换好了泳裤却一直没有下去游泳，只是坐在池边用脚打水玩。后来我就没见到他了，可能是中途就走了吧。”

“他长什么样子？”

荒木想了想，把那个人的大致特征讲了出来。

一江大叫了一声：“是他，是市村！”

（三）

“你是什么人？你有什么权力调查这件事？”会客室里，教务主任市村听说我想了解大川哲志的死因后，态度马上变得冷冰冰的，他甚至没有坐下，随时准备离开的样子。

“我是私家侦探。”

“你请回去吧，我看你想大做文章对不对？”他态度极为不礼貌，几乎是冲我吼道。说完他转过身去，便要离开。就在他打开门的瞬间，好像撞到什么东西似的，跌坐在地板上。

只见达尔塔尼安手上耍着手杖走了进来，一副冷酷杀手的样子，我强忍着笑意。再不合作的人，在达尔塔尼安的手杖（手杖下藏着剑）下，都不得不乖乖配合。在达尔塔尼安的胁迫下，市村总算回答了我几个问题。他承认去找过一江，也承认去过游泳池，但他只是奉校长之命前去侦查哲志的训练情况，并回来汇报给校长。其他问题，他一概不知。

接下来，我们出现在酒木家的别墅外。身手敏捷的达尔塔尼安跳过高大的围墙，从里面为我打开了后门。虽然私闯民宅不好，但是我们是为了正义而战，我们这样安慰自己。

在树丛的尽头，我们看到了一座很棒的私人游泳池。一位年老但很富态的男子正在泳池旁指导在水中游泳的儿子，不用说，他就是酒木，池中的男孩是他的儿子酒木和宗。我们等了一会儿，等到酒木和宗游累了跑回屋里面后，我和达尔塔尼安从树丛后面走出来。

对我们的冒昧来访，酒木自然非常惊讶，不过他总算有涵养，回答了我们几个问题。他说他已从新闻里听说儿子同班同学大川哲志的死讯，也毫不掩饰自己儿子将要获得第一名的骄傲之情。他说他也认为大川哲志是死于意外，不过他奉劝我们不要浪费时间在他身上，他说他没必要大费周章去杀害哲志，他让儿子获得第一的方法很多，儿子得不到的东西别人也别想得到，即使让学校倒闭也在所不惜。

一个充满跋扈之气的人，今天总算见识了。

这时，从阳台那边走出一名西装革履的男子，他毕恭毕敬地向酒木鞠了一躬，看起来好像是推销员或从事金融行业的。

“岛津先生，有人耽误了我，让你久等了。”酒木粗声粗气地对那个人说道。

“没有没有，我也是刚到。”

岛津！原来这个人就是岛津校长！对学生家长这么恭敬的校长，我还是头一次看到。不过，随后我们就见识了岛津的厉害，他质问我们有没有私家侦探执照，接受谁的委托，凭什么调查，态度咄咄逼人，根本没有我们插话的机会。随后，我们就灰头土脸地出来了。

半夜，在第九栋里，智囊团在细细地分析这个案件的前因后果，试图找到突破口。福尔摩斯咬着烟斗，沉默了好半天，忽然，他双眼闪烁着光芒：“我有个想法……”

快到凌晨了，我蹑手蹑脚地来到大川一江的公寓外。当看到她屋子里的灯还亮着时，我松了一口气，幸好她还没睡！

在她房门口前我停住了脚步，因为那个叫荒木的职员正在敲着她的门呢！

一江出来开门了，对荒木的到来，她显得很意外，也带点惊喜。等他们进去关上门，我偷偷走到了窗外，虽然我不大喜欢偷听别人的谈话，但是有重任在身，只好竖起耳朵偷听下去了。

“那么晚了，你有什么事吗？”一江的声音。

“我……有些话想对你说很久了。”

“什么话呢？”一江的话中带有期待。

“嗯……你现在没有其他亲人……我是想说，你愿意嫁给我，让我做你的亲人吗？”

屋子霎时静了下来。

我头皮发麻，浑身起了鸡皮疙瘩，我怎么会偷听别人的求婚呢？

“可是……我什么都没有……”一江过了好久才低声地说。

“我不在乎这些，我是真的喜欢你。难道你不喜欢我吗？”

“不，不是的。”

“那么说，你是答应我了？”

“嗯……可是……”房间又安静了下来。

我觉得我不能再听下去了，毕竟我也才二十岁呀。转身便打算离开，谁知黑暗中“砰”的一声，我不知道踢到了什么东西。

“谁？”一江在屋里大声问道。

“是我，铃本芳子！”没办法，被发现了，我只好装着刚刚到的样子。

（四）

“哈哈，挺刺激的嘛。”刚听我说完，福尔摩斯就大笑起来。

“糗死了！”我冲他翻了翻白眼。

“后来呢，你约她出席全校的选拔赛了吗？”

“约好了。”我说，“荒木也去。”

“嗯，也好，两个都来。”

“一江说她想替弟弟参加比赛呢，她应该也游得不错。”

“应该是的。”

“不过奇怪的是，荒木竟然说他不喜欢游泳！”

“他不是游泳池职员兼救生员吗？应该很会游呀！”

“可能会游,但技术不是很高明。他说他是临时兼职当救生员的,以前的救生员辞职了。”

“嗯……决赛那天，现场一定很热闹，和这案子有关的人都会到齐！”福尔摩斯不知在盘算什么。

“除了死者大川哲志。”我补充道。

“其实……也可以把他叫来聚聚呀！”福尔摩斯说。有时，我真不知道他葫芦里卖的是什么药。

决赛这天，天气非常晴朗，当我在观众席里坐下的时候，预赛已经结束了，一江就坐在我前面，我和她打了个招呼。她告诉我酒木和宗在预赛里遥遥领先，我安慰她说，如果她弟弟在，酒木和宗肯定没那么风光。

忽然背后有人跟我打了个招呼，抬头一看，原来是酒木。他得意扬扬地看着我，就好像他儿子已经拿了全场冠军一样。他也认出了大川一江，也和她打了个招呼，并对她弟弟的事表示遗憾。随后，他坐到自己的位置上去，校长和市村就坐在他旁边。

一江远远地看着市村，眼神里掩盖不住厌恶：“我一直觉得他就是凶手，他当时的态度实在是太可疑了。”

“但是,你看市村那衰老的体态,谅他也没那么大的本事。他在水里哪斗得过你弟弟呢。”

“说得也是……那么，可能是酒木或者是校长吗？”

“你放心，真相很快就会露出水面的。”我说。

稍做休息，复赛马上开始了，结果酒木和宗又以优异的成绩成功晋级决赛。

复赛结束，决赛马上开始了。司仪在广播里宣读每个水道的选手的名字：“第一水道，山下；第二水道，西木……”因为入选决赛的选手只有五名，而水道一共有六道，所以第六道水道应该是空着的。“第五水道，酒木。”司仪话音刚落，观众席里掌声立刻响起。酒木和宗向观众席挥了挥手，自信满满地站上了跳台。

但就在这时奇怪的事情发生了，司仪竟然还在继续广播：“第六水道，大川。”

群众无不面面相觑。酒木和宗瞪大了眼睛，吃惊地望着观众席上的父亲。

市村急急忙忙跑向广播间，隔了好一会儿，司仪重新广播：“第六水道，空缺！”观众席这才安静下来。

市村走回座位时，远远地瞪了我一眼，我耸耸肩，意思是这不关我的事。

这时，枪声响了，比赛开始了。

决赛是在泳池游来回两趟，距离共二百米。

枪声刚落，选手们都以最快的速度跃入水中。突然，第六水道站台上冲出一个身穿黑色泳裤的脸戴面具的男子，他也跳进泳池里去！

观众席又开始哗然，大家都弄不清这到底是怎么回事。

泳池中的比拼在激烈地进行着。第六道的神秘男子游得非常快，一下子就甩掉其他四名选手，直逼酒木。在折返后，他竟然与酒木并肩齐进了。在剩下最后五十米时，神秘男子已经轻轻松松地与酒木拉开了三米的距离，把酒木抛在了身后。酒木铆足了劲儿，想赶上神秘男子。可是当他好不容易赶上，又会马上被抛在后面。

这时,眼看到终点了,但是怪事又出现了,神秘男子非但没有停下,他一个折返,继续游！酒木似乎不服气，也跟着继续游。但是他始终被神秘男子拉开一段不长的距离。

最后，两人大概游了将近一千米，神秘男子速度依旧，似乎没有停下来的意思，但是酒木明显体力不支了。突然，酒木停住，身体往下沉。

"和宗！"酒木先生大惊失色，"救人哪！救人哪！谁赶紧下去救救我的孩子！"

那时，所有人都愣住了，都站着一动不能动，直到酒木先生又发出恐慌的吼叫声，这时观众席上有一个身影飞快跃入水中。

"荒木！"一江认出了那个身影。

只见他灵活地潜入水中，动作麻利地把酒木和宗拉上岸。在整个过程中，他始终没有露出水面换过气!

真相终于揭开了。

"那晚，荒木趁你弟弟练得精疲力竭时跳入水中，在水下抓住你弟弟——你想，游了那么长时间的哲志怎么是潜水高手荒木的对手？所以，不幸的事情就发生了。"

"怎么会是他？"一江一时难以接受。

"那晚，市村离开你家后，就到游泳池收买了荒木。为了不被人怀疑，市村便换上泳衣在泳池边坐了一会儿。但是，他这样子还是比较奇怪，很容易引起其他人的注意，所以荒木不得不说出这一幕来。"

"但是，荒木他向我求婚呀！"

"其实，他那晚是打算去杀你的。他想趁你沉浸在浓情蜜意的时候把你掐死，幸好我那时出现，你才躲过这场危机。"

最后的结局是，恼怒中的一江把迎面走来的浑身湿答答的荒木推了一把，结果他从楼梯上一路滚了下去，把肋骨摔断了。当然，这还不是最严重的，等着他的还有法律的制裁。

当然，需要说明的是，第六道上的神秘男子不是别人，正是我的搭档达尔塔尼安，他的游泳技术可不是一般的好。

杀机重重的利欲陷阱

生日之夜

【日】赤川次郎

这天，是著名资产家、大富翁田代正造的七十大寿，他的长子和媳妇、长女和女婿，还有两个活泼可爱的孙女都盛装出席了他的生日晚宴，准备与他一起热热闹闹地庆祝生日。事实上，每个人都对他的财产垂涎已久。当电灯关掉，田代正造准备吹灭蜡烛的时候，他的背后有人扣动了扳机……到底谁才是真正的凶手？

（一）

“爷爷，祝你生日快乐。”

田代公馆里，八岁的孙女田代沙世和七岁的外孙女横山香子把一个直径一米的巨型蛋糕推到客厅中央后，分别跑到爷爷的左右两侧，踮起脚尖在他的脸颊上亲了一口。

今晚的寿星公田代正造坐在轮椅上，乐呵呵地抚摸着两个孙女的头：“两个都是好孩子！真是好孩子！”这晚，他最亲的家人几乎都出席了，长子田代正宏和儿媳田代康子，长女横山昌代和女婿横山和生，他们都精心打扮，挑选了最好的礼物来庆祝父亲的七十大寿。

如果外人不细看，会认为这是一个其乐融融、和美幸福的大家庭。但是，如果仔细观察的话，你会发现事实与你想象中的有点出入。

今年三十八岁的田代正宏，这晚穿得很正式，西装、领带，仿佛随时准备出席公司的董事会议，面对眼前欢乐的场面，他有点漫不经心，无意识地抚弄着最近蓄起的八字胡。

今年三十四岁的横山昌代，穿着皮革套装，身段显得异常修长，她纤长的手指上正夹着一根香烟。此刻，她的丈夫横山和生，正独自坐在客厅的角落上自斟自饮，一瓶威士忌快被他喝光了。

“昌代，别吸烟！”站在蛋糕餐车旁边的田代康子有点不客气地提醒道。

“哦，对了，爸爸在戒烟呢！”昌代装作刚想起的样子，把手中的烟扔进暖炉的大火中。

“什么戒烟，爸爸从四十岁开始就不抽烟了！”田代正宏皱起眉头。

“昌代，你也戒掉的好。”正造老先生说，“烟酒对身体有害，你何必贪图一时之快？”

“是的，是的，戒烟又戒酒，如果只剩下玩玩女人的话，还是可以长命百岁的。”昌代耸耸肩。

“庄重点。”正宏一脸的不快。

“大哥不是正在履行爸爸的人生准则吗？”

空气中渐渐升起了一股火药味。

“哎呀，该吹蜡烛了，蜡烛快融掉啦！”

这时，有个年轻的女声岔开了话题。说话者是田代正造的私人秘书山口结美子，她跟随他已经三年多了。

经她提醒，众人把注意力放回到面前的蛋糕上。只见巨型蛋糕上面的七根蜡烛的火苗在摇曳着。

“本来想放七十支蜡烛的，但这个工程有点庞大，最后还是放了七根。”横山昌代说道。

“爸爸，一口气全吹灭了吧！”正宏拍拍父亲的肩膀。

“好，那就来吧！”

“稍等，不如先把灯关掉吧，这样才有意思呢！”山口结美子跑到客厅入口处，伸手按住了电灯的开关。

“啪”的一声，客厅的灯熄了，只有橘黄的烛光映照在众人的脸上。

“好，爸爸，开始吧，一、二、三！”正宏数着数。

正造吸入一大口气，一下子就把蜡烛全吹灭了。客厅瞬时变得一片黑暗。

“咦，灯不亮啊。”山口结美子说，“奇怪，刚才不是好好的吗……”

突然，“砰”的一声，一阵破裂声在黑暗中响起。

半晌，没人说话。

“什么声音？”正宏第一个开口。

“不知道，灯……”昌代接话，她的话还没说完，灯就“啪”地亮了起来。

接下来，所有人都被眼前的场景吓得目瞪口呆。

田代正造不见了！空空的轮椅上坐着一只三色猫！

“爷爷呢？”沙世瞪大了眼睛。

“爷爷……变成一只猫！”香子接腔。

“哎……我在这儿呢。”桌子底下传来田代正造低沉的说话声。

“爸爸！”众人瞠目结舌。

只见田代正造跌倒在地，正示意众人把他扶起来。

“对不起！打搅啦！”突然有一个陌生的声音从客厅门口传来，又把众人吓了一跳。

“刚才我在玄关叫了很久，没人回应，看到客厅的门开着，所以就跑进来了……”说话者是一个身材颀长的青年。这时大家才发现客厅的门不知道什么时候被打开了。

“你是谁？”还站在门边的山口结美子赶紧跑回众人身边。

“我是警视厅搜查一科的片山。”青年出示了警察证，忽然他径直走向客厅里蜷缩在地上的三色猫，“福尔摩斯，你怎么会在这里？”

“这是你的猫？”正宏顿了顿，“你怎么能让你的猫随便乱跑！”

“怎么了？它做了什么坏事？”

“它把我从轮椅上推了下来！”刚在轮椅上坐好的正造老先生生气地说道。

“稍等一下，”片山轻轻摸了一下福尔摩斯的头，“喂！发生了什么事？”

三色猫仿佛听懂了他的话，用前肢“指一指”轮椅的靠背。

片山走上前观察了一下，那里开了一个圆洞。

“这个洞原本就有吗？”片山问。

“什么洞？哪里有洞？”正造老先生皱了皱眉。

“哦。”片山看了看眼前的生日蛋糕，那里也有一个孔。“看来好像有人开过枪。”他将轮椅和蛋糕上的弹孔指给众人看。

众人大惊失色，难道刚才黑暗中那个破裂声就是枪声？

“这么说……”正造老先生心有余悸，“我差点死掉了？”

“是的，准确说你差点被杀了。”片山环视了一下众人，“但不知道是谁开的枪。”

大家互相看来看去。

“那么说，刚才是这只猫救了我一命……刚才是我不好，不该冲它生气。”正造老先生打破了沉重的气氛。

“喵。”三色猫回应了一声，仿佛在说“不用客气”。

这段猫和人的对话缓和了大家的心情，客厅的气氛稍微轻松了一些。

“看看你老公，这种情况下他竟然在打瞌睡咧！”康子对昌代说。

“讨厌！他这人就这样，一喝醉马上就呼呼大睡。”昌代皱眉说。

福尔摩斯走向在沙发上打瞌睡的横山和生，然后回转头向片山喵了一声。

“有什么事？”

片山走上前，竟然在横山的膝盖上发现了一把手枪，枪管还是热的。

“啊……”众人又一阵慌乱。

“哥哥，我们能进来了吗？”客厅门口，一张女孩子的脸探了进来。

“啊，对不起。”片山对众人说，“她是舍妹，我们是一道来的，我叫她在门外等我……”

“请进来。”山口结美子说。

“失敬。我叫片山晴美。”

“我是石津刑警。”在晴美的背后，出现了一个大个子的男人。

“你们到底为何而来？”山口结美子终于提出了疑问。

“事实上，我们在追踪一个杀人犯。”片山说着，又问，“公馆玄关的门为什么没有上锁？”

（二）

片山和晴美在田代公馆的会客室里，而此刻福尔摩斯正跟随着石津，巡查着田代公馆的楼道和房间。

忽然，片山的随身电话响了起来，他接通，和对方交谈了几句，最后说了句“知道了”便挂掉了电话。

“哥哥，怎么啦？”晴美一边喝着山口结美子给她泡的咖啡一边问。

“唉，”片山摇摇头，“又有一个人被他杀死了。”

“是谁？”

“是度假别墅的管理员。”

“度假别墅在哪？”

“离这儿不算太远，走路半个小时吧。”

“哦……”

刚开始片山他们路过这栋公馆的时候，看到玄关门大开着，心想万一被杀人犯偷偷潜入，这家人就危险了，于是便进来提醒他们要关好玄关门，没想到了就碰到了前面的一幕。

“这个家庭的关系挺复杂的哦。”晴美说。

“嗯。”

为了追踪杀人犯，片山已忙得焦头烂额，他可不想中途又插进多余的案件。

“我们大概可以从那支手枪上追查到凶手吧？”

“凶手早有预谋，他应该不会在枪柄上留下指纹吧！”

“田代正造是一名资产家，是一个大富翁，我在杂志上读过他的介绍。”

“哦，你说为什么有人想杀他？”

“还不是为财产！你看他们一家人，长子正宏和妻子康子，女儿沙世；长女昌代和丈夫横山和生，以及女儿香子；还有就是山口结美子。”晴美认真地数着，“这其中一定有想杀死田代正造的人。”

“这个我知道。但是我们目前的任务是抓那个杀人犯呀，再晚一点，不知道哪个倒霉鬼又要被他杀死了。”

“但是这里明显有杀人未遂案呀！你准备置之不理？”

“也不是，只是我们有更重要……”

这时，会客室的门被打开了，石津急匆匆走了进来。

“楼上好像有人，福尔摩斯正在房间门口监视着。”石津神色有点紧张。

“怎么不早说？走，我们上去看看。”片山站起来。

田代一家人都在客厅里，他们说家里没有其他人了，所以石津的发现难免让片山他们警惕起来。

福尔摩斯坐在房门前。

片山和石津拔出手枪，悄悄站到门的左右两边。其实他们不爱用枪，因为这玩意儿一不小心总会伤到人。

片山点点头，石津猛吸一口气，抬起一只腿，用尽气力踢过去，门应声而开。

他们冲进去，不禁傻眼了，床上躺着一个穿着夹克的年轻男子，他正呼呼大睡。

“他是谁？”刚进来的晴美问。

“不知道。刚才楼下客厅发生了那么大的骚动，没想到他竟然可以安然入睡。”

“他会不会就是杀人犯？”

“嗯，有可能，田代家没说过有这么一个男人在屋里。”

“噢！”门口传来一阵惊叹声，山口结美子站在那里。

“他是谁？你认识？”片山问。

“嗯，他是田代正造老先生的二儿子呢，他叫田代二郎。”

“哦，原来是二少爷，刚才你们怎么不说？”

“对不起……因为他不常回来住。”

结美子刚说完，门口又传来一阵脚步声，田代正宏好奇地走了进来。

“你们在干什么？——啊，二郎？这小子，他什么时候回来的？还睡得那么香！”

“我们也正奇怪呢。”结美子回答，“玄关的门没锁上，他应该是自己开门进来的。”

“回家都不告诉大家一声！他喝醉了吗？”正宏皱起了眉头。

“应该是的。”片山点点头，“他经常干这种事吗？”

“嗯。”正宏耸耸肩，无奈地说道，“他来去无踪，爱什么时候出现就什么时候出现。”

“可是，他今天不是特意回来给正造先生庆祝生日吗……”

“平时没见他回来孝顺过爸爸，今天估计是想讨爸爸欢心，想将来多分点财产吧。”

结美子的脸上闪过一丝不快表情，晴美看在眼里了。

“刑警先生们，这别墅里没有杀人犯了吧？”正宏接着说。

“可是，不是有人想杀害正造老先生吗？”结美子说。

“唔。横山摆脱不了嫌疑，但他不至于傻到那样把手枪放在自己的大腿上吧？”

“有可能有人陷害他，故意放在他身边的。”片山说。

“可是，当时一片黑暗，谁能在那么短的时间内在客厅中央开完枪又把枪放到角落的沙发那边呢？”

“嗯，没错。不过，说不定是二郎这家伙干的。”

“但是，正造老先生是他的亲生父亲啊！”结美子有点不满正宏的推测。

“这有什么稀奇的，为了财产利益，他什么事情做不出来。是不是？刑警先生。”正宏越来越理直气壮，似乎田代二郎就是那个开枪杀父者一样。

“没有证据，这种话不能随便说……”

“把二郎叫醒，让他到客厅来吧！我们要开始吃蛋糕了。”正宏说完，转身走出了房门。

“看来他们兄弟俩的关系不太好呀。”等正宏走开后，片山说。

（三）

书房里，田代正造正和两个孙女在说话。

“看，”田代正造说，“那个大钟和爷爷一样的年纪啦。”

“真的吗？……那么它也七十岁了？”沙世睁着大大的眼睛问。

“嗯，是呢。不过，它还是敲得很准时呢。”

书房是正造最爱待的地方，这个房间很小，但是很暖和，对行动不便的他来说取东西很方便。他甚至让家人把他的床也搬过来了。

“爷爷，这个大钟是爷爷的，还是奶奶的呢？”香子天真地问道。

正造笑了笑：“你说呢？我没问过，所以不知道呢。”

这只老钟在书房陪了正造一辈子，他和那十年前去世、连孙女的面都没见过的老妻在这里度过许多恩爱的时光。

长针缓缓爬到顶上，短针指着“8”字。

“当，当，当……”老钟整整敲了八下。

不知什么时候，书房门被打开了，一个黑影走了进来。

“是二郎吗？”正造看到了黑影，“进来吧。”然后转头对两个孙女说，“去客厅玩吧！不要跑来跑去哦。”

“这就是枪孔？”二郎看了看爸爸轮椅的靠背。

“你听说啦？”

“唔。爸爸运气不错嘛。”说完在椅子上坐下，跷起了二郎腿。

“二郎，有女朋友啦？”

“你怎么知道的？”

“我一看就懂了。”

“没有什么事情瞒得过爸爸。”二郎不由苦笑，“对了，我是来叫你出去吃饭的，我来推轮椅吧。”

“好。”正造说，“二郎。”

“嗯？”

“我活不长了。”

“至少还有二十年！”二郎笑着说。

“我是说真的。”正造说，“我最多只能活半年了，这是医生告诉我的。”

“真的？”二郎不再嬉皮笑脸。

“嗯。你快结婚吧！我虽然见不到孙子了，但起码可以见见媳妇，这样也死而无憾了。对了，这件事暂时替我保密，知道吗？”

二郎推着正造的轮椅走出了书房。

这时，原本在书房角落打盹的福尔摩斯也悄悄溜出了走廊。

餐席的气氛不太轻松。

正宏与昌代他们说着说着，话题又回到了资金问题上。原来正宏准备用高价把N地产公司的股票买回来，因为资金不足，想让爸爸资助三亿。而昌代的丈夫横山因为盗用别人的作品被起诉，急需一亿元。

“二郎，你回来是干什么的？”众人终于把注意力放在刚回家不久的田代二郎身上。

“我吗？……我不是来申请贷款的，只是有事向各位报告一下而已。”

“到底报告什么？”昌代有点不耐烦。

二郎笑了：“我决定结婚啦。”

“呵？是吗，你终于动了这个心思，恭喜你啦。”

“愿意嫁给你的人是谁？”正宏问。

“她就在我们里面。”

大家花了一两分钟才搞明白他所指的“她”。席间的独身女性，除了晴美，就是山口结美子了，当然，晴美一下子就被排除在外了。

“你指山口小姐？”

“真的有点意外呢，我完全不知道。”正造也瞪圆了眼。

山口结美子脸红心跳地站起来："对不起……我……我失陪一下！"说完就跑出了饭厅。

"等我一下！"二郎紧追在她后面。

"这是今天最大的好事！"正造愉快地说。

在走廊尽头，二郎终于逮住了结美子，两个年轻人紧紧相拥在一起。

用餐完毕，田代家的其他成员都各自退回二楼的房间去了，只剩下片山他们留在客厅，而石津竟然靠在椅子上睡过去了。

过了一会儿，田代二郎来到客厅，他奉父亲之命邀请片山兄妹到书房去。

一行人走出客厅。

"那个连续杀人的凶犯很可怕吗？"二郎边走边问。

"据说是个长得非常年轻斯文的年轻男子。"片山说。

"这样子才更恐怖呢。"

"是的，所以必须锁好门窗呀。"

"我比较粗心大意。"二郎耸耸肩，"经常忘记锁门。"

"但愿没人进来啦。"

"不过奇怪呢，在我进来以前，家里玄关的大门就是开着的哦。"二郎说。

"在你进门之前就打开了？"

"是的。"

晴美和片山面面相觑，有种不祥的预感。

二郎打开书房的门，把片山兄妹引了进来。

"爸爸，片山先生他们来了。"

"不好意思，打搅啦。"片山喊道。

可是田代正造没有应答。

"爸爸——是不是睡着了？"二郎走向轮椅。

"喵！"福尔摩斯叫了一声，走向时钟，回头看着晴美。

"哦，大钟停啦？"那个沉甸甸的金属钟果然停止了摆动。

"爸爸！"二郎发现爸爸的头垂在胸前，睡得很安详的样子。

片山冲到轮椅前面，握起他的手。可是，他的手是冰凉的，脉搏已停止了跳动。

田代正造已经死了。

（四）

二郎脸色变得苍白，声音有点颤抖："不好了！快叫医生！"

"已经来不及了。"片山平静地说道，"你们家有家庭医生吗？"

"有，有的。我赶紧让他过来。"说完，就匆匆跑出去打电话了。

片山蹲下来，检查正造的身体，但是既没发现血迹，也没发现伤口，看来有必要验尸了。

这时，正宏夫妇、横山夫妇匆匆跑过来。

"爸爸！"昌代跑到最前面，"到底是谁干的？"

"你这话是什么意思？"片山问。

“不是吗？爸爸不是被杀的吗？”昌代有点困惑。

“这个等医生检查过后才能下定论。”片山说，“田代先生心脏是不是不太好？”

“是有点不太好。”正宏点点头。

“茂木医生马上来。”二郎跑了回来。

“先让爸爸躺下来吧……”昌代说。

“不，遗体要保持原状，等医生来了再说。”片山打断她的话。

“二郎。”山口结美子走进来，一脸的不相信。

“刚才爸爸对我说过，他活不到半年了，说想看看儿媳妇的脸，我实现了他的愿望。”

“原来是这样……”结美子紧紧咬着嘴唇。

“死于心脏病。”检查过后，茂木医生说。

“他的心脏病有那么严重吗？”昌代说。

“是的。其实他最多只有半年命了。如果过于劳累或激动，心脏病就很容易发作。”

“现在已经很晚了，你们明天再详细安排后事吧！”茂木医生说。

“我会处理好的。”结美子和往日一样冷静处事。

“那就拜托你了。老先生一直很信赖你的。”茂木医生收拾好诊具后，准备离开。

结美子送茂木医生出去。

所有人沉默不语，各自想着心事。

不一会儿，山口结美子又陪着茂木医生返回了。

“怎么了？”片山问。

“车钥匙不知道被谁拿走了。”结美子说。

茂木皱起眉头：“因为赶着上来，所以我让引擎开着，不知道谁把车钥匙拿走了。”

“会是谁呢？”

“会不会是孩子们呢？啊，沙世，你有没有拿过车钥匙？”

沙世刚好睡眼惺忪地走进来，听见妈妈这样问，她摇摇头。

“我没有拿过。”

“你怎么在这里？刚才不是和香子一块睡觉了吗？”

“香子在和大哥哥玩呢，我也跟他玩了一会儿。”

“大哥哥？大哥哥是谁？”

“不知道。”

啊，不会是他吧？片山和晴美心里咯噔了一下！

“请大家留在这儿，不要随意走动。”片山说完就往二楼走去。

“嗨，大家好。”但见二楼楼梯的休息平台上，站着一名温文尔雅的年轻男人，一只手抱着熟睡的香子，一只手和一楼的众人打招呼。

“原来是你！”片山喃喃地说。“石津，别动！”片山喝住了一旁准备上楼的石津。

“你们是刑警吧？幸会，幸会。”年轻男人依然微笑着说。

“香子！”昌代着急地奔上前，“你干什么？把女儿还给我！”

“太太，不要过来哦。暂时借你女儿我用一下。如果我现在把她还给你，他们会把我送回医院的。”男人示意昌代不要走近。

“车钥匙是不是你拿走的？”

“没错。你们配合得很好，请你们退后，我要开车走。如果乱动的话，这个孩子的性命就不保啦。”男人说着就往楼下走。

在目前这种情况下，片山只好示意众人往后退，一直退到客厅。

眼看男人走到玄关，反手开门。就在他正要关门的时候，一块亮色的肉团——福尔摩斯——对准他的脸扑过去。

原来福尔摩斯一直在外面埋伏。

“啊！”男人脚步踉跄，松开了手，用双手紧紧捂着自己的脸，香子从他手上掉落。

“上！”片山喊了一声，与石津冲了上去，男子马上被制服了。

晴美冲上前抱起吓哭了的香子，把她交给昌代。

趁着警车没到，片山开始询问这个男子。

“正造老先生是你杀的吗？”

“你说坐在轮椅上的那个老人吗？他央求我杀他哩！”男人虽然被铐住了双手，但一点也不见懊悔，反而显得十分愉悦的样子。

“什么意思？”

“我刚开始是躲在书房里啦，结果被他发现了。我可不想杀一个手无缚鸡之力的老人，那太没有挑战性了。”

“然后呢？”

“他给了我一点钱，还叫我偷偷离开，他真是一个好人。”男人说，“不过，我怕被你们发现啦，就在屋子里找到了那个睡着了的孩子。”

“看来，正造先生真的是自然死亡。”片山点点头。

“喵！”福尔摩斯叫了一声，然后往暖炉那边走去，回头又冲晴美叫了一声。

“什么东西被烤焦了，是塑胶的味道。”晴美跟着走到暖炉，结果发现暖炉里有一个没完全烧完的东西。

拿出来一看，原来是电线。

“怎么会有人把电线放在火里？”片山狐疑道。

沉吟了一会儿，片山忽然得出一个结论：正造先生不是自然死亡，而是死于谋杀。

事先有人弄停了大钟，然后用电线把电源接到钟摆上，因为钟摆是金属造的，所以碰到的人会触电身亡。正造先生看到钟摆停了，自然会过来看个究竟，书房的光线太暗，他看不到有电线接在钟摆上，结果他一碰到钟摆，衰弱的心脏承受不住电流的冲击，马上心脏病突发死亡了。凶手在过后只要拆掉电线，关上大钟的玻璃门就行了。

“究竟是谁干的？”听完哥哥的分析，晴美问道。

“目前不好说。手枪、电线是作案工具，只要查清楚就知道了。”片山说。

“我想二郎先生和结美子小姐可以排除在外，因为他们早就知道正造老先生不久于人世。”

“应该是横山干的。他是一个雕刻家，在电线上做手脚，不是手艺灵巧的人做不到。”

“那么，也是他开枪的？”

“他事先装醉，想隐瞒众人的目光。正造老先生准备吹蜡烛时，他不是没有站在周围么，他是趁着关灯时偷偷绕到老人家的背后开了一枪，然后趁乱再坐回角落里。把枪放到自己的膝盖上，也是想制造被别人诬陷的假象。”

门外传来了警笛声，正在看护杀人犯的石津站了起来。警察进来把男人带走了，片山在玄关相送。

“麻烦你们啦。”男人向片山他们行个礼，又大喊道，“各位，拜拜！”

王后项链

【法】莫里斯·勒布朗

尊贵的王后项链在晚宴结束后的那个晚上离奇失踪了，警察们对此毫无头绪。谁也没有想到，二十年后，它居然又奇迹般地出现在大家面前。

（一）

1806 年 12 月 1 日，《巴黎晚报》头条刊登了一则轰动全城的消息：

德·特勒·苏比兹家族二十年前失窃的宝物，已由亚森·罗宾觅得，亚森·罗宾先生持续追踪此案，终于使得多年积案得以告破。目前已经物归原主。

这一天，对整个巴黎来说注定是个难眠之夜，街头巷尾都在谈论这条消息。“王后项链”到底是件什么宝物呢？事情还得从 1782 年和德·特勒·苏比兹家族说起。

德·特勒·苏比兹家族有一件传家之宝，是整个家族的骄傲，它就是在当地闻名遐迩的“王后项链”。每当德·康尔·博瑞伯爵夫人戴着它出席舞会时，她总能成为众人眼中的焦点。

“王后项链”又为何能引起全城热议？这条项链来历不凡。路易十五为讨得其情妇杜·巴利夫人的欢心，花费巨资找王室里最好的工匠沃尔博和巴桑热打造了这个价值连城的“王后项链”。后来，德·罗昂·苏比兹红衣主教曾密谋把头冠献给玛丽·安托瓦奈特皇室，在 1782 年 6 月的一个夜晚，由于奸细告发致使事情败露，参与阴谋的德·拉莫特伯爵夫人在她丈夫和同党德·沃尔顿的帮助下把头冠上的钻石拆下来由他们几个人分散藏匿。

那么多的钻石都是货真价实的真品吗？由于年代久远，现在只能肯定镶嵌钻石的托子绝非赝品。德·沃尔顿当初趁德·拉莫特先生和夫人匆匆拆卸沃尔博精心打造的钻石之际，偷偷保存了镶嵌钻石的托子。后来他在意大利把托子转卖给了罗昂红衣主教的侄子和遗产继承人——加斯通·德·特勒·苏比兹。他曾在红衣主教倒运时援手帮助过叔父，因此成为其遗产继承人。为了表示对叔父的纪念，他从英国首饰商杰弗里斯那里买到当年遗失的部分钻石，然后又设法配上一些同样大小但质地逊色得多的钻石，仿照原样重新镶制了这个名闻遐迩的“王后项链”。德·特勒家族始终把这条项链作为传家之宝并世代相传。尽管世事变迁，家族渐衰，但后代家族成员宁可减少开支，也绝不会变卖这件王家宝物。现在的这位伯爵更是在里昂信贷银行租用了一个保险箱，专门存放这条项链。只有当妻子要戴它参加舞会时他才会在当天亲自把他取出并于第二天亲自放回保险箱。好像天下人都在打这条项链的主意，生恐有半点差错。

1785 年 3 月 16 日，国王设宴招待瑞士使者，德·特勒家族应邀出席。这个没落的家族如果能赢得国王的瞩目将是一种莫大的荣誉，而撒手锏就是那个闻名遐迩的“王后项链”。为了这个招待会，伯爵先生去银行取出项链为夫人戴上。熠熠发光的钻石在夫人白皙的皮肤映衬下显出惊艳的华丽，那天晚上伯爵夫人可谓出尽了风头，成为万众瞩目的焦点。天遂人愿，国王果然也被她那华丽的气场所吸引。如此高贵的项链，似乎也只有在伯爵夫人身上才能显示出如此高雅，如此雍容华贵的姿态来吧。

宴会过后，德·特勒伯爵回到克雷泰伊府邸，走进卧室的当口，内心充满了喜悦。他不仅为妻子感到骄傲，更为拥有这个令家族显赫的珠宝兴奋不已。他替伯爵夫人把项链从脖颈上小心翼翼地摘下来，像从医生手中接过刚出生的婴儿一样把项链捧在手心细细端详，仿佛这是他们第一次见面。随即，他把这条项链装进刻有红衣主教纹徽的红皮首饰匣，放到隔壁的一个小房间里。这个小房间其实只是个和卧室相通的凹室，不过是跟卧室是完全隔开的。要进入这个小房间，必须从卧室那张床的床脚跟前经过。伯爵跟往常一样，将首饰盒放在高处的一块隔板板上，藏在一堆丝袜和内衣下面。然后他把卧室房门从里面反锁和夫人就寝，当晚相安无事。

（二）

第二天早上，他一早起床打算先把项链存到银行再回来吃早餐。他穿好衣服后下楼吩咐马夫备马，然后上楼回到妻子身边。

夫人还没有离开卧室，女仆正在帮她梳妆。她朝伯爵问道：“您要去银行吗？”

“对，先把这事办了，放在家里我不放心。”

“嗯，说的也是呢，放那里才让人放心。”

伯爵走进那个小房间。可是，不一会儿，只听到他问道：“亲爱的，你来动过吗？”

她回答说：“什么？没有啊，我从没拿过。”

“你一定把它挪到别的地方了吧。”

“我根本没有！从昨晚开始我就没开过那个门。”

伯爵走了出来，脸色已经变得苍白，说话也磕磕巴巴的，甚至有点语无伦次了：“你没有？不是你？那会是谁……”

夫人陪伯爵又再次走进小房间，两人心急如焚地到处寻找，把柜子都翻了个底朝天，丝袜和内衣都给翻了个遍，有的凌乱地给扔在地上。伯爵嘴里不住地念叨：“这下没救了……都是我的错，我要是昨晚就把它放到银行就不会发生这种事儿了……我们再怎么找也没有用了……我昨晚就放在这儿，就在这块隔板上。”

“没准您记错了，再仔细想想有没有放到别的地方？”

“没有，就是这儿，每回都放在这块隔板，我不会放在其他地方。”

小房间光线昏暗，且没有电灯。他们点了一支蜡烛，忐忑不安地把那些丝袜和内衣都搬出来。等到东西被清空以后，他们不得不接受这个残酷的事实：那个昨天还光耀门庭的“王后项链”不见了。

做事果断的伯爵夫人命令仆人不准擅自进入卧室以保护好现场，并马上差人请来呼和伦杰探长。呼和伦杰在当地素有“神探”之称，在他手上查出了多件常年积案。探长当即赶来，听明了事情的原委以后，他问道：“伯爵先生，您能肯定晚上不会有人进入你们的卧室吗？”

“绝对肯定。我睡觉一向很警醒，一有风吹草动我就会知道。更何况昨天晚上我还把门反锁。今儿早上我妻子拉铃唤女仆送茶水的时候，还是我去拔开插销的呢。”

探长从伯爵那里得知已经没有其他通道可以进入那个小房间，唯一的窗子也被堵死了。但探长还是想看看那扇唯一的窗子，说不定能从那里找些破绽出来。

他们点了几支蜡烛，呼和伦杰探长立刻注意到窗户并没有被完全堵死，只用一口壁橱堵到了齐腰的高度，而且壁橱和窗扇之间还留有很大一道空隙。

德·特勒伯爵解释即使没有完全堵死，若有人想从窗户进来也是徒劳，因为若是进来的话肯定会碰到衣橱势必会弄出很大的响声来。

“这扇窗子外面是什么地方？”探长若有所思地问道。

“是一个内天井。”

“这是一层还是两层的？”

“两层的。不过别人休想从这里进到房间里来。在和仆人住的那层高度相同的位置，我们架了一个细铁丝网。本想防贼，但也因此挡住了阳光，所以这个小房间光线不好。”

探长把壁橱移开后并没有发现上面有手印或是搬动的痕迹，由此来看，并没有人从窗外进来过。

“难道那条项链是从我们房间出去的不成？”伯爵问道，“但要是这样的话，与卧室被反锁这件事说不通，因为不可能有人能在门外把门从里面反锁！”

探长沉思片刻，似乎想到了什么，侧过身去向伯爵夫人问道：“伯爵夫人，除了你和伯爵先生，府上还有人知道您昨天晚上戴过这条项链吗？”

“那当然，项链是我的，我没有必要瞒着别人。但是没有人知道我们把项链放在哪儿。”

“没有一个人知道吗？”

“没有……除了一个人……”

“夫人，那个人是谁？这有可能是破案的关键，请你把话说清楚。”伯爵很急切地问道，眼里充满了渴望的光。

她对丈夫说：“是利得里斯。”

“利得里斯？她怎么会知道呢，我都是悄悄把它藏好的，她不可能知道。”

“你能确定你以前从房间里取项链的时候不被她看到吗？”

（三）

这位利得里斯是伯爵夫人在女修院寄宿学校读书时的同学。毕业之后她不顾家人的反对和朋友的劝告，执意和一个工人结婚了，并因此和家里人决裂。婚后生活艰苦，特别是孩子出生后，常常食不果腹。更加不幸的是，她的丈夫竟然抛弃她娶了一个酒吧的陪酒女郎，她不堪忍受侮辱，带着孩子离家出走。伯爵夫人见她可怜，让其住在家里。

伯爵夫人对探长说:“她在这儿也不是白住，她会帮我干些活儿，她很勤快，手也很巧。”

“她住在哪里？”

“就住在这层，离得很近，就在过道的另一头。还有，她的厨房里有个窗户。”

“那窗户朝着哪儿？是这个天井吗？”探长问。

“没错，就是现在正对着我们卧室天井的那扇窗子。”

话音落后，大家都沉默了好一会儿，好像各自心里都盘算着什么。

随后在探长的请求下，他们决定一起到利得里斯那儿看看。

进门时利得里斯正坐在桌子旁边做些针线活，她的儿子坐在床上看书。房间里连火炉也没有，在这寒冷的冬天房间显得格外冰冷。一个内阳台被隔成厨房，两块隔板上放着些简单的炊具，除此之外再没有其他像样的东西。探长连问了她几个问题，被问及项链失窃之事时，她神色显得异常紧张，昨晚正是她为夫人佩戴项链的。

“嗯，天哪！”她高声说道，“谁能想到项链会这么丢了呢？”

“您昨晚没有发现什么异常吗？嫌犯有可能是从您房间经过到达伯爵房间的。”

当她听到这么问时，却放声大笑，难道她没听说过嫌犯常常用笑声来掩盖写在自己脸上的真实想法吗？

“不可能，从昨晚起我从来没离开过房间，我几乎不出去。再说了，从这儿到伯爵夫人的窗台有三米多远呢，人是不可能跨得过去的。”她边说边打开阳台的窗子指着给探长看。

“好像没有谁告诉您项链是从那儿被偷走的吧？”

“不用说也猜得出来……因为项链就在那个小房间里啊！”

“您又是怎么知道的这些的？”

“嗯？我很早以前就知道晚上项链就在那儿，是伯爵先生您这么说的啊！”

她年纪不大，看上去却显得老气而憔悴，但脸上带着温顺的表情。她沉默了一阵子，却突然把儿子拉到身边紧紧抱住，仿佛是遇到巨大危险时母亲出于本能强烈地想要保护自己的孩子。那孩子双手也环抱着母亲，懂事地把头埋在她的怀里。

出了利得里斯的房间以后，伯爵对探长说：“您不是在怀疑她吧？她的为人我知道，我甚至可以为她担保。”

“本来我还有点怀疑她会不会被别人利用了参与了犯罪，不过现在看来是我多虑了，她不像是那种会偷东西的人，即使她很潦倒。”

神探呼和伦杰的调查似乎没有什么进展。此后这件事由预审法官接手继续调查。他传讯了伯爵家的所有人，包括伯爵夫妇，一遍又一遍地查看小房间，查验门的插销，又巡查了利得里斯的房间，甚至把小房间那扇窗关上让人模拟小偷进行试验，又派人从内天井上下检查了八百遍……结果无功而返，几乎找不到任何对案件有用的线索。

调查范围再一次缩小到利得里斯身上。但是她这三年来一共只出过四次门，且都是为伯爵家采购物品。要说她私通情夫盗走王后项链根本不可能，因为没有哪对情人三年来只见过四次面。利得里斯是德·特勒夫人的同学，伯爵夫人却对他颐指气使，全然不顾同学情面，把她当作贴身女仆和缝纫女工。王府上下的仆人常在议论这一件事。

预审法官和探长一样，最终也是无果而归。他说："门被反锁了，窗被堵死了，嫌犯作案不留痕迹，一点线索也不留下，我们无法知道是谁作的案。即使知道罪犯是谁，我们也不知道他是如何作案的。来无影去无踪，简直是不可思议。"

（四）

历时四个月的调查没有取得丝毫的进展，此案也就成了积案。警方和当地人们私下讨论想必是伯爵夫妇家道败落，走投无路，变卖了"王后项链"，但碍于情面，只要编了一个谎言。是真是假，我们不得而知了。

这对夫妇本是靠着祖辈留下的雄厚遗产才使得奢侈生活得以为继。"王后项链"是其家族的财富和地位的象征，更是一种信誉担保。"王后项链"丢失后，对伯爵夫妇的生活产生了巨大的影响，债权人纷纷找上门来，态度也不像以前那么客气了，伯爵夫妇的生活陷入了还债的漩涡中。伯爵夫妇只好忍痛将部分财产所有权转让或出售，甚至让与债权人作为抵押。总之，"王后项链"就像王府的镇府之宝，自从它失窃后，王府的生计一日不如一日。

伯爵夫人把气出在了其同学利得里斯头上，当着其他仆人的面对她恶言相加，叫她干比别的仆人两倍的活儿，却只给她一半的工钱，正式把她从友人之席贬为仆人之列。随后又找出种种理由为难她，最终辞退了她。

令人做梦也想不到的是，利得里斯离开伯爵府邸一段时间后，伯爵夫人却意外地收到一封她的来信。

夫人：

您对我的照顾与关怀，我感激不尽，因为我知道钱一定是您寄给我的。除了您，没有人会关心我这穷困潦倒的人了，更不会知道我的地址。如果猜错了，盼您见谅，并请接受我对您由衷的祝福。

这到底是怎么一回事儿呢？不管是现在还是过去，伯爵夫人对她根本没有什么照顾，更别说关怀了。而且她也知道是夫人有意把她赶走的，她这么做，到底是怎么回事呢？难道是为了让伯爵夫人内心不安？

伯爵夫人带着种种疑问立刻差人修书一封要求她把事情说清楚，利得里斯很快回信了。原来是她从邮局里收到一封陌生信件，里面附有两千法郎的支票。她还随信把信封寄来，上面盖着巴黎的邮戳，寄信人没有留下其他有用的信息，因为地址显然是假的，笔迹也像是有人故意造假的。

这些钱到底是谁寄给她的？从哪儿寄的？为什么要寄给她？带着种种疑问，警方对此进行了跟踪调查，但寄信人有备而来，没有留下丝毫线索，结果也是一无所获。

之后连续六年，利得里斯都收到了同样的陌生信件。信件里没有多余的字，只是两千法郎。不同的是，最后两年汇款增加到四千法郎。当时利得里斯生病，没有收入，正好可以利用这些钱来看病。不然的话不知道她的生活会变成什么样。

另外还有一点，邮政局借口邮件没有报价，扣留过其中一封信。所以最后的两封信都是按照规定来投递的，两封信的寄件人的地址和姓名都不一样，很显然还是用假名和造假地址。

六年一眨眼就过去了，直到利得里斯去世后，这个谜团也没能解开。但自她死了之后，也就再也没有陌生信件寄来了，好像寄信的人一直在关注着她的一举一动。

（五）

二十年后的一天，德·特勒伯爵府邸举行宴会。来客中有伯爵先生的两位外甥和一位侄子，还有预审团埃萨维尔法官，波夏公爵，弗洛里阿尼爵士（他是伯爵在美国旅游时结识的朋友），以及伯爵在马场俱乐部的老朋友鲁尔将军。

晚宴后，大家边喝咖啡边闲聊来。有位小姐用塔罗牌给几位先生算起命来。随后在法官的带领下话题转到了轰动一时的悬案上来。因为是老搭档，鲁尔将军喜欢跟伯爵闹着玩儿，就把“王后项链”那件德·特勒先生最不愿谈论的事情说了出来。由于“王后项链”家喻户晓，所以这个案件在当时曾引起全国范围内的大轰动。至今谈起，大家依然兴致不减当年，众说纷纭，各自发表自己的见解。他们的话不一定正确，但都代表了一种可能性和大家的猜测。

“先生，”伯爵夫人向弗洛里阿尼爵士问道，“请问您有什么看法？”

“哦，想法倒是很多，但我恐怕无可奉告，夫人。”

爵士刚刚还说了很多惊险有趣的故事，都是他和他家人及朋友的亲身经历，从这些事例当中可以看出爵士很有胆识而且对这些事情颇有研究。怎么现在就不说了呢，大家开始躁动起来都想听听他的见解。

“我承认，我恰巧解决过几个神探也束手无策的难题，但各位也不能因此就把我看成福尔摩斯啊……况且，这桩案件到现在也没有一个定论，没有人清楚它的来龙去脉，除了伯爵夫妇。”爵士先生说道。

宾客们都把目光投向伯爵夫妇，伯爵虽说一千个不愿意，但还是简单地把事情的原委说了一遍。爵士低着头两手托着下巴若有所思地听着伯爵的介绍，然后自言自语：“这件事或许不难啊，为什么那么多年还是没有人破案呢？”

伯爵无奈地耸了耸肩，宾客们却都兴致勃勃地围绕在爵士身旁要了解下文。于是他用一种老练却带着点武断的口气说道：“要找出一桩案件的嫌疑人先得确定他是如何犯罪的，犯罪动机是什么。这桩案子，说难也不难，因为我们能确定嫌疑人肯定不是从卧室房门进去的，那么他就是从窗子进去的。这么说是因为房门从里头反锁，从外面根本无法打开。唯一的可能就是从窗子进去。”

“但是窗子也是关上的，探长也检查过了，的确被壁橱堵死了。”伯爵申明说。

爵士没有搭理伯爵的话，径自推测只要用木板或梯子在内阳台和凹室之间搭块跳板就可以了进入小房间。

伯爵再一次不耐烦地强调窗子是关好的并且是堵死的。

爵士无法再对伯爵置之不理，但他也不跟伯爵着急，他的神态极其安稳，仿佛老警探对刚进入警察局工作的人不屑一样地笑着说：“当然我相信窗子是关好的，但嫌疑人可以从气窗进去啊，不是吗？”

“您怎么知道会有一个气窗呢？”

“一般像您这种大户人家安装气窗是很正常的事，另外，如果没有这扇气窗，这件案子就说不清了。”

“当时气窗是关着的，所以我当时并没有去留意它。”

“这是你们所有人的失误，连探长都看漏了它。它当时肯定有被打开过的。”

“这话怎么说呢？”

“这扇气窗应该跟其他的气窗一样，勾住顶上的铁环就能打开吧？”

“正是如此。”

“而且这个铁环应该就在窗扇和壁橱中间吧？”

“的确如此，但是我不是很明白……”

“请先听我说完。只要有件带钩头的工具，伸进去，勾住气窗的铁环就能把气窗拉开了。”

伯爵冷笑道：“好一段侦探小说，不过全是你的主观臆想，因为气窗上压根儿就没有缝隙。”

“不可能没有缝隙。”

“怎么可能，如果有缝隙，当初我们就发现了。”

“要想当一个好侦探，需要有一双敏锐的眼睛，不放过任何细节。你可以再去看看，缝隙在沿着镶嵌着玻璃的竖直方向。”

伯爵突然起身在屋里快步走了几个来回，并表示虽然二十几年过去了但是现场都没有人动过。

伯爵在爵士的建议下亲自去查验了现场，其他人都安静地在客厅里等着，仿佛有件沉积了二十年的大案即将揭开谜底。不久，伯爵脸色大惊，神情激动地出现在客厅门口，连连称赞爵士先生的高超判断。

伯爵夫人打断他说：“到底有还是没有？”

伯爵的舌头仿佛被什么东西绊住了磕磕巴巴地说：“的确有一道缝隙，就在那个地方……”他一把抓住爵士的肩膀，要求他把继续往下说，因为爵士先生刚才所说的都是正确的。

（六）

弗洛里阿尼轻轻地抽出身来并把伯爵扶稳站好，平静地说道：“作案人应该是伯爵夫妇府上的人，他知道伯爵夫人戴着项链去参加招待会，趁这个时候架好了板，等你们回来之后他已经事先藏在那边监视你们的一举一动。等伯爵先生从小房间里出来，他就偷偷地拉开气窗偷走了头冠。”

“即使这样，他在上面也够不着，不能把窗子打开呀？”

“既然打不开，那就只能爬进去。”

“这简直太荒唐了，那地方只有小孩才能爬得进去。”

“伯爵先生已经说对了。”

“难道真是孩子？！”

“伯爵夫人的同学利得里斯不是有个儿子吗？”

“是有一个孩子，好像叫拉乌尔。”

“那应该就没错了，是他作的案。”

“那证据呢？”

“证据会有的。那块跳板应该就是孩子在厨房拿的，从外面拿的话会被人发现。利得里斯用作厨房的阳台里不是有两块隔板用来放炊具吗？”

“没错，是有两块。可……”

“您可以去看一下，那两块隔板是可移动的还是固定死的？如果不是固定死了的话，孩子完全可以拿它来做翘板爬进去。”

伯爵心情沉重地走出客厅，宾客们几乎都把男孩当作罪犯了，觉得爵士的话肯定不假。果不其然，伯爵回到客厅激动地大叫：“真是那孩子干的！真是那孩子干的！噢，天啊。”

“您有没有看到那两块隔板呢？”

“嗯，隔板上的钉子都有被撬动的痕迹。”

伯爵夫人嚷道：“肯定是那个女人——她母亲教唆她儿子做的。那个女人才是真正的罪犯……”

“不，”爵士打断她说，“她母亲自始至终都不知道这件事。”

“不可能！在一个房间里，有什么举动肯定都知道。”

“没错，他俩是住在一个房间里，可事情是在他母亲睡着后孩子自己做的，他母亲白天做的事太多了，以致有个小动静也醒不过来。”

“那‘王后项链’哪儿去了？”伯爵说道，“孩子能把它藏哪儿呢。”

“其实探长应该到学校去检查下他的书包，孩子把它带到学校藏起来了，所以你们怎么找也找不到。”

“利得里斯每年收到的两千法郎，不就是她同谋作案最有力的证据吗？”伯爵夫人反问。

“不可能同谋作案。她开始还以为这钱是伯爵夫人给的而专门写过一封感谢信吧。况且警方也一直把她当作嫌疑对象监视着她。但警方漏了她的孩子，孩子是自由的，他能在远方随时寄钱给她。”

从爵士先生的深情和语气中，伯爵夫妇和来宾们似乎都有一种可怕的念头：弗洛里阿尼就是当年的那个男孩。但是谁也不愿意去说出来。

伯爵打个哈哈说道：“妙，实在是妙啊！先生的想象力和推断力让人折服啊！”

“您错了，”弗洛里阿尼神情严肃地说，“我不是想象，而是在陈述。”

“您一定开玩笑吧，您怎么可能知道这些事儿呢？”

“是伯爵先生告诉大家的。那母子俩离开贵府之后去了远方的小镇，那孩子借口出去打工偷偷变卖钻石再悄悄把钱寄给母亲。那孩子爱她的母亲，不忍心看着自己的母亲受苦，因为从小到大他都是在看着母亲受苦。他希望母亲能过得好好的，但他的钱没能治好母亲的病。母亲去世之后，孩子也慢慢地长大了。但小时候的记忆挥之不去，他想回到小时候和母亲一起生活的地方，看看那些曾经怀疑过、指控过母亲的人现在是什么样子的。当他站在故地，回想当年的一幕幕，心中五味杂陈，悲愤交加。”

他的话音落后，客厅里有一股异样的氛围。伯爵夫妇内心复杂，既想知道眼前这个人到底是谁，又怕言多有失。

（七）

但是，伯爵还是忍不住问了一句：“你叫什么？”

“伯爵先生真是贵人多忘事啊。我是在美利坚和您相识后来承蒙您照顾的弗洛里阿尼爵士。”说完，他欠身向伯爵半鞠躬。

“那您为什么说这个故事？”

“噢，没有什么别的意思，我只不过是一时兴起说着玩儿的。我想要是利得里斯的儿子还活在世上他最想做的应该就是向您坦白他当时为什么要那么做。如果他能向您倾诉心声，告诉您那是他不想让母亲受苦而做的一件泯灭良心的事，能让您知道他的想法，他一定高兴极了。”

说完，他尽量克制住内心汹涌的情绪，故作镇定带着假装出来的微笑向伯爵夫妇微微地鞠一躬。没错，事情已经很清楚了，弗洛里阿尼爵士就是利得里斯的儿子。就是当年那个骗过所有人的小男孩。就是那个处心积虑想要让母亲过得更好的男孩。他原本可以让这件事尘封于历史中，弗洛里阿尼爵士似乎故意在这样一种场合中倾诉其内心的想法。他想要让世人知道他这么做的原因。

伯爵内心充满了矛盾，相信不仅是他，在场的人都在犹豫到底要不要当场把他抓起来，指控这个大盗。可是，伯爵想，时间已经冲淡了历史，这么多年也过了有效审判期了，何况并不是所有人都会相信这种看似鬼话的真话。

于是，伯爵走到弗洛里阿尼跟前，语气诙谐地大声说道：“您真是幽默风趣十足的一位爵士啊。故事非常精彩，这孩子更是孝感动天。不知道他现在还好吗？”

“嗯，当然好。”

“可不是！真可谓初生牛犊不怕虎啊，小小年纪胆识过人，身手不凡！才六岁就把王后项链弄到了手。”

“一个六岁的毛小子居然这么容易就把闻名于世的‘王后项链’搞到手，且瞒天过海，甚至骗过了当时最有名的神探呼和伦杰。其实他只是个小子，做事当然毛手毛脚，留下一大堆破绽。但是即使这样，你们也没有发现任何蛛丝马迹。因为你们忽略了气窗这个最为关键的地方，只要你们当时去看一看，你们肯定能发现他爬过的痕迹。他也没想到事情居然这么简单，只要伸出手……”

“只要伸出手他就办到了，于是他真的伸出手了。”

“而且是在黑夜中悄悄地把两只手都伸出去了，伸向幸福，也伸向罪恶。”爵士哈哈大笑着接口说。

随即，爵士先生站起来走到伯爵夫妇跟前要向他们告辞，伯爵夫妇见他走过来，下意识地往后退了两步，好像面前这个人是被通缉了二十年的杀人犯，生怕受到半点伤害。见到此状，他斜着嘴角露出绅士般的微笑。“噢，两位，莫非感到害怕了？难道是我这出侦探剧说得太过于离谱了还是？”

伯爵夫人似乎比伯爵先生更能掌握大局，她清清嗓子，镇定下来，以爵士先生同样的语气反击道："谈不上害怕，更没有悲伤，相反我感到极大的欣慰。如果'王后项链'留在我身边，它充其量也只是个摆设，二十年前它有幸找到真正需要它的主人，我感到非常高兴。他是一位孝子，让我的头冠成全一个孝子的壮举，我何乐而不为呢？不过，话说回来，您觉得这个孩子，现在的他是不是还依然在为心中的使命而奋斗呢？"

聪明的爵士先生当然听出了这话里的弦外之音，不由得从心里打了个寒战，马上用他那老练的语气答道："我相信那孩子从未放弃他的理想，过去，现在，将来他都将一如既往地为完成他心中的使命而奋斗，我相信他是这样的人。"

"何以见得？"

"相信您最清楚，您那条光耀门庭的'王后项链'早已不是当年路易十五送给他情人的头冠。大部分的钻石都是您后来找人镶嵌上去的，也就是说值钱的没有几颗钻石。但是那个孩子尽管生活窘迫，他也没有卖掉头冠中那几颗真品，而只是变卖了那些赝品而已。"

"但那怎么说都是我王府世代相传的'王后项链'，即使它的荣誉大于价值，但没有人有权利把它从王府夺走。我想那孩子至今都不会明白这一点的。"

"他是明白的，夫人。当年看到您戴着那条王后项链参加宴会赢得国王的赞赏时，他就明白了，这条项链是可以向世人，甚至是国王夸耀的东西。"

伯爵先生希望妻子稳住情绪，不要再往下说了，但是不示弱的伯爵夫人全然不顾。

爵士先生听到这话时用几乎恶狠狠的目光瞪着伯爵夫人，她没能把话说完，似乎被他强大的气场所震住了。随后，她也意识到即使当众拆穿、羞辱他也是得不到半点好处的。一向果敢的夫人强力克制住内心的怒火，在那种场合，她也只能这么做。然后她不失礼貌地说道："当年'王后项链'被偷到手以后，钻石也被拆卸分开藏匿，但他们都没有动那个托子，因为他们知道钻石真假难辨，只有托子才是真正的伟大的杰作，不知道您说的那个人会不会明白这一点呢？"

"当然，托子肯定还在。他二十年来都不曾想过变卖钻石中的珍品，肯定也还保存着托子，完完整整地保存着。"

"如此最好，爵士先生，如果您有幸碰到那个孩子，请你转告他，他可以留下那些钻石，但那个托子应该属于德·特勒家族。钻石就像是一个人的身外之物，没有了还可以要回来。但是托子好比是一个人骨架，丢了就连灵魂也没有了。它就像是我们家族的姓氏，代表着我们的这个家族的过去。"

爵士先生谦恭地听夫人把话说完，然后站起身来，环绕一圈，向客厅里所有欠身致意后，转向夫人只说了一句话："我会代您转告的，夫人。"就走出客厅离开王府了。

三天后，伯爵夫妇一早醒来，发现客厅里那只红衣主教的首饰盒，他们打开一看，里面就是那条失踪了二十年的"王后项链"。

这就是轰动全城的巴黎头条事件。

琥珀烟斗

【日】甲贺三郎

案发现场疑点重重：水管没有水，煤气管掉落，厕所门反锁，凌乱的书桌上一本书的扉页被人撕去，一张写着“O+A ≠ B”公式的字条，让人不明所以。正当警方想以煤气中毒的理由结案时，消失的书页却出现在了死者同事的家中，这是巧合，还是蓄意谋杀的证据？那个公式背后有着怎样的寓意？

（一）

东京大地震后，我不得已失了业，待在这个勤卫队已经一年多了。因为家里有老小，为了多陪陪他们，我就选择了夜班，这样白天就可以在家陪他们一起吃饭。和我一起值夜班的还有和我年纪一般的青木以及以前当过新闻记者的松本。这里的工作也比较简单，主要是在夜晚的时候巡逻街道以及接受小区街坊的报案，以防有火灾或者盗窃之类的事故发生。

这天晚上，青木巡逻回来的时候已经是午夜两点了。换班的人赶来之后，彼此稍微寒暄之后，我们就离开岗哨，我和松本一道，青木的家在和我们相反的方向，于是我们就此分手。就在我们正好来到自家门前附近时，却听到从远处呼啸的暴风雨中传来叫喊声。

我们拔腿往前跑。一看，是青木上校狂喊“失火了”。同时，我忽然闻到了一股类似砂糖烧焦的味道。之间周围的邻居从四周聚拢过来，分别提着各种器皿汲水、灭火。最后，在大家的通力合作之下，火势得到了遏制，但是福岛家却已被烧毁了大半：厨房、饭厅和女仆房全毁，只有客房和起居室未受波及。

正当，累得精疲力竭的人们感到庆幸的时候，我却在纳闷为什么整个着火过程中，福岛家没有任何动静，于是我打着手电筒进入剩下的半个房子，想一探究竟。大概是走到起居室和客房交界的地方，我被什么东西绊了个大趔趄。用手电筒仔细回望时，我不禁惊叫出声：“啊！”连连后退两三步，在离我不远的地方横躺着一个人，确切地说，是一具尸体，因为榻榻米上已是血泊一片，而且鲜红仿佛凋零已久的玫瑰一样呈现着死寂的黑色。

听到我的叫声，屋外的人们慌忙蜂拥进来，随之议论声便像刚扑灭的火，又复燃了一般，势不可挡。然而七嘴八舌无非在重复一个主题：这座房子是福岛的家产，福岛的家人都回家乡避难去了，因为谁也不能预料大地震后的余震何时又发生，又会造成多大的损失。

本来福岛是留在这里看守庭院的，不过好像今天傍晚也回家乡了。死者是帮助福岛照看房子的管家。

听着说法各异，主题雷同的猜测，我偶尔回了下头，发现松本正用手电筒照着爬进后面的房间。

“你这是……”我从后面拍他的肩膀。

他回过头的时候吓了一跳，见是我，就一脸正经地回答说：“继续调查。”

“啊……”听见他的发出的轻微的叫声，我顺着他的手电筒照射的光线转向窗户的一角，发现角落的榻榻米被掀起一块，地板也被掀开。

松本爬过去仔细一看，被掀开的地板附近竟有一张纸片。见到纸片，松本很惊诧地捡起细看，我看到他脸上的表情凝固了一下，随后掏出了一支笔。我悄悄地在他身旁看着地板上的纸片，见到上面写着符号般让人摸不着头绪的内容，再转头看他的记事本，发现已经写上了与纸片相同的符号，是一堆箭头和一些英文字母。

我暗暗佩服这个小子的细心之处，等他记录完之后，我开始向他说出我纳闷的地方：“我正在奇怪这房间怎么没有找到一点纵火的痕迹，你认为呢？”

“那你刚进屋的时候你有没有闻到一股砂糖烧焦了的味道？”松本指着一个上端已经切掉、只剩底部的玻璃制大壶问我，并向我展示了壶底黏着的黑色板状物。

经他这么一说，我突然想起在刚刚听到有人大喊起火了的时候，我确实闻到了一股砂糖烧焦了的味道。

不久，松本由口袋里取出毛刷，从地板上扫了些什么东西，盛放在一张从记事本中撕下的纸上，很慎重地拿给我看。原来，纸上是无数滚动的白色小球。

“这东西……是……难道说是水银？”我看了一会儿，吃惊地问道。

“嗯。”他回答的同时让我看了一块直径约莫一两厘米左右的玻璃管碎片。

“看起来像是温度计破了。”我猜测地回答，“这和引火有什么关系吗？”

“温度计不会留下这么多水银的。”松本答道，“至于这和火灾有无关系，还有待进一步的调查才能确认。”

我也点头表示赞同，只是心里隐隐觉得这水银一定就是引起火灾的来源，虽然松本没有点头回答我的提问。

（二）

正当我和松本在屋内四处查看时，警官和检察官们来了。

经法医鉴定，男性死者是福岛家的管家，年龄在四十岁左右，致命的伤口留在左肺上，像是被锋利的刃物刺中而一刀致死的。至于凶器，可能是遗弃在现场的小型削皮切刀。就整个案发现场的环境来看，枕畔的茶几上有快餐盒子，而且，四周明显留有相当激烈的打斗痕迹，因为饭厅和客房以及起居室交界的纸门被切菜刀砍得破破烂烂。除此之外，被掀起的地板一角和留在附近的奇怪纸片也很可疑。

现场勘查完后，讯问开始了。首先是我接受问询，警官要我先把当天晚上知道的情况陈述一遍。我稍稍理了理思绪，开始回忆道：

“我值的是当晚的夜班一直到凌晨两点，那天晚上十点过后，天空就开始有点不太对劲了。不久，随着台风的呼吼声响，豆大的雨滴哗啦啦地洒落。在暴风雨中值夜，不用多说，也会让人感觉到不舒服。

“和我一起值夜班的还有青木先生和松本先生，青木和我年纪差不多，松本则比较年轻一些，我们在岗哨里随便聊着。记得在夜晚十二点左右，暴风雨来了。

“凌晨一点三十五分过后，我留在岗哨里，他们两人出发进行最后一趟巡逻。当时，暴风雨正达到巅峰。

“一点五十分，若要问我为何如此精确地记得时间，那是因为，岗哨里有时钟，我又无所事事，一旦发生什么事，我一定会先看时间，就在这个时候，松本和青木敲打着梆子回来了。”

讯问还在进行中时，被一个邻居，就是住在福岛家斜对面的森木太太，打断了，她说她有重要的情况向警官报告。

“发生火灾之前，我看到过管家的太太进了福岛的住所。刚刚发生火灾的时候，我还以为她也在里面呢，还在外面叫她的名字，没想到……”

“管家太太？是什么样的人？”

“这个……其实我们也不算很熟。房屋刚落成的时候，福岛先生一家都在那里住，管家和他的太太也在那里，偶尔也会碰碰面，所以也只是认识而已。说起管家和管家太太，邻居们都有些为那位太太感到可惜，因为，和管家相比，她的容貌实在太美了，虽然已将年过三十，但却青春依然。”

“管家和他的太太没有孩子吗？”

“好像是没有，听说是他们结婚也不到两年，兴许是再婚吧，应该是没有小孩的。”

“哦……”警官所有所思地答道。

“警官，我还有一件事情，不知道该不该说？”森木太太犹豫了一下询问道，好像什么事情有点难于启齿。

“这里是警局，您尽可放心地说，不用有什么顾虑。”

“其实吧，这位管家太太不太规矩，在我们外人眼里看来是不大规矩的，她好像和房主福岛有些什么，要不是因为事关人命，这些事情我们做邻居的本来也不该拿来说。”

“哦？还有这样的事情。”

（三）

森木太太出去后，一位巡佐带着身材肥胖、神情卑微、年龄约莫五十岁的绅士推开房门走了进来。他正是警官想要联系的失火住所的主人福岛先生。

他说听说家里发生了火灾，他就连忙从乡下赶过来了。经过简单的介绍之后，警官开始正式问讯。

问询之后，警官把他带到了案发现场，福岛一进来就可以见到倒卧一旁的尸体，以及尸体背部那个像怒目一般的伤口，那一刻，他的脸色瞬间变得苍白，全身发抖起来。

“这……这……”他瞪着眼睛，说不出话来。

“对不起福岛先生，我们刚才忘了告诉你，你家管家已经遇难了。”

“你看看，是你家的管家吗？”警官问道。

他瞥着眼看了看答道：“是的，确实是他。”满脸的惊恐。

“你的管家是为了帮助你看守住房，才来这里的吗？”警察见状问道。

“是的，是帮忙看守房子的，但是……他怎么……怎么……”

“能简单介绍一下您的管家吗？”

福岛先生擦了擦额头上豆大的汗珠答道：“他名叫板田音吉，浅草桥场人，曾是为我家工作的木匠，做事认真，稳重可靠，后来，转为我家的管家，和妻子两个人共同料理我家的一些杂事。”福岛慢慢地回答说。

“那他的妻子现在在哪儿？”

“不知道，回老家了吧。”

“回老家？可是今天还有人看见她进了你的那栋房子。”

“这……我……我不清楚他们的事。”福岛回答的时候声音都有点发抖。

警官瞥了他一眼，心中怀疑他和管家太太有某种关系，而且他正在不停地瑟瑟发抖，就吩咐身边的刑警把管家太太找来。

管家太太进屋后，小心地看了一眼审问的警官和一旁瑟瑟发抖的福岛，还有不远处的那具尸体。她颤抖的腿已经站不稳了，扑通一下跪在了地上，全身不停地发抖：“警官先生，我没有杀人，没有杀人，真的没有。”

“请问你和福岛先生是什么关系？”刑警问道。

“我，我们……”管家太太脸色煞白，已经说不下去了。

刑警拍案说道：“你们也太狠心了吧！用刀把他刺死后，还要毁尸灭迹把他和这屋子一起烧掉。”

“没……没有……我们没有杀他。”福岛和管家的太太同时伏在地上说道。

管家太太顿了顿说：“都是我的罪，我不该答应福岛先生这样做的，毕竟我和他也是三年的夫妻。但是，谁让他知道了我和福岛先生的事后威胁说要杀了福岛，我不得已才……”

警官示意停下来的她继续说下去，“其实因为我和福岛商量好了，要纵火杀害管家，因为意外的火灾并不一定会引起警方的注意。但出于对夫妻情分的留恋，我在晚上的时候偷偷地去了福岛的住所，想看看他。没停留多久，我就离开了。但是，我没有杀他啊……”

“您不要激动，”警官和检察官们宽慰道，“如果你真的没罪，我们警方自然不会让你顶罪的。”

虽说是这样，管家太太还是伏在地上瑟瑟发抖不肯起。

接着警官让人把青木带进来。

“夜间巡逻交班之后，应该是凌晨两点二十分过后吧，我回到了家。因为从正门走比较远，所以我每次晚班后，都是穿过福岛家庭院进我家后门，这次也不例外。可是当我走到福岛家时，却在厨房的天井见到红色火光，因此大叫出声。”青木说。

“庭院的门是开着的吗？”警官问。

“因为夜间巡守队在巡逻时会进入庭院查看，所以按照规定每家的门都不上锁。”

“发现起火之前，你们是否巡查过福岛家一带？”

“快凌晨两点时候，巡查过一次。是不是，松本？”青木回望着松本，想得到肯定的答复。

松本还没来得及回答，就被过来送验尸报告的人打断了。经过检查，可以确定行凶时间在晚上十二点左右。而且放在茶几上的那盒快餐被检测出里面含有让人沉睡的玛卡。

“那就奇怪了。”警官纳闷道。本来他们猜测，应该是管家太太和管家见面之后，可能有过一番激烈的争吵和撕扯，期间，管家太太可能随手抓起削皮切菜刀刺杀了他，惊慌之下，砍烂纸门，然后纵火灭迹。

这时，松本打断警官的沉思，淡淡地说道：“我还有事情必须向检察官先生报告。”

“什么事？”警官问。

“杀死男人的家伙，我觉得，并不是管家太太或者福岛先生。”

“什么！”警官的声调提高了，“这话怎么说？”

“我不知道你们审问那男主人的时候有没有认真观察，那个男主人是个常见的右撇子，那个管家太太也是正常的右撇子。但是，仔细观察过男子尸体后，我们可能会发现杀害男子的是一个左撇子。因为他身上的伤口是从左至右依次加深的。而且如果是管家太太或者男主人的话，那么掀起的地板和那张奇怪符号的纸片都没有办法解释了。除此之外，据我推断，刚才那两人表现惊慌是因为，他们都以为守房的管家是被火烧死的，而没有想到背部居然有刀砍的痕迹。”这个时候松本又把脸转向一边听得一头雾水的福岛先生。

“福岛先生，看样子你也曾经学过药物学，我在你的房间里发现了《药局法注释》，那可真的是一本好书。”

松本再次转身面向警官：“我读过山下教授的《药局法注释》，书上写着氯酸钾过量会致死，不过……”他将翻开的书递向警官，接着说，“我在书上发现了这个。”

“是什么？”警官疑惑地看着松本的手指指向的地方。

书页上写着：氯酸钾与二氧化锰、氧化铜等氧化金属混合加热至260度到270度时会释放出氧。而且氧在高温时是强烈的氧化剂……另外，在氯酸钾中加入二倍分量的煎糖，再在混合物中滴入一滴浓硫酸，立刻起火燃烧。

“我们最初发现火灾时，确实闻到了砂糖的焦味，而调查现场时也发现玻璃制的大糖壶，坏掉的底部焦黑如炭。因此，我认为这是利用氯酸钾遇硫酸而分解生成过氧化氯的性质来引火燃烧的。”

“原来是这样，”警官点了点头，“这么说凶手为了纵火，混合砂糖和氯酸钾再滴加硫酸？”

“不，我想不是凶手。杀人与纵火之间有相当长的间隔，而且这些药品可能很早就已调配好了，大概在傍晚吧！”

“那，那您的意思是福岛先生放的火？”

松本没有直接回答，而是继续说道：“我在现场发现了玻璃管碎片和少许水银。在此之前，我一直想不透它们的用途，但是，我翻查《药局法注释》时，终于明白了真相。”

他转身面向警官，接着说：“警官先生，在氯酸钾和砂糖混合物中淋一滴硫酸，是的，仅仅只要一滴，立刻会引起熊熊大火。有没有办法让一滴硫酸在适当时间自动注入呢？有的，就是利用水银柱。将直径一厘米的玻璃管弯成U字形，封闭一端，倾斜着从另一端缓缓注入水银直到完全注满。如果两端都开口，水银柱会在左右相等的高度静止，但是因为一端封闭，由于空气压力的影响，水银柱保持一定高度，左右高度差约760毫米，这也就是所谓的大气压强。所以，若是大气压减弱，水银柱的高度自然而然就下降。

“昨夜两点左右，东京处于低气压中心，根据气象台报告，下午五点左右的气压为750毫米，凌晨两点为730毫米，也就是相差20毫米，亦即，封闭端的水银柱下降了10毫米，而开口端的水银柱上升10毫米。若在开口端的水银上滴入少许硫酸后放置不动，硫酸当然会溢出了。”

“但是，杀害男人的难道另有其人？”

“与其说是另有其人，”松本说，“还不如说是‘那个男人’比较恰当。”

在场的人再度震惊了，每个人都默默凝视着青年。

“警官先生，你还记得一个月前新闻报纸上报道的一连串的奇怪事件吗？”

警官沉思了一会儿说：“你说的是岩见的案子吗？”

“是的，警官。”

“这其中有什么联系吗？”警官不解地问道。

听到“岩见”两个字，我想起了一个月前新闻报上连篇报道过的神秘盗窃案件。

（四）

不久前在报纸上报道了一位自称是“上班族岩见庆二”的谜一样的青年，在他身上发生了神秘的盗窃案件。

那是去年6月末某个晴天的午后，这位名叫岩见的年轻人刚刚领了一个月的薪水，虽然薪水不见得很菲薄，但是想到拿回家后要交纳两个月的房租以及水电费，那么这笔钱就不会剩下几个子了。但是他还是兴冲冲地跑到挂满名牌衣服的银街橱窗外走了走，心里想着这些衣服要是穿在自己身上会是什么样子，但是另一方面又想也许这些衣服永远都不会穿在自己身上吧，因为只是那衣服上的一颗黄金袖口，自己也许一年的工资也不够，这样想着的时候他又灰了心。他用手摸了摸自己身上沾满了油渍的木袖口，一边叹气一边离开了银街橱窗。

好不容易离开那个橱窗，他继续朝新桥方向走去。这个时候他又来到了一间钟表行前面，他不经意间用眼瞥到了橱柜上的一只金光闪闪的手表，虽说橱柜上有很多名贵的手表，但是数这一只最耀眼。他也很想拥有那只华贵的纯金手表，但是就凭自己身上的这些银票怎么可能买得起呢？于是他不得已放弃了对那只手表无谓的妄想。

他加快了自己的脚步，想早点离开这个让自己感到羞耻和惭愧的地方，走了没多远，他突然感觉到自己的上衣袋鼓鼓的，于是将右手伸入上衣口袋想看看是什么东西。他感觉到自己的手碰到某样陌生东西，他边在想“是什么呢”边拿出一看，是个硬邦邦的东西。他定睛一看，“啊，这不是刚才自己想得出神的黄金袖扣吗？”他揉了揉眼睛，感觉十分诧异，就在此时，他感到左边口袋也沉甸甸的，慌忙拿出，却是那只纯金手表。他像丈二和尚摸不着头脑了。

可是不容他继续呆然若失，他拿着纯金手表的那只手已被另一只强而有力的手紧紧地抓住了——他背后站着一位身材魁梧、模样陌生的男人，这位高大男人就是一名警官。

他被强迫和警官一起回到刚才的名表店，在他还搞不清楚究竟是怎么回事之前，店员们都指认是他盗走了那只黄金的袖口。接着他又被稀里糊涂地带回到了钟表店，他也逐渐明白发生了什么事情。钟表店的老板一见到他就立刻说是这个人没错。

马上开始搜查岩见全身，从腰际口袋找出了那只纯金的手表！

“你还真是有一手呢。”警官望着岩见说。

“这……”明白事态的严重性，岩见拼命辩解，“我完全不知道这是怎么回事。”

“喂，别装蒜！物证人证俱在，你还有什么话好说？”警官说。

“我真的什么都不知道。”岩见一脸茫然地都快哭了出来。

警官不容他分说就和店员员们把他领到了警察局。

到了警视厅，岩见毫无惧色地表示自己不知情。开始警官们都还觉得不相信，但是听完他的说明，警官们沉吟不语。如果岩见所说属实，那么这就是一桩很奇妙的事件了。当他听到岩见是位于 ×× 大楼内的东洋珠宝商社职员时，这个时候，一名警官突然想起了一件事情，那是两三个月前发生的白昼抢劫事件。他立刻询问岩见，他是否知道这个案子，岩见对这个案子的陈述更是令警官们大跌眼镜。

时间是赏花季节的 4 月初某个阴霾日子的正午。在 ×× 大楼十楼的东洋珠宝商社负责人室里，负责人准备把新进的一批珠宝送进保险箱里，这可都是名贵的珠宝，出不得一点岔子，岩见被负责人叫去守在放保险箱的房间的外面，以防有什么外人进入。

负责人正要往金库走的时候，忽然发现有蒙面人握枪站在背后，岩见已经倒在了不远处。蒙面人瞪眼注视着负责人，慢慢地走近，就在正想抓起桌上钻石的瞬间，背后响起异样的叫声：“快，有坏人进去了！”——是倒卧在地的岩见发出的声音。

听见了岩见的叫声，那个蒙面人迅速退往入口。办公室里的员工也在听到叫声后蜂拥冲向负责人室入口，只见岩见边叫着“负责人受伤啦，快叫医生！”边冲出来。

“蒙面人呢？”负责人喊道。

“啊？”员工们却满头雾水。

先是岩见叫着“负责人受伤啦”冲了出来，紧接着是负责人叫着“蒙面人呢”冲出来。进入室内后，员工们看到了倒着已快停止呼吸的岩见。那岩见不是刚叫着出去了吗？这下员工们就更加疑惑了。

后来弄清出事情经过以后，大家明白了是有人化妆成岩见的样子，进银行行窃，刚刚大叫着“负责人受伤了，快叫医生”的那个人并不是岩见，而是那个行窃的歹徒，他就趁着大家慌乱之际逃了出去。在大家平息下来，清点宝石的时候，发现少了一颗十分名贵的钻石，那可是一颗价值连城的宝贝啊，是这批货物里面最值钱的。虽然后来这家店报了警，但是警官也是无论如何也找不到破案的头绪，于是这个案子也拖了下来。

这个案子还没结，就有了指证岩见偷窃的案子，警官们听岩见叙述了钻石被盗案后，对于这个案子也不能下结论了，他们想或许真是那个化妆成岩见的人盗走了钻石嫁祸岩见。可是那个人是谁呢？他为什么一而再地和岩见过不去。他们也问了岩见是不是有和自己有深仇大恨的人，岩见怎样也想不起来会有这样的人。

虽然如此，但物件被盗取是事实，而且找不到凶手。于是岩见还是被判了坐两月监牢。在坐牢的时候，一天岩见在牢里，一个狱警过来说“审判你无罪，可以走了”，岩见虽然觉得莫名其妙，还是跟着他走了。他被放出来之后，由于长久地压抑，就想放松放松，第二天他就去了品川的酒楼喝酒。

可是，这个时候就有警察局的警官来拷他回去，罪名又增加了一条是“私自出狱”。岩见回警察局后向警察陈述了事件的经过，还指认了放他出去的狱官，可是那个狱官说根本没有这么回事。警官们更是迷惑，因为调查也得不到进展，这件事情也就这样不了了之了。

“当时我是负责对此案件进行报道的记者。而我本人对这桩真真假假的案件很感兴趣，也曾去岩见的住处进行了较为严密的调查，所以至今仍记得那些奇怪符号。那些奇怪的符号和这间房间里遗留下来的纸片上面的符号一样，如果能够检测出这张纸片上的指纹，那就更好了。”松本说。

警官赞许地看着松本说：“对了，那关于岩见潜入的理由，以及送进掺毒的便当的理由呢？”

“这个，我也不知道。或许你可以亲自去问问他。”松本语气肯定地回答。

两三天后，报纸报道了岩见被捕的消息。他对于杀人的事情供认不讳，可是对于潜入福岛家的理由却三缄其口。

（五）

某日，我走在街上突然被人叫住了，一看，原来是好久不见的松本。虽然已经好些时日不见，但是他还是老样子，或许是出于那次事件后所有的默契，我们决定好好地喝一杯，于是我们就进入了玉川电车车站楼上的餐厅。

喝了几杯后，我笑道：“我说小弟，你可是真有做侦探的料。”

“不过是瞎猫碰上了死耗子。”他淡淡地回答，“岩见那家伙好像被逮捕了啊。”

“是啊，好像是上个月的事情，警察署办事的速度真是不敢恭维。”多喝了两杯，我连说话都大胆起来了。

“对了，我想问一下，以前福岛家的房子是不是平地？”

“福岛家的房子……唔，好像是，我想起来了，以前是荒草地，今年五月才开始建造的，可惜没几个月又被烧掉了。你问这个干什么？”

“没什么，想起了随便问问。”

谈话期间，松本一边说一边抽起了他从口袋里掏出镶金边的漂亮琥珀烟斗。

“好漂亮的烟斗。”我感叹道。

“是吗？送给你。”他连忙擦干净了要送给我。

我连忙摆手：“承受不起，承受不起。”

“哎，你对那次事件还是挺关注的吧？”松本突然岔开了话题。

我知道松本指的是前不久的那次命案。

“人世难测啊，谁会想到发生那样的事情，当时可是把我吓坏了。”

“是啊，谁说不是呢？”这个时候，松本顿了顿继续说，“老哥，送给你的琥珀烟斗，可要好好保存哦。”

我吃了一惊，完全没明白他在说什么，他用眼神示意我往左衣兜里摸去，我把手伸入口袋，忽然摸到一个硬硬的小东西，拿出来一看，是松本刚刚所抽的烟斗。我绞尽脑汁地思索，就是想不出烟斗会在我口袋里的理由。

“天哪，这……这是……”出于异常的吃惊，我居然说不出一句话来，我一脸茫然地盯着他。

“我想我们以后也许不会再见面了吧？”松本完全不理会我的吃惊，继续自顾自地说，“我想告诉你有关这件事情的始末，我想你应该会非常感兴趣。”

我睁大了铜铃般大的眼睛，诧异耳朵里听到的一切。

松本说：“这件事情还得从去年的钻石盗窃案说起。你一定不知道吧？那次东洋珠宝店钻石被盗，其实凶手并不是入室抢劫的歹徒，而是岩见！那天歹徒进入银行后由于被发现，立马就离开了，那个时候，负责人慌乱中把宝石放进保险箱，但是他没有想到，他遗落了一颗价值连城的钻石。当负责人出去追歹徒的时候，岩见发现了这个钻石并把它放进了自己的衣兜，并找了地方藏起来。

“后来这件事情在报纸上报道了，所有人都以为这颗钻石是被歹徒抢走了，其实只有岩见和歹徒知道这个宝石的下落。歹徒从报纸上知道遗失了一颗钻石，知道这颗钻石自己并没有拿走，那谁才是最有可能拿走这颗钻石的人呢？听到这里，大家都可以猜想到，那个人就是岩见。他倒在地上的时候，负责人和店员都在因为凶手而感到茫然，他一定是瞧见了负责人在慌乱中不小心掉在地上没有放进保险箱的钻石，他悄悄地拿在手里占为己有。在得到钻石以后，他就把钻石藏到了只有自己知道的地方，然后还写下了纸片记录下了钻石。

“那位想盗得钻石的歹徒知道这一切后，于是就想了一个办法，那就是让警官先逮捕岩见。自己再想办法把他放出来，放出来以后好跟随他去查看放钻石的地方。

“为了让警官再次逮捕岩见，歹徒想了一个办法。也是和后来这件事有联系的金表金袖扣盗窃案件，那件案子中岩见确实是无罪的。因为像岩见那样一个银行职员是不可能有那样巧妙的盗取手段的，他不过是一个替罪的羔羊罢了，凶手其实是在他在橱窗前发呆的时候就看穿了他的心思，装扮成他的样子在他后一步盗取了手表和袖扣，然后趁他走路心不在焉的时候把袖扣放在他的右上衣袋，又趁他发现了右上衣袋里的东西茫然失措的时候，把手表塞塞进了他的左上衣袋。然而凶手在做这样一连串的事情的时候，显然没有任何一个人察觉，人们都以为是岩见偷走了东西，而岩见自己也都觉得莫名其妙。”

说到这里的时候，松本朝我手中的琥珀烟斗望了望，露出一丝狡黠的笑容，我感觉自己的心里咯噔一响，有种灵魂出窍的感觉。

然后松本接着说：“紧接着就是岩见被警官逮捕，带去让店员和老板指认。这个歹徒见到岩见被自己陷害入罪，又冒着危险趁深夜乔装成警官带出岩见，原因何在呢？那是因为他跟踪在岩见身后。因为岩见在因盗窃嫌疑被捕又获释以后，肯定会异常担心自己曾经藏的钻石是否还在，一定会因为担心而前往藏放处查看吧？而这就是歹徒的目的，他要知道钻石的藏所。可是岩见并没有先去查看钻石的藏所，因为钻石已经不是那么容易查看了，那是因为以前放钻石的地方现如今修了房屋。于是，歹徒的目的并没有达到。

“但是幸运的是歹徒却很偶然地知道了钻石的藏放地点。在这次福岛房屋被焚事件中，歹徒无意间发现岩见进入了福岛的房子，你还记得在那栋房子里发现的那张纸片吧？上面标示的奇怪符号其实就是钻石的藏身地址。当岩见在那里藏钻石的时候，那里还是一片荒草地，可是，岩见也没有料到的是，这个叫福岛的家伙不久后就在这片荒草地上盖了房子。趁房主去乡下的时候，他想了一个办法，他了解到管家一个人平时爱叫快餐，他就把管家叫的快餐盒里加入了玛卡，好让管家进入睡眠，这样自己就可以进去寻找钻石了。

“问题是，帮忙看守房子的管家因为知道了妻子和房主的奸情，并没有心思吃饭，更谈不上昏睡。岩见进去的时候，管家发现了闯进的陌生人，在这种情况下，岩见不得不把管家杀死以顺利取得钻石。地板会被掀起的原因就是为了找钻石。但是他没想到的是，他碰到了一个黑心的房屋主人，这家主人要烧了房子获得高额的保险赔偿。感觉到房间要被烧起来的时候，岩见不得不在没有拿到宝石的情况下逃走。世事难料谁说不是呢？但是，你肯定会问，那么，钻石呢？当然是被我拿走了。

“琥珀烟斗进了你口袋的手法定让你大吃一惊了吧？其实我想告诉你的是，你一点都不用奇怪，我就是那个装扮成岩见白日里抢劫 ×× 大楼的所谓的歹徒。”

松本一口气说完这一切后，停了下来，得意地看着我张大的嘴巴和震惊的眼神。等我反应过来后，发现松本早已经不知去向，留在我手里的只有刚才他放进我衣兜里的那把琥珀烟斗。

财产之争

【日】小杉健治

古玩店里那个年轻漂亮的女人深深吸引了我。在我的主动邀约下，她很快与我发生了暧昧关系。虽然各种闲言闲语说她是为财产才留在古玩店，才照顾卧病在床的公公的。无论如何，我仍然喜欢她。但是，用情过深的我却浑然不知，自己早已被卷入一场酝酿已久的财产之争中。

（一）

今天，难得没有加班，又没有和同事出去喝酒，所以到达日暮里车站时，时间还早。从日暮里车站出来，就是平缓的御殿阪。平常，我是爬上御殿阪，穿过谷中银座商店街回家的。但是，今天我在走到七面阪之前的道路上左转了，想多绕点路，四处逛逛。

我刚从长期生活的大阪调职至东京，因为我和妻都想住在商业住宅区，刚好谷中这片有一栋房子要出租，我们觉得合适，就马上搬过来了。

走进曲折的街道，可以看到四处都是古色古香的寺庙屋檐。在不远处，我竟然发现了一间叫“一谷商店”的不太大的古玩店。这种地方竟然会有古玩店，这让我有点惊讶。

整栋二层楼房是木造的，屋顶覆盖着瓦片。店里陈列着一些古朴的古物，因为光线太暗，只看得到它们的黑影。忽然，我发现店内的角落里坐着一位年轻貌美的女人，宛若女神，散发着耀眼的光芒。我低着头，急匆匆离开了。

从那以后，只要我提前回家，都会故意路过古玩店。若看不到她的身影，心里就像丢掉了什么东西似的，怅然若失。

有一次，妻子向我提及那家古玩店：“古玩店里有一个年轻女子，是店主的儿媳，但店主的儿子早就死了，可惜那么年轻就守寡了。”

“哦，是吗？”我装作漠不关心，实际希望妻子多说一些。

“店主独子名叫公彦，好像是研究半导体的工程师。他不喜欢古董，故意挑选尖端的职业。据说半年前死于肝硬化，是死在情妇的房间里的。”那么说店里那个女人的年龄和我差不多。

“这个年轻的女人怎么不改嫁呢？”

“听人说是为了财产吧。”妻子知道的还真不少，“她公公长年患病，据说活不了多久了。她只要再等等，就能继承丰厚的遗产呢。听说他公公在涩谷那边有很大一片土地，值很多钱呢。”妻子最近大概没少走家串户，这种事情都打听得如此清楚。我看她身材最近有点发福，似乎最近懒得都不化妆了。

“人家既然是媳妇，就拥有合法的继承权，为什么硬说她是为了财产？”对一些说长道短的话，我没来由觉得厌恶。

“咦！你怎么会替她讲话？”妻子有点疑惑，随后她又拿出一件今天刚买的衣服给我看。

我没理她，径直走进了浴室。

（二）

这晚陪同事们喝了几杯，走出日暮里车站时，已快九点。天空淅淅沥沥，不知什么时候下起雨来了。

我掏出折叠伞，正想离开车站，突然发现出口处站着一位穿着优雅的女人，正无奈地望着天空，竟然是古玩店的女人！

我顿觉心跳加快，借着酒意，我主动与她搭讪：“不介意的话，我送你一程？”

她转过脸来，长睫毛、小脸蛋，头发往后梳，额头很漂亮——如此清秀美丽的女子。她微微向我颔首，转而钻进我的伞下，没想到她竟然没有拒绝我的请求。

“你住在古玩店？”我找话说，但怕她误解又赶紧辩解说，“我经常从那条街经过，所以……”

“我见到了。”她扑哧笑了出来。

她早就发现我经常流连在古玩店门口了吧，想到这，我感到有些很难为情。

雨下得很大，伞很小，我让她再往里靠，她听话地贴紧了我，随即她身上一阵好闻的香味飘进了我的鼻腔。

把她送到古玩店门前时，她告诉我，她叫千春。

第二天，我再次经过古玩店，看到她并不在店内，于是双脚很自然地踏了进去，她忽然从里面走了出来。

“这些东西真不错。”我故意欣赏店里的古物，想借此掩饰自己的尴尬。

“进里屋喝杯茶吗？”看得出，她很兴奋。

我当然愿意，但仍小心地询问：“可是方便吗？”

“我公公在二楼休息。”说着，她转身入内。

坐在木板地面上，喝着千春亲自冲泡的热茶，我觉得她拥有一种超然世俗的性感。

“你负责买卖吗？”在我看来，做古董生意需要相当的学识积淀和素养修为，我对她有些不确定。

果不其然，她轻轻地摇摇头：“我只是看店而已，因为客人们都是业内人。”

“你先生去世了？”我转换话题，但话一出口就后悔了，我总在不恰当的时候问一些不该问的话，不太顾及对方的心情。

她缓缓点头。从她脸上，我似乎没看到太多的眷恋与悲伤，难道是因为丈夫的薄情寡义？

这时，我听到了轻轻的铃响。

“公公在叫我了，你请等一下。”她边说着，边站了起来，笃笃地爬上了楼梯。

难道她守着病榻上的公公，真的是为了财产？我端起茶杯喝了口茶。

不一会儿，她又回来了。

“我可以问一个问题吗？”我想把一些问题弄清楚。

她微笑着点了点头。

“听说你丈夫是死在别的女人家中的？”

她低头不语，忽然又抬起眼睛来看着我：“以后别提这件事了。”

“我没有别的意思，只不过听到居然会有男人背叛你这种女士，感到不可思议，为你打抱不平。”我赶紧解释。

“其实在我们结婚之前，他就已经和那个女人交往了。”她有点落寞地说道。

“那是个什么样的女人呢？”

“酒吧的女招待。”

我万分同情千春，胸口阵阵难受，于是便站起来告辞。

她把我送到店外，我鼓起勇气邀请她下次一起吃饭，她没有拒绝。

（三）

即使千春真的是为了财产而照顾卧病在床的公公，我仍然喜欢她。这天，走出日暮里车站，走在通往古玩店的小路时，我心里暗暗想着。

我望向古玩店内，没有见到她在里面。我呆呆站着，舍不得离去。就在这时，从店里走出一个约五十岁左右的妇女，后面跟着千春。

千春一眼看到我，脸上露出了兴奋的神情。那个妇女冷冷地打量了一下我，又看了看千春，故意大声地说：“千春，别忘了按时让你公公服药。”千春颔首答应。

等那妇女走远，我赶紧问千春：“这个女人是谁？”

千春默然良久，才毅然地说：“她叫关子，是我公公以前照顾过的人。”

难道是情妇？我猜想。

“关子常说，成功的古董商要会玩女人，因为从女性之美中以可磨炼对物品的美感。我公公年轻时可相当的风流倜傥呢，关子以前曾经是艺妓。”

我不由得相信了自己的猜测。千春把我迎进屋里，像上次一样，坐在木板地上喝茶。

我问：“被她看到我们……会给你带来不便吗？”

“是我不好，一见到你就只顾着高兴……”千春羞涩地说着，那神态，让我内心升起万般爱怜。

她约我第二天晚上在外面见面，说有要事和我商量。我很兴奋，想也没想就答应了，差点忘了公司第二天晚上有个送别会，不过我会想办法错开的。不过我还是问她走了谁来照顾她的公公呢？她说她有事外出时，都会让那位关子过来帮忙。

第二天晚上八点过后，我准时来到约定的咖啡店。刚刚我已经去过公司送别会露了露脸，后来借口有重要的事情先行告退了。

走进咖啡店，发现几乎都是年轻的情侣在约会，这么说来，我和千春的关系更进一层了，心里暗自得意。半个小时后，千春才到。

“抱歉，我来晚了。”千春小跑过来，连忙道歉。今晚，她穿着白衬衫，搭配着蓝色的套装，娇美可人，我怎么舍得责怪这样一个女子呢。

当咖啡还剩下一半的时候，我问什么事情耽误了她。

她神情不自然，只管低头道歉，随后，她说：“其实说有事情要和你商量是假的，我只是觉得，如果不找这样一个借口，你就不会见我……”我心里一软，什么也说不出来，只是无限爱惜地凝视着她的脸。这样一个年轻女子，整天躲在店里照顾病人，实在太让她为难了。

在千春的请求下，我带她到一家小料理店喝酒。老板娘和服务员看到我们在一起，都打趣起哄，千春也表现得很羞涩。

千春的酒量不错，她喝得很尽兴，喝到最后脸上泛起了红晕。当离开店的时候，已经是晚上十点多了。

我们走出日暮里车站，经过谷中墓场旁边的樱花树，微风中，樱花花瓣随风飘落。

我把她送到古玩店门口，看到她脸上红晕未褪，一时冲动，把嘴唇靠了过去。她安静地站在那里，没有回应，也没有拒绝。

当我把嘴唇移开时，她瞪着我，佯装生气地说：“你不是好人。”但我听得出，她并非生气。

这时，玄关门被拉开了，关子把头探出来。刚才这一幕，她应该看到了。

“抱歉！这么晚才回来。”千春道歉。

我也赶紧低头赔罪，但关子什么话都没说。

第二天早晨，我刚坐上餐桌，就听到妻子问：“你昨晚去赏花了？”

“为什么这么说？”

“你西装上有花瓣。”我看到妻子手掌上粉色的樱花花瓣。

我脑海里出现了夜色里谷中墓园的樱花树，于是慌忙说：“也许路过哪家庭院的时候，刚好樱花飘落，碰巧落在衣服上了吧！”我无法直视妻子的脸。

（四）

两个星期后的一个中午，服务台通知有人找我。

我出去一看，原来是关子。

“我刚好到附近办事，就顺便来找你。”关子不停地打量着我说。

“我们到外面说吧！”对她的到来我感到非常疑惑，虽然和她见过几次面，但绝没有到她顺道来看我的那种交情，她肯定是想谈千春的事！

在地下室的咖啡店里，她看了看菜单，却点了一个奶油派。

她漫无边际地跟我谈论哪个城市怎样，或是哪家店味道怎样，或者女服务员长相如何等，我等着她把此行的目的说出来。

眼看都已经一点半了，我还要为两点的会议准备资料，心里焦急不已。但是，关子就是不停地闲聊，似乎忘了说她此行的目的。

“你到底有什么事？”我忍不住问道。

“我说过有事找你吗？”她无聊地搅动汤匙。

“如果没事，我要回去了，我还有事。”我有点生气了。

“你今天也和千春有约吧？”看到我准备离开，她说道，“她今天又叫我去帮忙照顾老先生了，她还年轻，没有男人真不行吧。”

“我们不是那种交情。”我皱眉。

“老先生身体越来越不行了，又只有她一个亲人。”

“你到底想说什么？”

“你今晚和千春约好几点见面的？”

“问这个做什么？”我有点怒气。

“呀，只是……”关子微笑着说，“你什么时候下班？”

“五点半，但我不会按时下班。”

“这么说，你们是六点以后才能见面了？”

我没有说话。

“你和千春发生男女关系了吧？”她接着问。

“你到底想知道些什么？”我终于愤怒了。

“不,没有。”关子露出一丝让人捉摸不透的笑容。随后,她表示要去古玩店,然后就走了。

晚上，我和千春依然约好了八点在上次那家料理店见面，但我等了很久，她都没有来，难道关子的暗示是正确的？

店里的所有人几乎都知道我和千春的事情，女服务员看到我自斟自饮，就说：“你的同伴迟到了哟。”我没理睬她。

大概八点二十分，千春才姗姗来迟，她又急忙向我道歉。

我给她斟了一杯啤酒，她一口饮下，很爽快的样子。

我告诉千春今天关子到我公司去找我了，并说关子什么都没说。我问她关子几点到古玩店的，她说是下午三点。原来关子是和我分开后就直接去古玩店了，那么对于她的来访之意，我真的应该重新考量一下。

“对了，关子问我和你约好什么时间碰面呢。”我给千春倒满酒，假装不经意地说。

瞬间，千春脸色大变，不过只一刹那后，她很快就恢复了平静，就好像是我自己产生了幻觉一般。

其实不难猜测，千春是在关子到达的时间出门的，那么在三点至八点这段时间，她去了哪里，干了什么事情？我第一次发现，她身上还有很多我不知道的事情。

走出料理店，我搂着千春的肩膀，想带她去饭店街，她意识到什么，突然停下脚步：“对不起，我今天身体不太方便……”见到我失望的表情，她接着说：“后天，好吗？”

两天后的晚上，她果然很爽快地答应了我的要求。

那晚回到家后，已经将近凌晨一点，妻子还在等我。我心里忐忑不安，在脑海里搜罗着借口，只见妻子安静地递给我一个细长的包裹。

“这是什么？”撕开包装纸一看，原来是一条领带。

“生日快乐！”妻子说完，转身就钻入了被窝。

原来今天是我的生日，我全然忘记了。抚摸着领带，心里很是惭愧。

到了和千春约定之日。午后，我提前处理好公事，便返回古玩店附近，站在可清楚看见古玩店门口的地点。对于千春的行迹，我想我应该采取点行动。

脑海里隐隐有妻子的身影出现，但当关子的身影出现时，妻子的身影便消失不见了。

我看到关子走进古玩店，一会儿，千春就出来了。她果然出门很早。

在路口，她等出租车。我尾随其后，躲在她看不见的地方。

她最后搭上一辆出租车离开了。我在等另一辆出租车，但却一直未能等到。

这天晚上，千春比我先到见面地点，但她却未提及白天的事情。或许，除了我，她还有别的男人。

（五）

古玩店的老板——彦次郎死了，死因是心律不齐。虽然知道他活不了多久，但是想不到死得那么快！

下班路过古玩店时，看到花圈多得差点将不宽的巷子都堵住了。远远的，我看到古玩店里穿丧服的千春。

回家后，我说：“古玩店的老板死了。”

妻子没有说话，脸色阴郁。

“你怎么了？”我换好衣服后，问她。

瞬间，妻子大声痛哭。

“到底怎么了？”我把手放在她肩上，但被她狠狠地甩开了。

我不再管她，从冰箱里拿出啤酒只管独酌。

不久，妻子停止了哭泣，她抬起被泪水弄湿的脸，大声说：“你怎么不去守灵？”

“开玩笑，守什么灵？”我摇头反问。

“别装了。”妻子冷冷地说，“别以为我不知道你和那个古玩店女人的事。”

“你胡说什么？”我大声说，但心里想妻子是怎么知道这事的。

“不，我不会离婚的！”

“你到底怎么回事？”我给自己杯里倒满了啤酒，又说，“胡乱说些什么？”

“有一个女人打电话给我，说你和古玩店那位叫千春的女人很亲密，让我好好看着你……”这个女人是关子没错，这时，我没有理会伤心痛苦的妻子，却忽然很想见到千春。

在彦次郎的“头七”过后，我终于见到千春了。

天空下着小雨，我们共同撑着一把伞，走在谷中墓园的樱花树丛下。

我看到千春脸上朝气蓬勃的神情，那是被长期禁锢后重获自由的轻松之美。

千春站住，看着我：“前几天，我见到你太太了。”

“我太太？”

“她哭着，请求我和你分手。”

我握成拳的双手在颤抖。

“你回到她身边吧。”千春淡淡地说道。

“千春！”我想抓住她的手，但她很快把手抽了回去。

“请相信我，我会和她离婚的！”

“不行！你要回到她身边！”千春以毋庸置疑的口吻说道。

（六）

关子又一次到公司找我，我把她带到了上次和她见面的那家咖啡店内。我真的很讨厌她，很想把怒气发泄到她身上。

服务员离开后，她说：“你和千春分手了？其实，向你太太告密的人不是我！”

我极力控制自己的愤怒，咬牙切齿地问：“不是你，还会有谁？”

关子凝视着我，告诉我一些关于千春的事情。原来千春在结婚前就和一个男人保持来往，那个男人是她丈夫公彦同公司的同事，姓山冈。而且她在和公彦结婚后，仍和山冈保持暧昧不清的关系。公彦知道自己被妻子背叛后经常酗酒，公彦吐血住院时，老先生要公彦和千春离婚，但千春下跪发誓再也不和山冈见面了，而且还立下了誓言。

关子从手提包内取出一个信封，又从信封内拿出一张纸。我看到纸上这样写着：从此不再和山冈见面，若违背誓言，甘愿不请求赡养费等赔偿而被逐出。但立下誓言后不久，千春还是和旧情人有来往。那么，既然有男人填补她的空虚，她为何还要和我交往？

关子似乎看出了我的疑惑，她说道：“千春害怕她和山冈的事情曝光，所以她利用了你。”

“利用了我？”我想不明白。

“她让我们以为她外出是和你见面。和你见面的话，这张誓约对她就一点约束力都没有。事实上，她每次和你见面之前都偷偷和山冈幽会，你应该能感觉到吧。”

一些谜团似乎可以解开了，我果然被千春利用了吗？

忽然，关子掉下了眼泪，我怔住了，问她原因时，她又告诉我另外一些事。

按彦次郎的身体状况，他再活一两年是没问题的，但是却突然死了。关子在火葬场拣骨时，发现彦次郎的遗骨呈现淡桃红色。也就是说，彦次郎可能是被毒死的。关子猜测彦次郎是被迫吞服毒药了，我不禁感到脊背发凉，分手那天千春冷冷的神情又一次浮现在眼前。

“她为什么要这么做？”我问到。

“那女人是为了财产。”

“不可能吧？千春是媳妇，她有继承遗产的权利。而且，彦次郎也活不久了，她只要再等等，遗产不就唾手可得了吗？她何必做出这种事？”

“那女人等不了了！”关子斩钉截铁地说。

“为什么？”

“可能是，她始终无法和山冈断绝关系，她等不及要和山冈在一起吧。”

为了了解事情的真相，几天后，我又一次跟踪了千春。这次，我跟她到达了一栋公寓大楼。我看到她乘坐的电梯停在八楼，随后我到八楼的信箱上一看，果然有姓山冈的人。

我回到楼下等待，两个小时后，果然看到千春和一位身材修长的男人走了出来，他一定是山冈。

第二天，我前往公彦曾就职的半导体公司找山冈，却被告知那位山冈先生四个月前就已离职。

千春和山冈一直在图谋夺取一谷家的财产——关子的这个结论，开始萦绕在我脑海里。

看来我有必要和千春面谈一次。晚上，我又走上了通往古玩店的巷道。很久没经过这里了，古玩店已经发生了很大的变化，招牌没了，店里的古董也没有了，只剩下空荡荡的屋子。

我在屋子中央站了一会儿，千春从里面走出来，看到我，显得很惊讶。

“你为什么过来，我们不是说好不见面了吗？”千春语气淡漠。

“你和山冈到底是什么关系？”我也冷冷地问道。

千春的脸色大变。

“打电话给我太太的人是你吧？”

她别过脸去，没有回答，但她的反应已说明了一切。

我转身准备离开，忽然看到关子从一旁走了出来，她肯定听到了我们的谈话。

我带着一种被骗和失望的心情走出了店门。

两天后，警察来公司找我，向我了解千春的事情。原来关子向警方提出起诉，并说出我了的姓名。

我向警察坦白了我和千春以前的关系，也证实了她和山冈的关系。警察得到我的证词，决定重新鉴定遗骨结果，果然在彦次郎的遗骨里检测出了砒霜。

数日后，千春和山冈以涉嫌杀害一谷彦次郎的罪名被逮捕了。

很快，千春被捕的消息被传得沸沸扬扬，当然，传话之人是关子。

一谷家的财产在关子的建议和坚持下，全部捐献给了社会福利机构。

我走出日暮里车站。这次，我又想绕远一点，于是踏进了谷中墓园。

走到不远，关子从对面迎面走来，她似是从彦次郎坟前归来。每天，她都会来给彦次郎上香。

关子平静地说：“你去老先生的坟前走走吧！他一定会很高兴的！”

看着她瘦小的背影渐渐远去，我想起她对我说过的话：“那个女人利用了你。”但是，最后利用我的人也许是关子吧！她协助彦次郎，保护着财产不落入他人之手。

脚

【美】马克·钱宁

古董收藏家哈维在家中意外死亡，唯一在场的侄子理查德·霍尔丹被指控为杀人犯。理查德提及的东方神秘主义、哈维叔叔古怪的个性和他奇特的收藏品，是否可以为其洗脱罪名？神秘的舞女、逼真的双脚，到底是幻想，还是现实？理查德到底无辜还是有罪，有待诸君慧眼明察。

我是个杀人犯么？堂堂的理查德·霍尔丹，一位王室法律顾问，一位由国王亲自任命的官员，会是个杀人犯么？

诸君请先听完我的陈述，然后做出你们明智的判断！

一切还得从我敬爱的叔叔哈维谈起。他是个古董收藏家——在众人眼里带有着某种神秘色彩的职业。正如其他的许多古董收藏家一样，哈维叔叔被认为是一个怪人，至少许多不了解他的人都是这样认为的。作为古董收藏家，一旦他们的思想被从那些古物中所渗透出来的东方神秘主义所侵袭，就变得与西方的功利主义格格不入了。这两种思想的融合与冲击，恰恰成就了他们不同于常人的“怪异”。尽管如此，我依然深爱着我的哈维叔叔。

诸君恐怕猜想不到，我的哈维叔叔的“怪”也是通过一种怪异的方式表现出来的——他居然惧怕自己所收藏的古董！作为一名古董收藏家，哈维叔叔无疑是十分敬业和称职的，他把全部身心都投入到了古董收藏中，而他所收藏的那些古董，也主宰了他全部的生活。由于他所收集的多数古董是那种令人毛骨悚然的东西，他的惧怕也就显得理所当然了。

去年，哈维叔叔邀我到布卢姆斯伯里和他共度圣诞。我一直不喜欢，甚至可以说讨厌这个令我感到心情压抑的地方，然而由于是受到叔叔的邀请，我还是欣然前往。此外还有一个重要的理由，那便是叔叔答应带我参观那些我至今从未见到过的奇特的藏品，这勾起了我的好奇心。

我至今还清楚地记得，那天离圣诞节还有三天，夜晚雾蒙蒙、湿漉漉的。晚饭后哈维叔叔带着我前往他称为魔窟的书斋。途中，哈维叔叔告诉我，书斋里的那些帷帐来自印度坎普尔的纳纳萨希布宫，哈弗洛克将军的高地士兵曾在那里发现了一口填满了妇女和儿童的尸体的井，他们焚毁了宫殿之后，从那里带走了这些帷帐。行至书斋门口，打开房门的一刹那，我立刻感觉到了一股森森怪气，或许是心理作用使然，浑身不禁汗毛倒竖。事实上，哈维叔叔的书斋其实是一间非常舒适的屋子，但是那种亲切感中夹杂着一种阴森森的感觉，它们不知不觉地潜入到心中，令人防不胜防。

我说过，我喜欢哈维叔叔。我要你们记住这句话。

我们走进房间，屋里都是维多利亚时代的家具，橱柜摆在壁炉旁边，玻璃柜门关得很严。橱柜在灯光的照耀下显得更大了，紧闭的房门让我感觉里头像是隐藏了邪恶的秘密。里面的“邪气”渗透出来，一把抓住了我，于是我禁不住打开了柜门。

我叔叔正在煮咖啡，他总爱自己做。当听到开锁的声音时，他抬起头，一样样地向我介绍他的收藏。我听着直打寒战，感觉有点害怕。

“看到那把大刀了吗？”哈维叔叔说道，“那把刀来自印度南部的卡利神庙，是用来屠杀献祭给女神的婴儿的。”我顺着哈维叔叔的眼光望去，褶皱的桌布上摆着一把鬼气森森的大刀，深槽直通刀尖。正当我的目光移向摆在它边上的一束凝满血块的头发时，哈维叔叔接着说道：“那束头发是1857年大屠杀后从坎普尔的一口井中取出的……”

“哈维叔叔，”我拿起一对脚铃中的一只问道，“这是什么？”我轻轻摇了一下，打算改变话题，因为我确实不想再继续那令人害怕的话题了。

我记得那铃声轻轻的，有些悦耳但又有点刺耳。

“天啊！快放下！”哈维叔叔惊呼道。

我吓了一跳，几乎把脚铃直接丢在了桌上。哈维叔叔立刻放下煮制中的咖啡壶，大步向我走来。

“你还没有碰过这些东西吧？”他用手指着一对蜡制的，只有一英寸长的女人脚的模型，神情紧张地问道。

我仔细端详着这对脚模型，禁不住啧啧称赞。它们做得实在是太逼真了，简直就像是刚从小腿上砍下来的一样。鲜红的肉和惨白的断骨逼真到让人感到恐怖的地步，而小小的脚指甲上，居然还涂抹着朱红色的指甲油，简直鲜活极了。

这时候，我发现哈维叔叔面无血色，脸上写满了惊恐，便连忙回答道：“不，我根本没看到它们，怎么了？”

哈维叔叔递给我一杯咖啡，神情凝重地开始给我讲下面的故事。

“说来话长，一切还得从我租了这座房子时开始说起。这座房子原本是属于一个印度总督的，他由于残酷暴戾被驱逐出了印度，于是便带着一大群妻妾仆婢来到英国，买下了这栋房子。然而，这栋大门紧闭的房子里总是流传出骇人的流言，人们争相传说这儿每到夜里，便会传出凄厉的女人的哭喊，没有人知道真相，流言却越传越凶。据说后来有人从宅子的后花园里挖出了许多具尸骨，惨不忍睹。”

说话间，哈维叔叔带我来到了一幅黑幽幽的肖像画前，毫无疑问，这就是印度总督的肖像，五官并不惹眼，双眉间却透露出一股凶狠残暴的味道，我禁不住别过头去。

叔叔接着说道：“总督死后，他的遗产都归还给了印度政府，而这座宅院则被进行拍卖。在我之前有两个买主：第一个住了不到一周，管家就莫名其妙地死了；第二个买主则在一周内死了两个孩子，两个可怜的孩子呀，他们的脖子被生生扭断，死后就躺在大厅里。几乎所有的人都觉得这一切并非出乎意料。你说，在短短的三个月里连续发生了两场悲剧，这房子还有人敢住吗？再加上打扫房间的仆人们说，每次他们来的时候，总会发现一串串女人的脚印，就在过去女人的闺房的大理石地面上和没有铺地毯的楼梯上。很多时候，他们还能听见走廊里传来阵阵幽灵般的脚铃声，在长长的走廊里久久地回荡……然而走廊里却空空如也，除了那几盆静默的盆栽，并没有什么异样。所以，尽管这栋房子的租金不高，却一直也没人愿意来住。”

就在这时，我似乎听到了，不，是清楚地听到脚铃丁零零地响了一声，我猜叔叔一定也听到了，他只是装作没听见罢了。

叔叔若无其事地继续他的讲述：“后来我租了这房子，同时列出了两个条件。第一，就是我要先试住一周；第二，我需要一个男性看门人。这两个条件，代理人都答应了，他给我派来了一个娶了白种女人的印度人。据他说，这已经谢天谢地了，因为没有白种男人愿做这种差事。

“理查德，自从我从你祖父手里接下古董店的生意，我就坚信存在某种神秘的力量，它就隐藏在某种东西里面。它可能给人带来好运，也可能带来灾难。在我搬进这房子的头一天，有一个印度的生意人来到我店里，想要卖给我一尊蜡像，那是一位舞女，轻盈的姿态，精湛的做工，堪称是一个完美的艺术品。据说那手艺已经失传了，这尊舞女蜡像可能是绝无仅有的。你知道吗，那尊小蜡像简直就像活的一样，甚至她前额上种姓符号的每个细节都很准确，色彩是那样鲜艳，就像当天刚做出来的一样！那个印度人对我说：‘买下它吧，老爷，这是一尊神像，它拥有无穷的力量，神像可以保护你免受一切邪魔的侵害，请相信我。’于是我便把它给买了下来，带着它住进了这栋房子，希望它能够庇佑我，为我驱邪避鬼。”

谈到这尊蜡像的时候，哈维叔叔的双眼熠熠闪光，语调里充满着无限的热情，那是一个真正的收藏家所独有的热情。

他接着说道：“一年前的今天——12 月 22 日——我提着行李来到了这里。那个印度看门人给我开了门，一见到他那张脸我就讨厌，心想以后一定换掉他，他的两个眼珠像两个不透明的玻璃球，看上去很模糊，应该是长期吸食鸦片所致。

“他给我准备的寝室恰好是总督曾经住过的那一间。房间被装点得富丽堂皇、古雅高贵，墙面和门板上布满了檀木雕刻的精美图案，你要是感兴趣，一会儿我可以带你去瞧瞧。那是间干爽舒适的屋子，到处都被打扫得干干净净。壁炉里生着火，暖洋洋的，壁炉台上有个三层檀香木架，下面的两层都得打扫的一尘不染，但第三层却看不到被打扫过的痕迹，后来我发现，第三层一直被搁置着，从未被打扫过，当时我想，也许是仆人们个子太小够不着吧。

“我当时做的第一件事，就是找个可以安放那个蜡像的地方。我很快发现床边的小案子是个不错的地方，那里正对着灯光，可以让我很方便地随时欣赏她。安顿好一切之后，我边饮着带来的红葡萄酒，边看着有关神秘教派方面的书，希望能够安适地度过一个愉快的夜晚。你知道的，过去我一直都很忙，难得有这样的闲暇，愿主保佑我这第一夜平安度过。

“请你相信，当时的我就如现在这般清醒，但是不可思议的事情就这样发生了。正当我仔细地端详着那尊蜡像，我突然瞥见了一双瘦骨嶙峋的、干瘪的男人的手，它的手指上戴着几颗硕大的宝石戒指，十分晃眼。不管这是不是我的幻觉，我看到这双手伸过来像是试图要拿走这尊蜡像，于是我迅速地把它拿起来放入胸前的口袋中。当我这么做的时候，那只手瞬间便消失了。我当时不以为然地想，这一定是因为自己喝了点酒又读了那本神秘教派的书的结果。当时，我并没有把这一切放在心上，而是继续享受我的良宵。

“就这样又过了一个多小时，并不见什么异常，只有老鼠在壁板后面弄出的窸窸窣窣的声响。就在这时，我听到了，或者说以为自己听到了几声模糊的呻吟，我以为那只是窗外的柏树枝在风中摇曳的声音，你一定不会相信，这时候居然有一只手伸到了我胸前的衣袋里！我相信这不是梦，并且很快就证实了，因为我本能地去抓住了那只手，一种寒凉凛冽的感觉顿时浸透全身。”

叔叔皱着眉头停顿了一下，他似乎在思考着什么，那双一贯坚毅而睿智的双眼中充满了疑虑和恐惧。他的这种神情，我平生第一次看到，心中不禁泛起了阵阵不安。为了安慰叔叔，同时也是自我安慰，我故意装出一副不以为然的神态，宽慰他道：“酒精确实容易使人产生幻觉，更何况当时的你还看着那样的书。在独处的夜晚出现幻觉，也不是什么值得惊讶的事情。”说毕，我立刻喝了一口了手中的咖啡，这房子中似乎有什么东西，正搅扰着我本已不安的心绪，压迫着我脆弱的神经。

“并不是这样的，请相信我，狄克，”叔叔注视着我的双眼，认真地说道，“那并不是幻觉，我确是抓到了那东西，那是一只湿冷冰凉的手腕，就像是死尸的手腕，但它却挣脱了我的手，然后我就听见一种很轻的模糊的印度舞女脚铃的响声，那声音从门外逐渐地延伸到以前女人们的闺房方向。我从椅子上跳起来，往门外跑去，就在这时候，看见了那个印度看门人的那双死鱼似的眼睛。

“‘老爷，您是在叫我吗？’他问道，双眼死死地盯着我。我原本就不喜欢他，这个时候见到他就更讨厌了，于是我把他叫进来，就站在我身边，以便好好地观察他。

“‘听说这是座凶宅。’我说，显然他不愿意谈这个话题。‘是的，老爷。’他说，我从来没听见过比这更冰冷的声音。“这房子里有一个年轻舞女的鬼魂。她是总督的宠妾。但是有一天一位年轻的英国人从窗外看见了她，然后两人就相爱了。正当他们想私奔的时候，被总督抓了个正着。’‘后来呢？’‘后来总督亲手剁了她的双脚，还把那双脚送给了那个英国人。’”

此时此刻，我看到叔叔的双眼中充满了绝望。

“就在这时候，那对脚铃又响起来了，就在隔壁那间屋里，而且越来越响，它在慢慢向我移来，不知是什么原因，屋里突然暗了下来。接着，门慢慢地打开了，脚铃声越发响亮了……”

这时，哈维叔叔停下来，擦了擦额头上的汗水。

“后来，狄克，”他紧张地说，“后来我就看见了那双脚！”可以明显地听出此刻他的声音在颤抖。

“我看见了那两只脚！”叔叔长吸了一口气继续说道，“就好像几分钟以前刚刚被砍下来的！你见过了，就是那对蜡制的脚模型。上帝啊，希望我能够忘掉它们，忘掉它们，也忘掉那所有的痛苦！”

叔叔的目光渐渐黯淡了下来，接着就像鼓起了最后一丝勇气似的，提高音量激动地对我说："我看到那双脚走到壁炉台上的三层檀香木架前，就停在那里。我清楚地看见鲜血在骨头的空洞里闪烁着，狄克！接着那两只脚居然在架子前面踮了起来，好像想要够到最上层放着的某种东西！我当时浑身突然不听使唤，只能够发出微弱的呻吟，当我用极大的气力转过脸去寻找我的同伴时，他已经从椅子上站起来，正在向我扑过来。我向上帝发誓，即使是魔鬼也不会有那般邪恶的模样！我用尽全力跳了起来，打翻了屋子里唯一的一盏油灯。

"'湿婆神！湿婆神！湿婆神保佑我！你无法伤害我！'我听见自己的喉咙里发出了一种怪异的叫喊，那声音就如同一个古稀老人那般沙哑。

"这时候，我感觉到那个印度人的手正往我胸前的衣袋里伸去，抓住了那个雕像直往外拉，我双手抱在胸前死命地护着，但他力气太大而且速度又快，我只来得及抓住神像的两只脚，结果腿被折断了，两只脚还在我的手里。被这么一闪，我跌倒在地，就什么也不知道了。当我醒过来的时候，看他就站在我旁边，他肯定以为我就这样躺在地板上睡了一夜。

"'对不起，老爷，'他说，'他们对我说你自己有一把钥匙，所以我昨天干完活就早早地回去了。我老婆生病住在医院，我过去陪她，可是今天早上她死了……'当我醒来时，手里还紧握着那两只脚。"

叔叔的语气渐渐地舒缓了下来，语气中带着一种厌世的哀伤，"蜡像的其他部分都踪影全无，我知道一定是这尊蜡像庇佑了我，为我抵挡了那个邪恶的魔鬼，否则我大概早就灰飞烟灭了。或许你会觉得我很可笑，但我还是坚信，只要有它在，恶魔就伤不了我，而且我知道，它一定还待在这间房子里的某一个角落。"

说完这段话，叔叔默默地走到了餐桌前，继续调制他的咖啡。

当时，不知为什么我突然有一股冲动，决定将这种恐怖气氛的根源永远地除去。否则，总有一天叔叔会被逼疯的，而我现在就已经受不了了。这样做或许有些荒诞，但我还是毅然决然地拿起了这双蜡制的脚，悄悄地放进了大衣的口袋里，准备把它们丢弃掉。我决定明天就告诉他我干了什么，并自以为这样做可以破除他的迷信思想。喝完最后一杯咖啡，我们一起走下楼梯，就在这时，我们两人都清楚地听到了脚铃所发出的一串串丁零的响声，像是有人戴着它们奔跑过长长的、空洞洞的走廊。我本能地将手伸进口袋，发现里面居然是空的！

"脚！"哈维叔叔猛然间喊出这个字，似乎用尽了最后一丝气力，然后他就直挺挺地倒了下去，再也没有醒过来……

狂乱的一刻

【美】爱德华·霍克

有九年工作经验的出色便衣为何会突然开枪射伤自己的三位同事，而且还是在警局里？警方逮捕的男性罪犯怎么会是一个美女假扮的？先是政府放在仓库里的食品券不翼而飞，之后离仓库不远的超市又突发大火，这之间是不是有什么关联？

消防车的警笛声远远地传来，我起身走到窗边，看到小镇另一头的天空正被火光照亮，似乎是米尔路上的哪家商店着火了。八月闷热的天气使我的睡眠很浅，我看了看表，现在是凌晨三点，真庆幸自己不是消防队员。

正在我打算回去继续睡时，电话铃响了。看来是又有工作了，我暗自祈求不要是什么严重的案子，接起了电话。

“我是李·欧波。”

弗莱奇的声音传来，音量大得近乎喊叫：“组长，这里出事了，你最好快点来。”

“发生什么事了？是发生严重的火灾了吗？”

“不，是汉克，他突然发了疯，在警局里开枪打伤了四个人。”

我握着听筒的手不自觉地捏紧了，汉克当警察已经九年了，并不隶属我的重案组。他经常进行一些特殊案件的调查，我们有过合作，所以彼此还算熟悉。我不知道最近他身上发生了什么事情，但是我印象中的汉克绝不是个胡乱杀人的疯子。

挂上电话我用最快的速度穿好衣服赶往警队，虽然凌晨的路上车很少，我还是打开了警灯，一路呼啸而过。警察局极具历史感的建筑楼前，停满了救护车和闻讯赶来的新闻记者的采访车，我没有理会上来搭话的几个熟悉记者，因为我对事情还只是一知半解。

穿着白大褂的救护人员抬着一副担架从楼上下来，一旁有人大叫着好让人群闪开，擦肩而过时，我看到担架上那个浑身是血的人正是汉克，显然已经昏迷了。我侧身让过他们，匆忙上了二楼，弗莱奇正在屋子里检查情况。我看了看四脚朝天的桌子和满地的血迹，心情十分低落。

弗莱奇抬头看到了我，指了指正在被鉴识人员拍照的一具躯体，说：“组长，你这么快就赶到了。班特利挨了第一枪，已经死了。”

我惊讶地转头，班特利是我的老朋友了，从我刚刚当上警察时他就在警局里，只差一年他就退休了。

弗莱奇看出了我的伤感，主动开始说明事情发生的经过："我们知道的也不很多，我当时在办公室里，班特利在他的桌子那写上一个案件的报告，那时已经两点半了，周围很安静。过了一会儿，史威尼和葛罗斯带了个犯人回来。汉克就是在他们之后进来的。"

"他当时在执勤吗？"我问。

"也许在执行什么特殊任务吧，至少他没有穿制服。当时班特利刚刚接到了'皇冠超级购物店'的失火报告，他们似乎都在谈论这件事，我没有仔细听。当我碰巧抬头看过去的时候，惊讶地发现汉克拔出了枪，开始向着大伙射击！"

"他开了几枪？"

"我没有仔细数，但是我冲出去的时候，他的弹夹已经空了，我不知道，所以当他用枪指着我时，我就开枪了，我没有办法。"

"我明白，这不是你的错，换作是我，我也会开枪的。"我安慰他说。

弗莱奇声音颤抖地说："昨晚我还和他喝过咖啡……"

我叹了口气，汉克的伤势看起来并不乐观，我想弗莱奇必须要一段时间才能接受他亲手射杀了自己朝夕相处的同事这个事实。这时局长也赶来了，但我对于这件案子一点眉目也没有，根本没有答案可告诉他。他阴郁地看着墙上老班特利的鲜血，心情沉重。我知道局长在担心什么，这个居民不多的小镇发生这样的事，会成为所有媒体紧盯不放的新闻。一个警察突然发狂射杀了自己的三名同事和一名犯人，如果不能及时查出事情的真相，可能会发展成震动整个警界的丑闻。

我悄悄地从警局出来，准备去医院看看情况。想着应该调查一下汉克是否在服药，这也许可以解释他的突然狂躁。

医院离警局并不远，所以我到时医生还没有给伤者做完紧急处理。我找到一个实习的医生，表明身份后跟他打听四人的情况。看来，汉克的状况很不好，弗莱奇的子弹都打在了他的胸部，现在医生正在准备给他动手术。葛罗斯警官和史威尼警官的伤势都不是很重，应该不会危及生命。

我听后稍稍松了一口气，如果在同一场枪击案中失去更多的战友，我想我会无法接受。

"那个犯人呢？他怎么样了？"我问。

"他？不，那是个女人，她还没清醒。"

"可我并没有听说遭到枪击的犯人是个女人啊。"

"这我并不清楚，不过她穿了男人的衣服，一开始我们也没有发现她是女的。她看起来很年轻，大概还不到三十岁。"说罢他点头致歉之后就去了急救室。我在走廊上来回走动，希望能在脑中理出些头绪，但是现在我得到的信息太少，也太复杂，我想我必须跟在场的受害者谈谈。

几分钟后医生告诉我，史威尼的伤势已经处理完了，他失血过多，有些虚弱，但没有生命危险，只是我只能跟他谈五分钟。我点头表示明白，拉开挡在病床前的白色帷幕，我问候道："好些了吗，史威尼？"

看来他还在忍受着疼痛，勉强咧嘴笑了笑："还死不了，别的人怎么样？"

“葛罗斯不会有事的，”我停顿了一下，不知道该怎么说出下面的话，“班特利死了。”

“上帝啊！”

“很抱歉，但是医生说你不能太激动。你还记得当时发生了什么事吗？”

“我和葛罗斯带着犯人回来，班特利过来告诉我们镇上发生了火灾。我们正在说话时候汉克不知道怎么冒了出来，一见到我们就掏出了枪。班特利看见后，就想上去夺枪，结果汉克开枪打中了他。之后他又转向我们，他从下方开枪打中了我的腿，之后我就不知道了。对了，汉克怎么样了？”

“弗莱奇开了枪，现在医生正在给他做手术。”

“汉克为什么要向我们开枪？”他皱着眉头问，我只能接着叹气，看来他们也不知道汉克发生了什么事。我突然想起了那个扮成男人的犯人，就问：“你们带来的那个嫌犯是怎么回事？”

“他也中枪了？”

“是，可医生说她是个女人。你为什么要逮捕她？”

“女人？”他看起来十分惊讶，“当时我们正在检查那些街边的酒吧，把车停在了老雅典店前面，这个男的，现在是女的，但当时我们都认为是男的，他走过来用一个空酒瓶砸了那个酒吧的橱窗。一开始我们以为是个酒鬼，所以才把他带回局里了。”

“那她和汉克认识吗？”

“不清楚。”

我点点头，觉得似乎问不出更多的情况了，而且史威尼看起来也很疲倦了，就决定先离开，让他好好休息，我天亮后再来。

“组长，抱歉帮不上你更多的忙了，请查清楚汉克为什么这么做。”我点点头，拍了拍史威尼的肩膀让他放心，“我不是正在做吗。”

出来后我又向医生询问了那个女人的情况，得到的答案是她也没有生命危险了，这令我感到很欣慰，因为直觉上我认为她在这件案子中扮演了很重要的角色。她的随身物品里没有能确认身份的东西，外套和衬衫上沾有鲜血，看起来是从廉价男装店买来的，还很新。我翻了翻衣服的口袋，只有一条手帕、一些零钱和一张团成一团的五元食品券。

“她看起来像吸过毒或是喝过酒吗？”

“我想没有。”正在说着，有人来叫医生，他要去给汉克做手术了，我真心地祝愿他手术一切顺利，之后就离开了医院。

第二天一早我把应付媒体这个艰苦的工作交给了弗莱奇，自己开始在汉克留下的零散笔记和文件中查找他最近的行踪和正在调查的案件。可一上午的忙碌只让我知道了他正在秘密地调查有关麻药的事情。见鬼，我心想，汉克这个家伙究竟在想什么。我打电话去汉克的上司麦威尔少尉那里，少尉告诉我他在调查麻药的过程中发现了有人在用失窃的食品券购买麻药。

食品券！我想到了那个至关重要的女人口袋中的食品券。大概两个月前失窃了一批食品券，数额大概有十万元。汉克偶然查到了这批食品券的下落，就申请放弃麻醉药的调查，开始调查这件事。据麦威尔少尉说，汉克与一个司法部的人员约好要在今天会面，汇报他的调查结果。

我又询问了关于汉克的感情生活方面的问题，少尉说他一直专注于工作，并不清楚汉克在下班之后会有什么烦恼。做警察这一行高强度的工作总会产生很多压力，这些压力有时会在突然间爆发出来，也许这正是汉克这么做的原因，但我知道，即便我能说服别人，也说服不了自己。

为了找到答案我又来到了医院急诊室，在二楼的一间办公室里见到了为汉克做手术的外科医生。见到我进来医生只是随意的点了一下头，说："我为汉克做了手术，可是他却死在了重症监护室里，就在一个半小时前。"

一夜之间我失去了两个很好的伙伴，一时觉得很难接受，尤其是我到现在还是不明白他们为何而死。我用医院的电话给弗莱奇打了电话，告诉他汉克的死讯。弗莱奇的声音听起来筋疲力尽，我想在他对汉克开枪时，他就已经认为自己杀了汉克了。我允许他休息一个星期，好好睡几天，慢慢地忘记这件事。

他可以休息，我却必须继续进行我的调查。

昨晚那个女人已经醒了，我来到她的病床前，看到她正抬眼看着我，眼珠的颜色是深蓝色的，看起来很迷人，只是我现在没心思欣赏。医生说得对，她看来接近三十岁。虽然留着短发，可柔和的面部线条让人很容易辨认她的性别，我实在不明白为何葛罗斯和史威尼会认为她是男人。

"我是重案组的李·欧波组长，"我自我介绍道，"是负责调查昨晚的枪击案的。"

她把头转向了另一边并且闭上了眼睛，似乎不愿再回忆昨晚的情况："我不知道是怎么回事。"

我决定从她的身份开始调查："你叫什么名字？为何要把自己打扮成男人？"

"我没有打扮成男人，这是我平时穿的衣服，只是那两个警察认为我是男人罢了。"她有些强硬地说，"我的名字叫卡希，是个艺术家，而且我想你们根本没有理由逮捕我。"

"史威尼警官看到你用瓶子砸了商店的橱窗。"我冷冷地说，"凑巧在一辆没有明显标示的警车前。对于你中枪我们也觉得很抱歉，所以希望你能如实回答我的问题，"我接着说，"开枪的警探叫汉克，你认识他吗？"

"从没听过这个名字。"

"在这次不幸的事件中我的两个同事去世了，包括开枪打你的汉克警官。"

"那你还想我怎么样？"她激动起来，眼睛也有些湿润了，"我也被枪击了，我确实不认识那里的任何人！"

我十分无奈，但医生说过她的身体还没有恢复到可以接受长时间询问的状态："好吧，如果你想到什么请及时告诉我们。请你留下你的永久地址以便我们找到你好吗？"

她说出了一个离她砸破橱窗的地方不远的地址："我会被起诉吗？"

"我想会撤销的。"我想起了她口袋里的食品券，"请问你的那张五元食品券是从哪里得来的？"

"银行，我是个艺术家，我没有稳定的收入。"

我觉得那双蓝眼睛中还隐藏了什么重要的东西，可是医生已经不允许我再问下去，我只能暂时离开。更让我好奇的是，为什么在听到汉克的死讯时她有那么大的反应。葛罗斯警探的伤比史威尼严重，看到他躺在病床上身上满是管子和绷带的样子，我想汉克打了他不止一枪。因此他对汉克的死并不表现得那么伤心。

“他总是怪怪的，组长。”他说。

这话引起了我的兴趣，“具体是指哪些方面？”我问。

“几年前他的妻子背叛了他，从那以后他就不大相信别人了，总是认为每个人都要出卖他。恐怕也只有麦威尔少尉能容忍他那么多年。”

他对事情经过的叙述与史威尼一致，不过他提到那个女人似乎是故意想要被逮捕的，就像欧亨利小说中那个一心想去牢里过冬的流浪汉。这也许是一个理由，可惜现在是夏天。在到达警局之后，他们就把犯人的手铐解开了，因为她既没有喝醉酒也没有嗑药的迹象。正在他们讨论要拿她怎么办时，汉克闯进来开了枪。当然也并没有跟她有什么交谈。

今天的晚报刊登了这次枪击案的消息，自然是登在头版头条的轰动新闻。但是因为警方的要求，并没有登出卡希的照片，只是以神秘女郎来称呼她。因为这件骇人听闻的警界丑闻，有关“皇冠超级购物店”的火灾消息都被挤到了内页。

回到警局后我一直坐在办公室里思索事情的来龙去脉，当天都要黑了时，司法部的工作人员来了。这是个肤色不算太黑的黑人，留着小胡子，自称名叫艾力斯。我与他握手，想要微笑才发现自己确实笑不出来。经过他的介绍，我知道了有关食品券的事情。很多地区的食品券都会失窃，因为偷食品券比偷现金要简单得多，黑帮用食品券来代替现金，购买麻药和枪支。它的作用像现金一样，有时比现金更好用。

汉克正在调查的就是这件事。偷来的食品券总要在商场中兑换成现金，汉克在查的就是哪些商场参与了食品券的兑换。艾力斯提到了超市，我突然想到了昨晚的大火，我想这不是个巧合，也许是有人为了毁灭证据而故意纵火的。

我动身去调查火灾的原因，艾力斯表示愿意一起。我们找到了消防部门的火灾报告，上面说皇冠超级购物店的起火源很可疑。于是我们去了现场调查，可是整座建筑都被毁坏了，彻底的程度让人不得不怀疑是有人故意想要掩盖什么。

“我想，如果有人想毁灭证据的话，这是个好方法。”艾力斯对我说，“上个月我们的一个发票中心被抢了，丢失了价值十万美元的食品券。我们把食品券存放在联邦大楼后的一个停车场的保险库里。那里的守卫不是很严密，偷盗的人一定是事先熟悉了地形，复制了保险库的钥匙，这样他就能避开那里的摄像头，在午餐时间自由出入了。这批食品券的数额不怎么大，所以我们并没有上报。只是在暗中指派汉克去调查这件事。

“他告诉我，他的线人说失窃的食品券能在这个小镇的超市里兑现。所以我就各地居民的相对收入和每家超市兑现的食品券数额进行了比对，得出的结果是皇冠超市兑现的食品券大大超出了它应有的水平。我把情况告诉了汉克，并约定好今天来见他，明天我会去申请搜查令，突击检查皇冠超市。”

听完他的叙述我不得不苦笑，他口中的汉克是嗅觉敏锐的秘密警察，可我见到的汉克却是个在警局中开枪打了四个人的疯子。但是艾力斯的案件让我产生了一些想法，我重新翻阅了火灾报告，找到了超市经理的名字和地址，他叫葛泰德，看起来住在高级的郊区。

我想要请艾力斯跟我一起去拜访这位富有的超市经理，却被他拒绝了。

“这件事情最好还是停留在地方的层级上好，我不方便出面调查，你只要继续按照你的方式查下去就行了。”

在送艾力斯回落脚的旅馆之后，我独自开车去拜访葛泰德。屋子里的灯黑着，看来主人还没有回来，我在门口等到了十一点才见到一辆出租车拐进了车道。我上前去跟下来的乘客打招呼，在看清他的面容时，突然有种似曾相识的感觉。

“葛泰德先生吗？我是警队的李·欧波组长。”

“有什么事吗？”他的态度显得很冷淡。

“关于昨晚你超市的火灾，有几个问题想问你。”

“很抱歉我帮不了你，我的店被烧了，这是我唯一知道的事情，现在我的女儿也病了，真是艰难的一天。”

我不能轻易放弃这个机会，极力劝说他：“只要几分钟就好。”葛泰德没有办法，只得请我进了他那所殖民时期样式的大房子。墙壁上装饰着一些画像，看起来是他的家族的亲戚。

“我太太去外地了，所以我过得像个单身汉一样。”他解释。

我无心去在意这所大房子究竟是他一个人住还是一家人，开门见山地说：“我们怀疑超市的火灾是人为的，现场找到了一些疑似的定时引火装置。”

他看起来无动于衷：“这我并不知道是怎么回事，我只是负责经营这家超市的经理，它并不属于我。发生火灾是谁都预料不到的，但是公司是上了保险的，如果发生火灾会有一大笔保险费。”

“根据我们的消息，纵火的人是为了销毁一些证据。”

“对不起，警官先生，我真的不知道你在说什么了。”

我刚想回答他，目光无意间掠过了墙上那些画像中位置最中间的那幅，那双迷人的蓝色眼睛让我明白了为何会我觉得葛泰德有些面熟。

“你说你的女儿病了，那是她吗？看起来你们长得很像。”我指着那幅画像问。

“是啊，她是个很有主见的女孩，有自己的生活。”

“你回来这么晚是去看望你的女儿咯，她在医院里吧。我见过她，葛泰德先生。”我看着那幅画中女子柔和的脸庞说，“她的名字叫卡希，是吗？”

“天哪！”葛泰德低下头，“她发生了那么可怕的事情，我只想去安慰她，让她别做傻事了。”

这一天的经历和所有人说过的话在我脑海中不停盘旋，就像一整张拼图的每一块碎片一样，开始渐渐地拼合在一起。

“葛泰德先生，你之前见过汉克吗？”

“当然没有，我从没有见过他，可他差点杀了我的女儿。我一定会起诉的，要为卡希讨回公道。”

“是你的女儿通知你她在医院吗？”

“今晚她打电话告诉我的，我想她是担心我找不到她，会认为她失踪了。”

“你们住在一起？”

“不，她是个艺术家，自己有间单独的公寓。不过这些天她在我的店里帮我做会计的工作。”

我已经得到了我想要的答案，而这个为女儿伤心的父亲显然也已经很累了，我就决定起身告辞。我一夜未睡，思考着事情的来龙去脉，到了第二天早上，很早我就回到了医院去看望卡希。她看起来比昨天好了很多，不过医生还是希望我不要打扰她太久。

“我见过你的父亲了，你没必要隐瞒你的身份。”我坐在她的床边，尽量语气和缓地说，“你是否可以告诉我真相了，关于你自己的，以及关于汉克的。”

她的脸色瞬间变得苍白，表情也僵硬了，木然地说：“我不知道你在说什么。”

我叹了口气，从头说起我的推测，我相信，这就是事情的真相。

“你跟汉克根本就是认识的，而且很熟悉。那天他在警察局见到你，虽然你把自己化装成了男人——你是个艺术家，这对你来说不难，不是吗？——他还是认出了你。那时史威尼已经把你的手铐摘掉了，你看起来不像是被逮捕的犯人，在汉克这个敏感的人看来，你像是要背叛他，就像他的前妻一样。”

我说到一半的时候她美丽的蓝眼睛里就蒙上了一层雾气，当我说出“背叛”这个词时，她已经不再掩饰自己的悲伤，泣不成声。我有些不忍心，只好转开了头，看到了医院不远处的警局那栋老旧的建筑，想起了我的工作，我的职责，我必须继续说下去。

“汉克在调查食品券的案件过程中遇到了你，你们很快坠入爱河，在过去的几个月中你们都生活在一起不是吗？因为食品券的调查的便利，汉克知道了联邦大楼存放食品券的地点，还拿到了钥匙。所以他偷走了那捆食品券。我相信这其中也有你的功劳，因为他必须通过你来兑换那些食品券。你在你父亲的商店里做会计工作，利用这样的机会让汉克抢来的那些食品券流入超市。

“但是司法部派来调查的艾力斯通过数据的不符查出了皇冠就是帮助食品券销赃的商店，汉克知道他在申请搜查令，突击检查那间商店。汉克为此一直在担忧，一旦搜查，那些食品券就会暴露，他的事业就完了。他通知你的时候，时间已晚，你没办法把那些食品券运走了，就放了一把火烧了它们。”

我想到了葛泰德先生花白的头发和瘦削的身体，以及谈到女儿时流露出的父爱，“我想你的父亲并没有参与这件事，因为如果他也在其中，你们就会有机会转移那些物证，你就不用费心地销毁证据了。”

“我把食品券藏在仓库里了，我父亲很信任我，从不过问我的工作。我想着等事情都过去了就把那些食品券再卖给政府。”她一边用纸巾擦拭着脸上的泪水一边说。

“而你却辜负了他的信任，亲手烧了他一手经营的商店。”我说，她又哭了起来，“你化装成男人，一面被人看到你出现在火灾现场。回来的路上你发现了两个便衣警察，就灵机一动想要警察为你做最有力的不在场证明，所以你打破橱窗，让他们把你带回警局。

“可是汉克却在你之后也走进了警局，他一天都在担心艾力斯的搜查令，精神已经接近崩溃了，所以我想当他看到你和另外两位警官站在一起时，根本就没有想过你为什么会穿着男装出现在这里，他只是一心认为你背叛了他，为了保护自己而出卖了他。狂热的愤怒冲昏了他的头脑，他没有给任何人解释的机会，也没有给自己思考的机会，就开了枪。当时那种情况下，场面一定是狂乱的。

“班特利警官扑过去想要夺下手枪，中了致命的一枪，之后汉克依然没能清醒，又打了你两枪，葛罗斯和史威尼也都中了一枪。”

卡希双手捂住脸，泪水不断地从指缝中滴落，含糊不清地说：“我不想再谈这件事了，这对我来说实在太痛苦了。”

“这对谁来说都是痛苦的，”我想到了我失去的两位战友，“我会把案子转交检察官起诉，相信你会受到公正的判决。”

扑朔迷离的人间蒸发

妖怪林别墅奇案

【美】约翰·狄克森·卡尔

（一）

从别墅回来之后，亨利爵士对此事有点嗤之以鼻，认为自己实在太愚蠢了，不过他的心里有一种莫名的担心，而且这种担心始终萦绕在心头。亨利到克莱里奇家吃了一些宵夜，然后回到布鲁克大街的公寓中睡觉。凌晨三点钟，一阵急促的电话铃声把亨利爵士惊醒，而电话的内容更是让他血压上升，头晕目眩。

“亲爱的亨利爵士！”一个熟悉的女声，是那个在别墅中消失的威奇。

他十分愤怒地对着电话说：“我在此刻接到威奇小姐的电话是不是应该感到荣幸？”

“那是当然！”威奇毫不客气地说。

“从别墅消失之后，你跑哪去了？”

“这是一个秘密，一两天之后自然会揭晓，不过你要小心哟！”说完威奇挂上了电话。这时，亨利爵士早已没有了睡意，他走下床，在屋子里踱来踱去。

“不，爵士先生，我认为我在这时候打搅你是无理的行为，因为我有重要的事情要告诉你。”亨利用力地挤了挤眼睛，原来刚才听到威奇的声音只是幻觉。而此刻电话里的声音来自总检察长。

“好吧，你说是什么消息？”亨利爵士问。

“是有关威奇·亚当斯案件的事情。我和同事们商量了一下，有人向我提议去见一位律师，是老弗莱德·亚当斯先生的律师。律师说，恰克·兰德尔为了能够逃脱追捕，在那栋别墅里设置了一个机关。”总检察长的语气因为自己发现了这个消息变得得意起来。

“你说得没错，我也发现了这个机关，就是那扇窗户。”亨利爵士给总检察长泼了一盆冷水。

“您说什么？”

“就是那扇窗户啊，上面有一个弹簧按钮，一按开关，整个两扇锁在一起的窗户就会从两面墙中滑下来，这样人就可以爬过去。”

“那您知道为什么吗？”

“我或许知道，但还是你来告诉我吧！”

“在亚当斯死之前没多久，他发现他的女儿，也就是威奇让他十分惶恐，这件事只有他的律师知道。亚当斯拿着锤子把窗户完全订上了，并且在窗子上刷了油漆，以便掩人耳目。不过我怀疑威奇已经知道了这件事，所以我希望有谁能亲自去试验一下。”

“难道总检察长大人想亲自跑一趟？呵呵，其实我有一件事比这件事更能提起你的兴趣，那就是威奇再一次从她的房间消失了。”

接着，亨利爵士将整个事情的来龙去脉向总检察长娓娓道来，时间回到了几十个小时之前。

（二）

那是一个炎热的下午，在保守党高级官员俱乐部六楼对面的路边上，一辆敞篷大轿车缓缓停下，两个年轻人坐在车里，男的二十刚出头的样子，黑密的头发，女的看上去比男的小五六岁，一头金发，他们的视线一直没有离开保守党高级官员俱乐部大楼。这时的人们在暖洋洋的下午都有些昏昏欲睡，只有太阳还在不停歇地照射着大地。陆海军俱乐部大楼里的人也已经出现了睡意，而文学俱乐部大楼里早已一片鼾声。车里的那两个人并没有什么举动。

“你认为我们的办法可行吗？”男人压低了声音，侧过脸询问旁边的金发女人，并且一只手还时不时地敲打着车的前门。

女人的表情略显轻松，用确定的口吻回应他：“我不知道，但是我知道他对郊游并不怎么感冒。”

男人看了看表，露出吃惊的表情，“他的午餐时间怎么这么长，现在都快四点了，恐怕来不及了……”

正说着，他们等待的人出现在了眼前。一位身穿白色亚麻布衬衫，胖墩墩的、腆着大肚子的男人，他从保守党高级官员俱乐部大楼里走出。他的样子令人有些望而生畏，隆起的肚腩犹如军舰的船头雕饰，那高度数眼镜很不协调地架在男人的宽鼻梁上，在他下石阶时，还用轻蔑的眼神环视了一下四周。

“亨利爵士！”金发女人远远地喊着。

亨利停下了脚步，寻找着声音的出处。当他的视线锁定在一个金发女人身上时，爵士的表情显得有些局促。

“我们已经等候您多时了。”夏娃说，“我们能占用您五分钟的时间吗？”

其实，亨利爵士此刻心情不错，因为他刚刚在和内务大臣的争论中获胜。他依旧带着轻蔑的眼光，庄重地走下台阶。然而，当他马上要走到台阶的最下层时，不小心被香蕉皮滑了一个跟头。

在场的人都表示出了惊叹，并不由得发出了笑声。狼狈的亨利爵士没有对一个小小的香蕉皮报以宽容，他坐到路边的台阶上破口大骂，内容简直不堪入耳。这时，大楼的门卫和那个喊他的金发女人同一时间向他跑去。

“您没事吧？”金发女人关切地问。

此时的亨利爵士既狼狈又愤怒，帽子掉在了地上，露出硕大的脑门。夏娃试图用手将他扶起，但是亨利爵士狠狠地谢绝了她的好意，并说自己的腰椎可能错位了，剧痛难忍，不能动弹。面对身旁的夏娃，亨利向她投去了怀疑的目光。

“这个香蕉皮不会是你故意扔的吧，好看到我出洋相。”

夏娃一脸无辜的样子，这时候一直和她待在车里的黑发男人也走过来，十分平和地安慰亨利爵士：“先生，我来扶您起来。”

“你又是谁？”亨利爵士有些生气地问。

“这是我的男朋友，比尔·塞奇医生。”

亨利爵士的脸色变得更差，或许在他心里认为眼前的这个医生是夏娃专门为他带来的。其实亨利爵士腰椎一点问题都没有，他之所以这么说、这么做，只是为了顾及一个政府官员的面子。

场面僵持了几十秒钟，比尔见亨利爵士的情绪稍稍稳定，便请他站起来到他的车里。亨利自知不能这么一直坐在路边，于是接受了比尔的请求，起身并在夏娃的搀扶下朝着他们的车走去，但是他愤怒的情绪依旧没有什么改观。

坐到车里，夏娃和比尔向亨利爵士表明了来意，他们希望亨利爵士能够参加他们组织的一次郊游活动，但是这个时候向他提出这个建议实在是有些不合时宜，因为亨利爵士一直在捂着他那“受伤”的腰。

果不其然，亨利拒绝了他们的请求，不过夏娃好像对这个结果早有准备。

“如果我提起和我们一同参加这次郊游的另一个人，我想您一定会兴趣大增的。”夏娃在“引诱”亨利爵士。

听到这，亨利爵士似乎一下子忘了“腰痛”。

“谁？”

“威奇·亚当斯。”

亨利这时把准备用于反驳夏娃的手势放下，因为他知道，当这名字出现时，他没有再拒绝的理由了。

“威奇·亚当斯，那个姑娘不是已经……”

“您说得没错，就是那个二十年前连警察都没有解开她身上之谜的女孩！现在她已经变成一个大姑娘了，这一次我要请她参加咱们的郊游，如果我们混熟了的话，或许二十年前的未解之谜在这一次的郊游中就解开了。”

夏娃见到亨利爵士的思想有些松动，便得意地笑了笑。

亨利此刻显然已经对这次的郊游充满了欲望，不过他还是故作为难地看着夏娃说：“你怎么对这件事那么感兴趣呢？”

“哈哈，这自有我的道理。”说着夏娃用眼神示意比尔开车，比尔转动了汽车钥匙。夏娃这时看到亨利爵士充满渴望的表情，自己更加得意，但是她的脸上仍表现出十足的淡定。

“如果您觉得身体不适合这次郊游，那我们也不勉强您。”

“我没说不和你们去啊，不是吗？”亨利爵士立刻改变了自己的观点，“虽然我的身体还有些痛，但是还不至于不能走，我对你们的郊游计划很有兴趣，不过现在我必须回到我的办公室。这样吧，你们明早开车去我家接我。”

“好的，那我们现在开车送您去办公室。”

“不用麻烦了，那里没多远，况且我现在想活动一下筋骨，虽然我的腰还很痛。”

在回办公室的路上，亨利爵士一直心不在焉，以至于差一点被驶过的出租车撞到。他的脑子里一直浮现着一个名字——威奇·亚当斯，以及悬在她身上二十多年的未解之谜。

当亨利走到海军部大楼前时，他又被一个熟悉的声音喊住。

“你好，亨利爵士。”亨利抬起头一看，原来是总检察长。他穿着一身工作服，头戴凉帽，一副谦谦君子的派头。

“您近来身体可好，我可不是经常看到您散步啊。”总检察长和蔼地笑着说。

“身体糟透了，但是无关大碍，总检察长，我正要找你呢。”

“您找我是有什么事吗？”

“你还记得二十多年以前有一个亚当斯的案子吗？”总检察长听到这个名字，脸色风云突变，惊恐中带有一丝不耐烦。

“不，不记得了，完全没有印象。”

亨利爵士一听总检察长所言，便知他在说谎，因为他记得眼前的总检察长正是当年审理此案的警官之一。

“你没必要和我说谎。”

总检察长的惊恐溢于言表。“似乎我有点儿印象了，不过亨利爵士，二十年前……”

还没等总检察长说完，亨利抢先说：“有一个十二三岁的小女孩在一天晚上从别墅里失踪了，房间的门窗都是紧锁着的。不过让人没想到的是，正当她的父母为此发疯的时候，一个星期之后小女孩安然无恙地回来了。她失踪的这段时间仿佛一切都已经停滞，女孩自己也不知道发生了什么，所以这也成为一个悬而未决的谜团。”

总检察长听亨利爵士所言，紧绷着脸，没有吭声。

“小女孩家的别墅就在通往阿里斯伯雷的半路上，在妖怪林的旁边，对吧？”亨利爵士接着问。

总检察长听得越多，越显得茫然无措，他只能用“嗯”“啊”打马虎，实际却疲于应付。

亨利爵士显然对亚当斯事件了解颇多，但他并没有因为总检察长的慌乱心情而收住喋喋不休的舌头。

“亚当斯一家夏天在湖里游泳，冬天在那里滑冰，但是在小女孩失踪的那一周里，一切的欢愉都消失不见了，取而代之的是他父母绝望的泪水。即便小女孩最后回来了，他们也没有再回到从前的样子。”

伴随着亨利越说越深入，总检察长的情绪已经有些接近崩溃。接着他从手包里拿出一本书。

“你读过这本书吗，巴里的《玛丽玫瑰》？”

“这本书都是骗人的，巴里在胡言乱语，他说威奇·亚当斯是被妖精捉走的！”终于，总检察长爆发了，他歇斯底里地冲着亨利吼叫，完美失去了谦谦君子的形象。亨利爵士也没有料到总检察长有这种举动，一副吃惊的样子，没敢继续再往下讲。

总检察长的吼声回荡在凝重的空气中，仿佛每一颗粒子都夹杂着他惊恐的气息。亨利等到总检察长的情绪稍稍平静，突然提高了音量质问。

“那么，这些年流传的谣言都是千真万确的喽？比如有人说别墅的门窗都是紧闭的，没有阁楼防气阀啦，没有地窖啦，实墙硬地啦。”

“我敢保证，亨利先生，这些都千真万确。这是一件真实发生的事情，不会是什么骗局谣言。”然后，总检察长好像有什么不能说的秘密，把嘴贴近亨利爵士的耳朵，低语道，“亚当斯一家所住的那栋别墅先前是一名绅士扒手的藏身之地，这个扒手叫恰克·兰德尔，他在逃窜多年之后被我们捉住。这栋别墅里有可能在某个地方被恰克设置了什么机关，所以小女孩才会离奇失踪。”

“那这个机关你们找到了吗？”

“没有，不过它一定藏在一个人们怎么想也想不到的地方。”

“你所说的‘想也想不到’实在是让我惊奇，二十多年了，你们还没有发现，难道它被掩埋或者穿越时空了？”

“跟您说实话吧，因为那个女孩仿佛有一种魔力，让你不得不信任她说的话，所以我们没有任何线索。”

“这也正是我所担心的，威奇·亚当斯是一个被父母溺爱的小女孩，经常做一些出人预料的恶作剧，她认为这样会受到大家欢迎。在她十一二岁的时候，她就与其他的小女孩不同，仿佛是另一个世界的人，所以这个谜团一直藏在人们心中。也不知道这个小女孩现在会变成什么样子了。”

（三）

第二天早上，亨利爵士一行人开始了他们的郊游之旅。车由比尔·塞奇驾驶，夏娃坐在副驾驶的位置，而亨利爵士和威奇·亚当斯坐在后排。

车子在行驶了一段时间之后，渐渐离开大路。这时已到中午，道路两边是阿里斯伯雷极具特色的红砖房屋，但由于时间的关系，每一栋房子的房顶都已被炊烟熏染得发黑，与午后的阳光倾洒下的景色极不和谐。汽车七拐八拐之后来到一条小路上，这里的空气比先前湿润了许多，而且还有大自然的声响在耳边此起彼伏，让人身心愉悦。

车上有三个装食物的大筐，虽然车很宽敞，但是这三个大家伙还是占据了相当大的空间。亨利爵士看着这三个筐一点也高兴不起来，虽然他很喜欢里面的食物。车上其他人也是如此，除了威奇·亚当斯小姐。

威奇的外表没有夏娃漂亮，但是性格非常活泼，尤其是那双大眼睛，一闪一闪的仿佛会让人产生幻觉，怪不得巴里会在书中把她写成被妖精捉走了。

在车上，威奇像个孩子一样指挥着比尔开车，偶尔还顽皮地拧一下比尔的耳朵，弄得坐在一旁的未婚妻夏娃很是气愤。

亨利爵士才不会观察到这三个人之间的微妙变化，在他眼里，他只关注此行的目的地和框里的食物。大约走了四十英里多，亨利爵士向比尔询问：“我们的终点在哪儿啊？”

“你难道还不知道吗？”威奇抢过比尔的话来回答，“去我小时候住过的一栋别墅，一个让我终生难忘的地方。”

“你说的是你二十年前失踪的那件事吗？那段时间你身上到底发生了什么事？”夏娃问。

“我不记得了，我那时候只是个孩子。”威奇的回答同二十年前一样。

车子走上一条被山楂树包围的小路，而阳光也随着树林的茂密而变得稀少起来。车子又开了一会儿，突然小路变宽了，左面出现了一大片树形怪异、阴森恐怖的树林，人们把这里称作妖怪林，而右面是一片荒芜的空地，连杂草都没有，中间有一小块湖泊，别墅就建在这片寸草不生的空地上。

亨利爵士首先感受到了这里的阴冷，他用手捂了捂两只耳朵，仿佛在给自己做心理暗示：“不要害怕，不要害怕。”

车停在了别墅前的空地上，威奇跳下车，嘴里嘟囔道：“这里还是那么冷清，也就是在这种人迹罕至的地方他们能把我带走。”所有人都对威奇嘴里的“他们”产生了好奇。但是饥饿让大家打消了对威奇刨根问底的念头，于是大家带着疑问坐下来开始野餐。

筐里的食物让大家很满意，尤其是亨利爵士。大家没有直接席地而坐，亨利爵士找来一张桌子和几把椅子放到了背对阳光的门廊下面。大家在就餐时的交谈都很愉悦，夏娃刚才在车里的醋意也完全消失，大家吃得很开心，只是他们不知道莫名的危险会在他们吃完饭之后悄然而至。

这时候比尔不知从哪里找来两把破躺椅，放在了草地上。他让夏娃和亨利爵士躺在上面，自己则被威奇带去看一颗她小时候种下的李子树。这棵树的具体位置也不知道在哪儿，比尔只是跟随着威奇消失在了夏娃的视野里。

亨利和夏娃悠闲地躺在躺椅上，享受着饭后阳光。这时，亨利爵士闲聊式地问夏娃：“你对威奇熟悉吗？她是个怎样的人？”

夏娃点燃了一根雪茄烟，抽了一口说：“可以说非常了解，我是她的堂妹，并且是她的唯一亲人……”

夏娃的这句话让亨利教授有些微微的吃惊，不过还没等他回过神来，威奇带着比尔回到了空地上，他们一脸兴奋，显然“李子树”之行对于他们来说是一次快乐的“旅行”。

“我已经好久没有在这儿转了，我想带比尔去别墅逛一逛，夏娃，你不会介意吧？”

“当然不会，威奇，你们尽管去好了。”嘴上虽然答应了威奇，但是夏娃的脸上却没有愿意的表情。

等到威奇和比尔走进到别墅里关上了门后，夏娃突然疯了一样地喊道：“我不能让他们在一起，绝对不能！”

坐在一旁的亨利爵士似乎看出了端倪，于是对夏娃说：“你认为他们会在一起吗？具体地说是比尔会抛弃你和威奇在一起？”

“比尔从来就没有想过，现在是，将来也是。”夏娃斩钉截铁地说，“威奇就是一个骗子，是个神秘主义者，她向往精神自由，所以她至今未婚，以此来勾引其他的男人。亨利爵士，其实我这次来有自己的目的，我觉得这次叫威奇出来，她一定会耍一些把戏，这样英明的您就会当场戳穿她的阴谋，比尔就会看清楚威奇的真正面目。”

亨利爵士的眼睛张望着不远处的别墅，似乎并没有认真听夏娃的话。

“他们进到别墅这么长时间，你不觉得有些奇怪吗？”亨利爵士对夏娃说。夏娃突然也意识到了，于是赶忙起身，朝着别墅走去。到了门前，夏娃先将耳朵贴到门上探听里面的动静，然后轻轻地推开门，走了进去。

亨利爵士坐在躺椅上丝毫没有动，不一会儿，夏娃跑出来，回到了亨利身边。这时，她的眼睛里沁满泪水。

“别墅里所有的门都关着，看来我们是多余的了，亨利教授，我们还是独自开车回去吧。”

亨利这时候猛地从躺椅上站起，扶住夏娃的肩膀，像一个父亲似的安慰夏娃说：“比尔对待威奇就像我对待她一样，他们不会发生什么事情，相信我，不要多虑了。”

夏娃原本沁着的泪水终于止不住地流了下来，但就在这时，从远处传来了比尔的声音。

“喂！”

这声音并非来自别墅，而来自北面的树林。不一会儿，比尔带着三个草莓果出现在夏娃面前，他的衣服、运动裤好像是因为摘草莓果被弄得狼狈不堪。

夏娃看着比尔，愣了半天神说：“你刚才没在别墅里吗？”

“我只待了五分钟，然后威奇有了一个怪念头说带我去所谓的‘妖怪林’摘草莓果给她吃。”

“你们不是从大门出来的吗？”亨利爵士问。

“我们是从后门出来的，直接到了那片树林。”

“那威奇呢？”

“她在里面把后门关上了，还透过窗户冲着我笑……”说着说着，比尔突然停下了，他的思维好像受到了什么撞击。这时候三个人一起朝着别墅望去，仿佛二十多年前所发生的事情在这一刻重现了。三人急忙走进门廊。比尔推开前门，大声喊着威奇的名字，可是房间里面没有人回答。

接着为了避免打草惊蛇，比尔停止了喊声，他用桌椅挡住了前门，然后三人来到一条狭长的走廊，但是这里的房间门全是锁着的。天色越来越暗，三个人开始搜查别墅，不放过每一个可以藏身的地方，可是谁也没有发现威奇的身影。

接着，三个人像商量好似的分散地寻找，最后一齐聚到了洗澡间。洗澡间的门是开着的，水龙头正不停地滴着水，落日的余晖通过玻璃反射进来，照在三张如同僵尸的脸上。

夏娃这时大声说：“我的预言是多么的准确，这绝对是威奇的欺骗，明晃晃的欺骗。”

亨利爵士倒不以为然，他不认为这又是威奇的一次恶作剧，他转过身询问比尔：“你确定你在找草莓果的时候，威奇是把门关上的？”

“是的！”比尔非常肯定地说。

亨利爵士脱下自己的帽子。他摇摇摆摆地接着往前走，低着头大约走了两三步，好像发现了什么东西，原来是一张很大的方形防水薄油布，有一个角是破损的。

“这有什么不对吗？”比尔问。

亨利爵士撇着嘴摇了摇头。

接着，亨利打开了威奇小时候住的卧室的门。

这时候天色已经全暗下来了，妖怪林在夜幕的衬托下更加阴森恐怖。

卧室的布置和二十年前如出一辙，屋子满是荷花形的装饰品，镶着花边的窗帘，红木家具依旧非常油亮，反射着月光。

亨利爵士的眼睛一直注视着窗户，他小心地摸了摸窗框，然后又吃力地爬到窗户顶端摸了摸，接着划了一根火柴。

比尔依旧在问威奇在哪儿，亨利爵士依旧摇了摇头。

“这是威奇设下的一个骗局，我们还是尽快离开吧！”夏娃仍然坚信着自己的观点。

比尔也表示赞同，觉得这一夜他们是不会找到威奇了。可是就在这时，威奇的声音好像从窗外的妖怪林中传了过来。

“怎么不会？”

大家寻找声音的出处，可是房间内除了三张惊恐的脸外，没有任何人。这声音让夏娃尖叫了起来，亨利爵士和比尔也感到不寒而栗。在过度的惊吓之中，他们仓皇地离开了别墅。坐上车之后，三个人依然惊魂未定，用了好久的时间才找到通往大道的路。

（四）

为了更详尽地将事情说明，亨利爵士在电话里邀总检察长面谈。第二天午饭前，总检察长找到亨利爵士。

“这件事情非常离奇，我希望你先做好心理准备。”亨利爵士叮嘱总检察长说。

“没关系，我在来之前已经和阿里斯伯雷的警官通电话了。”

“你说的是福勒？”

“是的，他现在正在监视那栋旧别墅，如果发现什么情况，就第一时间打到这里来。”话音刚落，电话就响了，好像事先说好似的。

亨利爵士接起电话：“对！总检察长在这儿，不过你有什么事情直接跟我说好了。什么？橱柜？我当然检查过橱柜，我觉得威奇不会藏在那么狭小的地方吧。你说什么？再说一遍？盘子？杯子被……”

提到杯子，亨利的脸上露出了恐惧的神色，他站在那儿像一根木桩，刚才神奇十足的表情一下子没了踪影，甚至举着电话的手仿佛已经被冰冻住一般，像一个雕塑。

亨利的大脑里在思索着什么，他恍恍惚惚地走到桌子旁边，对检察总长说：“我做了一件非常愚蠢的事，我现在可以告诉你，威奇·亚当斯的的确确失踪了，失踪得很彻底。”

“怎么回事？”总检察长一脸疑惑。

“她已经死了。她的确是个骗子，为了能够引起别人的注意，她欺骗了家人。然后她一直利用这个机关哄骗我，让我误入歧途。可是当我的注意力完全在威奇身上时，我却被另外两个人骗了，一对相貌出众的未婚夫妇——夏娃和比尔，是他们精心策划谋杀了威奇·亚当斯。”

“谋杀？”总检察长惊慌失色。

“没错，让我做证人是他们事先安排好的，他们给我编造了一个故事，然后利用这故事分散我的注意力，好实现他们的阴谋。其实，夏娃曾向我透露过她的谋杀初衷。她是威奇现在唯一的亲人，她会继承威奇的全部财产，于是就制造了威奇失踪的假象。夏娃是主谋而比尔是行凶者，当时夏娃和我在草场上聊天目的就是为了拖住我，好让比尔将威奇带到别墅里实施他们的杀人计划。”

亨利爵士停顿了一下接着说：“洗澡间滴水的水龙头说明了那里就是第一现场。一栋几个月没人住的别墅，水龙头怎么会滴水？所以那肯定是比尔在洗澡间肢解了威奇，然后用水龙头冲刷血迹，脑袋、四肢躯干被三块透明的正方形防水油布包上，不过他不小心弄破了油布包的一角。采草莓果什么的都是骗人的谎话。”

“那尸体被比尔留在了别墅里？”总检察长问道。

“没错，在他们事先安排好时间之后，夏娃说她担心比尔和威奇之间有什么不正当的事情，于是她冲到别墅里，把后门锁上，然后再回到我身边。”

“那尸体现在还在房间里？”

“是的，我发现掉在地上的防水油布包的时候，他们两人一定紧张坏了。不过他们还有最后两个小花招。一个‘失踪’的人必须要讲话，这才证明她还活着。如果当时你在那儿，你会发现夏娃与威奇的声音很像。如果处在当时的环境中，来模仿一个人的声音，那达到的效果会是很理想的。”

总检察长已经听得入了神，他甚至都忘了扶起快要落到鼻梁下面的眼镜。亨利爵士清了清嗓，接着说：“整个事件就是这样，接下来他们唯一要做的就是把尸体运出房间，越远越好。”

“可是爵士先生，威奇的尸体在哪儿？又是谁把它运到外面的？”

亨利爵士苦涩地笑了笑说：“是我们三个人，你还记得我说到过，来时我们用作装食物的三个大筐吗？在吃过晚餐后，这些大筐被拽进房子里，比尔就去把用过的餐具都拿出来，放到厨房的橱柜里，然后比尔再把装有尸体的三个大包裹装到筐里。我也帮忙搬了一个，现在想想实在是可笑……”

这时亨利爵士用有些发抖的手拿了一瓶威士忌，然后说：“人总是在关键的时候忘记了自己还长着脑袋。”

勋爵失踪之谜

【英】阿加莎·克里斯蒂

（一）

昏黄的壁纸，失去光泽的地板，家具像垂暮的老人一般显得破落不堪。寝室客厅两用的一块空地上，一张大床给人一种潮湿而肮脏的感觉，一套沙发干瘪得如一个体格消瘦的病人，好像随时都会坍塌。这样的屋子里没有任何多余的装饰，却不失整洁。所有这些迹象都表明，住在这里的人并不富裕，而且有可能十分拮据，事实也的确如此，圣文森特夫人和她的一儿一女不久前刚刚搬到这里。

是的，只有他们三个人，没有所谓的圣文森特先生。本来，他们可以在豪华的别墅中生活，享受上流社会的奢华和舒适，但是圣文森特先生的一次投机失败，让所有的这一切在朝夕之间化作了如烟往事。而他自己也因承受不了这样的打击去了另一个世界，唯独留下妻子儿女尝尽落差如此之大的人间冷暖。

这一刻卸去华服的圣文森特夫人正在一遍遍地演算着家中的收支账目，对于一个出身名门却不幸家道中落的贵妇来说，记账、算账无疑是一件棘手的事情。和过去相比她不再花大笔的钱去卖昂贵的珠宝、华丽的定制服装，更不会一掷千金地举办盛大的舞会，取而代之的是购买价格便宜的日用品、粗布衣料和吃食，并一再讨价还价。

这样一来，开销虽然不大，却琐碎得让人头疼，因为它们的数额实在太小了，以至于稍不留神，圣文森特夫人就会算错，可实际上她的算数能力远不至于应付不了简单的加法。

“又错了！”圣文森特夫人说着把起角的账本扔在了一堆凌乱的单据上，身体重重地往后仰了一下，然后双手架住隐隐作痛的头，不再动弹。这时棕色的房门被推开了，一声锈蚀了的开门声将圣文森特夫人从懊恼中叫了回来，一个漂亮的年轻姑娘进入了她的视线。

“芭芭拉，你又去哪儿了？”她一边收拾桌子上的东西，一边问自己的女儿。

“只是随便碰碰运气，看看能不能找个工作干干。”芭芭拉眨巴着一双玳瑁般光亮的眼睛，启动红唇回答道，同时走到妈妈身边，随手翻了一下圣文森特夫人手中的东西，“您又在捣鼓那些永远算不清的账目啦？”

圣文森特夫人很讨厌女儿的这种说话的强调，因为听起来像一种嘲讽。她的这个女儿遗传了她的美貌，精致的五官像设计师亲手打造的，白皙的皮肤如茶花的花瓣，加上妖娆的身段，芭芭拉绝对够资格被人称赞为“美人”。但是这种美丽之中缺少几分圣文森特夫人的娴静和优雅。

去年冬天，芭芭拉随同表姐一起去了趟埃及，玩得乐不思蜀，当时她的家境还不像现在这般窘迫，在玩的时候也没有料到自己会被上流社会踢出局。她一再劝说自己接受现实，但是还是忍不住哀叹今非昔比，并对母亲的精打细算心怀鄙夷，尤其是在看到母亲为账目忙得不可开交时，这种感情更是无以复加。

作为母亲，虽然不喜欢也只能任由芭芭拉抱怨，所以圣文森特夫人没有接女儿的话茬，反而问道：“你和吉姆·马斯特顿最近怎么样？”

“我们很好！”芭芭拉一屁股坐在干瘪的沙发上，把头倚在靠背上说，“今天他来信说要来看我。”

“你是说你的那位富有的男朋友要来我们家吗？”圣文森特夫人神色紧张地追问着。

“是，难道您要让我在大饭店里招待他不成？”芭芭拉不无挑衅地答道。

“你要跟他结婚吗？”

“如果他开口，我保证立马答应。”芭芭拉站起身，扶着沙发靠背，说，“不过，我想如果吉姆看到我家现在这副模样，恐怕是不会有那个打算的。你看看这家具，这墙壁，还有这湿凉的床，唉，上帝保佑，他不在乎吧。”

“你真愿意嫁给那个男人吗？”圣文森特夫人问道。

“如果他愿意。”芭芭拉不无伤感地说。

接下来是一段让人窒息的沉默，圣文森特夫人紧握着手中的账本，像在守护着一个宝盒，虽然她知道按照里面的记录，家里的积蓄不多了。另一面，芭芭拉盯着自己的脚尖发呆，然后微微一笑说：

“算了，不想他了，”她抬起头，面向母亲说，“如果他真的爱我，无论我是贫穷还是富有，他都会娶我的，不是吗，妈妈？”

圣文森特夫人不知该怎样表达，只是静坐在原地，默默领受女儿奉上的轻吻。

“对不起，”芭芭拉把手放在母亲肩膀上说，“我刚才不应该说那些伤害您的话。”说完便走出了门。

阴暗的房间里再次只剩下圣文森特夫人一个人了。这时她想起了自己的儿子，鲁伯特，他正在和一个烟草商的女儿——一个嚣张跋扈的丑女人——谈恋爱。圣文森特夫人总想找机会和他谈谈，当然谈话不是为了要把自己的价值观强加给儿子，她只是想告诉他不要为了金钱出卖感情。只是，鲁伯特和他的姐姐一样一天都摸不着人影。

生计的事，儿女的事，一股脑地袭击着圣文森特夫人，让她的心绪无限烦乱。于是她把账本收好，拿起了桌上的报纸，想从中读到一些趣闻以平复自己的心，但她不知道这张报纸上刊登着足以改变他们命运的东西。

（二）

“出租房屋：装修豪华，陈设精美，地理位置优越，租金可以面谈。如果租户是个真心愿意精心照料房屋的人，租金可免。”

在众多的兜售广告中，这个广告显得过于温情，也不算起眼，但对于那些萌生换房念头的人来说，它确实是个惊喜。

“不会是个圈套吧，”圣文森特夫人嘀咕着，“试试也无妨。”

她剪下出租广告，并找出纸张记下了房产公司的地址，准备停当就出了门。虽然她心里清楚成功的可能性微乎其微。

公交车停在了一栋破旧的小楼旁边，不起眼的指路牌上写着房产公司的名字。穿过熙熙攘攘的人群，圣文森特夫人进到了店里。

“请问，这栋房子是不是要出租？”她对一个看似管理者的绅士说，并将剪报递了过去。

“是的，”绅士核对了一下信息，然后打量着眼前这位穿着得体、说话温柔的贵妇，“切维厄特街 7 号的房子，您要租下它吗？”

“我是有这个打算，不过……”圣文森特夫人脸露绯红地说，“您方不方便透露一下确切的租金，如果这不违背您的职业守则的话？”

绅士含而不露地笑了一下，说：“呵呵，夫人是不是对广告的真实性抱有质疑？”圣文森特夫人不好意思地底下了头。

“没关系的，实属正常。不过我仍然建议您预订一个时间先参观下再作定论。毕竟是真是假只有试过了才知道。”

这是一个懂得顺着人情做生意的销售员，圣文森特夫人不得不承认她被绅士不多的几句话说动了，虽然她知道自己没有足够的余钱支付别人看来便宜的房租。

按照预约的时间，圣文森特夫人来到了房子的所在地——切维厄特街 7 号，一栋白色的房子，美得让穷人既羡慕又胆怯。按照销售绅士的说法，敲门后会有管家接待她，并带领她参观房屋。

门铃响过三声后，一个面目慈祥、头发灰白的中年人开了门。

“您好，夫人。”他深深地鞠了一躬。

“您好，打扰了。”圣文森特夫人回礼。

“请允许我先自我介绍一下，我是这里的管家，您可以叫我昆廷。房产公司已经通知过我了，说您今天要开看房子。您请这边走。”说着，昆廷把圣文森特夫人让进了门。

走在昆廷的身后，听着他的介绍，圣文森特夫人莫名地心跳，是的，她喜欢这栋房子，看那地毯、沙发散发着古典的味道，还有那些娇艳的插花、精美的瓷器仿佛在向圣文森特夫人招手。眼看着这一切，圣文森特夫人在心里保证如果真能住在这里，她愿意小心地打理，并让这房子永远保持如初的美丽、典雅、整洁。

与此同时，她也不免有些伤感，想想自己最初的家又何尝不是这般布置呢？想到这里，圣文森特夫人不由得愣在了那里，脸上点染着哀愁的阴云。

“夫人，夫人！”昆廷叫了两声，圣文森特夫人才回过身来。

“您身体不舒服吗？您的脸色好像不好。”

“噢，没有。谢谢您的关心。”

“那我就放心了，那您看这房子怎么样？”

“它很好，我也很喜欢，只不过……”

“您是在担心租金吗？”

“说实话，我并不富裕。”

“是您一个人住吗？”

“不是，还有一儿一女。”

她知道自己现在的表情一定很尴尬，也知道自己的言行很无理，所以她不敢抬头看热情地带她参观的管家。而熟谙人心的管家大概也猜到了眼前这位夫人的状况，他没有表示出生气或者失望，而是淡淡地说道：

“我的主人，也就是这栋房子的主人，并不在意房租，如果租客符合他的要求——真心喜欢并愿意照料这栋房子——他完全可以象征性地收点钱。”

“我喜欢这里，也打心底里愿意精心呵护这里的一切，只是……”她再次低下了头，她想即使自己有租金租下这栋房子，要照料它不能不雇佣几个帮手，但她现在的经济状况，还不适合这样做。她没有把心里想的说出来，而是说：

“不管怎样，还是谢谢您带我参观。”于是，圣文森特夫人拜别了这个叫昆廷的管家，原路返回。

（三）

日子继续在琐碎中度过，圣文森特夫人努力地把自己从希望中拽回现实，参观房子，廉价租房这些事，她对孩子们守口如瓶，直到有一天，一封信莫名其妙地出现在自家的餐桌上。

亲爱的圣文森特夫人：

贸然来信请您见谅。经过李斯特戴尔勋爵的考量，您和您的儿女可以租住切维厄特街7号的房子，租金暂定为每周两个几尼（英国的一种旧金币）。至于佣人的费用，全权由李斯特戴尔勋爵担负。静候您的入住。

昆廷

看到这样的一封信，圣文森特夫人又惊又喜，在儿女的追问下，她不得不向他们讲述了这件事的来龙去脉。听后，女儿芭芭拉表示赞同，并希望尽快入住。而儿子鲁伯特却说：“天下没有免费的午餐，这背后肯定有什么不为人知的阴谋或者内幕。如果我没有记错的话，切维厄特街7号的房子应该是李斯特戴尔勋爵失踪的地方。”

“你这是从哪听来的风言风语，”芭芭拉反驳道，“失踪的人怎么会和他的管家联系呢？”

“正因为这样才奇怪呀。”鲁伯特的一番话，激起了圣文森特夫人的一段回忆，她记得曾经听丈夫说起过一些关于李斯特戴尔勋爵的谣言，说他有一天离家后再也没有回来过，有人说他被人追杀，逃到了东非什么地方，也有人说他早已惨遭毒手，被人埋尸荒野了。

“没准他被人谋杀了，然后被藏在了那间屋子的地板下，凶手没准还给尸体做了风干防腐处理，以防尸体腐烂后被人发现。”

“别说那些不着边际的话！”圣文森特夫人略带几分批评的口气制止了儿子的猜测。

“妈妈，我们搬过去吗？”芭芭拉趁机问道，水汪汪地眼睛充满了期待。如果真能住到那栋漂亮的房子里，吉姆·马斯特顿来看她的时候，芭芭拉就可以大大方方地把男友领回家了。

母女俩的视线碰到了一起，有种不谋而合的意味。见状，鲁伯特腾地从椅子上站了起来，“你们去住大房子，而我一定要把整件事情弄个水落石出。”说完便离开了饭桌，摔门而去。

看着被砰然关上的门，圣文森特夫人心有落寞，但是为了女儿的婚事，她是决定租下有秘密的房子。她让芭芭拉拿来纸笔，按照来信的地址给昆廷回了信，表达自己的感谢和租住的意愿。但是在入住的前一天，她再次找到了那个接待自己的绅士，并向他询问了一些有关李斯特戴尔勋爵的概况，得到的答复如下：

李斯特戴尔勋爵，五十三岁，性情古怪，一年半以前突然移居东非，全权委托他的表弟卡法克斯上校处理自己在伦敦的事务，并对外宣称今后不会回国。至于他失踪的谣言，不过是报社记者捕风捉影的老把戏，纯属一场误会。

她把这番话原封不动地讲给鲁伯特听，希望说服他同去那所房子，并打消他的疑虑。然而效果不佳，鲁伯特虽然答应搬过去和母亲、姐姐一起居住，但是并不打算放弃调查李斯特戴尔勋爵失踪的事。

所以，搬过去之后，鲁伯特总会像侦查员一样，看看这，翻翻那，一会敲敲地板，一会锤锤墙壁，希望找出一些蛛丝马迹。尽管他在很长时间里都一无所获，他却兴致不减。

而对于女儿来说，什么失踪、什么凶杀都比不上吉姆·马斯特顿重要。乔迁新居后，吉姆·马斯特顿正式拜访，并在不久后向芭芭拉提出了结婚的要求，她自己喜不自禁自不用说，圣文森特夫人看着女儿满足、幸福的笑脸也有那么一刻觉得自己当初的决定是对的。

让圣文森特夫人惴惴不安的是，昆廷管家表现得太过大方，他会隔三岔五地给屋里所有的花瓶更换娇艳而昂贵的玫瑰、百合，经常给餐桌上增添山珍野味，让圣文森特一家大饱口福。一方面圣文森特夫人很感激昆廷无微不至的关心、照顾，并对他怀有深深的好感；另一方面她又很怀疑一个管家是否能被主人授予如此大的权力。

所以，有的时候圣文森特夫人会问昆廷这些东西是哪儿来的，并表示不必如此破费，昆廷每次都说这是主人交代的，而且也不用花什么钱，只要从李斯特戴尔勋爵的乡间居所——国王切维厄特庄园——那边拿就是了。既然昆廷如此说，圣文森特夫人也就不再说什么了。

（四）

订婚后的芭芭拉沉浸在筹备订婚仪式的喜悦和忙碌中，对于姐姐的婚事，鲁伯特完全不放在心上，自顾着和自己朋友安排了一个为期两周的旅行，旅行的目的不是别的任何地方，恰恰是国王切维厄特庄园，李斯特戴尔勋爵的庄园。

古老的城堡，葱郁的树林，打理得井井有条的庭院，白色的桌椅和秋千让人不禁联想起喝下午茶、看夕阳的浪漫情景，但这样的情景氛围之中，两个神情鬼祟的青年——鲁伯特和他的朋友——正在四处打听这个庄园的细枝末节。

原来，昆廷的后勤供应地已经租了出去，而且偌大的庄园现在已经被搬一空了，为了更细致地了解事情的前因后果，鲁伯特想找个附近的邻居打探一番，可是四处环看，方圆几里内只有一间小屋子，依稀冒着炊烟，暗示着人烟。

抱着试一试的心态，鲁伯特敲响了小屋的门。本来准备了一串问题，可是门开的那一刻，鲁伯特顷刻之间哑口无言了。因为开门人竟是昆廷，但是这个时候昆廷应该在母亲的身边忙前忙后才对。

“先生，先生。”开门人叫了两声，鲁伯特才回过神来。

“请问，请问您是昆廷吗？”

“是，我是昆廷。”

“我能向您询问几个问题吗？”

“当然。您请进。”

原来，这个人才是真正的昆廷，一直在李斯特戴尔勋爵家做管家，直到李斯特戴尔勋爵突然消失的前不久才被辞退，而且被赠予了一套简单的房子和优厚的养老金。而且从老管家的口中，鲁伯特得知有一个名叫塞缨尔·洛的下等花匠，一直对李斯特戴尔勋爵心怀嫉恨，因为李斯特戴尔勋爵的为人很是苛刻、自私，经常给花匠脸色看。由此鲁伯特推断出，家里的那个昆廷是由塞缨尔·洛假冒的，他杀了李斯特戴尔勋爵，他千方百计地把妈妈骗进房子，目的不过是借着母亲的掩护搬运李斯特戴尔勋爵家中的财宝或者什么重要的秘密文件，以此来报复李斯特戴尔勋爵。

想到这里，鲁伯特再也不能安心地游玩了，于是他提前三天回到了母亲身边，并和母亲进行了一次密谈。这一天，圣文森特夫人独自坐在屋中思考着鲁伯特讲的那些话，这时，昆廷进来了。

“您的咖啡，夫人。”

“你为李斯特戴尔家族工作过多少年了？”她并没有像以往那样说谢谢，而突兀地问了这么一句。

昆廷愣了一下，又马上恢复到镇定说：“具体多少年不记得了，只记得我刚来的时候，李斯特戴尔勋爵本人还是个孩子呢。”

“在你眼中的李斯特戴尔勋爵为人怎么样？”

“他曾经很自私。”

“曾经？那现在呢？”

“夫人，你并不适合拐弯抹角地说话。”

“那就让我直接问正题吧。”还没等圣文森特夫人回话，鲁伯特推门而入，他身后还尾随着一个老人，真正的昆廷管家。

“你是不是塞缨尔·洛？你为什么杀害李斯特戴尔勋爵？勋爵的尸首现在在哪里？”鲁伯特面带自信且十分严厉地质问道。正当他以为自己猜测就要得到证实的时候，冒牌昆廷大笑起来。

“哈哈！昆廷，快告诉我们的神探吧。告诉他我是谁？”

听到他这么说，鲁伯特困惑地盯着真正的昆廷。

“他就是李斯特戴尔勋爵本人，我的主人。”

“啊？这不可能！”鲁伯特不由得向后退了几步，在快要摔倒的时候被李斯特戴尔勋爵拉了回来。

“小心，孩子。”李斯特戴尔勋爵面带微笑地说，“能让我和你的母亲单独谈谈吗？”昆廷搀着鲁伯特出了门，留下惊讶而惊喜的圣文森特夫人呆呆地望着这个不再是管家的男人，对，一个男人。

“首先，我必须得向您和您的家人道歉，毕竟我欺骗了你们的感情。但是请相信我，这样的欺骗是完全没有恶意的。因为我太想改变了，太想告别那个自私自利的我了。而当我第一次见到您的时候，就意识到您就是那个可以帮助我达成心愿的人。您是那么的坚忍，那么的温柔。”

听到这里圣文森特夫人不禁地脸红了，“改变是一个人的事情，我有什么可以帮您的呢？”

“一个人？”李斯特戴尔勋爵无奈地耸耸肩膀说，“我的确试过，捐款救济，并把我多余的房子，您知道我是做房地产的，房子有的是，以最便宜的价格租给了那些真正需要它们的人。但是我仍然感觉到，自私的病毒依然在我的身体里。后来神父告诉我，让我去找一个可以为之付出的人，和她一起分享财富以及付出后的快乐。为了找到这个人，我和昆廷调换了身份，设计了这个租房游戏。”

“那人们为什么会说您去东非了呢？”

“因为我安排了一份来自东非的信，让李斯特戴尔勋爵滚得远远的。”

看着李斯特戴尔勋爵自嘲的表情，圣文森特夫人不无赞叹地说：

“这是一个好心的计划，但是您必须让我和我的儿女尽快离开这里。”

这本是意料之中的事，经过这个月的相处，李斯特戴尔勋爵已经摸透了圣文森特夫人的要强的性格，但是他没有直接挽留，而是说：

“三十年前，我娶到了自己心爱的姑娘，可是幸福的婚姻仅仅一年就结束了，我的太太先我而去。从那以后，我的心灵开始在思念和昏暗中变得狭隘、孤独，甚至冷酷。当我尝试着做出改变时，我希望有个女人可以不因我的钱财留在我身边，并和我携手到老，到死……”

“但是这个女人不会是我，一个憔悴、衰老、贫穷的女人。”

“尽管如此，我依然爱你，因为真正打动我的不是你的外貌、财产，而是你的心。”

说完，他握住了圣文森特夫人的手，二人四目相接，拥抱在了一起。

菲洛梅尔山庄

【英】阿加莎·克里斯蒂

阿利克斯·马丁结婚才仅仅一个月，却已经经历过三次同样的梦境。尽管每次梦中周围的环境并不一样，可主要的情节却没什么不同。她看着丈夫倒在地上，一动不动，似乎已经死去。而那个给了丈夫致命一击的罪犯——自己曾经的情人迪克·温迪福德就站在一边。

丈夫被情人杀害还不是最恐怖的，更让她感到困惑的是，每次她，阿利克斯，看到她丈夫死去，都会感到高兴：她似乎感激那个杀人犯，总是向他伸出双手表达自己的谢意。梦境的结局往往是她和迪克·温迪福德紧紧拥抱在一起。

阿利克斯不知道这个重复出现的梦境意味着什么，她和丈夫新婚宴尔，正过着一种田园牧歌式的生活。丈夫风度翩翩，温柔体贴，两人的生活看起来甜蜜无比。然而，在她的丈夫暂时离开她前往两英里外的村子时，她快乐的生活便仿佛蒙上了几丝阴影和忧虑。而这阴影和忧虑的根源，正来源于她曾经的情人迪克·温迪福德。

说迪克·温迪福德是她的情人也许并不恰当，两人之间并没有过什么真正的浪漫经历——贫穷卑微的出身限制了两个人对于爱情的一切不合实际的幻想。这恐怕要分别谈一下两个人的情况。

阿利克斯并不是什么绝世美人，甚至连漂亮也称不上。不过这位早已经度过了少女时期的三十多岁女人最近发生了一些奇妙的变化，她精神焕发，态度柔和，变化之大令她以前办公室的同事已经认不出她——她之前可完全不是这样。更年轻时候的阿利克斯小姐是一位办事卓有效率、为人有条不紊的女子，有时候甚至有些粗鲁，不过谁也不能否定这是一位精明能干、讲求实际的女性。不过，这一切都是生活所迫、没有办法的事情——自从阿利克斯小姐十八岁从那所严格的学校毕业后，十五年来，她一直依靠速记员的工作养活自己（其中七年还要养活卧病在床的母亲）。生活的重担渐渐磨去了她脸上少女的柔和，留下的只有从生活的斗争中得来的沧桑和坚毅。然而，尽管阿利克斯小姐努力克制自己女性的天性以适应残酷的生存斗争，但内心依旧是个女人，她女性的柔情在狭窄的办公室内都寄托在了自己的同事——迪克·温迪福德身上，尽管他们表面上看来只是朋友。

迪克·温迪福德的日子也并不好过，办公室职员的薪金收入本就微薄，要供养一个大男人的生活已非易事，更何况他还要从中挤出一部分提供给自己正在上学的弟弟——他的生活十分艰难。也因此，他没法考虑结婚，也自然不敢向阿利克斯表白心迹。

阿利克斯曾经以为，横亘在自己和迪克婚姻之间的障碍就是贫穷的负担，她耐心地等待着两人没有负担、自由的时刻到来——直到有一天，好运降临在他的头上。一位远房的没有子女的表姐在去世之后将遗产赠予了她，大概有几千英镑，这在当时是一笔巨款，仅每年的利息就有几百英镑。阿利克斯欣喜若狂，以为从此就可以得到自由，再也不用终日为钱而奔波。天真的阿利克斯并且以为自己和迪克之间也无须再等，他们立刻就可以结婚。

然而，迪克的反映却出乎她的意料。在得知阿利克斯有了这笔巨额遗产之后，迪克反而开始处处躲避他。阿利克斯后来才明白，这笔飞来的遗产伤害了可怜的迪克的自尊——这好像是男权社会赋予男人的与生俱来的天性，他们很难接受自己的妻子或恋人比自己富有——现在，阿利克斯是一位有财产的妇女了。自尊与矜持可能使得迪克很难在一段时间内接受这个事实，他暂时还不会向阿利克斯求婚。

阿利克斯失望却又无可奈何，因为她对迪克的爱意并没有因为自己身份的改变而有丝毫减弱，她甚至想要放下女性的矜持而对迪克采取主动。这一切直到阿利克斯在朋友的宴会上遇见杰拉尔德·马丁——才发生改变。

宴会上，杰拉尔德对阿利克斯一见钟情并展开了热烈追求。而尽管阿利克斯认为自己一向不是那种缺乏理性的女人，这次却也激动不已——她相信自己遇见了真爱。两个激动地沉浸在幸福中的人不到一周就订婚了。阿利克斯没有意识到自己的这一举动已经触怒了先前的情人，此前的一周，她完全沉浸在杰拉尔德的柔情蜜意中，迪克已经被遗忘了。

迪克·温迪福德来找她，两人之间爆发了激烈的争吵。因为愤怒和嫉妒，迪克甚至有些结结巴巴："你和这个男人认识还不到一周，你不可能了解这个男人！"

阿利克斯对这个理由不屑一顾："爱上一个人只是一念之间的事情，并不是每个人都需要十一年的时间来证明自己喜欢一个女孩。"

迪克脸色苍白，显然被戳中短处，造成这个后果的原因似乎应当是他的懦弱和犹豫。如果他能早点鼓起勇气向阿利克斯求婚，一切当然就不会发生。迪克嘴唇颤抖，"我从遇见你开始就一直喜欢你，我以为你是知道和在意的。"

"没错，"阿里克斯已经铁了心，"我的确曾经在意，可我现在觉得那仅仅是因为当时我还不懂得什么是真爱。"

接下来的一幕彻底颠覆了阿利克斯以往对迪克的认识，她从没有想到这个外表老实懦弱的男人的缄默外表下隐藏着如此巨大的能量——迪克在恳求、表白无果的情况下做出了针对那个夺走了她爱人的人的威胁，愤怒而可怕，阿利克斯总觉得迪克总有一天会把他的威胁变成现实。

或许迪克的威胁就是自己梦境中丈夫被杀那一幕的来源，可是自己为什么会高兴？阿利克斯百思不得其解。"算了，暂时不想了。"阿利克斯收回自己恍惚的思绪，心不在焉地用手抚平一缕飘在眼前的深棕色头发，这才发现自己已经在村舍的大门边倚了半天——自从早上送走丈夫，她就倚在这里一动未动。

阿利克斯抬起头，踮起脚尖试图抚摸刻在门廊上的标牌"菲洛梅尔山庄"。"真怪。"她喃喃自语——她一直觉得这山庄的名字有些别扭，可也说不出来到底别扭在什么地方。

记得结婚前，有一次她还问起过杰拉尔德这个问题，想到当时那甜蜜的一幕，阿里克斯的脸上不禁又浮现出微笑：

“亲爱的，为什么我们的山庄叫‘菲洛梅尔’，你不觉得很奇怪吗？”

“有什么好奇怪的呢，我的小伦敦佬？”杰拉尔德永远是那么温柔深情，“你觉得它奇怪，那是因为你从未听过夜莺的歌唱；不过，我很高兴你没有听过，因为……夜莺是只为情侣歌唱的。”话没有说完，他的吻就送了上来。直到现在，每当想起两个人当时是怎么一块听夜莺的歌唱的，阿利克斯还是禁不住脸色绯红、心跳加快，仿佛做了什么见不得人的事情一般。

“是啊，这个房子是他找的，如此偏僻、幽静，他怎么会不喜欢？”阿利克斯愉快地想。当时两个人一见钟情，不到一星期的时间就定下了婚事。随后，杰拉尔德就开始四处寻找住处——只有找到了住处，两人才能结婚，当时的阿利克斯，看到杰拉尔德每天四处奔波着为两人寻找婚房的情景总是感到分外甜蜜。直到一天，杰拉尔德兴冲冲地跑来，告诉阿利克斯他找到了世界上最好的住处。阿利克斯也为他的描述吸引，当即就跟着未婚夫跑到了乡下。

阿利克斯看到这个山庄之后，也为之感到着迷——这个山庄除了非常坚固之外，外表也非常古典雅致，在这种乡村地方可并不是每天都有机会找到这样一个有着出色外表的山庄的；更何况，这个山庄还有完善的热水供应系统、电视、电话，她和丈夫在每日白天的生活后，可以惬意地泡一个热水澡，这是多么美好的事情啊！只是，阿利克斯的心中还有一点隐隐的担忧——这房子似乎有些太偏僻了，离最近的村庄也要两英里。阿利克斯虽然天性爱静，可是这种地方，万一自己和丈夫发生什么事情，只怕连一个帮忙的人都不会有。可是，对于当时迫切地想要和杰拉尔德结婚的阿利克斯来说，已经没有比这所山庄更完美的去处了。

自从找到这个山庄后，阿利克斯就一直兴致勃勃地策划婚礼，没有想到中途又发生了变数——杰拉尔德告诉她，这所房子的主人、一个富裕的地主突然改变了主意，他拒绝出租这所房子，而只同意出售，要价是三千英镑。杰拉尔德尽管收入颇丰、身价不菲，可是他的财产大多集中在地产物业上，一时难以变卖——他告诉阿利克斯，他最多只能筹集到一千英镑。

此时，已经被爱情的甜蜜和想要结婚的欲望冲昏了头脑的阿利克斯赶来救援了——她已经认定了杰拉尔德就是自己的丈夫，也认定这所村舍就是自己未来的婚房——因而毫不犹豫地变卖了自己继承自表姐的那些无记名债券中的一半，筹到了两千英镑。就这样，两个人有惊无险地得到了这所住房。

现在回想起来自己当初的举动，阿利克斯尽管并不后悔却也总有些疑惑，“杰拉尔德真是有些奇怪的魅力，居然能够让我这样一个一向坚毅理性的人坠入情网；他总是那样的让人信服，自己毫不犹豫地就把身家财产都交给了他。他一定懂些奇怪的魔法。”阿利克斯总是这样认为。

“丁零……”屋子里传来的顽固的电话铃声打断了阿利克斯的思绪，往常悦耳的电话铃声今天在她听来格外刺耳。她不情愿地走进山庄，拿起听筒。突然，听筒中传来的声音让她浑身抖了一下，她险些跌倒，赶紧扶住墙壁。阿利克斯的声音瞬间变得颤抖而高亢：“你说你是谁？”

听筒中再次传来的声音是证实那人无疑了，“阿利克斯，你怎么了，我是迪克，难道你已经把我忘了吗？”

婚后总是纠缠自己的那个奇怪梦境再次涌现了出来，阿利克斯有些崩溃：“不，迪克，你为什么要给我打电话？你知道我已经结婚了，我想从此之后我们还是不联系为好！”

迪克似乎沉默了一下，显然刚才阿利克斯的话伤了他的心——前情人对他未免太绝情了些，“听着，阿利克斯，我现在在‘旅行者纹章店’里，这是一个很奇怪的名字，不过就在你们村里，你不会不知道吧？我现在正在这里钓鱼度假，”他顿了顿，“我之所以给你打电话，是因为我原本打算今天晚上吃过饭后去你的山庄看望你们。”

“不，你别来，至少我目前并不欢迎你。”想到那个奇怪的梦境，阿利克斯感到十分恐惧，仿佛迪克一来，梦境就会变成现实。

之后，是长久的沉默，迪克仿佛也在努力是自己的情绪变得平静，“请原谅，我现在无意打扰你们。当然，如果主人不欢迎，客人是不会不请自到的。”

阿利克斯匆忙打断了他，她觉得自己无法再继续下去这种谈话了，没有礼貌性的告别，她就匆匆地挂了电话，不去管电话那头迪克的反应如何——这可怜的男人！阿利克斯感到窒息压抑，仿佛又有置身在了那个噩梦的笼罩之中，丈夫那睁大的双眼模模糊糊地出现在了她面前。阿利克斯真的喘不过气来了，她抓起一顶乡村样式的灯芯绒草帽，扣在头上然后立马就冲到了花园里。

花园里到处是盛开的鲜花，现在正是明媚的季节。花园由村子里的一位老人照看，这位老人也是他们唯一的一位仆人——为了切实体验家庭的感觉，他们没有雇用什么用人，当然用人也不会喜欢村舍周围偏僻的环境。阿利克斯选择自己动手，她每天擦拭家具，拖地板，倒也感到一种奇怪的快乐。她喜欢的是烹制食物，每次她看到自己精心烘烤出的点心或者调制成的果子酒被丈夫满意地享用下去，总是感到由衷的幸福，似乎这就是他期盼了十多年的家庭生活的真谛所在。

这唯一的仆人花匠每周来两次，周一和周五，今天是周三，花园里应该不会有人，她可以好好地在里面散一散心——这一早上发生的事情对她来说可算不上愉快。当她绕过屋角时，诧异地看到那个老花匠正俯身在花坛边上忙碌着，头上戴着一顶因长年日晒而变色的帽子。

“早上好，乔治！可是我不明白今天早上你为什么会在这里？”

“早上好，夫人！我知道您很吃惊，可我想您一定会原谅我贸然地自己选择周三而不是周五来上班。是这样的，周五乡绅那里有一个庆祝会，他们几乎邀请了附近所有的农户，我可不想错过呢！”

“喔，好的，这没什么，乔治，愿你在庆祝会上过得开心！”阿利克斯轻松地说，大多数时候，她都是一个心地善良的好说话的人；另外，她也明白，这个庆祝会对周围的贫苦农户来说意味着什么，他们可以吃一顿饱饭并且不用付钱，此外，还可以吃到平时吃不到的像样甜点。阿利克斯自己不久前还是个穷人，她对这一切深有体会。

向主人说明了请假的缘由并得到允许后，乔治感到很轻松，有一搭没一搭地跟夫人闲聊起来；阿利克斯也乐得此时有这么一个人陪自己打发时间。

“夫人放心，夫人出远门期间可以放心地将花坛交给我打理，夫人有什么意见也可以趁现在告诉我。毕竟，我想连夫人自己也不知道什么时候会回来呢！”

“什么？”阿利克斯感到吃惊，“可是，我并没有打算出门啊，我想自己差不多下半辈子都要待在这里了。”

这下轮到乔治吃惊了，“老爷和夫人明天不是要去伦敦吗？昨天我在村子里碰见老爷了，他跟我说你们明天要去伦敦，只怕要在那边待很长一段时间。老爷他确实是这么说的，什么时候回来还不一定。”乔治一边回想，一边肯定地说。

“老乔治，我想一定是你听错了或者是误解了他的意思。”阿利克斯不知道丈夫究竟对眼前这个老家伙说了什么，才让他产生这样的误解。想起自己和母亲以前在伦敦所过的窘迫生活，阿利克斯突然产生了一股恨意，“我恨伦敦。”她冷冷地说，带着一股粗鲁。

乔治并不明白为什么夫人突然生气，仿佛是自己触怒了夫人一般。“喔，或许你们明天真的不去伦敦，虽然我认为自己并没有听错。不过，老爷和夫人不去伦敦，我倒是很高兴。我一点都不赞成四处游荡，人就应该在自己的家里好好待着，为什么要去别的地方呢？不管是伦敦还是曼彻斯特，都不值得我们丢下家人房子。对了，人们之所以四处游荡，都是因为有了汽车，汽车实在是太多了。很少有人能够有了汽车之后还安定在一个地方，艾姆斯先生不就是这样吗？买下汽车之前他是一个不错的安静的绅士，踏踏实实地守在这里；买了汽车之后，不到一个月，他就要出售这所房子，因为他要到伦敦去了。当初他为这所房子可是花了不少钱呢，在每一个房间里都装了插座、电灯还有其他许多东西。我为他感到可惜，可是他跟我说，因为这所房子，他将一个子不少地得到两千英镑。”

阿利克斯一边耐心地听着老人的絮絮叨叨，一边微笑着纠正老人谈话中的错误：“不是两千英镑，为了这所房子，我们付了他三千英镑，一个便士都不少。”

“是两千，”固执的老人重复道，“艾姆斯先生跟我谈过他的要价。”

“的确是三千，是我和我的丈夫一块凑齐了这笔费用。要不，我们只怕就住不进来了呢！”阿利克斯微笑着确认。

“女人们总是弄不清楚数字。我想，艾姆斯先生还不至于厚颜无耻到那种程度，这栋房子虽然不错，可是两千英镑已经够多了。怎么，难道，他跟你说这所房子要卖三千英镑吗？”

“当然，他并没有向我开价，是向我的先生。”

乔治一边侍弄着花坛，一边执拗地重复“是两千英镑”，老人有时候就是这么固执。

阿利克斯禁不住笑了：难道别人会比自己更清楚自己房屋的价钱吗？丈夫亲口对自己说是三千英镑，自己当时可是变卖了两千英镑的债券呢，加上丈夫的一千英镑才凑齐了房款。若是两千英镑，那多出来的一千哪里去了？难道是丈夫骗自己吗？似乎有股冷风吹来，阿利克斯突然打了个寒战。

阿利克斯不再费神和老乔治争论什么价格问题，她走向较远处的一个花坛，采摘了一大捧鲜艳的玫瑰，她准备把它们插在卧室的花瓶里。她抱着这一大捧花往回走，不时吮吸一下玫瑰的芬芳味道。突然，她在一个花坛的枝叶之间隐约看到了一个绿色的东西，阿利克斯俯身捡起发现是丈夫的袖珍笔记本。“这个人一向精细，怎么把东西落在了这个地方。”阿利克斯摇摇头。

不过既然是捡到的，那么看一下应该也是可以的。她把本子打开，开始一条条地仔细阅读里面的条目。杰拉尔德这个人虽然冲动任性，可却算是男人中极难得的讲究整洁有条理的那类人。杰拉尔德对于一切都很精确，几点起床、几点吃饭、几点睡觉，一切都按照时间表上的安排进行。

其实阿利克斯翻阅这本笔记的目的，并不是想要知道杰拉尔德未来几天想要做什么，她只是想更多地了解一下丈夫过去的生活。正像当初迪克指责自己的那样，她被爱情冲昏了头脑，在对这个男人并不了解的情况下就嫁给了他。他以前是做什么的？结过婚吗？有过妻子或情人吗？这才是她最关心的。可是翻遍了整个笔记本，上面只有一个女人的名字，就是自己，五月十四日这一条：“两点半在圣彼得教堂与阿利克斯结婚。”阿利克斯不禁哑然失笑，结婚这种事情难道有人会忘吗？“这个傻瓜！”

杰拉尔德的本子，并没有什么特别，阿利克斯一边翻一边想。突然，她又看到了一页，“六月十八日，星期三”，就是今天，在这页的空白处，杰拉尔德用他那一贯整洁、干净的笔迹写着“晚上九点钟”。

“喔，晚上九点钟杰拉尔德想要干什么呢，为什么没有写下来？”这一页的其他地方都是一片空白，阿利克斯显然找不出答案。

将笔记本装进口袋里，又捡起放在地上的花束，阿利克斯步履缓慢地向屋子中走去。一路上，她总是有些忧心忡忡。她开始认真思考当初迪克对她说的话，的确，他并不了解这个男人，只是觉得他有魅力罢了。可是这个男人已经四十岁了，他在认识自己以前一定有过丰富的生活。可是自己一无所知，即使是在婚后，他也只告诉过自己童年在家乡的生活以及长大后那些生意场上的事情。当初为什么不多了解一点再结婚呢？她此时感到有些后悔了！

阿利克斯今天注定没有一个好心情，大清早被噩梦和迪克的电话所折磨，现在又因为不了解自己的丈夫而恐惧。她真的是感到非常烦躁了。“对了，要不要告诉丈夫今早迪克来过电话呢？若是告诉了他，他一定会建议邀请迪克来做客，可是自己却并不想让这么做。那么丈夫会怎么想？他还不知道迪克和我曾经的事情。那么，该不该向丈夫坦白，他会不会笑话我向他隐藏这种在他看来无足轻重的事情。”阿利克斯的内心激烈地冲突着，最终她决定不告诉丈夫，若是不幸丈夫在村中遇到了迪克那时再向他坦白也不晚。对于决定刻意地隐瞒丈夫，阿利克斯觉得有点内疚。

临近晚饭的时候，丈夫回来了，他一定会赶在预定的时间吃饭！阿利克斯内心慌乱又窘迫，没有办法，她只好跑到厨房，借准备晚餐来掩饰内心的不安。

可是丈夫到厨房来了，阿利克斯只好搭讪着开始与丈夫说话，一边小心翼翼地观察丈夫的脸色。很快，阿利克斯就发觉，丈夫并没有在村子中遇见迪克。她瞬时轻松起来——这个秘密算是暂时被隐藏住了。

阿利克斯愉快地做完了剩下的晚餐，将它们搬到了起居室的橡木桌上，她和丈夫经常在这里一块共享晚餐，只要将窗户打开，窗外淡淡的花香就能够随风吹进来。

直到吃完晚饭，阿利克斯才想起来袖珍笔记本的事情。

“这是你的笔记本吧？我在花坛里捡到了。”阿利克斯将它扔到丈夫的膝上。

“喔，大概是我浇水的时候掉的。”丈夫有些不以为意。

“可是，现在，我知道你所有的秘密了。”阿利克斯跟丈夫开玩笑道。

“你看过了，”丈夫并不吃惊，“这不能怪你，每个人都有好奇心的，若是我捡到了你的笔记本，只怕我也会看的。”

“可是，今晚九点钟你要做什么？是跟某个女孩约会吗？你不写上就是怕我看见对吗？”

当听到“九点钟”这两个词时，丈夫显然有些吃惊，可随后就镇定了下来。“是的，的确要跟一个女孩约会，一个特别出色的女孩，她的头发是深棕色的，名字叫作阿利克斯。”

这次的阿利克斯却没有那么好打发，她假装严厉地说：“你在回避要点，不可能是我，有什么事情是今晚九点你要跟我一起做的吗？”

“的确有，我之所以写下那么一个时间只是为了提醒自己今晚九点钟要去暗室冲洗一些照片，我希望你能陪我。”丈夫是个狂热的摄影爱好者，有一架老式相机。为了冲洗照片，他还自己利用一间地窖改造成了暗室。对于爱好摄影的丈夫来说，这个借口似乎是可以成立的。

“可是，我不明白为什么冲洗照片这件事情一定要放在九点进行。”阿利克斯明显不死心。

丈夫似乎有些生气，语调也变得严厉起来：“我想，任何事情都应当预先为它设定一个时间，这样才能促使你更有效率地去完成它。”

没错，这的确是丈夫一贯的风格，自己好像的确是多心了，阿利克斯因为愧疚而沉默起来。

就这样两人静坐了一两分钟，杰拉尔德静静地靠在椅子上抽烟，缓慢地吞吐着烟雾。阿利克斯注视着丈夫，那张虽然黝黑但刮得干干净净的脸庞在夜色的照耀下棱角似乎格外分明。不知道为什么，阿利克斯只觉得从心底升起一股凉意，噩梦中那种惊恐的感觉顿时将她包围起来。

“杰拉尔德，”她叫起来，“我一点都不了解你！”

“什么？”丈夫显然是对妻子今晚的言行很困惑，“我告诉过你一切，我在诺森伯兰度过的童年，我在南非的恐怖经历还有我在加拿大的十年，正是那十年使我获得了今天的财富！”

“可是，我想，一定还有我不知道的，一定有，比如，你是不是曾经结过婚，你曾经有过几个情人，关于这些我一无所知。”阿利克斯低声喃喃道，这才是她作为一个妻子最关心的过去。

“啊，我明白你的意思了，原来你是想听我过去的风流韵事。”杰拉尔德笑起来，可旋即笑容就凝结成了一脸的严肃，语调也不再如刚才那样诙谐，“没错，风流韵事，那些和女人胡来然后把他们杀掉的明智举动吗？没错，我的生活当中的确曾经有过女人，而且不止一个，可是那又怎么样？你会相信一个正常的男人告诉你在过去的四十年中没有过女人吗？可是，阿利克斯，亲爱的，我向你保证，那些女人没有一个使我动心，充其量，那不过是年轻无知时的胡闹罢了！”

丈夫的眼神和语气都那样诚恳，阿利克斯感动到有些自责，自己的确不应该这样怀疑丈夫，自己不也在迪克的事情上隐瞒了他吗？这样就算是扯平了，阿利克斯暗暗地想。

妻子的疑惑平息了，丈夫却又开始发问：“阿利克斯，你究竟怎么了，为什么今天问我这些问题？”

“并没有什么特别的事情，可是今天一天我总觉得恐怖和压抑。”

“奇怪，难道真的会有什么该死的第六感？”杰拉尔德低声地自言自语。

“什么奇怪？对了，你知不知道，乔治这个老家伙竟然以为我们明天会去伦敦，这是你告诉他的吗？”

“什么，”丈夫如被电流击中了一般，靠在椅背上的身子瞬间就直立了起来，“你今天怎么会见到乔治，在什么地方？”杰拉尔德的声音在微微地颤抖。

“他今天来上班了，因为他周五要去参加乡绅们的庆祝会。”

“该死的老家伙，那你是不是告诉他我们明天不去伦敦了？”丈夫的面孔不知是不是因为愤怒而显得有些狰狞。

“当然，我们明天又不会真的去伦敦。”阿利克斯很奇怪平日温文尔雅的丈夫为什么会这样生气，仅仅是因为乔治周三而不是周五来上班吗？

“该死的老乔治还跟你说什么了？”杰拉尔德似乎努力在使自己的语调恢复平静。

“哦，让我想想，今天似乎什么都不顺。喔，对了，他说当初我们买这所房子只花了两千英镑，真是可笑，我们难道连自己花了多少钱都不知道吗！”阿利克斯仍然觉得有些可笑。

“那不过是个老傻瓜罢了，当初艾姆斯愿意接受两千英镑的现金，另外一千英镑用财产作抵押，我想他只怕搞不清楚这其中的关系吧！”杰拉尔德显然对乔治很不满意。

“可是，我想我们距离预定的时间已经过了五分钟了呢！”阿利克斯调皮地指了指钟表。

“我今天太累了。我想我们不如改个时间，换个时间再一起冲洗那些照片怎么样？”杰拉尔德的表情有些怪异。

阿利克斯紧张一天的心情似乎终于在丈夫的解释和抚慰中平缓了下来，她觉得迪克和噩梦带给她的坏心情暂时消失了，她心满意足地上床休息了！

可是，女人的心情就是这么怪异，明明前一天晚上已经被说服，此刻回想起来却又开始止不住地疑惑重重。杰拉尔德昨晚说过的话以及他的每一个表情在阿利克斯的心中反复翻滚。

“阿利克斯，你觉得这样——和女人胡来然后再把她们杀掉的举动明智吗？”这话是什么意思，是在规劝或者说是警告自己不要试图去窥探他的私生活吗？否则下场就是被杀掉，应该不至于吧。

可是不管怎么样，有一点是确定无疑的，那就是杰拉尔德以前的生活中肯定有过女人，而且不止一个。尽管杰拉尔德对自己说并不爱她们，可是谁又能保证这个男人说的都是真话呢？这个男人如此有魅力，想必一定是个情场老手了，难怪自己会在几天之内就为他神魂颠倒，迫不及待地跟他结了婚。一想到这些，阿利克斯就忍不住妒火中烧，一股强烈的酸痛感在她心中不断升腾，简直无法按压下去。

还有，他为什么要对老乔治如此气愤，昨天晚上他生气时的神情跟他平时宽容大度的形象简直判若两人，他隐瞒了自己什么秘密？莫非老乔治说的话都是真的，他确实对人说要去伦敦，也确实只花了两千英镑买下了这所院子。阿利克斯已经完全糊涂了。

到了周五早上的时候，阿利克斯几乎已经完全确定，杰拉尔德那天晚上九点钟确实是要去见一位女孩，冲洗照片不过是他临时找出来的借口：他并不是真的想要冲洗照片，因为随后他托词太累睡觉了。是的，自己这样一个既不漂亮也不年轻的女人到底是凭什么吸引了丈夫？他之所以会娶自己一定是有什么不可告人的秘密。

阿利克斯简直要被自己的想法折磨疯了，迪克的话始终回荡在她耳边“你根本就不了解他”“你根本就不了解他”。为了给自己找点事情做，阿利克斯假意拿起一只鸡毛掸子，做出要打扫卫生的样子。

吃过午饭，阿利克斯想要去村子中买点东西，可是杰拉尔德坚持要妻子留在家中，自己去了村子里。“莫非，杰拉尔德前天去村子时确实见到了迪克，只是没有告诉自己。所以今天他坚持自己去村子里是为了避免我和迪克碰面？他知道我和迪克的事情了？那么他那天晚上之所以发怒仅仅是因为嫉妒吃错，只不过怒气被转移到了可怜的乔治身上。”阿利克斯这样想着，心情似乎稍稍平静了些。

可是这不过是我的猜想罢了，我应该试图找些证据来证实他们，阿利克斯失望地想。突然，阿利克斯从椅子上站起来，快步冲到楼上丈夫的书房，在一堆堆的信札和文件中翻找着。她知道自己这样的行为是可耻的，因而脸色发烫，呼吸急促。她翻遍了所有的能找的地方，可是一无所获——她并没有找到丈夫旧情人们的任何痕迹。

现在，只有两个抽屉还没有搜寻过了：橱柜下面的抽屉与写字台右边的小抽屉因为上了锁还没有打开。阿利克斯几乎已经可以肯定，她丈夫的那些旧情人们就躺在这些抽屉中的一个里，她一定要把他们找出来。阿利克斯已经完全被嫉妒和愤怒冲昏了头脑，完全顾不上什么道德和羞耻了。她突然想起来，杰拉尔德今天出去时似乎不小心将钥匙落在了楼下的厨具柜上。阿利克斯将钥匙拿过来一把一把地试，终于写字台上的抽屉被打开了，里面有个票薄，一个塞满钞票的钱夹，抽屉深处还有一捆用红丝带扎束起来的信件。阿里克斯的呼吸顿时急促起来，她觉得自己已经找到了证据，丈夫的情人马上就要被她从抽屉中揪出来了。可是，随即阿利克斯的心情不知道是高兴还是失落，因为她发现这都是自己写的信，是她嫁给杰拉尔德之前两人之间互通的情书。阿利克斯重新将信束好放好抽屉深处，又将抽屉锁上。

只剩下一个抽屉了，阿利克斯试遍了所有的钥匙都打不开。她不死心，跑到下面厨房里又找来一大串钥匙。终于，她发现衣橱上的备用钥匙也可以打开碗橱。阿利克斯屏住呼吸拿下了锁，可是，碗橱的抽屉里除了一大沓泛黄的简报以外什么都没有。阿利克斯终于松了一口气，现在她确定家里没有丈夫情人的痕迹了，或许，她本来就不是真的想找到什么。

可是，出于好奇，她还是拿出了那些剪报，想看下到底是什么样的内容值得丈夫把他们收藏起来。阿利克斯随手翻阅，发现丈夫收藏的这些报纸大概都是美国报纸，最晚是七年前的，内容都跟一个罪犯有关：涉嫌谋杀妇女的重婚罪犯查尔斯·勒梅特，人们曾经在他居住的地方发现了一具妇女的骨骼，和他结婚的其他几个女人也都音讯全无。当时尽管查尔斯·勒梅特被指控犯有谋杀罪，可是由于有当时美国最出色的律师的辩护，他的谋杀罪名没有成立，被判无期监禁也是因为他还犯有其他罪行。可是，让人们没有料到的是，三年后，这个男人竟然越狱逃跑了。当时的美国警方为了追捕他，请求所有他可能逃亡的国家提供帮助。当时英国的报纸上也曾经详细地描述了这个男人的特征：富于魅力，极易吸引女性；口才敏捷，曾在法庭上跟法官激烈抗辩；患有心脏病，在情绪激动时容易晕厥，尽管很多人认为那不过是他为了逃避制裁而摆弄的把戏。

报纸上的照片吸引了阿利克斯的注意，无论如何，这是一个长相十分绅士的男性，单从外貌看谁也不会相信这是一个杀人魔王。阿利克斯拿着照片反复端详，总觉得这人的面孔十分熟悉。半晌，她倒吸了一口凉气，这人长得十分酷似她的丈夫，眼睛、眉毛几乎一模一样。阿利克斯忽然意识到，这一定就是杰拉尔德本人，正因为这样他才会收集这些剪报，或许他认为这是他过去生活的见证。

阿利克斯的视线移向图片旁边的文字，一位妇女的证词让她彻底相信报纸上的这位杀人恶魔就是她朝夕相处了近一个月的丈夫。那位妇女指证说，杀人犯左手腕手掌下面有一颗痣。没错，杰拉尔德的左手腕位置正好有一块小小的伤疤，那一定是为了掩盖那颗痣而刻意造成的疤痕。

报纸上的文字还说，杀人犯随身带有一个袖珍笔记本，笔记本上记载了一些莫名其妙的日期。警察说，那些日期正是受害人们被杀的日子。

“六月十八日，星期三，晚上九点”，杰拉尔德笔记本上的这个日期突然浮现在阿利克斯的脑海中。一瞬间，她什么都明白了，杰拉尔德，不，梅勒特并不是要在那个时间跟什么女孩去约会，那时他预定的要杀害自己——不知道是他第几位妻子的时间。

一时间，这些天的疑惑都解开了，她把这些天来发生所有奇怪的事情拼凑在一起，逐渐推理出了事情的大概。

“阿利克斯，你觉得这样——和女人胡来然后再把她们杀掉的举动明智吗？”这话并不是什么威胁，梅勒特习惯了这样：先和女人胡来然后再杀死他们。他曾经杀死过不止一个女人，其中一个被他杀死在地窖里。想到地窖，阿利克斯感到一阵后怕，那天晚上他曾经邀请自己去地窖一起冲洗照片，梅勒特可以轻而易举地利用地窖上的石板将自己砸死在里面，那么，是什么促使他改变了主意？阿利克斯仔细地回想，对了，是老乔治。杰拉尔德那天到村子里去四处散播消息，告诉大家他们夫妇两个明天将要去伦敦做长期旅行。这样，杰拉尔德杀了自己之后就可以顺利逃跑，而大家即使看不见我们也不会感到奇怪。可是，意外出现的老乔治打乱了杰拉尔德的计划。所以，那天晚上杰拉尔德才会一反常态对乔治那么怒气冲冲。现在想来，阿利克斯真该好好感谢一下老乔治，若非是他，自己只怕两天之前就已经葬身地窖了。

这样看来，两千英镑的事情也是真的了。是的，买这所房子只用了两千英镑，自己的两千英镑，而自己剩下的那些财产那些无记名的债券现在仍然保存在那个男人手里。想到这个男人从一开始就处心积虑地谋划自己的性命和钱财，阿利克斯觉得心里一阵阵发凉：他根本不是在南非和加拿大赚的钱，他的钱都从那些死去的女人身上得到的。

现在，连她那经常困扰自己的梦境也可以解释了：她尽管认为自己对杰拉尔德一见钟情并嫁给了他，可是在潜意识中却总是惧怕、排斥他；而梦中之所以会出现迪克是因为她还是把迪克当作可以信赖的人，在潜意识中依赖他；所以，她才会在迪克杀死杰拉尔德后表现得那么高兴。

当阿利克斯一件件地把事情想清楚之后，发现自己只想快速逃离这个地方，这个曾经被她看作是世外桃源的地方现在成了杀人的魔窟。“吱呀”一声传来，阿利克斯知道丈夫回来了。她浑身都僵住了，定定地站在那里。大概过了好几秒钟，她才反应过来，艰难地拉着两条腿挪到窗边。丈夫手里拿着一张新买的铁锨，脸上喜气洋洋——这让她感到心惊胆战。她直觉地感到就在今晚，丈夫一定会杀了她，而那张铁锨，就是丈夫准备好的凶器。

“就是现在了。”阿利克斯默念着，积聚起全身的力气向门口跑去——她要赶紧离开这个地方。可是，在门口丈夫伸手一把抓住了她，他的力气实在太大了，她挣脱不了。

“你要去哪？”丈夫的声音里满是疑惑，在阿利克斯听来，还带有一种目标即将得逞的快意。

“我头晕，想出去散会儿步！”阿利克斯几乎浑身都在颤抖。

“好，那我陪你去。”

“不用，我想一个人去。你刚回来，可以去屋子里休息一下。”阿利克斯几乎是在哀求。

“不管你愿不愿意我陪你去，我都会去。”杰拉尔德强硬地说，带有一种气势汹汹的强硬。

阿利克斯不敢再争辩了，唯恐丈夫看出他的异样，否则只怕他立刻就会被丈夫杀掉。

散步回来，两个人回到屋子里。正哆哆嗦嗦地为自己生命而战的阿利克斯几乎是不假思索地告诉丈夫，晚上九点钟迪克会看望他们。可是这个男人似乎不为这个变故而担忧，他的双眼中透露出一种即将胜利的喜悦。是的，告诉他又怎么样？他可以在杀死自己后再给迪克打电话告诉他自己出门去了。他乎已经下定了决心在今晚解决，不会让前天那样的事情再次发生。

求生的欲望激励着阿利克斯，终于她有了一个主意。她逼迫自己镇静下来，慢慢地煮好咖啡端到桌上。杰拉尔德突然对她说：“等会儿我们一起把那些胶卷冲洗出来。”“你一个人去吧，我今天实在是有些累。”“不，就是我们两个，洗完胶片之后，或许你就不累了，永远也不累了。”阿利克斯明白今晚这个男人不会对他做任何妥协，并且他的话让自己浑身冰凉。她缓慢地走向电话机，准备执行她的计划。

“你要干什么？”杰拉尔德厉声问。

“给肉铺打个电话，让他们送点新鲜小牛排过来，那东西很抢手。”阿利克斯的语调说不出的平静。

“现在，这么晚了？”

“没关系，那个肉铺的老伙计会同意的，我想他愿意为我做任何事情。”阿利克斯有些调皮。说完，她就不容置疑地走进了放着电话的房间，随手把门关上，也把丈夫“不要关门”的声音挡在了外面。她快速地拨通了“旅行者纹章”酒店的电话：“喂，请问迪克·温迪福德先生还在吗？麻烦帮我叫一下他！”

此时，丈夫推门走了进来。“出去，我打电话时讨厌别人偷听。你难道怕我和屠夫谈情说爱吗？”阿利克斯假作生气实则恐惧地说。丈夫并不说话，可也没有要出去的迹象。阿利克斯心里一阵绝望，怎么办，迪克很快就会来到电话旁边，自己的确可以大声跟他呼救，可是只怕他还没有赶到自己就丧身梅勒特之手了。突然，她看到了手中话筒上的小键，按下或松开它，可以控制电话那头的人能否听见这边的声音。她有了主意，就在此刻，她听到从电话的另一端传来迪克·温迪福德的声音。

阿利克斯深深吸了一口气。随后，她坚定地按下那个键开口说话：“（她松开了键）我是马丁夫人——从菲洛梅尔山庄给你打电话。请你来吧。（她又重新按下键）明天早晨，拿些新鲜小牛肉排来这儿，很重要，多谢你，赫克斯沃西先生：（她又松开键）你不会介意我这么晚打电话吧。（她按下键）可是那些小牛肉排（她又松开键）非常重要。（她按下键）非常好——明天早晨（他松开键）尽可能快。”

“原来你是这么跟屠夫打电话的。”杰拉尔德嘲讽地说。

“女人都是这样的，你不是第一次见吧？”此时阿利克斯的心中已经轻松了许多——只要迪克还在乎自己，他就一定会来。

两人一块走进起居室，杰拉尔德疑惑地问：“我觉得你的情绪现在似乎好了很多。”“是的，我现在头已经不晕了。我就是这样的，头疼发作得快，可去得也快！”阿利克斯抬头看了看表，才八点二十五分，她还有半个小时的时间等待迪克，他一定会来的。

“你今天煮的咖啡不怎么样，有点苦。”丈夫有些不满，“好了，现在我们去冲洗照片好了，八点半可以准时开始。”

“什么？为什么不等到九点，我们可以再说一会儿话。这样好了，我再给你煮一杯咖啡吧！”阿利克斯刚刚平复的心情瞬间又坠落到了深渊——他居然修改了时间。

“不，就是现在，我已经把时间订好了。你知道的，我喜欢这种有条理的生活。”杰拉尔德已经完全要控制阿利克斯了，语调中有一种不加掩饰的气势汹汹。

阿利克斯抬头看着他，感到浑身一阵战栗。杰拉尔德已经不再掩饰什么了，他双手抽搐，眼睛由于兴奋而闪闪发亮，舌头不停地舐着干燥的嘴唇。即将剥夺一个女人性命的快感使他兴奋得浑身颤抖。

“可是，我还有件事情想要跟你说，确切地说，是跟你坦白，是，是我以前的事情。”阿利克斯在濒临崩溃的情况下，哆嗦着说出了这段话。现在的情况已经不允许她先去考虑了，她只好边想边说：“是关于我以前的丈夫的，我结过婚，可是没有告诉过你。”

“什么？”阿利克斯的语调很冷淡，“你结过婚？你是想告诉我你跟你前夫们的风流韵事吗？老实说，我对这些并没有多感兴趣。”

“不是，是一些你们这些老实人可能会称之为犯罪的事情，尽管那并不是我本意。”瞬间，阿利克斯明白自己抓住了杰拉尔德的兴趣，他的脸上浮现出一种见到猎物的表情，似乎暂时忘记了冲洗照片的事情，打算听她说下去。阿利克斯受到鼓励，继续磕磕巴巴地往下“坦白”：

“我结过不止一次婚，在你之前是两次，中间有两年的间隔。我二十二岁做速记时，认识了一个大我很多岁的中年男人，他爱上了我，要我嫁给他。我接受了，于是我们结了婚。”

她停顿了一下，“后来我才知道，他其实没有什么财产，于是我诱使他为我而买了人寿保险。”突然，她不再继续说她的第一任丈夫，而是抬起头反问杰拉尔德：“你了解毒药吗？”不等他回答，她就又自顾自地说了下去，脸上完全是一副若有所思的神态，“可是我了解。因为在战争中，有一段时间我在医院诊疗室里工作。在那儿，我接触了各种各样罕见的药物和毒药。”

她偷偷瞥了一眼钟表，差二十五分九点，迪克还要等一会儿才能来。她继续往下说："有一种白色粉末，剧毒无比，只要一小撮，就可置人于死地。这种药的原理跟生物碱差不多，但是绝对不留丝毫痕迹。医生会诊断为心力衰竭。我偷了一些这种药物，把它保存下来。"

她停顿片刻，集聚自己的力量。

"说下去，把它讲完，我想听！"杰拉尔德说。

"我们结婚后的一个月里。我对自己年长的丈夫非常体贴，非常和蔼，忠实。他向所有的邻居夸奖我。人人都知道我是一个忠实的妻子。我总是每晚亲自为他煮咖啡。一天傍晚，当我们独自在一起的时候，我把一撮那种剧毒的粉末放进了他的杯子——"

阿利克斯停下来，小心翼翼地观察丈夫的脸色。她自己一生当中从未演过戏，可此刻，她比得上世界上最出色的女演员。事实上，她正扮演一个残忍的投毒者的角色。

"当时我并不害怕，甚至在他喘着气要新鲜空气时帮他打开了窗户。不一会儿他在椅子上就动弹不了了——他死了。"

她停下来，脸上挂着微笑。已经九点四十五了，迪克肯定就要到了。

"那笔保险金额有多少？"杰拉尔德问道。

"大约两千英镑，可惜全被我赔在了投机里，也因此只好重新做起了办公室工作。有趣的是，我很快遇到另外一个男人。一个年轻英俊而且有钱的男人，他不知道我以前结过婚，因为我仍然用着结婚以前的名字。我们婚后在萨塞克斯郡过着宁静的生活。他不愿投人寿保险，不过当然起草了一份于我有利的遗嘱。他也很喜欢喝我煮的咖啡。"说到这里，阿利克斯若有所思地微笑起来，"我煮的咖啡确实不错。"

"我在那个地方有几个朋友，当我的丈夫一天傍晚饭后突然因心力衰竭而去世时，他们都为我难过。只有我自己明白是怎么回事——我又没有忍住。我的第二位丈夫留下了大约四千英镑。这次，我没有用它去投机，我用它投资。随后，你瞧——"

杰拉尔德似乎意识到了什么，涨红着脸，大声吼叫道："咖啡——上帝！咖啡！你这个恶毒的女人。"他似乎真的有种喘不过气的感觉，"我现在明白它为什么这么苦了。你这个魔鬼，你还想害死你的第三任丈夫是不是？"他疯了一般地抓起旁边的椅子，准备扑向他的妻子。

阿利克斯惊恐万状地退到壁炉旁，矢口否认她在咖啡里下了毒。她把全身的力气都聚集在了眼睛上，目不转睛地盯着杰拉尔德，防止他随时扑过来。迪克还没有来，她必须还得拖延几分钟，"好吧，我的确给你喝了毒药。药力已经发作了。你最好别动，否则只会死得更快。"

公路上似乎有脚步声，大门似乎开了。"阿利克斯，阿利克斯！"她的眼泪流下来了，是迪克的声音。"你别动。"她对着杰拉尔德再次发出警告，随后拼尽了全身的力气从他身边溜过，匆匆逃到屋外，倒在迪克·温迪福德的怀里——她浑身都瘫软了。

迪克小心翼翼地抱着阿利克斯，俯下身子焦急地询问道："亲爱的，可怜的女人。他把你怎么样了？"阿利克斯已经虚脱了，她只能费劲地抬抬眼皮，嘴里却一直念叨着迪克的名字。

跟随者迪克来的还有一个身材高大的警察，他到屋子里查看了半天，"先生，屋子里什么都没有，只有一个男人，他死了。"

"他死了，死了，"阿利克斯艰难地蠕动着嘴唇，好像在援引什么著作，"报纸说的是真的！"

绳球

【美】爱德华·霍克

《每日电邮报》的周六版有一个专栏，刊登一些拥有特殊嗜好的人的故事。作为负责这个栏目的新闻记者，山姆·卡内常常四处打听城市中各个角落里的奇闻轶事。这一次引起他注意的是一个名叫森蒂·布罗克的男人。

据五金店工作的那个男人说，布罗克的妻子在二十年前和别人私奔了，从那以后这个男人就自己一个人住在那座公寓里，并且开始有了收集绳子的嗜好。布罗克为人孤僻，很少和别人交流，没有什么人知道他的年龄，据大家猜测似乎已经快七十岁了，退休前是个行政人员。据说他把所有的绳子都缠成了一个大绳球，足足占据了他公寓的一间屋子。

卡内听说后觉得难以置信，但同时也不得不承认这的确是一个很有价值的新闻素材，可以登在周末专栏上。在问清楚布罗克的地址后，卡内决定第二天以报社的名义打个电话过去，然后再去进行一个正式的采访。

这几天艳阳高照，气温接近华氏九十度，正是夏季最难熬的干旱无雨的时节。下班回家的路上，卡内想起家里的草坪上需要一个新的洒水器，就把车停在一家经常光顾的五金店前，当他把洒水器放在后备厢里时，抹了把头上的汗，想到明天可以在办公室里安逸地吹空调，就决定立刻去布罗克那里采访。

森蒂·布罗克住在一栋老得不能再老的公寓楼中，不过看来房东还是对房子进行了很好的修缮，所以看起来并不那么破旧，大门上新刷的油漆令人感觉整洁舒适。卡内在住户栏中找寻着布罗克的名字，很快就发现他住在三楼。卡内踩着有些摇摇欲坠的楼梯来到了布罗克的门口，敲响了房门。

很快响起了脚步声，一个依然底气十足的声音隔着门问道：“是谁？”

卡内报出了自己的名字和来意，门“吱呀”一声打开了，但是门链并未摘下，一个头发已经灰白的老人问：“你为什么采访我？”

“我听说您有一些令人惊奇的绳子收藏，我们的报纸周末有一个版块刊登一些与众不同的嗜好。”

老人突然严厉地说：“你听谁说的！”

“呃，在五金店，大家聊天的时候提到的。”

老人仔细打量了卡内一会儿，关上了门，过了一会儿，门链被拿开，卡内被请进了屋里。房间里很干净，所有的家具都是二十年前的风格，甚至于电视也是二十年前的，很多家庭已经不再使用。

“布罗克先生，您的房子布置得很漂亮。”卡内衷心地称赞道。

“这是我的家，”老人回答，“这些房间和家具，都是我的生活必需品，除了这些我也不需要其他的东西了。”

卡内无意欣赏一位独居老人的生活必需品，急忙把话题引向这次来的目的：“布罗克先生，那些绳子……”

“请到这边来，”布罗克带着卡内来到了最近的一间卧室里，“这就是我二十年来收集的绳子，我把它们都缠成了一个大球。”

卡内借着不算明亮的灯光仔细观赏着老人的收藏，这绳球虽不像传说的那样充满整个房间，但也的确让人惊讶。卡内目测着绳球的大小，估计直径超过了五英尺。所有的绳子紧紧地缠在一起，在每条绳子的连接处都打着结，看得出收集它们的人对此很用心。卡内不禁伸手去抚摸这件收藏品的表面，“真漂亮。”

布罗克有些骄傲地看着这巨大的绳球，说：“我想要是我把它打开，长度一定可以绕这座城市一圈了。”

“我想您可以试试，这很容易的。”

“是吗？”

卡内看出老人有些不悦，赶快转移了话题：“您能告诉我是怎么开始收集绳子的呢？”

“是在我妻子离开以后，”布罗克指了指放在写字台上的照片，那显然是他们刚刚结婚时拍摄的，他还是个高大英俊的青年，他的妻子身材娇小，年轻美丽，看起来似乎比他小十岁，“独自一个人的时光需要有点事情来消磨，收集这个可以让我的手不闲着。”

“当然，这我明白，”卡内掏出了笔记本做着记录，“如果您的妻子回来了，看到这个大绳球，会有什么反应呢？”

“她不可能回来。”老人立刻回答。卡内从笔记本上抬起头，奇怪地问：“您这么肯定吗？这些年没有听到过她的消息吗？”

“没有，既然她跟我的合伙人私奔了，我就不想再听到她的消息。不过，我想她一定也以为我死了吧。”布罗克轻轻拍打着那个绳球，似乎在哄着自己的孩子，绳头的末端被用剪刀磨光了，以用来系上今天的收集。

卡内试探地问：“布罗克先生，我明天可以再来拜访吗？我希望能给您还有您的绳球拍张照片。”

“好吧，我想可以。”

卡内伸手和布罗克握手，发现他的手劲一点也不像这个年纪的老人该有的：“谢谢您，那么我今天就先告辞了。”出于礼貌，卡内第一次仔细看了老人的眼睛，深陷在眼窝中的灰眼睛闪着孤僻古怪而又凶狠的光芒。这是个老怪人，卡内想，他一向相信自己的眼力。

车子缓缓开上了家门口的车道，卡内的妻子薇拉正在花园中给玫瑰花除杂草。听到声音她抬起了头，“晚饭时间已经过了很久了，”薇拉擦着手上的泥土说，“所以我和孩子们都没有等你就吃了。”

卡内锁好车门，走过去想要拥抱妻子：“抱歉我没打电话，我在五金店买了一个洒水器，然后又临时决定去做一个采访，想要写那个人的故事。”

薇拉没有理会卡内伸开的双臂，笑了笑，讥讽地说：“哦，是吗，那她的名字是不是叫安杰拉？”

“薇拉，”卡内无奈地说，“你别再提安杰拉的事了好吗，我已经好几个月没有见过她了，我发誓。”

“你也有好几个月没有在晚饭时间回来了。”薇拉说着向屋子里走去，卡内只好跟在后面恳求：“亲爱的，安杰拉的事情已经过去了，我向你保证过了，咱们不要再为这件事争吵了好吗？今天回来迟了真的很抱歉，但是真的是因为工作耽误了。”

薇拉一声不吭地塞给卡内一块三明治，之后就坐在一旁看着卡内一边吃简易的晚饭一边跟孩子们玩耍。最后，她似乎决定原谅卡内，问：“你去采访谁了？”

“是一个用了二十年的时间缠了一个大绳球的人。”卡内说，“正好可以登在星期六的特殊嗜好专栏中。”

“绳球？”

“是的，”卡内看出薇拉有些怀疑，急着解释，“很大的绳球，几乎占了一间卧室，而且他还在继续收集。二十年前他的妻子离开了他，他就开始缠绳球了。”之后卡内把采访布罗克的经过详细地给薇拉讲了一遍。

薇拉听过后难以置信，说：“山姆，他是个疯子，你不会刊登他的故事的，对吧？”

“可是这不是正符合与众不同的嗜好这个专栏吗？”

“不应该是这样一个人，”薇拉叫道，“不应该是有一个占满整个房间的大绳球的人，这太令人难以接受了！”

“我想那弥补了他妻子走后带给他的空虚，他没有别的事情可做，没有孩子，只能用让那个绳球取代他妻子的空间，”卡内试着安慰薇拉，让她不要太把这件事放在心上，“据我所知，他每天晚上都会亲吻那个绳球。”

薇拉摆了摆手，表示不想再谈论这件事了，卡内只好打开了电视，新闻中正在报道最近炎热的天气带来的干旱。十一点过后，薇拉表示时间很晚了孩子们该睡了，一家人便都上床睡觉了。燥热的天气让卡内感觉很不舒适，今天的经历也让他脑中充满了纷繁的思绪。他平躺在床上，望着漆黑的天花板。过了一会儿，突然想到了什么，轻声叫道：“薇拉，你还醒着吗？”

“嗯，”薇拉发出了一声类似呓语的声音，过了一会儿才接着说，“现在醒着了，怎么了，山姆？”

“没什么，”卡内对打扰了妻子的睡眠感到有些抱歉，“我睡不着，脑子里一直在想布罗克。”

“谁？”

“就是那个缠了二十年绳球的人。”

“那个人怎么了？”薇拉漫不经心地问。

“我在想，或许他的妻子根本就没有离开，或许她还在那座房子里……”

这下薇拉似乎彻底醒了，微微抬起身子问：“在哪儿？”

“在那个绳球里，”卡内有些不确定地说，“假如其实是他杀了她，然后……”

“别说了，”薇拉打断了卡内的话，“这实在太可怕了，山姆。”

“这只是我的一种猜测，亲爱的。你也说他是个疯子，我看过他的眼睛，那里面有什么东西，他隐藏的东西。”

“快睡吧，求求你了，”薇拉声音发颤地说，“我不想跟你谈这件事了，我会做噩梦的！”

“一开始的时候可能会有腐烂的臭气，但如果绳子够紧够多，就会像木乃伊一样不是吗？而且他妻子是个身材矮小的女人。”

“闭嘴，”薇拉呵斥道，“快睡觉吧。”

房间又陷入了沉默，东方天空渐渐泛白，那个巨大的绳球却没有在卡内眼前消失，卡内一夜未睡，那个漂亮女人的面容和那个巨大的绳球一直在他眼前晃来晃去。吃早饭的时候卡内和薇拉谁也没有再提到这件事，但是卡内知道薇拉也在想着它。

之后卡内匆匆赶到了报社的资料室，开始查阅二十年前的旧剪报。唯一的成果是在二十六年前的商业栏中的一条消息，布罗克成立了一家名叫“布罗克和温纳”的小型印刷公司，而这家公司只存在了七年，在十九年前消失了。卡内又翻阅了当地的居民号码簿，共找到了三位姓温纳的人，于是他开始给这三个人打电话，在打到第二个时，他找到了相关的人。接电话的是温纳太太，这位好心的女士告诉他那个与布罗克一起开印刷公司的温纳是她丈夫的弟弟，早在二十年前就搬到加利福尼亚去了。

布罗克曾经提到过他的妻子是跟他的合伙人私奔了，所以卡内着重问了温纳的妻子的事情，温纳太太告诉他的答案却是温纳从来没结过婚。温纳本来是跟布罗克的妻子约好了在加利福尼亚碰头的，结果已经二十年了，那个女人从没有出现过。

卡内向温纳夫人道谢后挂上了电话，同时对布罗克夫人的命运更加好奇了。

吃过午饭，卡内带着报社派来的摄影师又一次来到了布罗克的住宅。“这次又是什么新闻？政客们的弹冠相庆吗？”摄影师问。

“不，这次的活儿你会喜欢的，”卡内说，“是一个有大绳球的人。”

“真的吗，这倒是个有意思的活儿。”

“等着瞧吧。”

布罗克依然在公寓中，这次他很痛快地就打开门让记者和摄影师进去了，摄影师见到那个令人叹为观止的绳球，着实惊叹了一会儿。布罗克显得更加骄傲了，挺直地站在自己的创造物旁边，摆好姿势让摄影师拍照，“我昨天跟邻居说了我要上报纸的事。”他对卡内说，“这周六的报纸能登出来吗？”

“我想可能是下个星期，”卡内回答，“我还没有做完写报道的前期准备。”

摄影师拍完照后就离开了，他还要赶向下一个工作地点。卡内想着那个让他在意的布罗克夫人的下落，留在了公寓里。布罗克显然对于他的留下有些不欢迎，冷冷地问：“还有什么要问的吗？”

“或许吧，”卡内走进卧室，张开手臂拥抱着布罗克的大绳球，“我在想，如果我们解开它，滚到街上，看看是否能绕城市一圈，那一定是条大新闻呢。”

布罗克看到卡内的动作，怒气冲冲地吼道：“把你的手拿开！你已经得到你的新闻了，现在给我滚出去！”

“冷静些，布罗克先生！”卡内从布罗克身旁挤过，向门口走去，“再问最后一个问题，您的妻子究竟出了什么事？”

“滚出去！”

“你杀了她是吗？我发现她没有像你说的那样跟你的合伙人私奔，她在二十年前失踪了，是不是你把她缠在那个绳球里了？”

“如果你再不出去我就叫警察了！”布罗克威胁道。

卡内慢慢走出了房门，在转身离去前，他说：“我会回来的，布罗克先生。”

卡内向温纳夫人表示了谢意，同时也对布罗克夫人的命运更加关注。

回家的路上卡内一直在思索应该怎么办，是写下这个有关收藏癖的故事，忘记绳球里面可能存在的尸体，还是在报道中写下自己的推测，然后等着布罗克的律师起诉他诽谤？这两种方法都无法查出真相，卡内决定要把知道的都告诉警察，或许警察可以动用力量搜查那个绳球。

薇拉站在门口等着他。

“你来晚了一步，山姆，她刚打过电话。”

“谁的电话？”卡内觉得一头雾水。

“当然是安杰拉。难道你又移情别恋了吗？”

卡内心中一阵烦躁：“闭嘴吧，薇拉。”

“我听出了她的声音，”薇拉尖声地叫了起来，“她居然假装打错了电话，但是我听得出，那就是她的声音！”

“我根本不知道她现在在哪儿！”卡内试图安抚薇拉，可是收效甚微。

“别骗我了，山姆！”

卡内不想跟处在嫉妒气氛中的薇拉讨论了，而且他还有更重要的事情要做，他绕过薇拉走进了屋里，拿起电话拨通了地方警察局马修斯中士的电话。那是卡内在原来的采访中认识的一位侦探，最重要的是马修斯很相信卡内的直觉，并且十分愿意为他提供帮助。

卡内向马修斯中士详细地解释了事情的前后以及自己的想法，对方一直安静地听着，时不时地询问几个细节问题，最后他说：“山姆，你想让我怎么帮你的忙？我不能毫无理由地怀疑一个市民的个人收藏，法官不会因为你说的那些怀疑就批给我搜查令的。”

“我明白，可是我有预感，你知道，我的直觉一向很准确。”

马休斯中士沉默了一会儿，说：“好吧，山姆，我知道你总有你的道理，我明天就去和那个布罗克谈谈，我能做的只有这些了。”

“非常感谢你，相信你一定会有收获的。”

那个晚上卡内没有失眠，却梦见一个像雪球般越滚越大的绳球追着他，一直追着他滚下了山坡。他在早上突然惊醒，想着似乎是自己过于执着于布罗克的绳球了，为了避免吓到薇拉，吃早饭的时候他没有提及这个梦。

来到办公室后，卡内就把布罗克和他的绳球抛在了脑后，开始专心准备其他栏目的稿件，正在他埋头工作时，马修斯中士打来了电话，说出了令卡内震惊的消息。

“他的妻子没有死，山姆。”

“你怎么会知道的？”

“我见到她了，还跟她谈了话。”

“怎么可能！”卡内几乎跳起来。

马修斯中士说，布罗克夫人自称是在加利福尼亚独自待了二十年，现在终于决定回家了，所以就突然回来了，她也没想到，布罗克竟然还住在这里，而且还有了缠绳球的嗜好。卡内握着话筒呆立在那里，他从不相信巧合，并且确信这次也不是什么巧合。

“你看清她的样子了吗？”

“当然，不过她已经上了年纪了，个子颇高，说话声音很沙哑。”

“你见到她的时候布罗克在家吗？”

“不，她说她丈夫去商店了，我等了一会儿，但是没见到他回来。”

“那不是布罗克太太，”卡内明白了布罗克玩的把戏，“我见过他太太的照片，她是个矮个儿女人，而且看上去至少比他年轻十岁。你见到的布罗克太太一定是布罗克本人化装的！”

“如果你这样说，的确有可能，”侦探回想了一下后承认道，“看来他知道会有警察调查。”

“是的，我告诉过他我会回来的，我想他是猜到了我会找警察。我们必须去阻止他，中士，”卡内焦急地说，“他会销毁掉证据的，那个时候我们就真的拿他没办法了。”

“可是我们没有证据啊。”中士依然固执。

“你还要更多的证据吗？这个人伪装成自己失踪的妻子，这还不够说明他隐瞒了什么事情吗？”

“好吧，山姆，”中士突然下了决心，“一小时后在那座公寓楼下见。”

布罗克打开门，看清门口站着的人后，对卡内笑了笑，又转向侦探说：“很高兴再次见到你，中士。”

卡内和马修斯等的正是他这句话，“布罗克，你并没有见过我，那是你的妻子，不是吗？”布罗克突然意识到自己说漏了嘴，愤怒地吼叫了一声，想要越过他们逃跑，马修斯中士轻而易举地抓住了这个残忍的杀人犯，在他不断挣扎的双手上铐上了手铐。

卡内写好了准备登在第二天的报纸上报道，还配上了之前拍的那张照片，那时他本来是想写些有关特殊嗜好的文章的。解开绳球后，他们果然在里面找到了布罗克太太的尸体，同样被缠在里面的，还有他们的宠物狗。卡内回到家，孩子们正在花园里玩耍，薇拉的心情似乎不错，正在准备着全家人的晚饭。

“你写完报道了？”薇拉问道。

“是的。”卡内犹豫着要不要告诉薇拉事情的真相，最后还是尽量简单地告诉了薇拉。毕竟这不是个愉快的话题，他也不希望薇拉晚上因此做噩梦。

“太可怕了！”薇拉感叹着抬起了头，卡内不经意间看到了她的眼睛，那里面有他看不懂的东西。

之后的餐桌上他们都没有再提起这个话题，毕竟事情已经过去了。由于自己的坚持调查，使布罗克太太能够在二十年后沉冤得雪，卡内觉得很欣慰。晚饭后，薇拉去哄孩子们睡觉了，卡内也打算回房间去看书，就去地下室把工作室的灯关上了。在路过薇拉常待的洗衣房时，卡内突然觉得有什么奇怪的力量驱使他去那里看看。

地板上似乎有个巨大的蜘蛛网，卡内眨了眨眼，才看出那些都是麻绳，摊开在地上的麻绳。是薇拉买来的，一打或许更多的麻绳。

卡内想起了那双他看不懂的眼睛，关上了门。

格雷法学院的轶事

【英】狄更斯

匹克收到了一封来自法院的信件，上面说他的女仆告他毁弃婚约。他看了信连忙联系他可靠的律师潘卡，谁知潘卡律师出差去了巴黎。他在潘卡的指示下去酒吧寻找办事员劳顿。两个人谈妥事情后，他应邀参加了当晚的聚会。

在聚会上，匹克提到了他之前的经历，说道："我今天晚上到了一个大家都很熟悉的地方，但是我几年没去过了，也不是很熟悉，那就是格雷院。各位先生，在伦敦，格雷院这样的地方可以称得上偏僻了！"（在伦敦有四个法学院，分别是内院、中院、林肯院和格雷院，匹克先生找潘卡先生时去的就是最后的那一个。）

他刚说完，一个先生趴到他耳边低语："嘿，你可是选对话题了。我们这群人中有个叫杰克·本伯的，老杰克独自住在法学院，都要发疯了。他总是跟我们讲法学院的事情。"匹克好奇地询问劳顿，哪位先生是老杰克。顺着劳顿的目光，他看见一个样貌奇怪的老头，又矮又小，蜷坐在椅子上。老头的脸上布满了皱纹，灰色的眼睛发出智慧的光芒。匹克暗想这么有特点的一张脸孔怎么会被自己忽视。只见老头面带一丝怪异的狞笑，把下巴放在枯瘦的手上，头歪到了一边，扫视着四周，他的目光透着奸诈，让人十分厌恶。

老杰克听到了匹克的话，顿时来了精神，坐直身体说道："是谁在说法学院啊？"

"是我，先生。那真是个古怪的地方。"匹克答道。

老杰克顺着声音，瞥了匹克一眼："你知道些什么？那些房子见证了多少离奇的人生啊。从前，一个个青年人将自己整日整夜锁在屋子对着古旧的书本。他们的神志在无趣的书本中消失得无影无踪，他们的健康和青春也都奉献给了那些书。就连清晨充满朝气的阳光，也不能带给他们新鲜感。他们一个一个这样的辛勤努力，最后终于倒下了。后来，新的人住进去就会接二连三地患上各种慢性病……这样的事，你又知道多少？"

说到这，老杰克顿了顿，像是要刻意强调什么，接着说道："你看到多少可怜的辩护律师满怀悲伤地被迫离开律师事务所，绝望地跳入泰晤士河或者戴着枷锁走入监狱。这些你都不知道，它们只有你嘴里古怪的房子能说得清。倘若赋予它生命，它能从墙壁中跳出来说上三天三夜。你说什么——它们不过是古怪的地方。我告诉你，我宁可听那些荒诞的虚构故事，也害怕听到古老房间里发生的真实事件。"说完，老杰克从兴奋中恢复过来，瞪着匹克。

匹克面对这样的指责和提问哑口无言，只是满怀好奇地盯着老头。宴会上其他人并不插话，只是淡淡地微笑倾听。

老杰克休息够了，接着说道：“哎，从另一个角度看，那些真实发生的历史是这世上最平淡、最枯燥的事。你们都好好想想，这古怪的地方折磨了多少人！贫穷的人想当律师，为了这个目标放弃了健康、热情，变得一无所有。就算这样，这个职业也不会给他点希望之光。从满怀希望的等待到失望和恐惧，越来越穷困，直到心中那唯一的一点儿念想也消失殆尽。最后他们该怎么办？是一跃跳进冰冷的泰晤士河，还是沉溺在酒乡中，哪怕在梦里满足自己的一点点奢望！”说完，老头搓了搓手，心满意足地用另一种方式教训了匹克。

“我倒从来没想到过这样的事。”匹克笑着说。

“哼，就拿你们的大学来说吧！里面尽是些浪漫离奇的事，并不是没有，只是你们想不到罢了。”老头不屑地回答。

老杰克思索了一会儿，接着说道：“以前，我也有个朋友像你一样觉着法院里不过发生些稀疏平常的事情，没什么古怪的。最后，他也成了这屋子传奇中的一个。有一天早上，我的朋友正打算外出，结果突然中风发作，直直地倒在地上死了，他的头就在信箱里。这么过了一年半，所有的人都以为他到外地去了，没一个人发现。”

“后来怎样了？怎么发现他的尸体的？”匹克好奇地问。

“还能怎么样，由于他拖欠了将近两年的房租，法学院院长决定撬开房门看一看。只见到一具积满厚厚灰尘的骷髅，倒在地上。骷髅的身上还穿着蓝色的上衣、黑色的短裤，脚上也套着拖鞋。这件事儿，也有点儿古怪吧！”老杰克的头歪得更厉害了，搓了搓手。

“除了这个，我还知道另一桩。那件事可要比这个离奇多了！”小老头笑得肩膀一耸一耸的，环顾下四周，接着又说了一桩逸事。

大约二十年前，在克里德福院的顶楼，有一个房客。他因为掏不出房费，就吃了砒霜躲进了卧室的壁橱里。账房来收租的时候，一直没看见人影。房子里什么也没有，账房就以为那人已经逃跑了。于是，账房又贴了招租的信息。另一个人来租房子，也没发现什么异常。新房客住了一段时间后，总觉着冥冥之中有人注视着自己的一举一动，但仔细检查一番没有任何发现。为求心安，新房客搬到另一个卧室睡觉，将原来的那间屋子作起居室。奇怪的是，新房客在起居室看书的时候，还是觉着有人在背后盯着他。

一天晚上，新房客看戏归来，一边喝着酒一边纳闷，为什么自己老是有种错觉，屋子里有个人一直盯着他。

新房客点燃蜡烛，满屋子巡视。他倚着墙壁，目光一下子放到那个没动过的小壁橱上，不由得浑身发抖，恐怖的阴云罩在他头上。新房客鼓足勇气，三两下砸坏了壁橱的门锁。门开了，一个人笔直地站在角落，面色紫青，脸上还挂着恐怖的狞笑，手里紧紧地攥着一个小瓶子——那正是之前的房客。新房客吓得不知所措，瘫坐在地上。

说完这个故事，老杰克看着那些被他的故事吓得变了脸色的家伙们，得意地笑了笑。

“先生，看来您知道很多可怕的事情。”匹克拿起放在衣襟的眼镜，仔细观察老杰克的面孔。

“可怕？这些故事可怕吗？你觉着它可怕是因为你完全不了解，这样的故事多么有趣啊！”老杰克说道。

听到这样的回答，匹克失去控制地喊道：“什么？有趣？你没搞错吧！”

貌似被匹克的音量冒犯到，老杰克恶狠狠地瞪了他一眼，“是呀！多有趣，难道不是吗？”

未等到别人插话，老头自顾自地又说起故事来。

大约四十年前，有个人在那些最古老的学院里，租了一间破旧腐朽的屋子。那个房间已经很久没人居住了，潮湿又昏暗，住起来绝对不舒服。不过价格低廉，家具齐全，所以这个人就租了这间便宜屋子，连带着买下了屋子里已经腐朽了的一些装置。当他来到屋子里，不禁感叹，这屋子绝对比他想象的坏上千倍。

他想，既来之则安之，于是就搬了进来。屋子里的家具，最没用的就是那个看起来年代久远的木头柜子。柜子上安着玻璃门，还用绿色的帘子挡着。对于这个贫困潦倒的人来说，木头柜子简直就是个奢侈的装饰。随后，他把带来的行李分散到屋子的各个位置。

夜里，他疲倦地坐在火炉前，喝着赊来的威士忌，一边感慨着不知何年月才能还上欠账，一边在屋子里扫视。

他的目光碰到了那个无用的木柜，对着它说：“嘿，老家伙！虽然我迫不得已按照旧货的价格买了你，可是你说说我能用你来做什么？要是没买，我还能多喝一杯威士忌呢！现在呢，我连喝杯酒都要赊账，真不如劈了你烤火，也许这样最合算！”这位新房客刚说完，就听见屋子里传来微弱的呻吟声。他开始并没在意，以为不过是邻居出去吃饭什么的。他懒洋洋地拿起拨火棒，调整下炉火，又坐在椅子上。

这时，呻吟声又出现了，柜子的一扇玻璃门自己缓缓地打开了。玻璃门上显现出一个衣着褴褛、面色惨白的人影，那影子就直挺挺地立在玻璃上。不难看出，那是个高瘦的人——面目狰狞，浑身上下透露着地狱的气息。

新房客吓得拿起拨火棒在空中挥舞，声音颤抖地问：“你，你是谁？”

“把棍子拿开！”人影低沉地回答道。

新房客并没有照做，而是举起拨火棒，正对着人形的头部，试图戳过去。

“哼，如果你想戳就瞄准些，可别碰到我身后的木头柜子。”

“你到底是谁？快说！”房客移开了拨火棒，不过他全身紧绷，摆出防卫的姿态。

“我是一个鬼。”

“鬼？那，那你在这里要干什么？在……在这个房间。”房客颤巍巍地问道。

“我从前在这里工作，辛辛苦苦地工作了大半辈子，最后，最后却和我的孩子一起变成了乞丐。这个柜子堆着一摞一摞的文件，就在这个房间里，我绝望悲伤地死掉了。然而两个坏蛋，瓜分了我用命换来的每一分钱，居然一个铜子都没留给我的子孙。自从我把他们吓跑，夜晚的时候我就能回到人间，回到这个受尽罪的地方。这是我的房间，应该留给我……”那个鬼还在那里絮絮叨叨地嘟囔着。

房客忽然生出了勇气，插话道：“尊敬的先生，如果您坚持要在这里出现的话，我很高兴放弃这里。毕竟，这个屋子并不是很好。不过，我有一个问题，不知道能不能请教您？”

“你说，什么问题？”

“其实，这话并不是单单对您说的，我觉得对于大部分的鬼魂都适用。空间对于你们来说根本不是问题，为什么你们不去世界上最好的地方呢？你们老是待在生前不幸的地方，这在我看来有些矛盾。”

鬼听了这话，歪着头说：“天啊，我怎么从来没想到过这样的问题呢？”

房客接着说：“这个房间不是很舒服，家具快散架了。我猜过不了多久就会生臭虫。更何况，伦敦的气候一向是有名的糟糕，我相信您一定能够找到更舒服的地方。”

“您说得很对，这位睿智的先生。以前，我怎么从来没想到呢？我马上就换个地方。”鬼一边说着，一边开始消失。

房客突然想起什么，在鬼影身后追着喊：“如果可以，请您将这话告诉屋子里其他先生和女士们。”

“我会的，我们真笨，怎么从来都没想到呢！”说完鬼就完全消失了。

故事说完，老杰克再次留意了一下桌边人的表情，补充道：“神奇的是，那个鬼影真的再也没出现过。”

一个衣服上缀着彩色扣子的先生听到这里，忍不住说了一句：“如果是真的，那倒是好事！”说完又点燃了一只雪茄。

“杰克先生，我希望您能再说一说那个古怪委托人的故事。”匹克说道。就连唯一听过这故事的劳顿也连声附和。

“好吧，既然大家都要听，那我就勉为其难再讲一遍。”老杰克得意地看着周围被吊起好奇心的人们：

我也记不清楚自己是什么时候在哪里听说的这件事。这中间发生的事情有些是我亲眼所见，其余的不过是听说，但是我保证了解这事情的人尚在人世。另外，在描述这件事情的时候，我从亲身经历的说起，这样事情的顺序不免有些颠倒，请你们见谅。

那时候，伦敦波洛区大街上圣乔治教堂的附近，有一所叫作马夏尔席的负债人监狱，这里人人差不多都知道这个监狱。虽然它跟从前的那种肮脏污秽的监狱大不相同了，可是改良之后的它也没好到哪里去。

在伦敦所有的地方中，我最无法忍受的就是这里。不知道这跟我的爱好是否有关，或者是因为我总摆脱不了跟这里有联系的那些往事，总之，我很讨厌那个监狱。波洛区的主要街道十分宽敞，沿街的店铺也高大亮丽，过往的车辆和人群川流不息，从早到晚，一直熙熙攘攘的。不过由大街延伸的小巷，阴暗狭窄，就像是流着脓水的伤疤一样，一切龌龊淫乱的事情都发生在那里，这让小街小巷蒙上了病态阴郁的色彩。

所有的这一切就像是一幅画，展现在每一个进入马夏尔席监狱的人。第一次进来的人，可能觉得这里的日子很轻松。但是当进来的人遭受到第一个沉痛的打击后，他们往往无力翻身。没有一个人有通过考验的朋友。他风光无限时，可能许多酒肉朋友信誓旦旦地保证为他卖命；当他身陷囹圄时，那些人早就不见了踪影。我要说的就是在这监狱待过的人的故事。他满怀希望地等待有人伸出援助之手，不管承受着怎样的打击，都没有放弃希望，就算身处于沮丧之中，也没有丝毫的动摇。这个负债者脸上浮现着希望之光，尽管由于饥饿变得骨瘦如柴，但他依然期盼着。

那是二十多年前，每天清晨你都会看到一个年轻的母亲领着一个小孩出现在监狱门口。他们总是焦虑不安地在那里待上一个钟头，然后来到古老的桥上。年轻的妈妈温柔地抱着孩子，让他去看那闪耀着光芒流淌的水，试图引起孩子的兴趣。不过很快那位母亲放弃了，把孩子放在地上。她用围巾挡着脸，任由泪水悄悄地流淌。年轻的母亲看着没有表情的孩子，静静地坐着。在孩子的眼里，每天都是一样的，没有哪一天能够逃离他父母的贫穷和不幸。

他坐在母亲的膝头，偷偷观望妈妈的热泪，然后找个角落呜咽着入睡。虽然他还是个孩子，但残酷的事实早已被磨光了他的童心。饥寒交迫的孩子从来没有欢快地笑过，就连本该散发着好奇的眼睛，也一直灰蒙蒙的。他的父母也意识到了这一点，不过有苦难言。年轻的父亲失去自由在监狱里被拘禁着。同时，男子也渐渐变得消瘦，一点点丢失着健康。娇小瘦弱的女人饱受着精神和肉体的双重打击。看着她的孩子，心一点点地破碎。就这样，直到寒冷的冬季来临。

凛冽的寒风中，可怜的少妇搬到了距离她丈夫坐牢的地方很近的一间小屋子。虽然她越来越穷，但是能和丈夫靠近一些让她感到比从前快乐多了。接连两个多月，她和她的孩子每天照常来监狱等门。

突然有一天，母子俩没有出现。又过了一天。她独自一人来了。任何人看见这个失去孩子的母亲，都意识到死亡离她不远了。他们夫妇的朋友们，再也没有谁敢怀疑他们的悲伤了。他们留下了一间房子，供乔治夫妇二人度过最后的日子。那个年轻的母亲，没有希望地慢慢衰亡下去。

一天深夜，死神来到他们的家门，年轻的母亲昏倒在她丈夫的怀里，惨白的月光照着她的脸庞。她的丈夫吓得腿脚发软，无力地抱着将死的妻子，企图唤醒她。

“放我下来，乔治！”苏醒过来的妻子有气无力地说。

那个叫乔治的男子听从了夫人的吩咐，坐在她的身边，掩面哭泣。“我知道你很伤心，我也不忍心离开你，可这是上帝的旨意。如果你爱我，就接受这样的事实吧！你不要怨天尤人，你要感谢上苍。它先接走了我们的孩子，让他不用在尘世受苦，又接我去和他做伴。让他不至于孤单一人。”妻子温柔地看哭泣的丈夫，说道。

“不，你不能死，玛丽！你不要丢下我一个人，振作起来，不要离开我，我的爱人。我爱你，请你振作，你一定要活下去，不要离开我。”乔治哀号着，他跳起来攥紧拳头捶打自己的胸膛，很快又坐了下来，抱起可怜的玛丽。

“再……再也不会了，乔治。答应我，一定要答应我，把我埋在儿子旁边，让我跟他做伴。如果有一天，你能够赚到很多钱，不要忘记我们母子，把我们移到乡村墓地里，让我们安静地休息。亲爱的乔治，你一定要答应我。”

乔治激动地跪在地上，摇晃着他的妻子说：“我答应，我什么都答应。求求你不要离开我，你再看看我！再说一遍爱我！”

玛丽的手重重地滑落到地上，乔治怀里的躯体也渐渐变得沉重僵硬。乔治的妻子就这样离他而去。

乔治住了嘴，深深地叹气。他不再哀求，整个人静止在了那里。突然他的嘴角浮现了一丝微笑，笑容就僵在那里。他终于孑然一身了。

他郑重地跪在妻子的尸体前发誓："万能的主，请您为我见证，从今往后的每一天我都为了复仇而活。"

他的脸上写满了绝望和决绝，他的朋友看到他就像是看到了地狱的使者。他几乎精神崩溃，脸色惨白，眼睛满是血丝。他的身体佝偻了，由于太过悲痛，咬穿了自己的嘴唇。一夜之间，他像是换了一个人。

"必须把他妻子的尸体移走！"他在悲痛中冷静地接受了这样的通知。移走尸体的那天，监狱里所有的人都聚集了起来。他一个人静静地穿过人群，一步一步，沉重地走在前面，人们扛起棺椁跟在后面。聚集的人群像被夺去了声音，静静地站在那里。乔治停在了监狱的门口，茫然地看着妻子的木棺被人抬出了大门，昏倒在了地上。

在那之后，乔治昏迷了几个星期。他一直高烧不退，却从没忘记自己许下的誓言和丧妻之痛。

在梦中，他一个人在无边无际的海上漂泊。天空是血红色的，他放眼望去只能看见惊涛骇浪汹涌而来。在他面前，一艘船在巨浪中挣扎，所有人被汪洋大海吞没，他看到一个老头冒出了水面，高呼救命。一看到那人的相貌，他就跃进了海中，死死地抓住老人，将对方溺在水中，直到老人放弃挣扎，他才放手。他实现了他的誓言，杀死了那个老人。

在另一个梦中，他看到自己走在荒无人烟的沙漠中，狂风大作，沙子形成的巨龙呼啸而来，脚边随处可见人的骸骨，他发疯似的向前冲去，感受到一丝丝凉爽。他看到了水，急匆匆地扑了过去，倒在地上。一个白发苍苍的老人晃晃悠悠地走了过来，他抬头一看，是那个人，是那个罪魁祸首！他拼尽所有力气，拖着老人后退，双手紧紧地扼住老人的咽喉，直到对方丧失生命。他站起身，一脚踢开身边的尸首……

他终于清醒了过来，发现自己已经恢复了自由而且变得富有。他的父亲，那个宁愿把钱送给乞丐也不留给他的人寿终正寝了。想来，此时此刻，他的父亲正在另一个世界懊恼，死前没有留下遗嘱。他清醒后，仔细思考了自己以后活着的目的。那个害他坐牢的人，那个害死他妻儿的人，就是他妻子的亲生父亲。

是的，那个罪魁祸首就是玛丽的亲生父亲。那个冷血的恶魔，不顾自己的女儿和孙子伏在地上苦苦哀求，一脚将他们踢出了大门。他恨不得立刻起身报仇，但是虚弱的身体阻挠了他的复仇计划。

他为了养精蓄锐，搬到了海边一个清静的地方。在那里，他思考着至关重要的复仇计划。结果，上天给他送来了第一次复仇的机会。

夏天的一个黄昏，他从住所出发，和平常一样沿着礁石边的窄道漫步。他停下来，坐在休息的老地方，看着天空中飞翔的海鸥和缓慢坠入海中的夕阳。沉静突然被一声声焦急的呼唤打破了，他听到那是熟悉的声音，以为是太过沉迷于复仇的幻觉。谁知道，呼救声并没有消失，还一声比一声响亮。他站了起来，沿着声音传来的方向疾奔。沙滩上散落着凌乱的衣服，远处的海水中一个人在起伏挣扎。一位老人在大声疾呼，奔跑着四处求助。乔治虚弱的病躯在那一刻，充满了力量。他向海边奔去，脱掉衣服，准备跃入海中去救那个溺水的人。

"先生，救救他！快救救他，看在上帝的面上，那是我唯一的儿子啊！"老人发狂似的大喊，好像他的呼喊声能加快乔治的步伐一样。“先生，救命！那是我唯一的孩子啊，他就要死在他父亲的面前了！”

乔治认清了呼喊着的老人的面容，他站住了，双手交叉叠在胸口，一动不动地站在那里。“哦，上帝，伟大的上帝！你……你是乔治！”老人看到站在那的人，害怕地后退。

乔治笑了下，像个石像一样定在那里，一声也不出。

“乔治！我的孩子，乔治！求求你，救救他！乔治！”老人大口大口地喘着气，焦急地望向溺水人的方向。

乔治不为所动，依然定定地站在那里。

老人跪在地上，尖声哀求：“我求求你，救救他。以前是我对不起你，你要报复就夺走我的一切，我的生命。如果我能抑制住求生的本能，我会一动不动地任你打死我。不过求求您，救救我的孩子吧！他还那样年轻！他不能就这样死掉，求求你，救救他！”

乔治上前，狠狠地抓住了老人的手腕：“你给我听着，血债血偿。我的儿子就在他的父亲面前死去了，比起海里挣扎的那个小畜生，我的儿子要惨得多。当初，你的女儿在你面前苦苦哀求的时候，你怎么没想到救救她！活该，报应！老天爷，终于报应在你身上了。当时你是怎样嘲笑我们的痛苦的，看看吧！睁大眼睛好好看着，看着死神是怎样夺走你儿子的生命！”乔治一边说，一边指着海。海面上挣扎的人，就这样消失了，连一点涟漪都没有，平静得好像刚刚的一切都是幻觉。

三年后，一个绅士出现在伦敦的一家律师事务所门口。他说有要紧事找律师密谈。那个律师以擅长处理刁难的业务而闻名。这位绅士看上去年龄不大，不过看上去身体不好。绅士等来了他要找的人，说道：“我想请你帮个忙，帮我处理一些法律上的事。”

律师听到这话，客套地鞠躬，眼睛瞥了下绅士手中的包裹。

绅士注意到了律师的目光，将包裹在手上掂了掂，说：“这可不是个容易的差事，单单说这些文件，就花费了我很大的时间和金钱才搞到手。”

律师听到这话，更是焦急地看了过去。他的客人，解开包裹上的绳子，拿出一份份契约、期票和文件。

“我想你能看出来，这些文件上写着的那个人，凭借这些东西借了很大一笔钱。最近他倒了大霉，受到了很多损失，倘使这笔欠账再被压下去，估计他会垮台。我的目的很简单，就是要看他垮台！”

律师简单地看了看那些文件：“这可是好大的一笔钱，总数有好几千英镑呢！”

“是啊。”

“你打算怎么办？”律师问道。

“怎么办？你说怎么办？动用你的一切智慧，设计策划所有能执行的阴谋，动用一切正当不正当的手段，用上所有你能想到的伎俩，毁掉他，让他沦为乞丐！不，比乞丐还要悲惨！把他从家里赶出去，送进牢里，让他缓慢地受着折磨直到死亡。”

律师掏出手绢，擦了擦额上冒出的细密冷汗：“先生，那这一切的费用呢？谁来支付这笔费用？”

那位绅士兴奋地掏出支票簿，激动地握着笔：“说吧，随便多少都可以，只要你能达到我的目的，我不会嫌钱多的！”

律师估算了所有可能的费用后，冒失地说出了一个大数目。与其说他是按照主顾的要求这么做，倒不如说，他想试探一下这位绅士究竟有多富有。那位绅士留下一张支票和文件，拂袖而去。

第二天，律师兑现了支票。他知道他的主顾是可靠的，就开始忠心耿耿地为当事人做事。那之后的两年，乔治·梅林先生时常待在事务所里，坐在桌子前思考积累得越来越多的文件。看着当初害得自己家破人亡的罪犯，一点点地破产，看着那个老人慢慢地失去所有的东西，土地、房子、家具甚至衣服，每一样都凭借着法律的强制执行夺了过来，最后那个狡猾的老头，逃脱警察的耳目，不知跑到了哪里。

乔治的仇恨并没有因为复仇成功有所消减，而是越来越重，尤其是得知那个冷血的家伙逃跑的时候。他咬牙切齿地咒骂那些没能拘捕老头的人，派了许多密探四面八方搜查老头的藏身之地。

就这样，半年过去了。一个深夜，乔治出现在律师的私人住宅门口，迫不及待要见律师。还没得到允许，他就冲上了楼，冲进了律师家的客厅。他关上门，呼吸艰难地倒在坐椅上，低声说道：“别声张，我找到他了，我终于找到他了。”

“真的吗？太棒了，先生！”律师忍不住要拍手称快，“他藏在哪儿？”

“他一个人躲在一个贫困的地方，我们一直没找到他，也许是件好事。他一直孤零零的一个人，日子过得很苦。”

“那么，您明天就去逮捕他吧！”

“是的，”乔治回答道，紧接着他好像想起了什么，“不，且慢，我们后天再去。后天是他的一个纪念日，后天比较好。”

律师说：“全听您的，先生。不过，您是不是要通知警官？”

“不用，让他们明天晚上八点到这里等我，我亲自带他们去找。”乔治回答道。

时间很快就到了约定的夜晚。乔治和警察会合，乘坐提前雇好的马车，急匆匆地奔向教区贫民收容所。

等他们到达目的地的时候，天色已经很晚了。他们走进一条小街，来到了一个荒凉的地方。乔治先生用披风裹住身体，拉下帽子遮住自己的半边脸。他站在一幢破旧的屋子前面，轻轻地叩了叩门环。一个女人从屋子里走了出来，行了一个标准的屈膝礼。乔治先生轻声唤来警察，让他们候在楼下，自己蹑手蹑脚地爬上楼。

那个和乔治有深仇大恨的人已经老态龙钟。他住在这间简陋的屋子里，此时此刻，一个人坐在点了一支蜡烛的桌边沉思着。乔治推门进来的声音，吓了他一跳。

老人慢慢地转身，看到乔治，吓得跌坐在椅子上。

“你又来做什么？”老头惊恐地问道。

乔治摘下帽子，也坐了下来，说道：“我不干什么，只是来跟你说说话。六年前的今天，我跪在我妻子也就是你女儿的尸体前，指着苍天立下誓言：今生今世，我活着的唯一目的就是向你复仇。无论遇到怎样的困难和阻碍，我都没有动摇。只要一想到逝去的妻儿，我就浑身充满力量，如今，这是我最后一个复仇的行动。”

老人听到这里，哑口无言地瘫坐在椅子上，目光充满恐惧和憎恶，瞪着眼前已经面目扭曲的恶魔。

“明天，所有的复仇都结束了，我就要解脱了。我走之前，要把你扔到这世上最可怕的地狱中，让你品尝你所种下的恶果。”说完，乔治看了看老人，转身叫警察上来。

下楼的时候，乔治遇到了开门的女子，他说：“我想他快死了！”众人冲上楼，跑进房间，只见老人伏倒在桌子上断了气。

自从那夜起，律师再也没见过那位一掷千金的古怪当事人。

老杰克讲完了这个故事，就起身离开了。匹克跟在老杰克的身后，默默地付了账也离开酒店。

遗失的镭

【美】杰克·福翠尔

德克斯特教授千辛万苦得到了一盎司的镭，本打算做实验用的，可是实验还没做成，镭就不翼而飞了。根据德克斯特教授的回忆，镭消失的时候，他正在会见一个英国女人，但是会见不到十分钟就结束了。那么在这十分钟里，到底发生了什么？镭是如何在监控严密的实验室里被盗的呢？那个女人带来的箱子里又藏着什么玄机呢？

（一）

德克斯特教授正在实验室里思考着什么，忽然，实验室门口走进一个人，他抬头一看，是布朗先生，他对教授说：“教授，屋外有位女士说有很重要的事想要见您。”说着，递上了女士的名片。教授走上前接过名片，看着上面的名字，“泰雷兹·沙坦尼”，他印象中并不记得认识这位夫人，所以很是困惑。

这个时候的他其实并没有太多心思去接待什么客人，因为还有很重要的事情需要他思考。在他实验室上的桌子上摆着一样贵重的东西，这时候再没有什么事情比那个更重要了，所以教授很不想去接待，但觉得她可能是位远道而来的夫人，出于礼貌还是出去见一下比较好，“反正就一小会儿，应该没事的。”德克斯特教授这样想着，便离开了实验室。

教授所在的实验室设计很是独特，房子的屋顶很高，而且是玻璃制的天顶，可以吸收充足的阳光，窗户在很高的位置上，可以有效防止有人窥视实验室里的重要秘密。这个实验室在大楼走廊上开了一扇小门，而且只有这样一扇门可以进出，全天都有警卫站岗。

在实验室的长桌上，摆放的盒子里装着教授这几个月不辞辛劳才得到的东西—— 一盎司的镭。镭元素的产量很少，所以一盎司的镭的价值是不可估量的，他为了得到它，从世界各地分别运到这里，不仅要特殊的邮差，还为这一盎司的镭在伦敦劳埃德保险公司买了巨额的保险。

德克斯特教授正准备用这一盎司的镭，验证用镭做机械原动力的可能性。为了保证实验的顺利进行，他还特地邀请了绰号为“思考机器”的凡·杜森教授，前来协助。请到他也算是德克斯特教授的福气了。因为凡·杜森教授业务能力出众，享誉世界，但是性格很强，很少有人能请得动他。

这次著名的科学家和逻辑学家凡·杜森教授与德克斯特教授联手，共同参与这个项目，在世界物理学界引起了很大的关注，欧美各地的媒体都相继报道了这件事情。大多报道都很看好他们的此次合作，并给予了鼓励。当然反面的批评是不可避免的，但是和正面报道相比，它们基本上可以被忽略。

不过这个消息也不胫而走后，大家都知道了亚佛实验室已经找足了实验所需的镭，而且大家也知道两位教授就要开始进行验证试验了。这个试验具有历史性的意义，因为这决定着镭是否真能够成为机械原动力实际的应用所用的原材料。现在实验器材都已就位，德克斯特教授刚刚就是在心里思考着即将进行的实验步骤，同时心里又很焦急地等待“思考机器”的到来，突然被一位女士的光临打断了思路，所以只能暂时离开实验室去接待室，不过这两个房间是相通的。

德克斯特教授走出实验室，刚走到门口就被一个东西绊了一下，身体突然失去平衡，差点摔倒，还好他及时扶住墙才免去了摔跤之苦。这一绊使得他的心情更不好了，刚想破口大骂，突然，屋外传来一阵悦耳的笑声，德克斯特教授听到后更生气了，他觉得自己刚出丑竟然还有人嘲笑，他抬头准备看看是谁这么大胆，只见一位女士朝他这边走来，教授的脸突然红了，他为刚才自己的失态而感到尴尬，尤其是被女士看到。

“哦，德克斯特教授，不好意思，我不该把手提箱放在门口的。”那位女士很是抱歉地说，嘴角微微颤动了一下，露出笑容，把放在门口的手提箱往门边移动了一下。

“我放的地方太不好了，换作任何一个人从这儿过，估计都会不小心地被绊倒。实在是不好意思，我太粗心了。”

“哦，没事，这里也没有什么别人了。”德克斯特教授微笑回答道。说着打量着这位夫人，只见她身着一件丝绸连衣裙，升高大约有五英尺九英寸，看起来三十岁左右的样子，如此高挑的身材让德克斯特教授有些惊讶，而且是个很有气质的美女，举手投足之间透露着她的干练。

“教授您好，我是泰雷兹·沙坦尼。”德克斯特教授点点头看了一下女士送上的名片，却依旧想不起来这位夫人到底和自己有过什么交情。

“我这里有一封居里夫人的介绍信。”说着她从自己的包里拿出一封信。

“我们能不能找个安静的、亮一点的地方继续谈呢？”她把信递给教授，两个人来到接待室靠近大厅的窗户边。

德克斯特教授找来两把椅子，两个人面对面地坐了下来。德克斯特教授借着窗外的光亮阅读了这封信，看完以后又抬起头打量了一下眼前这位夫人。

“其实我也是万不得已才来找您的，我也知道这件事对您来说是十分重要的。”泰雷兹·沙坦尼夫人的声音很好听，德克斯特教授很是好奇，回问道：“什么事情呢？”

“我手上有一盎司的镭。”

这一句话瞬间使得教授精神抖擞：“什么？一盎司的镭？夫人，你确定你有一盎司的镭？”

泰雷兹·沙坦尼夫人没有立刻回答，忽然咳嗽起来，好像是有严重的气管炎的感觉，过了一会儿，她的咳嗽停止了。

“不好意思，我嗓子一直不好，请您谅解。”她面带微笑地说。

“哦，没事没事，夫人，我对你刚才说到的事情很感兴趣，希望您能详细地解释一下。”

“这件事虽然听起来很传奇，但也不奇怪……”

泰雷兹·沙坦尼夫人向教授讲述了她怎样得到这一盎司镭的经过。

德克斯特教授听着夫人的讲述，心里想如果自己还能拥有一盎司镭，这地球上奇妙的物质，那就再好不过了，那样的话，他和凡·杜森教授没准能继续探究为什么镭能够释放出几乎无尽能量这个未解之谜。

就德克斯特教授所知道的情况，世界上除了他现在手头的一盎司镭，其他镭分布在各个地区，不过加起来也只不过十格令（一颗大麦粒的重量为1格令）。圣彼得堡有两格令，斯坦福大学有一格令，伦敦有一格令，还有两格令在柏林，然后就是在巴黎的居里夫人实验室里有四格令。他听着眼前的夫人讲着她的故事，心里既怀疑又觉得十分有兴趣。

“夫人，我很感谢你能把这个消息带来给我。不过我现在无法向你承诺什么，我需要把这件事情向实验室的领导汇报，由能下此决定的人来决定这件事情，这样的话，就可能需要几天的时间，你看这样可以吗？”德克斯特教授在听过其中的前因后果以后对夫人说，然后用期待的眼神看着她，好像在乞求她答应再等几天。

“哦，当然可以，我愿意等。”刚说完这句话，她又开始咳嗽起来，一阵痛苦的干咳，感觉全身都跟着颤抖起来。德克斯特教授见此状，想要去找杯水，夫人阻止说：

“呃，不用麻烦您了，我没事的，我就是希望我们拥有的镭元素可以帮助德克斯特教授，不然就浪费了。”

教授点点头说：“那价钱方面你准备开多少呢？我们是按照全部购买算钱还是怎么计算？”

“这个，我现在还没有办法说出一个确切的数字，我现在就住在日耳曼旅社，名片上有具体的地址，您如果想好了可以随时来找我。我会在这个地方逗留几天的，任何要求，如果我能够做到，我都可以考虑，希望你能慎重考虑我所拥有的镭元素。”夫人有些乞求地对教授说，说完便站起身来，往门外走去。

到了门口，她又转头对教授说：“我是昨天才从利物浦坐轮船来的，身上带的钱也不多，如果您思考的时间太长，或许我就只能靠卖镭来度日了。”她提起放在门口的手提箱，嘴角露出了一丝笑容，教授以为她可能是想到刚才自己出丑的样子，不禁也跟着一笑，上前一步说：“夫人，我来帮你提吧。”

“哦，没关系，这个不重的。您不用送了。”于是她轻快地走出了实验室。

教授站在接待室的窗旁，从窗户向外看着夫人离去的背影，他在心里想着，如果那不为人知的一盎司的镭被自己拥有的话，那么对我的实验将会有莫大的帮助。他没有多停留，他想到自己的实验室里放着的一盎司镭，于是加快脚步走回自己的实验室，好等“思考机器”到来以后开始做实验。

（二）

“啊！”突然，从实验室里发出一声尖叫，只见德克斯特教授冲出实验室，冲进接待室来到大厅的走廊，布朗先生和几个学生见到这个情况立刻过来，德克斯特教授脸色苍白，气喘吁吁地说道："镭！镭！镭不见了！镭被偷走了！"

大家一听到这个，互相看着，以为是教授在开玩笑。但是他们看到教授的样子才确定这是真的。教授不停地抓着自己的头发，使劲回想镭到底是什么时候被偷走的，为什么会被偷走，他心里有着无数的疑问，同时又十分气愤。就在这个时候，凡·杜森教授到了实验室，老远他就听到实验室里一阵吵闹，还正在纳闷。

"凡·杜森教授！不好了！镭被偷走了"德克斯特抓着"思考机器"的手臂，痛苦地叫着，"思考机器"也被这突如其来的消息吓了一跳。

"发生什么事了？你不要着急，我们进屋再说。"显然凡·杜森要冷静许多，他拉着德克斯特教授回到实验室，拿了一杯热水给他，德克斯特教授的脸上汗水一滴滴地掉了下来，双手接过水杯时还在不停地颤抖。

"德克斯特，你镇定点儿，现在你需要的是冷静的思考。"凡·杜森一向看不惯人们遇事失去理智的样子，所以说这话时他的脸上有一丝不屑。

"告诉我，到底发生了什么？镭怎么会被偷呢？"他继续问道。

"我也不知道，我离开实验室的时候，它明明好好地放在我的桌子上。你自己去看，就是在那里，就这么丢了，我也不知道是怎么回事。"

这件事情在大学校园里面很快就传开了，大家都很惊讶如此戒备森严的实验室怎么会发生失窃的事情，而且丢失的是如此重要的镭。

"既然已经丢了，再去实验室还有什么用。"凡·杜森教授对德克斯特教授说。

"你现在需要告诉我的就是刚才到底发生了什么。"德克斯特又在接待室转了几圈，尽力让自己镇定，将经过回忆一遍后，他将自己能够想到的事情全都告诉了"思考机器"。他明明记得在泰雷兹·沙坦尼夫人来之前，他还看到镭放在实验室的桌子上，这之间他只和泰雷兹·沙坦尼夫人见过面，除此之外就再也没有做过其他事情，或者见过其他任何人了。

德克斯特说这位夫人声称自己有一盎司的镭，然后就和他谈了相关的事情。

"泰雷兹·沙坦尼夫人说她自己是英国人，她的丈夫是法国人，也是一位科学家，但是她丈夫和任何研究机构都没有关系，所以一般科学家也都不认识他，他做实验完全是出于个人的爱好，逐渐就着迷了。他们并不是富裕的人家，不过因为她丈夫的研究成果为他们也带来一些收益，所以他们的日子过得还算舒适。

"居里夫人还在介绍信里高度赞扬了这位夫人，说她和她的丈夫为人很好。泰雷兹·沙坦尼夫人还介绍说，她丈夫的研究方向是关于怎样制造镭，用什么材料能够做出镭元素，这项实验几乎花尽了他们之前积攒的所有积蓄，最后终于做出了一盎司的镭。

"可是不幸的是，她的丈夫在研发出镭以后就不幸感染了致命的疾病，没过多久就去世了，这件事情给她的打击非常大。可是出于生计的原因，这位夫人虽然很珍惜丈夫的这一盎司镭，但是干放着镭又不会出钱，后来她听说我正好在做和镭有关的实验，所以就来找我看看能不能用镭换些钱，贴补家用。

"她还提到，她的丈夫生前留下了一些实验笔记，但是由于病来得突然，这些笔记写得很潦草，很难辨清那里到底写了什么。"

"她出价多少？""思考机器"听着他的描述问道。

“她说她也不知道这个东西的估价，她觉得只要能够补偿他们为了研发这个东西花掉的钱就可以了，后来她说她愿意接受任何她觉得合理的付费方式。”

“思考机器”听着他的叙述，双手合十，眼睛向上倾斜好像在思考着什么，问道：“她大概在你这里停留了多长时间？”

“也就十几分钟，没有多久。”

“那你是在哪里接待的她？她坐在什么位置？”

“她就坐在你现在的这个位置，就是冲着实验室的门。”“思考机器”看着这个位置，又望了一下背后的窗户。

“那你自己是坐在哪里？是在她对面吗？”

“是的，我就是这样面对着她。”德克斯特教授做到凡·杜森教授的对面，看着凡·杜森教授说。

“那你确定她没有走进过实验室？”

“我能确定。”德克斯特教授没有思考就回答。

“今天就只有我进出过实验室，而且我特别交代过警卫不能让任何人进出实验室。就在布朗先生和我讲话的时候我还看到镭就在那张桌子上，他把名片递给我后，我想了一下就出了实验室，在我印象中根本就没有任何其他的人进来过。”

“但是现在镭就是丢了，所以德克斯特教授，没有什么是不可能的。你有没有留泰雷兹·沙坦尼夫人一个人在屋子里，你中间有没有去洗手间或者？”

“没有没有，我一刻都没有离开过她，直到她离开。”

“思考机器”坐在椅子上，眼睛朝上，思考着刚才德克斯特教授说过的话，又继续问：“那泰雷兹·沙坦尼夫人的嗓音怎么样？”

“声音很低沉，而且看起来既典雅又有教养。”

“那她在和你交谈的时候有没有提高声音或者发出什么怪声？”

“也没有呢。”

“那期间有没有打喷嚏或者咳嗽呢？”

“她有咳嗽，是的，很剧烈的干咳。”

“思考机器”一听到这个，眼睛里突然就放出了光芒，“啊，那就对了，而且她是不是中间还咳嗽了两声。”德克斯特教授听到这里，非常惊讶地看着“思考机器”。

“没错，你怎么知道她咳嗽了两次？”

“思考机器”并没有回答他的问题，继续问道：“那她期间是不是也大笑过？”

“的确，在我被她放在实验室门口的手提箱绊倒的时候她笑过，我以为她是因为我出丑才嘲笑我的呢。”

“思考机器”摇摇头，不过也没有解释什么，教授更加疑惑了。“这是什么？”“思考机器”凡·杜森教授看着一团皱巴巴的纸团问，并不等得到答案就展开了它。

“这是泰雷兹·沙坦尼夫人带来的介绍信，是居里夫人给她写的，希望我能够和她见面，说是有重要的事情。”德克斯特教授解释道。

“思考机器”看了一遍说：“那你能够认识居里夫人的笔迹吧？这次我们的实验准备

期间你应该是和她有信件的来往的。”

“没错，我认识她的笔迹，而且这封信应该就是居里夫人写的。”

“嗯，那这个我们一会儿再谈，你给我指指看镭是放在什么位置上的。”

德克斯特教授指着实验桌的一个确切的位置说：“就是这里。”

“思考机器”又环视了一遍整个实验室，屋顶上是玻璃做的天花板，窗户是玻璃而且做得很高，实验室只有一个门可以进出，他紧皱眉头好像是在计算什么。

“你确定所有的窗户都是上锁的吧？”

“没错，这个我确定，一直都是锁着的，就连天花板也是锁着的。”

“那么请帮我找个长梯子来。”

没几分钟，长梯子就拿来了。

“思考机器”爬上去一点点地检查每一扇玻璃和天花板的窗户，并用小刀轻敲着。检查过后，他发现每一扇玻璃窗和天花板都没有任何被破坏的痕迹。

“这样看来真是不可思议啊，到底是什么时候被偷的呢？”“思考机器”边说边又环视了周围。

德克斯特教授的情绪一直很低落，他对这件事情十分困惑，不过这会儿他已经平静了许多。“思考机器”绞尽脑汁地联系起教授提供的所有线索，有点为难地问德克斯特教授：“你确定以及肯定你是把镭放在桌子的这个位置吗？”说着指了指刚才德克斯特教授说的地方。

“没错，我肯定，我还没有老到不记事的地步。”

“而且你确定无论是谁包括布朗先生或者泰雷兹·沙坦尼夫人都没有进过实验室？”

“嗯，没有。”

“思考机器”围着实验桌转来转去，能看出来他的大脑正在高速运转思考什么。

“对了，夫人有没有提到小孩子？”

这个问题一下把德克斯特教授问愣了，他不知道这个问题和镭失窃有什么关系，答道：“没有，我们谈话中从来没有说起过小孩的事情。”

“那你还记得那个把你绊倒的手提箱长什么样子吗？”

“就是一个很常见的手提箱，我没有特别的注意，应该是皮制的。”

“那么她说她是昨天才到的美国吗？”

“没错。”

“这真是令人匪夷所思。”

“思考机器”拿出一张纸，在上面写了几行字，交给教授说：“请立刻把电报发出去。”

纸条上写着：巴黎，居里夫人，请问您有没有为一位名叫泰雷兹·沙坦尼的夫人写过介绍信去见德克斯特教授？请速回复。落款是凡·杜森。

教授拿到信说：“你觉得居里夫人会怎么回答呢？”

“思考机器”说：“这我怎么知道？”

“我觉得她应该会回答没有。”

“德克斯特教授，你怎么就能肯定呢？这让我也对你产生了怀疑啊！”

德克斯特教授被凡·杜森这么一问，觉得自己说得太武断了，涨红了脸，没有说话。

“思考机器”走后他请布朗先生进来，让他将这封电报立刻发往巴黎。

（三）

“喂，您好，我想找一下哈奇记者。”

哈奇一听说是“思考机器”给他打电话，立刻跑来接电话，因为他知道他又要去挖掘好的新闻素材了。这位年轻的记者身材不壮，但总是可以和“思考机器”一起去破解许多难题，而且他在搜集信息方面的能力是一流的。

“我想和你谈一下有关亚佛实验室镭丢失的事情，关于这个你也听说了吧？”

“嗯，是的，我看到了警察局的公报。”

“现在我要你去日耳曼旅社帮我一个忙，找一个名叫泰雷兹·沙坦尼的女人，帮我确认一下和她一起住的或者随行的有没有儿童，一定要仔细确认到底有没有，这对这个案子十分重要。”

“没问题，这个交给我了，那我拿什么写新闻呢？”

“你是脑子不好吗？这就是新闻啊，如果你在旅社没有找到孩子，就继续去轮船上打听一下，她是从利物浦坐邮船来的，昨天才到美国，你必须拿到非常确切的消息。”

“好的，没问题，我现在就去。”

哈奇挂了电话，就跑出报社。他先来到日耳曼旅社，正好今天的领班和他很熟，他就上前问道：“查理，你们这里有没有一个名叫泰雷兹·沙坦尼的房客？”

“确实有这么个人。”

“那和她一起住的还有其他什么人吗？”

“印象中好像没有啊，我给她办登记时没有看到她身边有其他什么人。”

“没有吗？没有小孩儿吗？”

“没有。”

“你确定吗？这对我很重要。”

“没有，我确定。”

记者只好离开旅社，前往码头。

那艘从利物浦开来的船还在码头上停着，他走上船向事务长提出了和在旅社相同的问题。可是事务长的回答同样令记者失望。毫无收获的哈奇来到“思考机器”凡·杜森家，说没有任何消息表明这位夫人从利物浦带了一个小孩儿过来。

“思考机器”听后一点也不惊讶，但是他又皱起眉头，坐在椅子上一直嘟囔着：“不该是这样的啊，按理说一定有的啊。”

哈奇也不明白“思考机器”为什么这么说，因为他连这件事情的始末都还一点都不知道。过了一会儿，“思考机器”见哈奇很是疑惑地看着他，于是把事情的始末给她讲了一遍。

“全是因为居里夫人给她写了介绍信，不然德克斯特教授不会和她见面的，我觉得那封信是伪造的，如果我猜的是正确的，那么我的一切推断就能成立了，但是如果真是居里夫人写的……不过，我觉得这不可能的。现在的问题是到底镭是怎么在那样一个守卫如此森严的实验室被盗的呢？”

突然，凡·杜森的女佣玛莎走进来，将一封电报交给“思考机器”。

他打开一看，顿时有些傻眼，哈奇见状，问道：“怎么了？”

“电报上说她‘写过’，竟然写过。”“思考机器”对这样的结果一时难以接受。

晚上八点钟的时候，“思考机器”还在自己的实验室中做着化学实验，他手拿一个装有半透明紫色液体的杯子，突然，脑海中闪过一个想法，手松了一下，杯子一下子掉到地上摔成了碎片。

“哎呀，我怎么没想到这一条，真是笨死了。”

他嘴里咕哝着，完全没有理会摔坏的杯子，走到客厅里给哈奇打电话。

“现在到我家来。”

哈奇很是好奇，怎么大晚上的喊他过去，而且听着有些着急的感觉，他琢磨着是不是案子有什么进展了，于是抓上帽子和外套就往“思考机器”的家中赶去。

到了“思考机器”家里，一进门凡·杜森教授就说了一句：“这事儿太简单了，我已经明白了，我怎么之前那么笨没想到呢？”

哈奇听着教授说自己笨心里偷笑起来，估计除了凡·杜森本人没人敢说闻名的“思考机器”笨，不过他现在还是一头雾水，不知道凡·杜森教授到底知道了什么。直到他们两个人打车接上一位客人，然后约泰雷兹·沙坦尼夫人在亚佛实验室见面，哈奇好像才明白了其中玄机。

泰雷兹·沙坦尼夫人听说凡·杜森教授邀请她，以为德克斯特教授已经想好了交易镭的事情，很是高兴地赴了约。他们赶到实验室的时候，德克斯特教授先到了，虽然他为这么晚出来办事有些恼火，但是他知道“思考机器”不会无故地把他找来的。当然，他们还找来了马洛里探员。

这些人坐在实验室的接待室里，“思考机器”问泰雷兹·沙坦尼夫人：“夫人，你能不能告诉我，你除了从亚佛实验室偷走的一盎司镭之外，还有没有多余的一盎司的镭呢？”

夫人一听到这样的提问，立刻从座位上弹起来，面带怒色，“思考机器”毫不惧色，脸上的表情一点都没变。马洛里探员却见势站了起来。

“偷？你凭什么用这个词？”

“因为你就是偷的。”“思考机器”很镇定地回答，显得非常有自信。

女人的脸都被气红了，不过很快她恢复了平静又坐下了下去。

“你不用装了，你偷的那一盎司镭，我们都已经拿到了，你还有其他的吗？”说完凡·杜森把装在包裹里的一盎司镭放到了桌子上。

“镭！”德克斯特教授显然很是兴奋，看到镭被找回来，他的心情很是激动。

“和你一起的伯爵都已经承认了，我想我可以让他进来了吧？”

没等泰雷兹·沙坦尼夫人说话，“思考机器”就让哈奇把他们的客人带了进来，这位客人竟是一个侏儒。

德克斯特教授很是疑惑，问道：“这是怎么一回事啊？”

哈奇抢着说：“我来解释。‘思考机器’晚上八点多喊我去他家，然后说是要带我去见一个非常不一样的人，我当时也很纳闷，他还让我做好准备，说怕出什么麻烦，因为那个人是一个十分狡猾的人。我们俩来到一个还不错的公寓，看起来应该是给中产阶级住的公寓，我们按响门铃后，出来接待的女仆问我们找谁，凡·杜森教授竟然想不起来要找谁，就说了一句：'请问，请问，那个，他叫什么来着？'

"女仆很好心，问我们是不是来找身材矮小的绅士，昨天才从利物浦来的，叫贝克斯通先生，凡·杜森教授立刻就说他就是我们来找的那个人。我们连名片都没有给，凡·杜森教授说我们不用给，没有这个必要，然后让女仆去和贝克斯通先生说我们是从戏院来的，而且他知道我们来找他。

"我当时完全不懂，只能跟在身后。女仆指了指二楼最后的房门，意思是他就在那里。我们来到那个房间，轻轻打开门，里面很是通亮，却看不到任何一个人，但是可以听到有人翻报纸的声音，我俩朝着声音找过去，仍然没有看到人。'思考机器'轻手轻脚地向屋里的大沙发椅子走过去，在椅子的另一边提起了一个什么东西，我以为是一个布娃娃，结果定睛一看原来是一个侏儒，他还正在用德语骂着什么。我当时看到这种情况，笑得都不行了。"

哈奇喝了口水，继续讲道："他现在就在我们眼前，也就是贝克斯通先生，当时'思考机器'开门见山地说是他偷走了镭，而且骗他说泰雷兹·沙坦尼夫人已经被捕而且认罪了。矮小的德国人听到这里，祈求我们放下他，我们也看到了，他的身体犹如孩童一般，完全可以穿孩子的衣服，虽然他看起来还不到十五岁，其实他可能都五十岁了。

"他向我们讲述了偷镭的全过程，他说得就像自己在戏剧院里表演一样，还告诉我们泰雷兹·沙坦尼夫人的本名叫方琼，而他则是冯·弗里茨伯爵，那个时候我就明白到底镭是怎么被偷的了。'思考机器'在房子里找到一个手提箱，里面果然就找到了镭，这个小盒子里装的镭可是价值数百万，这段经历我可是要写在我下一期的专题报道的啊！"

听完哈奇的讲述，科学家转头对泰雷兹·沙坦尼夫人说："这么多证据摆在面前，你现在还有什么好说的吗，方琼小姐？"泰雷兹·沙坦尼夫人，准确地说应该是方琼，她摇摇头，说不出一句话。

"思考机器"对她说："你一定很想知道我们是怎么知道这一切的吧？"她点点头，在一旁的德克斯特教授也猛点头，他也还不太明白里面的玄机。

"你是一个很聪明的人，真是很聪明，可是就是聪明反被聪明误，你说你有一盎司的镭，你不觉得你有的太多了吗？我觉得你应该是在看报纸的时候突发灵感这么做的，你知道我也参与了这项实验，你刚走我就去了实验室，德克斯特教授告诉我你和他见面的过程。

"我一听就知道你在说谎，什么你的丈夫做了一盎司镭，可能你本来就是演戏剧的，德克斯特教授暂且被你迷惑了。我知道除了德克斯特教授以外，没有人进过实验室，可是镭却不见了，我起初以为你是从天顶玻璃上把镭吊走的，但是我把整个实验室的窗户天花板都非常仔细地检查了一遍，完全没有发现被损坏的地方。这就是说镭并不是通过这种渠道被偷走的，但是镭又不可能自己走出接待室。

"后来德克斯特教授说你曾经咳嗽过两次并且大笑了一次，我知道这是信号，但是我整理整个事件的思路还是没有，直到德克斯特教授说，你的大笑是因为他被你带来的手提箱绊倒我才有点眉目。"凡·杜森教授喝了口水，继续说道：

"因为我在想，你一个女人来拜访教授，为什么一定要带一个手提箱呢，你完全可以把它放在马车上，可是你非要把它带进接待室，还放在门口，我就猜到你的两次咳嗽是用来提醒同伙行动的。至于那个同伙在哪里，我就猜想你的手提箱里放了什么东西，而且肯定不是一个小动物，肯定是能够协助你的。我起初想到是一个小孩，因为你可以教他怎么去偷。

“我让哈奇先生去帮我打听小孩子的事情，并且发电报给居里夫人问介绍信的真伪，令我惊讶的是你的信是真的。不过我没有很惊讶，因为你很聪明，弄到这么一封介绍信也不是什么难事。不过哈奇先生和我说并没有发现什么小孩子和你打过交道，连说话都没有过，我就奇怪了。于是我又开始思索，难道手提箱里还可以装别的什么，那会是什么呢？我后来突然想到还有侏儒可以被装进去，我很懊恼自己竟然没有早些想到。

“所以我就要找到你的这个同伙，证明我的推理没有错。其实，找到他并不是什么难事，因为他是和你一同乘船来的，所以我就去了日耳曼旅社，找到了送泰雷兹·沙坦尼夫人的马车车夫，然后问车夫你的手提箱放在什么地方。他告诉我了一个地址，于是我就和哈奇先生去了那个地方，果然在那里找到冯·弗里茨伯爵。你们都是舞台上的表演者，用手提箱藏人对你们来说是很容易的，我相信你们以前经常在舞台上这样表演吧？你把冯·弗里茨伯爵装进手提箱，而且还是设有机关的特别定制的手提箱，从里面也可以被打开，这并不难的吧，冯·弗里茨伯爵？”

“是啊，我们的表演总是会惹得大家大笑的。”侏儒很是自满地答道。

现在事情真相大白了，两位犯罪嫌疑人被关进警察局，不过冯·弗里茨伯爵十分不老实，仗着他的身材矮小随便扭扭身子就能从铁杆中钻出来，多次打算逃脱，这可是麻烦了警官们对他严加看管。德克斯特教授很是感谢“思考机器”以及哈奇先生的帮助，这一盎司的镭可是他的命根啊，哈奇先生当然也很感谢“思考机器”又给了他头条新闻。

匪夷所思的离奇诡事

死尸还魂

【英】G.K. 切斯特顿

三位矿业巨头与三位罢工头领，激烈交锋。三个百万富翁离奇遇害，后者自然成了最有嫌疑的杀人凶手。然而，案件审理中，一位富翁竟死而复生，最后竟成了真正的杀人凶手……

作为记者，当我从报纸上读到这样一则报道时，实在震惊不小，那则报道的标题是：“骇人听闻的三重谋杀，三个百万富翁一夜丧命”。紧接着是作者的一些表示惊叹的句子，连这些评论的句子的字体大小也是平常字体的四倍，词句之间强调了这件重大谋杀案的可疑之处：三个富翁，分别是雅各布·斯坦、盖普洛、吉迪恩·怀斯。他们不仅同时遇害而且遇害的地点相距遥远。

斯坦死在距内地一百英里的豪华庄园，一个古罗马式的豪华浴厅中。怀斯是在挣扎中从悬崖上被人扔到海里的，因为他滑动的脚印一直蔓延到悬崖的边沿，从悬崖上就可以很显眼地看出。而在离该郡遥远的另外一端，人们在老盖洛普的大房子门外的灌木丛中发现盖洛普的尸体，尸体悬挂在树杈和断了的树枝之间。

虽然很震惊，但我认为到目前为止，似乎还没有足够的证据对任何人提起诉讼，即便大家都怀疑激进分子，不过只有谋杀动机肯定是不够的。讽刺的是，就在昨天，雅各布·斯坦先生才慷慨激昂地说过总有一天要将三位闹罢工的激进分子送进监狱，虽然他这种忙忙碌碌的人总会被各种事情打乱计划，不过没想到这一次他居然是因为死亡而再也无从实现他的计划。

我开始回想昨天分别与三位矿业巨头以及三位激进分子碰头的情景：

我第一次会见三位富翁，是在建于清新树林中的一座金光绚烂的建筑里。他们正坐在那里讨论着组织安排工作以及如何保密、谨慎行事以获得成功。

雅各布·斯坦用夹鼻眼镜下明亮而锐利的目光扫视周围，大多数时间他沉默着，非必要不说话。他那小而黑的八字胡下面总是微笑，仿佛是在嘲笑。一旁的盖普洛却是口若悬河的，他留着教士一样的灰头发，长相却十足像一个拳击运动员。他欢快地和第三个富翁吉迪恩·怀斯交谈，口气里既有拉拢又有威吓。吉迪恩·怀斯是个严厉无情、毫不通融的老家伙，常被称为核桃木。他留着浓密的灰色的络腮胡子，举止和打扮像极了中部平原的老农民。怀斯和盖洛普之间就联合与竞争的问题展开了一场老一套的辩论。因为老怀斯属于我们英国人所说的曼彻斯特学派，仍然以旧时代边远地区居民的方式保留一些旧个人主义的看法，而盖洛普总想说服他放弃战争的想法，和大家一起和平地利用世界资源。

我走进去的时候，盖洛普正亲切地规劝着斯坦："老朋友，你迟早都得参加到这股世界潮流中来，我们现在不能回到那生意单干的时代，我们得联合。"

斯坦保持着他一如既往的平静："我却认为比在商业上站在一起更为紧要的事，是我们应当首先在政治上站在一块儿。道理很简单，因为我们最危险的敌人现在都已联合起来了。这就是我今天为什么把伯恩先生也请到这儿来和我们会面的原因。在政治上我们必须联合起来。"

他转过头对我说："伯恩先生，我想冒昧请你帮我们一点小忙。我想你应该知道那些人，就是我所说的那些闹罢工的激进分子的碰头地点，其实他们总共也就两三个人：约翰·伊莱亚斯，爱耍嘴皮子的杰克·霍尔基特，或许还有诗人霍恩。"

这时，盖洛普突然语出讽刺地说："怎么？霍恩以前可是吉迪思的朋友，你以前在主日学习班是学什么的？

老吉迪恩严肃地回应："他是个基督徒。不过，你永远不会知道一个人什么时候变成无神论者。我过去很支持他在反对战争、征兵和其他各方面的观点，但是说到他那些该死的左倾作品——"

斯坦打断吉迪恩说："对不起，情况很紧急，我得立刻把事情告诉伯恩先生。我相信你伯恩，告诉你吧，我要你去悄悄告诉他们：我掌握了情况或者说得到了证据因为某些与最近的战争阴谋有关的事，至少可以把他们中的两个判长期徒刑关进监狱去。但我不想利用这个证据。如果他们不改变态度，我明天就可以让他们遭受牢狱之灾。"

我好奇道："你这是敲诈勒索，不怕危险吗？"

斯坦表情严厉地说："我想危险的是他们，你就这样去告诉他们。"

"我想是没有问题的，"我站起来说，"不过我事先声明，要是我因此遇到了什么麻烦，我想你们是没法脱了干系的。"

老盖浴普会心一笑："当然，小伙子。"

离开三位富翁以后，我去了那个激进分子碰头的地方，由于工作的原因，我当然知道在哪儿。说来有趣，富豪与激进分子碰头的地方同样违反了美国法律——摆满了烈性酒。不同的是三个富翁喝的是鸡尾酒，而霍尔基特认为只有喝伏特加才符合他狂热的激进分子的个性。

霍尔基特是个有着高大肥胖身躯的壮汉，而且身子常常像是威胁别人似的往前倾着。他的脸的侧影也总是向前倾着，看起来却和狗的差不多，鼻子和嘴唇一齐向外突着，唇上红胡须乱蓬蓬的，全都向外缩着，像是在无休止地嘲笑某人一样。约翰·伊莱亚斯戴着眼镜，胡子又黑又尖，是个忧郁而又心存戒备的人。在许多欧式咖啡馆里，他学会了品尝苦艾酒。至于约翰·伊莱亚斯，我一直都觉得他和雅各布·斯坦极为相像，那眼神，那精神面貌，以及那举动，甚至于让人觉得这位百万富翁刚刚从巴比伦宾馆的活动门消失，却又马上出现在激进分子的大本营里了。

而诗人霍恩，他在饮料的口味方面有些奇特，饮料对他来说只是象征性的，牛奶才是他的最爱。虽然在这种环境里，牛奶的淡味好像有点邪恶的味道。混浊、黄白色的牛奶很像是某种可以引起麻风病的糨糊，比暗绿色的苦艾酒更毒。

不过，到现在为止，霍恩的性格都像牛奶一样的温和。他的出身也和杰克和伊莱亚斯大不相同，所以他是沿着一条与他们完全不同的道路来到革命阵营的。与煽动家杰克、见多识广的牵线人伊莱亚斯相比，他则是在谨小慎微的环境中长大的。他一直没有摆脱禁酒主义的影响，因为他童年时代进过小教堂后来也一直过着禁酒主义的生活。即便到他甩掉了基督教义和婚姻那些令他心烦的东西之后仍是如此。他头发金黄，面容漂亮，要不是他留着那有点外国味的胡须而致使下巴显得秃了点的话，那他可能被人认为有几分诗人雪莱的模样。不知怎么的，那胡须使他看起来有点像女人。

我进来的时候，杰克正在慷慨激昂地演讲，而霍恩随口说着那些老掉牙的“上天不允许”的论调来回应杰克那滔滔不绝的声音。

不过，杰克好像不需要回应者一样，自顾接着说道：“上天除了不容许我们为自己努力之外从来没做过什么。他不容许我们罢工，不容许我们斗争，不容许对着那些该死的高利贷者、吸血鬼坐的地方开枪却从来不去阻止他们干那些事。那些该死的神父、牧师为什么不站出来对这些畜生讲道，让他们改变改变？上天越是不容许，我们越是要做！”

伊莱亚斯看起来有点疲倦，避开了杰克的话锋轻轻叹气，说：“神父永远传达的是经济上占优势的人们的意愿，现在的神父已经是资本家们的精神开导者了。”

“的确是这样。”我说，“现在你们也该知道，他们有一些人扮演着这个角色，而且扮演得非常好。”我直视着伊莱亚斯，目光与他直面碰撞，以此宣告斯坦他们的威胁。

“我对这种事是有所准备的。”伊莱亚斯气定神闲地微笑着说，“而且是做了充分准备的。”

杰克忍不住骂道：“浑蛋！穷人这样说就要服苦役，富人为什么不应该去比监狱苦一百倍的地方？只有地狱才是他们的归宿，除此以外我想不到别的地方。”

霍恩好像有很多话要说，甚至比慷慨激昂的杰克还要多，所以他做了一个表示抗议的动作。此时伊拉亚斯发话了，冷静严谨，很简短地说了几句话。“对我们来说最重要的是要按照计划和对方断绝关系，确定自己的力量。别的事情无关紧要，因为他们对我们的事情毫无影响，我们没必要理会对方的威胁，更必要回敬对方一个威胁。”

此时的酒馆里，伊莱亚斯本就显得平静而又庄严的脸严肃无比，他那转动不停的大眼球里，有些东西让人琢磨不透却又不寒而栗。而霍尔基特的那一张野性的脸，从旁边看他的侧影，似乎在咆哮似的。那眼中郁积已久的怒火也显出一点点焦虑。道德和经济的难题让他更加暴躁使人害怕。而霍恩似乎更是忧虑重重，自责不已。他是个眼球不断转动、讲起话来简单明了的人，就像个死人在桌子边讲话一样的怪人。我觉得脊梁骨发冷并且稍稍有点害怕，不想再待在这个奇异的酒馆。于是便望向了酒馆对门的杂货店。

后来当我带着他们的挑战书走在杂货店旁边的通道上时，突然看见了一个熟悉的身影，矮而健壮，圆脑袋上戴着一顶宽边帽，轮廓与众不同——那正是布朗神父。我惊讶地说：“布朗神父你走错了吗？这种小规模的阴谋活动你也会参加？”

神父高深地一笑：“恰恰相反，我参加的是一个古老而又影响深远的阴谋。”

“这些人和神父你风马牛不相及，你不会想到他们当中的任何一个人的，我保证。”我说。

“不一定，事实上这里有一个人和我甚是熟稔，相隔不到一英寸。”布朗神父依旧带着他高深莫测的笑容，继而路过我，离我而去。

我一头雾水，然而当他走回旅店准备向我的资本家委托人汇报时，一个活泼的年轻人从台阶上跑下来一下把我拽到一角，悄悄地说："我是老吉迪亚的秘书波特，我要告诉你我们内部马上将会发生一件突发事件，马上。"

我看着眼前这个年轻人，黑头发，扁平的鼻子上翘，衣服的扣眼上有一朵花。

"我认为独眼巨人尚在筹划中，想法也并未完善。"我说，"不过不要忘记独眼巨人虽然是巨人，但他毕竟只有一只眼睛。这些激进分子正是——"

在听我讲话的时候，波特面部几乎像蒙古人一样毫无表情。这与他衣着漂亮、腿脚灵活的第一印象很不一样。不过当我说到激进分子这几个字时，他的眼睛稍微动了动，他说："哦，对了，关于突然发生的事件……对不起，那是我的过错，为了保密，我应该用酝酿一词。"

波特的出现令我很是疑惑，但当我来到三位富豪约定的地方时，又看到了另外一张陌生的面孔：瘦削而又棱角分明，带着单片眼镜，头发浅黄，他叫内尔斯，自称为盖普洛的顾问，而我觉得他可能是盖普洛的律师，因为他随之向我提出了一系列问题，主要是关于激进组织能征募到多少人的问题，不过说实话，我怎么会知道呢，于是我如实奉告。那四人便都从座位上站了起来，一向最沉默的斯坦说出了最后一句话：

"谢谢你伯恩先生，我相信已经万事俱备了。我赞同伊莱亚斯的话，明天中午之前警察就会逮捕那位伊莱亚斯先生，到时我会当面提供证据，我想三位先生在夜晚之前会进监狱。我不想这样的，但是我已经尽力阻止了。这你是知道的。到此为止了先生们。"

"到此为止"，现在想来这真是谶语。不过我也想知道凶手到底是谁，那个爱诅咒谩骂的杰克不是没有可能的，或者那个总是带着嘲讽的笑容的伊莱亚斯，他也有嫌疑。而至于那个年轻软弱而又爱好和平的诗人霍恩，我觉得他是比较可以排除在外的，这一点警察局的侦探、来访的记者甚至是被警察招来的证人内尔斯先生也有同感。所有人都知道，目前还不能对那些激进分子的阴谋家们采取行动或者是宣判他们有罪，因为没有证据的支持他们还是会被无罪释放。这样比让他们逍遥法外更加让人难堪。

为了寻找真凶，内尔斯组织了一次秘密会议，参加会议的有三位被怀疑的激进分子，那位曾经出现在酒楼附近的布朗神父，以及死去的老盖普洛的年轻秘书波特，还有我。会议在离惨案现场感最近的地方——怀斯出事的海边平房里进行。

杰克·霍尔基特依旧是那个滔滔不绝、口若悬河的人，讲得最多，人们知道像他这样的人是不会懂得上流社会的礼貌的，更不会表现得像个绅士，所以他和他的朋友都没有被指责无礼。年轻的霍恩企图以比较文雅的方式阻止他乱骂那些惨遭杀害的人时，杰克像吼敌人一样地吼他的朋友，咒骂声像喷泉一样从他的嘴里不停地涌出，他用自己对已故的吉迪恩·怀斯所编写的讣告来发泄他的仇恨，那讣告里的遣词造句极难入耳。伊莱亚斯十分安静，而且从他眼镜后面显露出来的显然是对此事漠不关心的眼神。

内尔斯冷静地阻止这位煽动家的粗俗言辞："这是无济于事的先生，你应当知道你这些下流的言语是起不到什么挽救作用的，它只会对你产生更坏的影响。因为它们证明了你十分痛恨死者。"

"为此你要把我关进监狱吗？"杰克毫不犹豫地回敬道，"我想你要建一座能够容纳几百万囚犯的大监狱，因为怀恨怀斯的清苦百姓成千上万。甚至不光是我们，连上帝也一样。”

“其实这场讨论毫无意义，只不过是你们在拖延时间罢了，”他继续说，“你们无非是想从我们这里得到蛛丝马迹，或者说你们所认为的有用的信息。不管你们相不相信，我可以告诉你们，我什么信息也没有。即便你们不相信我们，那也得有足够的证据才能逮捕我们，把我们留在这儿算什么意思呢？”

然后，他与他的朋友一起站起身，扣起上衣的扣子，径直朝门口走去。突然，年轻的霍恩转过身来，盯着那些调查员说：“我想说，我曾经拒绝去杀一个人，为此在整个战争期间，我都在坐冤枉牢。”他的面孔苍白又让人觉得狂热，说完便离开了。

他们走后，留下的人还严肃地对视着。

布朗神父说：“我们根本没有胜利，即便是他们后退了。”

内尔斯显得很懊丧：“我可以什么都不在乎，除了被那个咒骂上帝的无赖霍尔基特辱骂这件事之外。不过不得不说，霍恩还是个绅士。我认定他们知道内情，他们与这件事或者他们中的大多数与这件事一定有牵连。刚刚他们几乎就是承认了。他们是在嘲笑我们没有证据，干不了任何事情。神父你认为呢？”

神父沉思般地盯着他，眼里透出一点窘态和腼腆，说：“坦白讲，我有一个办法。有一个人知道的东西肯定比我们多，不过我就不说他的名字了。”

内尔斯有些激动以至于他的单片眼镜儿掉了下来，他朝上望了望，然后说：“虽然这是非正式的会议，但是如果你依旧这样的话我不保证你的处境不会变糟。”

对于这种威胁，神父回应道：“我的处境不会改变，因为我来这儿只是为了我的朋友霍尔基特。我想这与他的利益有关，不过我想说的是，他马上就会脱离那个组织了。他不想在当一个那种意义上的社会者，而且我很确定他会是一个虔诚的天主教徒。”

所有人惊讶不已，内尔斯叫道：“那个一天到晚都与神父作对的霍尔基特？”

神父温和地解答大家的惊讶和疑惑：“不是这样的，他与神父作对是因为在他看来，他为了正义对抗全世界竟然会失败，因此他才咒骂神父。除非他已经开始断定，神父一直都是这样，不然他怎么会指望他们为了正义对抗全世界？我提到这些，只是因为，这可能使你们的工作简单些，缩小你们的搜查范围。”

“倘若这是真的，那个尖脸的无赖——伊莱亚斯就是嫌疑最大的人了，我不怀疑这点。因为他是我这辈子见过的人当中，最令人毛骨悚然的，最喜欢讽刺嘲笑的，也是最冷酷无情的。”

布朗神父说：“他总是让我想起可怜的斯坦，他们俩可真像，害得我以为他们有什么亲戚关系呢！”

“哦，我说……”内尔斯正想发言，就被猛然撞开门的声音打断了，那个放荡不羁的年轻的霍恩又突然出现了，不过他的脸不仅仅是自然的苍白而是很不自然的苍白，好似受到了什么惊吓。

“你们好，怎么你们又回来了？”内尔斯又戴上单片眼镜喊道，口气里带着疑惑。

霍恩一言不发，脚步不稳地穿过屋子，重重地坐在椅子上，好像有点发昏，表情呆滞地说：“我和其他人走散了……我迷路了……我想最好是回来。”

毕生禁酒的亨利·霍恩竟然给自己倒了满满一杯烈性白兰地酒，然后一口气喝下去了。

“你好像心烦意乱。”布朗神父说。

霍恩放低声音，手撑着自己的前额，对神父说道：“我可要告诉你，我见到鬼了。”

“你在胡说什么，谁是鬼？”内尔斯吃惊地问。

“这座房子的主人——吉迪恩·怀斯，”霍恩更坚定地回答说，“站在他落下去的那个深渊。”

“简直是胡扯！”内尔斯说，“这个世界上根本就没有鬼。”

“你完全错了，”布朗神父脸上挂着一丝微笑说，“这个世界上有许多证据可以证明犯罪的真相，同样也有相当多的证据可以证明鬼的存在。”

内尔斯针锋相对地说：“我的工作是追捕罪犯，让别人见到鬼就跑吧！大白天这个时候，怕鬼那是他个人的事。”

“我害不害怕并不重要，再说我也没说我害怕他们。”布朗神父说，“我说我相信他们，我这个人无论如何都想多听点有关这个鬼的故事。你究竟看见了什么，霍恩先生？”

“我的朋友们已经走在前面，而我正穿过这片沼泽，沿着悬崖边的小道走去。大家都知道，海边有很多崩裂了的悬崖，有一种裂口或裂缝，他大概就是在那儿被扔出去的。我喜欢看奔腾的海水撞击崖边的情景，所以我经常走那条路。今晚我却没想到这些。只是感到奇怪，为什么在这样一个皓月当空的晚上，海水竟会如此汹涌澎湃，白色的水珠在月光下时隐时现？我看着水沫不停地飞溅，突然发现似乎有什么东西在伴随着高耸的海浪起伏。当银色水珠再次飞溅而起时，我带着极度紧张的心情等它下落，然而它们好像凝固在空中，而不再落下去。时间对我来说，好像是神秘地固定或拖长了，我走近一看忍不住尖叫起来，我想自己是疯了，之前伴随着海浪的东西不是别的，凑在一起成了一张脸和一个人像，白得像传说中的麻风病人，比定在空中的闪电更让人害怕。”

“你是说，那就是吉迪思·怀斯先生吗？”

霍恩只是点了点头没有说话。内尔斯突然站起来由于用力过猛把椅子都掀翻了。

“一派胡言，”他说，“不过，我们最好出去看看。”

“那是你们的事，”霍恩发狂似的说，“我再也不走那条路。”

“我想每个人都得去走一遍那条路了，虽然我永远不会否认，那条路曾经不只是对一个人充满危险，而是对更多的人充满危险。”神父郑重其事地说。

“哦！不……天主啊，你们怎么那么对我！”霍恩疯狂地挣扎着，他的眼珠转得古里古怪的。他和其他人一同站起身来，但并没有朝门那边走。

不容许霍恩挣扎的内尔斯厉声说：“霍恩先生，我必须要你带我到你说的那个地点去。我是一名警官，虽说你也许不知道这所房子已经被警察包围了。我想尽力用好的方式进行调查，但我不能放过任何线索，即便是鬼之类的荒唐事也不例外。”

整个大厅里是一阵沉寂，只有霍恩带着无法描述的恐怖的样子，胸部起伏不定、气喘吁吁地站起来。然后他突然坐回了椅子上，变得异常镇定，开口说道：“我不能去，你可能也知道为什么或者你迟早都会知道，是我杀了他。”

房子里的人像是遭到了晴天霹雳，一片死寂。经过了一段鸦雀无声的时间后，布朗神父最终打破了死寂，他低沉的声音听起来就像是老鼠一般："你是经过深思熟虑之后才杀他的吗？"神父问着这位诗人。

坐在椅子上的这个看起来最不像杀人凶手的人回答："我该怎么回答呢？"他咬着指头，"我想我是疯子。我知道他对人傲慢无礼，叫人无法容忍，我也明白我是在他统治的土地上。如果他不先动手打我……不管怎么说，我们开始扭打，他失足从悬崖上翻了下去。直到我远离犯罪现场之前我都不敢去想，我犯了一个使我自绝于人类的罪，这个烙印将永远留在我的前额上，甚至在我的脑子里，我这才明白我确实杀了人。我迟早都得认罪，我一直都知道。"他突然端端正正地坐在椅子上，接着他说，"不要企图向我打探关于其他人的事情，什么密谋什么计划，你们什么也别想从我这里得到。"

内尔斯不放弃，说："很难相信你们的争吵不是预谋的，联系另外两起凶杀案来说，肯定有人派你们去那儿。"

霍恩说："我是杀人犯，但我不是叛徒。休想我说什么对我伙伴不利的话。"

内尔斯气得在霍恩和门之间来回踱步，并且对外边的人安排着什么。他小声对秘书说："我们都要去那儿，并且把屋里的这个人也带上。"

屋里的这伙人一直认为在凶手已经招认之后再到海边的悬崖去"捉鬼"是愚蠢的，特别是内尔斯认为这是最最没有脑子的，他很鄙视这一行为。但他又不得不承认自己有到那里一探究竟的好奇心和冲动，不过说到底，断裂的悬崖毕竟算是吉迪恩·怀斯的水中墓碑的碎石，这些碎石就盖在可怜的吉迪恩·怀斯那浸透了水的坟墓上。所有人走出房间后内尔斯也走出房间，他锁上门，和其他人一起来到沼泽那边的悬崖。他吃惊地发现，那位秘书——年轻的波特很快朝他们走来，脸色比月光还惨白。

然后波特开始了今天晚上他的第一次讲话："那儿真的有什么东西……就像他……就像怀斯一样，老天作证。"

原本镇定的内尔斯也倒抽一口冷气，但他还是佯装冷静地说："你是在说胡话，哎呀，大家都在说胡话吗！"

"难道我还会认错吗？我有理由也很肯定那是他。"秘书波尔十分气愤地回答。

"或许吧，就像霍尔基特说的一样，他们有道理恨他，而你是他们的一员吧。"内尔斯答道。

秘书有点迟钝地回答："不管怎样，我认得他。告诉你，我能看到他在这地狱般的月光下，瞪着眼僵硬地站在那儿。"

说完他指着悬崖的裂口，人们顺着所指的方向可以看到那儿有些什么东西在慢慢移动，带着点点的光和水珠，但是看起来已经有点固体化。他们爬了不到一百码远，走得更近一点的时候，那个不明所以的东西却又一动不动了，就像一尊雕塑。

波特毫不掩饰，他和霍恩一样，都怕得要死。之前扬言不会害怕的内尔斯看上去脸色有些苍白，好像站着在思考怎么办；甚至连有经验的我也是一样，只要能靠后我就绝不会向前。正因如此我不由自主地感到奇怪——那个公开说怕鬼的人现在似乎一点也不怕的人，布朗神父毫不犹豫地以沉稳的步子向前走去，好像他只是要去查看一块布告牌。

我对神父说："我觉得你是唯一相信有鬼的人。但是很显然，这一点似乎也没能使你紧张。”

“同样我觉得你是不相信有鬼的人，不过相信有鬼是一回事，我却不一定要相信这个是鬼。”神父回答说。

他的话居然令我产生一点惭愧，凝视着冷冷的月光下断裂的岩石，我似乎也有一点幻觉或者错觉。

“只有看见，我才相信。”我这么说着，似乎也是在对自己说。

“我也一样。”神父回答。

眼前的景象是这样的：一大片荒地，朝着裂开的岬角方向逐渐升高，正像一座裂成两半的山崖中间的斜坡。布朗神父穿过这片荒地，稳步向前走去，而我在他后面目不转睛地望着。在逐渐暗下去的月光下野草就像灰色的长发一样，被风吹得偏向一边，似乎在指着某个断裂的悬崖，整片灰绿色的草坪上，显出微弱的白色闪光。一个隐约的人影或发光的影子站在不远的前方，没人能明白是什么东西，或许这正是霍恩所看到的令他害怕得招认一切的鬼。空地上除了这个隐约的人影耸立就只有它背后黑乎乎的空旷地带，再有就是带着明确目的独自一人对着它走去的布朗神父。犯人霍恩突然尖叫一声，挣脱开押解他的人，抢在神父前面，跪在那鬼的面前。

只听见他哭喊着：“我都认罪了，你怎么还来告诉他们，是我杀了你？”

“我来告诉他们，你没杀我。”鬼说完，手就朝他伸了过来，吓得霍恩又除了尖叫之外不知道该怎么办，但是其他人却看到那是一只有血有肉的真正的手。

后来据经验丰富的侦探内尔斯说，逃脱死神的记录也并不是一例，不过这也算最为引人注目的一次。要知道，悬崖的碎片、裂块之类的东西会不断往下落，有时候会落到大裂缝去，以至形成了横挡着的障碍物，所以就可能挡住人从黑暗洞穴落到海里去。而那位坚韧不拔、精瘦敦实的老人正好落到横挡着的障碍物上，他在这别人都以为他已经死了的一天里不断地奋力往上爬。岩石碎片不断在他脚下垮掉，最终这些垮掉的岩石碎片形成了他逃命的阶梯。这也解释了霍恩为什么会看到白浪时隐时现最后凝固。不过最重要的也是最值得欣慰的是，吉迪恩·怀斯安然无恙。在某种程度上这真的益于他筋骨坚强，满头白发，穿着布满灰尘的乡村白衣服，有着坚韧不拔的乡下人性格。

怀斯在重回人间后，居然做出了令大家都感到惊讶的事情——他不仅否认霍恩所犯的罪行还对事情进行了解释，使得霍恩的罪行减轻。他甚至说是不断崩裂的地面在他脚下裂开他才落了下去，霍恩根本没有把他推下悬崖，相反霍恩曾经伸手救他。

“当主将我带到那块救命的岩石上时我就向上天许诺要宽恕我的仇敌。倘若我还要因此对霍恩怀恨在心的话，那么主会认为我是小气的，不虔诚的。”

这时，侦探内尔斯却一点也不客气地说：霍恩必须由警察押送离开，他拘留的时间应该不会太长，即便是惩罚也不会很重。最后他还感叹了一下：“不是每个杀人犯都能让受害人帮他们作证免于伏法的。”

看着侦探内尔斯和其他人一道沿着峭壁的小路往回走时，我忍不住说：“这是一桩奇怪的案子。”

胖胖的布朗神父说道：“虽然这个案子与我们并无关系，但是我还是希望你与我一起想一想事情的究竟。”

我沉思了片刻，问道：“难道当你说有人绝不会把他知道的一切公之于众的时候，你指的就是霍恩？”

布朗神父用一种朋友般的口吻说：“不是，我当时指的是怀斯先生的秘书，也就是那个沉默得出奇的波特先生。”

“唔，波特第一次和我讲话的时候，我还以为他脑子有问题，却也没想到他会和这些事情有关。之前讨论时他对于这个案子所说的话都是与监狱相关的。”

“不过，我觉得对于本案他一定知道些其他的什么，”老神父欲言又止，“不过我从没说过他和这件案子有关……上帝，老怀斯真是坚强得令人佩服，竟然爬出了那个深渊。”

我不太明白，问道：“此言何解？”

“你觉得霍恩这个人怎么样？”神父不答反问。

“根据我的经验，确切地说，他不能称之为罪犯，他根本不是像我所知道的那些罪犯一样。当然内尔斯的经验更丰富，而且，我们都不会相信他是罪犯的。”我说道。

“说实话我并不相信他的那番话。也许你对罪犯了解甚多，不过对于另一种人我比你要更为了解，甚至不亚于内尔斯。我很清楚他们那些小伎俩。”

他的话令我更为疑惑：“另一种人是指什么人？你了解的是哪种人？”

“悔罪的人。”

“抱歉神父，我不懂你在说什么，难道你是说你根本不相信霍恩的认罪？”

神父解释道：“我认为霍恩的那些忏悔根本是虚构的，那都是不切实际从书本上套下来的。我听过许多人忏悔，从来没有听到过如此真诚的忏悔。一个亲手干了一件使他到现在都在害怕的事的人，不会是他这种感觉。一个在极度的愤怒之下杀了一个孩子的人会回顾历史，直到你认为在即的行为和杀死许多无辜婴儿的希律一样吗？一个诚实的职员或店员第一次偷了钱，会马上考虑到自己的行为和巴拿马一样吧？相信我，我们的罪行都是极其隐秘极其平凡的，不会在犯罪后立马转到历史上可以适当比拟的事上去，那起码得经过二十年之后。他又为什么说他不出卖他的伙伴？首先就是他这么一说，也是出卖了他们。而且从没有人要他泄露任何事，出卖任何人。因此，我认为他根本不是真诚悔罪，如果人们开始为他们没犯过的罪而开始宽恕他，这才是他的目的所在。”

“这是什么意思？”我喊道，“当他已经得到宽恕，你却继续怀疑他，这有什么好处？总而言之，我相信他已经摆脱这件事了，他很平安。”

神父突然变得激动不已，像手转陀螺一样原地转了一圈，然后狠狠抓住我的上衣衣领，加重语气说道：“就是因为他如此简单地摆脱嫌疑获得平安，才使他成了整个疑团的关键，你现在明白了没有？”

“哦，天哪。”我一下子恍然大悟。

矮而胖的小个子神父继续重复着自己的观点：“谁摆脱了这件事谁就是局内人，全部的解释就是这样。所以他才是局内人。”

我无可奈何地说：“这倒是个简单明了的解释。”

我们两人就这样静静地站在海边凝视远方，好一会儿之后，神父终于露出了笑容。

“让我们从监狱这个词开始追溯吧。或许我们都弄错了方向，媒体和公众也是如此。因为我们都认为这个世界上除了过激主义之外没有什么别的事情与他们过不去。”

“我没看出，这怎么可能？这个案子里有三个富翁受害。”

“你没看到的那正是问题的关键，”神父毫不含糊地说，“为什么有三个百万富翁被谋杀，却只有两个被杀死，而第三个却活得好好的？他正在反抗，或准备反抗，你在旅馆里听到过斯坦和盖洛普把他赶出团体威胁这个土财主，要他联合。否则就会断送他，那可是当着你的面说的，不是吗？”

停了一会儿之后，神父又继续往下讲：“毫无疑问过于激进的思想现代世界必须抵抗，但是我不大相信你们的抵抗方式。然而很少有人注意到还有另一场同样现代化、同样激烈的运动——就是朝着垄断主义发展或将所有企业转变成托拉斯的伟大运动。那也是一场革命，也会导致各方面的变革。人们因为赞成或反对它而进行的互相残杀不会少于支持和反抗过激主义而导致的斗争，甚至更多。这些托拉斯大亨就像国王一样有自己的法院；他们有自己的保镖和刺客；在敌人阵营里面有自己的间谍，因为每种变革都有它的基本原理、进行方式和转变过程。而霍恩就是老吉迪恩·怀斯插在敌人阵营里的一位间谍。只不过他是用来对付另一种敌人的，就是在想法把他挤出商界的对手。”

我还是有一些疑惑，于是问道：“我不明白怀斯是如何利用霍恩的，也不懂这种利用对他有什么好处。”

神父再次激动地说：“他们在为彼此提供不在场的证据！难道你还没看出来吗？”

“的确如此！”我再次恍然大悟。

神父接着说：“我的意思就是说，由于看着他们与此案无关，所以他们才与此事有关。多数人都会说他们与斯坦和盖洛普被杀害的两件罪行无关，因为他们与怀斯一案有关。怀斯是被害人，霍恩是凶手。事实上正好相反，他们与那两件罪行才是有关的，因为怀斯根本就没有被害过。这是一个很巧妙的不在场证明，而且多数人也会认为，一个能坦白地说出自己是杀人犯的人肯定是诚实可靠的，而一个愿意宽恕杀人犯的人更加是诚实的。因此根本没有人会想到这个案子其实从来不曾发生过，所以一个人根本没有什么事要他宽恕，而另一个人也没有什么使他害怕的事。他们俩凭这个针对他们不在犯罪现场编出来的故事，把他们那晚上安置在这儿，可是那天晚上他们并没有在这儿。所以在森林中谋杀老盖洛普的是霍恩，而罗马浴池中和小犹太人斯坦搏斗的是怀斯。这就是我为何问怀斯是否有那么强壮甚至爬出这种险境的原因。”

我不无惊叹地说：“这真是精密的设计，太令人深信不疑了。”

神父不置可否地摇了摇头：“就是因为太让人深信不疑以至于让人无法相信。月光下飞溅的水沫变成鬼，一看就知道是故事情节。霍恩是个讨厌而又鬼鬼祟祟的人。而且跟历史上其他令人讨厌而又行踪诡秘的人一样，他也是个富于想象的人。”

几天之后，我对此发表了一篇破案报道，而警方也根据神父的推断，对另外两位富翁进行了严谨的调查，并在斯坦的豪华罗马浴池边找到了吉迪恩·怀斯的脚印和血指印；在老盖普洛倒下的地方也找到了霍恩留下的手印。

三重谋杀案终于水落石出，机关算尽的霍恩和怀斯两人正在等待伏法。

带翅膀的匕首

【英】G.K. 切斯特顿

（一）

“我要杀掉你们所有人，菲利普、斯蒂芬、阿诺德！你们最好记住，自己剩下的日子已经不多了！哈哈，想知道自己最后到底是怎么死的吗？我会给你们制造意想不到的惊喜的，等待吧，小绵羊们，等待那一刻的来临吧！”斯特雷克用恶狠狠的眼神扫过三兄弟——菲利普、斯蒂芬和阿诺德。

斯特雷克的话应验了。

老大死在了自家的花园里，老二死在了自己工厂的机器上。但是却被分别认定为开枪自杀和意外身亡。只有老三依然每天活在恐惧中，等待死神降临。

至今没有任何证据，说明斯特雷克就是凶手。

布朗神父放下报纸，感觉自己每一个毛孔都在张开，这是怎样一个恶魔啊，居然杀人都不留痕迹。这时门外传来熟悉的声音。

“请问，布朗神父在吗？”

神父打开门，原来是他的老朋友——警察局的法医博伊恩博士。

“快请进，外边一定很冷吧。”

“是啊，雪刚刚停，很冒昧这么早来打扰您，我确实有些急事。”博伊恩博士进到屋子里，摘下手套和帽子，然后接着说，“是这样的，我遇到一件很麻烦的事情，直到现在我都不确定是不是应该管这件事。因为它好像已经超出了警察的工作范围，但是我想您对这件事一定很在行，或者说很感兴趣，这样说吧，它可能属于您的职责范围。有个人请求我们的保护，他是如此战战兢兢，害怕被人谋杀，我想你应该知道附近山上有一栋白色的宅子，没错，就是这家主人请求警察帮助。”

“乐意为你效劳，说一说是谁吧。”

“艾尔默家族和斯特雷克的故事您听说过吗？”博伊恩问道。

“这不，早上刚看了，”布朗神父摇了摇手中的报纸，说，“这个故事很曲折啊，在英格兰的西部，有一个富有的地主，他叫艾尔默，他结婚比较晚，与妻子一共生了三个儿子，老大叫菲利普，老二叫斯蒂芬，老三叫阿诺德。但是他还有另外一个儿子，是个养子，是在他结婚前收养的，叫作约翰·斯特雷克。老艾尔默很喜欢这个男孩，总是夸他聪明，对他寄予厚望。但是据老艾尔默这三个儿子讲，斯特雷克是一个撒谎成性的人，他似乎天生就热爱编造谎言，并在这方面表现出超乎常人的才能，他的谎话，甚至连侦探也看不来，因为是如此的自然流畅，就好像真的一样。”

博伊恩博士接着讲：“您说得不错，老艾尔默最后还将遗产都留给了斯特雷克。但是他的三个儿子向法院提起了诉讼。他们认为，自己的父亲之所以会留下这样不合理的遗嘱，是由于受到了斯特雷克的恐吓。这个恶魔能够成功绕开医生和护士，以特殊方式接近父亲，然后在他的床边不断地吓唬他，折磨他，当老人立遗嘱时，神志已经是不清醒的状态了。最后，菲利普拿出了决定性的证据，证明了老人精神确实存在问题。经过法院裁决，老艾尔默的亲生儿子们胜诉了，他们得到了遗产，并平分了它。后来，斯特雷克就扬言要杀死三兄弟。果然，老大和老二死了，但是警方却没有证据逮捕他。”

“对，这些故事我都知道了。但是这与你要拜托我的事有什么关系呢？”布朗神父不解地问。

“那座白色宅子的主人就是三兄弟中的老三，现今唯一幸存的阿诺德，他觉得自己不能对付那个狡猾的斯特雷克，终有一天也会步他哥哥的后尘。于是他想到了警方。而我想到了你，你可以和这个阿诺德谈谈，说不定能看出什么蛛丝马迹。”

“但是，从报纸上，我只能看个皮毛，我还需要知道前两个人死的详细过程。”

博伊恩娓娓道来：“老大菲利普是个地主，过得还不错，有一天人们听到枪声，然后发现他死在了花园里，并且看动作好像是自杀的；老二斯蒂芬的死显得更为蹊跷，他自己有一家工厂，工人们看到他的头撞在了机器上，就这么死了，最后推断的原因是踩空了所以滑倒，但这原因听着都有点牵强。”

“确实太牵强了，我看报纸的时候，也觉得这八成就是斯特雷克做的。”神父点了点头，说，“只是你们警方为什么还没有对他进行保护？”布朗神父说，“我也觉得这些事情很奇怪，如果斯特雷克真是凶手，那么那个阿诺德正处于危险之中，随时会被谋杀。只是他为什么要选这个时间来寻求保护？”

“他真是个怪人，仆人们都把他形容成一个情绪变化激烈的人，前一秒还特别恐惧，后一秒就会暴怒，并且他的挑剔到了令人发指的程度，根本没有人可以忍受。他要求自己的仆人贴身保护自己，寸步不离，每一个房间，他都安排了仆人把守，就像真正的哨兵一样。就这样，仆人们都渐渐离开了，再也没有人陪他玩这种‘游戏’了。”

神父不由得笑了笑：“看来他是太害怕了，居然要求仆人装扮成警察，想想那个场景都会觉得很奇怪很好笑。现在仆人都走了，你们就成了他的目标了。哈哈，警察变成了仆人，他想让你们给他煮咖啡、烤面包吧。”

“唉，可是他也有自己的理由，我们不受理又不太好。我必须想到折中的办法，现在这个办法就在我面前。”

神父一边穿大衣一边说道：“看来，我确实要去走一趟了。”

（二）

沿着蜿蜒的山路，布朗神父向山上的白房子走去，山上的空气很稀薄，越走越冷，神父渐渐加快了脚步。神父抬起头看了看天空聚拢在一起的乌云，“新的一场雪又要降临了。”神父自言自语了起来。

房子很漂亮,神父穿过一扇小铁门,走进了花园,然后走到侧面的门廊尽头,敲了几下门。但却没有人来开门，神父只得又敲了几下，还是没有人过来，就这样静静等待了一会儿。

看来这个门进不去，神父开始绕着房子走，寻找其他门，另一侧围墙有一道侧门，他又试着敲了几下，还是无人应答。

神父只好再去寻找新的门。该不会那个阿诺德把自己锁在了屋里吧，他是不是把每个来访的人都当成斯特雷克来防备呢。神父暗自想道。

在寻找了十分钟左右,神父在房子后面发现一扇开着缝的落地窗,貌似是有人忘了关上。推开落地窗，他走到了屋子里。扫视一下四周，这是一间中央大厅，厅的右侧是通向上层的楼梯；左侧是一道通往外界的门，右边圆桌上放了一个鱼缸，它的对面是茂盛的棕榈树，在帷幔一侧的角落里有一部电话机。自己站的对面是漂亮的红玻璃门。

“是谁？”有声音从红玻璃门后传来。

“打扰了，我来拜访一下艾尔默先生。请问他在吗？”神父小心翼翼地回答。

玻璃门开了，从里面走出一个男人，他的头发乱糟糟的，胡须也好像很久没打理了，身上还穿着绿色的睡衣，样子就像刚睡醒。但是他那警觉又清醒的眼神立刻吸引了神父的注意,他那张鹰一般的面孔透露出不信任的信息。显然他是长期笼罩在危险或幻觉的阴影下,防备着谋杀自己的人。神父也很理解这个人的精神状况是多么糟糕。

“我就是艾尔默，但我没想招待任何客人，自然也包括你。”这个人极不友好地说道。

布朗神父说：“冒昧打扰你，是我的唐突，但是我是真心来帮助你的。”

“也许吧，”艾尔默心不在焉地说，“这段时间我确实很矛盾，我既希望那个人不要来，又希望那个人快点来。”

“我可以向你保证，我不是你要等的那个人。”神父坚定而有力地回答。

“当然不是你，”艾尔默又凑近神父面前看了一眼，“你和他，没有一处是相像的！”

布朗神父直接说：“艾尔默先生，之所以来拜访你，源于我的一位警察朋友。他给我讲了你的遭遇与你现在的处境，我是抱着极大的诚心想为你做点什么。你与你父亲还有哥哥的悲剧，我大致都有了一个了解。我还想知道一点其他的细节。”

“没错，和大家猜的一样，这是谋杀，而且是不一般的谋杀。”

“它哪些地方不一般呢？”神父声音沙哑地问。

艾尔默请神父坐到了椅子上，然后他也拉过一把椅子，坐到了神父身边，神情严肃地说：“神父，首先是我大哥的自杀，当然人们都说是自杀，可我不这么认为。那个花园，也就是他死的地方，只有一把手枪陪伴在他身边，周围连一个脚印也没有，正常理解为自杀也是无可厚非的。但人们不知道一点，大哥告诉我，之前他刚收到一封信，信上画了一个带翅膀的匕首，看得大哥毛骨悚然，不用问这一定是那个魔鬼寄来的。而且后来大哥家中的一个女仆回忆说，黄昏时分，她曾看到一个神秘的东西快速沿着花园围墙移动，它的体形很大，由于速度快，根本看不清是什么。我猜想，那可能就是斯特雷克，他又在用他的妖法了，这样就不会留下任何作案痕迹。

“二哥死的时候，我就在他附近。当工人们告诉我他死在机器上的时候，我立刻就跑了过去，顺着机器的脚手架，我爬了上去，结果在平台上你猜我发现了什么？”

“你发现了什么？”布朗神父声音有些发颤地问道。

艾尔默突然抬高了一点声音：“人影，黑色的人影，若隐若现在烟囱的浓雾中。我当时就被吓得仿佛钉在了原地一般，不敢动一步，你知道那种感觉吗？我看到了像梦中才能看到的事物一样，但我肯定当时自己是清醒的，当一阵风吹过，烟雾散去，那里却没有一个人。”

“我想我是不会看错的，我敢保证当时的那个黑影是真实存在的，可是那么高的烟囱，普通人根本无法攀登上去，他是怎么做到的呢？而且我后来在我二哥的口袋里发现了一封信。”

“一封信？是不是？”布朗神父压抑不住自己的发问。

“你想得没有错，一封信，一封画着带翅膀的匕首的信，而寄信的日子就是我二哥出事那一天。”艾尔默的语气更加严肃，“显然这封信不是偶然，那幅画也不是随意的。是他，斯特雷克，他画下了这个象征死亡的图案。他精心布置了自己的杀人计划，魔鬼一样地降临在他要报复的人面前，然后再神不知鬼不觉地杀掉他们。想一想这些令人难以相信的事，可怕的图案和烟囱浓雾中的黑色人影之间一定存在某种联系，你说呢？”

“黑色的人影？还飘在空中？”布朗神父若有所思地问。

“你看看这封信。”艾尔默突然从自己有些短的绿色睡衣的口袋里掏出一封信。

神父接过来后，发现上面写着一行字：

很荣幸你收到这张纸条，这代表死神第二天会来拜访你，就像拜访你的两位哥哥一样。

更为令人惊奇的是，粗糙的信纸上还用红色的墨水画了一只匕首，匕首两侧是一对翅膀。

“这就是死神的告白，也就是那个斯特雷克寄来的信，我相信，带翅膀的匕首寓意着什么，就好像他会像影子一样飞起来，没有什么事是他不能做到的。”艾尔默的脸上现出一些宿命感的无奈神色。

“不要这么想，这些只是恶作剧，你要试着相信自己与现实，不要被恐惧打败。”神父把信揉成一团扔到地上，然后试图安慰艾尔默，“总有些办法解决问题的。”

艾尔默仿佛是被神父的话鼓舞了一般，从椅子上跳了起来，他那有些短的睡衣都退到了膝盖以上：“你说得很对，我其实没有绝望，恶魔来吧，总是有办法的，这不，你就来帮我了吗？”

神父微笑地点了点头，但是他明白，他的情绪瞬间有如此大的变化，精神不知道是否出了什么问题。

“有一种方法，我想可以对付这个恶魔，”艾尔默停顿了一下，然后缓缓地说，“你有没有听说过银白魔法，它也许会成为战胜斯特雷克的关键。

“我的父亲身上发生了这么多奇怪的事情，全都是拜魔鬼所赐。其实他毕生都在研究魔法，但是却敌不过斯特雷克的黑魔法。我的哥哥们最终送上了性命，也是因为用错了方法，也就是没有用银白法术，普通的武器，例如手枪，刀剑是根本无法对付黑魔法的，只有银白法术。”

艾尔默一连说了好几个银白魔法，弄得神父也很好奇，问道：“究竟银白魔法是指什么？”

艾尔默没有立刻回应，四周扫视了一下之后，压低声音小心谨慎地说：“稍等，我会告诉你的。”

神父被他营造的神秘弄得浑身不自在。

（三）

艾尔默走到了红玻璃门前，开门走进过道，过道内有一扇门。“那一定就是卧室了，艾尔默还穿着睡衣，一定是早上从卧室出来的。”神父在心中想着。

一个衣帽架摆在了过道的另一侧，上面挂了很多衣服，还有一顶很大的黑色帽子，其中一件黑色衣服的下摆都拖到了地上。

过道再往里一些放着一只颜色灰暗的餐具柜，里面装着一些银质的餐具。艾尔默正站在这个柜子前方，把玩着手中的一把老式长柄手枪。

这时布朗神父发现有一道白光打在过道的地面上。再往前看，原来是过道尽头的门开了一条缝，神父马上明白了门外发生了什么。他跑过去，打开门，出现在他眼前的是遍地白雪，太阳的光芒照射在雪地上，然后又反射到了屋里。

“这是不是就是银白魔法，银白色的雪，银白色的光，银白色的餐具，”神父轻轻摇了摇头，“银白魔法也就不过如此吧。它们真的能发挥效力吗？”

艾尔默冷笑了两声，继续玩他手中的枪，沉默了半晌，才说：“跟我来。”

艾尔默把神父重新带到大厅里坐下，开始讲故事：“邓迪子爵你应该知道吧？”

“听说过一点，苏格兰宗教反对派的领袖，曾发动战争反对过英国国王查理一世和查理二世。”神父回答。

“没错，我要对你讲的是他和魔鬼之间的交易。他有一匹神奇的黑马，邓迪骑上马能够跳过悬崖而毫发无伤，这是因为他把灵魂奉献给了魔鬼，相传只有银白色魔法才能制服他——用银白色的子弹洞穿他的心脏，否则他会借助魔鬼的力量为所欲为。”

“这个世界上也许会有魔鬼，但是这个故事我保留自己的怀疑，崇拜魔鬼的人确实存在，但并不像你说的那样，他们往往长着英俊的面容，聪明得让人嫉妒，但手上却涂满了鲜血。”

艾尔默突然眼睛一亮：“他也是这样的，斯特雷克，同样很英俊。你等一等我，我还有些东西要给你看一下。”说完，艾尔默转身走开，进入了红玻璃门。

布朗神父望着艾尔默的背影，陷入了沉思，突然他走到电话前，按下了几个数字：“这里有些事，出乎我的意料，我非常希望你能亲自带人来一趟，说不定事情有新的转机……”

神父坐了回去，努力让自己镇静下来，但是若隐若现的白光总是让他心绪不宁。

“啊——”

“砰——”

突然的喊声和枪声吓得神父立刻站了起来，他不知道门后面发生了什么，刚要走过去，就看到门咣当一声开了，艾尔默失魂落魄地跑了进来，手中拿着刚才的那只长柄手枪，神父观察到枪还冒着白烟。

“我，报了仇了，我的父亲，我的两个哥哥，你们可以安息了。”

艾尔默的脸上挤出一丝不自然的笑容。

“你是说?”

“我知道你在想些什么，没有错，他来了，我用一颗银白色的子弹结束了他，就像邓迪的故事一样，银白魔法。”

神父听他说完，就跑过了红玻璃门，当他经过过道里的房间时，似乎想起来什么，停了一下，拉下了门把手，又顺着钥匙孔往里看了看。

然后他才跑过过道，打开通向外面的门。

茫茫白雪上，有一团黑色的东西是那么的明显，就像一只大蝙蝠一样趴在地上。

神父慢慢走近。

他掀开“蝙蝠”头顶上宽大的黑色帽子，露出一张脸，一张英俊的脸。

“他是怎么到这里来的?”神父看了看尸体周围，根本没有任何脚印。

“应该是飞过来的，我敢肯定。”艾尔默稳定了一下自己的声音，继续说，“这周围没有痕迹，没有脚印，除了飞还能有什么办法?”

神父满心怀疑地看着艾尔默。

“究竟发生了什么?”布朗神父突然问。

“当时,我是要去那边拿点东西,正要转身时,突然从门缝刮来一股狂风,把门都吹开了。我一下子就被吹蒙了，胡乱地朝门外开了一枪。等我睁开眼睛，斯特雷克就躺在了雪地上。上帝保佑，幸亏我在手枪里装上银子弹，同样也感谢你。”

“感谢我?”

“对啊，要不是你和我探讨银白魔法的事，我也不会去碰那支枪。”

布朗神父说：“好吧，现在我们要做些什么，总不能一直把尸体放在雪地里吧。暂时放在你的卧室怎么样?”神父指了指过道里的房间，“放在那里就可以。”

艾尔默赶忙摆了摆手，说:“不,我们不能这样做,尸体要让它保持原状,不要去破坏它,我们要等警察来,刚才真是太惊心动魄了,你都无法想象,我需要平静下来,我需要喝点酒。”

艾尔默说完就走进大厅，去酒柜取酒的时候，差点碰翻了一旁的鱼缸。接着他在酒柜里摸索了好一阵，才找到一瓶白兰地。他很混乱，坐在椅子上灌了好几口的白兰地，迷迷糊糊地说：“你好像不相信这一切?”

“是的，发生的一切太突然，我需要理清一下思路。”

“相信这件事一点也不难，首先我们理解那些别人不太理解的事情，虽然有些迷信，但是斯特雷克的黑魔法确实是存在的，我哥哥们的死就能证明。我的银白魔法也确实发挥了效力，不然斯特雷克的死又能代表什么呢?”

“但是——”

神父还没说完，就被艾尔默打断。

“你是相信的,你眼前的一切发生了,真实的,相信它,当别人怀疑时,你还是要相信。”艾尔默死死地盯住布朗神父。

“不，我不相信。”神父坚定地回答。

两个人僵持了一会儿，突然神父看到窗外闪现几个人影。

神父立刻心领神会，准备离开这间屋子。艾尔默马上拦住他，依然试图说服他：“本来斯特雷克准备杀死艾尔默，用他擅长的黑魔法，但是让他没想到的是，他最终死在了会银白魔法的艾尔默手中，现在，他就躺在了雪地上。”

“我依然不相信。”神父斩钉截铁地说。

“为什么？”

“你，不是艾尔默！”

（四）

神父响亮的声音充满了整个屋子，划破了寂静，继续说道：“斯特雷克，现在三个人都被你杀死了，第一个死在了花园里，第二个死在了机器上，第三个死在了雪地上。”

艾尔默顿时怔住了，正要试图辩解什么，突然他身后的门开了，一只手放在了他的左肩上，一把枪顶住了他右侧的太阳穴。瞬间屋子里就站了五六个警察。

假艾尔默——斯特雷克冷笑了一声，说：“你是怎么看出我不是阿诺德·艾尔默的？”

“说实话，我开始也差点被你骗了，不过一些小的细节却引起了我的注意。你的那件睡衣实在是太短了，就好像不是你的一样。另外，因为你穿着睡衣，所以我就会认为你一直待在卧室，后来因为我的到来才出来。后来你一直摆弄那只长柄手枪，扳动扳机的样子就好像要看看枪里有没有子弹一样。甚至后来你差点撞倒鱼缸，找了很长时间白兰地。也足以说明你对‘自己的家’并不熟悉。”

“不错，观察很仔细，但是这些都不足以说明我是冒牌的。”

“你还有不知道的事情。”神父一字一顿地说。

“我不知道？”

“是的，博伊恩博士曾对我谈起过你的习性——撒谎。我真的很佩服他说谎话的本领，能够在说谎时也表现得一点也不紧张，相反很自然。你试图让我相信一个奇幻的故事，例如蝙蝠、银白魔法等，你以为我会相信这些荒诞且离奇的故事，因为我是一个神父。”

“你本来就应该相信的，是我低估了你。”斯特雷克有些不服气，继续发问，“那你又是何时起真的对我产生了怀疑呢？”

“是这样的，过道中只有一个房间，而我第一次见到你，你是从过道的红玻璃门进到大厅的，而你身上穿着睡衣，我据此推断那个房间就是你的卧室。但是在我去拉房间的门把手时，门却是锁着的。透过锁眼向里看，屋子里连一张床都没有，显然不是卧室。所以你，斯特雷克一定是从外边进来的。

“我想事情是这样的：在我没来之前，真正的艾尔默可能还在睡觉，当他睡醒，带着蒙胧的睡眼下楼时，他的死敌正在走廊里等待他，你穿着黑衣服，带着黑帽子，像一只大蝙蝠一样。当你还沉浸在复仇的胜利与喜悦之中时，我打破了你的喜悦，出现在了大厅里。

“但你没有慌张，而是立刻给自己做了一个最完美的伪装，你立刻把自己的黑衣服、黑帽子穿在了尸体身上，自己则穿上了那件绿色睡衣。至于尸体藏在哪里，这真是一件可怕的事，你将它挂在衣架上，用帽子遮住尸体的头，用大衣将尸体掩盖好。但是，尸体不能长时间藏在衣架上，”神父继续说，“否则，即使再笨的人也会发现其中的端倪，于是你想到一个大胆的计策，由你来演艾尔默，尸体来演斯特雷克，上演了一出银白魔法战胜黑魔法的好戏。你的思路真的很奇特，很让人折服。”

“说得一点不错。”斯特雷克鼓了鼓掌。

“但是你太自负了，正是由于你的过于自负露出了马脚。你以为自己编造的神秘故事只要内容完美，就可以让人相信，其实不然，会飞的斯特雷克，再被银弹头打下来，这一切实在是太离奇了。但你却为编造了这个故事而暗自高兴着。雪地上没有脚印，一定是借助了某些方法，而你之所以在红玻璃门后待了一段时间，可能就是在采用这个方法。”

“不过，我最后还是赢了。”斯特雷克脸上写满了得意，说，“我完成了我的复仇使命，他们，一个不剩地被我杀掉。你查出案件又能如何，我是赢家。真正的赢家！”

“好了，把他带走吧，案件的详细过程，我们还需要仔细审问。”博伊恩博士挥挥手示意其他人把斯特雷克带走。

一次，当博伊恩和布朗神父坐在一起喝茶时，博伊恩忍不住地问：“你当时非常危险，为什么斯特雷克没有开枪杀你？”

“我现在想想也非常后怕，只是他复仇的执念太强了，我在他眼中不过是个过路人，根本不用浪费他的子弹。幸亏如此，现在我才能坐在你面前，否则我连给你打电话的机会都没有。”

博伊恩表示同意地点点头，说：“他确实是个天才，编造了一个天才才能想到的故事。”

“没错，他后来还用话语一遍一遍对我催眠，相信当初对付老艾尔默，他也用过这种方法。”布朗神父望着窗外，小声说道，“天才，灵魂出卖给了魔鬼。”

以后，布朗神父想要努力遗忘这件发生在大雪纷飞时的案子，希望时间能像雪花一样掩埋记忆。但有的时候，当他想把衣服挂在衣架上时，心中还是会不禁产生一丝寒战，手都轻轻发抖，哪怕是在盛夏。

阿文的魂魄

【日】冈本绮堂

（一）

我小的时候很喜欢听各种各样的怪谈，虽然胆子并不大，但好奇心总会胜过胆怯占主导。记得有一天爸爸的旧友K叔叔对我说第二天他一个人看家，让我过去玩儿。我想，健谈的他一定会给我讲一些什么有趣的故事吧。

第二天晚饭过后，我如约赶往K叔叔家。那是一个下着雨的冬夜，有些刺骨，有些阴冷。再看看四周，江户时代残留下来的古老武士宅邸林立，阴森之气逼人。胆子不大的我飞快地朝K叔叔家奔去。

原来，K婶婶应邀去看戏了，K叔叔下班后已经自己用了晚餐、洗了澡。我和K叔叔就这样坐在煤油灯前，有一搭没一搭地聊了起来。外面的雨声滴答滴答不停歇，夜色也似乎比往日更显黑暗。但K叔叔好像并不太担心婶婶，说是已经请了人力车去接她。

沉默了几分钟之后，K叔叔端起茶杯，然而他并没有把茶送进嘴里，他的手停在了半空中，神情严肃地看着我。

“这种晚上是不是很适合讲鬼故事啊？不过，你这家伙很胆小啊。”

没错，听鬼故事的时候，我总是喜欢一边咬牙切齿、蜷缩着身子，一边又忍不住继续靠近讲故事的人，听听看接下来又发生了什么。我就是个不折不扣的胆小鬼。

“K叔叔，你是说……”我突然想起了两年前的时候。

（二）

也许与受过武士教育有关，叔父对各种各样的鬼魅传说从不妄信。虽说他生于鬼故事层出不穷的江户时代末期，从小就耳濡目染，但直到明治维新之后，他那执着的性子依旧没有任何改变。无论何时，当小孩子们谈论起神鬼传说之类的故事，叔父总会咂咂嘴，皱着眉头看向别处。

然而，当我们几个小孩儿又一次针对“神鬼”展开议论的时候，叔父的神色显得格外凝重，突然冒出了这样一句话：

“也许这世界上，真的有我们无法解释的事吧。就像阿文那件事……”

“阿文？阿文？”

孩子们七嘴八舌地讨论起来，可叔父有意避开不谈，似乎对刚才突然脱口而出的那句话也感到后悔不已，再怎么问他也都得不到半句回答。

那时候的我只有十岁出头，正是好奇心强烈的年纪，再加上对“神鬼”之事格外感兴趣，更加坚定了探清“阿文”事件谜底的决心。放弃了对叔父的追问之后，我仔细回想了一番叔父曾经说过的话，发掘在事件背后似乎隐约存在着一个人物，即 K 叔叔。他是父亲自明治时代起就相知的旧友。我的心因为兴奋扑通扑通地跳起来，我连一分钟也等不下去，径直飞奔到 K 叔叔家。

虽然抱了很大的希望，最终还是落空了。K 叔叔以“小孩子不要去想这些无聊的事”为由拒绝了我的请求。我感到很奇怪，因为 K 叔叔平日里是个健谈的人，为什么一谈到“阿文”就变得冷静、沉默起来？

接下来的两年里，没有人再提起“阿文”的事，就连我这个执着的小孩子也在忙碌的学习生活中慢慢把这名字抛到了九霄云外。

直到两年后，K 叔叔再次向我提起了这个故事。

（三）

“你不是曾经问过我阿文的事吗？现在讲给你好吗？”K 叔叔打断了我的思路。他突然的表现让我一下子不知道该说什么，但坚定的眼神表现出了我一定要听个明白的决心。或许是为我的眼神所鼓励，也或许是早就想吐露自己的心事，K 叔叔就这样开始讲述起了阿文的故事。

事情发生在元治元年，K 叔叔当年正值二十岁。当时有一位名叫松村的旗本，他学识渊博，尤其精通西学，在幕府颇有一番势力。他有一个胞妹，名叫阿道，几年前嫁到了小石川西江户川端一户名为小幡的旗本府上，两人生有一女，名唤小春，当时只有三岁。

一天，松村在家，听到敲门声，请进来一看，竟然是自己的胞妹阿道带着小春回来了。松村问她为何面无血色，出了什么事。没想到阿道给出了一个突如其来的回答。

“我要与小幡离婚，我实在是待不下去了！请您协助我办妥！”

松村听完阿道的话，目瞪口呆，发生这样的事，他是万万没想到的。

“究竟发生了什么事？你不告诉我原因我怎么帮你呢？你和小幡之间到底有什么事？你们这么多年来相安无事，怎么现在突然就过不下去了？离婚至少需要一个理由啊！”

面对胞兄连珠炮似的发问，阿道不为所动，她只是不断重复着最初的那番话，要求兄长帮她做主，自己过不下去了，一定要离婚。

松村开始是好言相劝，最后耐心也耗尽了，直接开始大声呵斥道：

“你一个二十一岁的武士媳妇，现在就像个不听话的孩子！你是白痴吗？什么理由都没有，你叫我怎么帮你？对方能同意吗？再说了，现在又不是只有你一个人，还有小春！你让她怎么办？我就不明白了，小幡又温顺又沉稳，官做得也好好的，你到底有什么不满，非得要闹到现在这步田地？！”

阿道仍然只是面无表情地听着，一语不发。松村暗自思忖起来，莫非她陷入了什么困境？虽然他不愿意这么想，可不得不做一个全面的考虑。老实说，阿道还算年轻，长相又出众，小幡宅邸内不乏年轻有为的武士和放荡的浪子，难不成……

松村越想越气，面部表情狰狞起来，一个箭步冲上前去，揪着胞妹喊道：

"快说到底是怎么回事！要不就跟我走，回小幡府，对着你夫君讲出一切！给我起来！走！"

阿道再也坚持不下去了，眼泪夺眶而出，恳请兄长不要带她走，她愿意说出一切。

原来几天前的半夜，阿道蒙胧入睡后，枕边出现了一个披散着头发、面无血色的女子。那女子全身都是湿透的，举止似是武士家的侍婢，正双手扶在榻榻米上毕恭毕敬地行礼。阿道被这个情景吓得险些喊了出来，但她什么都不敢做，只好紧紧地抓住棉被。

奇怪的是，睡在一旁的小春似乎也正在做着相同的噩梦。一时间突然号啕大哭起来，还上气不接下气地喊着："阿文来了！阿文来了！"

阿道被哭声叫醒，惊觉道，小春也看到了那个浑身湿透、披头散发的女子，她的名字应该就叫"阿文"。

彻夜未眠的阿道好不容易熬到天亮，却羞于对他人提起此事。毕竟自己出身武士家，如今又嫁到武士家，装神弄鬼的把戏是禁忌。然而这噩梦却接二连三地出现，每当阿道庆幸又过了一天，期待着第二天晚上能好眠的时候，那女子和小春"阿文来了！"的叫喊声又将她打到谷底。

四天四夜没好好睡觉的阿道已经快支撑不住了，即使再忧虑再羞耻她也不能再这样下去了。于是，她下定决心对小幡和盘托出。

令她没想到的是，自己的夫君对此事一点都不在意，听完后，他只是轻描淡写地说：

"你可是武士的妻子，怎么可以为这样的事发愁？！"

阿道以为小幡没明白她受了多大的惊吓，然而反复诉苦和解释之后，小幡反而责备她过于神经质，简直是小题大做。

面对夫君的冷漠，阿道深深地受到了伤害，她想，就算身为武士，难道不该在妻子有难的时候给予安慰和帮助吗？于是，"带着女儿阿春离开这里"的想法涌上心头，再也甩不掉了。

"事情就是这样。事到如今，其他的我什么都顾及不了了，如果继续下去，只会让我和阿春被那阴魂折磨死而已。所以，请您一定要帮助我和小春！"

松村在胞妹讲述的时候冷眼观察，其妹不时由于惊恐而屏住呼吸、哆哆嗦嗦，又不时眼神放空、神情凝重，完全不像是在说假话。他忍不住想，难道世界上真的会有这样的事？然而想来想去，他还是觉得事情没有根据，难怪小幡也不拿这噩梦当回事。可松村实在是不忍心对泪流满面、受尽折磨的妹妹再多加斥责了，于是暂且答应胞妹，前去与小幡交涉。

"这事件的背后，或许有什么隐情也说不定。"松村这么想着，安顿好胞妹与小春后，即刻动身前往小幡宅邸。

（四）

抵达西江户川端小幡府邸，户主小幡刚好在家，便将松村请了进来。一番寒暄之后，双方陷入了沉默。松村想，自己一个堂堂武士，面对另一名武士，怎么能说出妖魔鬼怪的事？对方一定会嘲笑道，都一把年纪了，竟然也开始相信这些乱七八糟的东西了。

正当松村出神时，小幡突然询问起胞妹的事来。

“阿道今天去府上拜访了吧？”

“是。”

趁此机会说出来访目的吧，就算遭到对方的嗤笑也没关系。

“她对您提到那件事了吗？闹鬼什么的。哎呀，女人家就是让人没办法……哈哈……”

松村一惊，小幡没等自己提起话茬，就已经点到了这个事实。不如赶快把事情说清楚吧。于是便如此这般把胞妹对他讲的一番话全部对小幡说了出来。

小幡想，连松村都专程来了，看来这事非同小可。他眉头紧锁，再也笑不出来了。

“看来，得好好调查一下了。”小幡这么说着，细细思忖起来。

按理说，如果一座宅邸中出现闹鬼的情况，应该也会有其他人遇到或听闻过，然而小幡自己从出生到长大成人，至今闻所未闻。再向前追溯，自己已去世的祖父母、父亲母亲也都从来没提到过这类话语。为何独独阿道会撞见？

再来，就算出于某种原因，使得阿道撞见了女鬼，可她已经嫁到这里四年，女儿都三岁了，为何偏偏在这个时候才出现？

小幡的疑问一个接一个，却找不到一点头绪，只好和松村商量着，先召集府内人员询问一番。首先是府中的总管，听到女鬼的事，自是低头寻思了半日，却一脸茫然，回答说从服侍上一代到这一代，他从未听说过这样的传闻，也没听自己的父母提起过。之后，小幡又传年轻一些的侍从和仆役长过来，因为其中大多来自外乡，对于府中闹鬼的事也就更无从谈起。接下来是侍婢们，因为从来没听说过这样的事，一个个皆不知所措，有的甚至受到了惊吓。

询问就这样不了了之，不但没得到任何信息，反而落得宅子里人心惶惶的下场。

“女鬼阿文的样子是浑身湿透的，那么也许池底藏着什么结果。事已至此，没办法，只好追查到底了。”小幡这么想。于是一鼓作气，下令打捞池子。

翌日一早，小幡与松村二人监督着壮丁们抽池水，然而忙碌了一上午，却并没有得到想要的结果。池子里怎么看也只有些鲫、鲤之类的小鱼，其他的什么都没有。小幡命令壮丁将污泥也翻来覆去地查看了，却也没能找到蛛丝马迹。

府邸的总管自荐拜访占卜师，于是第二天一早就跑到市谷，向某位著名的占卜师问卦。对方告诉他，回去之后，挖掘宅邸内西方那株高大的山茶树根。总管回到府中，马上按照占卜师的要求做了，结果并没有什么发现。

最后松村提议把阿道和小春带回这座宅邸，亲自观察深夜里究竟会发生些什么。为了揭开事件的谜底，松村不顾胞妹的反对，硬把母女两人拽来，安置在旧时就寝的房间，自己则在隔壁房间静待“阿文”的到来。至深夜，阿道根本无法入睡，突然，看到熟睡的女儿的脸突然一阵抽搐，接着是低声地呻吟着：“阿文来了……阿文来了……”然后变成了哭喊。

松村闻声立马抽刀拉开纸门，黑暗的空气中沉淀着紧张的情绪，母女二人紧紧地依偎在一起，显得格外惹人怜惜。陪同松村一直察看着的小幡也不禁惊讶起来。

“小春不过三岁，连话都说不清楚，竟然能叫出女鬼的名字……难道是那个女鬼附身在她身上了吗？”小幡越想越觉得不可思议、毛骨悚然，赶紧摇了摇头，想驱散寒气。

（五）

“听说了吗？小幡宅邸闹鬼了，是个女鬼。”众口难堵，即使松村与小幡几次三番强调这件事不可外扬，然而慢慢地，闹鬼的事还是传开了。

阿道依旧夜不能寐，没办法只好在白天睡觉，至少白天女鬼阿文不会来打扰。虽然睡眠的事情解决了，可身为武士家的媳妇，白天睡觉晚上醒着成何体统？自己要这样子持续到什么时候？

这时候，K叔叔出场了。听说了小幡宅邸闹鬼的事之后，K叔叔便登门拜访，就此事探个究竟。两人平素里很有交情，小幡就实不相瞒地将家中之事一五一十地说了出来，征求K叔叔的意见。K叔叔一口应承了下来。

思考了一番之后，K叔叔首先问道：

“您的亲戚之中，有没有名唤阿文的女子？”

“没有，一点印象都没有。”

“那侍婢呢？”

小幡依然摇头道：“虽然侍婢很多并且经常更换，但我的记忆中没有阿文这个名字，至少最近没有出现过。”

进一步讯问后，K叔叔得知，小幡家侍婢通常是两名，一名来自领地农村，一名则来自江户的侍婢介绍所。

既然阿道口中的女鬼似乎是在武士家帮佣的侍婢，那么K叔叔就决定从那家侍婢介绍所着手调查起。它位于音羽的堺屋。K叔叔来到堺屋之后，仔细查阅了侍婢登记簿。正如小幡所说，小幡家近几年的名单中的确没有出现阿文这个名字。再往前追溯到三年、五年、十年前，K叔叔失望地发现，阿文这个名字还是没有出现。

叔叔不禁疑惑道，难道那个阿文来自农村领地？不行，必须继续翻下去。叔叔摇了摇头，从沉思中走了出来，依次往前翻阅。簿子年代已经十分遥远了，笔迹有些模糊，而且不统一，有的龙飞凤舞如行云流水，有的又十分纤细秀气，加上大部分用的是假名，因此看上去十分杂乱无章，要是不仔细一一辨认，根本就无法看清。

翻着翻着，叔叔已经有点头晕眼花了，他停下来开始思索。他有点后悔，真不该接这活儿。再说了，这簿子据说只是三十年前至今的名册，之前的已经在大火中烧掉了，就算自己再怎么查似乎也只是做无用功而已。

突然，一个声音打断了K叔叔的思绪。

“这不是江户川的少爷吗，在找什么呢？”

叔叔闻声望去，一个四十岁左右瘦削的男人，面庞温和。原来是神田的半七。半七是个捕吏，虽然二人没有直接的交集，但其妹是在神田明神附近教授三弦的师傅，K叔叔偶尔会去那里拜访，自然也就与半七熟络了起来。

“啊，是您啊。近来还是很忙吗？”K叔叔问道。

“是啊，今天也是有公事才到这里来的。”

两人你一句我一句随口聊了起来。叔叔边聊边思忖道，这个半七，为人可靠，如果将秘密说给他听应该不会出什么差错，说不定他能帮到忙。于是叔叔小心翼翼地问半七可不可以抽空听他讲一件事。半七爽快地答应了。

二人来到二楼一件六席大的房间，坐好之后，叔叔详细地向半七描述了事情的来龙去脉。讲完之后，叔叔询问半七，究竟有没有办法追查出女鬼的身份和来历，毕竟，只要查到这一点，之后为她做法事，问题就有解决的可能了。半七没有马上回答。

“女鬼真的出现了吗？”他歪着脑袋想了一会儿后，突然皱着眉头问道。

叔叔一时回答不上来，支支吾吾地回答说，听说是这样的，自己也并没有亲眼看到。半七闻言，依旧沉默不语。

过了一会儿，半七又问：

“你说那个女鬼浑身湿淋淋的，看上去像是在武士府邸帮佣的侍婢，对吧？”

“嗯，是这样没错。”叔叔答道。

“那么，小幡府上有人读草双纸吗？”

这又是什么问题，叔叔很纳闷，但依旧回答说：“虽然当家的并不看，但夫人和侍婢们好像很喜欢。”

半七冷不防又抛来一个问题：

“小幡府邸的菩提寺是哪里？”

“是下谷的净圆寺。”

听到这个回答，半七微微一笑，小声念了出来：

“净圆寺啊……原来是这样啊……”叔叔看到对方的反应，马上问他是否有什么发现，然而并没有得到回答，反而是又一个问题。

“小幡的妻子长得很标致吧？”叔叔想了想，说，“应该说是个美人吧，今年也才二十出头，还算年轻。”

半七没有再抛过来问题，只是笑着让叔叔把这件事交给他来办，保证不出三天一定会把事情查个水落石出，并且让叔叔放心，他绝不会向外人泄露。叔叔本来就因为信赖对方才将事情全部说了出来，当然也就放心地把事情托付给他。不过二人还是约好，虽然半七要调查，但只能暗暗地进行，表面上是叔叔接下了调查的任务，因此两人要配合着一起行动。

（六）

第二天一早，两人来到约好的地点——田岛屋，即小幡家众人常去的租书铺。由于来过几次，叔叔和掌柜还算熟稔。问起小幡家最近都租了一些什么书，掌柜回答说，没有把书目全部详细记录下来，但是还是尽力讲出了几种读物还有草双纸的名字。半七问掌柜有没有租《薄墨草纸》，掌柜给予了肯定的回答，说是二月左右租的。

叔叔和半七提出看一下这本书的请求，掌柜应声而去。在书架上查了一会儿，取出了上下两卷的草双纸。半七接过来翻开下卷的某一页，又递给叔叔看。叔叔看后大吃一惊，原来那页的插图上，画着一个似武士家夫人的女子坐于房内，而房外则有一名年轻侍婢，低低垂着头，浑身湿漉漉的，无论是她的长相还是状态都十分之恐怖，让人不禁皱起眉头。

当然，叔叔之所以吃了一惊，并不是被那个场景吓到了，而是惊讶于这画中女鬼的形象竟然同自己想象中“阿文”一模一样。他将书合起，又看了一眼封皮——《新编薄墨草纸》，作者永瓢长。这时，半七突然打断了叔叔，让他把这本书带回去看看，语气仿佛在说：“看看吧，里面会有你感兴趣的东西哟。”

出了租书屋之后，半七对叔叔说，他之前读过那本书，因此当叔叔描述那个叫作阿文的女鬼时，他一下就想起来了。也就是说，小幡家的夫人很可能是因为看到这本书的时候，受到了强烈的惊吓，因此日有所思夜有所梦。不过半七倒是认为事情也许并没那么简单。两人决定再去下谷看看。

池之端这里的天气还真是不错，天空仿佛碧玉一般漂亮，阳光温暖地照射着大地，一只老鹰立在消防瞭望楼上。叔叔与半七到达了小幡家的菩提寺净圆寺，这座寺院比想象中的规模还大。

两人跨进大门，等待与住持的会面。住持看上去约莫四十岁年纪，肤色白皙，双颊因刮过胡须而微微泛青，认真地听着面前的两个人说明来意。原来是小幡府邸最近在闹鬼，想问如何才能让那女鬼离开。

住持听完了叔叔的话，声音略带不安地问：

“那么，这是小幡夫妇的请求，还是您二位的意思呢？”

叔叔回答说，这一点无关紧要，无论如何，都需要住持的帮助。对方看起来有点焦虑，但这种情况之下，也只好应了下来，说是不保证一定灵验，但会尽可能做法事来帮助。不仅如此，还请两人进了斋，叔叔和半七得以饱餐一顿，满意而归。

虽然事情暂时解决了——那和尚的表现很明显表示投降，然而还有一件事K叔叔仍想不通。一个年仅三岁、话都说不清的小孩子为什么会一个劲儿地大喊“阿文来了”？关于这个问题，半七也表示不解，不过他认为应该是有人教她才对。

至此，半七完成了他的任务，剩下的事情就要交给叔叔了。接下来叔叔要回到小幡家，婉转地报告整个经过。于是两人在池之端分手，半七继续去忙他的事情，叔叔边走边试图理清思路。

（七）

次日一早，叔叔就来到小幡府邸，他将自己与半七调查出来的结果全部汇报给了小幡。当然，半七的事情自然是瞒住没有说。小幡听完之后神色凝重，随即换来阿道。

“啪”的一声，小幡将《新编薄墨草纸》摔在阿道面前，大声喝道：

“说说吧，你梦里见到的女鬼，原型就是出自这里吧！”

阿道闻言大吃一惊，完全发不出声音来。

小幡见状，进一步发问道：

“净圆寺的住持又是怎么回事，他不是个老实和尚吧？究竟有什么事，快给我说！”

面对小幡的逼问，阿道先是不断地哭诉说自己并没做出对不起夫君的事情。之后，说出了隐藏在心中的秘密。

原来，元月之时，阿道曾到净圆寺上香，寺院的住持看到阿道后，细细观察了一番，然后摇了摇头，低声自语道：“真是运气不佳啊……”当时阿道并没将这事放在心上。然而二月当阿道再次来到寺院上香时，住持又一次在端详她的脸庞之后，低下头默默叹气，说了同样的话。阿道这次没有离开，而是不安地问究竟发生了什么事，为什么这么说。

住持回答说，阿道的面相实在不好，再待在夫家不走，便会有生命危险。接着严肃地告诫她最好尽快离开夫家，否则难逃厄运，就连她的女儿也会被牵连进来。阿道一听，好像被雷劈了一样吓得半死，什么都忘了，只是一个劲地问，自己的女儿怎么办，一定要让她好好的。对方回答说，要想保住女儿的性命，夫人自身一定要设法先摆脱劫难，这样母女一体，女儿自然也会从厄运中挣脱出来。

那个时代的人，对这些说法都是深信不疑的，更别说一个弱女子。在听到这样一番话语之后，阿道当然不可能置若罔闻。自从听到住持的那一番话，阿道的心中便留下了阴影。她每日饭也吃不好，觉也睡不好，只是想着应该怎么办才好。自己身上即便会发生什么，也是命中注定，她并不会特意地避开，只是，自己的女儿还小，怎么能……

要想救阿春，看来只能离开这里了，这是阿道最终的决定。当然，这个决定并不好做，对于她来说，夫君一直都是重要的存在，只是，她更在乎自己女儿的性命。一想到小春要发生什么，内心就袭来一阵阵的恐惧，令她难以忍受。

（八）

犹豫不决中，时间一天天过去，转眼间二月已过，女儿节就要来了。阿道看着红白桃影的夜灯，心情更加沉重。她想，如果就这样下去，明年，后年，以后的一年年，还能像这样顺利地迎接女儿节的到来吗？收拾雏人偶的那一天，对于阿道来说更是难过极了。

就在当天，阿道手捧从租书铺组来的《新编薄墨草纸》在看，这时候，小春爬了过来，也有模有样地看了起来。故事的内容，正是心狠的主人治死侍婢阿文并把尸体投入庭院池水后，侍婢阿文的魂魄出现在夫人面前申冤。年幼的小春看到恐怖的插画，似乎受到了相当大的冲击，指着女鬼问那是什么。阿道随口说，这个叫阿文的女鬼很恐怖，要是不听话的话，小心她会从池中浮出来哦。没想到，阿道的无心之言深深地印在小春心里，当天的夜里，小春便做起了噩梦，不断哭喊着“阿文来了”这几个字。

虽然阿道为自己的轻率感到些许的后悔，马上将《新编薄墨草纸》还回了租书铺，小春却依旧每晚哭喊着阿文的名字。连阿道自己都已经快要相信确实有阿文的存在。她一日比一日害怕，难道这就是住持所谓的灾难的预兆？她再也熬不下去了，于是决定顺水推舟，利用小春夜夜啼哭、呼叫“阿文来了”的这件事，捏造出一个怪谈，借此机会离开小幡府，进而拜托厄运，保护好小春的性命。

小幡听完了阿道的告解，气愤难耐，责骂她愚蠢至极。然而谁也无法否认，这肤浅的怪谈策略之下，潜藏着阿道那深深的母爱。K 叔叔在一旁劝说了一番，小幡总算宽恕了阿道。

不过，他说，他实在不想让松村知道这件事，有没有什么方法能做一个差不多的了结。

于是K叔叔又请来自家的菩提寺的住持来到小幡家做了一番法事，对外说明是为阿文的魂魄做的。至于小春，也通过请来的大夫的悉心治疗终于恢复了健康，半夜也不再啼哭。法事奏效的说法又传了开来，“阿文的魂魄”也就慢慢淡出了人们的视线。

直到今天，这个故事的谜底也只有小幡夫妇和K叔叔知道，当然还有半七。松村依然被蒙在鼓里，疑惑这世上是否真的存在一些不合理之事。而K叔叔也依然崇敬半七敏锐的洞察力和牢固的记忆力。值得一提的是，半年后，净圆寺的那名住持犯了色戒，被相关衙门逮捕起来。

故事至此告一段落，K叔叔再次让我保证不要随便跟别人提起这件事。不知不觉中，外面的雨好像也已经停了。当时的我并不了解半七，直到十年后甲午战争结束之时，我与半七展开了频繁的交往。那时候K叔叔已经去世了，不过半七倒是十分有精气神，完全看不出来是个七十多岁的老头。

老人家经营着一家洋货铺，并没有打算赚什么钱，每日只是安闲地度日。而我，常常在闲暇的时候跑去他的店里，老人则会端上上等好茶和美味的甜点招待我。

现在想想，“阿文”的这段故事，只是半七一生中破解的众多谜题之中十分轻而易举的一件，后来在与半七相处的过程中，我又听到了更多更为精彩和富有冒险性的传奇经历。不愧是江户时代不为人知的福尔摩斯，我常常在心中如此感叹道。

死人村

【美】爱德华·霍克

盖达斯这个名字在现在对于大多数人来说都是没有意义的了，但是如果你去请教上了年纪的老人们，他们就会告诉你，在那个名为盖达斯的村庄里，发生过一件令世界震惊的故事……

曾经亲历过那件事情的人们大多已不在世，人们一个接一个地死去，似乎这曾经骇人听闻的故事就要被尘封在时光中，沦落为被遗忘的行列，但这并不是我愿意看到的。我几乎可以算是那个事件的亲历者，惨剧发生时我正在那附近，并且第一个到达了现场，在那里经历了奇特的两天两夜。事情结束后我曾写过一篇完整的报道，但由于无法找到合适的解释而无法发表。如今我已经到了迟暮之年，想要利用最后的时光把真相公之于众，我想，如果我的妻子还在世的话，她也会支持我的这种做法的。

我年轻的时候是为州议会工作的新闻记者，平时接触最多的是纷繁复杂的政治新闻。这天我们正在议会大厦的办公室里埋头工作，突然说有发生紧急情况的电报传来。随着机械声像老鼠啃噬骨头一样，电报机逐渐把电码翻译成铅字：“州南部盖达斯村庄发现大量尸体，村庄中空无一人，疑似大规模自杀现场。”

看到这些，没有等电报纸上的字迹完全显示出来，所有人都开始行动起来，共同奔赴八十英里之外那个与世隔绝的小村庄。赶到之时天已经黑了，整个村庄似乎笼罩在黑雾中，没有一点亮光。道路两旁的建筑安静而平和，没有一点声响，似乎这些房子的主人们在一夜之间集体消失不见了。

在我看来，他们确实是一夜之间消失了，消失在村庄旁的悬崖下。很多人和车聚集在那个悬崖旁，我知道悬崖之底就是这个村镇居民的丧生之地。现场已经听不到任何人们呼救的叫喊声和救护车的鸣笛声，传入耳朵的只有寂静，令人窒息的寂静。人们的视线都集中在悬崖下，脸上的表情除了震惊就是木然。

我走上前去，借着车灯打出的光亮向下看去，悬崖大概有一百英尺高，下面的乱石上陈列的满是血淋淋的尸体，有男人的、女人的，甚至还有小孩子的，难道曾经有一只巨大的手把他们一股脑地从悬崖边推了下去吗？我和其他来这里的记者顺着布满乱石的路走到了悬崖底部，警察和救援人员正在架设探照灯并且给犯罪现场取照。我找到负责的警员询问情况。

“有生还者了吗？”

“从这么高的悬崖掉下来，不可能有人生还，何况下面还有这些尖锐的岩石。”

“是谁发现的？”

“每天来送信的邮车司机。”

“好的，谢谢你。”

警察点了点头，开始加入搬运尸体的工作人员行列，浓烈的血腥味刺激着我的胃部，周围到处都是惨烈的尸体，脑浆迸裂的老人，血肉模糊的女孩，双眼鼓出的女人，张大嘴巴的男人。一个小时过后尸体都被移到了空地上，像等待死神享用的盘盘餐点一样，整齐地排列在一起。

我默默地清点了数目，“七十一，七十二，七十三……”我感觉我的舌头和手指一样，在颤抖，一共七十三具尸体，我不得不接受这个过于庞大的数字。另外州警在搜索过整个村庄的房屋后，得出结论：没有别的活着的人了。但屋子里的情况好像在说：“主人们出去一下，就会回来。”它们都和平时一样，有的房间还有没吃完的食物，叠到一半的衣服。没有房间里有任何讯息，或是留下只言片语，村民们似乎是还想要再回来的，但是他们没能回来。整个村庄的七十三名居民，全部葬身在这个悬崖下，就在昨天夜里的某个时间。

得到消息的其他媒体也陆续赶到了，这个偏远的村庄忽然之间成了整个美国人人关注的焦点。媒体极尽渲染之能事，把这个恐怖时间描写得充满灵异、诡秘色彩。这些村民究竟经历了什么？为什么会集体投崖自尽？恐怕现在已经没有人能告诉我们答案了。

人们纷纷对村庄前一天夜晚发生的事情进行种种猜测，有些报纸甚至提到了哈梅林魔笛手，那个德国传说中的魔法师，他曾经为了报复言而无信的村长，用魔笛引诱村里的所有孩子跟他一起消失得无影无踪了。我相信这些都不是正确的答案，而正确的答案短时间内似乎无从查证。

为了能找到真相，我开始调查这个小村庄的过去。我找到了这个村子的档案馆，一个人留在那里翻阅那些承载着这个村子辉煌历史的卷宗。这个村子本是由西部拓荒者建立的，卷宗里的描述充满着村民后辈对那些创始人的崇敬和怀念，而盖达斯正是其中一位创建者的名字。后来人们在村子附近发现了一处金矿，大批的淘金者蜂拥而至，一时间这个小村镇成了最热闹、极度繁华的淘金者聚集地。

在留存下来的地图上我看到，那个金矿的位置恰恰是村民们集体自杀的悬崖。从地图上看，这个小镇不在任何重要的道路附近，并没有经过的车辆。接下来的故事就是常见的西部故事中的情节了：小镇的金矿被开采殆尽，小镇自此没落下去，逐渐成了今天这样一个不到一百人口居住的小小村落。由于道路交通不便，平时只有每天来一次的邮车送来村民的信件，也只有这一样能让他们觉得盖达斯还与外界有些联系。

我正在聚精会神地研究卷宗时突然产生了奇怪的感觉，似乎有什么人正在暗中看着我。我转过身，用手电的光芒照亮了档案馆大厅的每个角落，一个细长的身影出现在我的视线里。

“晚上好！”是个男人的声音，安静而柔和。我放下卷宗，转身开始上下打量这个奇怪的来客。他的年纪看起来不大，但仔细看的话可以发现他的脸上已经有了细纹，不过还算得上英俊，可总体给人的感觉是他不可能吸引任何女人的注意力。

“你是什么人？”我想在死人村的夜里出现的神秘男人，绝不是什么好事。

“这并不重要，如果你一定要问的话，你就叫我西蒙亚克吧。”陌生人回答，“你呢？为什么会来到这个村子？”

“来采访这件惨案，我是报社的记者。你也是个记者吗？”我问。

“我是来进行一些调查的，这是我的嗜好，调查那些发生在世界各个角落的神秘事件。”

“你这么快就得到消息了？”

“我本来在执行别的任务，路过这附近听说了这件事，就直接赶来了，通往这里的路不好走，所以耽误了一些时间。”

他的表情很平静，衣服有些破旧，但也不是经过长途旅行的样子。我很好奇，可听到他的语气，只好放弃了想要进一步打探他情况的念头，把话题转向了这个村庄：“这真是一个与世隔绝的村镇，几乎被现代世界遗弃了。”

“可还有七十三个人生活在这里，他们为何不离开？不过现在这里已经没有生机了。”

“这个地方对他们来说是家也是坟墓，”我说，“他们无处可去，而现在他们终于死在了这里。”

名叫西蒙亚克的男人若有所思地点点头，离开了大厅。他的样子就好像他根本不属于这个时代，他在看着我时我总觉得他的目光并没有落在我身上，我不自觉地跟着他出了门，想要知道他要做什么。他在小镇的每间房子中仔细地搜索，虽然我告诉他警察已经做过了并且没有发现任何有用的东西，或者活着的人。我想，他要找的，并不是我所熟知的任何东西。

他很快地消失在街道的拐角处，我赶上去后，发现他正弯腰仔细查看地上的一大堆黑色的东西。今晚的月光很明亮，但也只能借着月光看清一个大概，这块痕迹对他一定有什么重要的意义，因为他正在因为自己的发现兴奋不已。

他在那块黑色中一阵翻找，我才看出原来是一堆灰烬，表明焚烧过什么东西。过了一会儿，他拿起了一样已经焦黑的东西，小心擦去上面的烟灰。似乎是一本书。我刚想问这是什么，就听到远处有汽车引擎的声音，在寂静的夜里显得格外刺耳。这个时候还有谁会来这个满是死人的村子呢？西蒙亚克把那本烧焦的书收了起来，转身走了回去。

月亮被乌云遮住了，大地陷入了一片黑暗，这时两束车灯闪烁了几下，我能看出，是一辆浅绿色的敞篷车。西蒙亚克走到路中心拦在车前，如像上天祷告一般举起双手。一阵寒风吹过，我突然觉得一阵毛骨悚然的战栗。

车子一个急刹车停了下来，司机是个女孩，伸出头来问我们：“你们是警察吗？”

“不，”西蒙亚克回答，“我是个调查员，这位先生是个记者，我们都是为了这个村子刚发生的事情而来。”

女孩显然已经看清了我们的装束和面容，松了一口气：“我的名字叫雪莉·康斯坦斯，这里曾经是我的家。”

我们也都说了自己的名字，西蒙亚克问：“现在这里还有你的家人吗？”

“是的，”雪莉垂下了眼帘，“有我的父亲和哥哥，我刚才在广播中听到了这件事，就马上赶过来了。真的没有生还者吗？”

“我很抱歉，小姐。”西蒙亚克回答，“你的亲人已经离开了这个世界，但带来死亡和痛苦的恶灵依然留在这里，你不该来。”

“我必须见见他们，”她的声音有些颤抖，“能带我去看看事故发生的地点吗？”

我沉默着转身带路，西蒙亚克告诉雪莉，尸体暂时都被安放在悬崖下，盖上了帆布，天亮之后会在那片区域集体下葬，因为他们大都已经没有亲人在世了。悬崖下漆黑一片，我的手电筒对于驱散黑暗起不了太大的作用。身旁失去父兄的女孩正在瑟瑟发抖，她的面貌姣好，蜷曲的金发衬托着她柔和的脸庞，只是此刻脸色惨白，紧咬着嘴唇。

“你需要休息。”我说。

“是的，但是，”她有些犹豫不定，最后还是说，“我带你们去我家吧，那里也许还能找到些吃的，我再告诉你们一些我知道的情况。”

我们两个人都点头表示同意，安静地跟在她身后，来到了村庄主干道旁边的一栋房子。这里的日常生活用品依然齐全，但我知道再也不会有主人回来使用它们了，这种感觉怪怪的。墙上还挂着一幅金矿分布地图，与我刚刚在档案馆看到的没有什么两样，看来这里的人们依然梦想着金矿能再次带给他们财富，带给村庄辉煌。

也许听到消息时雪莉还可以保持冷静，但是看到这些熟悉的物品和曾经温暖的家后，她再也承受不住了，跌进一个扶手椅中开始抽搐着哭泣。我手足无措地站在那里，不知道怎么去安慰一个陌生的女孩。当我以求助的目光望向西蒙亚克时，发现他根本没有在意这个女孩，而是在查看餐厅里的一个小书架。

那里的藏书不太多，大部分是儿童书籍，还有几本看起来是教科书。西蒙亚克从衣袋里掏出刚才那本烧焦的书，仔细地查看了一会儿，发出了一声惊叹。

“怎么了，你看出这是什么书了吗？”我问。

“是的，”他犹豫了一会儿，开口道，“这是《忏悔录》，你读过吗？”

我只能摇头否认，那是我阅读范围之外的书。

“这是奥古斯丁（古罗马帝国时期思想家）所写，写给所有男人的书。这件事情变得越来越有趣了。”西蒙亚克像是在对我说，又像是在自言自语。

“那为什么会有人想要烧了它呢？”我对他所说的这些著作并不熟悉。

“如果真像我想的那样，那真的太令人害怕了。”他的声音充满了恐惧，我虽然不知道究竟是怎么回事，也知道事情很严重。

女孩在这时走了过来，说：“抱歉我失态了，我去看看能不能找到咖啡给你们。”

一会儿她就从厨房回来了，端着三杯热腾腾的咖啡。我们坐下来，听她讲述自己的经历：“五年前我离开这里去上大学，每年暑假的时候都会回来住一段时间。一开始的几年一切都正常，这个村庄就像我去大学之前的那些年一样平静，镇上的人们还沉浸在能开采金矿的美梦中。可是大学三年级那年我发现有什么事情不一样了。

“你们也许不会理解，因为那只是一些很微妙的变化，我也不能说得很清楚。我发现人们开始不断谈论一个叫阿克希德斯的人，人们似乎很崇拜他。盖达斯离任何一个城镇都非常远，我们家的人大概要一两个月才去镇上一次。村庄的逐渐没落让他们失去了生命中的支柱。很多人还是在金矿里工作，靠剩下的那一点金子维持生活，还有一些懂得知足常乐的人，在山谷耕种土地，也过得很开心。但是自从这个阿克希德斯来了之后，很多和我一样的年轻人就选择了离开村庄，离开我们自己的家。”

西蒙亚克的表情越来越凝重，但他什么也没说，我也只能等着女孩继续说下去。

“我并不是个不安于现状的人，只是这个阿克希德斯太令人恐惧了。村中的人们都像是着了魔一样崇拜他，谈论的话题只有他和他的拯救。看起来他创立了一个什么组织。”我看到西蒙亚克的表情越来越僵硬，不由地插嘴问道：“你听说过这个阿克希德斯吗？”

“或许我们见过一次，在很久以前。”他回答，冰冷地不带一丝感情，让我浑身都泛起了鸡皮疙瘩。女孩有些惊讶地望着西蒙亚克，但还是继续说下去了：

“我感到很害怕，人们那样疯狂地崇拜着一个人，而那个人只是在利用这些人们，我是这样认为的。他能知道村庄里发生的每件事，所以人们把他当作神，当作先知。他能告诉我父亲我在大学里的一举一动。我参加过一次他的布道——那是他每周都要求村民去听的，连小孩子也不例外——他身上确实有种神奇的魔力，让人能够信任他，追随他。”

“他的样子呢？”我忍不住问。

“白色的胡须，白色的长发，总穿一身白色长袍。总是慢慢地登上布道台演讲，然后突然消失。我不知道他平时都在什么地方，也想不出他能靠什么生活。”

“听起来像是来自黑暗世界的古老的生命。”

西蒙亚克望着我，又是那种空洞的眼神：“黑暗而古老，的确。我真希望在悲剧发生之前就知道这些事情。”

这时已经过了午夜，屋外是呼呼的风声和偶尔响起的山巅孤独的狼嚎。

“您这么说是什么意思……”

雪莉的话还没问完，西蒙亚克突然一跃而起，拉开了门。我吓了一跳，本能地随着他的目光向外面望去，一抹白色一闪而过，可能是某个人也可能是什么物体，快速地向黑暗深处的悬崖边移动。

我们立刻行动，冲出门去追踪那个身影，雪莉也想跟着一起去，被我制止了。外面的黑暗中潜藏着未知的危险和恐怖，我不想让她经历，或者因此受到什么伤害。

抵达悬崖边时风越来越大了，似乎是神明想要带走那些沉睡的亡灵，我知道这不可能是那些人死亡的原因，但在私心里却希望这是真相，因为也许他们死亡的原因更加令人惊恐。

西蒙亚克站在悬崖边，大叫着让我看下面的影子。那影子正站在那七十三具尸体中央。我紧张得手心开始出汗，小声问：“那个人就是阿克希德斯吗？”

“恐怕那就是撒旦本人，这正是我一直等待的时刻。”他说完向崖底的岩石走去，我紧紧跟在后面，竖起衣领以抵挡并没有随风散去的血腥气味。

白色的影子突然隐去了，似乎躲在了某块岩石的后面，但是在这片充满岩石的山谷，这样漆黑的环境下，要找到它根本不可能。接着我听到西蒙亚克在用一种我从没听过的语言吟诵着什么，好像是在做一种祷告。

浓烈的尸臭让我们头晕眼花，只好返回了崖顶，我询问西蒙亚克刚刚说的是什么语言。

“古埃及语，是一种古老的祷告。”

西蒙亚克说要去村庄中继续进行调查，我只好一个人回到了房间，雪莉已经睡着了。这一天的经历让我精疲力竭，却丝毫无法入睡。我独自坐在书房里，想要把事情记录下来又无从动笔，我不知道事情会向什么样的方向发展，在这个村庄，我现在所处地方的空气里，弥漫着什么危险的气息。

天快亮了的时候西蒙亚克才回来，女孩醒来后给我们做了早餐，一夜未睡让我有些晕眩，吃过一些东西后才感觉好些。西蒙亚克看上去没有受到什么影响，只是要求快些离开村子，他说有很多事情要做，希望我能帮他调查一些事情。

我们走到村庄通往镇上的唯一一条路上，准备开我的汽车回城里。这时一辆老式邮车出现在路上。那个叫乔哈里斯的邮差走过来，他就是昨天发现尸体的人。

“尸体还没有被埋葬吧？”他问我们。

“还没有，当局说会在今天举行葬礼，就把他们葬在崖底。”

“昨天真是吓坏我了，我开车过来送邮件，就看到下面都是死人。他们为什么要去死？”

“这正是所有人都想知道的。”西蒙亚克回答。

来调查事故和做新闻报道的人们又陆续来到了这里，他们围着哈里斯的邮车照相，还去采访了雪莉·康斯坦斯。她详细叙述了自己的经历，但没有提到怪人阿克希德斯，我想可能是西蒙亚克让她不要提及的。一早上都没见到西蒙亚克，直到中午我才带他找到我的车，转动钥匙时我想到，这个陌生人没有汽车是怎么来到这个村庄的？

七十三名死者都被葬在了崖下一个长方形的墓穴中，我们没有参与祷告，驱车离开了村子。坐在副驾驶上的西蒙亚克向我说出了需要我帮忙的事情。他希望我能利用媒体的方便资源去调查最近几年里是否有牧师在盖达斯遇害。此时我已经开始相信，解开事情真相的关键人物就坐在我的身边，当然，还有那个神秘的白色影子。所以我很爽快地答应了他的要求。

“作为交换，你能告诉我你是什么人吗？还有那个阿克希德斯是什么人？”

“我只能告诉你，我是来自其他时代的一个普通人。我的使命是寻找所有的邪恶根源，即撒旦本人。这一次，我希望能完成它。”

我早就猜到了他是个不一般的人物，却没想到会是这样：“那阿克希德斯呢？”

“我认识他是在很久以前了，大概在一千五百年前的北非，那时圣奥古斯丁写了……”

“你不会想要告诉我是一个已经死了一千多年的人害死了那些村民吧。”

“这正是我要查清楚的。我还有件不解的事情是，那个邮车司机为何还会来给这个满是死人的村庄送信？好了，今晚五点咱们再在死人村见面，我想那时我们就能知道谜底了。”

我在公共图书馆待了一整天，查找有关盖达斯村庄惨案的信息，关于神父的信息没多久就找到了。六个月前一个天主教的神父死在了距离盖达斯几英里的地方，是被打死的，警方始终没有调查出凶手的身份。

我不知道西蒙亚克为什么要调查这个，但还是仔细了记下了案子的整个报道。之后我就开始查找心中那些疑团的可能答案。

阿克希德斯这个名字在天主教百科全书出现了，原来他是瑟坎瑟蓝教派的领袖。这个教派是天主教的一个分支，其教徒都是疯狂的激进分子。他们在北非流浪，杀害那里的天主教徒和神父。圣奥古斯丁一生的大部分时间都在和阿克希德斯以及瑟坎瑟蓝教做斗争。

了解到了这些信息，整个事件逐渐在我脑海中清晰了起来，被焚烧的书，自称阿克希德斯的男人，还有被谋杀的神父。

瑟坎瑟蓝教把自杀视为殉道，是人们赎罪的途径，这些教徒尤其喜欢跳下悬崖，虽然曾经有人宣称要禁止跳崖行为，但以这种方式自杀的教徒会被视为最虔诚的人而被戴上花环，受到众人的赞扬。

这种行为在一千五百年前的北非也许很常见，但在今天，真的有可能让一个村庄都毁灭在那种狂热的信仰的阴影下吗？我决心要调查出事情的真相，在酒吧中灌下几杯烈酒之后，我出发去跟西蒙亚克汇合。

当我再次开车迎着即将西沉的太阳向死人村驶去时，我告诉了西蒙亚克我在图书馆查到的信息。他点了点头："那个神父的死正说明了瑟坎瑟蓝教徒的存在。"

"这太不可思议了。"

"盖达斯是个几乎与世隔绝的村庄，那里的人们一个月才去接触一次外面的世界，他们的生活完全是与现实世界脱节的。只要有某个别有用心的家伙来到这里，发现了并且想到利用村民的封闭和盲从，就可能造成现在这样的结果。那个阿克希德斯就是利用村民的无知和迷信，在这里建立了一个新的组织，其实也不过是古老的瑟坎瑟蓝教的复制。我调查过了，这个村子处在西部的偏僻地带，国家教会基本上很难想到他们，只是每六个月会派出一个神父来拜访传教，其余的时间里，那些村民完全处在无信仰的状态。

"所以他们才会那么容易就受到了阿克希德斯的蛊惑，我想他的演说一定带了潜意识中的催眠，经过两年的努力，连村子中最严厉的敌对者都相信了他的话，把他奉若神明。即使有一些看到了事情本质的聪明人，他们也无力去反抗其他狂热的村民，所以他们选择了离开家园，就像雪莉·康斯坦斯那样。半年前到访的那位神父发现了这里的状况，所以那个阿克希德斯杀了他。恐怕村中其他反对阿克希德斯的人也都是被他暗中除掉了吧。他已经谋划了很多年，绝不会允许任何人破坏他的计划。"

我终于明白了西蒙亚克要调查的神父和这件案子的关系，接着他的话说："他一直在布道中向村民灌输自杀是神圣的想法，并且告诉他们只有跳下悬崖才能得到救赎。"

"没错，他只是做了和那个同名人相同的事，或者说，他们根本就是同一个人。两天前的晚上，他叫他们到悬崖边集合，告诉他们是时候表达自己的忠诚了。对他完全信任的人们绝不会怀疑他的动机，心甘情愿地跳下了悬崖，并且相信阿克希德斯会与他们同在。"

"可是孩子们呢？"我无法接受和理解这种毁灭性的宗教狂热，"难道他们也是心甘情愿殉道吗？"

"他们的母亲会抱起他们，父亲会握着他们的手。"

我的脑中反复地闪过那些画面，面带微笑的村民一个接一个地跳下悬崖，不明所以的孩子们也在岩石上摔断了脖子。

西蒙亚克接着开口，使我烦乱的大脑清醒了过来："阿克希德斯完全可以杀掉那些不愿自尽的人，或直接把他们推下悬崖，这对他来说轻而易举。"

"时代变了，可是人们的思想传承了下来，罪恶和挫折带给人们的痛苦也传承了下来。这件事发生在美国西部是骇人听闻的，可是在4世纪的北非，这就是很多人的生活方式。"

"我们今晚能抓到阿克希德斯吗？"车子开上了通往死人村的小路，我问道。

"我想他一定会回来的。他要么是个聪明的杀人犯，想要借助这个方式得到他想要的东西，也许是想洗劫这个村庄，也许是觊觎金矿中的金子，这回一定会来这里拿走他想要的东西，因为显然昨天他没有达到目的；要么他就是真正的阿克希德斯，如果是那样，他就一定要回来，阿克希德斯会在殉道者的丧生地点祈祷祭拜，就像一千五百年前他做的那样。”

“我想一定是第一种可能吧。”黑夜慢慢降临，我努力赶走夜晚带来的疲倦。西蒙亚克的嘴角翘起一个神秘的弧度，说：“我似乎更希望到来的是一千五百年前的阿克希德斯，这样我就可以完成我的使命。”

沉默了一会儿之后，我们来到了悬崖边。西蒙亚克拉着我躲到了一块耸立的岩石的缝隙中，在这里既能看清悬崖的状况，又能俯瞰下面的墓场。我看着天上皎洁的明月静静等待，想象着或许一千多年前，致力于与阿克希德斯斗争的奥古斯丁也做过同样的事情。

渐渐有云层飘来，月光开始变得忽明忽暗。阴影投在悬崖下方的墓场上，那个临时立起的巨大十字架显得既黑暗又恐怖。在月光又一次由暗变明之时，我蓦然看到悬崖的边缘上站着一个人，那个昨晚刚刚赶回这个村子的女孩。

我忍不住埋怨自己，怎么能把她一个人留在这么危险的村子里。我们正要出声叫她回来，发现她身后有个须发皆白的男人正在靠近。

西蒙亚克猛然大叫起来，一边喊着阿克希德斯的名字一边向那边冲过去。这时那个男人的动作慢了下来，停住了脚步，雪莉也回过头，这才发现身后有人。她吓得大叫。我心急如焚，越过藏身的岩石向那边奔去。白衣男人愣了一瞬后马上反应了过来，想要上前抓住女孩把她推下悬崖。

我听到西蒙亚克又念起了和上次同样的我听不懂的语言，阿克希德斯松开了手，但是女孩已经失去了平衡，整个身子向悬崖下倒去，在最后一刻，我终于赶到那里把她拉了回来。西蒙亚克拿出了一个顶端带有金属环的十字架，双手举过头顶，大声吟诵：“我以奥古斯丁的名义命令你，马上回到你该去的地方，阿克希德斯！”

那白影就像被子弹击中了一样向后倒去，刚好掉下了悬崖，惨叫声在山谷中久久回荡。后来我们在悬崖下所有村民葬身的地方发现了他，那个成了第七十四名死者的人，那个戴着假胡须的邮车司机，乔·哈里斯。

他掌控着这个村庄与外界的联系，偷看他们的信件，对他们的生活了如指掌。因此他才能让大家相信他具有超凡的能力，诱导他们走上自我毁灭的道路。他一直在那些废弃的矿井中寻找金子。

从那以后我再也没有见过西蒙亚克，他似乎随着这件事情的真相一起消失了。我永远不可能知道一个像哈里斯这样没有研究过宗教学的邮车司机是怎么知道阿克希德斯和他的宗教的，而那本奥古斯丁的书又是被谁焚毁的。因为这个故事还存在这么多疑团，我才放弃了发表它的想法。

我埋葬了哈里斯，就在那些他害死的村民旁边。他的失踪引起了人们的新一轮的猜测，但是很快他就同盖达斯村子一起尘封在了历史的长河中。

这个惊心动魄的故事只有我知道，还有那个女孩，雪莉·康斯坦斯，我已经过世的妻子，现在我要把这个故事公之于众，让更多的人知道，那个名叫西蒙亚克的人，也许又在什么地方执行着新的任务……

火焰的棺材

【日】邦光史郎

（一）

已经是二月了，天气转暖，冬天似乎已经远去，一切都是非常有生机的样子，谁也没有料到，惨案会在此时发生。下午五点五十分，消防队接到了失火通知，东京郊外一幢独立木屋不知道因为什么原因起了大火。消防队立即出动赶去火灾现场。

等赶到时，房屋的一两楼火势已经很凶，加上房子的地方偏僻，没有配备消防栓，也就没有水救火，消防员们束手无策，只能眼睁睁地看着烧红了眼的大火继续蔓延。熊熊的大火倒是满足了人们看热闹的心理，火场周围站了一圈看热闹的人。

“看样子这屋子是完了。”

“风太大，而且冬天门窗都关得很紧，等发现火灾时，已经不可收拾了。”

“是呀，我看到冒烟时，房子里已经是红彤彤的了。”

大家你一言我一语地议论着，此时，那个报警的少年还在一旁瑟瑟发抖。少年是送报纸的，他在下午五点四十分左右来到池本家。当时，门里面已经是一片火海了，浓烟滚滚，玻璃爆裂，少年惊呆了好久，才慌慌张张地报了警。周围的人群迟迟不肯散去，似乎要看着房屋烧尽了才甘心。又过了一会儿，才有邻居家的主妇反应过来，眼里露着惊恐的神色说：“不知道这家的主妇怎么样了？”

出事的这一家，先生子承父业，经营着一家不大的贸易公司，平常早出晚归，但最近，不知是不是因为公司业务增加的关系，邻居们看到先生回来得似乎更晚，这个时间应该不会在家，总算是幸免了。而这家的太太，是日本社会标准的家庭主妇，除了少数重大的节日，平日很少出门，此刻只怕是已经葬身在火海里了。邻居们是这样想的，周围几个相识的主妇们，已经开始为这似乎不幸罹难的女人悲泣了。

可是，当火势渐渐熄灭，邻居们打算散去时，一辆出租车驶过来了。车上走下来的是他们以为已经丧生的佐世——邻居家的太太，手里提着一包东西，被袋子包裹着，模模糊糊地看不清楚，似乎是饭团——这家先生爱吃。当她看到一片废墟，仅剩下烧黑的房柱、房梁时，她昏厥了。

“糟了，要立刻送医院。”

送她回来的出租司机很敏捷，载上她立刻调头向医院驶去。后来人们才知道，佐世太太虽然幸免于难，可是她的丈夫池本先生——这不幸的人，当天因为生病而在家里静养休息，起火的时候又已经熟睡，终于不幸而被突然的大火吞噬了。

因为佐世太太在医院醒来后一直伤心、慌乱，警察不忍刺激这可怜的弱女子，只好将与尸体面对面的恐怖差事交给了死者的弟弟。接下来，警方开始极为严密地调查了起火的原因。

据消防人员判断，火是从楼上卧室燃起的，初步判断失火原因是煤油炉的燃烧不完全。

“为什么还要用煤油炉呢？不是有电热炉吗？”承办警官对这一点提出质疑。

“因为我丈夫冬天总是容易感冒，他怕冷，要我升起煤油炉，那样会比较暖和一些。”

“可是，谁会受得了那个温度呢！何况窗户还是密闭的，很快就会因为缺氧而造成燃烧不完全，然后煤油炉还会冒出油灰，当房间里到处是油灰时，房子可不是很容易燃烧起来吗？”

“可是，我临走的时候把窗户打开了一点啊！”

“那样的话，难道有谁后来关了窗户？”

“我想大概是我丈夫。你可以问主治大夫石野医生，那一天中午来看病……”

“原来如此。可是，当煤油炉燃烧不完全时，即使呆子也会发现，而你的丈夫似乎并没有想逃走。通常在这种情况下，人是无法待在房里的。”

“我也不知道他究竟是那么回事，因为我三点钟左右就出门了。”

警察随后也问过主治医师和出租车司机，还有浅田经理和“寿司政”餐馆等一切可能有关系的人。在各种人、事、物的证明下，警方推断那天下午五点半左右，佐世是在滨松町的公司里，同时也证实在她离家时，丈夫的精神还很好。因此，判断火灾是在佐世离家之后才发生的。

认识这对夫妇的人都很气愤，不知道警察为什么会怀疑池本太太：除了证据显示火灾发生时候佐世根本不在现场，她跟先生也一向恩爱，没有一个女人会去杀害自己相爱的丈夫。另外，池本先生在世的时候也并没有投保什么巨额寿险，他死了，池本太太不会得到任何好处。因此，警察们只能认为这场火灾不过是一次由于燃烧不完引发的意外罢了。

案件既已调查清楚，池本先生便被出殡埋葬，凶恶的火焰已为他做了棺材，这早已被烧成灰的男人永远地躺在地下了。而池本太太暂时回到了伯父家中——她由伯父抚养长大。不久，公司那边传来消息，决定由池本先生的弟弟义信继承产业，池本先生的遗产中只有四千万元被分配给了太太。“这可怜的人哪，幼时便没有了父母，现在又失去了可以依靠的丈夫。”人们在心里默默地为这不幸的女人叹息。

佐世如今便只能依靠伯父，她得到的遗产中的两千万元被店里需要周转的伯父借走了。但她对这些并不在意，她仅仅向伯父要求一栋小房子。忠厚的伯父为她安排了一间令人一见钟情的漂亮房屋，下午总有温暖的阳光斜射进屋，佐世住在那里，还养了一只叫克莉的小猫。

未亡人佐世还告诉伯父，她不想再嫁了，尽管别人劝她不必为一个死去的人如此守节，可她是决定要一辈子独身。周围的人又纷纷开始感慨她是这个时代难得一见的贞节烈女。

（二）

可是，警局中有一位姓下沼的年轻警察，虽然年轻，但对工作十分认真，任何事都要查个水落石出，否则就难以安心。他的同事们总觉得他的性格十分麻烦，既喜欢给自己，也总是给别人找麻烦。对于当警察来说，不知道这种性格是不是好事。

他有些怀疑池本先生的死因。因为他有过类似的经历，很有些明白燃烧不完全是这么回事——曾经在他晋级考试的前一天，他在租住的一间房屋里点着煤油炉复习第二天的考试题目，因为是冬天，门窗紧闭着，结果又累又困的他不知不觉睡着了。他在睡梦中感到空气憋闷，醒来后被吓了一跳，屋子里烟雾弥漫，什么也看不清楚，并且因为酷热使得自己全身都烤出一层油光。濒临窒息的他想快一点打开窗花，可稀薄的空气麻痹了他的身体——他动弹不得。但是最终求生的本能战胜了一切，他挣扎着起来开了窗户，否则也不会有今天的下沼警官了。

所以，他虽然相信因缺氧而窒息死亡是有可能发生的事。但他总是觉得，那只应该发生在老年人还有孩子身上，一个正常的年轻男人即使患有一点轻微的感冒也不可能在面临窒息的危险时毫无反应地安静死去，在一氧化碳达到一定浓度的时候，求生的本能总会让他做出一些挣扎——正常情况下，他应当不会死。除非，池本先生在火灾发生之前就已经死亡，或者说有人给他服下了安眠药，导致池本先生对发生的一切毫无知觉，自然也就不可能挣扎自救。这都是有可能的，下沼暗暗推断。

可是，下午三点十分佐世离开家时，可怜的男人还活着。佐世是这么说的，去接他的出租司机山根也证明了这件事，因为他听到了那男人凶悍的命令声“不准到其他地方去”——病中的人总是容易心情不好，脾气也总易暴躁。第一种可能貌似被否定了。

若是第二种可能，因为出租司机的证言，说明在佐世离开之前，丈夫还没有服下安眠药，只能是在佐世离开之后。可是这样一来，安眠药便不可能是妻子给他服下的，只能是他自己自愿服下。可是，池本先生为什么要服安眠药呢？是因为生病睡眠不好，然后不小心服用了过大的剂量，导致自己没有及时醒来？这有没有可能呢？

下沼警官脑子很乱，他的本能和直觉让他执拗地认为这起火灾和那个看起来完全不可能进行谋杀的女人有关。可是，佐世离开家时，她的丈夫还活着，并且有出租司机作证，这成为一切问题的障碍。只要无法证明这一障碍不成立，佐世就是清白无辜的。

下沼不肯放弃，他又一次开始梳理自己的思路，要判定佐世有罪，第一步就应当证明在她离家之前，池本先生就已经死亡。而要想做到这一点，还必须要推翻出租司机的证言，他听到的并不是池本先生本人的声音。

下沼刑警决定再找司机问一次，他到山根的工作地查访他。

“你是不是确实曾经到池本先生家去接池本太太？”

“是的，我的确去了。”

“那她丈夫当时在家吗？”

“是的，而且还对太太说不准到别的地方去。”

“听说池本先生是因为生病在家里休息，你看到池本先生本人了吗，还是只听到他说话？”

“不，我并没有看到房里的情形，但我确实听到他说话的声音。”

“你能够肯定你听到的是池本先生本人的声音吗？”

“是的，因为池本太太常常叫我们那里的出租车，所以我也常常看到池本先生，也曾经跟池本先生说过话。”

“声音是从二楼传来的吗？”

“不，好像是楼下。”

“你没见到本人吧？”

“是的，没看到。不过，就在门的里面……”

既然声音是从一楼传来的，那就是说病人曾经起来走动。下沼警官又去向医生求助，不过并没有得到什么有用的信息。不过这位固执的警官并不放弃，仍然按照自己的思路进行:既然山根司机并没有看到池本先生本人，那就无法说明当时池本先生还活着。那司机听到的声音……对，录音机，有可能是录音机，佐世在某次丈夫发火的时候预先录下了这句话，并掌控好时间有意识地放给司机听——为了使他成为自己未来的证人，当时那男人其实已经死了或者是已经被妻子喂下了安眠药而昏睡过去。下诏警官已经完全沉浸在自己的逻辑推理中了。

为了证实自己的猜想，下沼刑警又来到消防队。当他询问消防队员是否在池本家燃烧过后的灰烬中发现一只录音机时，承办人明显十分不高兴，硬邦邦地反问道：

“现在哪个家庭会没有录音机？”

“这么说，那个房子里是有录音机……”下沼如获至宝。

“是有个小型的已经完全烧毁的录音机，我们在现场只看到一点残骸而已！”

“那请问录音机在什么位置”

“那当时二楼已经被烧得塌下来了，我们也没法判定。”

“那是在哪里发现的……”

“是在从玄关进去像客厅一样的地方。但是，也有可能是从二楼掉下来的。”

既然有录音机，下沼警官就更加断定这是一起蓄意纵火，这个女人一定紧闭门窗，而且把煤油炉开到最大，因而她的丈夫因为早就死亡或者是被喂下了安眠药而导致直到窒息死亡也没有醒来。

案件推断至此，下沼又遇到了新的难题：池本家的起火时间是在五点四十分左右，可池本太太在三点十分左右就离开了家中。如果没有遇到交通阻塞，这两个半小时的时间足够佐世到滨松町送完材料并返回家中，那就回发现煤油炉燃烧不完全，这场火灾就会被避免。一个真正有预谋有计划的罪犯，怎么会不算好火灾酝酿的时间？这个女人难道可以预见到滨松町并不多见的交通阻塞情况？这显然并不十分现实。

下沼果然无愧于其顽强固执的性格，他决定再去见一次浅田经理证实自己的猜想。

浅田先生很冷淡，显然觉得这位警官有些神经质，“我觉得并不重要，池本先生一向很喜欢吃饭团，池本太太便叫旁边的寿司店送来，这应当是很自然的事情。至于因此耽搁了时间，导致池本先生发生不幸，这……池本太太肯定也十分内疚。”

下沼警官却从中得到了对自己有用的信息，池本太太耽搁了时间并不完全是因为交通阻塞，从寿司店把饭团送到公司也要耗费差不多半小时的时间，况且池本先生似乎并没有嘱咐太太为自己买什么饭团，这完全是女人的自作主张。

事情似乎越来越朝着下沼的推断前进了——这是一起有计划的犯罪，妻子早就计算好了起火的时间。可是，妻子应该不可能试验过从不完全燃烧到起火的过程吧，虽然这样她可以得到起火时间的数据。那么还有一种可能，那就是她利用了定式装置，这样她就可以预定起火的时间。可是，对于不善于构造复杂机器的女人来说，涉及装置、预定时间、接通电流这些程序似乎是太困难了些，这都是男人的事情。眼里不揉沙子而又百思不得其解的下沼决定冒着被鄙夷和丢面子的危险再到消防队去一趟。

“请问你们有没有在废墟中发现什么定式装置？”

消防队的人对这位执着的警官终于忍无可忍了：“你的意思是那屋子中有定时炸弹吗？我们消防队的人既不是饭桶，也不是盲人，如果有那种东西的话，我们早就向警局报告了！”

走投无路的下沼终于决定放弃本案，的确，把大好的假日浪费在这样一件完全没有头绪或者在别人看来完全不值得怀疑的案子上太不明智了——下沼决定回家。

“我回来了。”下沼进入客厅想找一杯茶喝，看见母亲正在为怀炉灰点火，他有些疑惑，“酒精怀炉更容易保暖，母亲为什么偏偏要用怀炉灰呢？”“那种电视上做广告的怀炉太强烈了，我们老一辈的还是喜欢用温和一点的，这种只要一支，就可以保持二十小时的温暖。”“保温效果真的那么好吗？”下沼半信半疑地回到了自己房间，找出一本书随手翻阅着打发时光。突然，母亲刚才的话在他脑中浮现起来，对了，如果是怀炉灰，那么它燃烧过后的灰烬就会混杂在房屋燃烧过后的废墟中，根本看不出来。那个女人一定用怀炉灰做成了一条导火索，把它们在地上撒成一条线，然后点上火，慢慢地燃过去，经过一定的时间到达卧室，卧室里已经放好了含有煤油的布条，即使没有布条，只要房里温度很高，充满了已蒸发的煤油，就很容易点燃这东西。并且使用怀炉灰做成的这种简易定时装置，可以事先实验得出起火时间，只要在煤油炉附近安排好易燃物就可以了。女人们虽然不会制造精密的定时设备，可是却总是比男人富于生活的智慧。

下沼觉得困扰自己多日的问题就这么轻易解决了，顿时有一种豁然开朗、如释重负的感觉。备感轻松的下沼没有休息，立刻出门去了，他还需要在弄清楚一件事——佐世最近有没有购买怀炉灰。

他决定挨家挨户去查访药店和杂货店，答案很容易就得到了，一家杂货店的老板肯定地对他说：“是，池本太太常来买怀炉灰。她说冬天特别怕冷。”

“那她大概买了多少呢？尤其是二月的时候。”

“大概买了一个月的用量，十二支装的那种两盒就够用了。”杂货店老板已经有些记不清了。

下沼简直高兴得发狂了，他这段日子的辛勤调查终于有了结果——池本家的失火案根本不是一起意外事件，而是一起蓄意的谋杀案。下沼迫不及待地向上司报告，可是，警部补却冷漠地直摇头。

“这些都是你的推理罢了，你有什么直接证据证明池本太太杀人吗？”

“是没有，可是我的推理是严密的。”

“也许你的推理是正确的，司机去接池本太太的时候池本先生已经死了，他听到的是录音带发出的声音，可是录音带已经烧毁，你怎么才能证明呢？”

“可是，消防队员发现了录音机残骸啊？”

“那能说明什么，家家都有录音机，家家起火了都有可能留下录音机的残骸。还有你说的那种定时装置，把怀炉灰撒在地上做导火线，当然是有可能，我们没有证据。”

“可是，她的确购买过怀炉灰。”

“很多女人都去买怀炉灰，你的母亲不也是吗？而且，如果那女人能把事情计划到这种程度，即使我们在灰烬中发现了大量怀炉灰的渣子，她也可以说这是平常就使用的东西，在某家杂货店买的。这样一来，故意在附近熟悉的药店购买反而对她有利。更何况检查现场的消防队没提到怀炉的事，难道你要重新去挖掘火灾现场？”

“是，我已经去过了……”

“结果呢？你发现什么了吗？”

“火灾现场已经整理过了。”

“那么即使是她纵火，也无可奈何了。”

“我想一定是那样的……”

“警察判案难道只靠推理吗？没有证据一切都不成立！而且，相爱的夫妻为什么要杀害其中一方，他们可是很恩爱的夫妻。”

“可是……”

“你还有什么话吗？毫无动机的杀人，难道只是为了犯罪而犯罪吗？”

“或许，有某种动机，可是我们都不知道……”

“如果你坚持如此的话，或许你是否有资格当一名警察需要我们重新进行考察！”

下沼警官不再说话，没有证据，几天后，连他也开始怀疑自己的想法，或许这真的是一场自己臆想出来的谋杀。

（三）

此时，佐世已经在伯父为她准备的小房子中住了一段时间了，与她相识的人都为她悲痛——才二十六岁的年纪便成了孤孤单单的未亡人，一个人度过下半辈子。

佐世的心情则很复杂，搬进来的这段日子，她常常做梦。每次半夜被噩梦惊醒再也睡不着的时候，她常常怀疑，自己当时为什么会贸然答应一个才见过两三次面的男人的结婚请求，为什么会把自己这辈子最大的失败——婚姻——经由自己对伯父的承诺亲口加诸自己身上呢？现在的她，悲哀得已经完全回忆不起丈夫的点滴好处。

丈夫是个小商人，经营着继承自父亲的一家贸易公司。他相貌平平，走在大街上并不能吸引女孩子的目光。佐世有时在丈夫睡着时偷偷注视他，发现他的脸上总是泛着油光，这种睡态往往会让佐世产生一种毛骨悚然的恶心感，现在想起来还不能抑制。而且，平常戴着眼镜的丈夫在摘下眼镜睡觉时也总会让佐世产生一种错觉——自己并不认识眼前这个丑陋的男人。佐世在后来想起这段婚姻时，总是后悔为什么当初没有看清这个男人裸视的面孔。

佐世常常安慰自己，女人嫁丈夫最重要的是心意相通，两个人能有共同的语言才是重要的，相貌本就是天生无法改变的。可是，她永远忘不了结婚没多久时，自己和丈夫之间发生的一次又一次的争论：

丈夫似乎知道享乐："你要知道，将来科技发展了，只要按一下按钮，或者在心里想一下，墙壁就会发光，或荧光屏就会出现，到那个时代，所有的人只要玩乐就行了。"

"可那种天天只知道玩的生活实在是很无聊！"佐世并不感兴趣。

"怎么会无聊，现在娱乐产业之所以这么发达，就是因为大家都想找到更多的消磨时间的方法。"

"如果为了追求那些科技的发展而不断牺牲环境制造公害的话，我想人类会先被自己的欲望害死。"

"害怕公害的毕竟只是一部分人而已，不管在什么样的时代，都会有部分人被牺牲的。"

"那如果你患了水俣病（一种因公害而致的病），只怕你就没法这么轻松地说话了！"

"那种穷人才有的病怎么可能出现在我身上，你只怕担忧太多了。"

丈夫的冷漠使得佐世顿时全身凉透。

"幸亏你是有钱人……"

"不错，是父亲辛苦挣来的财产，要好好保存。其实，那些经常发牢骚不满现状的家伙都是一些懒惰鬼，我真想对他们说，在发牢骚之前要先努力存钱才对。"

"可是，在这社会上有很多虽努力也成功不了的人。"

佐世想起了自己的父亲，可怜的父亲努力了半生却最终破产自杀而死。

"那种人是没有办法的，也许上天早就注定要给他们那样的命运。"

当佐世发现了丈夫身上这种宿命论的思想之后，她就知道自己不可能说服丈夫，也不再试图跟丈夫争论。

可是，冲突并不因此避免，丈夫的蛮横傲慢已经浸入到了骨子里。丈夫是个重视舒适的人，他把草坪修剪得整整齐齐，不允许中间有一根杂草，更不容易任何人践踏他的草坪。他曾经端着猎枪追逐那些推倒篱笆进入他园子的孩子，威胁他们如果再有下一次就给篱笆通上电流。屋子里也是这样，所有的东西都要整整齐齐，各就各位，所有的物品他都要求妻子亲手擦拭，不允许有丝毫刮痕。这样，当有人来做客的时候，他就可以骄傲地向人介绍自己家里各样摆设的来历——它们大多是来自世界各地的物品，样样价值不菲。

如果仅仅是这样，佐世虽然感到窒息、压抑，但并没有把丈夫当成敌人，也没有同他离婚的打算。甚至，有时候，她还会想，是不是自己不善于处事，不懂得如何交际，才会把婚姻关系搞得如此糟糕。

直到那只误入自家院子的小猫被丈夫残忍地杀掉，佐世才真正感觉到丈夫不可忍受。

那年春天，有一只小猫迷路闯进了池本家的院子，出于恐惧而喵喵叫了一整夜，那猫叫得极其撒娇和哀柔，使得佐世一夜未能入眠。

每天睡前必喝酒，然后沉沉睡去的丈夫终于也被猫吵醒了。

气恼的丈夫骂骂咧咧地喊着："吵人的东西，我要揍死它……"

佐世原以为他嘴里骂骂而已，没想到他果然起身下床。

“不要吧，你真揍死它，会闹猫鬼的。”

佐世半开玩笑地劝阻他。

“胡说，那么三味线（三味线为日本三弦琴，琴鼓覆盖着猫皮）店铺要怎么办？岂不是整天闹鬼不必做生意了？”

丈夫就是这么一个毫无幽默感的人。

不过，佐世此时还寄希望于丈夫不会那么做，不过是吓唬一下那只猫罢了。

可是，怒气冲冲的丈夫跑到楼下，找到整理院子的铁锹就冲猫走了过去。

佐世从卧室的窗口看着丈夫的背影，她大声说：“把它赶走就行了。”

丈夫闻言回头看看佐世，一脸杀气就像见鬼似的。佐世看到丈夫的表情时，心里一惊，才明白丈夫是真的要杀猫。

佐世匆匆地下楼想要阻止，结果人还未到楼下，就听到了一声惨叫。一股可怕的感觉顺着脚底蔓延到脑袋，身体也发颤起来。佐世像被钉住一样无法移动脚步，她的双手捂着耳朵，浑身都感到一种凉意。

丈夫又出现在她面前，无所谓地对她说：“我用圆锹把它丢到墙外了。”

丈夫嘴角浮着冷笑，似乎还沉浸在刚才剥夺生命的快感中，他伸出那只才杀死一条生命的手想摸佐世的乳房。

“不要，我不要……”浑身起着鸡皮疙瘩的佐世机械地想要拒绝丈夫。

丈夫却是蛮横有力，毫不体贴：“我明天还要工作，不睡觉会影响工作……”

佐世仍然拒绝：“我并不是安眠药，你要睡觉只管睡觉。”

可是，丈夫是不容反抗的，孔武有力的他毫不困难地就抱起佐世，把她推倒在床上，并用那残留着血腥的手抚摩佐世的身体，用力拨开佐世的双腿，想向她里面摸去。

“不要……”

佐世撑起双手想推开丈夫那厚重的胸膛，可是他那带着淫笑浮着油脂的脸，毫不留情地逼近过来，他把那发亮而黏黏的油脂抹在佐世干净的脸上。

佐世闭上了眼睛，此时只有一个念头“杀了他”，这种感觉如此确定，以至于佐世被自己吓了一大跳。她知道，从今天起，丈夫便是自己的敌人了。

对妻子的愤怒一无所知的丈夫对着绝不可能滋润的女性肉体激烈地凌辱，就像要刺破它一样。

对于佐世来说，这种夫妻之间的亲热已经成了一种凌辱和酷刑。她在心里暗暗发誓，绝不让丈夫再侵犯自己。

可是，当她跟丈夫表明自己的心意时，丈夫却是一脸不可置信的表情：“你是说，再也不肯跟我一起睡觉了吗？”

“是，我无法再有那种心情。”

“就因为我杀了一只猫吗？你居然要为一只畜生拒绝自己的丈夫？”

佐世只是沉默。

“那如果那样的话，我们又怎么会有孩子呢？”

“如果我未来的孩子和你一模一样的话，我宁可不生。”

“如果你这样讨厌我的话，就不该跟我结婚。”

“如果我像现在这样了解你的话，我就绝对不会和你结婚。”佐世的泪流下来了。

“那么，你不怕离婚对不对……”

佐世当然不怕离婚，如果能够离开这个男人，她一秒钟都不会停留——她迫不及待地想要恢复单身的自由生活。

可是丈夫冷笑了：“我决不会跟你离婚，哪怕是为了赌气！”

“果真这样，我会离开这里。”

“你可以走，如果你不怕你的伯父破产的话——如果没有我，他根本就不会有订单，不会有生意可做。他是你的恩人不是吗？自从你的倒霉父亲死了之后，是他把你抚养大的吧？”

丈夫充分发挥自己商人的本性，像精明的野兽一样，彻底利用人的弱点，凌辱到底。

此刻，佐世清清楚楚地看见了这个丑陋的男人的卑劣本性。

“还是认命吧！乖乖照我的话去做。”丈夫再次粗暴地把佐世压在身下，开始撕扯她的内裤。

绝望的佐世不愿亲眼看着这样的事情发生，她要求丈夫把灯熄灭。但是丈夫在明亮的灯光下，注视着佐世裸露的部分，疯狂地大笑。

极度的痛楚和羞耻感使得佐世的身体扭曲起来，像只煮熟的虾米一样，嘴里忍不住发出痛苦的呻吟。

丈夫终于放弃了：“你有这种念头，我该找个更好的法子惩罚你！”

果然第二天晚上，丈夫带回来了一个年轻而看起来有点痴呆的女人，那女人自称是模特儿。两个人一起吃佐世做的晚餐，甚至毫不避嫌地当着佐世的面亲吻。

这就是丈夫所说的惩罚了，佐世觉得自己无法忍受这样的侮辱，便想离开房间。丈夫怎会答应，跑过来抓住她并用绳子捆绑住。无耻的丈夫还撕开佐世的衣服，露出佐世伤痕累累的下体给那个女人看。

可恶的女人并不感到羞耻，反而哈哈笑着说：“原来是这样才不能使用。”

“恬不知耻的母猪。”佐世恨不得把口水吐在他们身上。

“喂，你看着，什么才叫真正的性交。”丈夫淫荡的话语萦绕在佐世耳边。

在佐世面前约两米的地方，两人纠缠在一起，互相剥下对方的衣服，一幅淫荡的情景。

当佐世再抬眼看这一对禽兽——发出哼声的女人和野猪般喘着气的男人时，佐世觉得她看到的是一幅阴森森而滑稽的景象。

佐世突然平静了，既然他如此对我，我们便不再是夫妻了。既然不再有关系，那么他做什么有什么值得关心的呢？她不再为看到的景象愤怒或悲哀了。

佐世权当是看猴戏了。那女人似乎对佐世并非视若无睹，当她偷偷瞄着佐世时，她那假装出来的哼哼声便会停止。

这不过是个为金钱而出卖肉体的感情麻木的女人，他们的表演还不如猴戏，佐世冷冷地想，对那个女人甚至产生了一丝悲悯。

佐世的冷漠激怒了丈夫："我从未见过像你这般铁石心肠的女人，传说中的石女只怕也没有你这么浑蛋。"

丈夫从此以后酗酒，每天喝醉了便倒头大睡，似乎想借酒精来麻痹自己的神经，借以忘记佐世的冷漠和坚硬。

佐世也曾经对丈夫有过怜悯，可是婚后仅有的一点温情已经伴随着丈夫一次次的殴打和强暴而消磨殆尽了。

如今的佐世，对丈夫的一切都已经麻木，满脑子想的都是如何离开这个魔王。可是，佐世又害怕男人报复自己的伯父，毕竟那是自己唯一的亲人了。

一方面想逃离这种地狱般的生活，一方面又想保全自己的亲人，佐世终日为这种苦恼纠缠着，明显地消瘦了，没有食欲，缺少睡眠，佐世感到自己已经一步步被逼上了绝路——只有杀了这个男人，自己才能得救。

可是，佐世并不想搭上自己的性命，为了这种男人送命，太不值得了！

一向单纯的佐世陷入了沉思，开始寻找一种既能除掉这个男人又不必使自己受到惩罚的方法。自己本来也不应当受到惩罚，不过是替天行道罢了，谁叫法律不肯惩罚这种没有人性的男人呢？佐世暗暗地想。

她默默地等待机会，从秋天等到了冬天。

冬天一到，体质不好的丈夫又开始频繁感冒。十一月病倒了一次，在家卧床躺了三四天。十二月终于又病倒了，这一次感冒拖得很久，到了正月，丈夫的病情迟迟不见好转。

病中的丈夫日益暴躁，佐世开了电暖气，已经把房间弄得很暖和了。丈夫却仍然骂骂咧咧，埋怨佐世对他不够尽心。没有办法的佐世只好把煤油炉也点上，屋子便开始如夏天一样暖和。丈夫终于不再抱怨，喝了止咳糖浆之后沉沉睡去了。

家里的怀炉灰没有了，佐世不想让丈夫醒来之后又找到发火的借口，冒着小雪来到附近的杂货店。"十二支一盒，买两盒，应该够用一个月了。"佐世暗自计算着。

回到家里，将刚买的怀炉灰点上，看着怀炉灰燃烧过后黑色的灰烬，佐世突然产生了一个念头……

她似乎为自己找到了出路，每日除了伺候生病的丈夫，便专心于自己的研究。有时候，在丈夫又辱骂自己的时候，也会摆弄一下自己的录音机，仿佛是为自己找一点消遣娱乐。

等待已久的机会终于来了。丈夫在家里一边抱怨自己沉沉不见好转的感冒，一遍为公司写了一份资料，写完之后，便指使佐世帮他送到公司。佐世知道自己的机会来了，她递给丈夫一杯加热的牛奶后，又为他打开电暖气，紧闭好门窗，并点燃了煤油炉。丈夫没有几分钟便沉入梦乡。

佐世没有驾照，给出租公司打了电话。很快，出租司机开着车穿进了院子在楼下喊她。佐世缓慢地从卧室中走出，脚下似乎跟着一条长长地黑色的蛇。

走出玄关的时候，三点十分多一点，女人对着屋内说了一声："我现在要去了！"

车子在市内遇到了一点堵塞。终于到了公司，交接好资料，佐世并不急着离开，她还要为丈夫带回一点他爱吃的饭团。她坐在公司的椅子上，耐心地足足等了二十多分钟。

五点五十分左右，出租司机把她带回了她郊外的家，她从车上走下来，被一群人围着的屋子成了废墟。

她知道一切结束了。可是一瞬间，不知道为什么，她的腿软了，眼前一黑，她就晕过去了。醒来后，已经在医院里。她庆幸自己不必去面对那死人的尸体——他活着时那般丑陋，烧成灰了不知道是不是也会比别人特别一些。

（四）

这两天，佐世已经不怎么梦到以前的事情了。她不用担忧生活，每天坐在院子里照得人发痒的阳光下做一些漂亮的刺绣，旁边还有一只叫克莉的小猫陪伴。她觉得日子很满足，梦想了那么久的生活终于开始了。

可是，理想的生活并没有持续多久，医生的话还回想在她耳边："太太，非常抱歉，五个月的孩子我们已经没办法做流产了。"她抱怨自己的粗心："为什么我到现在才发觉，后悔也已经来不及了。"

佐世又开始终日忧愁了："假若我生下的是男孩，假若他跟他的父亲一模一样，我该怎么办？"

佐世又开始恨起丈夫来，可是不一会儿她又觉得这是上天对自己杀害丈夫的报应。恨意和悔意交织在佐世心中，佐世的多愁的命运永远不会中止了！

白蚁

【日】小栗虫太郎

荒草茂盛的高原地下掩埋过无数人的尸体，人们对这个地方避之不及，但是骑西家的5个人为什么会深夜赶往此地，并在此隐居两年之久？那个患了麻风病的孩子身上有着怎样的谜题？接二连三的死亡为何会突然光顾这个小集体？

(一)

穿过树林，映现在眼前的，是一处破败不堪，犹如摇摇欲坠的积木一样的建筑——乡土馆。如今，这栋破败的建筑中住着骑西一家——世代以马灵教闻名的庞大家族。

然而，现今的骑西家，早已不复当年的风采。这就有必要从马灵教的兴起说起。文正十一年十月，或许是由于之前的家族中世代近亲结婚种下的恶果，骑西家的第27代家主有着非同常人的病态，若是用现代医学的眼光来看，家主所患的其实是所谓的幻觉偏执症。他看到一匹马的灵魂在某个地点徘徊，这虽然是幻觉，却偶然地与现实一致，人们在他所说的地方发现了被埋葬的马的尸体。这件奇特的事情经过当时人们的传扬，甚至席卷了整个江户。骑西家也因此创立了马灵教，对马的灵魂赋予神的意志，妄称是神明显灵。

其实就其教义本身，实属一种蛊惑人心的邪教。他们给慕名前来的信徒催眠，暗示一种麻风病的感觉。当时的人们对于麻风病有着难以名状的恐惧，教主趁此机会将他们收服，宣扬他的教义，并且告诫信众，不可违背神灵，只要笃信马灵教，就可永无患病之忧。这本来就是想象出来的麻风病，自然不会再有发病的可能。但不明所以的教众却到处传颂马灵教的灵验，使得马灵教名噪一时，拥有了大批狂热的信徒。马灵教的势力增长引起了当局的注意，两年前，当局以刚刚恢复的驱逐、流放之刑处罚了马灵教，骑西一家只得离开了东京，返回家乡弹左谷。

站在贺志坂崖的边缘，可以看到一片荒芜而凄凉的高原，这就是上州的神原宿。然而在这一片荒芜之中，却神奇地有着一片草木覆盖的世界—— 一块半里方圆的缓坡，这片存在于高原和山崖之间的山谷就是弹左谷。尽管整个山谷本身充盈着绿色，但如此突兀的绿色非但没有为周遭的环境带来生气，反而散发着几乎令人窒息的恐怖气息。甚至于风中都弥漫着难以言喻的异样色彩，那样妖艳的、几乎不带杂色的绿，并非生机勃勃的朝气，只能说是一种带着病态的色彩。

这之中的原因不难追述。这片土地见证过无数的战争，留下了无法计数的血腥和怨恨。这里的地名称作弹左谷，这名字也有着心酸的由来。天文六年八月，住在小法师山的城寨里的渊上武士家在与日贵弹左卫门家的战争中落败，最终被灭门。渊上家的头领西东藏人尚海战死，他的全部族人，不论男女老幼，都被带到这里，在这个缓坡下被斩首。之后，弹左卫门命人挖了深坑来掩埋死者的尸体。到了明历三年，高原上的这片地峡发生了山体滑坡，人们才发现了这些裸露的尸骸。此后，经过这里的人们都说，这片草木之所以生长得那样茂盛，就是生长于腐烂的尸体上的缘故。

这片原野存在于高原与地峡之间，深处犹如孤岛一般，唯一的小路也被荆棘覆盖。在地峡尽头就是小法师山，山脚处形成了几种植被带，山腰处是一片茂密的冷杉林，林间分布着小小的湖泊。

离开东京的那一夜，仅剩5个人的骑西家在众多信徒的保护下与官方发生了冲突，然而随着军队使用武力，信徒大多被驱逐，当行至神原，就只剩下了骑西家的五人。马灵教以这样带着悲壮的色彩走上了末路，仅剩下的五人也背负着自己各异的命运。

马灵教满脸皱纹的教主阿藏，就这样带着自己的长子十四郎、儿媳泷人，次子白痴儿喜惣、小女儿时江以及长子十四郎和泷人的孩子稚市来到了荒无人烟的神原宿，与世隔绝地生活了两年多，并且将继续下去，从没想过打破这种隐遁生活。

这样与原始人毫无二致的环境逐渐改变了骑西家的人，自从被迫来到这个山谷，似乎每个人身上远古的野性就被激发出来了。两名男子身上都带有了不容侵犯的山野之意，身躯日渐魁梧。然而处处透出死亡气息的山谷也让他们沾染了无法摆脱也无法停止的懒惰和麻木。

每天早上分秒不差地醒来，到佛堂吟诵家族流传下来的教义，日复一日，重复同样的动作。这样的隐居生活会滋生人的敏锐神经，这种影响在小女儿时江身上表现得尤为明显。时江是一个生活在自己幻想世界中的女子，想法甚至于还停留在小女孩的时代。看到天空的明暗变化就会想到时光易逝，心中涌起阵阵伤感。植被茂盛的原野被阳光照射时，会在她眼中幻化成美丽繁华的城市。但其中最严重的，就是她对树叶形状的令人无法理解的执念。住处周围的杉树林中生长了一些松风草，这种草的叶片呈心形，靠近叶柄处分开两股，好像人分开的两指。每次看到这样的叶片，都会引起时江莫大的恐惧，不论她怎样去想其他的美好的事物，都无法摆脱心中的绝望和恐慌，原因则是，那叶片的形状正是侄子稚市身上麻风病瘢痕的形状。

稚市今年已经5岁，却天生畸形，这样恐怖和惹人作呕的长相，若是在一出生时就死去的话，也不会像现在这样成为整个骑西家人的噩梦。这孩子的五官很清秀，让人不敢相信现在的十四郎是其生父。他却有着硕大的榔头样的脑袋，巨大的脑门后是光秃秃的头顶，只在后脑上残留着一片稀疏的胎毛。这孩子最大的怪异气息来自他的四肢，看到了那样的四肢，其他什么就都被忘在脑后了。稚市的双手手指都从第二个关节处断开，形状好像是瘙痒耙子，拇指就像一个肉瘤。脚上甚至于只剩一个拇趾，其余四个都溃烂扁平，形状像是鱼鳍，泛着铜色的光芒。不仅外表奇特，这个畸形儿还是个哑巴和白痴，天生只具备看和吃的意识。

从他降生的那一刻起，全家人就陷入了巨大的恐慌中，原因无他，他那溃烂的四肢无疑是麻风病人的症状，这就让人不禁怀疑这是对于马灵教的报复，正因为教主曾经以残忍的麻风病的恐惧折磨信徒，才会有这样的报复落在这一代的子嗣身上。但是后来骑西家的人总算发现，这是因为阿藏的丈夫近四郎曾到麻风病人居住的村子去过。从这以后，不管稚市所患究竟是不是麻风病，又或者这病是不是会传染，骑西家的人都被笼罩在了对疾病的极大恐惧中，在那样没顶的绝望中日渐腐烂。

（二）

唯一没有受到这畸形儿降生影响的，只有稚市的生母，十四郎的妻子泷人。

泷人的丈夫十四郎是土木工程学的秀才，归国后投身于铁路的建设，忙于开凿洗马隧道，所以和泷人成婚时已经35岁，比26岁的泷人大了9岁。因为泷人的父母笃信马灵教，二人就此相识。在交往的过程中逐渐心心相印，感情十分深厚。婚后没多久，就拥有了只属于两人的小小世界，但由于十四郎工作的关系，时常要住在隧道旁的馆舍里。然而突如其来的灾祸打破了新婚夫妇的幸福，十四郎遭遇了一场隧道塌方，虽然最终被救出，但在黑暗的隧道中长达6天，使十四郎的容貌发生了彻底的改变，这种改变甚至蔓延到了性格上。这样不可思议的改变发生在任何人身上，恐怕都无法让人相信，这个丑陋的男子就是那个风度翩翩的土木工程师。

这个男人虽然保住了性命，却彻底丧失了之前的记忆。原本大有前途的青年工程师，变成了沉溺于血腥狩猎并且笃信马灵教的愚昧农夫。泷人不止一次地怀疑，这个凶恶的男人根本不是自己深爱的丈夫，为此她曾多次决心一死。似乎是神明惩罚骑西家的诅咒，在泷人生下畸形儿之后，虽然数度怀孕，却每次都是流产或死胎，几年的不断流产、生育使她的身体迅速衰弱。但更加令泷人困惑的是怎样才能弄清这男人究竟是不是十四郎。这种想法自产生之日起，就如毒瘤般存在于泷人的脑海中，无法摆脱，5年过去，她依然深陷于这疑惑、苦恼的漩涡中。但也是因为这样的执念，才使泷人还残存着骑西家人已不再拥有的冷静和坚强，因此尽管她的容貌迅速衰老，但内心还和那个看到面目全非的十四郎被从隧道中抬出来时别无二致。

每日清晨，泷人都要背上奇怪的背篓——其中放着她畸形的儿子稚市，走到惯常的湖泊边，出神地凝视着远处的天空。泷人身上几乎没有多少脂肪，显得瘦弱无比，然而全身都散发出一种决然而坚定的气息，面容冷峻，眼神充满睿智。直到正午时分，泷人都没有离开湖边半步。

天边传来隐隐的雷声，泷人抬头凝望，或许是确定雨云已经渐渐远去，于是起身走进了湖泊边的树林。这片树林中的树木也如骑西家的人一般，怪异而病态。红色的树皮片片脱落，表面长满高低起伏的疙瘩。泷人慢慢走过一排排树木，走向树木密集的深处，在一棵病态得尤其严重的老树前停下了脚步。老树的枝丫和突出地面的根茎犹如人张开的四肢，一侧的树皮脱落，露出暗红色的表皮，其上分布不均地长着几个树瘤，奇异的形状使整个侧面犹如一张人脸。细细端详着这树瘤形成的人脸，泷人的脸上慢慢浮现出了微笑，目光也变得异常的柔和。

“真庆幸能够在这样隐秘的树林中找到你的影子，十四郎。”泷人轻轻抚摸着树瘤形成的人脸，如吟唱般吐出了这些话，“我曾以为，今生今世再也不可能找到你曾经的美好，直到我在这树瘤中发现了真正的你的容貌。是啊，是真正的你，而非那个顶着你的身份生活的行尸走肉。我们虽然朝夕相对，却如同隔着千山万水。在这死寂的原野过着这样隐逸的生活，失去那个真正的你，让我几乎失去控制。为了不再流淌无法停止的泪水，我找到了这里，找到了生存在木瘤中的你。十四郎啊，你能否告诉我，那个男的究竟是不是你？还是真的像我猜测的那样……”

泷人的吟唱渐渐低沉，直至无法辨认，眼神越发犀利，闪耀着足以改变和掌控一切的力量。她胡乱拨开贴在脸颊上的碎发，趴到树干上，依旧没有停止那低低的倾诉。

在夺走曾经的十四郎的那场塌方中，最终获救的共有三人，技术员鹈饲邦太郎、工人弓削和十四郎。塌方堵住了水管，处于温泉地带的地下又具有猛烈的地热，因此三人虽然活着，却要忍受这黑暗和剧烈的干渴。十四郎在岩壁上发现一处间歇的泉水，便把嘴唇贴在泥土中吮吸宝贵的水源。十四郎将水源的位置告知了同伴，正当鹈饲邦太郎根据十四郎的指示在土壤中寻找水源时，第二次塌方发生了。据后来救护所的大夫说，因为遭遇了这样的变故，巨大的恐惧使十四郎脸上的筋络发生了异常，鼻子扭曲，两颊的肌肉上涌。赶来的泷人也无法辨认这个相貌是不是自己的丈夫。最为不可思议的，是躺在十四郎身旁的鹈饲邦太郎的尸体，那尸体的面容也是同样的情况。

“十四郎啊，你可知道，在别人告知我那是鹈饲时我根本无法相信，因为我心中有种怪异的想法，那具尸体才是你，虽说那张脸的容貌也早已无法辨认。那样的两张相同的脸时时浮现在我的脑海中，几乎折磨着我所有的理智，现在那个生活在我身边的十四郎，其实是鹈饲邦太郎，而我的十四郎，已经成了那个肚肠流出，四肢溃烂，令人惨不忍睹的尸体。只有这样，才能解释那种种不合常理的改变。那时的你曾说出过一句话，令我的疑心更加有道理，那时的你横卧在救护所，身旁就是鹈饲那恐怖的尸体，戴着眼罩的你催促我帮你拿掉它，当我松开眼罩的结时，你脱口而出的话令我几乎无法站稳。你双手紧紧捂住双眼，竟然叫出了高代这样一个女人的名字。

“从那时起，我就产生了莫名的恐惧，恐惧将会被那个不知是你还是鹈饲邦太郎的男人抱在怀里的夜晚。于是我去调查高代这个名字，结果更加印证了我的怀疑，高代就是鹈饲的第二任妻子。尽管如此我还是无法确信那个男人不是你，因为随身物品和衣着都是你的。而两个人的身高也不可能相近到如此的程度。

“尽管我一直没机会记住你身体的每个细节，但你与我身高的差距我却是记忆犹新。我偷偷地与那个男子比较，与之前的你完全相符，我于是陷入了深深的迷茫。鹈饲已经死了，而你也失去了之前的记忆，我心中的怀疑既无法确定，也无法消除。这样的焦虑在心中如蚂蚁般啃噬着我的灵魂，无法改变，只有顺从宿命生下那个怪物……还记得你曾经给我讲过的俄罗斯式的绝望吗？沙俄的士兵在失去活下去的毅力后会跌进大雪，精疲力竭，不反抗也不动弹……”

泷人的眼神空洞迷茫，似乎失去了灵魂的木偶般靠在树干上。突然，她的眼中又迸发了火热的光芒，坚定而勇敢。

（三）

“被掩藏的真相总有大白的那一天，不管会发生什么事，不管事实是什么，我都会堕入无尽的黑暗的深渊，而我也早下定了决心，不管最终结果如何，我都要查明那男子的真实身份和高代这名字的关系。从那以后，我就踏上了那漫长的折磨人的怀疑之路。”

雷声渐大，对面山峰上降下了雨水，树林间骤然间吹起了强风。空旷的荒原仿佛被人世间遗忘，寂静无声。在这一片静谧中，泷人道出了更加惊人的话语。

“有关异常心理导致容貌改变的著述，我几乎翻了个遍。尽管其中还有很多我这个女子学校毕业的人无法理解的，但我并没有放弃。最终，我得出了两种假设。关于你的容貌改变，我在埃贝尔哈德的世界大战的案例集中，找到了符合的病例。身体壮硕的男子带上不合适的防毒面具，突然摔倒的话，脸上的肌肉会瞬间僵硬成面具的形状。人如果在精神亢奋或剧烈运动时突然死去，肌肉会在瞬间僵硬。同样的道理，在第二次塌方发生之前，你曾把脸埋在泥土中寻找水源，而后鹈饲也摸索过去寻找。他为了找到水源，一定也曾把脸贴在你之前留下的脸型中，就在这时，发生了第二次塌方。突如其来的恐惧使你们全身僵硬，这才形成了那两张一样的变形的脸。你可知道，为了达到这样的结论，我经过了怎样的艰难的历程，走过了多少辛酸而又难眠的夜晚？”泷人的脸上流露出复杂的神情，饱含着对逝去时光的追忆。

“在你刚刚回到光明下时，脱口叫出的‘高代’这个名字，几乎让我想要推翻之前所有的结论，但在经过我执着地追寻后，终于找到了可能最接近真相的解释，这解释在别人看来或许不可思议，但在那样的情况下，的确有出现的可能性。

“我找到那令我欣喜若狂的最后一丝线索，是在赛迪斯的《多重人格》中。这里有个明确的例子，就是人在瞬间由盲目的情形下回到光明中的情况，你当时的情况不就是如此？先天性的白内障患者在刚刚恢复视力时，最先看到的不会是清晰的事物或线条，而只是模糊的轮廓，是有着色彩和光芒的混沌。当我拿掉你的眼罩，令你恢复到光明下的时候，首先进入你眼帘的那一片混沌，就是鹈饲溃烂破败的尸体，而‘高代’二字正是映入你眼帘的图画所显示的，无法控制自己意识的你才不自觉地喊了出来。你应该知道，在心理学上有个有趣的现象，在远处看起来像是花朵或人脸等美丽的东西，凑近看后会发现是血腥的杀人现场或切腹而死的武士尸体。随意放置的盘结的肠子和鲜血的色彩，能让人产生无尽的联想。鹈饲的尸身就是如此，腹腔被岩石划破，淡紫色的肠子从惨不忍睹的伤口流出，那忽然的灯笼条纹，胆汁、血液和泥土混合在一起的奇怪色彩。当时的你眼中无法看清事物，在眼中形成的只有一团奇异的色彩和混乱的光线。而我猜测，或许正是其中的光影和线条，形成了‘高代’的形状，才被你读了出来。因为从那之后，那个十四郎就再也没有提过这两个字了。

“如此虽然解释得通，但同样也可以认为是残存在意识中的思想起了作用，才在刚刚恢复视力的一片混沌中认出了‘高代’二字。5年里，这两种可能性在我脑中不停地纠缠碰撞，我无法否定其中一方，也无法完全地肯定另一方。究竟那个被我称作十四郎的男子，是不是我的十四郎？这真相好似在云层中，若隐若现，这5年，我没有被这样的不确定折磨得疯掉，真是奇迹。不，应该说，正因为有它，才让我在每天早上看到那同一张无法辨认的面孔，拥有继续走下去的勇气和动力，才没有在这令骑西家在堕落腐朽中死去的荒原中，失去我的坚强。正因为有着这样的信念，心中抱着一丝希望，但若这丝曙光真的变成了太阳，我该如何是好，如何接受那些残酷的事实？

“如果那男的是你的空壳的话，我的生命也就没有意义了。但如果那男的是鹈饲，就能解释性情变化如此之大。但如果事实真的是这样，对于我这个一刻也不能离开你的人，要如何接受你已经那样悲惨地死去的事实？可以说，我害怕这是真的，又害怕这不是真的。不论最终的真相是怎样的，我都会被彻骨的绝望吞没。”

似乎感觉到了泷人的绝望，那些刚刚还聚集在周围的昆虫突然散去，颤抖着飞走了。

“现实生活中有种现象叫作双重透镜像，透过盈满泪水的双眼，看到的事物会因泪水曲折了光线而产生扭曲。丑恶的事物会变美丽，在18世纪中期，人们透过透镜来观察麻风病人，甚至会产生窈窕美女的幻象。这种现象在心理上同样存在，在脑海中反复联想现在的十四郎和当时的鹈饲的脸，就能产生出一种相互重叠的反应。我的心中存在的这两种影像，一旦我能把它们重合在一起，这两张脸就会奇迹般地变得光滑起来，仿佛男旦那和善的面容。之后我就会确认，那就是在改变容貌之前的鹈饲的脸。

“而这样一来，会消除我心中对你的爱恋，而那无处发泄的情感，也就只能到妹妹时江那里去寻找。在面对现在的十四郎时，会在潜意识里认为那就是鹈饲邦太郎，这样的幻想一直浮现在我眼前，让我觉得，自己就像个妓女。当看到时江那张和你几乎一模一样的脸，我那颗心就会不由自主地飞到她身上，缠住那其中哪怕一丝一毫你的气息。现在和十四郎之间仅剩下肉欲的世界，和对时江那样的转移的爱，都是因为你不在我的身边。正因为觉得还存在着和你之间的联系，所以才能让我坚持下去，而哪一天这种奇妙的平衡若被打破，那么我是会发疯还是动手杀人，都是无法预料的事情。如果你看到稚市的话，你一定会感到震惊，他是你的孩子，虽然是在你产生了那样的变化之后出生，但他的身上，有着和你一样的，被白蚁啃噬过的印记。”

太阳艰难地透过云层投下光芒，湖泊上反射着点点波光。树丛中突然冒出了一件异物，覆盖着巨大的锐利青叶，这分不清种族的生物，悄无声息地探出了头。

（四）

这团形状怪异的生物，正是骑西家那冰封般的恐惧的源头，已经把全家人拖入绝望的稚市。丑陋的手脚藏在树丛之中，妖怪般的头颈更令人觉得恐怖，使得整个树林的气氛都变得诡秘起来。稚市转动着双臂，停下来望了望泷人，又疯狂地向着树荫的方向爬去，仿佛有什么致命的东西正在追赶着他，但其实，他的背后只有刚刚透过云层射出的一线阳光。

生下这样一个妖怪般的畸形儿，任何一个母亲都会承受不住这样的打击。但是这对泷人几乎没有任何影响，她向着树瘤张开双臂，得意地笑着。

“麻风病吗？真是愚昧的，毫无根据的恐惧。为了这样子虚乌有的恐惧，那些愚昧的人甚至抛弃了一切。这根本与稚市无关，就让他们带着这样的恐惧接受惩罚吧，要我怎么认真地告诉他们，这令人无法接受的畸形，是我的杰作？你知道吗，当时的我的精神力量，是可以造出比稚市还要离奇的东西的。”

泷人提着稚市的脚踝把他倒吊在膝上，像观察实验品一样审视着他。突然，她张开嘴，如母牛爱抚牛犊般仔细地舔舐着那孩子溃烂的脚趾。唾液顺着脚踝留下，滴到泥土之中，仿佛滴下的脓液。母亲舔得那样仔细，不放过一处溃烂的伤口，做着这样的动作，泷人的眼中依然保持着令人难以理解的冷静和坚定，舔够之后，她再次以锐利的目光审视这个怪物样的孩子。

“看到了吧，这并不是什么麻风病，这孩子所有的怪异都是由我一手造成的。是我那强大的精神力量造就的。生物学上有先父遗传的现象，女子再婚生下的子女，往往会带有前夫的遗传，在发色、皮肤上会有重叠。同样的道理，人在怀孕时见到的景象，也会影响到腹中的胎儿。但是，我这样的先父遗传真是世所罕见，那是因为在见到鹈饲的尸体时，给我的印象实在太过深刻，当时我已经有了 4 个月的身孕，那溃烂的四肢在我心中留下了那样深刻的印象。这是只有我才知晓的秘密，所以说，那个令整个骑西家变得敏感而脆弱的恶疾，在我看来非但不会让人厌恶，反倒是这个孩子惹母亲疼爱的印记。”

虽然这样说，泷人看着稚市的目光变得好似在看一个玩具，心中涌起想要把那溃烂的四肢拧下的冲动。终于，爱抚变成了嫌恶，泷人扬手将那个不停挣扎着的怪物扔进了身旁的草丛。

“这孩子似乎只不过是我的玩物，你一定这样想吧。他的存在根本就是我的愤怒的精神所发泄出来的产物，那团低等的生物根本无法算是人，我对他进行过训练，最终成功的却只有两个——对小白鼠进行的走迷宫的训练，结果发现，刚刚你也看到了吧，这孩子居然具备只有蛞蝓具备的背光性。一旦有光线照在背上，他就会快速地爬进阴影之中。请不要责怪我这个做母亲的残忍，只是，在这样无望而堕落的深渊里，没有玩具的人是无法生存下去的。”

没错，生活在这里已经使得骑西家的每一个人都成了大自然的玩物，自己的玩物。

马灵教昔日的教主阿藏，也就是十四郎的母亲，依然没有放弃自己的梦想。依然倔强地相信，马灵教终有一天会重新找回昔日的风光。她心中信念的坚定，随着肉体的衰老与日俱增。到了那样的年纪，依然固执得不肯染白发。由于生下了稚市这个怪物，泷人也被她视为污秽者，禁止参加清晨的祭祷，甚至于禁止她进入御灵所。当然，这对于本就对马灵教嗤之以鼻的泷人来说，未尝不是一件好事。

虽然如此，她却不愿轻易放弃泷人这样的儿媳，而是以母亲的身份做出决定，即便现在的十四郎死去，泷人也不能离开骑西家，而是要嫁给十四郎的白痴弟弟喜惣。十四郎出事后，泷人对这个家再无眷恋，这样的决定无疑又将泷人拖向了另一个深渊。白痴的媳妇，这噩梦不知何时就会到来。

而身为白痴的喜惣却比稚市拥有更多的感官和想法。他整日与兄长一起在山野间打猎，穿梭于密林荆棘，身体越发强壮。为了让嫂嫂成为他的媳妇，不停地注重锻炼，要比兄长活得更长久。也许对于泷人来说，与其被迫嫁给他受到进一步的凌辱，倒不如同时葬身在熊熊大火中来得痛快。

想到这，泷人脸上掠过一丝决绝的神情，但只是一瞬间，这情绪就被突如其来的如情欲般的冲动所取代。

“生活在骑西家唯一能令我心动的人，就只有时江了。那姑娘的面貌跟从前的你是那么相似，但她的性情却是那么脆弱敏感，即便是我也不能在她面前大声说话。但是我对你的那份热情，也只有寄托在她的身上了。

“她的五官与你那样相似，但是却缺少你所特有的，能抓住我的灵魂的力量。我所能做的，只有让她变得更加像你，最好的办法就是让她擦抹铁浆。那样，皮肤会变得细腻，明暗的差别会被消除，那样，就真的与你一模一样了。但是她却怎么也不肯，看到她抽抽搭搭落泪的情景，那种想要占据这具肉体的欲望是那么强烈，这欲望是腐败的温床，令我的身心都开始腐坏，你看到那些围着我嗡嗡鸣叫的虻蝇吗？恐怕它们都是被我腐坏的灵魂吸引来的。

“时江越是躲闪，我就越是想要把你的灵魂套入那具躯体之中，这疯狂的念头日日折磨着我，幸亏那时我在这里找到了隐藏着你的气息的树瘤，才使我平静下来。否则，我真会被那样的欲望逼疯的。

“这个荒原用它的空寂束缚着我的身心，我把鹈饲当成现在的十四郎，觉得自己是个妓女；在时江身上找寻你的影子的我；面对着这树瘤，倾诉自己真实内心的我，这三种人格同时存在于我的身上，保持着某种奇特的平衡。但一旦有一天，我查明了真相，那男子真的是你的躯壳，我又该如何？如果真是那样，与其承受，不如使出全身的力道，将他抛却。”说着，泷人似乎忘却了身边的世界，忘却了一切，全部身心都投入到对着有着十四郎气息的树瘤的爱抚之中，她的力道逐渐加大，摩挲着已经变得光滑的树皮，手指变得通红，直到表皮磨破，鲜血染红了树干……

当太阳西斜之时，泷人终于克制住了自己的倾诉和情感，将稚市放回背篓里，与人面树瘤告别：“今天要回去了，我的身体十分健康，请你尽管放心，也请你多保重。”

（五）

黄昏来临，夕阳的余晖映照在骑西家的住宅中，泷人刚刚走到住宅不远处，就闻到了一股烧焦的肉的气味。这就表示着十四郎兄弟二人出门打猎已经回来了。性情大变后的十四郎似乎只剩下了野兽的意识，对血腥的渴望大增，甚至于时常在山谷中徒手和野兽搏斗。弟弟总是跟在哥哥身旁，兄弟二人把打猎当成了嗜好，穿梭于密林间，所设下的陷阱甚至连经验丰富的猎人也望尘莫及，正因为如此，骑西家的人才能在这荒芜的原野中生存下去。也是因为这个嗜好，兄弟二人的体型也日渐壮硕粗犷，更加衬托了这片土地上潜藏的野性。虽然这片住宅是骑西家祖上遗留下来的产业，但因为年久失修，早已只剩下个空架子，勉强能够遮风挡雨罢了。横梁和棚板都散发出木料腐朽的臭味。

刚刚来到门口，泷人就闻到一股令人作呕的血腥之气，令她回想起了那不愿回想的死产的经历。她抬眼望去，在熊熊燃烧着的柴火堆上，是一只被挖去了眼珠的小鹿的尸体。脂肪滴在火焰上发出的噼啪声，让人感觉仿佛回到了原始社会，那些只剩下食欲的人们，聚集在厅堂中等候大餐。

这似乎是一头未满一岁的小鹿，大小与狗差不多，一半身子是白色几乎没有被污染的花斑，另一半身躯也许是在逃跑的时候撞上了坚硬的岩壁的缘故，擦伤得十分严重，暗红的已经结成块状的血和泥土混合在一起，有些石块甚至嵌入了毛发的纤维之中。在烈火的烤炙之下，小鹿面目全非的那一半身躯不断滴落着血和脂肪的混合物。被捕兽夹夹断了关节的双腿向外翻，扭曲成一个在正常状态下不可能出现的形态，这样怪异的姿势使得小鹿的整个形状看起来就像石灯笼被截断，还剩下一半的样子，暗红的血，洁白的皮毛，橘色跳跃的火焰，整个画面的色调阴森恐怖。

十四郎似乎在打猎中受了伤，额头上缠着绷带，左眼被覆盖住，只用右眼盯着即将成为食物的小鹿。火势突然腾起，小鹿身上的油脂更快地滴下，破开的肚子中流出不知是什么的脏腑。十四郎看了躺在阴影中的时江一眼，粗声粗气地对妹妹说："喂，吃块肝吧，听说鹿的肝对那种病最好了。"

时江只是盯着那堆柴火，似乎丝毫没有听到哥哥的话，依然沉浸在自己的世界中，连话都顾不上说了。小鹿的毛皮被烤得翻卷起来，皮毛的焦味充斥了整个房间。这时时江突然开始剧烈地挣扎，尖声叫道："你这是什么话，你要让我吃掉稚市吗！你看看着小鹿的样子，跟你的儿子根本一样。我们究竟在这里做什么，在这样被人遗忘的地方腐烂吗？那我宁愿像这鹿一样被烤了，也就不会受到乌鸦山猫甚至尸虫的欺凌！"时江就是有着这样敏感的神经，不论是什么时候，只要看到能让她联想到那可怕的东西的形状，就会立刻歇斯底里地说出心中的想法。但她心中似乎又在想着别的事情，小声嘟囔着鸟兽的名字，时不时地又连连摇头，似乎要甩掉什么不好的想法。

"你尝尝无妨嘛，"阿藏决定拿出家主的身份，让时江安静下来，"不要再惹事了，我们迟早会离开这里，迟早会重新振兴马灵教的。这小鹿的眼珠很好。"

时江背过身开始啜泣，高声叫嚷着打断了母亲的话："走开，我才不要那些恶心的东西。如果没有生下稚市，我们就不会在这里受这样的罪了！你们有没有听说，这种发病的征兆，据说刚开始得了这个病，最初的表现是皮肤变得透明，就像这头鹿现在这样。之后呢？之后全身会变得麻木，原本鲜红的血液也会变得漆黑。那样腐坏的血液流到哪里，哪里就会长出可怕的白斑，当然也有可能直到发病死去也不出现，那样就是死也不知究竟是为何而死的。与其现在这样自暴自弃，自欺欺人的生活，我们为什么不直接去死？不，就算是死也无法摆脱这腐坏和恐惧，甚至于死对于我们这样被遗弃的人都是奢侈的。所以只能等待那种病的到来，然后在别人的嫌恶中死去，不，直到死前，也要嘲笑蔑视那种病。"

一家人已经习惯了她的发作，只是默默围坐在火堆旁，安静地听着，不再出声。时江发泄完，声音渐渐变低直到消失。听了那样一番话，母亲心中想着辉煌的未来，不以为意；泷人则是在心中嘲笑着他们来源于虚幻的恐惧。十四郎和喜惣根本就对时江视而不见，只是在争抢着小鹿完好的那一侧的已经烤好的鹿肉。两个只剩下原始欲望的兄弟为了这饕餮的食欲，几乎要大打出手。母亲阿藏为了转移他们的注意力，只得又提起其他话题："不要再挣抢了，喜惣你还是要那小鹿的眼珠吧，那才是好东西。"

"那种东西要去哪找？"喜惣毫无表情的白痴的脸孔从小鹿上转过来，开始寻找眼珠。

"拿回来的时候就没有，大概是被乌鸦吃掉了。"

“不，是角鹰才对。”白痴固执地反驳。

“角鹰……”时江突然呆呆地盯住小鹿，重复道。突然深深吸气，脸上浮现出惊恐的神情。

“时江，你的脑子里都在想些什么奇怪的事情？”对于十四郎来说，只有食欲是最重要的感情。

时江脸上浮起了古怪的笑容，似乎在嘲讽：“没什么，既然大哥想要小鹿完整的那一边，那别人无论如何也不可能得到了。既然来到这山谷，又怎能得到？”

说完这句令人费解，用意不明的话，时江就不再开口，这些话态度暧昧，火堆旁的人都对这些话有着自己的理解和想法。小鹿完好一侧的皮毛被火焰点着，开始燃烧，整个身体都散发出诱人的油光，又有几滴脂肪滴落。而时江在说完那些令人迷惑的话后，就又沉浸在了自己的世界中，对于十四郎推给她的鹿肉也是毫不理睬，就像忘记了刚才自己说过什么一样。其他人自然也不会对此稍加在意，但这终究不是时江的精神错乱，这其中的原因，被泷人那犀利敏锐的头脑捕捉到了。

（六）

夜幕降临，泷人安顿好已经睡熟的稚市，轻轻来到了时江的屋里。时江与阿藏同住一间卧房，十四郎夫妇住在另一栋楼中，中间联通的建筑，是一间蚕室。因此两栋看似不相连，但其实从中间还是可以连通的。此时阿藏还在御灵所中，昏暗的房间中只有时江一个人在灯下发愣。

时江抬头看到泷人的脸，不禁开始颤抖，今天的泷人与平时不同，眼中流露出的不是将自己占为已有的欲望，而是异常的冷淡，全身散发出令人战栗的掌控力。

泷人轻轻坐下，望着时江的脸，“你没有什么想要对我说的吗，时江？呵呵，你知不知道这片荒原上生长的杂草为何呈现出那样异样的形状和色彩，因为那是从死人胸口上生长出来的啊。而人的内心也是一样，生长在可怕的秘密上的心理，也会不遗漏地反应在你的行为和言语之中，终有一天，你会保守不住那个秘密，而你内心的丑陋就会原形毕露。”

“嫂嫂，你究竟在说什么啊？我并没有什么瞒着你的事情，更不可能有什么不可告人的秘密……”时江极力否认，但双手却不自觉得揪住了自己的胸口，力道之大，使得指节都发白了。

她这一切不自然的表现都落在了泷人眼中，泷人更加紧逼不放，愈发沉着冷静，“你以为那样的想法只是深埋在心中就不会有人知晓吗？难道你头脑中的思想真的可以瞒过别人吗？你这是何苦，我并没有怪你什么，我只想你告诉我，究竟为什么你就知道‘高代’这个名字。”

说完泷人就住了嘴，静静地观赏自己的话语带给眼前猎物的影响，时江打了个激灵，仿佛灵魂离开了躯体般，变得目光呆滞，反应迟钝，几乎失去了自控能力，看到时江这样的不知所措，泷人心中涌起一阵残忍的快感。

“你也许觉得这是无稽之谈，抑或是我的胡思乱想，但是你已经把自己的内心表现了出来。应该怎样解释呢，这种现象有它系统的体系，这在学术上叫作数形式型，就是人们会通过几何线图把自己的内心想法表现出来，在遇到什么东西时，会自然地将那个事物和心中介意的事物产生联想。眼睛看到的影响会影响内心，而内心又会和外在的线条和光影产生共鸣。那个印象在你的心中越久，这种联系的倾向就越强烈。比如说，因为你对于稚市和那种可怕的病的介意，在看到那只小鹿时，很自然就联想到稚市身上了。但那只是你所表达出来的思想，而你所隐藏的，是那种小鹿的形状让你联想到的另外一种联想。

“我甚至能够知道，当时就像有人在你耳畔对你低语。‘小鹿’这个词的发音，能令你想到某个令你印象极为深刻的发音，又或者，本来就包含在那个发音中。但是，当时你的脑海中并没有清晰地出现那件事物，只是作为一个模糊的影子存在于你的意识中，所以你感到焦急，变得烦躁而易怒。仿佛一层薄雾笼罩在你的思想之上，但你只能见到它的模糊的影子，当伸手想要抓住时，又发觉那并非是你想象中的事物。所以虽然你心中存在着这个事物，但始终无法准确地找出那个幻影的真实面目。你在一片混沌中茫然地摸索，只能不停重复着乌鸦、山猫、尸虫这样的动物的名字，无意识地在其中寻找那个影子。就在你无法分辨，无法想象，再也无法抓住那个幻想的时候，妈妈的一句话却提醒了你。那是妈妈让弟弟去吃小鹿的眼珠，十四郎说那已经被角鹰啄去了，正是角鹰这个发音给了你提示，让你突然从无法理清的头绪中脱离出来，受到了启发，明白了徘徊在脑海中的幻影究竟是什么。别人不会注意到，但我却可以推测，角鹰的发音是TAKA，而引起你这样混乱的思绪的源头是小鹿，也就是KAYO，这两个词联系在一起，不久是TAKAYO——高代了吗？怎么样，可以说，当时你大脑中的思绪清晰地浮现在我的眼前，我甚至可以说出你的每一次犹豫和混乱的源头。”

时江已经被泷人不可思议的精神力彻底打垮，只能惊惧地看着眼前的泷人，几乎无法说出话来。泷人这时确信已经有了完全的把握让时江说出事实，面前的女孩在她看来就像到手的猎物一样，泷人好像狡猾的猎人，突然冒出了要弄网中的猎物一番的念头。

“你不必觉得恐怖，这并不是什么神奇的读心术，而只是一种心理上的游戏罢了。甚至于可以说，是存在于你精神上的无法摆脱的痼疾。你听到某些发音，就会用眼前的图像，描绘出那个文字，然后这个文字就会萦绕在你脑海中挥之不去。给你讲一个故事吧，这是在数形式型的研究史中有趣的故事。你也许对桥牌和其规则一无所知，但是这并不影响，你只要知道，在一个桥牌大师的著名的牌局中，曾经形成了必须要以黑桃A来决定胜负的情形。但是那位大师手上没有那张牌，便觉得获胜无望，甚至发誓若是那张牌在自己手上，就再也不碰桥牌。就在这时，他看到牌桌上的一个人偷偷看了一眼墙角的落地灯的灯座，因此他断定，牌在那个人手上，并且当即放下牌认输。原因就在于，那个落地灯座的形状，正像是把那个红桃部分遮住的黑桃图案。这件事情放在你的身上，那头小鹿的眼珠就相当于产生了那样的效果。角鹰啄去了，于是你心中的那头小鹿上就出现了一个孔洞样的斑纹，你下意识地把那整句话截掉一半，只剩下TAKA，也就是高代的高字，联合小鹿的发音，你就联想到了TAKAYO这个词，所以你才会对十四郎说，既然来到了这个山谷，就不可能再见到，因为你心中知道，来到了这个与世隔绝的地方，现在的十四郎再无法遇到那个名字叫高代的女人，不是吗？”

（七）

泷人慢慢迫近时江的脸，呼吸渐渐粗重，压抑着无法名状的激动：“现在，亲爱的时江，你应该告诉我，你是从哪里听说的这个名字的？这是埋葬在那片隧道中的，我至今依然不敢确信的秘密，你又是如何得知的？那是我通过工人弓削告诉我的事情推断出来的，而在十四郎被救出来后脱口而出的那声高代，除了我之外再也没有别的人听到。你究竟是从何处得知这个秘密，我知道，唯一可能告诉你这些的，就只有十四郎了……难道说，那个男人真的不是我的十四郎，他已经恢复了记忆，知道了自己其实是鹈饲邦太郎……”说到这，泷人感到脑海中那些纷乱的思绪都搅和在了一起，从十四郎出事之后的几年里一直处于这样精神的紧张状态一下都爆发出来。这 5 年她一直在怀疑，在猜测，在观察，在学习，只为了找出能够解释温文尔雅的工程秀才变得连愚昧的农民都不如的原因。想要从科学的角度分析那个男人是自己丈夫的可能性。如果事情真的是这样，她就不必再说服自己接受那个丈夫留下的躯壳，而要去接受十四郎早已死去的事实。不论怎样，十四郎都已经离开了，不论结果是什么带给她的都不是快乐而是恐惧和绝望。几年积攒下的疲劳似乎都在此刻涌上心头，当心中的怀疑就要得到事实的印证之时的喜悦与恐惧冲击着她，从前经历的一切在脑海中不断浮现，塌方的隧道、鹈饲邦太郎支离破碎的尸体，十四郎面目全非的脸……她眼前发黑，觉得自己要被脑中的幻想逼疯了，冷汗顺着脸颊留下，几乎无法坐稳。

时江慢慢抬起头，用嘶哑的嗓子说道：“既然如此，我会把事实告诉你，嫂嫂。但是你一定不能告诉大哥，不然我一定会被他报复的。因为母亲不允许你参加每天的祝祷，所以你并不知情。其实每日在御灵所对坐时，哥哥都会不时地提起高代这个词。因为这是个女人的名字，我在听过之后便产生了联想，觉得难道是大哥除了嫂子之外还有了其他的女人，并且对这个女人念念不忘，所以还会不时提起她的名字。因为觉得大哥这样的做法太过无情，这样是置嫂嫂于何地呢？所以才总会在不自觉间提起这件事。虽然如此，因为害怕大哥的报复，一直不敢跟嫂嫂你提起。现在的我们在这个山谷中苟延残喘，已经远离外面的世界，相信哥哥即便还记得那个女人，也不会再有和她见面的机会了，所以啊，嫂嫂，请你千万不要生气，也不要对大哥提起。如果他知道我对你说了这些不该让你知道的事情，一定会折磨我的，啊，我无法想象那会是怎样的惩罚和痛苦，嫂嫂，请你一定答应我，这件事请一不要告诉任何人。”

时江反复地哀求，担心十四郎知道之后自己的下场，泷人刚要点头答应，却在一瞬间停住了即将点下的头。她闭上眼睛，僵住不再移动。她在心中怀疑了 5 年的念头，终于在这一刻得到了解脱。那个萦绕在心头的迷也终于真相大白。因为，如果对时江所讲的事情稍加解释就会明白，现在的那个十四郎，应该就是鹈饲邦太郎。

看着阿藏的眼睛对坐，正如同之前那些受到蛊惑的信徒一样，受到了催眠的暗示，这正是潜在意识得到完全的宣泄的最好时机。也就是说，那个在催眠状态下说出“高代”二字的男子，正是潜意识中对高代这个名字印象深刻的鹈饲邦太郎。当然，对于泷人来说，要想摆脱这样的人生，唯一的方法就是让这个鹈饲邦太郎从虚幻的影像变为现实。但是这样，那个已经成为腐烂尸体的十四郎就成了泷人心中的虚空和伤痛，无处弥补也无法愈合。这种空虚在泷人脑海中，令整个灵魂都变得虚无恐慌，无所事事。所以泷人心中产生了奇特的想法，一抹残忍浮上她的面颊。只是一个受了诅咒的家族，是啊，不能轻易地放过这些令自己陷入这个漩涡的人，要用自己的双手和精神力，让他们好看。泷人这样想着，眼中透出的光芒令时江越发感到不安，她只得继续哀求。

"嫂嫂，求求你，求求你不要说出去，求求你答应我，不要再这样折磨我了。"

泷人转过头，眼神空洞，带着诡异的微笑："这样可不行，时江，不论你怎么说，我都不可能答应你的。"泷人摇着头，这样的表现更加剧了时江的恐惧，时江如喝醉般涨红了脸，颤声道："嫂嫂请不要这样，不要这样了，你的条件我都答应，我愿意擦抹铁浆，还会答应你，跟嫂嫂你一起离开这里，到你梦幻的国度去。"

说着时江主动拿过了那个早已被泷人遗忘的铁浆壶，用指尖挑起那黑色的液体，在脸颊上涂抹。黑色的斑点在皮肤上扩散开，时江开始像野兽般喘息。在只有一支灯芯的昏黄油灯下，肌肤的纹理显得更加细腻，泷人看着这魔法般的变化，惊异于那样的奇迹。

铁浆消弭了脸颊的阴影，使皮肤更加柔嫩细腻，同时又掩盖了那上面女子特有的柔美的气质。泷人忍不住闭上眼睛，一片黑暗中，浮现了十四郎那面目全非的脸，而张开后，眼前的那张面孔却出现了奇特的转变，似乎曾经的十四郎的音容笑貌，都已经重叠到了时江的身上。泷人喜出望外，禁不住全身颤抖起来，整个身心都被眼前的时江夺走，再也无暇顾及其他的事情。看到泷人的脸色，时江顿时感觉已经失去了请求嫂嫂的最后筹码，那么她还能做什么呢，唯一能做的，只有继续苦苦哀求："我已经涂抹了铁浆，你还要我怎么做？在让脸变得细腻之后，我还要做什么呢，嫂嫂，请求你告诉我啊。"

此时的泷人早已听不见时江的呼唤，双眼的光芒越发疯狂，脑海中只剩下疯狂的热情和爱恋，分不清身处何处，分不清时间，只剩下唯一的意识支持着她喃喃呼唤："十四郎啊，你究竟在哪里……"

（八）

泷人如置身梦境之中，在黑夜之中慢慢走上了通向御灵所的楼梯。自己投入所有精力和心情去做的事情的真相，终于即将浮现在眼前。月光照耀在御灵所的门扉上，那一片苍白的光芒，如闪耀的曙光，同时又像是引人进入死亡之地的死神的白练。而这间御灵所，将成为解开泷人心中疑惑的最终的目的地，泷人就能够结束自己的第一段人生，就如同那个死在隧道中的十四郎。十四郎每次说出高代的名字，都是在意识混沌的情况下，因此泷人的惊骇同时转换成了怀疑和智慧，正是这怀疑和智慧，引领她来到这间御灵所，去寻找那个令十四郎念出"高代"二字的原因。

御灵所中充斥着黑暗和霉烂的纸张的气息，泷人置身在这宁谧的黑暗中只能轻轻倾听自己的心脏有力跳动的响声，她轻轻打开天窗，让洁白的月光洒进房内，黑暗中的墙壁都呈现出了一片白色，与旁边黝黑的世界形成明暗的对比。房屋正中是用木框框出的内堂，这时这原本漆黑的内堂也沐浴在月光之下。形状各异的神镜好似人的眼球，闪烁着诡异的光芒，背后的墙壁上悬挂着各式写有符咒的纸条，铺满整面墙壁。

泷人点起蜡烛，光芒顿时在屋内闪耀，她把两张案桌并在一起，在上面摆上神镜，测量了神镜到地面的高度，尽管心中有些畏惧，她依然在昏暗的灯光下走动，摇曳的影子投在墙壁上，形成了如鬼魅般的恐怖形状。忙完一阵后，泷人显得有些不安，将火光靠近墙上的符咒，自己看向桌上的神镜，只这一眼，就令她膝头一软，跌坐在地上。

泷人所做的测量，正是平日阿藏打坐的位置和高度，桌案的位置正是惯常念经的位置，而神镜充当的，则是她的眼睛。泷人心中的疑惑解开的同时，也被自己推入了无法翻身的绝望之地，这才是真正的对于泷人心中疑惑的解答，泷人苍白的脸上浮出自嘲的冷笑，又开始自言自语：

“为什么，为什么要打破我心中那刚刚浮起的喜悦，十四郎，原来你真的已经不知道飞到何处，留给我的是那具只残留着野兽欲望的躯壳。这真是太过讽刺，原来一直以来支持我走过的怀疑和信念，真的只是我的执念。

“那天你在救护所中呼出的高代，的确是因为读出了从鹈饲残骸中看到的信息，而时江所听到的，则是你在催眠状态中，无意识地念出了妈妈瞳孔里映出的文字罢了。是啊，人在催眠中是会念出瞳孔中映出的微小的文字的，我刚刚已经测量过，那神镜的高度是妈妈眼睛的高度，而从神镜中反射出的符咒，有着高代的字样。也就是说，现在这个十四郎的的确确是我的十四郎，而不是那个我连正眼都没有看过的鹈饲邦太郎……

“自从听说了那个隧道中的事情后，我就对你脱口而出的高代念念不忘，几乎放弃了所有的生活意义，一心只想着找到这个问题的答案，如今我能肯定那就是你，但依然陷入了进退两难的维谷中。即便躯体是你，灵魂也早就离开了我。美丽和丑陋，世界上极端的两种形态都出现在了你的身上，包含着你所经历的两种人生。而对于我来说，想要摆脱这样的人生，唯一能走的路就是除掉那些挡在我面前的障碍。”

泷人慌忙地逃离了御灵所，似乎有什么令她恐惧的生物正在黑暗中凝视着她：“为了我心中那个美好的十四郎，我必须把这个恶魔般的十四郎杀掉，那个重合在时江身上的十四郎，与真正的十四郎是那么相似。但是，即便除掉了十四郎，我也无法获得自由，还有那个在兄长之后对我垂涎以待的白痴呢，不不，还有妈妈，妈妈也不会轻易放过我的。”

纷繁的人物在泷人头脑中碰撞结合，在经过短暂的晕眩后，突然眼前豁然开朗。一个大胆而又天才的想法逐渐在泷人心中形成。不能轻易放过这个家族，自从了解到事情的真相，泷人就发下了这个誓愿，如果不能找到完美的杀人方法，自己不但不能摆脱成为白痴媳妇的命运，甚至于还要付出更大的代价。

多年不断地学习和研究，使泷人具有了丰富的心理学和神经语言学的知识，拥有这些知识的人如同拥有读心术的巫师，只要稍加些许手段，就可以利用和操控人心，这是多么可怕的力量，恐怕只有亲身经历过的人才能说出。想要离开骑西家，结束自己的第一段人生，只能利用那样的手段去结束自己丈夫的生命，当然，如果单纯地结束十四郎的生命，自己就会很快地沦为白痴的玩物，况且阿藏那厉害的舌头也不会放过自己。只有那样两全其美的完全犯罪，才能帮助自己离开这个绝望的死地。

每日御灵所的对坐，十四郎都会接受阿藏的催眠，在这催眠中无意识地看到瞳孔中映出的“高代”二字，同样，在意识不够清醒的时刻，看到这两个字就会形成一个强大的心理暗示，促使十四郎再次进入催眠状态，而泷人正可以利用这个状态，结束这个躯壳的生命。对于泷人来说，这个十四郎已经不再具备任何意义，仅仅是丈夫留下的一具了无生气的肉体。

在催眠状态下死去的十四郎会被认为是被弟弟喜惣杀死的，白痴弟弟膨胀的性欲使得他等不及要除掉哥哥这个障碍，把母亲已经承诺许配给他的嫂嫂据为己有。当然，为了让自己能够成功地把罪名栽到喜惣头上，也要除掉那个粗暴的要把泷人留在骑西家的母亲阿藏。用那座东京带来的座钟的指针刺死，之所以要做出那样复杂的他杀现场，让十四郎看起来像是被人杀死，就是为了让前来调查的警部都会认为是喜惣在杀害了哥哥后又顺手拿起了房间里的凶器去杀害了母亲。

这样，骑西家的人才能全部受到惩罚，而无处可去的时江也就会乖乖地跟着泷人远走天涯，泷人就可以堂而皇之地占有那具躯体了。没错，这样的完全犯罪，不会有任何人怀疑到泷人，只需要一些暗示，一些精神力量，所有的人都会对她营造出的事情的真相深信不疑。

（九）

自从发生了那件事故，泷人心中就一直产生了另一个十四郎的幻想，为了使这个幻想得以继续存在下去，泷人必须除掉那个十四郎的肉身，而利用幻想使他们自己走入毁灭的深渊，就能够杀人于无形之中。

山谷中刚刚下过雷雨，夜晚凉意袭来，仲夏的气息被驱逐殆尽。十四郎的卧室位于蚕室的上方，从楼梯上去的右侧。从房间门前连接着走廊，楼梯的对面还有另外一条带有扶手的楼梯，使整个厅堂形成了钥匙状，若是在两座楼梯扶手上拉上一条直线，就能利用这个陷阱，使十四郎进入死地。

泷人独自站在楼梯上，绷紧了神经聆听着一丝一毫的响动，在确定再没有其他人的响动之后，慢慢地扯动着手中的绳索，地板上发出一阵细细碎碎的声音，似乎是某种接近人的动物，当然是那个只拥有少得可怜的意识的畸形儿稚市。泷人早已下定决心要让现在的丈夫永远地消失在世界上，而送丈夫走上死亡之路的，正是他的亲生儿子。泷人以这样奇异的残忍，带着那么血腥的幽默感，为丈夫铺下了死亡之路。

“呵呵，让这个丑陋的生物登上绞架，你是不会责怪我的吧。他本来就是你在这世界上存在过的明证，今天，就让他亲手毁掉那个让他降生的生命吧。你是不是听说过‘反转型远景错觉’这是个心理学术语，简单来说，如果你对折一张名片，从倾斜的角度望向内侧，就会觉得好像是折过的外侧，内角会因为光线折射的缘故，变成外角，让人产生错觉。

“那个男的现在正睡在房间的纸帐中，整个纸帐，不是就像个对折的名片吗，每当夜里到了这个时刻，他就会醒来，而因为光线折射以及我故意放在那里的写有‘高代’二字的符纸——那两个字对于他来说就像催眠的咒语一样——他会感觉自己是置身于纸帐之外，想要进到纸帐中，就要掀起纸帘向外走，这样一来，他就真的来到了纸帐之外。因为他在打猎时左眼受了伤，仅有的右眼会无法辨认黑暗中的景物。还记得东京的那座座钟吗？我已经把它的指针停在了11点10分的位置，这样光滑的指针会在黑暗中的月光下映出‘高代’二字，那男人就会像在御灵所看到妈妈的眼睛时一样陷入催眠状态。

“我不知道他会呆愣多久，但这时我会让他渐渐开始动弹，因为随着月光的移动，那反映的字迹会慢慢向右侧移动。”想到这，泷人停止了对十四郎幻想的低语，专注地留意着十四郎房间的动静。只要是从黑暗的走廊处传来的声响，一定无法逃脱她的神经，然后这座房子如同这整座山谷，寂静无声。

“渐渐地，他会跟随着那个移动的字符来到走廊上，而在走廊上，则有另外一个魔咒引领他走向那个最终的归宿。是啊，那就是稚市，这是因为受到了时江在小鹿身上看到的幻想的启发，同样地，在稚市身上描绘出高代的形状，再让他等待在走廊中。那个孩子天生具有的背光性也会为我所利用，在他两腿之间投下光束，他就会因为惧怕而拼命爬动，这时那个来到走廊上的男子会跟随着这活动的高代的牵引，慢慢前行，最终来到走廊尽头，跌落在楼梯上。我在那里拉着一条松散的绳子，而在垂直的方向拉着另外两条，一旦那男子的颈项跌落在中间，立刻会形成绞索，而你那残留的躯体就会在这不停地旋转中，慢慢停止呼吸。时间差不多了，他怎么还没有醒来？

“难道是什么地方的布置出了差错？不，不可能，这是千载难逢的机会，十四郎的眼睛蒙着绑带，这样才能使他产生各种幻觉并进入催眠状态。一旦他明天拆下了绷带，这样完美犯罪的机会就再难寻觅。我不愿去接触那些惹人作呕的血腥场面，能够以这样的方式了结一切，我5年来所付出的一切就都没有白费。啊，是的，他已经来到走廊上了。”

卧室的方向发出了沙沙的响声，是什么摩挲在地板上的声音。泷人心中涌起难以名状的兴奋，太阳穴突突跳跃，几乎让她忍不住要发出惊喜的低吟。月光移动到中天，只剩下一小块落在窗框中。就是这个时间了，泷人几乎感到了空气中的肃杀之气，即将改变人生的时刻已经到来，身体顿时变得灵活，手脚也麻利了起来。

她用脚踩住稚市，让他趴在楼梯中间，双手握住筒龛灯，神经高度紧张，就在她试探性地点着火光，照在稚市身上时，走廊上有一片黑影轻轻晃动了起来，年久失修的地板发出吱嘎的呜咽之声。泷人轻轻一笑，看来没有再次点火的必要了。她深深吸气平复激动的心情，稳住颤抖的双手，将光束牢牢照在稚市的背部。稚市背部的阴影和明暗分布，组成了高的形状，这时映入泷人眼帘的图案同样也会映入还处在恍惚状态中的十四郎眼中，而反复在催眠中见到这个字的十四郎会不由自主地跟随着字符的牵引，逐渐走向毁灭。这时，在这片静谧死寂的山谷中，又想起了那朽烂的木头不堪重负的呜咽声。

这声音如此令人毛骨悚然，但却带给泷人莫大的喜悦，仿佛听到了最美的天籁。她放开挣扎的稚市，看着他为了躲避灯光顺着楼梯向上爬，泷人心中难以抑制地高歌起来，稚市逐渐走远，那团黑色的影子晃动着跟随，父子二人如同坐在古代刑车上一般，逐渐走向死亡。泷人像是在眺望着美丽的风景一般看着这诡异的一幕，心中默算着十四郎走过的路程，在十四郎走到走廊尽头的那一刻，她的心几乎停止了跳动。突然，坏了的楼梯晃动起来，发出摇摇欲坠的声响，整栋楼都发出了悲鸣似的呻吟……